MW00532777

COLLECTION
FOLIO CLASSIQUE

Gérard de Nerval

Les Filles du feu

Angélique. — Sylvie.
Jemmy. — Octavie.
Isis. — Corilla.
Émilie.

Les Chimères

Préface de Gérard Macé

Édition établie et annotée
par Bertrand Marchal
professeur à l'Université de Paris-Sorbonne

Gallimard

PRÉFACE

Le feu ne cesse de couver chez Nerval, et quand il se déclare c'est pour rallumer des souvenirs, incendier un théâtre, ou ranimer la flamme que gardaient autrefois les vestales. Ce feu éclaire alors les lieux les plus secrets de la mémoire, comme les loges d'un spectacle intérieur, dont la scène est trop lointaine pour que l'héroïne soit accessible, sinon en la sauvant d'un brasier qu'on a soi-même allumé. Car le feu qui brûle en vain, à défaut d'alimenter une passion réelle, échauffe l'imagination : Nerval s'est consumé d'amour pour tant de figures qui se ressemblent ou se confondent, mortes ou vivantes, réelles ou fantasmées, qu'à la fin il est épris de la flamme elle-même, et qu'il déchiffre son destin dans les cendres.

Il est dans son élément avec Les Filles du feu, *et pourtant il est aux prises avec un livre « infaisable », parce qu'il est confronté à son imaginaire en perpétuelle métamorphose, aussi insistant qu'insaisissable, et qui se déplace en tournant sur lui-même, comme les astres. « Ce serait le Songe de Scipion, la Vision du Tasse, ou* la Divine Comédie *du Dante, si j'étais parvenu à concentrer mes souvenirs en un chef-d'œuvre », écrit-il avec des regrets dans la voix, lorsqu'il s'adresse à Dumas dans sa lettre-préface. À cette liste d'œuvres idéales, qui rassemblent en un seul livre l'univers entier d'un auteur,*

Nerval aurait ajouté À la recherche du temps perdu, *s'il avait eu les dons de prophète ou d'illuminé qu'on lui prêtait si généreusement, et contre lesquels il ne se défendait pas toujours avec force. Mais s'il ne pouvait deviner le chef-d'œuvre de Proust, celui-ci a bien vu tout ce qui l'annonçait chez Nerval, dont il a fait à juste titre un précurseur : une mémoire involontaire et obsessionnelle à la fois, qui revient sur ses pas et fait semblant de s'égarer, en traçant des cercles qui s'élargissent ou se resserrent, au fil d'une écriture où le commentaire prend autant de place que la narration elle-même. « Inventer au fond c'est se ressouvenir », cette formule fameuse de la préface aux* Filles du feu, *Proust n'a pas manqué de la lire en reconnaissant sa conviction la plus profonde, déjà formulée par un poète qui en avait tiré toutes les conséquences pour lui-même, et qui offrait d'immenses possibilités pour un autre, sur le plan romanesque.*

Malgré l'autodénigrement qui est un trait de la mélancolie, il faut croire Nerval sur parole quand il parle d'un livre infaisable. Car il vit alors des années cruciales, où tout se précipite : les crises que le fils du docteur Blanche essaie d'apaiser, mais en vain, les livres où il rassemble le meilleur de ses écrits, mais en ordre dispersé. À défaut du livre unique ou du grand songe, qui résumerait tous les épisodes d'une vie rêvée autant que vécue, Nerval à partir de 1851 reprend l'essentiel de ce qu'il a déjà écrit, publié dans la presse et souvent remanié : le Voyage en Orient *d'abord, puis* Les Illuminés, Lorely, Contes et facéties *en 1852, les* Petits châteaux de Bohême *en 1853. À l'automne de cette même année, alors qu'il séjourne à la cli-*

nique de Passy depuis le mois d'août, Nerval envisage la publication de « Mélusine, ou les Filles du feu », cinq histoires dont le titre est paradoxal, si l'on se souvient que Mélusine est une fille de l'eau. Mais les hésitations habituelles chez Nerval, qui sont des manifestations du scrupule et du repentir, vont se transformer cette fois en revirements rapides. Fin novembre il envisage d'inclure La Pandora *dans le recueil (elle n'y sera finalement pas), début décembre c'est le tour de* Sylvie, *à la mi-janvier le livre est annoncé sous un nouveau titre (« Les Amours perdues » ou « Les Amours passées »), et quand il paraît à la fin du mois, les filles du feu sont au nombre de sept, mais le volume réserve deux surprises : la préface en forme de lettre adressée à Dumas, et les sonnets des* Chimères *que rien ne laissait prévoir, et qui ne sont d'ailleurs pas annoncés au sommaire.*

À vrai dire le recueil est composite, et ne doit son unité qu'à la litanie des prénoms féminins, qui mènent le lecteur des souvenirs retrouvés du Valois aux ruines de Pompéi, en passant curieusement par le continent américain. Si l'enchaînement est parfait entre Angélique *et* Sylvie, *puis entre* Octavie *et* Isis, *et si l'on voit bien, au-delà des apparences, le lien entre les amours perdues et les déesses ressuscitées, la forme dialoguée de* Corilla *introduit une rupture de ton. Quant à* Jemmy *qui se passe en Amérique (histoire d'une femme indomptable, en rupture de ban comme Angélique de Longueval), c'est un récit « imité de l'allemand », en réalité un emprunt pur et simple, publié deux fois dans les années quarante; enfin* Émilie *est sans doute d'Auguste Maquet, qui en a revendiqué la paternité dans une lettre à Dumas, dont il était le collaborateur. Ce n'est pas nuire à Nerval que de rappeler ces faits, c'est être fidèle à la réalité ; or cette réalité est celle d'un pur poète qui est aussi un homme de lettres, un littérateur qui connaît le métier, et qui essaie d'en vivre en fréquentant les théâtres, en fournissant de la copie aux journaux, en signant des contrats avec les éditeurs. Le miracle dans ces conditions, c'est plutôt que les compromis nécessaires, les artifices n'aient pas étouffé son génie, qui vers la fin de sa vie s'exprime de plus en plus librement, mais au prix d'une confusion de plus en plus grande entre le rêve et la réalité.*

C'est l'objet de la préface, dont le projet a changé sous la pression des circonstances. En novembre 1853, Nerval avait envisagé une introduction, pour donner « la clé et la liaison » de ce qu'il appelle alors des « souvenirs », sans doute parce qu'il a décidé que Sylvie *ferait partie du volume. Mais le 10 décembre, dans une causerie avec les lecteurs du* Mousquetaire, *Dumas fait un portrait de son ami dont l'indiscrétion frise la goujaterie : c'est comme s'il parlait à voix haute devant l'intéressé, persuadé que celui-ci ne peut plus l'entendre. Pour Nerval, l'épitaphe de son esprit est un affront d'autant plus violent qu'il avait eu l'occasion de lire dix ans plus tôt, sous la plume de Jules Janin, un article nécrologique pour le moins prématuré. Rien ne blesse autant Nerval que ces portraits où l'on révèle sa folie sans la comprendre : c'est ce qui nous vaut une protestation farouche et un autoportrait criant de vérité, une proclamation littéraire qui s'oppose à l'habileté de Dumas, enfin la publication des* Chimères *en fin de volume.*

La préface telle qu'elle est aujourd'hui, écrite en

urgence pendant que l'imprimeur composait Les Filles du feu, *comprend deux longues citations. La première est d'Alexandre Dumas, pour lui rappeler son indélicatesse, mais Nerval ne recopie pas mot pour mot, il en a toujours été incapable. Il retouche donc la citation et le portrait, mais surtout il les commente pour leur donner tout leur sens. La vérité, c'est qu'il fut un lecteur comme il y en a peu : il passe à travers le miroir quand il est devant un livre ouvert, et vit réellement dans un autre monde, au point de se prendre pour le héros, voire l'objet dont il lit les aventures. Nerval devient lui-même un être de fiction, à la personnalité changeante, aux souvenirs incertains parce qu'ils sont à demi rêvés, et parce qu'ils ne lui appartiennent pas toujours en propre.*

Le second passage entre guillemets est d'ailleurs tout à fait éclairant, puisqu'il s'agit d'une longue autocitation, d'un passage enchâssé qui met en scène un comédien du temps de Scarron et de son Roman comique, *dont Nerval avait imaginé une suite. L'illustre Brisacier est un acteur égaré, que ses compagnons comédiens abandonnent à son sort, parce qu'il vit ses rôles avec tellement d'intensité qu'il est incapable de quitter la peau du personnage, une fois le rideau retombé. Il est tour à tour Achille et Agamemnon, brûlant d'amour ou fou de douleur; il est enfin Néron incendiant Rome, et Brisacier rêvant d'incendier le théâtre finit par dire (mais c'est aussi bien Nerval qui rêve à voix haute, et nous livre sa propre vérité) : « mon rôle s'est identifié à moi-même, et la tunique de Néron s'est collée à mes membres qu'elle brûle, comme celle du centaure dévorait Hercule expirant ».*

Nerval sait de quoi il parle : il sait pour l'avoir vécu

qu'il n'y a pas toujours de différence entre le masque et la chair, le théâtre et la mythologie, l'actrice et la déesse, si bien qu'à la fin « on brûle des flammes factices de ses ambitions et de ses amours », autrement dit d'une fiction qui prend corps, aussi ardente qu'une passion réelle.

Tout au long d'Angélique, Nerval est à la recherche de deux livres. Le premier, qu'il a aperçu à Francfort, ne fait que raconter les aventures de l'abbé de Bucquoy, mais c'est aussi le livre du destin, car le nom même de Bucquoy a toujours résonné dans son esprit comme un souvenir d'enfance. Le deuxième est celui qu'il cherche à faire, et dont il raconte la progression au directeur d'un journal qui attend la copie. Les deux quêtes, celle d'un livre déjà écrit mais provisoirement introuvable, et celle d'un livre dont l'objet même ne cesse de se dérober, nous mènent sur les traces d'Angélique de Longueval, la grand-tante de l'abbé, dont les aventures remplacent celles de son neveu. C'est que le dieu de l'amour préside aux destinées des personnages, mais que le hasard, ce dieu des bibliophiles qui n'est pas moins capricieux, préside aux destinées du narrateur.

La première page d'Angélique est admirable, comme celle de Sylvie, comme celle d'Aurélia un peu plus tard. Dans ces commencements qui sont des ouvertures, on a l'impression que Nerval rassemble toute l'énergie et toute la grâce dont il est capable, pour exposer les motifs du récit à venir, éclairés par la lumière du passé, comme dans un vitrail. La prose est alors poétique, c'est-à-dire visuelle et sonore, mélodique et précise, mais sans les lourdeurs symboliques, les excès d'ornementation de cer-

tains poèmes en prose. Nerval est davantage préoccupé d'une vérité intérieure que d'effets littéraires, et son oreille musicale le protège à la fois de la platitude et de l'emphase. C'est pourquoi ses descriptions échappent au réalisme, et ses allégories à la raideur. En fait, il écrit sans effort la prose dont rêvait Baudelaire dans Le Spleen de Paris, *et dont il parle comme d'un miracle : « une prose poétique (...) assez souple et assez heurtée pour s'adapter aux mouvements lyriques de l'âme, aux ondulations de la rêverie, aux soubresauts de la conscience ».*

*Nous sommes à la foire de Francfort au début d'*Angélique, *parmi les fourrures du Nord et les verres de Bohême, dont les formes et les couleurs suggèrent « les fleurs coupées d'un paradis inconnu ». Dans cet univers de foire médiévale aux couleurs vives, qui tient un peu du bazar oriental, une place plus discrète est réservée aux livres, qui entourent la mercerie et les objets du commerce ambulant. Il faut dire que la librairie elle-même offre des objets de toutes sortes, almanachs, images peintes et gravures populaires : tout le matériel du colporteur, étalé dans un lieu où les marchandises sont faites pour changer de main, et les destins pour se croiser.*

Tout est donc en place pour que la chance apparaisse, et elle se présente en effet (après quelques achats insignifiants qui ne sont qu'un droit d'entrée symbolique) sous la forme d'un livre dont Nerval recopie la page de titre en entier. C'est l'histoire de l'abbé de Bucquoy, de ses aventures et de ses évasions, et ce qui le rend remarquable aux yeux du narrateur, autant que les événements rares dont il fait le récit, c'est qu'il est « imprimé moitié en français, moitié en allemand ». Le livre du destin est donc bilingue, or ce détail n'en est pas un pour Nerval, lui dont l'imaginaire se déploie sur deux territoires, tous deux maternels : le Valois bien sûr, mais aussi ces provinces allemandes où sa mère a suivi son père, chirurgien des armées, et d'où elle n'est pas revenue. On sait que sa tombe en Silésie, la neige et les glaces qui lui ont donné la fièvre ont laissé en Nerval un froid immense, tout en attisant le feu de son imagination.

Un florin et six kreutzers, c'est le prix du livre qui raconte les aventures de l'abbé de Bucquoy, et que n'achète pas Nerval, sûr de retrouver l'ouvrage dans une bibliothèque parisienne, autrement dit, sûr de rattraper la chance, comme la plupart des bibliophiles. Cette hésitation nous vaut le récit de ses recherches vaines, à la Bibliothèque nationale, à la Mazarine, à l'Arsenal, puis à Compiègne et Senlis, dans la région de l'enfance où il finit toujours par se retrouver. Elle nous vaut aussi d'innombrables digressions, des homonymies trompeuses et des trouvailles qui sont autant de leurres, puis la vérité sur la bibliophilie, grâce à une histoire de vente aux enchères : la possession est une question de vie et de mort pour un collectionneur, et tout livre rare est acheté avec une peau de chagrin. Le prix à payer, c'est toujours un morceau de sa propre chair, comme chaque fois que le désir est en jeu, quel que soit l'objet. C'est pourquoi la chasse au livre, dans le récit de Nerval, ne fait que mimer la quête amoureuse.

D'un bout à l'autre, Angélique *est d'ailleurs un récit en trompe l'œil. L'histoire de l'abbé de Bucquoy est escamotée au profit des aventures de sa grand-tante, d'après deux manuscrits trouvés par le narrateur au cours de sa recherche, ce qui lui permet de raconter une histoire vraie, et d'échapper ainsi à la censure, qui venait d'interdire le roman historique. Comme dans toute quête, on trouve ce qu'on ne cherchait pas, ou ce qu'on cherchait sans le savoir. Or, l'histoire d'Angélique avait tout pour retenir Nerval : sur le plan littéraire, cette suite d'aventures nourries par la passion amoureuse, cette fuite éperdue à travers l'Europe, et sa fin désastreuse, ajoutent aux qualités du feuilleton le mérite d'être authentiques ; sur le plan personnel, cette héroïne qui suit un mercenaire sur divers champs de bataille, et qui revient veuve, repentante comme une fille prodigue, trouve de singulières résonances. On peut même se demander si cette fiction ne satisfait pas un désir secret de Nerval, puisque c'est l'homme qui meurt en cours de route, et la femme qui revient vivante de cette folle équipée. Dans cette version revisitée du roman familial, c'est la mère trop tôt disparue qui devient la survivante, et grâce à cette* histoire vraie *qui corrige le destin, les événements qu'il sait irrévocables, puisqu'ils sont advenus, sont tout de même retouchés. Le sentiment d'abandon dans l'enfance, et le désir inavoué de refaire l'histoire, expliquent peut-être le goût de Nerval pour ce qui est* déjà écrit, *mais que la littérature permet de traduire autrement, de changer en se l'appropriant.*

Si l'histoire de l'abbé de Bucquoy tient si peu de place dans Angélique, *c'est à cause d'un autre tour de passe-passe. En fait, non seulement Nerval connaît le livre qu'il prétend chercher, et dont il fait don à la Bibliothèque nationale, à la fin du récit, mais il a déjà raconté les histoires de l'abbé, au moins deux fois, dans* Les Illuminés *et dans* Les Faux Saulniers. *Ce n'est pas que Nerval cherche à nous tromper, mais il en use avec ses manuscrits comme avec ses souvenirs : puisque tout vit et se recompose, ses livres antérieurs lui reviennent en mémoire aussi bien que son enfance, qu'il compare dans* Angélique *à « un manuscrit palympseste dont on fait reparaître les lignes par des procédés chimiques ».*

Le prénom de Sylvie apparaît une première fois dans Angélique, *sous la forme d'une allusion à la Sylvie de Théophile de Viau, et à la forêt de Chantilly. Adrienne est déjà présente elle aussi (« une très belle fille blonde parut avec une robe blanche, une coiffure de perles, une auréole et une épée dorée… »), mais elle s'appelle Delphine, et bien que Nerval se promette de ne jamais oublier son prénom, elle prêtera son apparence, ainsi que le nimbe de carton doré de son costume, à la plus énigmatique et la plus troublante des filles du feu, qu'il nomme alors Adrienne. Car pour être fidèle à sa propre mémoire, Nerval en observe les métamorphoses, les déplacements, et même ce qu'il nomme des « illusions », c'est-à-dire les apparitions ressemblantes, les figures qui reviennent… On passe ainsi sans peine du théâtre aux forêts du Valois, des feux de la rampe aux clartés lunaires, dans* Sylvie *qui nous mène au cœur de la géographie nervalienne, et de son univers mental : des noms de villages et des noms de jeunes filles en fleurs (la fête du bouquet est une anticipation de l'univers proustien), des rondes et des déguisements, une initiation amoureuse et un faux mariage, des chansons populaires et de vieilles légendes font resurgir le passé, non pas tel qu'il fut, mais tel qu'on le rêve. Car ce qui est neuf chez Nerval, c'est que dans son récit la résurrection du souvenir est aussi importante que le souvenir lui-*

même : dans la calèche qui le mène de nuit vers les lieux de son enfance, les montées, les descentes, les cahots, les virages sont ceux d'une route qui mène vers le passé, et le cheminement est intérieur autant que la route est réelle.

C'est une image que poursuit Nerval, celle d'une actrice « belle comme le jour aux feux de la rampe qui l'éclairait d'en bas, pâle comme la nuit, quand la rampe baissée la laissait éclairée d'en haut sous les rayons du lustre » (et la Berma dans la Recherche est éclairée de la même façon, elle qui joue « d'une part une pièce éblouissante et fière, de l'autre une pièce douce et veloutée », allusion aux Diamants de la couronne et au Domino noir, les deux pièces qu'elle joue en alternance). Mais grâce aux « bizarres combinaisons du songe », cette image s'efface au profit d'une autre, surgie de profondeurs qu'on appellerait aujourd'hui l'inconscient, et que Nerval est le premier à décrire avec autant de précision. Sous la figure éblouissante mais inaccessible de l'actrice il reconnaît un « souvenir à demi rêvé », et c'est vers une autre image qu'il décide soudain de se transporter : celle d'Adrienne et des « longs anneaux roulés de ses cheveux d'or », entrevue sous la lune au cours d'une cérémonie sacrée, d'un mariage mystique empêchant à jamais le mariage réel : « On nous dit de nous embrasser, et la danse et le chœur tournaient plus vivement que jamais. » Dès lors Syvie est délaissée, la douce réalité laissant la place à l'idéal sublime, à l'apparition fugace qui ne reviendra jamais, et dont le souvenir est tout entier dans la voix. Adrienne est devenue religieuse, Sylvie épousera le grand frisé. il ne reste *plus à Nerval qu'à poursuivre en vain son actrice, dont il nous apprend alors qu'elle s'appelle Aurélie.*

Proust, à n'en pas douter, s'est souvenu de ce mouvement tournant qui entraîne les êtres loin d'eux-mêmes, après les avoir placés au centre d'un cercle enchanté. Et de même qu'il s'est souvenu de Mortefontaine en prêtant au duc de Guermantes les traits d'un seigneur du lieu, il s'est souvenu de la fête du bouquet lorsque à Balbec, dans les Jeunes Filles en fleurs, *il a placé Albertine au centre du cercle où l'on se passe une bague : c'est le jeu du furet qui en est l'occasion, dans un bois sur la falaise, et l'émoi du narrateur est comparable à celui de Nerval dans* Sylvie. *Son impuissance aussi, comme si les jeunes filles formaient un cercle de feu, ou comme si Albertine après Adrienne avait le regard de Méduse. Dans les deux cas, l'amoureux transi ne sait que faire : chez Nerval, la figure aimée disparaît, pour reparaître plus tard sous d'autres apparences ; chez Proust, Albertine en personne réveille le somnambule, en le rappelant à la réalité par des paroles triviales.*

La ronde, le cercle, la bague qui passe de main en main, le furet ou la flamme qu'on ne peut attraper : c'est la même scène dans un autre décor, et tout le jeu du désir dans une lumière claire-obscure, avec ses ruses et ses leurres. Un jeu qui nous fait retrouver l'une sous le masque de l'autre, de Sylvie en Adrienne et d'Adrienne en Albertine, car la bague des amours enfantines est aussi un talisman littéraire, aussi précieux qu'un mot de passe.

*« — Vous avez imité Diderot lui-même, dit une voix anonyme à la fin d'*Angélique.

— Qui avait imité Sterne...
— Lequel avait imité Swift.
— Qui avait imité Rabelais.
— Lequel avait imité Merlin Coccaïe...
— Qui avait imité Pétrone...
*— Lequel avait imité Lucien. Et Lucien en avait imité bien d'autres... Quand ce ne serait que l'auteur de l'*Odyssée*, qui fait promener son héros pendant dix ans autour de la Méditerranée, pour l'amener enfin à cette fabuleuse Ithaque, dont la reine, entourée d'une cinquantaine de prétendants, défaisait chaque nuit ce qu'elle avait tissé le jour. »*

Pour Nerval, les souvenirs littéraires ont autant de force, autant de poids que ses souvenirs personnels, le passé proche et le passé lointain s'éclairant l'un l'autre. Son panthéisme, et son attirance pour la métempsycose, le persuadent que tout participe de la même vie, que tout se recompose perpétuellement, à partir d'un feu primordial où naîtraient les âmes. Ainsi, la mémoire collective est assez vaste pour tout accueillir, de la réalité la plus ordinaire aux mystères les plus sublimes, et cette croyance a une conséquence morale, mais également esthétique : l'absence de hiérarchie entre les diverses expériences, ainsi qu'entre les genres nobles et les genres mineurs.

C'est donc sans peine qu'il évoque avec la même émotion, le même respect, Rousseau et le père Dodu (ou le grand frisé), le temple de la philosophie et la sagesse populaire. Qu'il fait entrer dans la même ronde une descendante des Valois et les jeunes filles du village. Qu'il passe des théâtres parisiens aux fresques d'Herculanum, dont les figures sur fond noir se superposent à celle de l'actrice éclairée par de vraies flammes, au début de *Sylvie*. Ou que l'Italie est jumelée avec l'Égypte, à travers les métamorphoses d'Isis. Enfin, c'est peut-être pour la même raison (même si les circonstances ont joué leur rôle) qu'on peut trouver dans le même volume les chansons du Valois et *Les Chimères*.

Car l'apparente simplicité de Nerval, la limpidité de sa phrase qui semble couler de source, n'ont rien de naïf. Outre une véritable érudition (entre autres, il connaît par cœur son XVIIIe siècle, et la Renaissance lui a livré bien des secrets), il y a chez lui une vive conscience des moyens littéraires, en particulier de ceux qu'il refuse. C'est vrai dès la préface, quand il s'en prend aux ficelles du roman historique, ou quand il évoque avec l'amendement Riancey les contraintes nées de la censure, qui le gênent moins que d'autres, parce que le document le fait rêver autant que la fiction. Vrai encore quand il commente avec malice l'art de la digression, ou de l'interruption du récit, dont il use en les signalant. En somme, Nerval utilise avec réticence les moyens trop convenus, ou les effets usés jusqu'à la corde, et s'il emprunte sans aucune gêne la matière de ses récits, la manière doit rester la sienne. On pourrait en dire autant de sa stratégie amoureuse, qui se refuse elle aussi les moyens de la séduction grossière : si l'on peut aimer une jeune fille promise à un autre, c'est toujours de loin, et l'on n'achète pas une femme, même vénale. Ces scrupules, qui le paralysent en présence des femmes admirées, ne l'empêchent heureusement pas d'écrire, parce qu'en la matière il connaît l'art de contourner l'obstacle; et parce que son imagination, dont la subtilité n'empêche pas le pouvoir, n'a pas besoin du roman, ni *d'aucun des genres canoniques, pour l'emmener aussi loin que possible.*

Plus précisément encore, il y a un art poétique dans Les Filles du feu *: non pas sous la forme d'un traité, Nerval est le contraire d'un théoricien, mais par petites touches, exemples à l'appui. Dans* Angélique *par exemple, pour illustrer le caractère des habitants de l'Île-de-France, « un mélange de rudesse et de bonhomie », il cite presque en entier, tout en regrettant de ne pas pouvoir donner la notation musicale, une chanson dont un quatrain lui inspire ce commentaire : « On voit encore, par ces quatre vers, qu'il est possible de ne pas rimer en poésie; — c'est ce que savent les Allemands, qui, dans certaines pièces, emploient seulement les longues et les brèves, à la manière antique. » Il y revient dans* Sylvie, *où la « sévère rime française », trop monotone et trop répétitive, est condamnée au profit de l'assonance, qui permet un retour plus discret de la même sonorité. Plus discret, et peut-être plus fidèle au retour décalé des souvenirs, à ce qu'il appelle ailleurs « les hiatus et les assonances du temps », qui forment la trame sonore de sa prose. De ce point de vue, le répertoire du Valois est plus conforme aux voix mélodieuses de son enfance que les « vers ronflants » qui sont gravés sur les rochers d'Ermenonville, et qui ont la solennité de la poésie officielle. C'est ainsi tout un patrimoine oublié qu'il voudrait sauver, comme l'ont fait les frères Schlegel et les romantiques allemands pour les vieilles ballades de leurs contrées natales. Mais l'obstacle, « c'est qu'on n'a jamais voulu admettre dans les livres des vers composés sans souci de la rime, de la prosodie et de la syntaxe; la langue du berger, du marinier, du charretier* qui passe, est bien la nôtre, à quelques élisions près, avec des tournures douteuses, des mots hasardés, des terminaisons et des liaisons de fantaisie, mais elle porte un cachet d'ignorance qui révolte l'homme du monde… » C'est un poète savant qui écrit ces lignes, mais il n'y a pas lieu de s'en étonner. La voie était d'ailleurs tracée, depuis les poètes du XVIe siècle et Malherbe écoutant les crocheteurs de foin ; une voie qui mène à Rimbaud, quand il fait l'éloge des chansons de nos aïeules, et des romans érotiques sans orthographe.

La pensée chez Nerval est toujours soutenue par le chant, c'est ce qui permet cette admirable continuité entre la prose et la poésie, même quand on passe des Filles du feu aux Chimères, dont les sonnets opèrent pourtant une véritable transmutation de l'expérience. Ainsi, nous assistons dans Octavie à l'escalade du Pausilippe, au-dessus de la grotte où nagera la sirène, et Nerval nous fait part de sa tentation, deux fois surmontée, de plonger dans le vide pour rejoindre le monde des morts. Ce Nerval deux fois vainqueur, c'est lui qui reprend, dans la préface en prose, la substance du vers le plus fameux d'El Desdichado, mais en le mettant dans la bouche de Brisacier : « Ainsi, moi, le brillant comédien naguère, le prince ignoré, l'amant mystérieux, le déshérité, le banni de liesse, le beau ténébreux… », comme s'il voulait nous faire vivre non seulement la recherche d'un passé révolu, mais encore la recherche de la poésie la plus pure, avec ses hésitations et ses scories.

Les Filles du feu précédant Les Chimères, c'est la quête d'un or philosophal qui n'existe pas, mais dont Nerval a cru percevoir l'éclat dans l'alternance des jours *et des nuits.* Les Chimères *à la suite des* Filles du feu, *c'est l'or poétique enfin trouvé, mais qui ne brille que sur fond de ténèbres.*

GÉRARD MACÉ

Les Filles du feu

Nouvelles

À ALEXANDRE DUMAS

Je vous dédie ce livre, mon cher maître, comme j'ai dédié *Lorely* à Jules Janin[1]. J'avais à le remercier au même titre que vous. Il y a quelques années, on m'avait cru mort et il avait écrit ma biographie. Il y a quelques jours, on m'a cru fou, et vous avez consacré quelques-unes de vos lignes des plus charmantes à l'épitaphe de mon esprit. Voilà bien de la gloire qui m'est échue en avancement d'hoirie. Comment oser, de mon vivant, porter au front ces brillantes couronnes ? Je dois afficher un air modeste et prier le public de rabattre beaucoup de tant d'éloges accordés à mes cendres, ou au vague contenu de cette bouteille que je suis allé chercher dans la lune à l'imitation d'Astolfe[2], et que j'ai fait rentrer, j'espère, au siége habituel de la pensée.

Or, maintenant que je ne suis plus sur l'hippogriffe[3] et qu'aux yeux des mortels j'ai recouvré ce qu'on appelle vulgairement la raison, — raisonnons.

Voici un fragment de ce que vous écriviez sur moi le 10 décembre dernier :

« C'est un esprit charmant et distingué, comme vous avez pu en juger, — chez lequel, de temps en temps, un certain phénomène se produit, qui, par bonheur, nous l'espérons, n'est sérieusement inquiétant ni pour lui, ni pour ses amis ; — de temps en temps, lorsqu'un travail quelconque l'a fort préoccupé, l'imagination, cette folle du logis, en chasse momentanément la raison, qui n'en est que la maîtresse ; alors la première reste seule, toute puissante, dans ce cerveau nourri de rêves et d'hallucinations, ni plus ni moins qu'un fumeur d'opium du Caire, ou qu'un mangeur de hatchis d'Alger, et alors, la vagabonde qu'elle est, le jette dans les théories impossibles, dans les livres infaisables[1]. Tantôt il est le roi d'Orient Salomon, il a retrouvé le sceau qui évoque les esprits, il attend la reine de Saba ; et alors, croyez-le bien, il n'est conte de fée, ou des *Mille et une Nuits*, qui vaille ce qu'il raconte à ses amis, qui ne savent s'ils doivent le plaindre ou l'envier, de l'agilité et de la puissance de ces esprits, de la beauté et de la richesse de cette reine ; tantôt il est sultan de Crimée, comte d'Abyssinie, duc d'Égypte, baron de Smyrne[2]. Un autre jour il se croit fou, et il raconte comment il l'est devenu, et avec un si joyeux entrain, en passant par des péripéties si amusantes, que chacun désire le devenir pour suivre ce guide entraînant dans le pays des chimères et des hallucinations, plein d'oasis plus fraîches et plus ombreuses que celles qui s'élèvent sur la route brûlée d'Alexandrie à Ammon ; tantôt, enfin, c'est la mélancolie qui devient sa muse, et alors retenez vos larmes si vous pouvez, car jamais Werther, jamais René, jamais Antony, n'ont eu plaintes plus poignantes, sanglots plus douloureux, paroles plus tendres, cris plus poétiques[3] !... »

Je vais essayer de vous expliquer, mon cher Dumas, le phénomène dont vous avez parlé plus haut. Il est, vous le savez, certains conteurs qui ne peuvent inventer sans s'identifier aux personnages de leur imagination. Vous savez avec quelle conviction notre vieil ami Nodier racontait comment il avait eu le malheur d'être guillotiné à l'époque de la Révolution ; on en devenait tellement persuadé que l'on se demandait comment il était parvenu à se faire recoller la tête...

Hé bien, comprenez-vous que l'entraînement d'un récit puisse produire un effet semblable; que l'on arrive pour ainsi dire à s'incarner dans le héros de son imagination, si bien que sa vie devienne la vôtre et qu'on brûle des flammes factices de ses ambitions et de ses amours! C'est pourtant ce qui m'est arrivé en entreprenant l'histoire d'un personnage qui a figuré, je crois bien, vers l'époque de Louis XV, sous le pseudonyme de Brisacier[1]. Où ai-je lu la biographie fatale de cet aventurier? J'ai retrouvé celle de l'abbé de Bucquoy[2]; mais je me sens bien incapable de renouer la moindre preuve historique à l'existence de cet illustre inconnu! Ce qui n'eût été qu'un jeu pour vous, maître, — qui avez su si bien vous jouer avec nos chroniques et nos mémoires, que la postérité ne saura plus démêler le vrai du faux, et chargera de vos inventions tous les personnages historiques que vous avez appelés à figurer dans vos romans, — était devenu pour moi une obsession, un vertige. Inventer au fond c'est se ressouvenir[3], a dit un moraliste; ne pouvant trouver les preuves de l'existence matérielle de mon héros, j'ai cru tout à coup à la transmigration des âmes non moins fermement que Pythagore ou Pierre Leroux[4]. Le dix-huitième siècle même, où je m'imaginais avoir vécu, était plein de ces illusions. Voisenon, Moncriff et Crébillon fils en ont écrit mille aventures[5]. Rappelez-vous ce courtisan qui se souvenait d'avoir été sopha; sur quoi Schahabaham s'écrie avec enthousiasme : quoi! vous avez été sopha! mais c'est fort galant... Et, dites-moi, étiez-vous brodé[6]?

Moi, je m'étais brodé sur toutes les coutures. — Du moment que j'avais cru saisir la série de toutes mes existences antérieures, il ne m'en coûtait pas plus d'avoir été prince, roi, mage, génie et même Dieu, la chaîne était brisée et marquait les heures pour des minutes. Ce serait le Songe de Scipion[1], la Vision du Tasse[2] ou *la Divine Comédie* du Dante, si j'étais parvenu à concentrer mes souvenirs en un chef-d'œuvre. Renonçant désormais à la renommée d'inspiré, d'illuminé ou de prophète, je n'ai à vous offrir que ce que vous appelez si justement des théories impossibles, un *livre infaisable,* dont voici le premier chapitre, qui semble faire suite au *Roman comique* de Scarron… jugez-en[3] :

Me voici encore dans ma prison, madame ; toujours imprudent, toujours coupable à ce qu'il semble, et toujours confiant, hélas ! dans cette belle *étoile* de comédie, qui a bien voulu m'appeler un instant son destin. L'Étoile et le Destin : quel couple aimable dans le roman du poëte Scarron[4] ! mais qu'il est difficile de jouer convenablement ces deux rôles aujourd'hui. La lourde charrette qui nous cahotait jadis sur l'inégal pavé du Mans, a été remplacée par des carrosses, par des chaises de poste et autres inventions nouvelles. Où sont les aventures, désormais ? où est la charmante misère qui nous faisait vos égaux et vos camarades, mesdames les comédiennes, nous les pauvres poëtes toujours et les poëtes pauvres bien souvent ? Vous nous avez trahis, reniés ! et vous vous plaigniez de notre orgueil ! Vous avez commencé par suivre de riches seigneurs, chamarrés, galants et hardis, et vous nous avez abandonnés dans quelque misérable auberge pour payer la dépense de vos folles orgies. Ainsi, moi, le brillant comédien naguère, le prince ignoré, l'amant mystérieux, le déshérité, le banni de liesse, le beau ténébreux[5], adoré des marquises comme des présidentes, moi, le favori bien indigne de madame Bouvillon, je n'ai pas été mieux traité que ce pauvre

Ragotin, un poétereau de province, un robin !... Ma bonne mine, défigurée d'un vaste emplâtre, n'a servi même qu'à me perdre plus sûrement. L'hôte, séduit par les discours de La Rancune, a bien voulu se contenter de tenir en gage le propre fils du grand khan de Crimée[1] envoyé ici pour faire ses études, et avantageusement connu dans toute l'Europe chrétienne sous le pseudonyme de Brisacier. Encore si ce misérable, si cet intrigant suranné m'eût laissé quelques vieux louis, quelques carolus, ou même une pauvre montre entourée de faux brillants, j'eusse pu sans doute imposer le respect à mes accusateurs et éviter la triste péripétie d'une aussi sotte combinaison. Bien mieux, vous ne m'aviez laissé pour tout costume qu'une méchante souquenille puce, un justaucorps rayé de noir et de bleu, et des chausses d'une conservation équivoque. Si bien, qu'en soulevant ma valise après votre départ, l'aubergiste inquiet a soupçonné une partie de la triste vérité, et m'est venu dire tout net que j'étais *un prince de contrebande*[2]. À ces mots, j'ai voulu sauter sur mon épée, mais La Rancune l'avait enlevée, prétextant qu'il fallait m'empêcher de m'en percer le cœur sous les yeux de l'ingrate qui m'avait trahi ! Cette dernière supposition était inutile, ô La Rancune ! on ne se perce pas le cœur avec une épée de comédie, on n'imite pas le cuisinier Vatel[3], on n'essaie pas de parodier les héros de roman, quand on est un héros de tragédie : et je prends tous nos camarades à témoin qu'un tel trépas est impossible à mettre en scène un peu noblement. Je sais bien qu'on peut piquer l'épée en terre et se jeter dessus les bras ouverts ; mais nous sommes ici dans une chambre parquetée, où le tapis manque, nonobstant la froide saison. La fenêtre est d'ailleurs assez ouverte et assez haute sur la rue pour qu'il soit loisible à tout désespoir tragique de terminer par là son cours. Mais...

mais, je vous l'ai dit mille fois, je suis un comédien qui a de la religion.

Vous souvenez-vous de la façon dont je jouais Achille[1], quand par hasard passant dans une ville de troisième ou de quatrième ordre, il nous prenait la fantaisie d'étendre le culte négligé des anciens tragiques français[2] ? J'étais noble et puissant, n'est-ce pas, sous le casque doré aux crins de pourpre, sous la cuirasse étincelante, et drapé d'un manteau d'azur ? Et quelle pitié c'était alors de voir un père aussi lâche qu'Agamemnon disputer au prêtre Calchas l'honneur de livrer plus vite au couteau la pauvre Iphigénie en larmes ! J'entrais comme la foudre au milieu de cette action forcée et cruelle ; je rendais l'espérance aux mères et le courage aux pauvres filles, sacrifiées toujours à un devoir, à un Dieu, à la vengeance d'un peuple, à l'honneur ou au profit d'une famille !... car on comprenait bien partout que c'était là l'histoire éternelle des mariages humains. Toujours le père livrera sa fille par ambition, et toujours la mère la vendra avec avidité ; mais l'amant ne sera pas toujours cet honnête Achille, si beau, si bien armé, si galant et si terrible, quoiqu'un peu rhéteur pour un homme d'épée ! Moi, je m'indignais parfois d'avoir à débiter de si longues tirades dans une cause aussi limpide et devant un auditoire aisément convaincu de mon droit. J'étais tenté de sabrer pour en finir toute la cour imbécile du roi des rois, avec son espalier de figurants endormis ! Le public en eût été charmé ; mais il aurait fini par trouver la pièce trop courte, et par réfléchir qu'il lui faut le temps de voir souffrir une princesse, un amant et une reine ; de les voir pleurer, s'emporter et répandre un torrent d'injures harmonieuses contre la vieille autorité du prêtre et du souverain. Tout cela vaut bien cinq actes et deux heures d'attente, et le public ne se contenterait pas à moins; il lui faut sa revanche de cet éclat d'une famille unique, pompeusement assise sur le trône de la Grèce, et devant laquelle Achille lui-même ne peut s'emporter qu'en paroles; il faut qu'il sache tout ce qu'il y a de misères sous cette pourpre, et pourtant d'irrésistible majesté! Ces pleurs tombés des plus beaux yeux du monde sur le sein rayonnant d'Iphigénie, n'enivrent pas moins la foule que sa beauté, ses grâces et l'éclat de son costume royal! Cette voix si douce, qui demande la vie en rappelant qu'elle n'a pas encore vécu; le doux sourire de cet œil, qui fait trêve aux larmes pour caresser les faiblesses d'un père, première agacerie, hélas! qui ne sera pas pour l'amant!... Oh! comme chacun est attentif pour en recueillir quelque chose! La tuer? elle! qui donc y songe? Grands dieux! personne peut-être?... Au contraire; chacun s'est dit déjà qu'il fallait qu'elle mourût pour tous, plutôt que de vivre pour un seul; chacun a trouvé Achille trop beau, trop grand, trop superbe! Iphigénie sera-t-elle emportée encore par ce vautour thessalien, comme l'autre, la fille de Léda[1], l'a été naguère par un prince berger de la voluptueuse côte d'Asie? Là est la question pour tous les Grecs, et là est aussi la question pour le public qui nous juge dans ces rôles de héros! Et moi, je me sentais haï des hommes autant qu'admiré des femmes quand je jouais un de ces rôles d'amant superbe et victorieux. C'est qu'à la place d'une froide princesse de coulisse, élevée à psalmodier tristement ces vers immortels, j'avais à défendre, à éblouir, à conserver une véritable fille de la Grèce, une perle de grâce, d'amour et de pureté, digne en effet d'être disputée par les hommes aux dieux jaloux! Était-ce Iphigénie seulement? Non, c'était Monime, c'était Junie, c'était Bérénice, c'étaient toutes les héroïnes inspirées par les beaux yeux d'azur de mademoiselle Champmeslé[2], ou par les grâces adorables des vierges nobles de Saint-Cyr[1] ! Pauvre Aurélie[2] ! notre compagne, notre sœur, n'auras-tu point regret toi-même à ces temps d'ivresse et d'orgueil ? Ne m'as-tu pas aimé un instant, froide Étoile ! à force de me voir souffrir, combattre, ou pleurer pour toi ! L'éclat nouveau dont le monde t'environne aujourd'hui prévaudra-t-il sur l'image rayonnante de nos triomphes communs ? On se disait chaque soir : Quelle est donc cette comédienne si au-dessus de tout ce que nous avons applaudi ? Ne nous trompons-nous pas ? Est-elle bien aussi jeune, aussi fraîche, aussi honnête qu'elle le paraît ? Sont-ce de vraies perles et de fines opales qui ruissellent parmi ses blonds cheveux cendrés, et ce voile de dentelle appartient-il bien légitimement à cette malheureuse enfant ? N'a-t-elle pas honte de ces satins brochés, de ces velours à gros plis, de ces peluches et de ces hermines ? Tout cela est d'un goût suranné qui accuse des fantaisies au-dessus de son âge. Ainsi parlaient les mères, en admirant toutefois un choix constant d'atours et d'ornements d'un autre siècle qui leur rappelaient de beaux souvenirs. Les jeunes femmes enviaient, critiquaient ou admiraient tristement. Mais moi, j'avais besoin de la voir à toute heure pour ne pas me sentir ébloui près d'elle, et pour pouvoir fixer mes yeux sur les siens autant que le voulaient nos rôles. C'est pourquoi celui d'Achille était mon triomphe ; mais que le choix des autres m'avait embarrassé souvent ! quel malheur de n'oser changer les situations à mon gré et sacrifier même les pensées du génie à mon respect et à mon amour ! Les Britannicus et les Bajazet, ces amants captifs et timides, n'étaient pas pour me convenir. La pourpre du jeune César me séduisait bien davantage ! mais quel malheur ensuite de ne rencontrer à dire que de froides perfidies ! Hé quoi ! ce fut là ce Néron, tant célébré de Rome ? ce beau lutteur, ce danseur, ce poëte ardent, dont la seule envie était de plaire à tous? Voilà donc ce que l'histoire en a fait, et ce que les poëtes en ont rêvé d'après l'histoire! Oh! donnez-moi ses fureurs à rendre, mais son pouvoir, je craindrais de l'accepter. Néron! je t'ai compris, hélas! non pas d'après Racine, mais d'après mon cœur déchiré quand j'osais emprunter ton nom! Oui, tu fus un dieu, toi qui voulais brûler Rome, et qui en avais le droit, peut-être, puisque Rome t'avait insulté!...

Un sifflet, un sifflet indigne, *sous ses yeux*, près d'elle, à cause d'elle! Un sifflet qu'elle s'attribue — par ma faute (comprenez bien!) Et vous demanderez ce qu'on fait quand on tient la foudre!... Oh! tenez, mes amis! j'ai eu un moment l'idée d'être vrai, d'être grand, de me faire immortel enfin, sur votre théâtre de planches et de toiles, et dans votre comédie d'oripeaux! Au lieu de répondre à l'insulte par une insulte, qui m'a valu le *châtiment* dont je souffre encore, au lieu de provoquer tout un public vulgaire à se ruer sur les planches et à m'assommer lâchement..., j'ai eu un moment l'idée, l'idée sublime, et digne de César lui-même, l'idée que cette fois nul n'aurait osé mettre au-dessous de celle du grand Racine, l'idée auguste enfin de brûler le théâtre[1] et le public, et vous tous! et de l'emporter seule à travers les flammes, échevelée, à demi-nue, selon son rôle, ou du moins selon le récit classique de Burrhus[2]. Et soyez sûrs alors que rien n'aurait pu me la ravir, depuis cet instant jusqu'à l'échafaud! et de là dans l'éternité!

Ô remords de mes nuits fiévreuses et de mes jours mouillés de larmes! Quoi! j'ai pu le faire et ne l'ai pas voulu? Quoi! vous m'insultez encore, vous qui devez la vie à ma pitié plus qu'à ma crainte! Les brûler tous, je l'aurais fait! jugez-en : Le théâtre de P*** n'a qu'une seule sortie ; la nôtre donnait bien sur une petite rue de derrière, mais le foyer où vous vous teniez tous est de l'autre côté de la scène. Moi, je n'avais qu'à détacher un quinquet pour incendier les toiles, et cela sans danger d'être surpris, car le surveillant ne pouvait me voir, et j'étais seul à écouter le fade dialogue de Britannicus et de Junie pour reparaître ensuite et faire tableau. Je luttai avec moi-même pendant tout cet intervalle ; en rentrant, je roulais dans mes doigts un gant que j'avais ramassé ; j'attendais à me venger plus noblement que César lui-même d'une injure que j'avais sentie avec tout le cœur d'un César... Eh bien ! ces lâches n'osaient recommencer ! mon œil les foudroyait sans crainte, et j'allais pardonner au public, sinon à Junie, quand elle a osé... Dieux immortels !... tenez, laissez-moi parler comme je veux !... Oui, depuis cette soirée, ma folie est de me croire un Romain, un empereur ; mon rôle s'est identifié à moi-même, et la tunique de Néron s'est collée à mes membres qu'elle brûle, comme celle du centaure dévorait Hercule expirant[1]. Ne jouons plus avec les choses saintes, même d'un peuple et d'un âge éteints depuis si longtemps, car il y a peut-être quelque flamme encore sous les cendres des dieux de Rome[2] !... Mes amis ! comprenez surtout qu'il ne s'agissait pas pour moi d'une froide traduction de paroles compassées ; mais d'une scène où tout vivait, où trois cœurs luttaient à chances égales, où comme au jeu du cirque, c'était peut-être du vrai sang qui allait couler[3] ! Et le public le savait bien, lui, ce public de petite ville, si bien au courant de toutes nos affaires de coulisse ; ces femmes dont plusieurs m'auraient aimé si j'avais voulu trahir mon seul amour ! ces hommes tous jaloux de moi à cause d'elle ; et l'autre, le Britannicus bien choisi, le pauvre soupirant confus, qui tremblait devant moi et devant elle, mais qui devait me vaincre à ce jeu terrible, où le dernier venu a tout l'avantage et toute la gloire... Ah! le débutant d'amour savait son métier... mais il n'avait rien à craindre, car je suis trop juste pour faire un crime à quelqu'un d'aimer comme moi, et c'est en quoi je m'éloigne du monstre idéal rêvé par le poëte Racine : je ferais brûler Rome sans hésiter, mais en sauvant Junie, je sauverais aussi mon frère Britannicus.

Oui, mon frère, oui, pauvre enfant comme moi de l'art et de la fantaisie, tu l'as conquise, tu l'as méritée en me la disputant seulement. Le ciel me garde d'abuser de mon âge, de ma force et de cette humeur altière que la santé m'a rendue, pour attaquer son choix ou son caprice à elle, la toute puissante, l'équitable, la divinité de mes rêves comme de ma vie!... Seulement j'avais craint longtemps que mon malheur ne te profitât en rien, et que les beaux galants de la ville ne nous enlevassent à tous ce qui n'est perdu que pour moi.

La lettre que je viens de recevoir de La Caverne me rassure pleinement sur ce point. Elle me conseille de renoncer à « un art qui n'est pas fait pour moi et dont je n'ai nul besoin... » Hélas! cette plaisanterie est amère, car jamais je n'eus davantage besoin, sinon de l'art, du moins de ses produits brillants. Voilà ce que vous n'avez pas compris. Vous croyez avoir assez fait en me recommandant aux autorités de Soissons comme un personnage illustre que sa famille ne pouvait abandonner, mais que la violence de son mal vous obligeait à laisser en route. Votre La Rancune s'est présenté à la maison de ville et chez mon hôte, avec des airs de grand d'Espagne de première classe forcé par un contretemps de s'arrêter deux nuits dans un si triste endroit; vous autres, forcés de partir précipitamment de P*** le lendemain de ma déconvenue, vous n'aviez, je le conçois, nulle raison de vous faire passer ici pour d'*in-*

fâmes histrions : c'est bien assez de se laisser clouer ce masque au visage dans les endroits où l'on ne peut faire autrement. Mais, moi, que vais-je dire, et comment me dépêtrer de l'infernal réseau d'intrigues où les récits de La Rancune viennent de m'engager ? Le grand couplet du *Menteur* de Corneille lui a servi assurément à composer son histoire, car la conception d'un faquin tel que lui ne pouvait s'élever si haut. Imaginez... Mais que vais-je vous dire que vous ne sachiez de reste et que vous n'ayez comploté ensemble pour me perdre ? L'ingrate qui est cause de mes malheurs n'y aura-t-elle pas mélangé tous les fils de satin les plus inextricables que ses doigts d'Arachné[1] auront pu tendre autour d'une pauvre victime ?... Le beau chef-d'œuvre ! Hé bien ! je suis pris, je l'avoue ; je cède, je demande grâce. Vous pouvez me reprendre avec vous sans crainte, et, si les rapides chaises de poste qui vous emportèrent sur la route de Flandre[2], il y a près de trois mois, ont déjà fait place à l'humble charrette de nos premières équipées, daignez me recevoir au moins en qualité de monstre, de phénomène, de *calot*[3] propre à faire amasser la foule, et je réponds de m'acquitter de ces divers emplois de manière à contenter les amateurs les plus sévères des provinces... Répondez-moi maintenant au bureau de poste, car je crains la curiosité de mon hôte, j'enverrai prendre votre épître par un homme de la maison, qui m'est dévoué...

L'ILLUSTRE BRISACIER.

Que faire maintenant de ce héros abandonné de sa maîtresse et de ses compagnons ? N'est-ce en vérité qu'un comédien de hasard, justement puni de son irrévérence envers le public, de sa sotte jalousie, de ses folles prétentions ! Comment arrivera-t-il à prouver qu'il est le propre fils du khan de Crimée, ainsi que l'a proclamé l'astucieux récit de La Rancune ? Comment de cet abaissement inouï s'élancera-t-il aux plus hautes destinées ?... Voilà des points qui ne vous embarrasseraient nullement sans doute, mais qui m'ont jeté dans le plus étrange désordre d'esprit. Une fois persuadé que j'écrivais ma propre histoire, je me suis mis à traduire tous mes rêves, toutes mes émotions, je me suis attendri à cet amour pour une *étoile* fugitive qui m'abandonnait seul dans la nuit de ma destinée, j'ai pleuré, j'ai frémi des vaines apparitions de mon sommeil. Puis un rayon divin a lui dans mon enfer ; entouré de monstres contre lesquels je luttais obscurément, j'ai saisi le fil d'Ariane, et dès lors toutes mes visions sont devenues célestes. Quelque jour j'écrirai l'histoire de cette « descente aux enfers[1] », et vous verrez qu'elle n'a pas été entièrement dépourvue de raisonnement si elle a toujours manqué de raison.

Et puisque vous avez eu l'imprudence de citer un des sonnets composés dans cet état de rêverie *supernaturaliste*, comme diraient les Allemands, il faut que vous les entendiez tous. — Vous les trouverez à la fin du volume. Ils ne sont guère plus obscurs que la métaphysique d'Hégel ou les *mémorables* de Swedemborg[2], et perdraient de leur charme à être expliqués, si la chose était possible, concédez-moi du moins le mérite de l'expression ; — la dernière folie qui me restera probablement, ce sera de me croire poëte : c'est à la critique de m'en guérir.

ANGÉLIQUE

1re LETTRE.

À M. L. D.[1]

Voyage à la recherche d'un livre unique. — Francfort et Paris. — L'abbé de Bucquoy. — Pilat à Vienne. — La bibliothèque Richelieu. — Personnalités. — La bibliothèque d'Alexandrie.

En 1851, je passais à Francfort[2]. — Obligé de rester deux jours dans cette ville, que je connaissais déjà, — je n'eus d'autre ressource que de parcourir les rues principales, encombrées alors par les marchands forains. La place du Rœmer, surtout, resplendissait d'un luxe inouï d'étalages ; et près de là, le marché aux fourrures étalait des dépouilles d'animaux sans nombre, venues soit de la haute Sibérie, soit des bords de la mer Caspienne. — L'ours blanc, le renard bleu, l'hermine, étaient les moindres curiosités de cette incomparable exhibition ; plus loin, les verres de Bohême aux mille couleurs éclatantes, montés, festonnés, gravés, incrustés d'or, s'étalaient sur des rayons de planches de cèdre, — comme les fleurs coupées d'un paradis inconnu.

Une plus modeste série d'étalages régnait le long de sombres boutiques, entourant les parties les moins luxueuses du bazar, — consacrées à la mercerie, à la cordonnerie et aux divers objets d'habillement. C'étaient des libraires, venus de divers points de l'Allemagne, et dont la vente la plus productive paraissait être celle des almanachs, des images peintes et des lithographies : le *Wolks-Kalender* (Almanach du peuple), avec ses gravures sur bois, — les chansons politiques, les lithographies de Robert Blum[1] et des héros de la guerre de Hongrie, voilà ce qui attirait les yeux et les *kreutzers* de la foule. Un grand nombre de vieux livres, étalés sous ces nouveautés, ne se recommandaient que par leurs prix modiques, — et je fus étonné d'y trouver beaucoup de livres français.

C'est que Francfort, ville libre, a servi longtemps de refuge aux protestants ; — et, comme les principales villes des Pays-Bas, elle fut longtemps le siège d'imprimeries qui commencèrent par répandre en Europe les œuvres hardies des philosophes et des mécontents français, — et qui sont restées, sur certains points, des ateliers de contrefaçon pure et simple, qu'on aura bien de la peine à détruire.

Il est impossible, pour un Parisien, de résister au désir de feuilleter de vieux ouvrages étalés par un bouquiniste. Cette partie de la foire de Francfort me rappelait les quais, — souvenir plein d'émotion et de charme. J'achetai quelques vieux livres, — ce qui me donnait le droit de parcourir longuement les autres. Dans le nombre, j'en rencontrai un, imprimé moitié en français, moitié en allemand, et dont voici le titre, que j'ai pu vérifier depuis dans le *Manuel du Libraire* de Brunet[2] :

« Événement des plus rares, ou Histoire du *sieur abbé comte de Bucquoy*, singulièrement son évasion du Fort-l'Évêque et de la Bastille, avec plusieurs ouvrages vers et prose, et particulièrement la *game* des femmes, *se vend chez Jean de la France*, rue de la Réforme, à l'Espérance, à Bonnefoy. — 1749[3]. »

Le libraire m'en demanda un florin et six kreutzers (on prononce *cruches*). Cela me parut cher pour l'endroit, et je me bornai à feuilleter le livre, — ce qui, grâce à la dépense que j'avais déjà faite, m'était gratuitement permis. Le récit des évasions de l'abbé de Bucquoy était plein d'intérêt ; mais je me dis enfin : je trouverai ce livre à Paris, aux bibliothèques, ou dans ces mille collections où sont réunis tous les mémoires possibles relatifs à l'histoire de France. Je pris seulement le titre exact, et j'allai me promener au *Meinlust*, sur le quai du Mein, en feuilletant les pages du Wolks-Kalender.

À mon retour à Paris, je trouvai la littérature dans un état de terreur inexprimable. Par suite de l'amendement Riancey à la loi sur la presse[1], il était défendu aux journaux d'insérer ce que l'assemblée s'est plu à appeler le *feuilleton-roman*. J'ai vu bien des écrivains, étrangers à toute couleur politique, désespérés de cette résolution qui les frappait cruellement dans leurs moyens d'existence.

Moi-même, qui ne suis pas un romancier, je tremblais en songeant à cette interprétation vague, qu'il serait possible de donner à ces deux mots bizarrement accouplés[2] : feuilleton-roman, et pressé de vous donner un titre, j'indiquai celui-ci : *l'Abbé de Bucquoy*, pensant bien que je trouverais très-vite à Paris les documents nécessaires pour parler de ce personnage d'une façon historique et non romanesque, — car il faut bien s'entendre sur les mots.

Je m'étais assuré de l'existence du livre en France, et je l'avais vu classé non-seulement dans le manuel de Brunet, mais aussi dans la *France littéraire* de Quérard[3]. — Il paraissait certain que cet ouvrage, noté, il est vrai, comme rare, se rencontrerait facilement soit dans quelque bibliothèque publique, soit encore chez un amateur, soit chez les libraires spéciaux.

Du reste, ayant parcouru le livre, — ayant même rencontré un second récit des aventures de l'abbé de

Bucquoy dans les lettres si spirituelles et si curieuses de madame Dunoyer[1], — je ne me sentais pas embarrassé pour donner le portrait de l'homme et pour écrire sa biographie selon des données irréprochables.

Mais je commence à m'effrayer aujourd'hui des condamnations suspendues sur les journaux pour la moindre infraction au texte de la loi nouvelle. Cinquante francs d'amende par exemplaire saisi, c'est de quoi faire reculer les plus intrépides : car, pour les journaux qui tirent seulement à vingt-cinq mille, — et il y en a plusieurs, — cela représenterait plus d'un million. On comprend alors combien une *large* interprétation de la loi donnerait au pouvoir de moyens pour éteindre toute opposition. Le régime de la censure serait de beaucoup préférable. Sous l'ancien régime, avec l'approbation d'un censeur, — qu'il était permis de choisir, — on était sûr de pouvoir sans danger produire ses idées, et la liberté dont on jouissait était extraordinaire quelquefois. J'ai lu des livres contresignés Louis et Phélippeaux[2] qui seraient saisis aujourd'hui incontestablement.

Le hasard m'a fait vivre à Vienne sous le régime de la censure. Me trouvant quelque peu gêné par suite de frais de voyage imprévus, et en raison de la difficulté de faire venir de l'argent de France, j'avais recouru au moyen bien simple d'écrire dans les journaux du pays[3]. On payait cent cinquante francs la feuille de seize colonnes très-courtes. Je donnai deux séries d'articles, qu'il fallut soumettre aux censeurs.

J'attendis d'abord plusieurs jours. On ne me rendait rien. — Je me vis forcé d'aller trouver M. Pilat, le directeur de cette institution, en lui exposant qu'on me faisait attendre trop longtemps le *visa*. — Il fut pour moi d'une complaisance rare, — et il ne voulut pas, comme son quasi-homonyme[4], se laver les mains de l'injustice que je lui signalais. J'étais privé, en outre, de la lecture des journaux français, car on ne recevait dans les cafés que le *Journal des Débats* et *la Quotidienne.* M. Pilat me dit : « Vous êtes ici dans l'endroit le plus libre de l'empire (les bureaux de la censure), et vous pouvez venir y lire, tous les jours, même le *National* et le *Charivari*[1]. »

Voilà des façons spirituelles et généreuses qu'on ne rencontre que chez les fonctionnaires allemands, et qui n'ont que cela de fâcheux qu'elles font supporter plus longtemps l'arbitraire.

Je n'ai jamais eu tant de bonheur avec la censure française, — je veux parler de celle des théâtres, — et je doute que si l'on rétablissait celle des livres et des journaux, nous eussions plus à nous en louer. Dans le caractère de notre nation, il y a toujours une tendance à exercer la force, quand on la possède, ou les prétentions du pouvoir, quand on le tient en main.

Je parlais dernièrement de mon embarras à un savant, qu'il est inutile de désigner autrement qu'en l'appelant *bibliophile*[2]. Il me dit : Ne vous servez pas des *Lettres galantes* de madame Dunoyer pour écrire l'histoire de l'abbé de Bucquoy. Le titre seul du livre empêchera qu'on le considère comme sérieux ; attendez la réouverture de la Bibliothèque (elle était alors en vacances), et vous ne pouvez manquer d'y trouver l'ouvrage que vous avez lu à Francfort.

Je ne fis pas attention au malin sourire qui, probablement, pinçait alors la lèvre du bibliophile, — et, le 1er octobre, je me présentais l'un des premiers à la Bibliothèque nationale.

M. Pilon[3] est un homme plein de savoir et de complaisance. Il fit faire des recherches qui, au bout d'une demi-heure, n'amenèrent aucun résultat. Il feuilleta Brunet et Quérard, y trouva le livre parfaitement désigné, et me pria de revenir au bout de trois jours : — on n'avait pas pu le trouver. — Peut-être cependant, me dit M. Pilon, avec l'obligeante patience qu'on lui connaît, — peut-être se trouve-t-il classé parmi les romans.

Je frémis : — *Parmi les romans ?...* mais c'est un livre historique !... cela doit se trouver dans la collection des Mémoires relatifs au siècle de Louis XIV. Ce livre se rapporte à l'histoire spéciale de la Bastille : il donne des détails sur la révolte des camisards, sur l'exil des protestants, sur cette célèbre ligue des faux-saulniers de Lorraine[1], dont Mandrin se servit plus tard pour lever des troupes régulières qui furent capables de lutter contre des corps d'armée et de prendre d'assaut des villes telles que Beaune et Dijon !...

— Je le sais, me dit M. Pilon ; mais le classement des livres, fait à diverses époques, est souvent fautif. On ne peut en réparer les erreurs qu'à mesure que le public fait la demande des ouvrages. Il n'y a ici que M. Ravenel[2] qui puisse vous tirer d'embarras... Malheureusement, il n'est pas *de semaine.*

J'attendis la semaine de M. Ravenel. Par bonheur, je rencontrai, le lundi suivant, dans la salle de lecture, quelqu'un qui le connaissait, et qui m'offrit de me présenter à lui. M. Ravenel m'accueillit avec beaucoup de politesse, et me dit ensuite : « Monsieur, je suis charmé du hasard qui me procure votre connaissance, et je vous prie seulement de m'accorder quelques jours. Cette semaine, j'appartiens au public. La semaine prochaine, je serai tout à votre service. »

Comme j'avais été présenté à M. Ravenel, je ne faisais plus partie du public ! Je devenais une connaissance privée, — pour laquelle on ne pouvait se déranger du service ordinaire.

Cela était parfaitement juste d'ailleurs; — mais admirez ma mauvaise chance !... Et je n'ai eu qu'elle à accuser.

On a souvent parlé des abus de la Bibliothèque. Ils tiennent en partie à l'insuffisance du personnel, en partie aussi à de vieilles traditions qui se perpétuent. Ce qui a été dit de plus juste, c'est qu'une grande partie du temps et de la fatigue des savants distingués qui remplissent là des fonctions peu lucratives de bibliothécaires, est dépensée à donner aux six cents lecteurs quotidiens des livres usuels, qu'on trouverait dans tous les cabinets de lecture ; — ce qui ne fait pas moins de tort à ces derniers qu'aux éditeurs et aux auteurs, dont il devient inutile dès lors d'acheter ou de louer les livres.

On l'a dit encore avec raison, un établissement unique au monde comme celui-là ne devrait pas être un chauffoir public, une salle d'asile, — dont les hôtes sont, en majorité, dangereux pour l'existence et la conservation des livres. Cette quantité de désœuvrés vulgaires, de bourgeois retirés, d'hommes veufs, de solliciteurs sans places, d'écoliers qui viennent copier leur version, de vieillards maniaques, — comme l'était ce pauvre *Carnaval*[1] qui venait tous les jours avec un habit rouge, bleu clair, ou vert pomme, et un chapeau orné de fleurs, — mérite sans doute considération, mais n'existe-t-il pas d'autres bibliothèques, et même des bibliothèques spéciales à leur ouvrir ?...

Il y avait aux imprimés dix-neuf éditions de *Don Quichotte*. Aucune n'est restée complète. Les voyages, les comédies, les histoires amusantes, comme celles de M. Thiers et de M. Capefigue[2], l'Almanach des adresses, sont ce que ce public demande invariablement, depuis que les bibliothèques ne donnent plus de romans en lecture.

Puis, de temps en temps, une édition se dépareille, un livre curieux disparaît, grâce au système trop large qui consiste à ne pas même demander les noms des lecteurs.

La république des lettres est la seule qui doive être quelque peu imprégnée d'aristocratie, — car on ne contestera jamais celle de la science et du talent.

La célèbre bibliothèque d'Alexandrie n'était ouverte qu'aux savants ou aux poëtes connus par des ouvrages d'un mérite quelconque. Mais aussi l'hospitalité y était complète, et ceux qui venaient y consulter les auteurs étaient logés et nourris gratuitement pendant tout le temps qu'il leur plaisait d'y séjourner.

Et à ce propos, — permettez à un voyageur qui en a foulé les débris et interrogé les souvenirs, de venger la mémoire de l'illustre calife Omar de cet éternel incendie de la bibliothèque d'Alexandrie, qu'on lui reproche communément. Omar n'a jamais mis le pied à Alexandrie, — quoi qu'en aient dit bien des académiciens. Il n'a pas même eu d'ordres à envoyer sur ce point à son lieutenant Amrou. — La bibliothèque d'Alexandrie et le *Serapéon,* ou maison de secours, qui en faisait partie, avaient été brûlés et détruits au quatrième siècle par les chrétiens, — qui, en outre, massacrèrent dans les rues la célèbre Hypatie, philosophe pythagoricienne[1]. Ce sont là, sans doute, des excès qu'on ne peut reprocher à la religion, — mais il est bon de laver du reproche d'ignorance ces malheureux Arabes dont les traductions nous ont conservé les merveilles de la philosophie, de la médecine et des sciences grecques, en y ajoutant leurs propres travaux, — qui sans cesse perçaient de vifs rayons la brume obstinée des époques féodales.

Pardonnez-moi ces digressions, — et je vous tiendrai au courant du voyage que j'entreprends *à la recherche* de l'abbé de Bucquoy. Ce personnage excentrique et éternellement fugitif ne peut échapper toujours à une investigation rigoureuse.

2e LETTRE.

Un paléographe. — Rapports de police en 1709. — Affaire Le Pileur. — Un drame domestique.

Il est certain que la plus grande complaisance règne à la Bibliothèque nationale. Aucun savant sérieux ne se plaindra de l'organisation actuelle ; — mais quand un feuilletoniste ou un romancier se présente, « tout le dedans des rayons tremble[1]. » Un bibliographe, un homme appartenant à la science régulière, savent juste ce qu'ils ont à demander. Mais l'écrivain fantaisiste, exposé à perpétrer un *roman-feuilleton*, fait tout déranger, et dérange tout le monde pour une idée biscornue qui lui passe par la tête[2].

C'est ici qu'il faut admirer la patience d'un conservateur, — l'employé secondaire est souvent trop jeune encore pour s'être fait à cette paternelle abnégation. Il vient parfois des gens grossiers qui se font une idée exagérée des droits que leur confère cet avantage de faire partie du *public*, — et qui parlent à un bibliothécaire avec le ton qu'on emploie pour se faire servir dans un café. — Eh bien, un savant illustre, un académicien, répondra à cet homme avec la résignation bienveillante d'un moine. Il supportera tout de lui de dix heures à deux heures et demie, inclusivement.

Prenant pitié de mon embarras, on avait feuilleté les catalogues, remué jusqu'à la *réserve*, jusqu'à l'amas indigeste des romans, — parmi lesquels avait pu se trouver classé par erreur l'abbé Bucquoy ; tout d'un coup un employé s'écria : — Nous l'avons en hollandais ! Il me lut ce titre : «Jacques de Bucquoy : — *Événements remarquables...* »

— Pardon, fis-je observer, le livre que je cherche commence par « *Événement des plus rares...* »

— Voyons encore, il peut y avoir une erreur de traduction : « ..... *d'un voyage de seize années fait aux Indes.* — Harlem, 1744[1]. »

— Ce n'est pas cela... et cependant le livre se rapporte à une époque où vivait l'abbé de Bucquoy; le prénom Jacques est bien le sien. Mais qu'est-ce que cet abbé fantastique a pu aller faire dans les Indes?

Un autre employé arrive : on s'est trompé dans l'orthographe du nom; ce n'est pas de Bucquoy; c'est du Bucquoy, et comme il peut avoir été écrit Dubucquoy, il faut recommencer toutes les recherches à la lettre D.

Il y avait véritablement de quoi maudire les particules des noms de famille ! Dubucquoy, disais-je, serait un roturier... et le titre du livre le qualifie comte de Bucquoy !

Un *paléographe* qui travaillait à la table voisine leva la tête et me dit : « La particule n'a jamais été une preuve de noblesse; au contraire, le plus souvent, elle indique la bourgeoisie propriétaire, qui a commencé par ceux que l'on appelait les gens de *franc alleu.* On les désignait par le nom de leur terre, et l'on distinguait même les *branches diverses* par la désinence variée des noms d'une famille. Les grandes familles historiques s'appellent Bouchard (Montmorency), Bozon (Périgord), Beaupoil (Saint-Aulaire), Capet (Bourbon), etc. Les *de* et les *du* sont pleins d'irrégularités et d'usurpations. Il y a plus : dans toute la Flandre et la Belgique, *de* est le même article que le *der* allemand, et signifie *le.* Ainsi, de Muller veut dire : le meunier, etc. — Voilà un quart de la France rempli de faux gentilshommes[2].

Béranger s'est raillé lui-même très-gaiement sur le *de* qui précède son nom, et qui indique l'origine flamande. »

On ne discute pas avec un paléographe ; on le laisse parler.

Cependant, l'examen de la lettre *D* dans les diverses séries de catalogues n'avait pas produit de résultat.

— D'après quoi supposez-vous que c'est du Bucquoy, dis-je à l'obligeant bibliothécaire qui était venu en dernier lieu.

— C'est que je viens de chercher ce nom aux manuscrits dans le catalogue des archives de la police : 1709, est-ce l'époque ?

— Sans doute ; c'est l'époque de la troisième évasion du comte de Bucquoy.

— Du Bucquoy !... c'est ainsi qu'il est porté au catalogue des manuscrits. Montez avec moi, vous consulterez le livre même.

Je me suis vu bientôt maître de feuilleter un gros in-folio relié en maroquin rouge, et réunissant plusieurs dossiers de rapports de police de l'année 1709[1]. Le second du volume portait ces noms : « Le Pileur, François Bouchard, dame de Boulanvilliers, Jeanne Massé, — Comte du Buquoy. »

Nous tenons le loup par les oreilles[2], — car il s'agit bien là d'une évasion de la Bastille, et voici ce qu'écrit M. d'Argenson[3] dans un rapport à M. de Pontchartrain[4] :

« Je continue à faire chercher le *prétendu* comte du Buquoy dans tous les endroits qu'il vous a pleu de m'indiquer, mais on n'a peu en rien apprendre, et je ne pense pas qu'il soit à Paris. »

Il y a dans ce peu de lignes quelque chose de rassurant et quelque chose de désolant pour moi. — Le comte de Buquoy ou de Bucquoy, sur lequel je n'avais que des données vagues ou contestables, prend, grâce à cette pièce, une existence historique certaine. Aucun tribunal n'a plus le droit de le classer parmi les héros du roman-feuilleton.

D'un autre côté, pourquoi M. d'Argenson écrit-il : le *prétendu* comte de Bucquoy[1] ?

Serait-ce un faux Bucquoy, — qui se serait fait passer pour l'autre... dans un but qu'il est bien difficile aujourd'hui d'apprécier ?

Serait-ce le véritable, qui aurait caché son nom sous un pseudonyme ?

Réduit à cette seule preuve, la vérité m'échappe, — et il n'y a pas un légiste qui ne fût fondé à contester même l'existence matérielle de l'individu !

Que répondre à un substitut qui s'écrierait devant le tribunal : « Le comte de Bucquoy est un personnage fictif, créé par la *romanesque* imagination de l'auteur !... » et qui réclamerait l'application de la loi, c'est-à-dire, peut-être un million d'amende ! ce qui se multiplierait encore par la série quotidienne de numéros saisis, si on les laissait s'accumuler ?

Sans avoir droit au beau nom de savant, tout écrivain est forcé parfois d'employer la méthode scientifique, je me mis donc à examiner curieusement l'écriture jaunie sur papier de Hollande du rapport signé d'Argenson. À la hauteur de cette ligne : « Je continue de faire chercher le prétendu comte... » Il y avait sur la marge ces trois mots écrits au crayon, et tracés d'une main rapide et ferme : « L'on ne peut trop[2]. » Qu'est-ce que l'on ne peut trop ? — chercher l'abbé de Bucquoy, sans doute.....

C'était aussi mon avis.

Toutefois, pour acquérir la certitude, en matière d'écritures, il faut comparer. Cette note se reproduisait sur une autre page à propos des lignes suivantes du même rapport :

« Les lanternes ont été posées sous les guichets du Louvre suivant votre intention, et je tiendrai la main à ce qu'elles soient allumées tous les soirs. »

La phrase était terminée ainsi dans l'écriture du secrétaire, qui avait copié le rapport. Une autre main moins exercée avait ajouté à ces mots : « allumées tous les soirs », ceux-ci : « *fort exactement* ».

À la marge se retrouvaient ces mots de l'écriture évidemment du ministre Pontchartrain : « L'on ne peut trop[1]. »

La même note que pour l'abbé de Bucquoy.

Cependant, il est probable que M. de Pontchartrain variait ses formules. Voici autre chose :

« J'ai fait dire aux marchands de la foire Saint-Germain qu'ils aient à se conformer aux ordres du roy, qui défendent de donner à manger durant les heures qui conviennent à l'observation du jeusne, suivant les règles de l'Église[2]. »

Il y a seulement à la marge ce mot au crayon : « Bon. »

Plus loin il est question d'un *particulier*, arrêté pour avoir assassiné une religieuse d'Évreux. On a trouvé sur lui une tasse, un cachet d'argent, des linges ensanglantés et un *gand*[3]. — Il se trouve que cet homme est un abbé[4] (encore un abbé !) ; mais les charges se sont dissipées, selon M. d'Argenson, qui dit que cet abbé est venu à Versailles pour y solliciter des affaires qui ne lui réussissent pas, puisqu'il est toujours dans le besoin. « Aincy, ajoute-t-il, je crois qu'on peut le regarder comme un visionnaire plus propre à renvoyer dans sa province qu'à tolérer à Paris, où il ne peut être qu'à charge au public[5]. »

Le ministre a écrit au crayon : « Qu'il luy parle auparavant. » Terribles mots, qui ont peut-être changé la face de l'affaire du pauvre abbé.

Et si c'était l'abbé de Bucquoy lui-même ! — Pas de nom ; seulement un mot : *Un particulier*[1]. Il est question plus loin de la nommée Lebeau, femme du nommé Cardinal, connue pour une prostituée… Le sieur Pasquier s'intéresse à elle[2]…

Au crayon, en marge : « À la maison de Force. Bon pour six mois[3]. »

Je ne sais si tout le monde prendrait le même intérêt que moi à dérouler ces pages terribles intitulées : *Pièces diverses de police*. Ce petit nombre de faits peint le point historique où se déroulera la vie de l'abbé fugitif. Et moi, qui le connais, ce pauvre abbé, — mieux peut-être que ne pourront le connaître mes lecteurs, — j'ai frémi en tournant les pages de ces rapports impitoyables qui avaient passé sous la main de ces deux hommes, — d'Argenson et Pontchartrain[a].

Il y a un endroit où le premier écrit, après quelques protestations de dévouement :

« Je saurais même comme je dois recevoir les reproches et les réprimandes qu'il vous plaira de me faire[5]… »

Le ministre répond, à la troisième personne, et cette fois, en se servant d'une plume… « Il ne les méritera pas quand il voudra ; et je serais bien fâché de douter de son dévouement, ne pouvant douter de sa capacité[6]. »

Il restait une pièce dans ce dossier. « Affaire Le Pileur. » Tout un drame effrayant se déroula sous mes yeux.

Ce n'est pas un *roman*.

a. Voici à quoi rimait dans ce temps-là le nom de Pontchartrain.

C'est un *pont* de planches pourries,
Un *char* traîné par les furies
Dont le diable emporte le *train*[4].

UN DRAME DOMESTIQUE. — AFFAIRE LE PILEUR.

L'action représente une de ces terribles scènes de famille qui se passent au chevet des morts, — dans ce moment, si bien rendu jadis sur une scène des boulevards, — où l'héritier, quittant son masque de componction et de tristesse, se lève fièrement et dit aux gens de la maison : « Les clefs ? »

Ici[1] nous avons deux héritiers après la mort de Binet de Villiers : son frère Binet de Basse-Maison, légataire universel, et son beau-frère Le Pileur.

Deux procureurs, celui du défunt et celui de Le Pileur travaillaient à l'inventaire, assistés d'un notaire et d'un clerc. Le Pileur se plaignit de ce qu'on n'avait pas inventorié un certain nombre de papiers que Binet de Basse-Maison déclarait de peu d'importance. Ce dernier dit à Le Pileur qu'il ne devait pas soulever de mauvais incidents et pouvait s'en rapporter à ce que dirait Châtelain, son procureur.

Mais Le Pileur répondit qu'il n'avait que faire de consulter son procureur ; qu'il savait ce qui était à faire, et que s'il formait de mauvais incidents, il était *assez gros seigneur* pour les soutenir.

Basse-Maison, irrité de ce discours, s'approcha de Le Pileur et lui dit, en le prenant par les deux boutonnières du haut de son justaucorps, qu'il l'en empêcherait bien ; — Le Pileur mit l'épée à la main, Basse-Maison en fit autant... Ils se portèrent d'abord quelques coups d'épée sans beaucoup s'approcher. La dame Le Pileur se jeta entre son mari et son père[2] ; les assistants s'en mêlèrent et l'on parvint à les pousser chacun dans une chambre différente, que l'on ferma à clef.

Un moment après l'on entendit s'ouvrir une fenêtre ; c'était Le Pileur qui criait à ses gens restés dans la cour « d'aller quérir ses deux neveux. »

Les hommes de loi commençaient un procès-verbal sur le désordre survenu, quand les deux neveux entrèrent le sabre à la main. — C'étaient deux officiers de la maison du roi ; ils repoussèrent les valets, et présentèrent la pointe aux procureurs et au notaire, demandant où était Basse-Maison.

On refusait de leur dire, quand Le Pileur cria de sa chambre : « À moi, mes neveux ! »

Les neveux avaient déjà enfoncé la porte de la chambre de gauche, et accablaient de coups de plat de sabre l'infortuné Binet de Basse-Maison, lequel était, selon le rapport, « hasthmatique[1]. »

Le notaire, qui s'appelait Dionis, crut alors que la colère de Le Pileur serait satisfaite et qu'il arrêterait ses neveux ; — il ouvrit donc la porte et lui fit ses remontrances. À peine dehors, Le Pileur s'écria : « On va voir beau jeu ! » Et arrivant derrière ses neveux, qui battaient toujours Basse-Maison, il lui porta un coup d'épée dans le ventre.

La pièce qui relate ces faits est suivie d'une autre plus détaillée, avec les dépositions de treize témoins, — dont *les plus considérables* étaient les deux procureurs et le notaire.

Il est juste de dire que ces treize témoins avaient lâché pied au moment critique. Aussi, aucun ne rapporte qu'il soit absolument certain que Le Pileur ait donné le coup d'épée.

Le premier procureur dit qu'il n'est sûr que d'avoir entendu de loin les coups de plat de sabre.

Le second dépose comme son confrère.

Un laquais nommé Barry s'avance davantage : — Il a vu le meurtre de loin par une fenêtre ; mais il ne sait si c'était Le Pileur ou *un habillé de gris blanc* qui a donné à Basse-Maison un coup d'épée dans le ventre. Louis Calot, autre laquais, dépose à peu près de même.

Le dernier de ces treize braves, qui est le moins considérable, le clerc du notaire, a *veu* la dame Le Pileur faire main basse sur plusieurs des papiers du défunt. Il a ajouté qu'après la scène, Le Pileur est venu tranquillement chercher sa femme dans la salle où elle était, et « qu'il s'en alla dans son carrosse avec elle et les deux hommes qui avaient fait la violence. »

La moralité manquerait à ce récit instructif, touchant les mœurs du temps, — si l'on ne lisait à la fin du rapport cette conclusion remarquable : « Il y a peu d'exemples d'une violence aussi odieuse et aussi criminelle... Cependant, comme les héritiers des deux frères morts se trouvent aussi beaux-frères du meurtrier, on peut craindre avec beaucoup d'apparence que cet assassinat ne demeure impuni et ne produise d'autre effet que de rendre le sieur Le Pileur beaucoup plus traitable sur des propositions d'accommoder qui lui seront faites de la part de ses cohéritiers, par rapport à leurs intérêts communs[1]. »

On a dit que dans le grand siècle, le plus petit commis écrivait aussi pompeusement que Bossuet. Il est impossible de ne pas admirer ce beau détachement du *rapport* qui fait espérer que le meurtrier deviendra plus traitable sur le règlement de ses intérêts... Quant au meurtre, à l'enlèvement des papiers, aux coups mêmes, distribués probablement aux hommes de loi, ils ne peuvent être punis, parce que ni les parents ni d'autres n'en porteront plainte, — M. Le Pileur étant *trop grand seigneur* pour ne pas *soutenir* même ses *mauvais incidents*...

Il n'est plus question ensuite de cette histoire, — qui m'a fait oublier un instant le pauvre abbé ; — mais, à défaut d'enjolivements romanesques, on peut du moins découper des silhouettes historiques pour le fond du tableau. Tout déjà, pour moi, vit et se recompose. Je vois d'Argenson dans son bureau, Pontchartrain dans son cabinet, le Pontchartrain de Saint-Simon[1], qui se rendit si plaisant en se faisant appeler de Pontchartrain, et qui, comme bien d'autres, se vengeait du ridicule par la terreur.

Mais à quoi bon ces préparations ? Me sera-t-il permis seulement de mettre en scène les faits, à la manière de Froissard ou de Monstrelet[2] ? — On me dirait que c'est le procédé de Walter Scott, un romancier, et je crains bien qu'il ne faille me borner à une analyse pure et simple de l'histoire de l'abbé de Bucquoy... quand je l'aurai trouvée.

3e LETTRE.

Un conservateur de la Bibliothèque Mazarine. — La souris d'Athènes. — *La Sonnette enchantée.*

J'avais bon espoir : M. Ravenel devait s'en occuper ; — ce n'était plus que huit jours à attendre. Et, du reste, je pouvais, dans l'intervalle, trouver encore le livre dans quelque autre bibliothèque publique.

Malheureusement, toutes étaient fermées, — hors la Mazarine. J'allai donc troubler le silence de ces magnifiques et froides galeries. Il y a là un catalogue fort complet, que l'on peut consulter soi-même, et qui, en dix minutes, vous signale clairement le oui ou le non de toute question. Les garçons eux-mêmes sont si instruits qu'il est presque toujours inutile de déranger les employés et de feuilleter le catalogue. Je m'adressai à l'un d'eux, qui fut étonné, chercha dans sa tête et me dit : « Nous n'avons pas le livre… ; pourtant, j'en ai une vague idée. »

Le conservateur est un homme plein d'esprit, que tout le monde connaît, et de science sérieuse[1]. Il me reconnut. « Qu'avez-vous donc à faire de l'abbé de Bucquoy ? est-ce pour un livret d'opéra ? j'en ai vu un charmant de vous il y a dix ans[a] ; la musique était ravissante. Vous aviez là une actrice admirable[2]….. Mais la censure, aujourd'hui, ne vous laissera pas mettre au théâtre *un abbé*.

— C'est pour un travail historique que j'ai besoin du livre. »

Il me regarda avec attention, comme on regarde ceux qui demandent des livres d'alchimie. « Je comprends, dit-il enfin ; c'est pour un roman historique, genre Dumas.

— Je n'en ai jamais fait ; je n'en veux pas faire : je ne veux pas grever les journaux où j'écris de quatre ou cinq cents francs par jour de timbre[3]… Si je ne sais pas faire de l'histoire, j'imprimerai le livre tel qu'il est ! »

Il hocha la tête et me dit : — Nous l'avons.

— Ah !

— Je sais où il est. Il fait partie du fonds de livres qui nous est venu de Saint-Germain-des-Prés[4]. C'est pourquoi il n'est pas encore catalogué… Il est dans les caves.

— Ah ! si vous étiez assez bon…

— Je vous le chercherai : donnez-moi quelques jours.

— Je commence le travail après-demain.

— Ah ! c'est que tout cela est l'un sur l'autre : c'est une maison à remuer. Mais le livre y est : je l'ai vu.

— Ah ! faites bien attention, dis-je, à ces livres du

a. *Piquillo*, musique de Monpou, en collaboration avec Alexandre Dumas.

fonds de Saint-Germain-des-Prés, — à cause des rats... On en a signalé tant d'espèces nouvelles sans compter le rat gris de Russie venu à la suite des Cosaques. Il est vrai qu'il a servi à détruire le rat anglais ; mais on parle à présent d'un nouveau *rongeur* arrivé depuis peu. C'est la *souris d'Athènes.* Il paraît qu'elle peuple énormément, et que la race en a été apportée dans des caisses envoyées ici par l'Université que la France entretient à Athènes[1].

Le conservateur sourit de ma crainte et me congédia en me promettant tous ses soins.

LA SONNETTE ENCHANTÉE.

Il m'est venu encore une idée : la Bibliothèque de l'Arsenal est en vacances ; mais j'y connais un conservateur[2]. — Il est à Paris : il a les clefs. Il a été autrefois très-bienveillant pour moi, et voudra bien me communiquer exceptionnellement ce livre, qui est de ceux que sa bibliothèque possède en grand nombre.

Je m'étais mis en route. Une pensée terrible m'arrêta. C'était le souvenir d'un récit fantastique qui m'avait été fait il y a longtemps.

Le conservateur que je connais avait succédé à un vieillard célèbre[a], qui avait la passion des livres, et qui ne quitta que fort tard et avec grand regret ses chères éditions du 17e siècle ; il mourut cependant, et le nouveau conservateur prit possession de son appartement.

Il venait de se marier, et reposait en paix près de sa jeune épouse, lorsque tout à coup il se sent réveillé, à

a. M. de Saint-Martin[3].

une heure du matin, par de violents coups de sonnette. La bonne couchait à un autre étage. Le conservateur se lève et va ouvrir.

Personne.

Il s'informe dans la maison : tout le monde dormait; — le concierge n'avait rien vu.

Le lendemain, à la même heure, la sonnette retentit de la même manière avec une longue série de carillons.

Pas plus de visiteur que la veille. Le conservateur, qui avait été professeur quelque temps auparavant, suppose que c'est quelque écolier rancuneux, affligé de trop de *pensums*, qui se sera caché dans la maison, — ou qui aura même attaché un chat par la queue à un nœud coulant qui se serait relâché par l'effet de la traction...

Enfin, le troisième jour, il charge le concierge de se tenir sur le palier, avec une lumière, jusqu'au delà de l'heure fatale, et lui promet une récompense si la sonnerie n'a pas lieu.

À une heure du matin, le concierge voit avec consternation le cordon de sonnette se mettre en branle de lui-même, le gland rouge danse avec frénésie le long du mur. Le conservateur ouvre, de son côté, et ne voit devant lui que le concierge faisant des signes de croix.

— C'est l'âme de votre prédécesseur qui revient.

— L'avez-vous vu ?

— Non ! mais des fantômes, cela ne se voit pas à la chandelle.

— Eh bien, nous essaierons demain sans lumière.

— Monsieur, vous pourrez bien essayer tout seul...

Après mûre réflexion, le conservateur se décida à ne pas essayer de voir le fantôme, et probablement on fit dire une messe pour le vieux bibliophile, car le fait ne se renouvela plus.

Et j'irais, moi, tirer cette même sonnette !… Qui sait si ce n'est pas le fantôme *qui m'ouvrira ?*

—

Cette bibliothèque est, d'ailleurs, pleine pour moi de tristes souvenirs : j'y ai connu trois conservateurs, — dont le premier était l'original du fantôme supposé ; le second, si spirituel et si bon….. qui fut un de mes tuteurs littéraires[a] ; le dernier[b], qui me révélait si complaisamment ses belles collections de gravures, et à qui j'ai fait présent d'un *Faust*, illustré de planches allemandes[2] !

Non, je ne me déciderai pas facilement à retourner à l'Arsenal.

D'ailleurs, nous avons encore à visiter les vieux libraires. Il y a France ; il y a Merlin ; il y a Techener[3]…

M. France me dit : « Je connais bien le livre ; je l'ai eu dans les mains dix fois….. Vous pouvez le trouver par hasard sur les quais : je l'y ai trouvé pour dix sous. »

Courir les quais plusieurs jours pour chercher un livre noté comme rare….. J'ai mieux aimé aller chez Merlin. « Le Bucquoy ? me dit son successeur ; nous ne connaissons que cela ; j'en ai même un sur ce rayon… »

Il est inutile d'exprimer ma joie. Le libraire m'apporta un livre in-12, du format indiqué ; seulement, il était un peu gros (649 pages). Je trouvai, en l'ouvrant, ce titre, en regard d'un portrait : « Éloge du comte de Bucquoy. » Autour du portrait, on retrouvait en latin : *COMES. A. BVCQVOY.*

Mon illusion ne dura pas longtemps ; c'était une histoire de la rébellion de Bohême, avec le portrait d'un

a. Nodier.
b. Soulié[1].

Bucquoy en cuirasse, ayant barbe coupée à la mode de Louis XIII. C'est probablement l'aïeul du pauvre abbé. — Mais il n'était pas sans intérêt de posséder ce livre ; car souvent les goûts et les traits de famille se reproduisent. Voilà un Bucquoy né dans l'Artois qui fait la guerre de Bohême ; — sa figure révèle l'imagination et l'énergie, avec un grain de tendance au fantasque. L'abbé de Bucquoy a dû lui succéder comme les rêveurs succèdent aux hommes d'action.

LE CANARI.

En me rendant chez Techener pour tenter une dernière chance, je m'arrêtai à la porte d'un oiselier. Une femme d'un certain âge, en chapeau, vêtue avec ce soin à demi luxueux qui révèle qu'on a vu de meilleurs jours, offrait au marchand de lui vendre un canari avec sa cage.

Le marchand répondit qu'il était bien embarrassé seulement de nourrir les siens. La vieille dame insistait d'une voix oppressée. L'oiselier lui dit que son oiseau n'avait pas de valeur. — La dame s'éloigna en soupirant.

J'avais donné tout mon argent pour les exploits en Bohême du comte de Bucquoy : sans cela, j'aurais dit au marchand : Rappelez cette dame, et dites-lui que vous vous décidez à acheter l'oiseau.....

La fatalité qui me poursuit à propos des Bucquoy m'a laissé le remords de n'avoir pu le faire.

—

M. Techener m'a dit : Je n'ai plus d'exemplaires du livre que vous cherchez ; mais je sais qu'il s'en vendra un prochainement dans la bibliothèque d'un amateur.

— Quel amateur ?...

— X., si vous voulez, le nom ne sera pas sur le catalogue.

— Mais, si je veux acheter l'exemplaire maintenant?...

— On ne vend jamais d'avance les livres catalogués et classés dans les lots. La vente aura lieu le 11 novembre.

Le 11 novembre!

Hier, j'ai reçu une note de M. Ravenel, conservateur de la Bibliothèque, à qui j'avais été présenté. Il ne m'avait pas oublié, et m'instruisait du même détail. Seulement il paraît que la vente a été remise au 20 novembre.

Que faire d'ici là. — Et encore, à présent, le livre montera peut-être à un prix fabuleux.

4e LETTRE.

Un manuscrit des archives. — Angélique de Longueval. — Voyage à Compiègne. — Histoire de la grand'tante de l'abbé de Bucquoy.

J'ai eu l'idée d'aller aux archives de France où l'on m'a communiqué la généalogie authentique des Bucquoy. Leur nom patronymique est *Longueval*. En compulsant les dossiers nombreux qui se rattachent à cette famille, j'ai fait une trouvaille des plus heureuses.

C'est un manuscrit d'environ cent pages, au papier jauni, à l'encre déteinte, dont les feuilles sont réunies avec des faveurs d'un rose passé, et qui contient l'histoire d'*Angélique de Longueval;* j'en ai pris quelques extraits que je tâcherai de lier par une analyse fidèle[1]. Une foule de pièces et de renseignements sur les Longueval et sur les Bucquoy m'ont renvoyé à d'autres pièces, qui doivent exister à la Bibliothèque de Compiègne. — Le lendemain était le propre jour de la Toussaint; je n'ai pas manqué cette occasion de distraction et d'étude.

La vieille France provinciale est à peine connue, — de ces côtés surtout, — qui cependant font partie des environs de Paris. Au point où l'Île-de-France, le Valois et la Picardie se rencontrent, — divisés par l'Oise et l'Aisne, au cours si lent et si paisible, — il est permis de rêver les plus belles bergeries du monde.

La langue des paysans eux-mêmes est du plus pur français, à peine modifié par une prononciation où les désinences des mots montent au ciel à la manière du chant de l'alouette... Chez les enfants cela forme comme un ramage. Il y a aussi dans les tournures de phrases quelque chose d'italien, — ce qui tient sans doute au long séjour qu'ont fait les Médicis et leur suite florentine dans ces contrées, divisées autrefois en apanages royaux et princiers[1].

Je suis arrivé hier au soir à Compiègne, poursuivant *les Bucquoy* sous toutes les formes, avec cette obstination lente qui m'est naturelle. Aussi bien les archives de Paris, où je n'avais pu prendre encore que quelques notes, eussent été fermées aujourd'hui, jour de la Toussaint.

À l'hôtel de la Cloche, célébré par Alexandre Dumas[2], on menait grand bruit, ce matin. Les chiens aboyaient, les chasseurs préparaient leurs armes; j'ai entendu un piqueur qui disait à son maître : « Voici le fusil de monsieur le marquis. »

Il y a donc encore des marquis !

J'étais préoccupé d'une tout autre chasse... Je m'informai de l'heure à laquelle ouvrait la Bibliothèque.

— Le jour de la Toussaint, me dit-on, elle est naturellement fermée.

— Et les autres jours !

— Elle ouvre de sept heures du soir à onze heures. Je crains de me faire ici plus malheureux que je n'étais. J'avais une recommandation pour l'un des bibliothécaires, qui est en même temps un de nos bibliophiles les plus éminents[1]. Non-seulement il a bien voulu me montrer les livres de la ville, mais encore les siens, — parmi lesquels se trouvent de précieux autographes, tels que ceux d'une correspondance *inédite* de Voltaire, et un recueil de chansons mises en musique par Rousseau et écrites de sa main, dont je n'ai pu voir sans attendrissement la belle et nette exécution, — avec ce titre : *Anciennes Chansons sur de nouveaux airs.* Voici la première dans le style marotique :

Celui plus je ne suis que j'ai jadis été,
Et plus ne saurais jamais l'être :
Mon doux printemps et mon été
Ont fait le saut par la fenêtre, etc.[2]

Cela m'a donné l'idée de revenir à Paris par Ermenonville, — ce qui est la route la plus courte comme distance et la plus longue comme temps, bien que le chemin de fer fasse un coude énorme pour atteindre Compiègne.

On ne peut parvenir à Ermenonville, ni s'en éloigner, sans faire au moins trois lieues à pied. — Pas une voiture directe. Mais demain, jour des Morts, c'est un pèlerinage que j'accomplirai respectueusement, — tout en pensant à la belle Angélique de Longueval.

Je vous adresse tout ce que j'ai recueilli sur elle aux archives et à Compiègne, rédigé sans trop de préparation d'après les documents manuscrits et surtout d'après ce cahier jauni, entièrement écrit de sa main, qui est peut-être plus hardi étant d'une fille de grande maison, — que les *Confessions* mêmes de Rousseau.

Angélique de Longueval était fille d'un des plus grands seigneurs de Picardie. Jacques de Longueval, comte de Haraucourt, son père, conseiller du roi en ses conseils, maréchal de ses camps et armées, avait le gouvernement du Châtelet[1] et de Clermont-en-Beauvoisis. C'était dans le voisinage de cette dernière ville, au château de Saint-Rimault, qu'il laissait sa femme et sa fille, lorsque le devoir de ses charges l'appelait à la cour ou à l'armée.

Dès l'âge de treize ans, Angélique de Longueval, d'un caractère triste et rêveur, — n'ayant goût, comme elle le disait, *ni aux belles pierres, ni aux belles tapisseries, ni aux beaux habits, ne respirait que la mort pour guérir son esprit.* Un gentilhomme de la maison de son père en devint amoureux. Il jetait continuellement les yeux sur elle, l'entourait de ses soins, et bien qu'Angélique ne sût pas encore ce que c'était qu'Amour, elle trouvait un certain charme à la poursuite dont elle était l'objet.

La déclaration d'amour que lui fit ce gentilhomme resta même tellement gravée dans sa mémoire, que six ans plus tard, après avoir traversé les orages d'un autre amour, des malheurs de toute sorte, elle se rappelait encore cette première lettre et la retraçait mot pour mot. Qu'on me permette de citer ici ce curieux échantillon du style d'un amoureux de province au temps de Louis XIII.

Voici la lettre du premier amoureux de mademoiselle Angélique de Longueval :

«Je ne m'étonne plus de ce que les simples, sans la force des rayons du soleil, n'ont nulle vertu, puisque aujourd'hui j'ai été si malheureux que de sortir sans avoir vu cette belle aurore, laquelle m'a toujours mis en pleine lumière, et dans l'absence de laquelle je suis perpétuellement accompagné d'un cercle de ténèbres, dont le désir d'en sortir, et celui de vous revoir, ma belle, m'a obligé, comme ne pouvant vivre sans vous voir, de retourner avec tant de promptitude, afin de me ranger à l'ombre de vos belles perfections, l'aimant desquelles m'a entièrement dérobé le cœur et l'âme; larcin toutefois que je révère, en ce qu'il m'a élevé en un lieu si saint et si redoutable, et lequel je veux adorer toute ma vie avec autant de zèle et de fidélité que vous êtes parfaite. »

Cette lettre ne porta pas bonheur au pauvre jeune homme qui l'avait écrite. En essayant de la glisser à Angélique, il fut surpris par le père, — et mourait à quatre jours de là, tué l'on ne dit pas comment.

Le déchirement que cette mort fit éprouver à Angélique lui révéla l'Amour. Deux ans entiers elle pleura. Au bout de ce temps, ne voyant, dit-elle, d'autre remède à sa douleur que la mort ou une autre affection, elle supplia son père de la mener dans le monde. Parmi tant de seigneurs qu'elle y rencontrerait elle trouverait bien, pensait-elle, quelqu'un à mettre en son esprit à la place de ce mort éternel.

Le comte d'Haraucourt ne se rendit pas, selon toute apparence, aux prières de sa fille, car parmi les personnes qui s'éprirent d'amour pour elle, nous ne voyons que des officiers domestiques de la maison paternelle. Deux, entre autres, M. de Saint-Georges, gentilhomme du comte, et Fargue, son valet de chambre, trouvèrent dans cette passion commune pour la fille de leur maître une occasion de rivalité qui eut un dénoûment tragique. Fargue, jaloux de la supériorité de son rival, avait tenu quelques discours sur son compte. M. de Saint-Georges l'apprend, appelle Fargue, lui remontre sa faute, et lui donne, en fin de compte, tant de coups de plat d'épée, que son arme en reste tordue. Plein de fureur, Fargue parcourt l'hôtel, cherchant une épée. Il rencontre le baron d'Haraucourt, frère d'Angélique :

lui arrachant son épée, il court la plonger dans la gorge de son rival, que l'on relève expirant. Le chirurgien n'arrive que pour dire à Saint-Georges : « Criez merci à Dieu, car vous êtes mort. » Pendant ce temps, Fargue s'était enfui.

Tels étaient les tragiques préambules de la grande passion qui devait précipiter la pauvre Angélique dans une série de malheurs.

HISTOIRE

DE LA GRAND'TANTE DE L'ABBÉ DE BUCQUOY.

Voici maintenant les premières lignes du manuscrit :

« Lorsque ma mauvaise fortune jura de continuer à ne plus me laisser en repos, ce fut un soir à Saint-Rimault, par un homme que j'avais connu il y avait plus de sept ans, et pratiqué deux ans entiers sans l'aimer. Ce garçon étant entré dans ma chambre sous prétexte du bien qu'il voulait à la demoiselle de ma mère nommée Beauregard, s'approcha de mon lit en me disant : "Vous plaît-il, madame ?" et en s'approchant de plus près me dit ces paroles : "Ah ! que je vous aime, il y a longtemps !" auxquelles paroles je répondis : "Je ne vous aime point, je ne vous hais point aussi ; seulement, allez vous-en, de peur que mon papa ne sache que vous êtes ici à ces heures."

« Le jour étant venu, je cherchai incontinent l'occasion de voir celui qui m'avait fait la nuit sa déclaration d'amour ; et, le considérant, je ne le trouvai haïssable que de sa condition, laquelle lui donna tout ce jour-là une grande retenue, et il me regardait continuellement. Tous les jours ensuivants se passèrent avec de grands soins qu'il prenait de s'ajuster bien pour me plaire. Il est vrai aussi qu'il était fort aimable, et que ses actions ne procédaient pas du lieu d'où il était sorti, car il avait le cœur très-haut et très-courageux. »

Ce jeune homme, comme nous l'apprend le récit d'un père célestin, cousin d'Angélique, se nommait La Corbinière et n'était autre que le fils d'un charcutier de Clermont-sur-Oise, engagé au service du comte d'Haraucourt. Il est vrai que le comte, maréchal des camps et armées du roi, avait monté sa maison sur un pied militaire, et chez lui les serviteurs, portant moustaches et éperons, n'avaient pour livrée que l'uniforme. Ceci explique jusqu'à un certain point l'illusion d'Angélique.

Elle vit avec chagrin partir La Corbinière, qui s'en allait, à la suite de son maître, retrouver à Charleville monseigneur de Longueville, malade d'une dysenterie. — Triste maladie, pensait naïvement la jeune fille, triste maladie, qui l'empêchait de voir celui « dont l'affection ne lui déplaisait pas. » Elle le revit plus tard à Verneuil[1]. Cette rencontre se fit à l'église. Le jeune homme avait gagné de belles manières à la cour du duc de Longueville. Il était vêtu de drap d'Espagne gris de perle, avec un collet de point coupé et un chapeau gris orné de plumes gris de perle et jaunes. Il s'approcha d'elle un moment sans que personne le remarquât et lui dit : « Prenez, Madame, ces bracelets de senteur que j'ai apportés de Charleville, où *il m'a grandement ennuyé.* »

La Corbinière reprit ses fonctions au château. Il feignait toujours d'aimer la chambrière Beauregard, et lui faisait accroire qu'il ne venait chez sa maîtresse que pour elle. « Cette simple fille, — dit Angélique, — le croyait fermement… Ainsi, nous passions deux ou trois heures à rire tous trois ensemble tous les soirs, dans le donjon de Verneuil, en la chambre tendue de blanc. »

La surveillance et les soupçons d'un valet de chambre nommé Dourdillie interrompit ces rendez-vous. Les amoureux ne purent plus correspondre que par lettres. Cependant, le père d'Angélique, étant allé à Rouen pour retrouver le duc de Longueville, dont il était le lieutenant, — La Corbinière s'échappa la nuit, monta sur une muraille par une brèche, et, arrivé près de la fenêtre d'Angélique, jeta une pierre à la vitre.

La demoiselle le reconnut et dit, en dissimulant encore, à sa chambrière Beauregard : « Je crois que votre amoureux est fou. Allez vitement lui ouvrir la porte de la salle basse qui donne dans le parterre, car il y est entré. Cependant, je vais m'habiller et allumer de la chandelle. »

Il fut question de donner à souper au jeune homme, « lequel ne fut que de confitures liquides. Toute cette nuit, — ajoute la demoiselle, — nous la passâmes tous trois à rire. »

Mais, ce qu'il y eut de malheureux pour la pauvre Beauregard, c'est que la demoiselle et La Corbinière *se riaient* surtout en secret de la confiance qu'elle avait d'être aimée de lui.

Le jour venu, on cacha le jeune homme dans la chambre dite *du roy*, où jamais personne n'entrait; — puis à la nuit on l'allait quérir. « Son manger, dit Angélique, fut, ces trois jours, de poulet frais que je lui portais entre ma chemise et ma cotte. »

La Corbinière fut forcé enfin d'aller rejoindre le comte, qui alors séjournait à Paris. Un an se passa, pour Angélique, dans une mélancolie — distraite seulement par les lettres qu'elle écrivait à son amant. « Je n'avais pas d'autre divertissement, dit-elle, car les belles pierres, ni les belles tapisseries et beaux habits, sans la conversation des honnêtes gens, ne me pouvaient plaire..... Notre *revue* fut à Saint-Rimault, avec des contentements si grands, que personne ne peut le savoir que ceux qui ont aimé. Je le trouvai encore plus aimable dans cet habit, qu'il avait d'écarlate..... »

Les rendez-vous du soir recommencèrent. Le valet Dourdillie n'était plus au château, et sa chambre était occupée par un fauconnier nommé Lavigne qui faisait semblant de ne s'apercevoir de rien.

Les relations se continuèrent ainsi, toujours chastement, du reste, — et ne laissant regretter que les mois d'absence de La Corbinière, forcé souvent de suivre le comte aux lieux où l'appelait son service militaire. « Dire, écrit Angélique, tous les contentements que nous eûmes en trois ans de temps *en France*[a], il serait impossible. »

Un jour, La Corbinière devint plus hardi. Peut-être les compagnies de Paris l'avaient-elles un peu gâté. — Il entra dans la chambre d'Angélique fort tard. Sa suivante était couchée à terre, elle dans son lit. Il commença par embrasser la suivante d'après la supposition habituelle, puis il lui dit : « Il faut que je fasse peur à madame. »

« Alors, ajoute Angélique, — comme je dormais, il se glissa tout d'un temps en mon lit, avec seulement un caleçon. Moi, plus effrayée que contente, je le suppliai, par la passion qu'il avait pour moi, de s'en aller bien vite, parce qu'il était impossible de marcher ni de parler dans ma chambre que mon papa ne l'entendît. J'eus beaucoup de peine à le faire sortir. »

a. On disait alors ces mots : *en France*, de tous les lieux compris dans l'Île de France. Plus loin commençait la Picardie et le Soissonnais. Cela se dit encore pour distinguer certaines localités.

L'amoureux, un peu confus, retourna à Paris. Mais, à son retour, l'affection mutuelle s'était encore augmentée ; — et les parents en avaient quelque soupçon vague. — La Corbinière se cacha sous un grand tapis de Turquie recouvrant une table, un jour que la demoiselle était couchée dans la chambre dite du Roi, « et vint se mettre près d'elle. » Cinquante fois elle le supplia, craignant toujours de voir son père entrer. — Du reste, même endormis l'un près de l'autre, leurs caresses étaient pures[1]...

5e LETTRE.

Suite de l'histoire de la grand'tante de l'abbé de Bucquoy.

C'était l'esprit du temps, — où la lecture des poëtes italiens faisait régner encore, dans les provinces surtout, un platonisme digne de celui de Pétrarque. On voit des traces de ce genre d'esprit dans le style de la belle pénitente à qui nous devons ces confessions.

Cependant, le jour étant venu, La Corbinière sortit un peu tard par la grande salle. Le comte, qui s'était levé de bonne heure, l'aperçut, sans pouvoir être sûr au juste qu'il sortît de chez sa fille, mais le soupçonnant très-fort.

« Ce pourquoi, ajoute la demoiselle, mon très-cher papa resta ce jour-là très-mélancolique et ne faisait autre que de parler avec maman ; pourtant l'on ne me dit rien du tout. »

Le troisième jour, le comte était obligé de se rendre aux funérailles de son beau-frère Manicamp. Il se fit suivre de La Corbinière, — ainsi que d'un fils, d'un palefrenier et de deux laquais, et se trouvant au milieu de la forêt de Compiègne, il s'approcha tout à coup de l'amoureux, lui tira par surprise l'épée du baudrier, et, lui mettant le pistolet sur la gorge, dit au laquais : « Ôtez les éperons à ce traître, et vous en allez un peu devant..... »

INTERRUPTION.

Je ne voudrais pas imiter ici le procédé des narrateurs de Constantinople ou des conteurs du Caire, qui, par un artifice vieux comme le monde, suspendent une narration à l'endroit le plus intéressant, afin que la foule revienne le lendemain au même café[1]. — L'histoire de l'abbé Bucquoy existe ; je finirai par la trouver.

Seulement, je m'étonne que dans une ville comme Paris, centre des lumières, et dont les bibliothèques publiques contiennent deux millions de livres, on ne puisse rencontrer un livre français, que j'ai pu lire à Francfort, — et que j'avais négligé d'acheter.

Tout disparaît peu à peu, grâce au système de prêt des livres, — et aussi parce que la race des collectionneurs littéraires et artistiques ne s'est pas renouvelée depuis la révolution. Tous les livres curieux volés, achetés ou perdus, se retrouvent en Hollande, en Allemagne et en Russie. — Je crains un long voyage dans cette saison, et je me contente de faire encore des recherches dans un rayon de quarante kilomètres autour de Paris.

J'ai appris que la poste de Senlis avait mis dix-sept heures pour vous transmettre une lettre qui, en trois heures, pouvait être rendue à Paris. Je pense que cela ne tient pas à ce que je sois mal vu dans ce pays, où j'ai été élevé ; mais voici un détail curieux.

Il y a quelques semaines, je commençais déjà à faire le plan du travail que vous voulez bien publier, et je faisais quelques recherches préparatoires sur les Bucquoy, — dont le nom a toujours résonné dans mon esprit comme un souvenir d'enfance. Je me trouvais à Senlis avec un ami, un ami breton[1], très-grand et à la barbe noire. Arrivés de bonne heure par le chemin de fer, qui s'arrête à Saint-Maixent[2], et ensuite par un omnibus, qui traverse les bois, en suivant la vieille route de Flandre, — nous eûmes l'imprudence d'entrer au café le plus apparent de la ville, pour nous y réconforter.

Ce café était plein de gendarmes, dans l'état gracieux qui, après le service, leur permet de prendre quelques divertissements. Les uns jouaient aux dominos, les autres au billard.

Ces militaires s'étonnèrent sans doute de nos façons et de nos barbes parisiennes. Mais ils n'en manifestèrent rien ce soir-là.

Le lendemain, nous déjeunions à l'hôtel excellent de la Truite qui file[3] (je vous prie de croire que je n'invente rien), lorsqu'un brigadier vint nous demander très-poliment nos passeports.

Pardon de ces minces détails, — mais cela peut intéresser tout le monde...

Nous lui répondîmes à la manière dont un certain soldat répondit à la maréchaussée, — selon une chanson de ce pays-là même... (J'ai été bercé avec cette chanson[4].)

> On lui a demandé :
> Où est votre congé ?
> — Le congé que j'ai pris,
> Il est sous mes souliers !

La réponse est jolie. Mais le refrain est terrible :

Spiritus sanctus,
Quoniam bonus !

Ce qui indique suffisamment que le soldat n'a pas bien fini..... Notre affaire a eu un dénoûment moins grave. Aussi, avions-nous répondu très-honnêtement qu'on ne prenait pas d'ordinaire de passeport pour visiter la grande banlieue de Paris. Le brigadier avait salué sans faire d'observation.

Nous avions parlé à l'hôtel d'un dessein vague d'aller à Ermenonville. Puis, le temps étant devenu mauvais, l'idée a changé, et nous sommes allés retenir nos places à la voiture de Chantilly, qui nous rapprochait de Paris.

Au moment de partir, nous voyons arriver un commissaire orné de deux gendarmes qui nous dit : « Vos papiers ? »

Nous répétons ce que nous avions dit déjà.

— Hé bien ! messieurs, dit ce fonctionnaire, vous êtes en état d'arrestation.

Mon ami le Breton fronçait le sourcil, ce qui aggravait notre situation.

Je lui ai dit : Calme-toi. Je suis presque un diplomate... J'ai vu de près, — à l'étranger, — des rois, des pachas et même des padischas[1], et je sais comment on parle aux autorités.

— Monsieur le commissaire, dis-je alors (parce qu'il faut toujours donner leurs titres aux personnes), j'ai fait trois voyages en Angleterre, et l'on ne m'a jamais demandé de passeport que pour me conférer le droit de sortir de France... Je reviens d'Allemagne, où j'ai traversé dix pays souverains, — y compris la Hesse : — on ne m'a pas même demandé mon passeport en Prusse.

— Eh bien ! je vous le demande en France.

— Vous savez que les malfaiteurs ont toujours des papiers en règle…

— Pas toujours…

Je m'inclinai.

— J'ai vécu sept ans dans ce pays ; j'y ai même quelques restes de propriétés…

— Mais vous n'avez pas de papiers ?

— C'est juste… Croyez-vous maintenant que des gens suspects iraient prendre un bol de punch dans un café où les gendarmes font leur partie le soir ?

— Cela pourrait être un moyen de se déguiser mieux.

Je vis que j'avais affaire à un homme d'esprit.

— Eh bien ! monsieur le commissaire, ajoutai-je, je suis tout bonnement un écrivain ; je fais des recherches sur la famille des Bucquoy de Longueval, et je veux préciser la place, ou retrouver les ruines des châteaux qu'ils possédaient dans la province.

Le front du commissaire s'éclaircit tout à coup :

— Ah ! vous vous occupez de littérature ? Et moi aussi, monsieur ! J'ai fait des vers dans ma jeunesse… une tragédie.

Un péril succédait à un autre ; — le commissaire paraissait disposé à nous inviter à dîner pour nous lire sa tragédie. Il fallut prétexter des affaires à Paris pour être autorisé à monter dans la voiture de Chantilly, dont le départ était suspendu par notre arrestation.

Je n'ai pas besoin de vous dire que je continue à ne vous donner que des détails exacts sur ce qui m'arrive dans ma recherche assidue.

Ceux qui ne sont pas chasseurs ne comprennent point assez la beauté des paysages d'automne. — En ce moment, malgré la brume du matin, nous apercevons des tableaux dignes des grands maîtres flamands. Dans les châteaux et dans les musées, on retrouve encore l'esprit des peintres du Nord. Toujours des points de vue aux teintes roses ou bleuâtres dans le ciel, aux arbres à demi effeuillés, — avec des champs dans le lointain ou sur le premier plan des scènes champêtres.

Le voyage à Cythère[1] de Watteau a été conçu dans les brumes transparentes et colorées de ce pays. C'est une Cythère calquée sur un îlot de ces étangs créés par les débordements de l'Oise et de l'Aisne, — ces rivières si calmes et si paisibles en été.

Le lyrisme de ces observations ne doit pas vous étonner ; — fatigué des querelles vaines et des stériles agitations de Paris, je me repose en revoyant ces campagnes si vertes et si fécondes ; — je reprends des forces sur cette terre maternelle[2].

Quoi qu'on puisse dire philosophiquement, nous tenons au sol par bien des liens. On n'emporte pas les cendres de ses pères à la semelle de ses souliers[3], — et le plus pauvre garde quelque part un souvenir sacré qui lui rappelle ceux qui l'ont aimé. Religion ou philosophie, tout indique à l'homme ce culte éternel des souvenirs.

6e LETTRE.

Le jour des Morts. — Senlis. — Les tours des Romains. — Les jeunes filles. — Delphine.

C'est le jour des Morts que je vous écris ; — pardon de ces idées mélancoliques. Arrivé à Senlis la veille, j'ai passé par les paysages les plus beaux et les plus tristes qu'on puisse voir dans cette saison. La teinte rougeâtre des chênes et des trembles sur le vert foncé des gazons, les troncs blancs des bouleaux se détachant du milieu des bruyères et des broussailles, — et surtout la majestueuse longueur de cette route de Flandre, qui s'élève parfois de façon à vous faire admirer un vaste horizon de forêts brumeuses, tout cela m'avait porté à la rêverie. En arrivant à Senlis, j'ai vu la ville en fête. Les cloches, — dont Rousseau aimait tant le son lointain[1], — résonnaient de tous côtés ; les jeunes filles se promenaient par compagnies dans la ville, ou se tenaient devant les portes des maisons en souriant et caquetant. Je ne sais si je suis victime d'une illusion : je n'ai pu rencontrer encore une fille laide à Senlis... celles-là peut-être ne se montrent pas !

Non : — le sang est beau généralement, ce qui tient sans doute à l'air pur, à la nourriture abondante, à la qualité des eaux. Senlis est une ville isolée de ce grand mouvement du chemin de fer du Nord qui entraîne les populations vers l'Allemagne. — Je n'ai jamais su pourquoi le chemin de fer du Nord ne passait pas par nos pays, — et faisait un coude énorme qui encadre en partie Montmorency, Luzarches, Gonesse et autres localités, privées du privilége qui leur aurait assuré un trajet direct. Il est probable que les personnes qui ont institué ce chemin auront tenu à le faire passer par leurs propriétés. — Il suffit de consulter la carte pour apprécier la justesse de cette observation.

Il est naturel, un jour de fête à Senlis, d'aller voir la cathédrale. Elle est fort belle, et nouvellement restaurée, avec l'écusson semé de fleurs de lis qui représente les armes de la ville, et qu'on a eu soin de replacer sur la porte latérale. L'évêque officiait en personne, — et la nef était remplie des notabilités châtelaines et bourgeoises qui se rencontrent encore dans cette localité.

LES JEUNES FILLES.

En sortant, j'ai pu admirer, sous un rayon de soleil couchant, les vieilles tours des fortifications romaines, à demi démolies et revêtues de lierre. — En passant près du prieuré, j'ai remarqué un groupe de petites filles qui s'étaient assises sur les marches de la porte. Elles chantaient sous la direction de la plus grande, qui, debout devant elles, frappait des mains en réglant la mesure.

— Voyons, mesdemoiselles, recommençons; les petites ne vont pas!... Je veux entendre cette petite-là qui est à gauche, la première sur la seconde marche : — Allons, chante toute seule.

Et la petite se met à chanter avec une voix faible, mais bien timbrée :

Les canards dans la rivière... etc.

Encore un air avec lequel j'ai été bercé. Les souvenirs d'enfance se ravivent quand on a atteint la moitié de la vie. — C'est comme un manuscrit palympseste dont on fait reparaître les lignes par des procédés chimiques[1].

Les petites filles reprirent ensemble une autre chanson, — encore un souvenir :

Trois filles dedans un pré...
Mon cœur vole (bis) !
Mon cœur vole à votre gré !

« Scélérats d'enfants ! dit un brave paysan qui s'était arrêté près de moi à les écouter... Mais vous êtes trop gentilles !... Il faut danser à présent. »

Les petites filles se levèrent de l'escalier et dansèrent une danse singulière qui m'a rappelé celle des filles grecques dans les îles.

Elles se mettent toutes, — comme on dit chez nous, — *à la queue leleu;* puis un jeune garçon prend les mains de la première et la conduit en reculant, pendant que les autres se tiennent les bras, que chacune saisit derrière sa compagne. Cela forme un serpent qui se meut d'abord en spirale et ensuite en cercle, et qui se resserre de plus en plus autour de l'auditeur, obligé d'écouter le chant, et quand la ronde se resserre, d'embrasser les pauvres enfants, qui font cette gracieuseté à l'étranger qui passe.

Je n'étais pas un étranger, mais j'étais ému jusqu'aux larmes en reconnaissant, dans ces petites voix, des intonations, des roulades, des finesses d'accent, autrefois entendues, — et qui, des mères aux filles, se conservent les mêmes...

La musique, dans cette contrée, n'a pas été gâtée par l'imitation des opéras parisiens, des romances de salon ou des mélodies exécutées par les orgues. On en est encore, à Senlis, à la musique du seizième siècle, conservée traditionnellement depuis les Médicis. L'époque de Louis XIV a aussi laissé des traces. Il y a, dans les souvenirs des filles de la campagne, des complaintes — d'un mauvais goût ravissant. On trouve là des restes de morceaux d'opéras, du seizième siècle, peut-être, — ou d'oratorios du dix-septième.

DELPHINE[1].

J'ai assisté autrefois à une représentation donnée à Senlis dans une pension de demoiselles.

On jouait un mystère, — comme aux temps passés.

— La vie du Christ avait été représentée dans tous ses détails, et la scène dont je me souviens était celle où l'on attendait la descente du Christ dans les enfers.

Une très-belle fille blonde parut avec une robe blanche, une coiffure de perles, une auréole et une épée dorée, sur un demi globe, qui figurait un astre éteint. Elle chantait :

Anges ! descendez promptement,
Au fond du purgatoire !...

Et elle parlait de la gloire du Messie, qui allait visiter ces sombres lieux. — Elle ajoutait :

Vous le verrez distinctement
Avec une couronne...
Assis *dessus* un trône !

Ceci se passait dans une époque monarchique. La demoiselle blonde était d'une des plus grandes familles du pays et s'appelait Delphine. — Je n'oublierai jamais ce nom !

—

... Le sire de Longueval dit à ses gens : « Fouillez ce traître, car il a des lettres de ma fille », — et il ajoutait en lui parlant : « Dis, perfide, d'où venais-tu quand tu sortais si bonne heure de la grand'salle ? »

« Je venais, disait-il, de la chambre de M. de La Porte, et ne sais ce que vous voulez me dire de lettres. »

Heureusement La Corbinière avait brûlé les lettres précédemment reçues, de sorte qu'on ne trouva rien. Cependant le comte de Longueval dit à son fils, — en tenant toujours le pistolet à la main : — Coupe-lui la moustache et les cheveux !

Le comte s'imaginait qu'après cette opération, La Corbinière ne plairait plus à sa fille.

Voici ce qu'elle a écrit à ce sujet :

« Ce garçon se voyant de cette sorte, voulut mourir, car il croyait, en effet, que je ne l'aimerais plus ; mais, au contraire, lorsque je le vis en cet état pour l'amour de moi, mon affection redoubla de telle sorte que j'avais juré, si mon père le traitait plus mal, de me tuer devant lui ; — lequel usa de prudence, comme homme d'esprit qu'il était, car, sans éclater davantage, il l'envoya avec un bon cheval en Beauvoisis, avertir ces Messieurs les gendarmes de se tenir prêts à venir en garnison à Orbaix[1]. »

La demoiselle ajoute :

« Le mauvais traitement que lui avait fait mon père, et le commandement qu'il lui avait enjoint de se tenir dans les bornes de son devoir, ne purent empêcher qu'il ne passât toute cette nuit-là avec moi par cette invention : mon père lui ayant commandé de s'en aller en Beauvoisis, il monta à cheval, et au lieu de s'en aller vivement, il s'arrêta dans le bois de Guny jusqu'à ce qu'il fût nuit, et alors il s'en vint chez Tancar, à Coucy-la-Ville, et lorsqu'il eut soupé, il prit ses deux pistolets et s'en vint à Verneuil, grimper par le petit jardin, où je l'attendais avec assurance et sans peur, sachant qu'on croyait qu'il fût bien loin. Je le menai dans ma chambre ; alors il me dit : “Il ne faut pas perdre cette bonne occasion sans nous embrasser : c'est pourquoi il faut nous déshabiller… Il n'y a nul danger.” »

La Corbinière fit une maladie, ce qui rendit le comte moins sévère envers lui, — mais pour l'éloigner de sa fille, il lui dit : « Il vous en faut aller à la garnison à Orbaix, car déjà les autres gendarmes y sont. »

Ce qu'il fit avec grand déplaisir.

À Orbaix, le fauconnier du comte ayant envoyé à

Verneuil son valet, nommé Toquette, La Corbinière lui donna une lettre pour Angélique de Longueval. Mais, craignant qu'elle ne fût vue, il lui recommanda de la mettre sous une pierre avant d'entrer au château, afin que si on le fouillait, on ne trouvât rien.

Une fois admis, il devenait très-simple d'aller quérir la lettre sous la pierre, et de la remettre à la demoiselle. Le petit garçon fit bien son message, et, s'approchant d'Angélique de Longueval, lui dit : « J'ai quelque chose pour vous. »

Elle eut un grand contentement de cette lettre. Il témoignait qu'il avait quitté de grands avantages en Allemagne pour venir la voir, et qu'il lui était impossible de vivre sans qu'elle lui donnât commodité de la voir.

Ayant été menée par son frère au château de la Neuville[1], Angélique dit à un laquais qui était à sa mère et qui s'appelait *Court-Toujours* : « Oblige-moi d'aller trouver La Corbinière, lequel est revenu d'Allemagne, et lui porte cette lettre de ma part bien secrètement. »

7e LETTRE.

Observations. — Le roi Loys. — Dessous les rosiers blancs.

Avant de parler des grandes résolutions d'Angélique de Longueval, je demande la permission de placer encore un mot. Ensuite, je n'interromprai plus que rarement le récit. Puisqu'il nous est défendu de faire du *roman* historique, nous sommes forcé de servir la sauce sur un autre plat que le poisson ; — c'est-à-dire les descriptions locales, le sentiment de l'époque, l'analyse des caractères, — en dehors du récit matériellement vrai.

Je me rends compte difficilement du voyage qu'a fait La Corbinière en Allemagne. La demoiselle de Longueval n'en dit qu'un mot. À cette époque, on appelait l'Allemagne les pays situés dans la haute Bourgogne, — où nous avons vu que M. de Longueville avait été malade de la dysenterie. Probablement La Corbinière était allé quelque temps près de lui.

Quant au caractère des pères de la province que je parcours, il a été éternellement le même si j'en crois les légendes que j'ai entendu chanter dans ma jeunesse. C'est un mélange de rudesse et de bonhomie tout patriarcal. Voici une des chansons que j'ai pu recueillir dans ce vieux pays de l'Île de France, qui, du *Parisis*, s'étend jusqu'aux confins de la Picardie :

Le roi Loys est sur *son pont*
Tenant sa fille en son giron.
Elle lui demande un cavalier...
Qui n'a pas vaillant six deniers !

— Oh ! oui, mon père, je l'aurai
Malgré ma mère qui m'a porté.
Aussi malgré tous mes parents
Et vous, mon père... que j'aime tant !

— Ma fille, il faut changer d'amour,
Ou vous entrerez dans la tour...
— J'aime mieux rester dans la tour,
Mon père ! que de changer d'amour !

— Vite... où sont mes estafiers,
Aussi bien que mes gens de pied ?
Qu'on mène ma fille à la tour,
Elle n'y verra jamais le jour !

Elle y resta sept ans passés
Sans que personne pût la trouver :

Au bout de la septième année
Son père vint la visiter.

— Bonjour, ma fille ! comme vous en va ?
— Ma foi, mon père... ça va bien mal ;
J'ai les pieds pourris dans la terre,
Et les côtés mangés des vers.

— Ma fille, il faut changer d'amour...
Ou vous resterez dans la tour.
— J'aime mieux rester dans la tour,
Mon père, que de changer d'amour[1] !

Nous venons de voir le père féroce ; — voici maintenant le père indulgent.

Il est malheureux de ne pouvoir vous faire entendre les airs, — qui sont aussi poétiques que ces vers, mêlés d'assonances, dans le goût espagnol, sont musicalement rhythmés :

Dessous le rosier blanc
La belle se promène...
Blanche comme la neige,
Belle comme le jour :
Au jardin de son père
Trois cavaliers l'ont pris.

On a gâté depuis cette légende en y refaisant des vers, et en prétendant qu'elle était du Bourbonnais. On l'a même dédiée, avec de jolies illustrations, à l'ex-reine des Français[2]... Je ne puis vous la donner entière ; voici encore les détails dont je me souviens :

Trois capitaines passent à cheval près du rosier blanc :

Le plus jeune des trois
La prit par sa main blanche :
— Montez, montez la belle,
Dessus mon cheval gris.

On voit encore, par ces quatre vers, qu'il est possible de ne pas rimer en poésie ; — c'est ce que savent les Allemands, qui, dans certaines pièces, emploient seulement les longues et les brèves, à la manière antique.

Les trois cavaliers et la jeune fille, montée en croupe derrière le plus jeune, arrivent à Senlis. « Aussitôt arrivés, l'hôtesse la regarde » :

> Entrez, entrez, la belle ;
> Entrez sans plus de bruit,
> Avec trois capitaines
> Vous passerez la nuit !

Quand la belle comprend qu'elle a fait une démarche un peu légère, — après avoir présidé au souper, elle *fait la morte*, et les trois cavaliers sont assez naïfs pour se prendre à cette feinte. — Ils se disent : « Quoi ! notre mie est morte ! » et se demandent où il faut la reporter :

> Au jardin de son père !

dit le plus jeune ; et c'est sous le rosier blanc qu'ils s'en vont déposer le corps.

Le narrateur continue :

> Et au bout des trois jours
> La belle ressuscite !
>
> — Ouvrez, ouvrez, mon père,
> Ouvrez, sans plus tarder ;
> Trois jours j'ai fait la morte
> Pour mon honneur garder.

Le père est en train de souper avec toute la famille. On accueille avec joie la jeune fille dont l'absence avait beaucoup inquiété ses parents depuis trois jours,

— et il est probable qu'elle se maria plus tard fort honorablement.

Revenons à Angélique de Longueval.

« Mais pour parler de la résolution que je fis de quitter ma patrie, elle fut en cette sorte : lorsque celui[a] qui était allé au Maine fut revenu à Verneuil, mon père lui demanda avant le souper : "Avez-vous force d'argent ?" à quoi il répondit : "J'ai tant." Mon père non content, prit un couteau sur la table, parce que le couvert était mis, et se jetant sur lui pour le blesser, ma mère et moi y accourûmes ; mais déjà celui qui devait être cause de tant de peine, s'était blessé lui-même au doigt en voulant ôter le couteau à mon père... et encore qu'il ait reçu ce mauvais traitement, l'amour qu'il avait pour moi l'empêchait de s'en aller, comme était son devoir.

« Huit jours se passèrent que mon père ne lui disait ni bien ni mal, pendant lequel temps il me sollicitait par lettres de prendre résolution de nous en aller ensemble, à quoi je n'étais encore résolue, mais les huit jours étant passés, mon père lui dit dans le jardin : "Je m'étonne de votre effronterie, que vous restiez encore dans ma maison après ce qui s'est passé ; allez vous-en vitement, et ne venez jamais à pas une de mes maisons, car vous ne serez jamais le bienvenu."

« Il s'en vint donc vitement faire seller un cheval qu'il avait, et monta à sa chambre pour y prendre ses hardes ; il m'avait fait signe de monter à la chambre d'Haraucourt, où dans l'antichambre il y avait une porte fermée, où l'on pouvait néanmoins parler. Je m'y en allai vitement et il me dit ces paroles : "C'est cette fois qu'il faut prendre résolution, ou bien vous ne me verrez jamais."

a. Elle ne nomme jamais La Corbinière, dont nous n'avons appris le nom que par le récit du moine célestin, cousin d'Angélique.

« Je lui demandai trois jours pour y penser ; il s'en alla donc à Paris et revint au bout de trois jours à Verneuil, pendant lequel temps je fis tout ce que je pus pour me pouvoir résoudre à laisser cette affection, mais il me fut impossible, encore que toutes les misères que j'ai souffertes se présentèrent devant mes yeux avant de partir. L'amour et le désespoir passèrent sur toutes ces considérations ; me voilà donc résolue. »

Au bout de trois jours, La Corbinière vint au château et entra par le petit jardin. Angélique de Longueval l'attendait dans le petit jardin et entra par la chambre basse, où il fut *ravi de joie* en apprenant la résolution de la demoiselle.

Le départ fut fixé au premier dimanche de carême, et elle lui dit, sur l'observation qu'il fit, « qu'il fallait avoir de l'argent et un cheval », qu'elle ferait ce qu'elle pourrait.

Angélique chercha dans son esprit le moyen d'avoir de la vaisselle d'argent, car pour de la monnaie il n'y fallait pas songer, le père ayant tout son argent avec lui à Paris.

Le jour venu elle dit à un palefrenier nommé Breteau :

« Je voudrais bien que tu me prêtasses un cheval pour envoyer à Soissons, cette nuit, quérir du taffetas pour me faire un corps-de-cotte, te promettant que le cheval sera ici avant que maman se lève ; et ne t'étonne pas si je te le demande pour la nuit, car c'est afin qu'elle ne te crie. »

Le palefrenier consentit *à la volonté* de sa demoiselle. Il s'agissait encore d'avoir la clef de la première porte du château. Elle dit au portier qu'elle voulait faire sortir quelqu'un de nuit pour aller chercher quelque chose à la ville et qu'il ne fallait pas que madame le sût.... qu'ainsi il ôtât du trousseau de clefs celle de la première porte, et qu'elle ne s'en apercevrait pas.

Le principal était d'avoir l'argenterie. La comtesse qui, ainsi que le dit sa fille, semblait en ce moment « inspirée de Dieu », dit au souper à celle qui *l'avait en garde :* « Huberde, à cette heure que M. d'Haraucourt n'est point ici, serrez presque toute la vaisselle d'argent dans ce coffre et m'apportez la clef. »

La demoiselle changea de couleur, — et il fallut remettre le jour du départ. Cependant, sa mère étant allée se promener dans la campagne le dimanche suivant, elle eut l'idée de faire venir un maréchal du village pour *lever* la serrure du coffre, — sous prétexte que la clef était perdue.

« Mais, dit-elle, ce ne fut pas tout, car mon frère le chevalier, qui était seul resté avec moi, et qui était petit, me dit, lorsqu'il vit que j'avais donné des commissions à tous, et que j'avais fermé moi-même la première porte du château : "Ma sœur, si vous voulez voler papa et maman, pour moi, je ne le veux pas faire ; je m'en vais trouver vitement maman. — Va, lui dis-je, petit impudent, car aussi bien le saura-t-elle de ma bouche ; et si elle ne me fait raison, je me la ferai bien moi-même." — Mais c'était au plus loin de ma pensée que je disais ces paroles. Cet enfant s'en courait pour aller dire ce que je voulais tenir caché ; mais se retournant toujours pour voir si je ne le regardais pas, il s'imagina que je ne m'en souciais guère, ce qui le fit revenir. Je le faisais exprès, sachant qu'aux enfans tant plus on leur montre de crainte, et plus ils ont d'ardeur à dire ce qu'on leur prie de taire. »

La nuit étant venue, et l'heure du coucher approchant, Angélique donna le bonsoir à sa mère avec un grand sentiment de douleur en elle-même, — et, rentrant chez elle, dit à sa fille de chambre :

« Jeanne, couchez-vous ; j'ai quelque chose qui me travaille l'esprit ; je ne puis me déshabiller encore... »

Elle se jeta toute vêtue sur son lit en attendant minuit ; — La Corbinière fut exact.

« Oh Dieu ! quelle heure ! — écrit Angélique ; — je tressaillis toute lorsque j'entendis qu'il jetait une petite pierre à ma fenêtre... car il était entré dans le petit jardin. »

Quand La Corbinière fut dans la salle, Angélique lui dit :

« Notre affaire va bien mal, car madame a pris la clef de la vaisselle d'argent, ce qu'elle n'avait jamais fait ; mais pourtant j'ai la clef de la dépense où est le coffre. »

« Sur ces paroles il me dit :

« "Il faut commencer à t'habiller, et puis nous regarderons comme nous ferons."

« Je commençai donc à mettre les chausses, et les bottes et éperons lesquels il m'aidait à mettre. Sur cela le palefrenier vint à la porte de la salle avec le cheval ; moi, tout éperdue, je me mis vitement ma cotte de ratine pour couvrir mes habits d'homme que j'avais jusques à la ceinture, et m'en vins prendre le cheval des mains de Breteau, et le menai hors de la première porte du château, à un ormeau sous lequel dansaient aux fêtes les filles du village, et m'en retournai à la salle, où je trouvai *mon cousin* qui m'attendait avec grande impatience (tel était le nom que je le devais appeler pour le voyage), lequel me dit : "Allons donc voir si nous pourrons avoir quelque chose, ou, sinon, nous ne laisserons de nous en aller avec rien." — À ces paroles je m'en allai dans la cuisine, qui était près de la dépense, et, ayant découvert le feu pour voir clair, j'aperçus une grande pelle à feu, de fer, laquelle je pris, et puis lui dis :

« “Allons à la dépense”, et étant proche du coffre, nous mîmes la main au couvercle, lequel *ne serrait tout près.* Alors je lui dis : “Mets un peu la pelle entre le couvercle et ce coffre.” Alors, haussant tous deux les bras, nous n’y fîmes rien ; mais la seconde fois, les deux ressorts de serrure se rompirent, et soudain je mis la main dedans. »

Elle trouva une pile de plats d’argent qu’elle donna à La Corbinière, et, comme elle voulait en prendre d’autres, il lui dit : « N’en tirez plus dehors, car le sac de moquette est plein. »

Elle en voulait prendre davantage, comme bassins, chandeliers, aiguières ; mais il dit : « Cela est embarrassant. »

Et il l’engagea à s’aller vêtir en homme avec un pourpoint et une casaque, — afin qu’ils ne fussent pas reconnus.

Ils allèrent droit à Compiègne, où le cheval d’Angélique de Longueval fut vendu 40 écus. Puis, ils prirent la poste, et arrivèrent le soir à Charenton.

La rivière était débordée, de sorte qu’il fallut attendre jusqu’au jour. — Là, Angélique, dans son costume d’homme, put faire illusion à l’hôtesse, qui dit « comme le postillon lui tirait les bottes » :

— *Messieurs*, que vous plaît-il de souper ?

— Tout ce que vous aurez de bon, madame, fut la réponse.

Cependant Angélique se mit au lit, si lasse qu’il lui fut impossible de manger. Elle craignait surtout le comte de Longueval, son père, « qui alors se trouvait à Paris ».

Le jour venu, ils se mirent dans le bateau jusqu’à Essonne, où la demoiselle se trouva tellement lasse, qu’elle dit à La Corbinière :

« Allez-vous toujours devant m'attendre à Lyon, avec la vaisselle. »

Ils restèrent trois jours à Essonne, d'abord pour attendre le coche, puis pour guérir les écorchures que la demoiselle s'était faites aux cuisses en courant à franc-étrier.

Passé Moulins, un homme qui était dans le coche et qui se disait gentilhomme, commença à dire ces paroles :

— N'y a-t-il pas une demoiselle vêtue en homme ?

À quoi La Corbinière répondit :

— Oui-dà, Monsieur... Pourquoi avez-vous quelque chose à dire là-dessus ? Ne suis-je pas maître de faire habiller ma femme comme il me plaît ?

Le soir, ils arrivèrent à Lyon, au *Chapeau rouge*, où ils vendirent la vaisselle pour 300 écus ; sur quoi La Corbinière se fit faire, « encore qu'il n'en eût du tout besoin, — un fort bel habit d'écarlate, avec les aiguillettes d'or et d'argent. »

Ils descendirent sur le Rhône, et s'étant arrêtés le soir à une hôtellerie, La Corbinière voulut essayer ses pistolets. Il le fit si maladroitement, qu'il adressa une balle dans le pied droit d'Angélique de Longueval, — et il dit seulement à ceux qui le blâmaient de son imprudence : « C'est un malheur qui m'est arrivé... *je puis dire à moi-même*, puisque c'est ma femme. »

Angélique resta trois jours au lit, puis ils se remirent dans la barque du Rhône, et purent atteindre Avignon, où Angélique se fit traiter pour sa blessure, et ayant pris une nouvelle barque lorsqu'elle se sentit mieux, ils arrivèrent enfin à Toulon le jour de Pâques.

Une tempête les accueillit en sortant du port pour aller à Gênes ; ils s'arrêtèrent dans un havre, au château dit de *Saint-Soupir*[1], dont la dame, les voyant sauvés, fit chanter le *Salve regina*. Puis elle leur fit faire collation à la mode du pays, avec olives et câpres, — et commanda que l'on donnât à leur valet des artichauts.

« Voyez, dit Angélique, ce que c'est *de l'amour*; — encore que nous étions à un lieu qui n'était habité par personne, il fallut y jeûner les trois jours que nous attendîmes le bon vent. Néanmoins les heures me semblaient des minutes, encore que j'étais bien affamée. Car à Villefranche, peur de la peste, ils ne voulurent nous laisser prendre des vivres. Ainsi tous bien affamés, nous fîmes voile ; mais auparavant, de crainte de faire naufrage, je me voulus confesser à un bon père cordelier qui était en notre compagnie, et lequel venait à Gênes aussi.

« Car mon mari (elle l'appelle toujours ainsi de ce moment), voyant entrer dans notre chambre un gentilhomme génois, lequel écorchait un peu le français, lui demanda : "Monsieur, vous plaît-il quelque chose ? — Monsieur, dit ce Génois, je voudrais bien parler à Madame." Mon mari, tout d'un temps, mettant l'épée à la main, lui dit : "La connaissez-vous ? Sortez d'ici, car autrement je vous tuerai."

« Incontinent, M. Audiffret nous vint voir, lequel lui conseilla de nous en aller le plus promptement qu'il se pourrait, parce que ce Génois, très-assurément, lui ferait faire du déplaisir.

« Nous arrivâmes à Civita-Vecchia, puis à Rome, où nous descendîmes à la meilleure hôtellerie, attendant de trouver la commodité de se mettre en chambre garnie, laquelle on nous fit trouver en la rue des Bourguignons, chez un Piémontais, duquel la femme était Romaine. Et un jour étant à sa fenêtre, le neveu de Sa Sainteté passant avec dix-neuf estafiers, en envoya un qui me dit ces paroles en italien : "Mademoiselle, Son Éminence m'a commandé de venir savoir si vous aurez agréable qu'il vous vienne voir." Toute tremblante, je lui réponds : "Si mon mari était ici, j'accepterais cet honneur ; mais n'y étant pas, je supplie très-humblement votre maître de m'excuser."

« Il avait fait arrêter son carrosse à trois maisons de la nôtre, attendant la réponse, laquelle soudain qu'il l'eût entendue, il fit marcher son carrosse, et depuis je n'entendis plus parler de lui. »

La Corbinière lui raconta peu après qu'il avait rencontré un fauconnier de son père qui s'appelait La Roirie. Elle eut un grand désir de le voir ; et, en la voyant, « il resta sans parler » ; puis, s'étant rassuré, il lui dit que madame l'ambassadrice avait entendu parler d'elle et désirait la voir.

Angélique de Longueval fut bien reçue par l'ambassadrice. — Toutefois, elle craignit, d'après certains détails, que le fauconnier n'eût dit quelque chose et qu'on n'arrêtât La Corbinière et elle.

Ils furent fâchés d'être restés vingt-neuf jours à Rome, et d'avoir fait toutes les diligences pour s'épouser sans pouvoir y parvenir. « Ainsi, — dit Angélique, — je partis sans voir le pape... »

C'est à Ancône qu'ils s'embarquèrent pour aller à Venise. Une tempête les accueillit dans l'Adriatique ; puis ils arrivèrent et allèrent loger sur le grand canal.

« Cette ville, quoique admirable — dit Angélique de Longueval — ne pouvait me plaire à cause de la mer — et il m'était impossible d'y boire et d'y manger que pour m'empêcher de mourir. »

Cependant, l'argent se dépensait, et Angélique dit à

La Corbinière : « Mais, que ferons-nous ? Il n'y a tantôt plus d'argent ! »

Il répondit : « Lorsque nous serons en terre ferme, Dieu y pourvoira… Habillez-vous, et nous irons à la messe de Saint-Marc. »

Arrivés à Saint-Marc, les époux s'assirent, au banc des sénateurs ; et là, quoique étrangers, personne n'eut l'idée de leur contester cette place ; — car La Corbinière avait des chausses de petit velours noir, avec le pourpoint de toile d'argent blanc, le manteau pareil…, et la petite oie d'argent.

Angélique était bien ajustée, et elle fut ravie, — car son habit à la française faisait que les sénateurs avaient toujours l'œil sur elle.

L'ambassadeur de France, qui marchait dans la procession avec le doge, la salua.

À l'heure du dîner, Angélique ne voulut plus sortir de son hôtel, — aimant mieux reposer que d'aller en mer en gondole.

Quant à La Corbinière, il alla se promener sur la place Saint-Marc, et y rencontra M. de La Morte, qui lui fit des offres de service, et qui, sur ce qu'il lui parla de la difficulté que lui et Angélique avaient à s'épouser, lui dit qu'il serait bon de se rendre à sa garnison de Palma-Nova, où l'on pourrait en conférer, et où La Corbinière pourrait se mettre au service.

Là, M. de La Morte présenta les futurs époux à *Son Excellence le général*, qui ne voulut pas croire qu'un homme *si bien couvert* s'offrît de *prendre une pique* dans une compagnie. Celle qu'il avait choisie était commandée par M. Ripert de Montélimart.

Son Excellence le général consentit cependant à servir de témoin au mariage[1]… après lequel on fit un petit festin où s'écoulèrent *les dernières vingt pistoles* dont les conjoints étaient encore chargés.

Au bout de huit jours, le sénat donna ordre au général d'envoyer la compagnie à Vérone, ce qui mit Angélique de Longueval au désespoir, car elle se plaisait à Palma-Nova, où les vivres étaient à bon marché.

En repassant à Venise, ils achetèrent du ménage, « deux paires de draps pour deux pistoles, sans compter une couverte, un matelas, six plats de faïence et six assiettes. »

En arrivant à Vérone, ils trouvèrent plusieurs officiers français. — M. de Breunel, enseigne, les recommanda à M. de Beaupuis, qui les logea sans s'incommoder, — les maisons étant à un grand bon marché. Vis-à-vis de la maison, il y avait un couvent de religieuses qui prièrent Angélique de Longueval d'aller les voir, — « et lui firent tant de caresses, qu'elle en était confuse. »

À cette époque, elle accoucha de son premier enfant, qui fut tenu au baptême par S. E. Alluisi Georges et par la comtesse Bevilacqua. Son Excellence, après qu'Angélique de Longueval fut relevée de couches, lui envoyait son carrosse assez souvent.

À un bal donné plus tard, elle étonna toutes les dames de Vérone en dansant avec le général Alluisi, — en costume français. — Elle ajoute :

« Tous les Français officiers de la République étaient ravis de voir que ce grand général, craint et redouté partout, me faisait tant d'honneur. »

Le général, tout en dansant, ne manquait pas de parler à Angélique de Longueval « à part de son mari ». Il lui disait : « Qu'attendez-vous en Italie ?... La misère avec lui pour le reste de vos jours. Si vous dites qu'il vous aime, vous ne pouvez croire que je ne fasse plus encore... moi qui vous achèterai les plus belles perles qui seront ici, et d'abord des cottes de brocart telles qu'il vous plaira. Prenez[1], Mademoiselle, à laisser votre amour pour une personne qui parle pour votre bien et pour vous remettre en bonne grâce de messieurs vos parents. »

Cependant ce général conseillait à La Corbinière de s'engager dans les guerres d'Allemagne, lui disant qu'il trouverait *beaucoup d'avantage* à Inspruck, qui n'était qu'à sept journées de Vérone, et que là il *attraperait* une compagnie.....

8e LETTRE.

Réflexions. — Souvenirs de la Ligue. — Les Sylvanectes et les Francs. — La Ligue.

J'ai vu, en me promenant, sur une affiche bleue une représentation de *Charles VII*[2] annoncée, — par Beauvallet et mademoiselle Rimblot. Le spectacle était bien choisi. Dans ce pays-ci on aime le souvenir des princes du Moyen Âge et de la Renaissance, — qui ont créé les cathédrales merveilleuses que nous y voyons, et de magnifiques châteaux, — moins épargnés cependant par le temps et les guerres civiles.

C'est qu'il y a eu ici des luttes graves à l'époque de la Ligue... Un vieux noyau de protestants qu'on ne pouvait dissoudre, — et, plus tard, un autre noyau de catholiques non moins fervents pour repousser le *parpayot* dit *Henri IV*.

L'animation allait jusqu'à l'extrême, — comme dans toutes les grandes luttes politiques. Dans ces contrées — qui faisaient partie des anciens apanages de Marguerite de Valois et des Médicis, — qui y avaient fait du bien, — on avait contracté une haine *constitutionnelle* contre la race qui les avait remplacés. Que de fois j'ai entendu ma grand'mère, parlant d'après ce qui lui avait été transmis, — me dire de l'épouse de Henri II : « Cette grande madame Catherine de Médicis[1]... à qui on a tué ses pauvres enfants ! »

Cependant, des mœurs se sont conservées dans cette province à part, qui indiquent et caractérisent les vieilles luttes du passé. La fête principale, dans certaines localités, est la *Saint-Barthélemy*. C'est pour ce jour que sont fondés surtout de grands prix pour le tir de l'arc. — L'arc, aujourd'hui, est une arme assez légère. Eh bien, elle symbolise et rappelle d'abord l'époque où ces rudes tribus des *Sylvanectes*[2] formaient une branche redoutable des races celtiques.

Les pierres druidiques d'Ermenonville, les haches de pierre et les tombeaux, où les squelettes ont toujours le visage tourné vers l'Orient, ne témoignent pas moins des origines du peuple qui habite ces régions entrecoupées de forêts et couvertes de marécages, — devenus des lacs aujourd'hui.

Le *Valois* et l'ancien petit pays nommé *la France* semblent établir par leur division l'existence de races bien distinctes. La France, division spéciale de l'Île de France, a, dit-on, été peuplée par les Francs primitifs, venus de Germanie, dont ce fut, comme disent les chroniques, le premier *arrêt*. Il est reconnu aujourd'hui que les Francs n'ont nullement subjugué la Gaule, et n'ont pu que se trouver mêlés aux luttes de certaines provinces entre elles. Les Romains les avaient fait venir pour peupler certains points, et surtout pour défricher les grandes forêts ou assainir les pays de marécages. Telles étaient alors les contrées situées au nord de Paris. Issus généralement de la race caucasienne, ces hommes vivaient sur un pied d'égalité, d'après les mœurs patriarcales. Plus tard, on créa des fiefs, quand il fallut défendre le pays contre les invasions du Nord. Toutefois, les cultivateurs conservaient libres les terres qui leur avaient été concédées et qu'on appelait terres de franc-alleu.

La lutte de deux races différentes est évidente surtout dans les guerres de la ligue[1]. On peut penser que les descendants des Gallo-Romains favorisaient le Béarnais, tandis que l'autre race, plus indépendante de sa nature, se tournait vers Mayenne, d'Épernon, le cardinal de Lorraine[2] et les Parisiens. On retrouve encore dans certains coins, surtout à Montépilloy, des amas de cadavres, résultat des massacres ou des combats de cette époque dont le principal fut la bataille de Senlis.

Et même ce grand comte Longueval de Bucquoy, — qui a fait les guerres de Bohême, aurait-il gagné l'illustration qui causa bien des peines à son descendant, — l'abbé de Bucquoy, — s'il n'eût, à la tête des ligueurs, protégé longtemps Soissons, Arras et Calais contre les armées de Henri IV ? Repoussé jusque dans la Frise après avoir tenu trois ans dans les pays de Flandre, il obtint cependant un traité d'armistice de dix ans en faveur de ces provinces, que Louis XIV dévasta plus tard.

Étonnez-vous maintenant des persécutions qu'eut à subir l'abbé de Bucquoy, — sous le ministère de Pontchartrain.

Quant à Angélique de Longueval, c'est l'opposition même en cotte hardie[3]. Cependant elle aime son père, — et ne l'avait abandonné qu'à regret. Mais du moment qu'elle avait choisi l'homme qui semblait lui convenir, — comme la fille du duc Loys choisissant Lautrec pour cavalier, — elle n'a pas reculé devant la fuite et le malheur, et même, ayant aidé à soustraire l'argenterie de son père, elle s'écriait : « Ce que c'est de l'amour ! »

Les gens du moyen âge croyaient aux charmes. Il

semble qu'un charme l'ait en effet attachée à ce fils de charcutier, — qui était beau s'il faut l'en croire ; — mais qui ne semble pas l'avoir rendue très-heureuse. Cependant en constatant quelques malheureuses dispositions de *celui* qu'elle ne nomme jamais, elle n'en dit pas de mal un instant. Elle se borne à constater les faits, — et l'aime toujours, en épouse platonicienne et soumise à son sort par le raisonnement.

Les discours du lieutenant-colonel, qui voulait éloigner La Corbinière de Venise, avaient *donné dans la vue* de ce dernier. Il vend tout à coup son enseigne pour se rendre à Inspruck et chercher fortune en laissant sa femme à Venise[1].

« Voilà donc, dit Angélique, l'enseigne vendue à cet homme qui m'aimait, content (le lieutenant-colonel) en croyant que je ne m'en pouvais plus dédire ; mais l'amour, qui est la reine[a] de toutes les passions, se moqua bien de la charge, car lorsque je vis que mon mari faisait son préparatif pour s'en aller, il me fut impossible de penser seulement de vivre sans lui. »

Au dernier moment, pendant que le lieutenant-colonel se réjouissait déjà du succès de cette ruse, qui lui livrait une femme isolée de son mari, — Angélique se décida à suivre La Corbinière à Inspruck. « Ainsi, dit-elle, l'amour nous ruina en Italie aussi bien qu'en France, quoiqu'en *celle* d'Italie je n'y avais point de coulpe (faute). »

Les voilà partis de Vérone avec un nommé Boyer, auquel La Corbinière avait promis de faire sa dépense jusqu'en Allemagne, parce qu'il n'avait point d'argent. (Ici, La Corbinière se relève un peu.) À vingt-cinq milles de Vérone, à un lieu où, par le lac, on va à la rive

a. L'amour se disait au féminin à cette époque.

de Trente, Angélique faiblit un instant, et pria son mari de revenir vers quelque ville du bon pays vénitien, — comme Brescia. — Cette admiratrice de Pétrarque quittait avec peine ce doux pays d'Italie pour les montagnes brumeuses qui cernent l'Allemagne. « Je pensais bien, dit-elle, que les 50 pistoles qui nous restaient ne nous dureraient guère ; mais mon amour était plus grand que toutes ces considérations. »

Ils passèrent huit jours à Inspruck, où le duc de Feria passa, et dit à La Corbinière qu'il fallait aller plus loin pour trouver de l'emploi, — dans une ville nommée *Fisch*[1]. Là Angélique eut un grand flux de sang, et l'on appela une femme, qui lui fit comprendre « qu'elle s'était gâtée d'un enfant[2]. » — C'est une locution bien chrétienne, — qu'il faut pardonner au langage du temps et du pays.

On a toujours considéré comme une souillure, — dans la manière de voir des hommes d'église, le fait, légitime pourtant, — puisque Angélique s'était mariée, — de produire au monde un nouveau pécheur. Ce n'est pourtant pas là l'esprit de l'Évangile. — Mais passons.

La pauvre Angélique, un peu rétablie, fut forcée de se remettre à cheval sur l'unique haquenée que possédait le ménage : « Toute débile que j'étais, dit-elle, ou, pour dire la vérité, demi-morte, je montai à cheval pour aller avec mon mari rejoindre l'armée, — où je fus si étonnée de voir autant de femmes que d'hommes, entre beaucoup de celles de colonels et capitaines. »

Son mari alla faire la révérence au grand colonel nommé Gildase[3], lequel, comme Wallon, avait entendu parler du comte Longueval de Bucquoy, qui avait défendu la Frise contre Henri IV. Il fit *grande caresse* au mari d'Angélique, et lui dit qu'en attendant une compagnie, il lui donnerait une lieutenance, — et qu'il allait mettre mademoiselle de Longueval dans le carrosse de sa sœur, qui était mariée au premier capitaine de son régiment.

Le malheur ne se lassait pas de frapper les nouveaux époux. La Corbinière prit la fièvre, et il fallut le soigner. — Il y a de bonnes gens partout : Angélique ne se plaint que d'avoir été promenée, « tantôt à un lieu, tantôt à un autre », par le malheur de la guerre, — à la façon des Égyptiennes, — ce qui ne pouvait lui plaire, encore qu'elle eût plus de sujets de se contenter que pas une femme, puisqu'elle était la seule qui mangeât à la table du colonel avec seulement sa sœur. — « Et le colonel encore montrait trop de bonté à La Corbinière, — en ce qu'il lui donnait les meilleurs morceaux de la table… à cause qu'il le voyait malade. »

Une nuit, les troupes étant en marche, le meilleur logement qu'on pût offrir aux dames fut une écurie, où il ne fallait coucher qu'habillés à cause de la crainte de l'ennemi. « En me réveillant au milieu de la nuit, dit Angélique, je ressentis un si grand frais que je ne pus m'empêcher de dire tout haut : Mon Dieu ! je meurs de frais ! » Le colonel allemand lui jeta alors sa casaque, se découvrant lui-même, car il n'avait pas autre chose sur son uniforme.

Ici arrive une observation bien profonde :

« Tous ces honneurs, dit-elle, pouvaient bien arrêter une Allemande, mais non pas les Françaises, à qui la guerre ne peut plaire… »

Rien n'est plus vrai que cette observation. Les femmes allemandes sont encore celles de l'époque des Romains. Trusnelda[1] combattait avec Hermann. À la bataille des Cimbres, où vainquit Marius, il y avait autant de femmes que d'hommes[2].

Les femmes sont courageuses dans les événements

de famille, devant la souffrance, la mort. Dans nos troubles civils, elles plantent des drapeaux sur les barricades ; — elles portent vaillamment leur tête à l'échafaud. Dans les provinces qui se rapprochent du nord ou de l'Allemagne, on a pu trouver des Jeanne d'Arc et des Jeanne Hachette. Mais la masse des femmes françaises redoute la guerre, à cause de l'amour qu'elles ont pour leurs enfants.

Les femmes guerrières sont de la race franque. Chez cette population originairement venue d'Asie, il existe une tradition qui consiste à exposer des femmes dans les batailles, pour animer le courage des combattants par la récompense offerte. Chez les Arabes, on retrouve la même coutume. La vierge qui se dévoue s'appelle la *kadra* et s'avance au premier rang, entourée de ceux qui sont résolus à se faire tuer pour elle. — Mais chez les Francs on en exposait plusieurs.

Le courage et souvent même la cruauté de ces femmes étaient tels qu'ils ont été cause de l'adoption de la loi salique. Et cependant, les femmes, guerrières ou non, ne perdirent jamais leur empire en France, soit comme reines, soit comme favorites.

La maladie de La Corbinière fut cause qu'il se résolut à retourner en Italie. Seulement, il oublia de prendre un passeport. « Nous fûmes bien confus, dit Angélique, lorsque nous fûmes à une forteresse nommée Reistre[1], où l'on ne voulut plus nous laisser passer, et où l'on retint mon mari malgré sa maladie. » Comme elle avait conservé sa liberté, elle put aller à Inspruck se jeter aux pieds de l'archiduchesse Léopold pour obtenir la grâce de La Corbinière, — qu'on peut supposer avoir un peu déserté, quoique sa femme ne l'avoue pas.

Munie de la grâce signée par l'archiduchesse, Angélique retourna au lieu où était détenu son mari. Elle demanda aux gens de ce bourg de Reitz s'ils n'avaient rien entendu dire d'un gentilhomme français prisonnier. On lui enseigna le lieu où il était, où elle le trouva contre un poële, demi-mort, — et le ramena à Vérone.

Là elle retrouva M. de la Tour (de Périgord[1]) et lui reprocha d'avoir fait vendre à son mari son enseigne, ce qui était cause de son malheur. « Je ne sais, ajoute-t-elle, s'il avait encore de l'amour pour moi, ou si ce fut de la pitié, tant il y a qu'il m'envoya vingt pistoles et tout un ameublement de maison où mon mari se gouverna si mal, qu'en peu de temps il mangea entièrement tout. »

Il avait repris un peu de santé et vivait continuellement en débauche avec deux de ses camarades, M. de la Perle et M. Escutte. Cependant l'affection de sa femme ne s'affaiblit pas. Elle se résolut, « pour ne pas vivre tout à fait dans l'incommodité, à prendre *des gens en pension* », — ce qui lui réussit ; — seulement La Corbinière dépensait tout le *gagnage* hors du logis, « ce qui, dit-elle, m'affligeait jusqu'à la mort ; il finit par vendre les meubles, — de sorte que la maison ne pouvait plus aller.

« Cependant, dit la pauvre femme, je sentais toujours mon affection aussi grande que lorsque nous partîmes de France. Il est vrai qu'après avoir reçu la première lettre de ma mère, cette affection se partagea en deux.... Mais, j'avoue que l'amour que j'avais pour cet homme surpassait l'affection que je portais à mes parents. »

9e LETTRE.

Nouveaux détails inédits. — Manuscrit du célestin Goussencourt. — Dernières aventures d'Angélique. — Mort de La Corbinière. — Lettres.

Le manuscrit que les archives nationales conservent écrit de la main d'Angélique s'arrête là.

Mais nous trouvons annexées au même dossier les observations suivantes écrites par son cousin, le moine célestin Goussencourt. Elles n'ont point la même grâce que le récit d'Angélique de Longueval, mais elles ont aussi la marque d'une honnête naïveté.

Voici un passage des observations du moine célestin Goussencourt :

« La nécessité les contraignit d'être taverniers, — où les soldats français allaient boire et manger avec un tel respect, qu'ils ne voulaient point être servis d'elle. Elle cousait des collets de toile où elle ne gagnait tous les jours que huit sous, et avec cela descendait à toute heure à la cave, et lui se donnait à boire avec ses hôtes, de telle façon qu'il devint tout couperosé.

« Un jour, elle étant à la porte, un capitaine vint à passer et lui fit une grande révérence, et elle à lui, — ce qui fut aperçu de son mari jaloux. Il l'appelle et la prend par la gorge. Elle parvient à jeter un cri. Les buveurs arrivent et la trouvent à demi-morte couchée par terre, — à laquelle il avait donné des coups de pied aux côtes qui lui avaient ôté la parole, et dit, pour s'excuser, qu'il lui avait défendu de parler à celui-là, et que, si elle lui eût parlé, il l'eût enfilée de son épée. »

Il devint étique par ses débauches. À cette époque elle écrivit à sa mère pour lui demander pardon.

Sa mère lui répondit qu'elle lui pardonnait et lui conseillait de revenir et qu'elle ne l'oublierait pas dans son testament.

Ce testament était gardé à l'église de Neuville-en-Hez, et contient un legs de huit mille livres.

Pendant l'absence d'Angélique de Longueval il y eut une demoiselle en Picardie qui voulut usurper sa place, et se donna pour elle. — Elle eut même la hardiesse de se présenter à madame de Haraucourt, mère d'Angélique, laquelle dit qu'elle n'était pas sa fille. Elle racontait tant de choses, que plusieurs des parents finirent par la prendre pour ce qu'elle se donnait....

Le célestin, son cousin, lui écrivit de revenir. — Mais La Corbinière n'en voulait pas entendre parler, craignant d'être pris et exécuté s'il rentrait en France. Il n'y faisait pas bon pour lui non plus ; — car la faute d'Angélique fut cause que M. d'Haraucourt chassa des faubourgs de Clermont-sur-Oise sa mère et ses frères, « qui vivaient de leur boutique, étant charcutiers. »

Madame d'Haraucourt, enfin, étant morte en décembre 1636[1], à la Neuville-en-Hez, où elle repose (M. d'Haraucourt était mort en 1632) ; leur fille fit tant près de son mari, qu'il consentit à revenir en France.

Arrivés à Ferrare, ils tombent malades tous deux, — où ils furent douze jours ; — s'embarquent à Livourne, arrivent à Avignon, où ils sont toujours malades. La Corbinière y meurt, le 5 d'août 1642 ; il repose à Sainte-Madeleine ; — il meurt avec des repentances très-grandes de l'avoir si mal traitée, et lui dit : « Pour votre consolation et ôter votre tristesse, souvenez-vous comme je vous ai traitée. »

« Là, continue le moine célestin, elle a été en si grande nécessité qu'elle m'a dit par écrit et de bouche, qu'elle fût morte de faim n'eût été les célestins qui l'ont aidée.

« Elle arrive à Paris le dimanche 19 d'octobre, par le coche, et manda à madame Boulogne, sa grande amie, de la venir quérir. N'y estant pas, son hostellier y fut. Le lendemain après dîner, elle vint me trouver avec ladite Boulogne et sa belle-mère, la mère de La Corbinière, servante de cuisine chez M. Ferrant, estat qu'elle a été contrainte de faire depuis qu'elle a été bannie de Clermont, à cause de son fils.

« La première chose qu'elle fit, elle vint se jeter à mes pieds, les mains jointes, me demandant pardon, ce qui fit pleurer les femmes. Je lui dis que je ne lui pardonnerais pas (ce qui la fit soupirer et respirer, ayant entendu le reste), car elle ne m'avait pas offensée. Et la prenant par la main, lui dis-je : Levez-vous ; et la fis asseoir auprès de moi, où elle me répéta ce qu'elle m'avait souvent écrit : qu'après Dieu et sa mère, elle tenait la vie de moi. »

Quatre ans après, elle était retirée à Nivillers, et très-malheureuse, n'ayant chemise au dos, comme il paraît par la lettre ci-contre.

LETTRE QU'ELLE ÉCRIT AU CÉLESTIN SON COUSIN, QUATRE ANS APRÈS SON RETOUR DE NIVILLERS[1].

Le 7 janvier 1646.

Monsieur mon bon papa (elle appelait ainsi le célestin),

Je vous supplie, très-humblement, de n'attribuer mon silence à manque du ressentiment que j'aurai toute ma vie de vos bontés, mais bien de honte de n'avoir encore que des paroles pour vous le témoigner. Vous protestant que la mauvaise fortune me persécute au point de n'avoir de chemise au dos. Ces misères m'ont empêchée jusqu'ici de vous écrire et à madame Boulogne, car il me semble que vous deviez recevoir autant de satisfaction de moi comme vous en avez été travaillés tous deux. Accusez donc mon malheur et non ma volonté, et me faites l'honneur, mon cher papa, de me mander de vos nouvelles.

Votre très-humble servante.

A. DE LONGUEVAL.

(À M. Goussencourt, aux Célestins, à Paris.)

On ne sait rien de plus. — Voici une réflexion générale du célestin Goussencourt sur l'histoire de cet amour, dans lequel l'imagination simple du moine ne pouvant admettre, du reste, l'amour de sa cousine pour un petit *charcutier*, rapportait tout à la magie; — voici sa méditation :

« La nuit du premier dimanche de carême 1632 fut leur départ; — retour en 1642, en carême. — Leurs affections commencèrent trois ans avant leur fuite. — Pour se faire aimer, il lui donna des confitures qu'il avait fait faire à Clermont, et où il y avait des mouches cantharides, qui ne firent qu'échauffer la fille, mais non aimer; puis, il lui donna d'un coing cuit, et depuis elle fut grandement affectionnée. »

Rien ne prouve que le frère Goussencourt ait donné une chemise à sa cousine. — Angélique n'était pas en odeur de sainteté dans sa famille, — et cela paraît en ce fait qu'elle n'a pas même été nommée dans la généalogie de sa famille, qui énonce les noms de Jacques-Annibal de Longueval, gouverneur de Clermont-en-Beauvoisis, et de Suzanne d'Arquenvilliers, dame de Saint-Rimault. Ils ont laissé deux Annibal, dont le dernier, qui a le prénom d'Alexandre, est le même enfant qui ne voulait pas que sa sœur *volât papa et maman,* — puis encore deux autres garçons. — On ne parle pas de la fille[1].

10e LETTRE.

Mon ami Sylvain. — Le château de Longueval en Soissonnais. — Correspondance. — Post-scriptum.

Je ne voyage jamais dans ces contrées sans me faire accompagner d'un ami, que j'appellerai, de son petit nom, Sylvain.

C'est un nom très-commun dans cette province, — le féminin est le gracieux nom de Sylvie, — illustré par un bouquet de bois de Chantilly, dans lequel allait rêver si souvent le poëte Théophile de Viau[2].

J'ai dit à Sylvain : — Allons-nous à Chantilly ?

Il m'a répondu : — Non... tu as dit toi-même hier qu'il fallait aller à Ermenonville pour gagner de là Soissons, visiter ensuite les ruines du château de Longueval en Soissonnais, sur la limite de Champagne.

— Oui, répondis-je ; hier soir je m'étais monté la tête à propos de cette belle Angélique de Longueval, et je voulais voir le château d'où elle a été enlevée par La Corbinière, — en habits d'homme, sur un cheval.

— Es-tu sûr, du moins, que ce soit là le Longueval véritable, car il y a des Longueval et des Longueville partout... de même que des Bucquoy...

— Je n'en suis pas convaincu quant à ces derniers ; mais lis seulement ce passage du manuscrit d'Angélique :

« Le jour étant venu duquel il me devait quérir la nuit, je dis à un palefrenier qui avait nom Breteau : Je voudrais bien que tu me prêtasses un cheval pour envoyer à Soissons cette nuit quérir pour me faire un corps de cotte, te promettant que le cheval sera ici avant que maman se lève... »

— Il semblerait donc prouvé — me dit Sylvain — que le château de Longueval était situé aux environs de Soissons, donc ce ne serait pas le moment de revenir vers Chantilly. Ce changement de direction a déjà risqué de te faire arrêter une fois, — parce que des gens qui changent d'idée tout à coup paraissent toujours des gens suspects...

CORRESPONDANCE.

Vous m'envoyez deux lettres concernant mes premiers articles sur l'abbé de Bucquoy. La première, d'après une biographie abrégée, établit que Bucquoy et Bucquoi ne représentent pas le même nom. — À quoi je répondrai que les noms anciens n'ont pas d'orthographe. L'identité des familles ne s'établit que d'après les armoiries, et nous avons déjà donné celles de cette famille[1] (l'écusson bandé de vair et de gueules de six pièces). Cela se retrouve dans toutes les branches, soit de Picardie, soit de l'Île de France, soit de Champagne, d'où était l'abbé de Bucquoi. Longueval touche à la Champagne, comme on le sait déjà. — Il est inutile de prolonger cette discussion héraldique.

Je reçois de vous une seconde lettre qui vient de Belgique :

« Lecteur sympathique de M. Gérard de Nerval et désirant lui être agréable, je lui communique le document ci-joint, qui lui sera peut-être de quelque utilité pour la suite de ses humoristiques pérégrinations à la recherche de l'abbé de Bucquoy, cet insaisissable moucheron issu de l'amendement Riancey.

« 156 Olivier de Wree, de vermoerde oorlogh-stucken van den woonderdadighen velt-heer Carel de Longueval, grave van Busquoy, Baron de Vaux, Brugge, 1625. — Ej. menghel-dichten : fyghes noeper ; Bacchus-Cortryck. Ibid, 1625. — Ej. Venus-Ban. Ibid, 1625, in-12, oblong, vél.[a] [1].

« Livre rare et curieux. L'exemplaire est taché d'eau. »

Je ne chercherai pas à traduire cet article de bibliographie flamande ; — seulement, je remarque qu'il fait partie du prospectus d'une bibliothèque qui doit être vendue le 5 décembre et jours suivants, sous la direction de M. Héberlé, — 5, rue des Paroissiens, à Bruxelles.

J'aime mieux attendre la vente de Techener, — qui, je l'espère, aura toujours lieu le 20.

LES RUINES. — LES PROMENADES. — CHÂALIS. — ERMENONVILLE. — LA TOMBE DE ROUSSEAU.

Dans une de mes lettres j'ai employé à faux le mot réaction en parlant d'*abus de l'autorité* qui amènent des réactions *en sens contraire*[2].

La faute paraît simple au premier abord ; — mais il y a plusieurs sortes de réactions : les unes prennent des *biais*, les autres sont des réactions qui consistent à s'arrêter. J'ai voulu dire qu'un excès amenait d'autres excès. Ainsi il est impossible de ne point blâmer les incendies, et les dévastations privées, — rares pourtant de nos jours. Il se mêle toujours à la foule en rumeur un élément hostile ou étranger qui conduit les choses

a. La note imprimée est extraite d'un catalogue. Ainsi nous avions déjà cinq manières d'orthographier le nom de Bucquoy : voici la sixième : *Busquoy*.

au-delà des limites que le bon sens général aurait imposées, et qu'il finit toujours par tracer.

Je n'en veux pour preuve qu'une anecdote qui m'a été racontée par un bibliophile fort connu, — et dont un autre bibliophile a été le héros.

Le jour de la révolution de février, on brûla quelques voitures, — dites de la liste civile ; — ce fut, certes, un grand tort, qu'on reproche durement aujourd'hui à cette foule mélangée qui, derrière les combattants, entraînait aussi des traîtres...

Le bibliophile dont je parle se rendit ce soir-là au Palais-National[1]. Sa préoccupation ne s'adressait pas aux voitures ; il était inquiet d'un ouvrage en quatre volumes in-folio intitulé *Perceforest*[2].

C'était un de ces *roumans* du cycle d'Artus, — ou du cycle de Charlemagne, — où sont contenues les épopées de nos plus anciennes guerres chevaleresques.

Il entra dans la cour du palais, se frayant un passage au milieu du tumulte. — C'était un homme grêle, d'une figure sèche, mais ridée parfois d'un sourire bienveillant, correctement vêtu d'un habit noir, et à qui l'on ouvrit passage avec curiosité.

— Mes amis, dit-il, a-t-on brûlé le *Perceforest*?

— On ne brûle que les voitures.

— Très-bien ! continuez. Mais la bibliothèque ?

— On n'y a pas touché... Ensuite, qu'est-ce que vous demandez ?

— Je demande que l'on respecte l'édition en quatre volumes du *Perceforest*, — un héros d'autrefois... ; édition unique, avec deux pages transposées et une énorme tache d'encre au troisième volume.

On lui répondit :

— Montez au premier.

Au premier, il trouva des gens qui lui dirent :

— Nous déplorons ce qui s'est fait dans le premier moment… On a, dans le tumulte, abîmé quelques tableaux…

— Oui, je sais, un Horace Vernet, un Gudin[1]… Tout cela n'est rien : — le *Perceforest*?…

On le prit pour un fou. Il se retira et parvint à découvrir la concierge du palais, qui s'était retirée chez elle.

— Madame, si l'on n'a pas pénétré dans la bibliothèque, assurez-vous d'une chose : c'est de l'existence du *Perceforest*, — édition du seizième siècle, reliure en parchemin, de Gaume. Le reste de la bibliothèque, ce n'est rien… mal choisi ! — des gens qui ne lisent pas ! Mais le *Perceforest* vaut 40,000 francs sur les tables[2].

La concierge ouvrit de grands yeux.

— Moi, j'en donnerais, aujourd'hui, vingt mille… malgré la dépréciation des fonds que doit amener nécessairement une révolution.

— Vingt mille francs !

— Je les ai chez moi. Seulement ce ne serait que pour rendre le livre à la nation. C'est un monument.

La concierge étonnée, éblouie, consentit avec courage à se rendre à la bibliothèque et à y pénétrer par un petit escalier. L'enthousiasme du savant l'avait gagnée.

Elle revint, après avoir vu le livre sur le rayon où le bibliophile savait qu'il était placé.

— Monsieur, le livre est en place. Mais il n'y a que trois volumes… Vous vous êtes trompé.

— Trois volumes !… Quelle perte !… Je m'en vais trouver le gouvernement provisoire, — il y en a toujours un… Le *Perceforest* incomplet ! Les révolutions sont épouvantables !

Le bibliophile courut à l'Hôtel-de-Ville. — On avait autre chose à faire que de s'occuper de bibliographie. Pourtant il parvint à prendre à part M. Arago[2], — qui comprit l'importance de sa réclamation, et des ordres furent donnés immédiatement.

Le *Perceforest* n'était incomplet que parce qu'on en avait prêté précédemment un volume.

Nous sommes heureux de penser que cet ouvrage a pu rester en France.

Celui de l'*Histoire de l'abbé de Bucquoy*, qui doit être vendu le 20, n'aura peut-être pas le même sort !

Et maintenant, tenez compte, je vous prie, des fautes qui peuvent être commises, — dans une tournée rapide, souvent interrompue par la pluie ou par le brouillard…

Je quitte Senlis à regret ; — mais mon ami le veut pour me faire obéir à une pensée que j'avais manifestée imprudemment…

Je me plaisais tant dans cette ville, où la renaissance, le moyen âge et l'époque romaine se retrouvent çà et là, — au détour d'une rue, dans une écurie, dans une cave. — Je vous parlais « de ces tours des Romains recouvertes de lierre ! » — L'éternelle verdure dont elles sont vêtues fait honte à la nature inconstante de nos pays froids. — En Orient, les bois sont toujours verts ; — chaque arbre a sa saison de mue ; mais cette saison varie selon la nature de l'arbre. C'est ainsi que j'ai vu au Caire les sycomores perdre leurs feuilles en été. En revanche, ils étaient verts au mois de janvier.

Les allées qui entourent Senlis et qui remplacent les antiques fortifications romaines, — restaurées plus tard, par suite du long séjour des rois carlovingiens, — n'offrent plus aux regards que des feuilles rouillées d'ormes, et de tilleuls. Cependant la vue est encore belle, aux alentours, par un beau coucher de soleil. — Les forêts de Chantilly, de Compiègne et d'Ermenonville ; — les bois de Châalis et de Pont-Armé, se dessinent avec leurs masses rougeâtres sur le vert clair des prairies qui les séparent. Des châteaux lointains élèvent encore leurs tours, — solidement bâties en pierres *de Senlis*, et qui, généralement, ne servent plus que de pigeonniers.

Les clochers aigus, hérissés de saillies régulières, qu'on appelle dans le pays des *ossements*[1] (je ne sais pourquoi), retentissent encore de ce bruit de cloches qui portait une douce mélancolie dans l'âme de Rousseau[2]....

Accomplissons le pèlerinage que nous nous sommes promis de faire, non pas près de ses cendres, qui reposent au Panthéon, — mais près de son tombeau, situé à Ermenonville, dans l'île dite des Peupliers.

La cathédrale de Senlis ; l'église Saint-Pierre, qui sert aujourd'hui de caserne aux cuirassiers ; le château de Henri IV, adossé aux vieilles fortifications de la ville ; les cloîtres byzantins de Charles le Gros et de ses successeurs, n'ont rien qui doive nous arrêter... C'est encore le moment de parcourir les bois, malgré la brume obstinée du matin.

Nous sommes partis de Senlis, à pied, à travers les bois, aspirant avec bonheur la brume d'automne[3].

Nous avions parcouru une route qui aboutit aux bois et au château de Mont-l'Évêque. — Des étangs brillaient çà et là à travers les feuilles rouges relevées par la verdure sombre des pins. Sylvain me chanta ce vieil air du pays :

Courage ! mon ami, courage !
Nous voici près du village !
À la première maison,
Nous nous rafraîchirons !

On buvait dans le village un petit vin qui n'était pas désagréable pour des voyageurs. L'hôtesse nous dit, voyant nos barbes : — Vous êtes des artistes... vous venez donc pour voir Châalis ?

Châalis, — à ce nom je me ressouvins d'une époque bien éloignée... celle où l'on me conduisait à l'abbaye, une fois par an, pour entendre la messe, et pour voir la foire qui avait lieu près de là.

— Châalis, dis-je... Est-ce que cela existe encore ?

—

La Chapelle en Serval, ce 20 novembre.

De même qu'il est bon dans une symphonie même pastorale de faire revenir de temps en temps le motif principal, gracieux, tendre ou terrible, pour enfin le faire tonner au final avec la tempête graduée de tous les instruments[1], — je crois utile de vous parler encore de l'abbé Bucquoy, sans m'interrompre dans la course que je fais en ce moment vers le château de ses pères, avec cette intention de mise en scène exacte et descriptive sans laquelle ses aventures n'auraient qu'un faible intérêt.

Le final se recule encore, et vous allez voir que c'est encore malgré moi...

Et d'abord, réparons une injustice à l'égard de ce bon M. Ravenel de la Bibliothèque nationale, qui, loin de s'occuper légèrement de la recherche du livre, a remué tous les *fonds* des huit cent mille volumes que nous y possédons. Je l'ai appris depuis ; mais, ne pouvant trouver la chose absente, il m'a donné officieusement avis de la vente de Techener, ce qui est le procédé d'un véritable savant.

Sachant bien que toute vente de grande bibliothèque se continue pendant plusieurs jours, j'avais demandé avis du jour désigné pour la vente du livre, voulant, si c'était justement le 20, me trouver à la vacation du soir.

Mais ce ne sera que le 30 !

Le livre est bien classé sous la rubrique : *Histoire* et sous le nº 3584. *Événement des plus rares*, etc..., l'intitulé que vous savez.

La note suivante y est annexée.

« Rare. — Tel est le titre de ce livre bizarre[1], en tête duquel se trouve une gravure représentant *l'Enfer des vivants*, ou la Bastille. Le reste du volume est composé des choses les plus singulières.

« Catalogue de la bibliothèque de M. M***, etc. »

Je puis encore vous donner un avant-goût de l'intérêt de cette histoire, dont quelques personnes semblaient douter, en reproduisant des notes que j'ai prises dans la bibliographie Michaud[2].

Après la biographie de Charles Bonaventure, comte de Bucquoy, généralissime et membre de l'ordre de la Toison-d'Or, célèbre par ses guerres en France, en Bohême et en Hongrie, et dont le petit-fils, Charles, fut créé prince de l'Empire, — on trouve l'article sur l'*abbé de Bucquoy*, — indiqué comme *étant de la même famille* que le précédent. Sa vie politique commença par cinq années de services militaires. Échappé comme par miracle à un grand danger, il fit vœu de quitter le monde et se retira à la Trappe. L'abbé de Rancé, sur lequel Chateaubriand a écrit son dernier livre[3], le renvoya comme peu croyant. Il reprit son habit galonné, qu'il troqua bientôt contre les haillons d'un mendiant. À l'exemple des faquirs et des derviches, il parcourait le monde, pensant donner des exemples d'humilité et d'austérité. Il se faisait appeler *le Mort*, et tint même à Rouen, sous ce nom, une école gratuite.

Je m'arrête de peur de déflorer le sujet. Je ne veux que faire remarquer encore, pour prouver que cette histoire a du sérieux, qu'il proposa plus tard aux états unis de Hollande, en guerre avec Louis XIV, « un projet pour *faire de la France une république*, et y détruire, disait-il, le *pouvoir* arbitraire. » Il mourut à Hanovre, à quatre-vingt-dix ans, laissant son mobilier et ses livres à l'Église catholique, dont il n'était jamais sorti. — Quant à ses seize années de voyages dans l'Inde, je n'ai encore là-dessus de données que par le livre en hollandais de la Bibliothèque nationale.

Nous sommes allés à Châalis pour voir en détail le domaine, avant qu'il soit restauré. Il y a d'abord une vaste enceinte entourée d'ormes; puis, on voit à gauche un bâtiment dans le style du seizième siècle, restauré sans doute plus tard selon l'architecture lourde du petit château de Chantilly.

Quand on a vu les offices et les cuisines, l'escalier suspendu du temps de Henri IV vous conduit aux vastes appartements des premières galeries, — grands appartements et petits appartements donnant sur les bois. Quelques peintures enchâssées, le grand Condé à cheval et des vues de la forêt, voilà tout ce que j'ai remarqué. Dans une salle basse, on voit un portrait d'Henri IV à trente-cinq ans.

C'est l'époque de Gabrielle, — et probablement ce château a été témoin de leurs amours. — Ce prince qui, au fond, m'est peu sympathique, demeura longtemps à Senlis, surtout dans la première époque du siége, et l'on y voit, au-dessus de la porte de la mairie et des trois mots : *Liberté, égalité, fraternité*, son portrait en bronze avec une devise gravée, dans laquelle il est dit que son premier bonheur fut à Senlis, — en 1590.

— Ce n'est pourtant pas là que Voltaire a placé la scène principale, imitée de l'Arioste, de ses amours avec Gabrielle d'Estrées[1].

Ne trouvez-vous pas étrange que *les d'Estrées* se trouvent être encore des parents de l'abbé de Bucquoy? C'est cependant ce que révèle encore la généalogie de sa famille... Je n'invente rien.

C'était le fils du garde qui nous faisait voir le château, — abandonné depuis longtemps. — C'est un homme qui, sans être lettré, comprend le respect que l'on doit aux antiquités. Il nous fit voir dans une des salles *un moine* qu'il avait découvert dans les ruines. À voir ce squelette couché dans une auge de pierre, j'imaginai que ce n'était pas un moine, mais un guerrier celte ou frank couché selon l'usage, — avec le visage tourné vers l'Orient, dans cette localité, où les noms d'Erman ou d'Armen[a] sont communs dans le voisinage, sans parler même d'Ermenonville, située près de là, — et qu'on appelle dans le pays Arme-Nonville ou Nonval, qui est le terme ancien[2].

Le pâté des ruines principales forme les restes de l'ancienne abbaye, bâtie probablement vers l'époque de Charles VII, dans le style du gothique fleuri, sur des voûtes carlovingiennes aux piliers lourds, qui recouvrent les tombeaux. Le cloître n'a laissé qu'une longue galerie d'ogives qui relie l'abbaye à un premier monument, où l'on distingue encore des colonnes byzantines taillées à l'époque de Charles le Gros, et engagées dans de lourdes murailles du seizième siècle.

— On veut, nous dit le fils du garde, abattre le mur du cloître pour que, du château, l'on puisse avoir une

a. Hermann, Arminius, ou peut-être Hermès.

vue sur les étangs. C'est un conseil qui a été donné à Madame.

— Il faut conseiller, dis-je, à votre dame de faire ouvrir seulement les arcs des ogives qu'on a remplis de maçonnerie, et alors la galerie se découpera sur les étangs, ce qui sera beaucoup plus gracieux.

Il a promis de s'en souvenir.

La suite des ruines amenait encore une tour et une chapelle. Nous montâmes à la tour. De là l'on distinguait toute la vallée, coupée d'étangs et de rivières, avec les longs espaces dénudés qu'on appelle le désert d'Ermenonville, et qui n'offrent que des grès de teinte grise, entremêlés de pins maigres et de bruyères.

Des carrières rougeâtres se dessinaient encore çà et là à travers les bois effeuillés, et ravivaient la teinte verdâtre des plaines et des forêts, — où les bouleaux blancs, les troncs tapissés de lierre et les dernières feuilles d'automne, se détachaient encore sur les masses rougeâtres des bois encadrés des teintes bleues de l'horizon.

Nous redescendîmes pour voir la chapelle ; c'est une merveille d'architecture. L'élancement des piliers et des nervures, l'ornement sobre et fin des détails, révélaient l'époque intermédiaire entre le gothique fleuri et la renaissance. Mais, une fois entrés, nous admirâmes les peintures, qui m'ont semblé être de cette dernière époque.

— Vous allez voir des saintes un peu décolletées, nous dit le fils du garde. En effet, on distinguait une sorte de Gloire peinte en fresque du côté de la porte, parfaitement conservée, malgré ses couleurs pâlies, sauf la partie inférieure couverte de peintures à la détrempe, mais qu'il ne sera pas difficile de restaurer.

Les bons moines de Châalis auraient voulu supprimer quelques nudités trop voyantes du *style Médicis.* — En effet, tous ces anges et toutes ces saintes faisaient l'effet d'amours et de nymphes aux gorges et aux cuisses nues. L'abside de la chapelle offre dans les intervalles de ses nervures d'autres figures mieux conservées encore et du style allégorique usité postérieurement à Louis XII. — En nous retournant pour sortir, nous remarquâmes au-dessus de la porte des armoiries qui devaient indiquer l'époque des dernières ornementations.

Il nous fut difficile de distinguer les détails de l'écusson écartelé, qui avait été repeint postérieurement en bleu et en blanc. Au 1 et au 4, c'étaient d'abord des oiseaux que le fils du garde appelait des cygnes, — disposés par 2 et 1 ; mais ce n'étaient pas des cygnes.

Sont-ce des aigles déployés, des merlettes ou des alérions ou des ailettes attachées à des foudres ?

Au 2 et au 3, ce sont des fers de lance, ou des fleurs de lis, ce qui est la même chose. Un chapeau de cardinal recouvrait l'écusson et laissait tomber des deux côtés ses résilles triangulaires ornées de glands ; mais n'en pouvant compter les rangées, parce que la pierre était fruste, nous ignorions si ce n'était pas un chapeau d'abbé.

Je n'ai pas de livres ici. Mais il me semble que ce sont là les armes de Lorraine, écartelées de celles de France. Seraient-ce les armes du cardinal de Lorraine, qui fut proclamé roi dans ce pays, sous le nom de Charles X, ou celles de l'autre cardinal qui aussi était soutenu par la Ligue ?... Je m'y perds, n'étant encore, je le reconnais, qu'un bien faible historien[1].

11e LETTRE.

Le château d'Ermenonville. — Les Illuminés. — Le roi de Prusse. — Gabrielle et Rousseau. — Les tombes. — Les abbés de Châalis.

En quittant Châalis, il y a encore à traverser quelques bouquets de bois, puis nous entrons dans le désert. Il y a assez de désert pour que, du centre, on ne voie point d'autre horizon, — pas assez pour qu'en une demi-heure de marche on n'arrive au paysage le plus calme, le plus charmant du monde... Une nature suisse découpée au milieu du bois, par suite de l'idée qu'a eue René de Girardin d'y transplanter l'image du pays dont sa famille était originaire.

Quelques années avant la révolution, le château d'Ermenonville était le rendez-vous des Illuminés qui préparaient silencieusement l'avenir. Dans les *soupers* célèbres d'Ermenonville, on a vu successivement le comte de Saint-Germain, Mesmer et Cagliostro, développant, dans des causeries inspirées, des idées et des paradoxes dont l'école dite de Genève[1] hérita plus tard. — Je crois bien que M. de Robespierre, le fils du fondateur de la loge écossaise d'Arras, — tout jeune encore, — peut-être encore plus tard Sénancour, Saint-Martin, Dupont de Nemours et Cazotte[2], vinrent exposer, soit dans ce château, soit dans celui de Le Pelletier de Mortfontaine, les idées bizarres qui se proposaient les réformes d'une société vieillie, laquelle dans ses modes même, avec cette poudre qui donnait aux plus jeunes fronts un faux air de la vieillesse, indiquait la nécessité d'une complète transformation.

Saint-Germain appartient à une époque antérieure, mais il est venu là. C'est lui qui avait fait voir à Louis XV dans un miroir d'acier son petit-fils sans tête[3], comme

Nostradamus avait fait voir à Marie de Médicis[1] les rois de sa race, dont le quatrième était également décapité.

Ceci est de l'enfantillage. Ce qui révèle les mystiques, c'est le détail rapporté par Beaumarchais, que les Prussiens, — arrivés jusqu'à Verdun, — se replièrent tout à coup d'une manière inattendue d'après l'effet d'une apparition dont leur roi fut surpris, et qui lui fit dire : « N'allons pas outre ! » comme en certains cas disaient les chevaliers.

Les Illuminés français et allemands s'entendaient par des rapports d'affiliation. Les doctrines de Weisshaupt et de Jacob Bœhm[2] avaient pénétré, chez nous, dans les anciens pays franks et bourguignons, par l'antique sympathie et les relations séculaires des races de même origine. Le premier ministre du neveu de Frédéric II était lui-même un Illuminé. Beaumarchais suppose qu'à Verdun, sous couleur d'une séance de magnétisme, on fit apparaître devant Frédéric-Guillaume son oncle, qui lui aurait dit : « Retourne ! » comme le fit un fantôme à Charles VI.

Ces données bizarres confondent l'imagination ; seulement, Beaumarchais, qui était un sceptique, a prétendu que, pour cette scène de fantasmagorie, on fit venir de Paris l'acteur Fleury[3], qui avait joué précédemment aux Français le rôle de Frédéric II, et qui aurait ainsi fait illusion au roi de Prusse, lequel, depuis, se retira, comme on sait, de la confédération des rois ligués contre la France[4].

Les souvenirs des lieux où je suis m'oppressent moi-même, de sorte que je vous envoie tout cela au hasard, mais d'après des données sûres. Un détail plus important à recueillir, c'est que le général prussien qui, dans nos désastres de la restauration, prit possession du pays, ayant appris que la tombe de Jean-Jacques Rousseau se trouvait à Ermenonville, exempta toute la contrée, depuis Compiègne, des charges de l'occupation militaire. C'était, je crois, le prince d'Anhalt[1] : souvenons-nous au besoin de ce trait.

Rousseau n'a séjourné que peu de temps à Ermenonville[2]. S'il y a accepté un asile, c'est que depuis longtemps, dans les promenades qu'il faisait en partant de l'*Ermitage* de Montmorency, il avait reconnu que cette contrée présentait à un herborisateur des familles de plantes remarquables, dues à la variété des terrains.

Nous sommes allés descendre à l'auberge de la Croix-Blanche, où il demeura lui-même quelque temps, à son arrivée. Ensuite, il logea encore de l'autre côté du château, dans une maison occupée aujourd'hui par un épicier. M. René de Girardin[3] lui offrit un pavillon inoccupé, faisant face à un autre pavillon qu'occupait le concierge du château. Ce fut là qu'il mourut.

En nous levant, nous allâmes parcourir les bois encore enveloppés des brouillards d'automne, que peu à peu nous vîmes se dissoudre en laissant reparaître le miroir azuré des lacs. J'ai vu de pareils effets de perspective sur des tabatières du temps… Je revis l'île des Peupliers[4], au delà des bassins qui surmontent une grotte factice, sur laquelle l'eau tombe, quand elle tombe… Sa description pourrait se lire dans les idylles de Gessner[5].

Les rochers qu'on rencontre en parcourant les bois sont couverts d'inscriptions poétiques. Ici :

> Sa masse indestructible a fatigué le temps.

ailleurs :

Ce lieu sert de théâtre aux courses valeureuses
Qui signalent du cerf les fureurs amoureuses.

ou encore, avec un bas-relief représentant des Druides qui coupent le *gui* :

Tels furent nos aïeux dans leurs bois solitaires !

Ces vers ronflants me semblent être de Roucher... Delille les aurait faits moins solides[1].

M. René de Girardin faisait aussi des vers. — C'était en outre un homme de bien. Je pense qu'on lui doit les vers suivants, sculptés sur une fontaine d'un endroit voisin, que surmontent un Neptune et une Amphytrite, légèrement *décolletée* comme les anges et les saints de Châalis :

Des bords fleuris où j'aimais à répandre
Le plus pur cristal de mes eaux,
Passant, je viens ici me rendre
Aux désirs, aux besoins de l'homme et des troupeaux.

En puisant les trésors de mon urne féconde,
Songe que tu les dois à des soins bienfaisants,
Puissé-je n'abreuver du tribut de mes ondes
Que des mortels paisibles et contents !

Je ne m'arrête pas à la forme des vers ; — c'est la pensée d'un honnête homme que j'admire. L'influence de son séjour est profondément sentie dans le pays. — Là, ce sont des salles de danse, — où l'on remarque encore *le banc des vieillards* ; là, des tirs à l'arc, avec la tribune d'où l'on distribuait des prix... Au bord des eaux, des temples ronds, à colonnes de marbre, consacrés soit à Vénus génitrice, soit à Hermès consolateur. — Toute cette mythologie avait alors un sens philosophique et profond.

La tombe de Rousseau est restée telle qu'elle était, avec sa forme antique et simple, et les peupliers, effeuillés, accompagnent encore d'une manière pittoresque le monument, qui se reflète dans les eaux dormantes de l'étang. Seulement la barque qui y conduisait les visiteurs est aujourd'hui submergée... Les cygnes, je ne sais pourquoi, au lieu de nager gracieusement autour de l'île, préfèrent se baigner dans un ruisseau d'eau bourbeuse, qui coule, dans un rebord, entre des saules aux branches rougeâtres, et qui aboutit à un lavoir, situé le long de la route.

Nous sommes revenus au château. — C'est encore un bâtiment de l'époque de Henri IV, refait vers Louis XV, et construit probablement sur des ruines antérieures, — car on a conservé une tour crénelée qui jure avec le reste, et les fondements massifs sont entourés d'eau, avec des poternes et des restes de ponts-levis.

Le concierge ne nous a pas permis de visiter les appartements, parce que les maîtres y résidaient. — Les artistes ont plus de bonheur dans les châteaux princiers, dont les hôtes sentent qu'après tout, ils doivent quelque chose à la nation.

On nous laissa seulement parcourir les bords du grand lac, dont la vue, à gauche, est dominée par la tour dite de Gabrielle, reste d'un ancien château. Un paysan qui nous accompagnait nous dit : « Voici la tour où était enfermée la belle Gabrielle... tous les soirs Rousseau venait pincer de la guitare sous sa fenêtre, et le roi, qui était jaloux, le guettait souvent, et a fini par le faire mourir. »

Voilà pourtant comment se forment les légendes. Dans quelques centaines d'années, on croira cela. — Henri IV, Gabrielle et Rousseau sont les grands souvenirs du pays. On a confondu déjà, — à deux cents ans d'intervalle, — les deux souvenirs, et Rousseau devient peu à peu le contemporain d'Henri IV. Comme la population l'aime, elle suppose que le roi a été jaloux de lui, et trahi par sa maîtresse, — en faveur de l'homme sympathique aux races souffrantes. Le sentiment qui a dicté cette pensée est peut-être plus vrai qu'on ne croit. Rousseau, qui a refusé cent louis de madame de Pompadour, a ruiné profondément l'édifice royal fondé par Henri. Tout a croulé. — Son image immortelle demeure debout sur les ruines.

Quant à ses chansons, dont nous avons vu les dernières à Compiègne, elles célébraient d'autres que Gabrielle. Mais le type de la beauté n'est-il pas éternel comme le génie ?

En sortant du parc, nous nous sommes dirigés vers l'église, située sur la hauteur. Elle est fort ancienne, mais moins remarquable que la plupart de celles du pays. Le cimetière était ouvert; nous y avons vu principalement le tombeau de De Vic, — ancien compagnon d'armes de Henri IV, — qui lui avait fait présent du domaine d'Ermenonville. C'est un tombeau de famille, dont la légende s'arrête à un abbé. — Il reste ensuite des filles qui s'unissent à des bourgeois. — Tel a été le sort de la plupart des anciennes maisons. Deux tombes plates d'abbés, très-vieilles, dont il est difficile de déchiffrer les légendes, se voient encore près de la terrasse. Puis, près d'une allée, une pierre simple sur laquelle on trouve inscrit : Ci-gît *Almazor.* Est-ce un fou ? — est-ce un laquais ? — est-ce un chien ? La pierre ne dit rien de plus.

Du haut de la terrasse du cimetière, la vue s'étend sur la plus belle partie de la contrée; les eaux miroitent à travers les grands arbres roux, les pins et les chênes verts. Les grès du désert prennent à gauche un aspect druidique. La tombe de Rousseau se dessine à droite, et plus loin, sur le bord, le temple de marbre d'une déesse absente, — qui doit être la Vérité.

Ce dut être un beau jour que celui où une députation, envoyée par l'Assemblée nationale, vint chercher les cendres du philosophe pour les transporter au Panthéon. — Lorsqu'on parcourt le village, on est étonné de la fraîcheur et de la grâce des petites filles, — avec leurs grands chapeaux de paille, elles ont l'air de Suissesses… Les idées sur l'éducation de l'auteur d'*Émile* semblent avoir été suivies; les exercices de force et d'adresse, la danse, les travaux de précision encouragés par des fondations diverses, ont donné sans doute à cette jeunesse la santé, la vigueur et l'intelligence des choses utiles.

J'aime beaucoup cette chaussée, — dont j'avais conservé un souvenir d'enfance, — et qui, passant devant le château, rejoint les deux parties du village, ayant quatre tours basses à ses deux extrémités.

Sylvain me dit : — Nous avons vu la tombe de Rousseau : il faudrait maintenant gagner Dammartin, où nous trouverons des voitures pour nous mener à Soissons, et de là, à Longueval. Nous allons nous informer du chemin aux laveuses qui travaillent devant le château.

— Allez tout droit par la route à gauche, nous dirent-elles, ou, également, par la droite… Vous arriverez, soit à *Ver,* soit à *Ève,* — vous passerez par *Othis,* et en deux heures de marche vous gagnerez Dammartin.

Ces jeunes filles fallacieuses nous firent faire une route bien étrange ; — il faut ajouter qu'il pleuvait.

La route était fort dégradée, avec des ornières pleines d'eau, qu'il fallait éviter en marchant sur les gazons.

D'énormes chardons, qui nous venaient à la poitrine, — chardons à demi gelés, mais encore vivaces, — nous arrêtaient quelquefois.

Ayant fait une lieue, nous comprîmes que ne voyant ni *Ver,* ni *Ève,* ni *Othis,* ni seulement la plaine, nous pouvions nous être fourvoyés.

Une éclaircie se manifesta tout à coup à notre droite, — quelqu'une de ces coupes sombres qui éclaircissent singulièrement les forêts...

Nous aperçûmes une hutte fortement construite en branches rechampies de terre, avec un toit de chaume tout à fait primitif. Un bûcheron fumait sa pipe devant la porte.

— Pour aller à Ver?...

— Vous en êtes bien loin... En suivant la route, vous arriverez à Montaby.

— Nous demandons Ver, — ou Ève...

— Eh bien! vous allez retourner... vous ferez une demi-lieue (on peut traduire cela si l'on veut en mètres, à cause de la loi[1]), puis, arrivés à la place où l'on tire l'arc, vous prendrez à droite. Vous sortirez du bois, vous trouverez la plaine, et ensuite *tout le monde* vous indiquera Ver.

Nous avons retrouvé la place du tir, avec sa tribune et son hémicycle destiné aux sept vieillards. Puis nous nous sommes engagés dans un sentier qui doit être fort beau quand les arbres sont verts. Nous chantions encore, pour aider la marche et peupler la solitude, quelques chansons du pays.

La route se prolongeait *comme le diable*; je ne sais trop jusqu'à quel point le diable se prolonge, — ceci est la réflexion d'un Parisien. — Sylvain, avant de quitter le bois, chanta cette ronde de l'époque de Louis XIV :

C'était un cavalier
Qui revenait de Flandre…

Le reste est difficile à raconter. — Le refrain s'adresse au tambour, et lui dit :

Battez la générale
Jusqu'au point du jour !

Quand Sylvain, — homme taciturne — se met à chanter, on n'en est pas quitte facilement. — Il m'a chanté je ne sais quelle chanson des *Moines rouges* qui habitaient primitivement Châalis. — Quels moines ! C'étaient des Templiers ! — Le roi et le pape se sont entendus pour les brûler.

Ne parlons plus de ces moines rouges.

Au sortir de la forêt, nous nous sommes trouvés dans les terres labourées. Nous emportions beaucoup de notre patrie à la semelle de nos souliers[1] ; — mais nous finissions par le rendre plus loin dans les prairies… Enfin, nous sommes arrivés à Ver. — C'est un gros bourg.

L'hôtesse était aimable et sa fille fort avenante, — ayant de beaux cheveux châtains, une figure régulière et douce, et ce *parler* si charmant des pays de brouillard, qui donne aux plus jeunes filles des intonations de *contralto*, par moments !

— Vous voilà, mes enfants, dit l'hôtesse… Eh bien, on va mettre un fagot dans le feu !

— Nous vous demandons à souper, sans indiscrétion.

— Voulez-vous, dit l'hôtesse, qu'on vous fasse d'abord une soupe à l'oignon.

— Cela ne peut pas faire de mal, et ensuite ?

— Ensuite, il y a aussi *de la chasse*.

Nous vîmes là que nous étions bien tombés.

Sylvain a un talent, c'est un garçon pensif, — qui n'ayant pas eu beaucoup d'éducation, se préoccupe pourtant de *parfaire* ce qu'il n'a reçu qu'*imparfait* du peu de leçons qui lui ont été données.

Il a des idées sur tout. — Il est capable de composer une montre… ou une boussole. — Ce qui le gêne dans la montre, c'est la *chaîne*, qui ne peut se prolonger assez… Ce qui le gêne dans la boussole, c'est que cela fait seulement reconnaître que l'aimant polaire du globe attire forcément les aiguilles ; — mais que sur le reste, — sur la cause et sur les moyens de s'en servir, les documents sont imparfaits !

L'auberge, un peu isolée, mais solidement bâtie, où nous avons pu trouver asile, offre à l'intérieur une cour à galeries d'un système entièrement Valaque….. Sylvain a embrassé la fille, qui est assez bien découplée, et nous prenons plaisir à nous chauffer les pieds en caressant deux chiens de chasse, attentifs au tournebroche, — qui est l'espoir d'un souper prochain…

12e LETTRE.

M. Toulouse. — Les deux bibliophiles. — Saint-Médard de Soissons. — Le château des Longueval de Bucquoy. — Réflexions.

Je n'ai pas à me reprocher d'avoir suspendu pendant dix jours le cours du récit historique que vous m'aviez demandé. L'ouvrage qui devait en être la base, c'est-à-dire l'histoire *officielle* de l'abbé de Bucquoy, devait être vendu le 20 novembre, et ne l'a été que le 30, soit qu'il ait été retiré d'abord (comme on me l'a dit), soit que l'ordre même de la vente, énoncé dans le catalogue, n'ait pas permis de le présenter plus tôt aux enchères.

L'ouvrage pouvait, comme tant d'autres, prendre le chemin de l'étranger, et les renseignements qu'on m'avait adressés des pays du Nord indiquaient seulement des traductions hollandaises du livre, sans donner aucune indication sur l'édition originale, imprimée à Francfort, avec l'allemand en regard.

J'avais vainement, vous le savez, cherché le livre à Paris. Les bibliothèques publiques ne le possédaient pas. Les libraires spéciaux ne l'avaient point vu depuis longtemps. Un seul, M. Toulouse, m'avait été indiqué comme pouvant le posséder.

M. Toulouse a la spécialité des livres de controverse religieuse. Il m'a interrogé sur la nature de l'ouvrage ; puis il m'a dit : « Monsieur, je ne l'ai point… Mais, si je l'avais, peut-être ne vous le vendrais-je pas ? »

J'ai compris que vendant d'ordinaire des livres à des ecclésiastiques, il ne se souciait pas d'avoir affaire à un *fils de Voltaire*.

Je lui ai répondu que je m'en passerais bien, ayant déjà des notions générales sur le personnage dont il s'agissait.

« Voilà pourtant comme on écrit l'histoire ! » m'a-t-il répondu[a].

Vous me direz que j'aurais pu me faire communiquer l'histoire de l'abbé de Bucquoy par quelques-uns de ces bibliophiles qui subsistent encore, tels M. de Montmerqué[1] et autres. À quoi je répondrai qu'un bibliophile sérieux ne communique pas ses livres. Lui-même ne les lit pas, de crainte de les fatiguer.

Un bibliophile connu avait un ami ; — cet ami était devenu amoureux d'un Anacréon *in-seize*, édition lyonnaise du seizième siècle, augmentée des poésies de

a. M. Toulouse, rue du Foin-Saint-Jacques, en face la caserne des gendarmes.

Bion, de Moschus et de Sapho[1]. Le possesseur du livre n'eût pas défendu sa femme aussi fortement que son in-16. Presque toujours son ami, venant déjeuner chez lui, traversait indifféremment la bibliothèque ; mais il jetait à la dérobée un regard sur l'*Anacréon.*

Un jour, il dit à son ami : Qu'est-ce que tu fais de cet in-16 mal relié... et coupé ? Je te donnerais volontiers le *Voyage de Polyphile*[2] en italien, *édition princeps* des Aldes, avec les gravures de Belin, pour cet in-16... Franchement, c'est pour compléter ma collection des poëtes grecs.

Le possesseur se borna à sourire.

— Que te faut-il encore ?

— Rien. Je n'aime pas à échanger mes livres.

— Si je t'offrais encore mon *roman de la Rose*, grandes marges, avec des annotations de Marguerite de Valois.

— Non... ne parlons plus de cela.

— Comme argent, je suis pauvre, tu le sais ; mais j'offrirais bien 1,000 francs.

— N'en parlons plus...

— Allons ! 1,500 livres.

— Je n'aime pas les questions d'argent entre amis.

La résistance ne faisait qu'accroître les désirs de l'ami du bibliophile. Après plusieurs offres, encore repoussées, il lui dit, arrivé au dernier paroxysme de la passion :

— Eh bien ! j'aurai le livre à *ta vente.*

— À ma vente ?... mais, je suis plus jeune que toi.....

— Oui, mais tu as une mauvaise toux.

— Et toi... ta sciatique ?

— On vit quatre-vingts ans avec cela !...

Je m'arrête, monsieur. Cette discussion serait une scène de Molière ou une de ces analyses tristes de la folie humaine, qui n'ont été traitées gaiement que par

Érasme[1]... En résultat, le bibliophile mourut quelques mois après, et son ami eut le livre pour 600 francs.

— Et il m'a refusé de me le laisser pour 1,500 francs ! disait-il plus tard toutes les fois qu'il le faisait voir. Cependant, quand il n'était plus question de ce volume, qui avait projeté un seul nuage sur une amitié de cinquante ans, son œil se mouillait au souvenir de l'homme excellent qu'il avait aimé.

Cette anecdote est bonne à rappeler dans une époque où le goût des collections de livres, d'autographes et d'objets d'art, n'est plus généralement compris en France. Elle pourra, néanmoins, vous expliquer les difficultés que j'ai éprouvées à me procurer l'*Abbé de Bucquoy*.

Samedi dernier, à sept heures, je revenais de Soissons, — où j'avais cru pouvoir trouver des renseignements sur les Bucquoy, — afin d'assister à la vente, faite par Techener, de la bibliothèque de M. Motteley, qui dure encore, et sur laquelle on a publié, avant-hier, un article dans l'*Indépendance de Bruxelles*[2].

Une vente de livres ou de curiosités a, pour les amateurs, l'attrait d'un tapis vert. Le râteau du commissaire, qui pousse les livres et ramène l'argent, rend cette comparaison fort exacte.

Les enchères étaient vives. Un volume isolé parvint jusqu'à 600 francs. À dix heures moins un quart, l'*Histoire de l'abbé de Bucquoy* fut mise sur table à 25 fr..... À 55 francs, les habitués et M. Techener lui-même abandonnèrent le livre : une seule personne poussait contre moi.

À 65 francs, l'amateur a manqué d'haleine.

Le marteau du commissaire priseur m'a adjugé le livre pour 66 francs.

On m'a demandé ensuite 3 fr. 20 centimes pour les frais de la vente.

J'ai appris depuis que c'était un délégué de la Bibliothèque Nationale qui m'avait fait concurrence jusqu'au dernier moment.

Je possède donc le livre et je me trouve en mesure de continuer mon travail.

Votre, etc.

De Ver à Dammartin, il n'y a guère qu'une heure et demie de marche. — J'ai eu le plaisir d'admirer, par une belle matinée, l'horizon de dix lieues qui s'étend autour du vieux château, si redoutable autrefois, et dominant toute la contrée. Les hautes tours sont démolies, mais l'emplacement se dessine encore sur ce point élevé, où l'on a planté des allées de tilleuls servant de promenade, au point même où se trouvaient les entrées et les cours. Des charmilles d'épine-vinette et de belladone empêchent toute chute dans l'abîme que forment encore les fossés. — Un tir a été établi pour les archers dans un des fossés qui se rapprochent de la ville.

Sylvain est retourné dans son pays : — j'ai continué ma route vers Soissons à travers la forêt de Villers-Cotterets, entièrement dépouillée de feuilles, mais reverdie çà et là par des plantations de pins qui occupent aujourd'hui les vastes espaces des *coupes sombres* pratiquées naguère. — Le soir, j'arrivai à Soissons, la vieille *Augusta Suessonium*, où se décida le sort de la nation française au sixième siècle[1].

On sait que c'est après la bataille de Soissons, gagnée par Clovis, que ce chef des Francs subit l'humiliation de ne pouvoir garder un vase d'or, produit du pillage de Reims. Peut-être songeait-il déjà à faire sa paix avec l'Église, en lui rendant un objet saint et précieux. Ce fut alors qu'un de ses guerriers voulut que ce vase entrât dans le partage, car l'égalité était le principe fondamental de ces tribus franques, originaires d'Asie.

— Le vase d'or fut brisé, et plus tard la tête du Franc égalitaire eut le même sort, sous la *francisque* de son chef. Telle fut l'origine de nos monarchies.

Soissons, ville forte de seconde classe, renferme de curieuses antiquités. La cathédrale a sa haute tour, d'où l'on découvre sept lieues de pays ; — un beau tableau de Rubens[1], derrière son maître-autel. L'ancienne cathédrale est beaucoup plus curieuse, avec ses clochers festonnés et découpés en guipure. Il n'en reste que la façade et les tours, malheureusement. Il y a encore une autre église qu'on restaure avec cette belle pierre et ce béton romain, qui font l'orgueil de la contrée. Je me suis entretenu là avec les tailleurs de pierre, qui déjeunaient autour d'un feu de bruyère et qui m'ont paru très-forts sur l'histoire de l'art. Ils regrettaient, comme moi, qu'on ne restaurât point l'ancienne cathédrale[2], Saint-Jean-des-Vignes, plutôt que l'église lourde où on les occupait. — Mais cette dernière est, dit-on, plus *logeable*. Dans nos époques de foi restreinte, on n'attire plus les fidèles qu'avec l'élégance et le confort.

Les compagnons m'ont indiqué comme chose à voir *Saint-Médard*, situé à une portée de fusil de la ville, au delà du pont et de la gare de l'Aisne. Les constructions les plus modernes forment l'établissement des sourds-muets. Une surprise m'attendait là. C'était d'abord la tour en partie démolie où Abailard fut prisonnier quelque temps. On montre encore sur les murs des inscriptions latines de sa main ; — puis de vastes caveaux déblayés depuis peu, où l'on a retrouvé la tombe de Louis le Débonnaire, — formée d'une vaste cuve de pierre qui m'a rappelé les tombeaux égyptiens.

Près de ces caveaux, composés de cellules souterraines avec des niches çà et là comme dans les tombeaux romains, on voit la prison même où cet empereur fut retenu par ses enfants, l'enfoncement où il dormait sur une natte et autres détails parfaitement conservés, parce que la terre calcaire et les débris de pierres fossiles qui remplissaient ces souterrains les ont préservés de toute humidité. On n'a eu qu'à déblayer, et ce travail dure encore, amenant chaque jour de nouvelles découvertes. — C'est un *Pompeï* carlovingien[1].

En sortant de Saint-Médard, je me suis un peu égaré sur les bords de l'Aisne, qui coule entre les oseraies rougeâtres et les peupliers dépouillés de feuilles. Il faisait beau, les gazons étaient verts, et, au bout de deux kilomètres, je me suis trouvé dans un village nommé Cuffy[2], d'où l'on découvrait parfaitement les tours dentelées de la ville et ses toits flamands bordés d'escaliers de pierre.

On se rafraîchit dans ce village avec un petit vin blanc mousseux qui ressemble beaucoup à la tisane de Champagne.

En effet, le terrain est presque le même qu'à Épernay. C'est un filon de la Champagne voisine qui, sur ce coteau exposé au midi, produit des vins rouges et blancs qui ont encore assez de feu. Toutes les maisons sont bâties en pierres meulières trouées comme des éponges par les vrilles et les limaçons marins. L'église est vieille, mais rustique. Une verrerie est établie sur la hauteur.

Il n'était plus possible de ne pas retrouver Soissons. J'y suis retourné pour continuer mes recherches, en visitant la bibliothèque et les archives. — À la bibliothèque, je n'ai rien trouvé que l'on ne pût avoir à Paris. Les archives sont à la sous-préfecture et doivent être curieuses, à cause de l'antiquité de la ville. Le secrétaire m'a dit : « Monsieur, nos archives sont là-haut, — dans les greniers ; mais elles ne sont pas classées.

— Pourquoi ?

— Parce qu'il n'y a pas de fonds attribués à ce travail par la ville. La plupart des pièces sont en gothique et en latin... Il faudrait qu'on nous envoyât quelqu'un de Paris. »

Il est évident que je ne pouvais espérer de trouver facilement là des renseignements sur les Bucquoy. Quant à la situation actuelle des archives de Soissons, je me borne à la dénoncer aux paléographes, — si la France est assez riche pour payer l'examen des souvenirs de son histoire, je serai heureux d'avoir donné cette indication.

Je vous parlerais bien encore de la grande foire qui avait lieu en ce moment-là dans la ville, — du théâtre, où l'on jouait *Lucrèce Borgia*, des mœurs locales, assez bien conservées dans ce pays situé hors du mouvement des chemins de fer, — et même de la contrariété qu'éprouvent les habitants par suite de cette situation. Ils ont espéré quelque temps être rattachés à la ligne du Nord, ce qui eût produit de fortes économies... Un personnage puissant aurait obtenu de faire passer la ligne de Strasbourg par ces bois, auxquels elle offre des débouchés, — mais ce sont là de ces exigences locales et de ces suppositions intéressées qui peuvent ne pas être de toute justice.

Le but de ma tournée est atteint maintenant. La diligence de Soissons à Reims m'a conduit à Braine. Une heure après, j'ai pu gagner Longueval, le berceau des Bucquoy. Voilà donc le séjour de la belle Angélique et le *château-chef* de son père, qui paraît en avoir eu autant que son aïeul, le grand-comte de Bucquoy, a pu en conquérir dans les guerres de Bohême. — Les tours sont rasées, comme à Dammartin. Cependant les souterrains existent encore. L'emplacement, qui domine le village, situé dans une gorge allongée, a été couvert de constructions depuis sept ou huit ans, époque où les ruines ont été vendues. Empreint suffisamment de ces souvenirs de localité qui peuvent donner de l'attrait à une composition romanesque, — et qui ne sont pas inutiles au point de vue positif de l'histoire, j'ai gagné Château-Thierry, où l'on aime à saluer la statue rêveuse du bon La Fontaine, placée au bord de la Marne et en vue du chemin de fer de Strasbourg.

RÉFLEXIONS.

« Et puis... » (C'est ainsi que Diderot commençait un conte, me dira-t-on.)

— Allez toujours !

— Vous avez imité Diderot lui-même.

— Qui avait imité Sterne...

— Lequel avait imité Swift.

— Qui avait imité Rabelais.

— Lequel avait imité Merlin Coccaïe...

— Qui avait imité Pétrone...

— Lequel avait imité Lucien. Et Lucien en avait imité bien d'autres[1]... Quand ce ne serait que l'auteur de l'*Odyssée*, qui fait promener son héros pendant dix ans autour de la Méditerranée, pour l'amener enfin à cette fabuleuse Ithaque, dont la reine, entourée d'une cinquantaine de prétendants, défaisait chaque nuit ce qu'elle avait tissé le jour.

— Mais Ulysse a fini par retrouver Ithaque.

— Et j'ai retrouvé l'abbé de Bucquoy.

— Parlez-en.

— Je ne fais pas autre chose depuis un mois. Les lecteurs doivent être déjà fatigués — du comte de Bucquoi le ligueur, plus tard généralissime des armées d'Autriche ; — de M. de Longueval de Bucquoy et de sa fille

Angélique, — enlevée par La Corbinière, — du château de cette famille, dont je viens de fouler les ruines...

Et enfin de l'abbé comte de Bucquoy lui-même, dont j'ai rapporté une courte biographie, — et que M. d'Argenson, dans sa correspondance, appelle : *le prétendu* abbé de Bucquoy.

Le livre que je viens d'acheter à la vente Motteley vaudrait beaucoup plus de 66 francs 20 centimes, s'il n'était cruellement rogné. La reliure, toute neuve, porte en lettres d'or ce titre attrayant : *Histoire du Sieur Abbé comte de Bucquoy*, etc. La valeur de l'in-12 vient peut-être de trois maigres brochures en vers et en prose, composées par l'auteur, et qui étant d'un plus grand format, ont les marges coupées jusqu'au texte, qui cependant reste lisible.

Le livre a tous les titres cités déjà qui se trouvent énoncés dans Brunet, dans Quérard et dans la Biographie de Michaud. En regard du titre est une gravure représentant la Bastille, avec ce titre au-dessus : l'*Enfer des vivants*, et cette citation : *Facilis descensus Averni*[1].

—

On peut lire l'histoire de l'abbé de Bucquoi dans mon livre intitulé : *Les Illuminés* (Paris, Victor Lecoû). On peut consulter aussi l'ouvrage in-12 dont j'ai fait présent à la Bibliothèque impériale.

Je me suis peut-être trompé dans l'examen de l'écusson du fondateur de la chapelle de Châalis.

On m'a communiqué des notes sur les abbés de Châalis. « Robert de la Tourette, notamment, qui fut abbé là, de 1501 à 1522, fit de grandes restaurations... » On voit sa tombe devant le maître-autel.

« Ici arrivent les Médicis : Hippolyte d'Est, cardinal de Ferrare, 1554 ; — Aloys d'Est, 1586.

» Ensuite : Louis, cardinal de Guise, 1601 ; Charles-Louis de Lorraine, 1630. »

Il faut remarquer que les d'Est n'ont qu'un alérion au 2 et au 3, et que j'en ai vu trois au 1 et au 4 dans l'écusson écartelé.

« Charles II, cardinal de Bourbon (depuis Charles X, — l'ancien), lieutenant général de l'Île de France depuis 1551, eut un fils appelé Poullain. »

Je veux bien croire que ce cardinal-roi eut un fils naturel ; mais je ne comprends pas les trois alérions posés 2 et 1. Ceux de Lorraine sont sur une bande. Pardon de ces détails, mais la connaissance du blason est la clef de l'histoire de France… Les pauvres auteurs n'y peuvent rien !

SYLVIE

SOUVENIRS DU VALOIS

I. — NUIT PERDUE.

Je sortais d'un théâtre[1] où tous les soirs je paraissais aux avant-scènes en grande tenue de soupirant. Quelquefois tout était plein, quelquefois tout était vide. Peu m'importait d'arrêter mes regards sur un parterre peuplé seulement d'une trentaine d'amateurs forcés, sur des loges garnies de bonnets ou de toilettes surannées, — ou bien de faire partie d'une salle animée et frémissante couronnée à tous ses étages de toilettes fleuries, de bijoux étincelants et de visages radieux. Indifférent au spectacle de la salle, celui du théâtre ne m'arrêtait guère, — excepté lorsqu'à la seconde ou à la troisième scène d'un maussade chef-d'œuvre d'alors, une apparition bien connue illuminait l'espace vide, rendant la vie d'un souffle et d'un mot à ces vaines figures qui m'entouraient.

Je me sentais vivre en elle, et elle vivait pour moi seul. Son sourire me remplissait d'une béatitude infinie ; la vibration de sa voix si douce et cependant fortement timbrée me faisait tressaillir de joie et d'amour. Elle avait pour moi toutes les perfections, elle répondait à tous mes enthousiasmes, à tous mes caprices, — belle comme le jour aux feux de la rampe qui l'éclairait d'en bas, pâle comme la nuit, quand la rampe baissée la laissait éclairée d'en haut sous les rayons du lustre et la montrait plus naturelle, brillant dans l'ombre de sa seule beauté, comme les Heures divines qui se découpent, avec une étoile au front, sur les fonds bruns des fresques d'Herculanum[1] !

Depuis un an, je n'avais pas encore songé à m'informer de ce qu'elle pouvait être d'ailleurs ; je craignais de troubler le miroir magique qui me renvoyait son image, — et tout au plus avais-je prêté l'oreille à quelques propos concernant non plus l'actrice, mais la femme. Je m'en informais aussi peu que des bruits qui ont pu courir sur la princesse d'Élide ou sur la reine de Trébizonde[2], — un de mes oncles[3] qui avait vécu dans les avant-dernières années du dix-huitième siècle, comme il fallait y vivre pour le bien connaître, m'ayant prévenu de bonne heure que les actrices n'étaient pas des femmes, et que la nature avait oublié de leur faire un cœur. Il parlait de celles de ce temps-là sans doute ; mais il m'avait raconté tant d'histoires de ses illusions, de ses déceptions, et montré tant de portraits sur ivoire, médaillons charmants qu'il utilisait depuis à parer des tabatières, tant de billets jaunis, tant de faveurs fanées, en m'en faisant l'histoire et le compte définitif, que je m'étais habitué à penser mal de toutes sans tenir compte de l'ordre des temps.

Nous vivions alors dans une époque étrange[4], comme celles qui d'ordinaire succèdent aux révolutions ou aux abaissements des grands règnes. Ce n'était plus la galanterie héroïque comme sous la fronde, le vice élégant et paré comme sous la régence, le scepticisme et les folles orgies du directoire ; c'était un mélange d'activité, d'hésitation et de paresse, d'utopies brillantes, d'aspirations philosophiques ou religieuses, d'enthousiasmes vagues, mêlés de certains instincts de renaissance[5] ; d'ennuis des discordes passées, d'espoirs incertains, — quelque chose comme l'époque de Pérégrinus et d'Apulée[1]. L'homme matériel aspirait au bouquet de roses qui devait le régénérer par les mains de la belle Isis; la déesse éternellement jeune et pure nous apparaissait dans les nuits, et nous faisait honte de nos heures de jour perdues. L'ambition n'était cependant pas de notre âge, et l'avide curée qui se faisait alors des positions et des honneurs nous éloignait des sphères d'activité possibles. Il ne nous restait pour asile que cette tour d'ivoire des poëtes, où nous montions toujours plus haut pour nous isoler de la foule. À ces points élevés où nous guidaient nos maîtres, nous respirions enfin l'air pur des solitudes, nous buvions l'oubli dans la coupe d'or des légendes, nous étions ivres de poésie et d'amour. Amour, hélas! des formes vagues, des teintes roses et bleues, des fantômes métaphysiques! Vue de près, la femme réelle révoltait notre ingénuité; il fallait qu'elle apparût reine ou déesse, et surtout n'en pas approcher.

Quelques-uns d'entre nous néanmoins prisaient peu ces paradoxes platoniques, et à travers nos rêves renouvelés d'Alexandrie[2] agitaient parfois la torche des dieux souterrains, qui éclaire l'ombre un instant de ses traînées d'étincelles. — C'est ainsi que, sortant du théâtre avec l'amère tristesse que laisse un songe évanoui, j'allais volontiers me joindre à la société d'un cercle où l'on soupait en grand nombre, et où toute mélancolie cédait devant la verve intarissable de quelques esprits éclatants, vifs, orageux, sublimes parfois, — tels qu'il s'en est trouvé toujours dans les époques de rénovation ou de décadence, et dont les discussions se haussaient à ce point, que les plus timides d'entre nous allaient voir parfois aux fenêtres si les Huns, les Turcomans ou les Cosaques n'arrivaient pas enfin pour couper court à ces arguments de rhéteurs et de sophistes.

« Buvons, aimons, c'est la sagesse ! » Telle était la seule opinion des plus jeunes. Un de ceux-là me dit : « Voici bien longtemps que je te rencontre dans le même théâtre, et chaque fois que j'y vais. Pour *laquelle* y viens-tu ? »

Pour laquelle ?... Il ne me semblait pas que l'on pût aller là pour une *autre*. Cependant j'avouai un nom. — « Eh bien ! dit mon ami avec indulgence, tu vois là-bas l'homme heureux qui vient de la reconduire, et qui, fidèle aux lois de notre cercle, n'ira la retrouver peut-être qu'après la nuit. »

Sans trop d'émotion, je tournai les yeux vers le personnage indiqué. C'était un jeune homme correctement vêtu, d'une figure pâle et nerveuse, ayant des manières convenables et des yeux empreints de mélancolie et de douceur. Il jetait de l'or sur une table de whist et le perdait avec indifférence. — Que m'importe, dis-je, lui ou tout autre ? Il fallait qu'il y en eût un, et celui-là me paraît digne d'avoir été choisi. — Et toi ? — Moi ? C'est une image que je poursuis, rien de plus.

En sortant, je passai par la salle de lecture, et machinalement je regardai un journal. C'était, je crois, pour y voir le cours de la Bourse. Dans les débris de mon opulence se trouvait une somme assez forte en titres étrangers. Le bruit avait couru que, négligés longtemps, ils allaient être reconnus ; — ce qui venait d'avoir lieu à la suite d'un changement de ministère. Les fonds se trouvaient déjà cotés très-haut ; je redevenais riche[1].

Une seule pensée résulta de ce changement de situation, celle que la femme aimée si longtemps était à moi si je voulais. — Je touchais du doigt mon idéal. N'était-ce pas une illusion encore, une faute d'impression railleuse ? Mais les autres feuilles parlaient de même. — La somme gagnée se dressa devant moi comme la statue d'or de Moloch. « Que dirait maintenant, pensais-je, le jeune homme de tout à l'heure, si j'allais prendre sa place près de la femme qu'il a laissée seule ?... » Je frémis de cette pensée, et mon orgueil se révolta.

Non ! ce n'est pas ainsi, ce n'est pas à mon âge que l'on tue l'amour avec de l'or : je ne serai pas un corrupteur. D'ailleurs ceci est une idée d'un autre temps. Qui me dit aussi que cette femme soit vénale ? — Mon regard parcourait vaguement le journal que je tenais encore, et j'y lus ces deux lignes : « *Fête du Bouquet provincial.* — Demain, les archers de Senlis doivent rendre le bouquet à ceux de Loisy[1]. » Ces mots, fort simples, réveillèrent en moi toute une nouvelle série d'impressions : c'était un souvenir de la province depuis longtemps oubliée, un écho lointain des fêtes naïves de la jeunesse. — Le cor et le tambour résonnaient au loin dans les hameaux et dans les bois ; les jeunes filles tressaient des guirlandes et assortissaient, en chantant, des bouquets ornés de rubans. — Un lourd chariot, traîné par des bœufs, recevait ces présents sur son passage, et nous, enfants de ces contrées, nous formions le cortége avec nos arcs et nos flèches, nous décorant du titre de chevaliers, — sans savoir alors que nous ne faisions que répéter d'âge en âge une fête druidique survivant aux monarchies et aux religions nouvelles.

II. — ADRIENNE.

Je regagnai mon lit et je ne pus y trouver le repos. Plongé dans une demi-somnolence[2], toute ma jeunesse repassait en mes souvenirs. Cet état, où l'esprit résiste encore aux bizarres combinaisons du songe, permet souvent de voir se presser en quelques minutes les tableaux les plus saillants d'une longue période de la vie.

Je me représentais un château du temps de Henri IV avec ses toits pointus couverts d'ardoises et sa face rougeâtre aux encoignures dentelées de pierres jaunies, une grande place verte encadrée d'ormes et de tilleuls, dont le soleil couchant perçait le feuillage de ses traits enflammés[1]. Des jeunes filles dansaient en rond sur la pelouse en chantant de vieux airs transmis par leurs mères, et d'un français si naturellement pur, que l'on se sentait bien exister dans ce vieux pays du Valois, où, pendant plus de mille ans, a battu le cœur de la France.

J'étais le seul garçon dans cette ronde, où j'avais amené ma compagne toute jeune encore, Sylvie, une petite fille du hameau voisin, si vive et si fraîche, avec ses yeux noirs, son profil régulier et sa peau légèrement hâlée !... Je n'aimais qu'elle, je ne voyais qu'elle, — jusque-là ! À peine avais-je remarqué, dans la ronde où nous dansions, une blonde, grande et belle, qu'on appelait Adrienne. Tout d'un coup, suivant les règles de la danse, Adrienne se trouva placée seule avec moi au milieu du cercle. Nos tailles étaient pareilles. On nous dit de nous embrasser, et la danse et le chœur tournaient plus vivement que jamais. En lui donnant ce baiser, je ne pus m'empêcher de lui presser la main. Les longs anneaux roulés de ses cheveux d'or effleuraient mes joues. De ce moment, un trouble inconnu s'empara de moi. — La belle devait chanter pour avoir le droit de rentrer dans la danse. On s'assit autour d'elle, et aussitôt, d'une voix fraîche et pénétrante, légèrement voilée, comme celles des filles de ce pays brumeux, elle chanta une de ces anciennes romances pleines de mélancolie et d'amour[2], qui racontent toujours les malheurs d'une princesse enfermée dans sa tour par la volonté d'un père qui la punit d'avoir aimé.

La mélodie se terminait à chaque stance par ces trilles chevrotants que font valoir si bien les voix jeunes, quand elles imitent par un frisson modulé la voix tremblante des aïeules.

À mesure qu'elle chantait, l'ombre descendait des grands arbres, et le clair de lune naissant tombait sur elle seule, isolée de notre cercle attentif. — Elle se tut, et personne n'osa rompre le silence. La pelouse était couverte de faibles vapeurs condensées, qui déroulaient leurs blancs flocons sur les pointes des herbes. Nous pensions être en paradis. — Je me levai enfin, courant au parterre du château, où se trouvaient des lauriers, plantés dans de grands vases de faïence peints en camaïeu. Je rapportai deux branches, qui furent tressées en couronne et nouées d'un ruban. Je posai sur la tête d'Adrienne cet ornement, dont les feuilles lustrées éclataient sur ses cheveux blonds aux rayons pâles de la lune. Elle ressemblait à la Béatrice de Dante qui sourit au poëte errant sur la lisière des saintes demeures.

Adrienne se leva. Développant sa taille élancée, elle nous fit un salut gracieux, et rentra en courant dans le château. — C'était, nous dit-on, la petite-fille de l'un des descendants d'une famille alliée aux anciens rois de France ; le sang des Valois coulait dans ses veines[1]. Pour ce jour de fête, on lui avait permis de se mêler à nos jeux ; nous ne devions plus la revoir, car le lendemain elle repartit pour un couvent où elle était pensionnaire.

Quand je revins près de Sylvie, je m'aperçus qu'elle pleurait. La couronne donnée par mes mains à la belle chanteuse était le sujet de ses larmes. Je lui offris d'en aller cueillir une autre, mais elle dit qu'elle n'y tenait nullement, ne la méritant pas. Je voulus en vain me défendre, elle ne me dit plus un seul mot pendant que je la reconduisais chez ses parents.

Rappelé moi-même à Paris pour y reprendre mes études, j'emportai cette double image d'une amitié tendre tristement rompue, — puis d'un amour impossible et vague, source de pensées douloureuses que la philosophie de collége était impuissante à calmer.

La figure d'Adrienne resta seule triomphante, — mirage de la gloire et de la beauté, adoucissant ou partageant les heures des sévères études. Aux vacances de l'année suivante, j'appris que cette belle à peine entrevue était consacrée par sa famille à la vie religieuse.

III. — RÉSOLUTION.

Tout m'était expliqué par ce souvenir à demi rêvé[1]. Cet amour vague et sans espoir, conçu pour une femme de théâtre, qui tous les soirs me prenait à l'heure du spectacle, pour ne me quitter qu'à l'heure du sommeil, avait son germe dans le souvenir d'Adrienne, fleur de la nuit éclose à la pâle clarté de la lune, fantôme rose et blond glissant sur l'herbe verte à demi baignée de blanches vapeurs. — La ressemblance d'une figure oubliée depuis des années se dessinait désormais avec une netteté singulière; c'était un crayon estompé par le temps qui se faisait peinture, comme ces vieux croquis de maîtres admirés dans un musée, dont on retrouve ailleurs l'original éblouissant.

Aimer une religieuse sous la forme d'une actrice!... et si c'était la même[2]! — Il y a de quoi devenir fou! c'est un entraînement fatal où l'inconnu vous attire comme le feu follet fuyant sur les joncs d'une eau morte... Reprenons pied sur le réel.

Et Sylvie que j'aimais tant, pourquoi l'ai-je oubliée depuis trois ans?... C'était une bien jolie fille, et la plus belle de Loisy!

Elle existe, elle, bonne et pure de cœur sans doute. Je revois sa fenêtre où le pampre s'enlace au rosier[1], la cage de fauvettes suspendue à gauche ; j'entends le bruit de ses fuseaux sonores et sa chanson favorite :

> La belle était assise
> Près du ruisseau coulant…

Elle m'attend encore… Qui l'aurait épousée ? elle est si pauvre !

Dans son village et dans ceux qui l'entourent, de bons paysans en blouse, aux mains rudes, à la face amaigrie, au teint hâlé ! Elle m'aimait seul, moi le petit Parisien, quand j'allais voir près de Loisy mon pauvre oncle, mort aujourd'hui. Depuis trois ans, je dissipe en seigneur le bien modeste qu'il m'a laissé et qui pouvait suffire à ma vie. Avec Sylvie, je l'aurais conservé. Le hasard m'en rend une partie. Il est temps encore.

À cette heure, que fait-elle ? Elle dort… Non, elle ne dort pas ; c'est aujourd'hui la fête de l'arc, la seule de l'année où l'on danse toute la nuit. — Elle est à la fête…

Quelle heure est-il ?

Je n'avais pas de montre.

Au milieu de toutes les splendeurs de bric-à-brac qu'il était d'usage de réunir à cette époque pour restaurer dans sa couleur locale un appartement d'autrefois, brillait d'un éclat rafraîchi une de ces pendules d'écaille de la renaissance, dont le dôme doré surmonté de la figure du Temps est supporté par des cariatides du style Médicis, reposant à leur tour sur des chevaux à demi cabrés. La Diane historique, accoudée sur son cerf, est en bas-relief sous le cadran, où s'étalent sur un fond niellé les chiffres émaillés des heures. Le mouvement, excellent sans doute, n'avait pas été remonté depuis deux siècles. — Ce n'était pas pour savoir l'heure que j'avais acheté cette pendule en Touraine[1].

Je descendis chez le concierge. Son coucou marquait une heure du matin. — En quatre heures, me dis-je, je puis arriver au bal de Loisy. Il y avait encore sur la place du Palais-Royal cinq ou six fiacres stationnant pour les habitués des cercles et des maisons de jeu : — À Loisy ! dis-je au plus apparent. — Où cela est-il ? — Près de Senlis, à huit lieues. — Je vais vous conduire à la poste, dit le cocher, moins préoccupé que moi.

Quelle triste route, la nuit, que cette route de Flandres[2], qui ne devient belle qu'en atteignant la zone des forêts ! Toujours ces deux files d'arbres monotones qui grimacent des formes vagues ; au delà, des carrés de verdure et de terres remuées, bornés à gauche par les collines bleuâtres de Montmorency, d'Écouen, de Luzarches. Voici Gonesse, le bourg vulgaire plein des souvenirs de la ligue et de la fronde...

Plus loin que Louvres est un chemin bordé de pommiers dont j'ai vu bien des fois les fleurs éclater dans la nuit comme des étoiles de la terre : c'était le plus court pour gagner les hameaux. — Pendant que la voiture monte les côtes, recomposons les souvenirs[3] du temps où j'y venais si souvent.

IV. — UN VOYAGE À CYTHÈRE[4].

Quelques années s'étaient écoulées : l'époque où j'avais rencontré Adrienne devant le château n'était plus déjà qu'un souvenir d'enfance. Je me retrouvai à Loisy au moment de la fête patronale. J'allai de nouveau me joindre aux chevaliers de l'arc, prenant place dans la compagnie dont j'avais fait partie déjà. Des jeunes gens appartenant aux vieilles familles qui possèdent encore là plusieurs de ces châteaux perdus dans les forêts, qui ont plus souffert du temps que des révolutions, avaient organisé la fête. De Chantilly, de Compiègne et de Senlis accouraient de joyeuses cavalcades qui prenaient place dans le cortége rustique des compagnies de l'arc. Après la longue promenade à travers les villages et les bourgs, après la messe à l'église, les luttes d'adresse et la distribution des prix, les vainqueurs avaient été conviés à un repas qui se donnait dans une île ombragée de peupliers et de tilleuls, au milieu de l'un des étangs alimentés par la Nonette et la Thève. Des barques pavoisées nous conduisirent à l'île, — dont le choix avait été déterminé par l'existence d'un temple ovale à colonnes qui devait servir de salle pour le festin. — Là, comme à Ermenonville, le pays est semé de ces édifices légers de la fin du dix-huitième siècle, où des millionnaires philosophes se sont inspirés dans leurs plans du goût dominant d'alors. Je crois bien que ce temple avait dû être primitivement dédié à Uranie. Trois colonnes avaient succombé emportant dans leur chute une partie de l'architrave; mais on avait déblayé l'intérieur de la salle, suspendu des guirlandes entre les colonnes, on avait rajeuni cette ruine moderne, — qui appartenait au paganisme de Boufflers ou de Chaulieu[1] plutôt qu'à celui d'Horace.

La traversée du lac avait été imaginée peut-être pour rappeler le *Voyage à Cythère* de Vatteau[2]. Nos costumes modernes dérangeaient seuls l'illusion. L'immense bouquet de la fête, enlevé du char qui le portait, avait été placé sur une grande barque; le cortége des jeunes filles vêtues de blanc qui l'accompagnent selon l'usage avait pris place sur les bancs, et cette gracieuse *théorie* renouvelée des jours antiques se reflétait dans les eaux calmes de l'étang qui la séparait du bord de l'île si vermeil aux rayons du soir avec ses halliers d'épine, sa colonnade et ses clairs feuillages. Toutes les barques abordèrent en peu de temps. La corbeille portée en cérémonie occupa le centre de la table, et chacun prit place, les plus favorisés auprès des jeunes filles : il suffisait pour cela d'être connu de leurs parents. Ce fut la cause qui fit que je me retrouvai près de Sylvie. Son frère m'avait déjà rejoint dans la fête, il me fit la guerre de n'avoir pas depuis longtemps rendu visite à sa famille. Je m'excusai sur mes études, qui me retenaient à Paris, et l'assurai que j'étais venu dans cette intention. « Non, c'est moi qu'il a oubliée, dit Sylvie. Nous sommes des gens de village, et Paris est si au-dessus ! » Je voulus l'embrasser pour lui fermer la bouche ; mais elle me boudait encore, et il fallut que son frère intervînt pour qu'elle m'offrît sa joue d'un air indifférent. Je n'eus aucune joie de ce baiser dont bien d'autres obtenaient la faveur, car dans ce pays patriarcal où l'on salue tout homme qui passe, un baiser n'est autre chose qu'une politesse entre bonnes gens.

Une surprise avait été arrangée par les ordonnateurs de la fête. À la fin du repas, on vit s'envoler du fond de la vaste corbeille un cygne sauvage, jusque-là captif sous les fleurs, qui de ses fortes ailes, soulevant des lacis de guirlandes et de couronnes, finit par les disperser de tous côtés. Pendant qu'il s'élançait joyeux vers les dernières lueurs du soleil, nous rattrapions au hasard les couronnes, dont chacun parait aussitôt le front de sa voisine. J'eus le bonheur de saisir une des plus belles, et Sylvie souriante se laissa embrasser cette fois plus tendrement que l'autre. Je compris que j'effaçais ainsi le souvenir d'un autre temps. Je l'admirai cette fois sans partage, elle était devenue si belle ! Ce n'était plus cette petite fille de village que j'avais dédaignée pour une plus grande et plus faite aux grâces du monde. Tout en elle avait gagné : le charme de ses yeux noirs, si séduisants dès son enfance, était devenu irrésistible ; sous l'orbite arquée de ses sourcils, son sourire, éclairant tout à coup des traits réguliers et placides, avait quelque chose d'athénien. J'admirais cette physionomie digne de l'art antique au milieu des minois chiffonnés de ses compagnes. Ses mains délicatement allongées, ses bras qui avaient blanchi en s'arrondissant, sa taille dégagée, la faisaient tout autre que je ne l'avais vue. Je ne pus m'empêcher de lui dire combien je la trouvais différente d'elle-même, espérant couvrir ainsi mon ancienne et rapide infidélité.

Tout me favorisait d'ailleurs, l'amitié de son frère, l'impression charmante de cette fête, l'heure du soir et le lieu même où, par une fantaisie pleine de goût, on avait reproduit une image des galantes solennités d'autrefois. Tant que nous pouvions, nous échappions à la danse pour causer de nos souvenirs d'enfance et pour admirer en rêvant à deux les reflets du ciel sur les ombrages et sur les eaux. Il fallut que le frère de Sylvie nous arrachât à cette contemplation en disant qu'il était temps de retourner au village assez éloigné qu'habitaient ses parents.

V. — LE VILLAGE.

C'était à Loisy, dans l'ancienne maison du garde. Je les conduisis jusque-là, puis je retournai à Montagny, où je demeurais chez mon oncle. En quittant le chemin pour traverser un petit bois qui sépare Loisy de Saint-S....[1], je ne tardai pas à m'engager dans une *sente* profonde qui longe la forêt d'Ermenonville ; je m'attendais ensuite à rencontrer les murs d'un couvent qu'il fallait suivre pendant un quart de lieue. La lune se cachait de temps à autre sous les nuages, éclairant à peine les roches de grès sombre et les bruyères qui se multipliaient sous mes pas. À droite et à gauche, des lisières de forêts sans routes tracées, et toujours devant moi ces roches druidiques de la contrée qui gardent le souvenir des fils d'Armen[1] exterminés par les Romains ! Du haut de ces entassements sublimes, je voyais les étangs lointains se découper comme des miroirs sur la plaine brumeuse, sans pouvoir distinguer celui même où s'était passée la fête.

L'air était tiède et embaumé ; je résolus de ne pas aller plus loin et d'attendre le matin, en me couchant sur des touffes de bruyères[2]. — En me réveillant, je reconnus peu à peu les points voisins du lieu où je m'étais égaré dans la nuit. À ma gauche, je vis se dessiner la longue ligne des murs du couvent de Saint-S...., puis de l'autre côté de la vallée, la butte aux Gens-d'Armes, avec les ruines ébréchées de l'antique résidence carlovingienne. Près de là, au-dessus des touffes de bois, les hautes masures de l'abbaye de Thiers découpaient sur l'horizon leurs pans de muraille percés de trèfles et d'ogives. Au delà, le manoir gothique de Pontarmé, entouré d'eau comme autrefois, refléta bientôt les premiers feux du jour, tandis qu'on voyait se dresser au midi le haut donjon de la Tournelle et les quatre tours de Bertrand-Fosse sur les premiers coteaux de Montméliant.

Cette nuit m'avait été douce, et je ne songeais qu'à Sylvie ; cependant l'aspect du couvent me donna un instant l'idée que c'était celui peut-être qu'habitait Adrienne. Le tintement de la cloche du matin était encore dans mon oreille et m'avait sans doute réveillé. J'eus un instant l'idée de jeter un coup d'œil par-dessus les murs en gravissant la plus haute pointe des rochers ; mais en y réfléchissant, je m'en gardai comme d'une profanation. Le jour en grandissant chassa de ma pensée ce vain souvenir et n'y laissa plus que les traits rosés de Sylvie. « Allons la réveiller », me dis-je, et je repris le chemin de Loisy.

Voici le village au bout de la sente qui côtoie la forêt : vingt chaumières dont la vigne et les roses grimpantes festonnent les murs. Des fileuses matinales, coiffées de mouchoirs rouges, travaillent réunies devant une ferme. Sylvie n'est point avec elles. C'est presque une demoiselle depuis qu'elle exécute de fines dentelles[1], tandis que ses parents sont restés de bons villageois. — Je suis monté à sa chambre sans étonner personne ; déjà levée depuis longtemps, elle agitait les fuseaux de sa dentelle, qui claquaient avec un doux bruit sur le carreau vert que soutenaient ses genoux. « Vous voilà, paresseux, dit-elle avec son sourire divin, je suis sûre que vous sortez seulement de votre lit ! » Je lui racontai ma nuit passée sans sommeil, mes courses égarées à travers les bois et les roches. Elle voulut bien me plaindre un instant. « Si vous n'êtes pas fatigué, je vais vous faire courir encore. Nous irons voir ma grand'tante à Othys. » J'avais à peine répondu qu'elle se leva joyeusement, arrangea ses cheveux devant un miroir et se coiffa d'un chapeau de paille rustique. L'innocence et la joie éclataient dans ses yeux. Nous partîmes en suivant les bords de la Thève à travers les prés semés de marguerites et de boutons d'or, puis le long des bois de Saint-Laurent, franchissant parfois les ruisseaux et les halliers pour abréger la route. Les merles sifflaient dans les arbres, et les mésanges s'échappaient joyeusement des buissons frôlés par notre marche.

Parfois nous rencontrions sous nos pas les pervenches si chères à Rousseau[2], ouvrant leurs corolles bleues parmi ces longs rameaux de feuilles accouplées, lianes modestes qui arrêtaient les pieds furtifs de ma compagne. Indifférente aux souvenirs du philosophe genevois, elle cherchait çà et là les fraises parfumées, et moi, je lui parlais de *la Nouvelle Héloïse*, dont je récitais par cœur quelques passages. « Est-ce que c'est joli ? dit-elle. — C'est sublime. — Est-ce mieux qu'Auguste Lafontaine[1] ? — C'est plus tendre. — Oh ! bien, dit-elle, il faut que je lise cela. Je dirai à mon frère de me l'apporter la première fois qu'il ira à Senlis. » Et je continuais à réciter des fragments de l'*Héloïse* pendant que Sylvie cueillait des fraises.

VI. — OTHYS.

Au sortir du bois, nous rencontrâmes de grandes touffes de digitale pourprée ; elle en fit un énorme bouquet en me disant : « C'est pour ma tante ; elle sera si heureuse d'avoir ces belles fleurs dans sa chambre. » Nous n'avions plus qu'un bout de plaine à traverser pour gagner Othys. Le clocher du village pointait sur les coteaux bleuâtres qui vont de Montméliant à Dammartin. La Thève bruissait de nouveau parmi les grès et les cailloux, s'amincissant au voisinage de sa source, où elle se repose dans les prés, formant un petit lac au milieu des glaïeuls et des iris. Bientôt nous gagnâmes les premières maisons. La tante de Sylvie habitait une petite chaumière bâtie en pierres de grès inégales que revêtaient des treillages de houblon et de vigne-vierge ; elle vivait seule de quelques carrés de terre que les gens du village cultivaient pour elle depuis la mort de son mari. Sa nièce arrivant, c'était le feu dans la maison[2]. « Bonjour, la tante ! Voici vos enfants ! dit Sylvie ; nous avons bien faim ! » Elle l'embrassa tendrement, lui mit dans les bras la botte de fleurs, puis songea enfin à me présenter, en disant : « C'est mon amoureux ! »

J'embrassai à mon tour la tante, qui dit : « Il est gentil... C'est donc un blond !... — Il a de jolis cheveux fins, dit Sylvie. — Cela ne dure pas, dit la tante ; mais vous avez du temps devant vous, et toi qui es brune, cela t'assortit bien. — Il faut le faire déjeuner, la tante », dit Sylvie. Et elle alla cherchant dans les armoires, dans la huche, trouvant du lait, du pain bis, du sucre, étalant sans trop de soin sur la table les assiettes et les plats de faïence émaillés de larges fleurs et de coqs au vif plumage. Une jatte en porcelaine de Creil, pleine de lait, où nageaient les fraises, devint le centre du service, et après avoir dépouillé le jardin de quelques poignées de cerises et de groseilles, elle disposa deux vases de fleurs aux deux bouts de la nappe. Mais la tante avait dit ces belles paroles : « Tout cela, ce n'est que du dessert. Il faut me laisser faire à présent. » Et elle avait décroché la poêle et jeté un fagot dans la haute cheminée. « Je ne veux pas que tu touches à cela ! dit-elle à Sylvie, qui voulait l'aider ; abîmer tes jolis doigts qui font de la dentelle plus belle qu'à Chantilly ! tu m'en as donné, et je m'y connais. — Ah ! oui, la tante !... Dites donc, si vous en avez, des morceaux de l'ancienne, cela me fera des modèles. — Eh bien ! va voir là-haut, dit la tante, il y en a peut-être dans ma commode. — Donnez-moi les clefs, reprit Sylvie. — Bah ! dit la tante, les tiroirs sont ouverts. — Ce n'est pas vrai, il y en a un qui est toujours fermé. » Et pendant que la bonne femme nettoyait la poêle après l'avoir passée au feu, Sylvie dénouait des pendants de sa ceinture une petite clef d'un acier ouvragé qu'elle me fit voir avec triomphe.

Je la suivis, montant rapidement l'escalier de bois qui conduisait à la chambre. — Ô jeunesse, ô vieillesse saintes ! — qui donc eût songé à ternir la pureté d'un premier amour dans ce sanctuaire des souvenirs fidèles ? Le portrait d'un jeune homme du bon vieux temps souriait avec ses yeux noirs et sa bouche rose, dans un ovale au cadre doré, suspendu à la tête du lit rustique. Il portait l'uniforme des gardes-chasse de la maison de Condé ; son attitude à demi martiale, sa figure rose et bienveillante, son front pur sous ses cheveux poudrés, relevaient ce pastel, médiocre peut-être, des grâces de la jeunesse et de la simplicité. Quelque artiste modeste invité aux chasses princières s'était appliqué à le pourtraire de son mieux, ainsi que sa jeune épouse, qu'on voyait dans un autre médaillon, attrayante, maligne, élancée dans son corsage ouvert à échelle de rubans, agaçant de sa mine retroussée un oiseau posé sur son doigt. C'était pourtant la même bonne vieille qui cuisinait en ce moment, courbée sur le feu de l'âtre. Cela me fit penser aux fées des Funambules[1] qui cachent, sous leur masque ridé, un visage attrayant, qu'elles révèlent au dénoûment, lorsqu'apparaît le temple de l'Amour et son soleil tournant qui rayonne de feux magiques. « Ô bonne tante, m'écriai-je, que vous étiez jolie ! — Et moi donc ? » dit Sylvie, qui était parvenue à ouvrir le fameux tiroir. Elle y avait trouvé une grande robe en taffetas flambé, qui criait du froissement de ses plis. « Je veux essayer si cela m'ira, dit-elle. Ah ! je vais avoir l'air d'une vieille fée ! »

« La fée des légendes éternellement jeune !..... » dis-je en moi-même. — Et déjà Sylvie avait dégrafé sa robe d'indienne et la laissait tomber à ses pieds. La robe étoffée de la vieille tante s'ajusta parfaitement sur la taille mince de Sylvie, qui me dit de l'agrafer. « Oh ! les manches plates, que c'est ridicule ! » dit-elle. Et cependant les sabots garnis de dentelles découvraient admirablement ses bras nus, la gorge s'encadrait dans le pur corsage aux tulles jaunis, aux rubans passés, qui n'avait serré que bien peu les charmes évanouis de la tante. « Mais finissez-en ! Vous ne savez donc pas agrafer une robe ? » me disait Sylvie. Elle avait l'air de l'accordée de village de Greuze[1]. « Il faudrait de la poudre, dis-je. — Nous allons en trouver. » Elle fureta de nouveau dans les tiroirs. Oh ! que de richesses ! que cela sentait bon, comme cela brillait, comme cela chatoyait de vives couleurs et de modeste clinquant ! deux éventails de nacre un peu cassés, des boîtes de pâte à sujets chinois, un collier d'ambre et mille fanfreluches, parmi lesquelles éclataient deux petits souliers de droguet blanc avec des boucles incrustées de diamants d'Irlande ! « Oh ! je veux les mettre, dit Sylvie, si je trouve les bas brodés ! »

Un instant après, nous déroulions des bas de soie rose tendre à coins verts ; mais la voix de la tante, accompagnée du frémissement de la poêle, nous rappela soudain à la réalité. « Descendez vite ! » dit Sylvie, et quoi que je pusse dire, elle ne me permit pas de l'aider à se chausser. Cependant la tante venait de verser dans un plat le contenu de la poêle, une tranche de lard frite avec des œufs. La voix de Sylvie me rappela bientôt. « Habillez-vous vite ! » dit-elle, et entièrement vêtue elle-même, elle me montra les habits de noces du garde-chasse réunis sur la commode. En un instant, je me transformai en marié de l'autre siècle. Sylvie m'attendait sur l'escalier, et nous descendîmes tous deux en nous tenant par la main. La tante poussa un cri en se retournant : « Ô mes enfants ! » dit-elle, et elle se mit à pleurer, puis sourit à travers ses larmes. — C'était l'image de sa jeunesse, — cruelle et charmante apparition ! Nous nous assîmes auprès d'elle, attendris et presque graves, puis la gaieté nous revint bientôt, car, le premier moment passé, la bonne vieille ne songea plus qu'à se rappeler les fêtes pompeuses de sa noce. Elle retrouva même dans sa mémoire les chants alternés, d'usage alors, qui se répondaient d'un bout à l'autre de la table nuptiale, et le naïf épithalame[1] qui accompagnait les mariés rentrant après la danse. Nous répétions ces strophes si simplement rhythmées, avec les hiatus et les assonances du temps; amoureuses et fleuries comme le cantique de l'Ecclésiaste[2]; — nous étions l'époux et l'épouse pour tout un beau matin d'été.

VII. — CHÂALIS.

Il est quatre heures du matin; la route plonge dans un pli de terrain; elle remonte. La voiture va passer à Orry, puis à La Chapelle. À gauche, il y a une route qui longe le bois d'Hallate. C'est par là qu'un soir le frère de Sylvie m'a conduit dans sa carriole à une solennité du pays. C'était, je crois, le soir de la Saint-Barthélemy. À travers les bois, par des routes peu frayées, son petit cheval volait comme au sabbat. Nous rattrapâmes le pavé à Mont-Lévêque, et quelques minutes plus tard nous nous arrêtions à la maison du garde, à l'ancienne abbaye de Châalis. — Châalis, encore un souvenir!

Cette vieille retraite des empereurs n'offre plus à l'admiration que les ruines de son cloître aux arcades byzantines, dont la dernière rangée se découpe encore sur les étangs, — reste oublié des fondations pieuses comprises parmi ces domaines qu'on appelait autrefois les métairies de Charlemagne. La religion, dans ce pays isolé du mouvement des routes et des villes, a conservé des traces particulières du long séjour qu'y ont fait les cardinaux de la maison d'Este à l'époque des Médicis: ses attributs et ses usages ont encore quelque chose de galant et de poétique, et l'on respire un parfum de la renaissance sous les arcs des chapelles à fines nervures, décorées par les artistes de l'Italie. Les figures des saints et des anges se profilent en rose sur les voûtes peintes d'un bleu tendre, avec des airs d'allégorie païenne qui font songer aux sentimentalités de Pétrarque et au mysticisme fabuleux de Francesco Colonna[1].

Nous étions des intrus, le frère de Sylvie et moi, dans la fête particulière qui avait lieu cette nuit-là. Une personne de très-illustre naissance, qui possédait alors ce domaine, avait eu l'idée d'inviter quelques familles du pays à une sorte de représentation allégorique où devaient figurer quelques pensionnaires d'un couvent voisin. Ce n'était pas une réminiscence des tragédies de Saint-Cyr, cela remontait aux premiers essais lyriques importés en France du temps des Valois. Ce que je vis jouer était comme un mystère des anciens temps. Les costumes, composés de longues robes, n'étaient variés que par les couleurs de l'azur, de l'hyacinthe ou de l'aurore. La scène se passait entre les anges, sur les débris du monde détruit. Chaque voix chantait une des splendeurs de ce globe éteint, et l'ange de la mort définissait les causes de sa destruction. Un esprit montait de l'abîme, tenant en main l'épée flamboyante, et convoquait les autres à venir admirer la gloire du Christ vainqueur des enfers. Cet esprit, c'était Adrienne transfigurée par son costume, comme elle l'était déjà par sa vocation. Le nimbe de carton doré qui ceignait sa tête angélique nous paraissait bien naturellement un cercle de lumière ; sa voix avait gagné en force et en étendue, et les fioritures infinies du chant italien brodaient de leurs gazouillements d'oiseau les phrases sévères d'un récitatif pompeux[2].

En me retraçant ces détails, j'en suis à me demander

s'ils sont réels, ou bien si je les ai rêvés. Le frère de Sylvie était un peu gris ce soir-là. Nous nous étions arrêtés quelques instants dans la maison du garde, — où, ce qui m'a frappé beaucoup, il y avait un cygne éployé sur la porte, puis au dedans de hautes armoires en noyer sculpté, une grande horloge dans sa gaine, et des trophées d'arcs et de flèches d'honneur au-dessus d'une carte de tir rouge et verte. Un nain bizarre, coiffé d'un bonnet chinois, tenant d'une main une bouteille et de l'autre une bague, semblait inviter les tireurs à viser juste. Ce nain, je le crois bien, était en tôle découpée. Mais l'apparition d'Adrienne est-elle aussi vraie que ces détails et que l'existence incontestable de l'abbaye de Châalis ? Pourtant c'est bien le fils du garde qui nous avait introduits dans la salle où avait lieu la représentation ; nous étions près de la porte, derrière une nombreuse compagnie assise et gravement émue. C'était le jour de la Saint-Barthélemy, — singulièrement lié au souvenir des Médicis, dont les armes accolées à celles de la maison d'Este décoraient ces vieilles murailles... Ce souvenir est une obsession peut-être ! — Heureusement voici la voiture qui s'arrête sur la route du Plessis ; j'échappe au monde des rêveries, et je n'ai plus qu'un quart d'heure de marche pour gagner Loisy par des routes bien peu frayées.

VIII. — LE BAL DE LOISY.

Je suis entré au bal de Loisy à cette heure mélancolique et douce encore où les lumières pâlissent et tremblent aux approches du jour. Les tilleuls, assombris par en bas, prenaient à leurs cimes une teinte bleuâtre. La flûte champêtre ne luttait plus si vivement avec les trilles du rossignol. Tout le monde était pâle, et dans les groupes dégarnis j'eus peine à rencontrer des figures connues. Enfin j'aperçus la grande Lise, une amie de Sylvie. Elle m'embrassa. « Il y a longtemps qu'on ne t'a vu, Parisien ! dit-elle. — Oh ! oui, longtemps. — Et tu arrives à cette heure-ci ? — Par la poste. — Et pas trop vite ! — Je voulais voir Sylvie ; est-elle encore au bal ? — Elle ne sort qu'au matin ; elle aime tant à danser. »

En un instant, j'étais à ses côtés. Sa figure était fatiguée ; cependant son œil noir brillait toujours du sourire athénien d'autrefois. Un jeune homme se tenait près d'elle. Elle lui fit signe qu'elle renonçait à la contredanse suivante. Il se retira en saluant.

Le jour commençait à se faire. Nous sortîmes du bal, nous tenant par la main. Les fleurs de la chevelure de Sylvie se penchaient dans ses cheveux dénoués ; le bouquet de son corsage s'effeuillait aussi sur les dentelles fripées, savant ouvrage de sa main. Je lui offris de l'accompagner chez elle. Il faisait grand jour, mais le temps était sombre. La Thève bruissait à notre gauche, laissant à ses coudes des remous d'eau stagnante où s'épanouissaient les nénuphars jaunes et blancs, où éclatait comme des pâquerettes la frêle broderie des étoiles d'eau. Les plaines étaient couvertes de javelles et de meules de foin, dont l'odeur me portait à la tête sans m'enivrer, comme faisait autrefois la fraîche senteur des bois et des halliers d'épines fleuries.

Nous n'eûmes pas l'idée de les traverser de nouveau. — Sylvie, lui dis-je, vous ne m'aimez plus ! — Elle soupira. — Mon ami, me dit-elle, il faut se faire une raison ; les choses ne vont pas comme nous voulons dans la vie. Vous m'avez parlé autrefois de *la Nouvelle Héloïse*, je l'ai lue, et j'ai frémi en tombant d'abord sur cette phrase : « Toute jeune fille qui lira ce livre est perdue[1]. » Cependant j'ai passé outre, me fiant sur ma raison. Vous souvenez-vous du jour où nous avons revêtu les habits de noces de la tante ?... Les gravures du livre présentaient aussi les amoureux sous de vieux costumes du temps passé, de sorte que pour moi vous étiez Saint-Preux, et je me retrouvais dans Julie. Ah ! que n'êtes-vous revenu alors ! Mais vous étiez, disait-on, en Italie. Vous en avez vu là de bien plus jolies que moi ! — Aucune, Sylvie, qui ait votre regard et les traits purs de votre visage. Vous êtes une nymphe antique qui vous ignorez. D'ailleurs les bois de cette contrée sont aussi beaux que ceux de la campagne romaine. Il y a là-bas des masses de granit non moins sublimes, et une cascade qui tombe du haut des rochers comme celle de Terni. Je n'ai rien vu là-bas que je puisse regretter ici. — Et à Paris ? dit-elle. — À Paris...

Je secouai la tête sans répondre.

Tout à coup je pensai à l'image vaine qui m'avait égaré si longtemps.

— Sylvie, dis-je, arrêtons-nous ici, le voulez-vous ?

Je me jetai à ses pieds ; je confessai en pleurant à chaudes larmes mes irrésolutions, mes caprices ; j'évoquai le spectre funeste qui traversait ma vie.

— Sauvez-moi ! ajoutai-je, je reviens à vous pour toujours.

Elle tourna vers moi ses regards attendris...

En ce moment, notre entretien fut interrompu par de violents éclats de rire. C'était le frère de Sylvie qui nous rejoignait avec cette bonne gaieté rustique, suite obligée d'une nuit de fête, que des rafraîchissements nombreux avaient développée outre mesure. Il appelait le galant du bal, perdu au loin dans les buissons d'épines et qui ne tarda pas à nous rejoindre. Ce garçon n'était guère plus solide sur ses pieds que son compagnon, il paraissait plus embarrassé encore de la présence d'un Parisien que de celle de Sylvie. Sa figure candide, sa déférence mêlée d'embarras, m'empêchaient de lui en vouloir d'avoir été le danseur pour lequel on était resté si tard à la fête. Je le jugeais peu dangereux.

— Il faut rentrer à la maison, dit Sylvie à son frère. À tantôt ! me dit-elle en me tendant la joue.

L'amoureux ne s'offensa pas.

IX. — ERMENONVILLE.

Je n'avais nulle envie de dormir. J'allai à Montagny pour revoir la maison de mon oncle. Une grande tristesse me gagna dès que j'en entrevis la façade jaune et les contrevents verts. Tout semblait dans le même état qu'autrefois ; seulement il fallut aller chez le fermier pour avoir la clef de la porte. Une fois les volets ouverts, je revis avec attendrissement les vieux meubles conservés dans le même état et qu'on frottait de temps en temps, la haute armoire de noyer, deux tableaux flamands qu'on disait l'ouvrage d'un ancien peintre, notre aïeul ; de grandes estampes d'après Boucher, et toute une série encadrée de gravures de *l'Émile* et de *la Nouvelle Héloïse*, par Moreau[1] ; sur la table, un chien empaillé que j'avais connu vivant, ancien compagnon de mes courses dans les bois, le dernier carlin peut-être, car il appartenait à cette race perdue.

— Quant au perroquet, me dit le fermier, il vit toujours ; je l'ai retiré chez moi.

Le jardin présentait un magnifique tableau de végétation sauvage. J'y reconnus, dans un angle, un jardin d'enfant que j'avais tracé jadis. J'entrai tout frémissant dans le cabinet, où se voyait encore la petite bibliothèque pleine de livres choisis, vieux amis de celui qui n'était plus, et sur le bureau quelques débris antiques trouvés dans son jardin, des vases, des médailles romaines, collection locale qui le rendait heureux.

— Allons voir le perroquet, dis-je au fermier. — Le perroquet demandait à déjeuner comme en ses plus beaux jours, et me regarda de cet œil rond, bordé d'une peau chargée de rides, qui fait penser au regard expérimenté des vieillards.

Plein des idées tristes qu'amenait ce retour tardif en des lieux si aimés, je sentis le besoin de revoir Sylvie, seule figure vivante et jeune encore qui me rattachât à ce pays. Je repris la route de Loisy. C'était au milieu du jour; tout le monde dormait fatigué de la fête. Il me vint l'idée de me distraire par une promenade à Ermenonville, distant d'une lieue par le chemin de la forêt. C'était par un beau temps d'été. Je pris plaisir d'abord à la fraîcheur de cette route qui semble l'allée d'un parc. Les grands chênes d'un vert uniforme n'étaient variés que par les troncs blancs des bouleaux au feuillage frissonnant. Les oiseaux se taisaient, et j'entendais seulement le bruit que fait le pivert en frappant les arbres pour y creuser son nid. Un instant, je risquai de me perdre, car les poteaux dont les palettes annoncent diverses routes n'offrent plus, par endroits, que des caractères effacés. Enfin, laissant le *Désert* à gauche, j'arrivai au rond-point de la danse, où subsiste encore le banc des vieillards. Tous les souvenirs de l'antiquité philosophique, ressuscités par l'ancien possesseur du domaine[1], me revenaient en foule devant cette réalisation pittoresque de l'*Anacharsis*[2] et de l'*Émile*.

Lorsque je vis briller les eaux du lac à travers les branches des saules et des coudriers, je reconnus tout à fait un lieu où mon oncle, dans ses promenades, m'avait conduit bien des fois : c'est le *Temple de la phi-*

losophie, que son fondateur n'a pas eu le bonheur de terminer. Il a la forme du temple de la sibylle Tiburtine, et, debout encore, sous l'abri d'un bouquet de pins, il étale tous ces grands noms de la pensée qui commencent par Montaigne et Descartes, et qui s'arrêtent à Rousseau. Cet édifice inachevé n'est déjà plus qu'une ruine, le lierre le festonne avec grâce, la ronce envahit les marches disjointes. Là, tout enfant, j'ai vu des fêtes où les jeunes filles vêtues de blanc venaient recevoir des prix d'étude et de sagesse. Où sont les buissons de roses qui entouraient la colline ? L'églantier et le framboisier en cachent les derniers plants, qui retournent à l'état sauvage. — Quant aux lauriers, les a-t-on coupés, comme le dit la chanson des jeunes filles qui ne veulent plus aller au bois ? Non, ces arbustes de la douce Italie ont péri sous notre ciel brumeux. Heureusement le troëne de Virgile fleurit encore, comme pour appuyer la parole du maître inscrite au-dessus de la porte : *Rerum cognoscere causas*[1] ! — Oui, ce temple tombe comme tant d'autres, les hommes oublieux ou fatigués se détourneront de ses abords, la nature indifférente reprendra le terrain que l'art lui disputait ; mais la soif de connaître restera éternelle, mobile de toute force et de toute activité !

Voici les peupliers de l'île, et la tombe de Rousseau, vide de ses cendres[2]. Ô sage ! tu nous avais donné le lait des forts, et nous étions trop faibles pour qu'il pût nous profiter. Nous avons oublié tes leçons que savaient nos pères, et nous avons perdu le sens de ta parole, dernier écho des sagesses antiques. Pourtant ne désespérons pas, et comme tu fis à ton suprême instant, tournons nos yeux vers le soleil !

J'ai revu le château, les eaux paisibles qui le bordent, la cascade qui gémit dans les roches, et cette chaussée réunissant les deux parties du village, dont quatre colombiers marquent les angles, la pelouse qui s'étend au-delà comme une savane, dominée par des coteaux ombreux ; la tour de Gabrielle se reflète de loin sur les eaux d'un lac factice étoilé de fleurs éphémères ; l'écume bouillonne, l'insecte bruit… Il faut échapper à l'air perfide qui s'exhale en gagnant les grès poudreux du désert et les landes où la bruyère rose relève le vert des fougères. Que tout cela est solitaire et triste ! Le regard enchanté de Sylvie, ses courses folles, ses cris joyeux, donnaient autrefois tant de charme aux lieux que je viens de parcourir ! C'était encore une enfant sauvage, ses pieds étaient nus, sa peau hâlée, malgré son chapeau de paille, dont le large ruban flottait pêle-mêle avec ses tresses de cheveux noirs. Nous allions boire du lait à la ferme suisse[1], et l'on me disait : « Qu'elle est jolie, ton amoureuse, petit Parisien ! » Oh ! ce n'est pas alors qu'un paysan aurait dansé avec elle ! Elle ne dansait qu'avec moi, une fois par an, à la fête de l'arc.

X. — LE GRAND FRISÉ.

J'ai repris le chemin de Loisy ; tout le monde était réveillé. Sylvie avait une toilette de demoiselle, presque dans le goût de la ville. Elle me fit monter à sa chambre avec toute l'ingénuité d'autrefois. Son œil étincelait toujours dans un sourire plein de charme, mais l'arc prononcé de ses sourcils lui donnait par instants un air sérieux. La chambre était décorée avec simplicité, pourtant les meubles étaient modernes, une glace à bordure dorée avait remplacé l'antique trumeau, où se voyait un berger d'idylle offrant un nid à une bergère bleue et rose. Le lit à colonnes chastement drapé de vieille perse à ramage était remplacé par une couchette de noyer garnie du rideau à flèche ; à la fenêtre, dans la cage où jadis étaient les fauvettes, il y avait des canaris. J'étais pressé de sortir de cette chambre où je ne trouvais rien du passé. — Vous ne travaillerez point à votre dentelle aujourd'hui ?... dis-je à Sylvie. — Oh ! je ne fais plus de dentelle, on n'en demande plus dans le pays ; même à Chantilly, la fabrique est fermée. — Que faites-vous donc ? — Elle alla chercher dans un coin de la chambre un instrument en fer qui ressemblait à une longue pince. — Qu'est-ce que c'est que cela ? — C'est ce qu'on appelle la mécanique ; c'est pour maintenir la peau des gants afin de les coudre. — Ah ! vous êtes gantière, Sylvie ? — Oui, nous travaillons ici pour Dammartin, cela donne beaucoup dans ce moment ; mais je ne fais rien aujourd'hui ; allons où vous voudrez. Je tournais les yeux vers la route d'Othys : elle secoua la tête ; je compris que la vieille tante n'existait plus. Sylvie appela un petit garçon et lui fit seller un âne. — Je suis encore fatiguée d'hier, dit-elle, mais la promenade me fera du bien ; allons à Châalis. Et nous voilà traversant la forêt, suivis du petit garçon armé d'une branche. Bientôt Sylvie voulut s'arrêter, et je l'embrassai en l'engageant à s'asseoir. La conversation entre nous ne pouvait plus être bien intime. Il fallut lui raconter ma vie à Paris, mes voyages... — Comment peut-on aller si loin ? dit-elle. — Je m'en étonne en vous revoyant. — Oh ! cela se dit ! — Et convenez que vous étiez moins jolie autrefois. — Je n'en sais rien. — Vous souvenez-vous du temps où nous étions enfants et vous la plus grande ? — Et vous le plus sage ! — Oh ! Sylvie ! — On nous mettait sur l'âne chacun dans un panier. — Et nous ne nous disions pas *vous*... Te rappelles-tu que tu m'apprenais à pêcher des écrevisses sous les ponts de la Thève et de la Nonette ? — Et toi, te souviens-tu de ton frère de lait qui t'a un jour retiré *de l'ieau.* — Le *grand frisé*! c'est lui qui m'avait dit qu'on pouvait la passer... *l'ieau!*

Je me hâtai de changer la conversation. Ce souvenir m'avait vivement rappelé l'époque où je venais dans le pays, vêtu d'un petit habit à l'anglaise qui faisait rire les paysans. Sylvie seule me trouvait bien mis ; mais je n'osais lui rappeler cette opinion d'un temps si ancien. Je ne sais pourquoi ma pensée se porta sur les habits de noces que nous avions revêtus chez la vieille tante à Othys. Je demandai ce qu'ils étaient devenus. — Ah ! la bonne tante, dit Sylvie, elle m'avait prêté sa robe pour aller danser au carnaval à Dammartin, il y a de cela deux ans. L'année d'après, elle est morte, la pauvre tante !

Elle soupirait et pleurait, si bien que je ne pus lui demander par quelle circonstance elle était allée à un bal masqué ; mais, grâce à ses talents d'ouvrière, je comprenais assez que Sylvie n'était plus une paysanne. Ses parents seuls étaient restés dans leur condition, et elle vivait au milieu d'eux comme une fée industrieuse, répandant l'abondance autour d'elle[1].

XI. — RETOUR.

La vue se découvrait au sortir du bois. Nous étions arrivés au bord des étangs de Châalis. Les galeries du cloître, la chapelle aux ogives élancées, la tour féodale et le petit château qui abrita les amours de Henri IV et de Gabrielle se teignaient des rougeurs du soir sur le vert sombre de la forêt. — C'est un paysage de Walter Scott, n'est-ce pas ? disait Sylvie. — Et qui vous a parlé de Walter Scott ? lui dis-je. Vous avez donc bien lu depuis trois ans !... Moi, je tâche d'oublier les livres, et ce qui me charme, c'est de revoir avec vous cette vieille abbaye, où, tout petits enfants, nous nous cachions dans les ruines. Vous souvenez-vous, Sylvie, de la peur que vous aviez quand le gardien nous racontait l'histoire des moines rouges[1] ? — Oh ! ne m'en parlez pas. — Alors chantez-moi la chanson de la belle fille enlevée au jardin de son père, sous le rosier blanc[2]. — On ne chante plus cela. — Seriez-vous devenue musicienne ? — Un peu. — Sylvie, Sylvie, je suis sûr que vous chantez des airs d'opéra ! — Pourquoi vous plaindre ? — Parce que j'aimais les vieux airs, et que vous ne saurez plus les chanter.

Sylvie modula quelques sons d'un grand air d'opéra moderne.... Elle *phrasait*[3] !

Nous avions tourné les étangs voisins. Voici la verte pelouse, entourée de tilleuls et d'ormeaux, où nous avons dansé souvent ! J'eus l'amour-propre de définir les vieux murs carlovingiens et déchiffrer les armoiries de la maison d'Este[4]. — Et vous ! comme vous avez lu plus que moi ! dit Sylvie. Vous êtes donc un savant ?

J'étais piqué de son ton de reproche. J'avais jusque-là cherché l'endroit convenable pour renouveler le moment d'expansion du matin ; mais que lui dire avec l'accompagnement d'un âne et d'un petit garçon très-éveillé, qui prenait plaisir à se rapprocher toujours pour entendre parler un Parisien ? Alors j'eus le malheur de raconter l'apparition de Châalis, restée dans mes souvenirs. Je menai Sylvie dans la salle même du château où j'avais entendu chanter Adrienne. — Oh ! que je vous entende ! lui dis-je ; que votre voix chérie résonne sous ces voûtes et en chasse l'esprit qui me tourmente, fût-il divin ou bien fatal ! — Elle répéta les paroles et le chant après moi :

Anges, descendez promptement
Au fond du purgatoire !...

— C'est bien triste ! me dit-elle.

— C'est sublime… Je crois que c'est du Porpora[1], avec des vers traduits au seizième siècle.

— Je ne sais pas, répondit Sylvie.

Nous sommes revenus par la vallée, en suivant le chemin de Charlepont, que les paysans, peu étymologistes de leur nature, s'obstinent à appeler *Châllepont.* Sylvie, fatiguée de l'âne, s'appuyait sur mon bras. La route était déserte ; j'essayai de parler des choses que j'avais dans le cœur, mais, je ne sais pourquoi, je ne trouvais que des expressions vulgaires, ou bien tout à coup quelque phrase pompeuse de roman, — que Sylvie pouvait avoir lue. Je m'arrêtais alors avec un goût tout classique, et elle s'étonnait parfois de ces effusions interrompues. Arrivés aux murs de Saint-S…, il fallait prendre garde à notre marche. On traverse des prairies humides où serpentent les ruisseaux. — Qu'est devenue la religieuse ? dis-je tout à coup.

— Ah ! vous êtes terrible avec votre religieuse… Eh bien !… eh bien ! cela a mal tourné.

Sylvie ne voulut pas m'en dire un mot de plus.

Les femmes sentent-elles vraiment que telle ou telle parole passe sur les lèvres sans sortir du cœur ? On ne le croirait pas, à les voir si facilement abusées, à se rendre compte des choix qu'elles font le plus souvent : il y a des hommes qui jouent si bien la comédie de l'amour ! Je n'ai jamais pu m'y faire, quoique sachant que certaines acceptent sciemment d'être trompées. D'ailleurs un amour qui remonte à l'enfance est quelque chose de sacré… Sylvie, que j'avais vue grandir, était pour moi comme une sœur. Je ne pouvais tenter une séduction… Une tout autre idée vint traverser mon esprit. — À cette heure-ci, me dis-je, je serais au théâtre… Qu'est-ce qu'Aurélie[2] (c'était le nom de l'actrice) doit donc jouer ce soir ? Évidemment le rôle de la princesse dans le drame nouveau. Oh ! le troisième acte, qu'elle y est touchante !... Et dans la scène d'amour du second ! avec ce jeune premier tout ridé...

— Vous êtes dans vos réflexions ? dit Sylvie, et elle se mit à chanter :

> À Dammartin l'y a trois belles filles :
> L'y en a z'une plus belle que le jour...

— Ah ! méchante ! m'écriai-je, vous voyez bien que vous en savez encore des vieilles chansons.

— Si vous veniez plus souvent ici, j'en retrouverais, dit-elle, mais il faut songer au solide. Vous avez vos affaires de Paris, j'ai mon travail ; ne rentrons pas trop tard : il faut que demain je sois levée avec le soleil.

XII. — LE PÈRE DODU[1].

J'allais répondre, j'allais tomber à ses pieds, j'allais offrir la maison de mon oncle, qu'il m'était possible encore de racheter, car nous étions plusieurs héritiers, et cette petite propriété était restée indivise ; mais en ce moment nous arrivions à Loisy. On nous attendait pour souper. La soupe à l'oignon répandait au loin son parfum patriarcal. Il y avait des voisins invités pour ce lendemain de fête. Je reconnus tout de suite un vieux bûcheron, le père Dodu, qui racontait jadis aux veillées des histoires si comiques ou si terribles. Tour à tour berger, messager, garde-chasse, pêcheur, braconnier même, le père Dodu fabriquait à ses moments perdus des coucous et des tourne-broches. Pendant longtemps il s'était consacré à promener les Anglais dans Ermenonville, en les conduisant aux lieux de méditation de Rousseau et en leur racontant ses derniers moments. C'était lui qui avait été le petit garçon que le philosophe employait à classer ses herbes, et à qui il donna l'ordre de cueillir les ciguës dont il exprima le suc dans sa tasse de café au lait[1]. L'aubergiste de *la Croix d'Or* lui contestait ce détail ; de là des haines prolongées. On avait longtemps reproché au père Dodu la possession de quelques secrets bien innocents, comme de guérir les vaches avec un verset dit à rebours et le signe de croix figuré du pied gauche, mais il avait de bonne heure renoncé à ces superstitions, — grâce au souvenir, disait-il, des conversations de Jean-Jacques.

— Te voilà ! petit Parisien, me dit le père Dodu. Tu viens pour débaucher nos filles ? — Moi, père Dodu ? — Tu les emmènes dans les bois pendant que le loup n'y est pas ? — Père Dodu, c'est vous qui êtes le loup. — Je l'ai été tant que j'ai trouvé des brebis ; à présent je ne rencontre plus que des chèvres, et qu'elles savent bien se défendre ! Mais vous autres, vous êtes des malins à Paris. Jean-Jacques avait bien raison de dire : « L'homme se corrompt dans l'air empoisonné des villes. » — Père Dodu, vous savez trop bien que l'homme se corrompt partout.

Le père Dodu se mit à entonner un air à boire ; on voulut en vain l'arrêter à un certain couplet scabreux que tout le monde savait par cœur. Sylvie ne voulut pas chanter, malgré nos prières, disant qu'on ne chantait plus à table. J'avais remarqué déjà que l'amoureux de la veille était assis à sa gauche. Il y avait je ne sais quoi dans sa figure ronde, dans ses cheveux ébouriffés, qui ne m'était pas inconnu. Il se leva et vint derrière ma chaise en disant : « Tu ne me reconnais donc pas, Parisien ? » Une bonne femme, qui venait de rentrer au dessert après nous avoir servis, me dit à l'oreille : « Vous ne reconnaissez pas votre frère de lait ? » Sans cet avertissement, j'allais être ridicule. « Ah ! c'est toi, *grand frisé* ! dis-je, c'est toi, le même qui m'a retiré de *l'ieau* ! » Sylvie riait aux éclats de cette reconnaissance. « Sans compter, disait ce garçon en m'embrassant, que tu avais une belle montre en argent, et qu'en revenant tu étais bien plus inquiet de ta montre que de toi-même, parce qu'elle ne marchait plus ; tu disais : « La *bête* est *nayée*, ça ne fait plus tic-tac ; qu'est-ce que mon oncle va dire[1] ?... »

— Une bête dans une montre ! dit le père Dodu, voilà ce qu'on leur fait croire à Paris, aux enfants !

Sylvie avait sommeil, je jugeai que j'étais perdu dans son esprit. Elle remonta à sa chambre, et pendant que je l'embrassais, elle dit : « À demain, venez nous voir ! »

Le père Dodu était resté à table avec Sylvain et mon frère de lait ; nous causâmes longtemps autour d'un flacon de *ratafiat* de Louvres. « Les hommes sont égaux, dit le père Dodu entre deux couplets, je bois avec un pâtissier comme je ferais avec un prince. — Où est le pâtissier ? dis-je. — Regarde à côté de toi ! un jeune homme qui a l'ambition de s'établir. »

Mon frère de lait parut embarrassé. J'avais tout compris. — C'est une fatalité qui m'était réservée d'avoir un frère de lait dans un pays illustré par Rousseau, — qui voulait supprimer les nourrices ! — Le père Dodu m'apprit qu'il était fort question du mariage de Sylvie avec le *grand frisé*, qui voulait aller former un établissement de pâtisserie à Dammartin. Je n'en demandai pas plus. La voiture de Nanteuil-le-Haudouin me ramena le lendemain à Paris.

XIII. — AURÉLIE.

À Paris ! — La voiture met cinq heures. Je n'étais pressé que d'arriver pour le soir. Vers huit heures, j'étais assis dans ma stalle accoutumée ; Aurélie répandit son inspiration et son charme sur des vers faiblement inspirés de Schiller, que l'on devait à un talent de l'époque[1]. Dans la scène du jardin, elle devint sublime. Pendant le quatrième acte, où elle ne paraissait pas, j'allai acheter un bouquet chez madame Prévost[2]. J'y insérai une lettre fort tendre signée : *Un inconnu.* Je me dis : Voilà quelque chose de fixé pour l'avenir, — et le lendemain j'étais sur la route d'Allemagne.

Qu'allais-je y faire ? Essayer de remettre de l'ordre dans mes sentiments. — Si j'écrivais un roman, jamais je ne pourrais faire accepter l'histoire d'un cœur épris de deux amours simultanés. Sylvie m'échappait par ma faute ; mais la revoir un jour avait suffi pour relever mon âme : je la plaçais désormais comme une statue souriante dans le temple de la Sagesse. Son regard m'avait arrêté au bord de l'abîme. — Je repoussais avec plus de force encore l'idée d'aller me présenter à Aurélie, pour lutter un instant avec tant d'amoureux vulgaires qui brillaient un instant près d'elle et retombaient brisés. — Nous verrons quelque jour, me dis-je, si cette femme a un cœur.

Un matin, je lus dans un journal qu'Aurélie était malade. Je lui écrivis des montagnes de Salzbourg. La lettre était si empreinte de mysticisme germanique, que je n'en devais pas attendre un grand succès, mais aussi je ne demandais pas de réponse. Je comptais un peu sur le hasard et sur — l'*inconnu.*

Des mois se passent. À travers mes courses et mes loisirs, j'avais entrepris de fixer dans une action poétique les amours du peintre Colonna pour la belle Laura, que ses parents firent religieuse, et qu'il aima jusqu'à la mort[1]. Quelque chose dans ce sujet se rapportait à mes préoccupations constantes. Le dernier vers du drame écrit, je ne songeai plus qu'à revenir en France.

Que dire maintenant qui ne soit l'histoire de tant d'autres ? J'ai passé par tous les cercles de ces lieux d'épreuves qu'on appelle théâtres. « J'ai mangé du tambour et bu de la cymbale », comme dit la phrase dénuée de sens apparent des initiés d'Éleusis[2]. — Elle signifie sans doute qu'il faut au besoin passer les bornes du non-sens et de l'absurdité : la raison pour moi, c'était de conquérir et de fixer mon idéal.

Aurélie avait accepté le rôle principal dans le drame que je rapportais d'Allemagne. Je n'oublierai jamais le jour où elle me permit de lui lire la pièce. Les scènes d'amour étaient préparées à son intention. Je crois bien que je les dis avec âme, mais surtout avec enthousiasme. Dans la conversation qui suivit, je me révélai comme l'*inconnu* des deux lettres. Elle me dit : — Vous êtes bien fou ; mais revenez me voir... Je n'ai jamais pu trouver quelqu'un qui sût m'aimer.

Ô femme ! tu cherches l'amour... Et moi, donc ?

Les jours suivants, j'écrivis les lettres les plus tendres, les plus belles que sans doute elle eût jamais reçues. J'en recevais d'elle qui étaient pleines de raison. Un instant elle fut touchée, m'appela près d'elle, et m'avoua qu'il lui était difficile de rompre un attachement plus ancien. — Si c'est bien *pour moi* que vous m'aimez, dit-elle, vous comprendrez que je ne puis être qu'à un seul.

Deux mois plus tard, je reçus une lettre pleine d'effusion. Je courus chez elle. — Quelqu'un me donna dans l'intervalle un détail précieux. Le beau jeune homme que j'avais rencontré une nuit au cercle venait de prendre un engagement dans les spahis.

L'été suivant, il y avait des courses à Chantilly. La troupe du théâtre où jouait Aurélie donnait là une représentation. Une fois dans le pays, la troupe était pour trois jours aux ordres du régisseur. — Je m'étais fait l'ami de ce brave homme, ancien Dorante des comédies de Marivaux, longtemps jeune premier de drame, et dont le dernier succès avait été le rôle d'amoureux dans la pièce imitée de Schiller, où mon binocle me l'avait montré si ridé. De près, il paraissait plus jeune, et, resté maigre, il produisait encore de l'effet dans les provinces. Il avait du feu. J'accompagnais la troupe en qualité de *seigneur poëte*; je persuadai au régisseur d'aller donner des représentations à Senlis et à Dammartin. Il penchait d'abord pour Compiègne; mais Aurélie fut de mon avis. Le lendemain, pendant que l'on allait traiter avec les propriétaires des salles et les autorités, je louai des chevaux, et nous prîmes la route des étangs de Commelle pour aller déjeuner au château de la reine Blanche. Aurélie, en amazone, avec ses cheveux blonds flottants, traversait la forêt comme une reine d'autrefois, et les paysans s'arrêtaient éblouis. — Madame de F... [1] était la seule qu'ils eussent vue si imposante et si gracieuse dans ses saluts. — Après le déjeuner, nous descendîmes dans des villages rappelant ceux de la Suisse, où l'eau de la Nonette fait mouvoir des scieries. Ces aspects chers à mes souvenirs l'intéressaient sans l'arrêter. J'avais projeté de conduire Aurélie au château, près d'Orry, sur la même place verte où pour la première fois j'avais vu Adrienne. — Nulle émotion ne parut en elle. Alors je lui racontai tout; je lui dis la source de cet amour entrevu dans les nuits, rêvé plus tard, réalisé en elle. Elle m'écoutait sérieusement et me dit : — Vous ne m'aimez pas ! Vous attendez que je vous dise : La comédienne est la même que la religieuse; vous cherchez un drame, voilà tout, et le dénoûment vous échappe. Allez, je ne vous crois plus !

Cette parole fut un éclair. Ces enthousiasmes bizarres que j'avais ressentis si longtemps, ces rêves, ces pleurs, ces désespoirs et ces tendresses,... ce n'était donc pas l'amour ? Mais où donc est-il ?

Aurélie joua le soir à Senlis. Je crus m'apercevoir qu'elle avait un faible pour le régisseur, — le jeune premier ridé. Cet homme était d'un caractère excellent, et lui avait rendu des services.

Aurélie m'a dit un jour : — Celui qui m'aime, le voilà !

XIV. — DERNIER FEUILLET.

Telles sont les chimères qui charment et égarent au matin de la vie. J'ai essayé de les fixer sans beaucoup d'ordre, mais bien des cœurs me comprendront. Les illusions tombent l'une après l'autre, comme les écorces d'un fruit, et le fruit, c'est l'expérience. Sa saveur est amère ; elle a pourtant quelque chose d'âcre qui fortifie, — qu'on me pardonne ce style vieilli. Rousseau dit que le spectacle de la nature console de tout. Je cherche parfois à retrouver mes bosquets de Clarens[1] perdus au nord de Paris, dans les brumes. Tout cela est bien changé !

Ermenonville ! pays où fleurissait encore l'idylle antique, — traduite une seconde fois d'après Gessner[2] ! tu as perdu ta seule étoile[3], qui chatoyait pour moi d'un double éclat. Tour à tour bleue et rose comme l'astre trompeur d'Aldebaran[4], c'était Adrienne ou Sylvie, — c'étaient les deux moitiés d'un seul amour. L'une était l'idéal sublime, l'autre la douce réalité. Que me font maintenant tes ombrages et tes lacs, et même ton désert? Othys, Montagny, Loisy, pauvres hameaux voisins, Châalis, — que l'on restaure, — vous n'avez rien gardé de tout ce passé! Quelquefois j'ai besoin de revoir ces lieux de solitude et de rêverie. J'y relève tristement en moi-même les traces fugitives d'une époque où le naturel était affecté; je souris parfois en lisant sur le flanc des granits certains vers de Roucher[1], qui m'avaient paru sublimes, — ou des maximes de bienfaisance au-dessus d'une fontaine ou d'une grotte consacrée à Pan. Les étangs, creusés à si grands frais, étalent en vain leur eau morte que le cygne dédaigne. Il n'est plus, le temps où les chasses de Condé passaient avec leurs amazones fières, où les cors se répondaient de loin, multipliés par les échos!... Pour se rendre à Ermenonville, on ne trouve plus aujourd'hui de route directe. Quelquefois j'y vais par Creil et Senlis, d'autres fois par Dammartin.

À Dammartin, l'on n'arrive jamais que le soir. Je vais coucher alors à l'*Image Saint-Jean*. On me donne d'ordinaire une chambre assez propre tendue en vieille tapisserie avec un trumeau au-dessus de la glace. Cette chambre est un dernier retour vers le bric-à-brac, auquel j'ai depuis longtemps renoncé. On y dort chaudement sous l'édredon, qui est d'usage dans ce pays. Le matin, quand j'ouvre la fenêtre, encadrée de vigne et de roses, je découvre avec ravissement un horizon vert de dix lieues, où les peupliers s'alignent comme des armées. Quelques villages s'abritent çà et là sous leurs clochers aigus, construits, comme on dit là, en pointes d'ossements[2]. On distingue d'abord Othys, — puis Ève, puis Ver; on distinguerait Ermenonville à travers le bois, s'il avait un clocher, — mais dans ce lieu philosophique on a bien négligé l'église. Après avoir rempli mes poumons de l'air si pur qu'on respire sur ces plateaux, je descends gaiement et je vais faire un tour chez le pâtissier. « Te voilà, grand frisé ! — Te voilà, petit Parisien ! » Nous nous donnons les coups de poings amicaux de l'enfance, puis je gravis un certain escalier où les joyeux cris de deux enfants accueillent ma venue. Le sourire athénien de Sylvie illumine ses traits charmés. Je me dis : « Là était le bonheur peut-être [1] ; cependant… »

Je l'appelle quelquefois Lolotte, et elle me trouve un peu de ressemblance avec Werther [2], moins les pistolets, qui ne sont plus de mode. Pendant que le *grand frisé* s'occupe du déjeuner, nous allons promener les enfants dans les allées de tilleuls qui ceignent les débris des vieilles tours de brique du château. Tandis que ces petits s'exercent, au tir des compagnons de l'arc, à ficher dans la paille les flèches paternelles, nous lisons quelques poésies ou quelques pages de ces livres si courts qu'on ne fait plus guère.

J'oubliais de dire que le jour où la troupe dont faisait partie Aurélie a donné une représentation à Dammartin, j'ai conduit Sylvie au spectacle, et je lui ai demandé si elle ne trouvait pas que l'actrice ressemblait à une personne qu'elle avait connue déjà. — À qui donc ? — Vous souvenez-vous d'Adrienne ?

Elle partit d'un grand éclat de rire en disant : « Quelle idée ! » Puis, comme se le reprochant, elle reprit en soupirant : « Pauvre Adrienne ! elle est morte au couvent de Saint-S…, vers 1832. »

—

CHANSONS ET LÉGENDES

DU VALOIS

Chaque fois[1] que ma pensée se reporte aux souvenirs de cette province du Valois, je me rappelle avec ravissement les chants et les récits qui ont bercé mon enfance. La maison de mon oncle était toute pleine de voix mélodieuses, et celles des servantes qui nous avaient suivis à Paris chantaient tout le jour les ballades joyeuses de leur jeunesse, dont malheureusement je ne puis citer les airs. J'en ai donné plus haut quelques fragments. Aujourd'hui, je ne puis arriver à les compléter, car tout cela est profondément oublié ; le secret en est demeuré dans la tombe des aïeules. On publie aujourd'hui les chansons patoises de Bretagne ou d'Aquitaine[2], mais aucun chant des vieilles provinces où s'est toujours parlée la vraie langue française ne nous sera conservé. C'est qu'on n'a jamais voulu admettre dans les livres des vers composés sans souci de la rime, de la prosodie et de la syntaxe ; la langue du berger, du marinier, du charretier qui passe, est bien la nôtre, à quelques élisions près, avec des tournures douteuses, des mots hasardés, des terminaisons et des liaisons de fantaisie, mais elle porte un cachet d'ignorance qui révolte l'homme du monde, bien plus que ne fait le patois. Pourtant ce langage a ses règles, ou du moins ses habitudes régulières, et il est fâcheux que des couplets tels que ceux de la célèbre romance : *Si j'étais hirondelle*, soient abandonnés, pour deux ou trois consonnes singulièrement placées, au répertoire chantant des concierges et des cuisinières.

Quoi de plus gracieux et de plus poétique pourtant :

Si j'étais hirondelle ! — Que je puisse voler, — Sur votre sein, la belle, — J'irais me reposer !

Il faut continuer, il est vrai, par : *J'ai z'un coquin de frère...*, ou risquer un hiatus terrible ; mais pourquoi aussi la langue a-t-elle repoussé ce *z* si commode, si liant, si séduisant qui faisait tout le charme du langage de l'ancien Arlequin, et que la jeunesse dorée du Directoire a tenté en vain de faire passer dans le langage des salons ?

Ce ne serait rien encore, et de légères corrections rendraient à notre poésie légère, si pauvre, si peu inspirée, ces charmantes et naïves productions de poëtes modestes ; mais la rime, cette sévère rime française, comment s'arrangerait-elle du couplet suivant :

La fleur de l'olivier — Que vous avez aimé, — Charmante beauté ! — Et vos beaux yeux charmants, — Que mon cœur aime tant, — Les faudra-t-il quitter ?

Observez que la musique se prête admirablement à ces hardiesses ingénues, et trouve dans les assonances, ménagées suffisamment d'ailleurs, toutes les ressources que la poésie doit lui offrir. Voilà deux charmantes chansons, qui ont comme un parfum de la Bible, dont la plupart des couplets sont perdus, parce que personne n'a jamais osé les écrire ou les imprimer. Nous en dirons autant de celle où se trouve la strophe suivante :

Enfin vous voilà donc, — Ma belle mariée, — Enfin vous voilà donc — À votre époux liée, — Avec un long fil d'or — Qui ne rompt qu'à la mort !

Quoi de plus pur d'ailleurs comme langue et comme pensée ; mais l'auteur de cet épithalame ne savait pas écrire, et l'imprimerie nous conserve les gravelures de Collé, de Piis et de Panard[1] !

Les[2] richesses poétiques n'ont jamais manqué au marin, ni au soldat français, qui ne rêvent dans leurs chants que filles de roi, sultanes, et même présidentes, comme dans la ballade trop connue :

C'est dans la ville de Bordeaux — Qu'il est arrivé trois vaisseaux, etc.

Mais le tambour des gardes françaises, où s'arrêtera-t-il, celui-là ?

Un joli tambour s'en allait à la guerre, etc.

La fille du roi est à sa fenêtre, le tambour la demande en mariage : — Joli tambour, dit le roi, tu n'es pas assez riche ! — Moi ? dit le tambour sans se déconcerter,

J'ai trois vaisseaux sur la mer gentille, — L'un chargé d'or, l'autre de perles fines, — Et le troisième pour promener ma mie !

— Touche là, tambour, lui dit le roi, tu n'auras pas ma fille ! — Tant pis ! dit le tambour, j'en trouverai de plus gentilles !...

Après[3] tant de richesses dévolues à la verve un peu gasconne du militaire et du marin, envierons-nous le sort du simple berger ? Le voilà qui chante et qui rêve :

Au jardin de mon père, — Vole, mon cœur vole ! — Il y a z'un pommier doux, — Tout doux !

Trois belles princesses, — Vole, mon cœur vole, — Trois belles princesses — Sont couchées dessous, etc.

Est-ce donc la vraie poésie, est-ce la soif mélancolique de l'idéal qui manque à ce peuple pour comprendre et produire des chants dignes d'être comparés à ceux de l'Allemagne et de l'Angleterre ? Non, certes ; mais il est arrivé qu'en France la littérature n'est jamais descendue au niveau de la grande foule ; les poëtes académiques du dix-septième et du dix-huitième siècle n'auraient pas plus compris de telles inspirations, que les paysans n'eussent admiré leurs odes, leurs épîtres et leurs poésies fugitives, si incolores, si gourmées. Pourtant comparons encore la chanson que je vais citer à tous ces bouquets à Chloris qui faisaient vers ce temps l'admiration des belles compagnies.

Quand Jean Renaud de la guerre revint, — Il en revint triste et chagrin ; — « Bonjour, ma mère. — Bonjour, mon fils ! — Ta femme est accouchée d'un petit. »

« Allez, ma mère, allez devant, — Faites-moi dresser un beau lit blanc ; — Mais faites-le dresser si bas — Que ma femme ne l'entende pas ! »

Et quand ce fut vers le minuit, — Jean Renaud a rendu l'esprit[1].

Ici la scène de la ballade change et se transporte dans la chambre de l'accouchée :

« Ah ! dites, ma mère, ma mie, — Ce que j'entends pleurer ici ? — Ma fille, ce sont les enfants — Qui se plaignent du mal de dents. »

« Ah ! dites, ma mère, ma mie, — Ce que j'entends clouer ici ? — Ma fille, c'est le charpentier, — Qui raccommode le plancher ! »

« Ah ! dites, ma mère, ma mie, — Ce que j'entends chanter ici ? — Ma fille, c'est la procession — Qui fait le tour de la maison ! »

« Mais dites, ma mère, ma mie, — Pourquoi donc pleurez-vous ainsi ? — Hélas ! je ne puis le cacher ; — C'est Jean Renaud qui est décédé. »

« Ma mère ! dites au fossoyeux — Qu'il fasse la fosse pour deux, — Et que l'espace y soit si grand, — Qu'on y renferme aussi l'enfant ! »

Ceci ne le cède en rien aux plus touchantes ballades allemandes, il n'y manque qu'une certaine exécution de détail qui manquait aussi à la légende primitive de Lénore et à celle du roi des Aulnes, avant Goëthe et Burger[1]. Mais quel parti encore un poëte eût tiré de la complainte de Saint-Nicolas, que nous allons citer en partie.

Il était trois petits enfants — Qui s'en allaient glaner aux champs,

S'en vont au soir chez un boucher. — « Boucher, voudrais-tu nous loger ? — Entrez, entrez, petits enfants, — Il y a de la place assurément. »

Ils n'étaient pas sitôt entrés, — Que le boucher les a tués, — Les a coupés en petits morceaux, — Mis au saloir comme pourceaux.

Saint Nicolas au bout d'sept ans, — Saint Nicolas vint dans ce champ. — Il s'en alla chez le boucher : — « Boucher, voudrais-tu me loger ? »

« Entrez, entrez, saint Nicolas, — Il y a d'la place, il n'en manque pas. » — Il n'était pas sitôt entré, — Qu'il a demandé à souper.

« Voulez-vous un morceau d'jambon ? — Je n'en veux pas, il n'est pas bon. — Voulez-vous un morceau de veau ? — Je n'en veux pas, il n'est pas beau !

Du p'tit salé je veux avoir, — Qu'il y a sept ans qu'est dans l'saloir ! » — Quand le boucher entendit cela, — Hors de sa porte il s'enfuya.

« Boucher, boucher, ne t'enfuis pas, — Repens-toi, Dieu te pardonn'ra. » — Saint Nicolas posa trois doigts — Dessus le bord de ce saloir :

Le premier dit : « J'ai bien dormi ! » — Le second dit : « Et moi aussi ! — Et le troisième répondit : — « Je croyais être en paradis ! »

N'est-ce pas là une ballade d'Uhland[1], moins les beaux vers ? Mais il ne faut pas croire que l'exécution manque toujours à ces naïves inspirations populaires.

La chanson que nous avons citée plus haut (p. 85) : *Le roi Loys est sur son pont* a été composée sur[2] un des plus beaux airs qui existent ; c'est comme un chant d'église croisé par un chant de guerre ; on n'a pas conservé la seconde partie de la ballade, dont pourtant nous connaissons vaguement le sujet. Le beau Lautrec, l'amant de cette noble fille, revient de la Palestine au moment où on la portait en terre. Il rencontre l'escorte sur le chemin de Saint-Denis. Sa colère met en fuite prêtres et archers, et le cercueil reste en son pouvoir. « Donnez-moi, dit-il à sa suite, donnez-moi mon couteau d'or fin, que je découse ce drap de lin ! » Aussitôt délivrée de son linceul, la belle revient à la vie. Son amant l'enlève et l'emmène dans son château au fond des forêts. Vous croyez *qu'ils vécurent heureux* et que tout se termina là ; mais une fois plongé dans les douceurs de la vie conjugale, le beau Lautrec n'est plus qu'un mari vulgaire, il passe tout son temps à pêcher au bord de son lac, si bien qu'un jour sa fière épouse vient doucement derrière lui et le pousse résolument dans l'eau noire, en lui criant :

Va-t'en, vilain pêche-poissons, — Quand ils seront bons — Nous en mangerons.

Propos mystérieux, digne d'Arcabonne ou de Mélusine[1]. — En expirant, le pauvre châtelain a la force de détacher ses clefs de sa ceinture et de les jeter à la fille du roi, en lui disant qu'elle est désormais maîtresse et souveraine, et qu'il se trouve heureux de mourir par sa volonté !... Il y a dans cette conclusion bizarre quelque chose qui frappe involontairement l'esprit, et qui laisse douter si le poëte a voulu finir par un trait de satire, ou si cette belle morte que Lautrec a tirée du linceul n'était pas une sorte de femme vampire, comme les légendes nous en présentent souvent.

Du reste, les variantes et les interpolations sont fréquentes dans ces chansons ; chaque province possédait une version différente. On a recueilli comme une légende du Bourbonnais, *la jeune fille de la Garde*, qui commence ainsi :

Au château de la Garde — Il y a trois belles filles, — Il y en a une plus belle que le jour, — Hâte-toi, capitaine, — Le duc va l'épouser.

C'est celle que nous avons citée (page 86), qui commence ainsi :

Dessous[2] le rosier blanc — La belle se promène.

Voilà le début, simple et charmant ; où cela se passe-t-il ? Peu importe ! Ce serait si l'on voulait la fille d'un sultan rêvant sous les bosquets de Schiraz[3]. Trois cavaliers passent au clair de lune : — Montez, dit le plus jeune, sur mon beau cheval gris. N'est-ce pas là la course de Léonore, et n'y a-t-il pas une attraction fatale dans ces cavaliers inconnus !

Ils arrivent à la ville, s'arrêtent à une hôtellerie éclairée et bruyante. La pauvre fille tremble de tout son corps :

Aussitôt arrivée, — L'hôtesse la regarde. — « Êtes-vous ici par force — Ou pour votre plaisir ? — Au jardin de mon père — Trois cavaliers m'ont pris. »

Sur ce propos le souper se prépare : « Soupez, la belle, et soyez heureuse ;

Avec trois capitaines, — Vous passerez la nuit. »
Mais[1] le souper fini, — La belle tomba morte. — Elle tomba morte — Pour ne plus revenir !

« Hélas ! ma mie est morte ! s'écria le plus jeune cavalier, qu'en allons-nous faire !... » Et ils conviennent de la reporter au château de son père, sous le rosier blanc.

Et au bout de trois jours — La belle ressuscite : — « Ouvrez, ouvrez, mon père, — Ouvrez sans plus tarder ! — Trois jours j'ai fait la morte — Pour mon honneur garder. »

La vertu des filles du peuple attaquée par des seigneurs félons a fourni encore de nombreux sujets de romances. Il y a, par exemple, la fille d'un pâtissier, que son père envoie porter des gâteaux chez un galant châtelain. Celui-ci la retient jusqu'à la nuit close, et ne veut plus la laisser partir. Pressée de son déshonneur, elle feint de céder, et demande au comte son poignard pour couper une agrafe de son corset. Elle se perce le cœur, et les pâtissiers instituent une fête pour cette martyre boutiquière.

Il y a des chansons *de causes célèbres* qui offrent un intérêt moins romanesque, mais souvent plein de terreur et d'énergie. Imaginez un homme qui revient de la chasse et qui répond à un autre qui l'interroge :

J'ai tant tué de petits lapins blancs — Que mes souliers sont pleins de sang, — « T'en as menti, faux traître ! — Je te ferai connaître. — Je vois, je vois à tes pâles couleurs — Que tu viens de tuer ma sœur ! »

Quelle poésie sombre en ces lignes qui sont à peine des vers ! Dans une autre, un déserteur rencontre la maréchaussée, cette terrible Némésis[1] au chapeau bordé d'argent.

On lui a demandé — Où est votre congé ? — « Le congé que j'ai pris, — Il est sous mes souliers. »

Il y a toujours une amante éplorée mêlée à ces tristes récits.

La belle s'en va trouver son capitaine. — Son colonel et aussi son sergent...

Le refrain est une mauvaise phrase latine[2], sur un ton de plain-chant, qui prédit suffisamment le sort du malheureux soldat.

Quoi[3] de plus charmant que la chanson de Biron[4], si regretté dans ces contrées :

Quand Biron voulut danser, — Quand Biron voulut danser, — Ses souliers fit apporter — Ses souliers fit apporter ; — Sa chemise — De Venise, — Son pourpoint — Fait au point, — Son chapeau tout rond ; — Vous danserez, Biron !

Nous avons cité deux vers[5] de la suivante :

La belle était assise — Près du ruisseau coulant, — Et dans l'eau qui frétille, — Baignait ses beaux pieds blancs : — Allons, ma mie, légèrement ! — Légèrement !

C'est une jeune fille des champs qu'un seigneur surprend au bain comme Percival surprit Griselidis[1]. Un enfant sera le résultat de leur rencontre. Le seigneur dit :

« En ferons-nous un prêtre, — Ou bien un président?

— Non, répond la belle, ce ne sera qu'un paysan :

— On lui mettra la hotte — Et trois oignons dedans...
— Il s'en ira criant : — Qui veut mes oignons blancs?...
— Allons, ma mie, légèrement, etc. »

Voici un conte de veillée que je me souviens d'avoir entendu réciter par les vanniers :

LA REINE DES POISSONS[2].

Il y avait dans la province du Valois, au milieu des bois de Villers-Cotterets, un petit garçon et une petite fille qui se rencontraient de temps en temps sur les bords des petites rivières du pays, l'un obligé par un bûcheron nommé Tord-Chêne, qui était son oncle, à aller ramasser du bois mort, l'autre envoyée par ses parents pour saisir de petites anguilles que la baisse des eaux permet d'entrevoir dans la vase en certaines saisons. Elle devait encore, faute de mieux, atteindre entre les pierres les écrevisses, très-nombreuses dans quelques endroits.

Mais la pauvre petite fille, toujours courbée et les pieds dans l'eau, était si compatissante pour les souffrances des animaux, que, le plus souvent, voyant les contorsions des poissons qu'elle tirait de la rivière, elle les y remettait et ne rapportait guère que les écrevisses, qui souvent lui pinçaient les doigts jusqu'au sang, et pour lesquelles elle devenait alors moins indulgente.

Le petit garçon, de son côté, faisant des fagots de bois mort et des bottes de bruyère, se voyait exposé souvent aux reproches de Tord-Chêne, soit parce qu'il n'en avait pas assez rapporté, soit parce qu'il s'était trop occupé à causer avec la petite pêcheuse.

Il y avait un certain jour dans la semaine où ces deux enfants ne se rencontraient jamais... Quel était ce jour ? Le même sans doute où la fée Mélusine se changeait en poisson, et où les princesses de l'Edda se transformaient en cygnes[1].

Le lendemain d'un de ces jours-là, le petit bûcheron dit à la pêcheuse : « Te souviens-tu qu'hier je t'ai vue passer là-bas dans les eaux de Challepont avec tous les poissons qui te faisaient cortége... jusqu'aux carpes et aux brochets ; et tu étais toi-même un beau poisson rouge avec les côtés tout reluisants d'écailles en or.

— Je m'en souviens bien, dit la petite fille, puisque je t'ai vu, toi qui étais sur le bord de l'eau, et que tu ressemblais à un beau *chêne-vert*, dont les branches d'en haut étaient d'or..., et que tous les arbres du bois se courbaient jusqu'à terre en te saluant.

— C'est vrai, dit le petit garçon, j'ai rêvé cela.

— Et moi aussi j'ai rêvé ce que tu m'as dit : mais comment nous sommes-nous rencontrés deux dans le rêve[2] ?...

En ce moment, l'entretien fut interrompu par l'apparition de Tord-Chêne, qui frappa le petit avec un gros gourdin, en lui reprochant de n'avoir pas seulement lié encore un fagot.

— Et puis, ajouta-t-il, est-ce que je ne t'ai pas recommandé de tordre les branches qui cèdent facilement, et de les ajouter à tes fagots ?

— C'est que, dit le petit, le garde me mettrait en prison, s'il trouvait dans mes fagots du bois vivant… Et puis, quand j'ai voulu le faire, comme vous me l'aviez dit, j'entendais l'arbre qui se plaignait.

— C'est comme moi, dit la petite fille, quand j'emporte des poissons dans mon panier, je les entends qui chantent si tristement, que je les rejette dans l'eau… Alors on me bat chez nous !

— Tais-toi, petite masque ! dit Tord-Chêne, qui paraissait animé par la boisson, tu déranges mon neveu de son travail. Je te connais bien, avec tes dents pointues couleur de perle… Tu es la reine des poissons… Mais je saurai bien te prendre à un certain jour de la semaine, et tu périras dans l'osier… dans l'osier !

Les menaces que Tord-Chêne avait faites dans son ivresse ne tardèrent pas à s'accomplir. La petite fille se trouva prise sous la forme de poisson rouge, que le destin l'obligeait à prendre à de certains jours. Heureusement, lorsque Tord-Chêne voulut, en se faisant aider de son neveu, tirer de l'eau la nasse d'osier, ce dernier reconnut le beau poisson rouge à écailles d'or qu'il avait vu en rêve, comme étant la transformation accidentelle de la petite pêcheuse.

Il osa la défendre contre Tord-Chêne et le frappa même de sa galoche. Ce dernier, furieux, le prit par les cheveux, cherchant à le renverser ; mais il s'étonna de trouver une grande résistance : c'est que l'enfant tenait des pieds à la terre avec tant de force que son oncle ne pouvait venir à bout de le renverser ou de l'emporter, et le faisait en vain virer dans tous les sens.

Au moment où la résistance de l'enfant allait se trouver vaincue, les arbres de la forêt frémirent d'un bruit sourd, les branches agitées laissèrent siffler les vents, et la tempête fit reculer Tord-Chêne, qui se retira dans sa cabane de bûcheron.

Il en sortit bientôt, menaçant, terrible et transfiguré comme un fils d'Odin ; dans sa main brillait cette hache scandinave qui menace les arbres, pareille au marteau de Thor brisant les rochers[1].

Le jeune roi des forêts, victime de Tord-Chêne, — son oncle, usurpateur, — savait déjà quel était son rang, qu'on voulait lui cacher. Les arbres le protégeaient, mais seulement par leur masse et leur résistance passive….

En vain les broussailles et les surgeons s'entrelaçaient de tous côtés pour arrêter les pas de Tord-Chêne, celui-ci a appelé ses bûcherons et se trace un chemin à travers ces obstacles. Déjà plusieurs arbres, autrefois sacrés du temps des vieux druides, sont tombés sous les haches et les cognées.

Heureusement, la reine des poissons n'avait pas perdu de temps. Elle était allée se jeter aux pieds de la *Marne*, de l'*Oise* et de l'*Aisne*[2], — les trois grandes rivières voisines, leur représentant que si l'on n'arrêtait pas les projets de Tord-Chêne et de ses compagnons, les forêts trop éclaircies n'arrêteraient plus les vapeurs qui produisent les pluies et qui fournissent l'eau aux ruisseaux, aux rivières et aux étangs ; que les sources elles-mêmes seraient taries et ne feraient plus jaillir l'eau nécessaire à alimenter les rivières ; sans compter que tous les poissons se verraient détruits en peu de temps, ainsi que les bêtes sauvages et les oiseaux.

Les trois grandes rivières prirent là-dessus de tels arrangements que le sol où Tord-Chêne, avec ses terribles bûcherons, travaillait à la destruction des arbres, — sans toutefois avoir pu atteindre encore le jeune prince des forêts, — fut entièrement noyé par une immense inondation, qui ne se retira qu'après la destruction entière des agresseurs.

Ce fut alors que le roi des forêts et la reine des poissons purent de nouveau reprendre leurs innocents entretiens.

Ce n'étaient plus un petit bûcheron et une petite pêcheuse, — mais un Sylphe et une Ondine, lesquels, plus tard, furent unis légitimement[1].

—

Nous nous arrêtons dans ces citations si incomplètes, si difficiles à faire comprendre sans la musique et sans la poésie des lieux et des hasards, qui font que tel ou tel de ces chants populaires se grave ineffaçablement dans l'esprit. Ici ce sont des compagnons qui passent avec leurs longs bâtons ornés de rubans ; là des mariniers qui descendent un fleuve ; des buveurs d'autrefois (ceux d'aujourd'hui ne chantent plus guère), des lavandières, des faneuses, qui jettent au vent quelques lambeaux des chants de leurs aïeules. Malheureusement on les entend répéter plus souvent aujourd'hui les romances à la mode, platement spirituelles, ou même franchement incolores, variées sur trois à quatre thèmes éternels. Il serait à désirer que de bons poëtes modernes missent à profit l'inspiration naïve de nos pères, et nous rendissent, comme l'ont fait les poëtes d'autres pays, une foule de petits chefs-d'œuvre qui se perdent de jour en jour avec la mémoire et la vie des bonnes gens du temps passé[2].

JEMMY

I. — COMMENT JACQUES TOFFEL ET JEMMY O'DOUGHERTY TIRÈRENT À LA FOIS DEUX ÉPIS ROUGES DE MAÏS.

À moins de cent milles de distance du confluent de l'Alleghany et du Monongehala[1], est situé un vallon délicieux, ou ce qu'on appelle dans la langue du pays un *bottom*, véritable paradis borné de tous côtés par des montagnes et par le cours de l'Ohio, que les Français ont surnommé *Belle Rivière*[2]. Le versant et la cime des hauteurs qui s'étagent doucement vers l'horizon sont revêtus d'une riche végétation de sycomores centenaires, d'aunes et d'acacias, tous unis par le tissu de la vigne sauvage, et sous lesquels on respire une douce fraîcheur. Sur le premier plan, les deux rivières réunies dans l'Ohio roulent paisiblement leurs eaux jumelles, offrant çà et là une barque qui glisse sur les eaux tranquilles, ou parfois quelque bateau à vapeur, volant comme une flèche, qui fait surgir des bandes effarouchées de canards et d'oies sauvages établis sous l'ombre des sycomores et des saules pleureurs. Un seul sentier conduit à la partie supérieure du canton, à ce qu'on appelle le haut pays, où, depuis soixante ans, des Anglais, des Irlandais, des Allemands, et autres races européennes, se sont établis, alliés et fondus ensemble complétement. Ce n'est pas à dire pourtant que cette grande famille républicaine ne manifeste plus par aucun signe sa diversité d'origine. Le descendant allemand, par exemple, tient encore fortement à sa *sauer-kraüt*[a] ; il préfère encore son *blockhaus*, simple et rustique comme lui, à l'élégante *franchouse*[1] de ses voisins ; la couleur favorite de son habit à larges pans est toujours bleue ; ses bas sont de cette couleur ; ses gros souliers ronds portent le dimanche d'épaisses boucles d'argent, et comme ses aïeux encore, il affectionne les *inexpressibles*[2] en peau nouées au-dessous du genou avec des courroies.

La mode tyrannique, ou, comme on l'appelle là-bas, la *fashion*, n'a encore trouvé que peu d'occasions d'étendre son empire, et un chapeau très-simple en paille et en soie, une robe encore plus simple d'une étoffe fabriquée dans le pays, forment toute la parure dont les familles permettent aux jeunes demoiselles d'augmenter le pouvoir de leurs charmes.

Malgré cette résistance obstinée des têtes allemandes, les différents partis vivent dans la plus parfaite union ; peut-être même ces nuances contribuent-elles à l'agrément de leurs réunions et fêtes assez fréquentes, connues en général sous le nom de *frohlics*[3]. On appelle ainsi en effet les assemblées qui ont lieu chez l'un ou chez l'autre pour écosser en commun les épis de maïs. Il faut voir les couples joyeux accourant par une belle soirée d'automne des quatre points cardinaux, franchissant les haies, se frayant une route à travers les broussailles, sortant enfin des bois avec des joues rouges comme l'écarlate, et se secouant les mains en arrivant à faire craquer leurs os. Puis ils s'asseyent en demi-cercle

a. Choucroute. *Blockhaus*, maison construite en troncs d'arbre équarris. *Franchouse*, maison de charpente revêtue de pierres et de plâtre.

devant la maison du rendez-vous, ayant en face une montagne de tiges de maïs, et derrière eux le vieux Bambo, destiné à couronner la fête par son talent musical, mais qui, couché en attendant sur le banc du poêle, s'abandonne provisoirement à un sommeil tant soit peu bruyant.

Il y a encore quarante ans qu'il y eut une de ces réunions dans la colonie, chez Jacques Blocksberger[1]. Parmi les jeunes gens qui y accoururent de plus de cinq milles à la ronde, il s'en trouva surtout deux qu'on salua avec un empressement particulier. C'était d'abord une fraîche miss irlandaise, portant le nom sonore de Jemmy O'Dougherty, ronde et fraîche jeune fille, ayant une gracieuse figure de lutin, des joues bien roses, un cou de cygne, des yeux d'un bleu grisâtre, dont certains regards faisaient mal, enfin un petit nez tant soit peu aquilin, qui faisait supposer à celle à qui il appartenait une certaine dose de sagacité[2] et aussi d'assurance et d'inflexibilité irlandaises, dont son futur époux devait attendre quelque signification en bien ou en mal. Mais, si elle ne semblait pas aussi patiente que Job, elle était du moins aussi pauvre, ce qui ne l'empêchait pas de savoir arranger les choses de manière à paraître partout avec avantage, et dans une toilette irréprochable pour le pays.

Le second personnage dont nous avions à parler était mister Christophorus, ou, comme on l'appelait ordinairement, le riche Toffel (abréviation allemande de Christophe), garçon de six pieds six pouces américains, en apparence un peu lâche, mais nerveux et solidement constitué. Indépendamment de ces avantages, et ils n'étaient pas à dédaigner, Christophorus possédait encore une métairie de trois cents acres, tout le vallon de l'Ohio dont nous avons fait une description, une grange bâtie en pierre, une maison ornée de jalousies peintes en vert, et pourvue d'un toit en bardeaux également peints en rouge, et, à ce qu'on disait encore, deux bas de laine bleue que lui avait laissés son père, et qui étaient entièrement remplis de bons dollars espagnols. Aussi, lorsque Toffel passait devant quelque ferme sur son cheval gris, en sifflant un air allemand, le cœur de plus d'une blondine se mettait à battre plus vite.

Il arriva donc que Jemmy se trouva placée à côté de Toffel. Comment cela se fit, c'est ce que la chronique[1] ne dit pas bien clairement; mais ce qui paraît certain, c'est que la volonté de ce dernier ne fut pour rien dans ce hasard. Toffel, comme nous l'avons dit, était un grand garçon à larges épaules, et comme les bancs du local n'étaient rien moins que commodes, il s'assit sur le tronc d'un hickory; Jemmy choisit sa place tout à côté de lui, comme pour se séparer d'un certain groupe de jeunes gens plus bruyants et plus entreprenants que notre héros. En effet, celui-ci siégeait sans mauvaise pensée, paisible comme un citoyen sensé des États-Unis, écossant des épis de maïs, et pensant à son énorme cheval, à son bétail, et à ses bas bleus, ainsi qu'à mille autres choses, excepté à sa gentille voisine. Nous ne voulons pas dire que sa voisine pensât à lui; seulement, avec toute la complaisance d'une âme chrétienne, elle entassait d'une main leste un grand nombre de tiges devant son voisin, qui, long et maladroit qu'il était, n'avait plus qu'à étendre le bras pour les écosser commodément. Mais Toffel ne faisait nulle attention à cette main amicale, et continuait d'écosser jusqu'à ce que le tas diminuant, il lui fallait se courber et s'étendre à sa grande gêne; mais alors ce fut encore elle qui se courba gracieusement, et rassembla quelques douzaines d'épis dans son tablier pour les poser en petit tas devant lui, le tout avec une grâce si enchanteresse qu'il était presque impossible de lui résister. Mais soyez assuré que toute cette attention eût encore échappé aux regards de notre tête carrée d'Allemand, si, précisément dans l'instant où elle tournait d'une manière si attrayante devant lui, son œil n'eût rencontré par hasard celui de Toffel, et cet œil, dirent quelques mauvaises langues, avait alors une expression si irrésistible, que Toffel, pour la première fois, ouvrit grandement les siens.

Sur quoi, il se remit à écosser son maïs, et à prendre de temps en temps une gorgée de whisky, sans un mot de remercîment à sa gentille et complaisante voisine. Faut-il s'étonner si elle se lassa d'aider à la paresse d'une bûche si insensible ? Donc, quand le troisième tas fut écossé, Jemmy ne s'occupa pas davantage de Toffel. Quoi qu'il en soit, celui-ci commençait à se trouver assez bien, et à prendre plus souvent sa gorgée de whisky, quand le sort jaloux le menaça de le priver de cette consolation.

Plusieurs heures s'étaient déjà envolées depuis que la société s'était livrée au travail, quand le hasard voulut que les deux voisins tirassent à la fois chacun deux épis de grain rouge. Mais il faut savoir que, suivant un usage respectable établi aux États-Unis, deux épis rouges qui sont tirés et écossés en même temps par deux individus qualifiés, comme Jemmy O'Dougherty et Jacques Toffel, confèrent au plus fort des deux le droit de donner et même au besoin de prendre un baiser à l'autre [1].

Toffel était donc en possession d'un titre aussi valable qu'aucun autre au monde, mais peu s'en fallut qu'il ne le perdît, en négligeant d'en user. En effet, déjà il avait laissé tomber sa tige, quand Jemmy, brave fille ! s'avisa d'avoir des yeux pour lui. — Deux épis rouges ! s'écria-t-elle dans une naïve ignorance de ce qu'elle faisait. — Deux épis rouges ! s'écrièrent aussitôt cinquante gosiers, et toute la société se mit debout comme si la foudre était tombée au milieu d'elle. Ici il fut impossible à notre Toffel de ne pas comprendre la cause de cette émotion générale. Aussi parut-il enfin jaloux du droit que le hasard lui avait conféré ; mais il fallait encore vaincre la résistance de tout le corps féminin, qui forma autour de Jemmy un carré qui aurait défié tout un bataillon de freluquets de la ville. Cependant Toffel n'était pas homme à se laisser arrêter par de vaines démonstrations ; il s'avança vers les conjurées, saisit commodément chacune de ses adversaires après l'autre, en jeta une demi-douzaine sur un tas d'épis à sa droite, une demi-douzaine sur un autre tas à sa gauche, et se fraya ainsi la route jusqu'à Jemmy, qui, il faut le dire, lui résista bravement ; mais la citadelle la plus forte finit par se rendre, et ainsi céda enfin notre Irlandaise, qui laissa Toffel imprimer paisiblement ses lèvres larges d'un pouce sur les siennes, bien qu'elle eût pu, à ce que prétendirent quelques compagnes jalouses, éviter en partie ce terrible contact.

Il arriva que peu de temps après, par un beau soir de décembre, Toffel sella son étalon gris pommelé, et monta au petit trot les sinuosités qui conduisent encore aujourd'hui de Toffelsville[1] au pays haut, à travers les montagnes de l'Ohio.

C'était une chose réjouissante que de voir les belles fermes au milieu desquelles il eut à passer dans sa course. Plus d'une fille fraîche et gentille, et, ce qui veut dire plus, mainte jeune fille ayant une bonne dot, vivait dans ces habitations d'un extérieur grossier ; plus d'une jolie bouche cria à Toffel : — Eh ! Toffel ! encore en route si tard ? Ne voulez-vous pas entrer ? — Mais Toffel n'avait ni yeux ni oreilles, et continuait son chemin ; et les fermes prirent un aspect toujours plus chétif, jusqu'à ce qu'enfin il arrivât à une pièce de terre, couverte de châtaigniers, où sa patience semblait sur le point de l'abandonner. C'est qu'il ne pouvait jamais voir sans humeur cette espèce d'arbres, qu'il regardait avec raison comme le signe le plus certain de l'infécondité du sol. — Et pourtant, Toffel, tu continues encore à trotter; es-tu donc tellement indifférent à ton repos que tu te laisses ensorceler par les yeux de ce gentil lutin aux cheveux dorés, que le malin esprit lui-même ne parviendrait pas à maîtriser, qui, semblable au chat, sait à la fois égratigner et caresser, rire et pleurer, le tout dans un seul et même instant? Réfléchis, cher Toffel, suspends ton pèlerinage! L'eau et le feu[1], le whisky et le thé[2], des gâteaux de maïs, tout cela irait-il ensemble?... Mais le voici à l'extrémité du plant de châtaigniers, et même devant un, comment le nommerons-nous? devant une espèce d'édifice qui semble dater des guerres des Indiens. Toffel secoua la tête d'un air pensif; c'est la maison du vieux Davy O'Dougherty, et c'est une maison d'un misérable aspect. Et sa grange? il n'en a pas; ses haies? on a honte de les regarder. Oui, sa ferme offre un triste tableau de l'industrie irlandaise; point de cheval, point de charrue; toute la fortune agricole de Davy se réduit à quelques pièces étroites de terre, semées de maïs et de pommes de terre.

Toffel fit une longue pause, indécis, pensif; mais justement le vieux Davy était assis près de sa porte, avec sa vénérable moitié aux cheveux roux, et une demi-douzaine de petits monstres de la même couleur. Jemmy seule... il serait peu galant de ne pas la dire franchement blonde, était la grâce et l'ornement de la triste cabane. Elle préparait le thé, et mettait sur la table des gâteaux de maïs. Toffel alla s'asseoir devant la cheminée sans avoir à peine desserré les lèvres, et n'eût point bougé de cette place, si en sa qualité d'Allemand, l'odeur de la fumée du charbon de terre ne l'eût désagréablement affecté ; il se leva brusquement pour chercher une atmosphère plus pure, pendant que Jemmy, le voyant à moitié aveuglé, s'enfuyait dans la cuisine avec un rire moqueur. Toffel hésita un instant entre les deux portes, mais involontairement il se trouva transporté devant le feu de la cuisine, qui, étant de bois, lui plut davantage que l'autre, et auquel Jemmy daigna bientôt prendre place à ses côtés.

Un quart d'heure s'était écoulé, et pas une pensée immodeste ou quelconque n'avait traversé le cerveau de notre cavalier. La seule licence qu'il se permit de prendre consistait de transporter son chapeau d'un genou sur l'autre. Enfin cependant il prit courage, et regardant fixement sa voisine, il lui demanda en anglais si elle ne voulait pas le prendre pour mari.

— Que voulez-vous que je fasse d'un Allemand ? Telle fut la réponse un peu dure de la malicieuse Irlandaise, qui, en rabaissant la marchandise qu'elle convoitait, n'avait d'autre but que de se l'assurer à meilleur marché. Mais songez bien à ce qu'était une telle réponse adressée par une petite créature comme Jemmy à un homme comme Toffel, garçon de six pieds, possesseur de trois cents acres de terre et de deux bas bleus garnis.

Toffel n'était rien moins que fier, mais cependant il se leva fort déconcerté, tira son chapeau, et s'apprêtait à sortir en soupirant de la cuisine, lorsque la rusée jeune fille, se glissant entre lui et la porte, lui dit en lui prenant la main : — Et si je vous prends, me promettez-vous d'être bon enfant ? Le dialogue dès lors prit des formes plus précises, et Toffel ne tarda pas à aller rejoindre son gris pommelé, après avoir rudement serré la main de sa future.

Quelques jours après, le ministre protestant[1] Gaspard Ledermaul, ancien tailleur, bénissait le mariage de Jacques Toffel et de Jemmy O'Dougherty, ce qui semblerait devoir mettre fin à notre histoire, si nous en voulions abandonner légèrement les héros, et si l'on ne savait d'ailleurs que les mariages n'offrent pas moins de péripéties que les amours les plus traversés.

II. — COMMENT JEMMY O'DOUGHERTY EUT TORT D'ALLER À UN MEETING SUR UN TROP GRAND CHEVAL.

Jacques Toffel n'avait pas encore accompli sa vingt et unième année, quand il entra dans la lune de miel, et ici nous devons dire à sa louange qu'il sut jouir du bonheur avec sa modération accoutumée. Nous n'avons pas laissé voir qu'il fût dissipé ; et, assurément, nulle tentation ne lui vint d'introduire sa femme dans la haute société du Saragota[1], et de vider ainsi les deux bas bleus. Quant à mistress Toffel, ce n'était pas, certes, une méchante fille ; il y avait en elle toujours cette sorte de diablerie irlandaise qui ne lui permettait pas d'être en repos, tant que son mari n'avait pas fait sa volonté. Pour tout dire en un mot, c'était elle qui portait les culottes ou les *inexpressibles*, selon la chaste locution anglaise. D'ailleurs notre couple vivait heureux ; un jeune Toffel ne tarda pas à faire son apparition dans le monde, et surtout alors l'heureux fermier ne regretta pas d'avoir tiré son épi rouge.

Or, il advint qu'un missionnaire se présenta vers ce temps dans la colonie, avec la prétention d'enseigner à nos bonnes gens un chemin plus court que par le passé pour gagner la porte du ciel. Afin de donner à son projet l'impulsion nécessaire, il avait annoncé un meeting, après s'être assuré préalablement de l'assentiment des dames. Mistress Toffel, dont le respectable pasteur avait recherché surtout le patronage, avait décidé, pour répondre à cet égard flatteur, que son jeune fils serait baptisé en cette occasion, et que le père le transporterait dans ses bras au meeting.

Jusqu'ici tout était bien, et Toffel n'y trouvait guère à redire ; toutefois, en sellant ses deux chevaux, il éprouva une sorte de malaise, et comme un pressentiment fâcheux lorsqu'il s'occupa de son grand cheval gris. Mistress Toffel avait conçu pour cet animal une telle prédilection, qu'elle avait déclaré n'en pas vouloir monter d'autre. À la vérité, comparés au grand cheval entier de Toffel, les autres n'étaient que des chats ; mais Jemmy n'était pas une géante, et les petits chevaux lui eussent convenu mieux toujours qu'à son mari. Celui-ci était, depuis peu, devenu ambitieux, et aspirait aux emplois publics ; et il fallait qu'il arrivât disgracieusement sur une de ses rosses, en s'exposant aux railleries et aux suppositions de la foule ! En tirant les chevaux de l'écurie, il vit précisément sa femme sur le seuil de la maison ; mais sur son front était écrite cette inflexible résolution à laquelle le pauvre homme n'avait guère l'usage de résister. Il la laissa donc monter sur un tronc d'arbre, d'où elle s'élança sur le gris pommelé, dont elle saisit la bride avec grâce et autorité.

La voilà sur cet animal immense, semblable à un malicieux baboin qui s'apprête à mettre à l'épreuve la mansuétude d'un patient dromadaire. Toffel la regardait la bouche ouverte et les yeux fixes.

— Ma chère ! dit-il après un long combat intérieur, je vous en prie, prenez le petit cheval, et me laissez le plus grand.

— Toffel, s'écria sa moitié, sûrement vous n'êtes pas assez fou pour songer à cela précisément en ce moment.

— Si, je suis assez fou pour cela, et si je prends ce veau irlandais, je serai à la fois à pied et à cheval.

Ses paroles, ses regards étonnèrent la dame ; ils indiquaient une sorte de révolte contre son pouvoir, et elle sentit que tout son règne dépendait de la résolution qu'elle prendrait en ce moment décisif, et c'est dans cette idée qu'elle donna un grand coup de fouet à son cheval, qui, en deux élans, l'emporta hors de la cour.

Toffel n'eut donc rien de mieux à faire que de monter sur la rosse, en soupirant et en murmurant quelques phrases de sa langue incomprise, comme *sapperment! verflucht*[1] *!* et autres aménités germaniques dont il pouvait, au besoin, dissimuler le sens. Tout à coup il fut interrompu dans son monologue par un cri parti du haut de la montagne. Toffel jeta les yeux autour de lui, puis il regarda la hauteur, mais il n'aperçut rien ; rien ne se faisait plus entendre, et pourtant la voix qui avait percé ses oreilles était la voix aiguë et sonore de sa femme, il en était certain. Elle l'avait devancé au galop de quelques centaines de pas, et bientôt les sinuosités de la route, à travers les montagnes, l'avaient dérobée à ses regards. — Le cheval gris l'a certainement jetée à bas, se dit le loyal garçon ; et à peine cette idée s'était-elle présentée à son esprit, qu'il vit, en effet, son coursier favori descendre à grands bonds la montagne. Toffel fut saisi de frayeur ; il se jeta, des deux jambes à la fois, à bas de sa rosse, et courut au devant du cheval fougueux, qui, reconnaissant son maître, s'arrêta tranquillement jusqu'à ce qu'il l'eût débarrassé de la selle de Jemmy, et qu'il eût monté dessus avec son rejeton. Alors Toffel se dirigea au grandissime trot vers le haut de la montagne, et courut au secours de sa moitié, de laquelle bien d'autres ne se seraient guère plus inquiétés après la manière dont elle s'était comportée ; mais Toffel était d'une bonne pâte d'Allemand ; et il se hâta de tout son pouvoir d'arriver à l'endroit fatal où elle devait avoir établi sa couche. Une seconde fois il entendit crier, mais ce n'était pas sa voix ordinaire, c'était plutôt un cri de détresse. Ce cri se renouvela, et, trempé d'une sueur froide, Toffel alors lança son cheval ventre à terre du côté d'où semblait venir la voix de sa femme; mais point de traces. Il regarda à droite, à gauche, puis à terre, et enfin il remarqua avec un horrible serrement de cœur des traces de pas d'hommes, et à côté les empreintes des pieds de sa femme. Des hommes étaient venus là, c'était évident; mais dire ce qu'était devenue sa femme, c'était une chose bien difficile, les traces se perdaient dans la forêt. Il examina de nouveau ces traces, et il reconnut avec consternation la large empreinte des mocassins des Indiens. Un regard vers la forêt lui fit apercevoir quelque chose d'un gris noir, c'était une plume d'aigle : plus de doute, sa malheureuse Jemmy venait d'être surprise et enlevée par les Indiens.

Toffel aimait sincèrement sa femme; cependant il n'eut point d'évanouissement, et toute la force de son amour ne put lui arracher une larme; et, au lieu de perdre du temps en vaines lamentations, il courut au grand galop rejoindre le meeting, apprit à ses voisins que les Indiens avaient surpris et enlevé sa femme tandis qu'elle se rendait à l'assemblée, ajoutant qu'il fallait qu'il la recouvrât à tout prix, et que s'ils étaient bons voisins, et s'ils voulaient être des hommes libres, il fallait qu'ils vinssent courir en toute hâte avec lui sur les traces de ces peaux rouges pour leur reprendre sa Jemmy. Comme ceux à qui il s'adressait étaient en effet des hommes de cœur, Toffel, en peu d'heures, se vit à la tête de cinquante jeunes gens, qui, tenant d'une main leurs carabines et de l'autre la bride de leurs chevaux, juraient de venger dignement l'enlèvement de la nouvelle Hélène[1].

Il n'était pas rare, en ce temps, que les colons des États-Unis eussent à poursuivre des Indiens pour un semblable motif; mais pendant que Toffel et ses vaillants compagnons sont occupés à retrouver les traces des peaux rouges qui avaient enlevé Jemmy Bœrenhenter[2], nous allons, nous conformant encore plus directement aux usages chevaleresques, rejoindre notre dame, pour lui prêter au besoin aide et secours.

Donc, Jemmy, l'entêtée Jemmy, avait été seule en avant de quelques centaines de pas, ainsi que nous l'avons déjà dit. C'était d'abord une chose qu'une femme raisonnable n'aurait jamais faite : elle se serait tenue à côté de son mari, d'un aussi bon mari surtout que l'était incontestablement Toffel, notamment dans des temps si critiques, où les sauvages parcouraient encore en partisans tout l'État d'Ohio, et s'avançaient même jusqu'au fort Pitt[3], attendu que, précisément à cette époque, les États-Unis étaient engagés avec eux dans une guerre sanglante. Sans doute elle cria vaillamment, mais il était trop tard; probablement les Indiens en avaient déjà trop vu pour renoncer, en faveur de ses cris, à une si belle proie. L'un monta sur le cheval gris et la prit en croupe, pendant qu'un second obligeait la belle à enlacer ses bras autour de son cavalier; un troisième, lui voyant des dispositions à résister, établit entre son cou de cygne et un coutelas qu'il tira de sa ceinture un voisinage dangereux, si bien que la pauvre créature se résigna à son sort, et ne songea plus qu'à ne pas se laisser tomber de cheval pendant la longue course qui s'ensuivit.

Toutefois, elle ne pouvait s'empêcher de s'écrier par instants : « Le grand cheval ! le grand cheval ! » mais sa tenue modeste et résolue à la fois inspirait quelque respect à ses ravisseurs, et surtout à Tomahawk leur chef, qui, en arrivant à Miami[1], quartier général des peaux rouges, la plaça sous la protection de sa mère, avec le titre de dame d'honneur. Sans doute, ce poste n'eût pas été à dédaigner, si le fils de la princesse mère avait eu à gouverner quelque chose qui en valût la peine; mais le roi des Shawneeses, frère aîné de Tomahawk, n'étendait guère son empire que sur un territoire de quelques centaines de milles carrés. Ses sujets étaient des sauvages non encore civilisés, qui, dans leur intelligence bornée, n'avaient aucune idée du droit divin de leur souverain, c'est-à-dire qu'ils ne voulaient pas travailler pour lui, disant qu'il avait, comme eux, reçu du grand Esprit deux bras propres au travail.

Nos bienveillants lecteurs comprendront qu'au milieu d'une réunion d'hommes si déraisonnables, mistress Toffel ne pouvait compter sur de grands avantages, malgré la place honorable qu'elle occupait. Du reste, elle vit bien que des pleurs et des jérémiades ne pouvaient qu'empirer sa position, et qu'il valait mieux l'accepter bravement et chercher à se rendre utile. Aussi, avec une mine où l'on ne pouvait méconnaître un trait d'ironie, elle saisit le lendemain matin la marmite remplie de gibier, et se mit à préparer elle-même le repas des Indiens. Ceux-ci s'assirent bientôt à l'entour en croisant les jambes : Whoo ! s'écria le souverain, qu'avons-nous là? De sa vie, il n'avait fait un aussi délicieux déjeuner *à la fourchette*[2], dirions-nous, si les sauvages avaient des fourchettes. La princesse mère indiqua de sa main, et en souriant gracieusement, sa dame d'honneur, qui, pour sa récompense, reçut une côtelette. Jemmy avait une contenance fière, comme si elle se fût trouvée assise sur le grand cheval. Peu de temps après, les sauvages entreprirent une nouvelle excursion, de laquelle ils rentrèrent au bout de quinze jours chargés de butin de toute espèce : des robes de femme, des spencers, des chapeaux, des corsets, etc. Une garde-robe complète était échue en partage à Tomahawk. Le lendemain, il parut vêtu d'une robe de *linsey-woolsey*[1] couleur rouge, et la tête ornée d'un chapeau en soie verte, par dessus lequel il lui avait paru de bon goût de mettre le bonnet d'une femme en couches : le chef lui-même se montra dans une petite robe *à l'enfant*[2], avec un spencer coquelicot par dessus, et un capuchon du temps de Louis XV. À peine Jemmy avait-elle jeté les yeux sur ses maîtres métamorphosés, qu'elle fit signe aux squaws de la suivre dans la forêt, où se trouvaient beaucoup de plantes de lin sauvage. Elle en fit cueillir une certaine quantité, qu'elle fit rapporter au camp par ses compagnes. Elle obligea ensuite celles-ci à préparer le lin pour le filage, qu'elle leur enseigna, et en peu de semaines, des habits de chasse, ornés de rubans de soie et de calicot, remplacèrent les robes de femmes sur les corps de ses ravisseurs. Une quinzaine de jours après, les hommes firent une nouvelle expédition, dans laquelle le souverain fut tué et son frère Tomahawk blessé. Jemmy, à l'instar d'autres sujets loyaux, prit le deuil, pansa les plaies du survivant, et, quand le jeune chef fut rétabli, elle lui présenta un costume neuf qu'elle avait confectionné pour lui pendant sa maladie. Elle y mit tant de grâce, selon l'avis de l'Indien, que, dès ce moment, il devint son admirateur et son fidèle paladin. Quand, le lendemain, il se fut vêtu de son costume neuf, il se trouva si agréablement surpris et tourné, qu'il mit pour la première fois de côté ces habitudes de respect qu'il avait contractées vis-à-vis de mistress Toffel, et qui l'avaient empêché jusque-là de déclarer un peu plus ouvertement l'affection qu'il ressentait pour elle. Il alla lui rendre une visite. Toute la résidence fut en révolution ; les dames rouges étaient au désespoir. Elles comprirent que ce n'était pas en leur honneur que le nouveau souverain s'était revêtu d'une si brillante toilette, et que ses attentions s'adressaient à la fière Américaine, qui, dans leur opinion, ne pouvait naturellement résister à ce somptueux accoutrement. Et vraiment ni Londres, ni Paris, ni New-York n'auraient pu se vanter d'avoir vu, sur une seule et même personne, une prodigalité d'objets de luxe comme il plut ce jour-là à Tomahawk d'en étaler aux yeux de sa fidèle sujette. Mais aussi il était lui-même resté trois heures, jambes croisées et miroir en main, à admirer avec des yeux brillants de joie ses charmes irrésistibles. Trois larges paillettes d'argent entouraient artistement son nez, auquel était encore suspendu un dollar espagnol; deux autres dollars pendaient à ses oreilles, et, par une spirituelle inspiration, l'Indien avait orné sa lèvre inférieure d'une sixième pièce de monnaie. Ses cheveux étaient richement entremêlés d'aiguilles de porcs-épics, et du sommet de sa tête descendaient majestueusement trois queues de buffles. Un collier de pas moins de cinquante dents d'alligators ornait son cou, autour duquel serpentait encore un collier plus petit de grandes perles de cristal, trophée qu'il avait conquis dans un combat avec les Chikasaws. Il n'avait pas moins soigné l'habillement des parties inférieures de son corps : ses jambes étaient jusqu'à la cheville entourées de petits cercles de cuivre et de fer-blanc qui résonnaient prodigieusement à chacun de ses pas; le reste de sa toilette consistait en un chapeau anglais à trois cornes. Lorsque, avec la conscience de ses perfections, il approcha de la résidence de madame mère, il leva haut les jambes et en fit deux fois le tour en dansant, pour se régaler de la musique dont il était le créateur; arrivé à la porte, il jeta un dernier coup d'œil sur son miroir de poche en se regardant de la tête aux pieds, puis il entra.

Nous sommes malheureusement sans information aucune sur le succès de tant d'efforts et de combinaisons de bon goût ; tout ce qui est devenu notoire, c'est que le haut prétendant fut bien moins satisfait de lui-même, quand il quitta la résidence de sa mère, qu'il ne l'avait été en y entrant. La chronique ajoute que, dès ce moment, Jemmy eut sur le souverain indien un empire pour le moins aussi illimité que celui qu'elle avait déjà exercé sur Toffel ; et il paraît qu'elle ne tarda pas à en faire usage, sans doute par de bonnes raisons, attendu qu'elle eut à repousser des tentations assez vives. Mais, dit encore notre document, elle résista héroïquement. Comment en effet pouvait-elle agir autrement, elle dont la pensée tendait à un autre but ? Oui, son regard était sans cesse fixé sur le soleil couchant, sur cette partie du monde où vivait son cher Toffel. Depuis cinq années entières, elle avait supporté sa captivité avec un courage, avec une fermeté héroïques et vraiment irlandaises[1] ; mais présentement elle sentait chaque jour davantage l'amertume de sa position. Pendant la première année, elle avait été tenue en mouvement par la nouveauté de sa destinée ; elle avait, en outre, été stimulée par le sentiment de la conservation. Durant les années suivantes, elle s'était peut-être sentie flattée des attentions de son adorateur indien ; — mais faire la coquette avec un sauvage, ce n'était, après tout, qu'un pauvre passe-temps, et cela ne pouvait durer à la longue. Ainsi, le vif désir de revoir les lieux sur lesquels se concentraient ses souvenirs prenait chaque jour en elle plus de force. Songer à fuir, c'eût été de sa part une folie pendant la première année ; on l'avait surveillée, durant l'été, avec des yeux d'argus[2], car son adresse en toute chose la rendait indispensable aux sauvages, et une fuite dans le cours de l'hiver n'était pas plus exécutable. Où aurait-elle trouvé des vivres, un lieu de repos ? Son voyage jusqu'au camp des sauvages avait duré vingt jours ; elle devait donc être à une énorme distance de chez elle, et si, par malheur, on avait connu son projet, son sort eût été horrible.

III. — COMMENT JEMMY REVIENT CHEZ JACQUES TOFFEL.

Enfin, l'occasion favorable que Jemmy désirait si vivement vint se présenter à l'expiration du cinquième été après son enlèvement. Les hommes étaient partis pour la chasse d'automne ; leurs femmes les avaient accompagnés ; il n'était resté au camp que les plus faibles et les plus âgés. Par le contentement apparent qu'elle avait fait paraître pendant cinq ans, Jemmy était parvenue à calmer les méfiances des Indiens, dont la vigilance s'était affaiblie. Elle avait appris que, par suite de l'accroissement de la population, la colonie avait étendu ses limites, et qu'elle se trouvait dès lors à une moindre distance de celle des sauvages ; elle espérait donc rencontrer de ses compatriotes, sinon au bout de la première semaine, du moins au bout de la seconde. Elle résolut sa fuite, et réalisa sur-le-champ son projet. Un petit sac rempli de vivres fut tout ce qu'elle emporta avec elle ; elle avait quatre cents longs milles à faire depuis le grand Miami jusqu'à l'Ohio supérieur ; mais son courage était à la hauteur de sa grande entreprise. Elle aimait son Toffel ; elle l'aimait maintenant plus que jamais, ce garçon si bon, si patient, et pourtant si sensé. Son courage fut rudement mis à l'épreuve dans[1] les marais de Franklin, elle courut un grand danger de se noyer dans le Sciota[1], et, en errant pendant plusieurs jours dans les solitudes qui séparent Columbus, capitale de l'État de l'Ohio, de New-Lancaster, d'être dévorée par les ours et les panthères; mais elle se tira heureusement des marais, des rivières et des lieux déserts. Pendant les cinq premiers jours, elle vécut de sa provision de gibier fumé; puis elle se régala de papaws, de châtaignes et de raisins sauvages, et, au bout de dix jours de peines et de fatigues inexprimables, elle trouva, pour la première fois, un abri sûr dans un blockhaus. Même ici, son esprit irlandais indomptable ne l'abandonna pas, et elle aborda les *Hinterwœldler*[a] d'un air aussi assuré et aussi ouvert que si elle se fût présentée à la tête des Shawneeses, et leur demanda des vivres. Ceux-ci ouvrirent d'assez grands yeux, comme on peut le présumer, mais ils donnèrent ce qu'ils avaient. Dès lors notre bonne Jemmy n'eut plus qu'à suivre les bords de l'Ohio, et ne tarda pas à voir les charmantes hauteurs qui cachaient son heureux *chez elle* sortir du bleu vaporeux qui les enveloppait. Elle double le pas; la voilà sur les premiers coteaux. Pour la première fois, son cœur battit plus fort; un instant arrêtée au souvenir du grand cheval, elle reprit sa course et s'élança dans les sinuosités boisées du coteau. Voilà bien devant elle le magnifique Ohio, poursuivant son cours en deux larges bras; puis les eaux de l'Alleghany, limpides comme la source qui jaillit d'un roc; puis enfin, tout à côté, celles du Monongehala, troubles et bourbeuses, et offrant assez bien l'image d'un mari grognon auquel est enchaînée une vive et douce compagne. La voilà arrivée à la dernière éminence, d'où l'on peut contempler toutes ses possessions : voici le magnifique vallon, le plus fertile des *bottoms*, enclavé

a. Mot allemand composé, qui veut dire habitants des bords des forêts.

parmi les promontoires de montagnes ; voilà la grange bâtie en pierre, le toit et les persiennes reluisant de l'éclat d'une fraîche peinture. Là, à main gauche, le vieux verger ; puis, à droite, le nouveau, à la plantation duquel elle avait aidé, et dont les arbres pliaient déjà sous le poids des fruits. Elle regardait, elle n'osait s'en fier à ses yeux, et elle voyait plus encore... Non, ce n'était pas une illusion, c'était son cher Toffel qui sortait justement de la maison, et derrière lui, un petit bambin aux cheveux blonds, qui le tenait ferme aux basques de son habit. Oui, c'était bien Toffel dans sa culotte de peau, avec ses bas bleus à coins rouges et ses souliers ornés de boucles énormes. Elle n'y tint pas plus longtemps, descendit d'un pas ferme du coteau, et, ayant traversé rapidement le potager, elle se trouva tout à coup devant Toffel.

— Tous les bons esprits louent le Seigneur ! s'écria celui-ci, usant, dans son anxiété, de la formule légale par laquelle, de temps immémorial, les honnêtes Allemands ont l'habitude de conjurer les spectres, les sorcières et les esprits malins[1].

Et, dans le fait, nous n'aurions pas trop le droit de blâmer Toffel, si le Blocksberg[a] se présentait en ce moment à sa pensée. Cinq années d'absence et de séjour parmi les sauvages habitants des bords du grand Miami, joint[2] au voyage abominable que Jemmy venait de faire, n'avaient pas précisément beaucoup contribué à relever ses charmes, ni à rendre sa toilette assez élégante pour lui prêter quelque attrait de plus. Même Toffel, de tous les hommes le moins *fashionable*, put à peine comprendre que ce pouvait être là sa Jemmy, l'oracle du bon goût en toute chose. L'imprévu de son apparition répandait sur sa personne, un peu déchar-

a. Montagne du sabbat.

née, quelque chose de surnaturel ; de sorte que, nous le répétons, nous ne sommes nullement surpris de ce que le cerveau de Toffel se troubla subitement et de ce qu'il se souvint du Blocksberg, dont feu son père lui avait raconté tant de choses. Jemmy, à ce qu'il paraissait, ne fut pas très-flattée de sa surprise, de ses exclamations ni de son effroi, et elle lui dit, du ton le plus doux qu'il lui fut possible de prendre.

— Eh bien ! quoi, Toffel, as-tu perdu la raison ? ne me connais-tu plus, moi, ta Jemmy ?

Toffel ouvrit les yeux le plus qu'il pouvait, et, peu à peu, reconnaissant le nez contourné, l'œil brillant qui lançait, comme de coutume, des regards hardis et étincelants, ne put, à ces signes, douter de la réalité :

— *Mein Gott ! Mein Schatz*[1] *!* s'écria-t-il dans son plus doux allemand. Puis deux larmes coulèrent le long de ses joues, et il embrassa Jemmy avec effusion.

Jemmy était réellement bien charmée de voir son Toffel de si bonne humeur. Cependant, dit le proverbe, trop ne vaut rien, et, suivant toutes les apparences, il semblait à Jemmy que Toffel était inépuisable dans ses manifestations de tendresse, et, en effet, elle commençait déjà à perdre patience et à souhaiter de voir son fils, comme aussi de savoir où en étaient les affaires du ménage ; de sorte que, tout en exprimant ce double désir, elle se dégagea des bras de son mari pour se diriger vers la porte. Toffel la saisit par sa robe, et, se plaçant devant elle, l'empêcha de sortir.

— Ma bien-aimée, lui dit-il, arrête-toi encore quelques moments, jusqu'à ce que je t'aie appris...

— Appris quoi ? reprit-elle avec impatience ; que peux-tu avoir à me dire ? Je désire voir mon garçon et comment tu as conduit les affaires de la maison ; j'espère que tout est en ordre...

Son œil jeta un regard scrutateur sur le pauvre Toffel, qui ne semblait nullement être à son aise.

— Mon cœur, ma femme ! continua-t-il, aie seulement un peu de patience !

— Je ne veux pas avoir de patience, répliqua-t-elle ; pourquoi ne veux-tu pas entrer dans la maison ? Et, en disant ces mots, elle s'approcha de la porte. Toffel, au dernier point embarrassé, lui barra de nouveau le chemin, en prenant ses deux mains.

— Eh ! *by Jasus*[a], et de par toutes les autorités ! s'écria-t-elle étonnée d'une conduite si singulière, je serais tentée de croire que tout n'est point ici en règle et que tu n'es pas bien aise de me voir !

— Moi, ne pas être bien aise de te voir ! mon cœur, ma bien-aimée ! Oui, oui, tu seras de nouveau ma femme ! répondit le brave garçon.

— Je serai de nouveau, de nouveau ta femme ! répéta-t-elle ; et ses yeux étaient étincelants, et son petit nez se tordait. Être de nouveau sa femme, se dit-elle encore à voix basse, en s'arrachant avec force de ses mains ; puis, montant l'escalier avec la rapidité de l'éclair, elle se précipita sur la porte, pressa le loquet, ouvrit et vit, se berçant doucement dans un fauteuil. Marie Lindthal[1], la plus jolie blondine de toute la colonie, jadis sa rivale, et maintenant l'heureuse usurpatrice de ses droits matrimoniaux.

IV. — CE QU'IL ARRIVA DE JACQUES TOFFEL ET DE SES DEUX FEMMES.

Il faudrait une plume très-familiarisée avec les peintures psychologiques pour décrire les symptômes des

a. Exclamation irlandaise.

diverses passions qui se dessinaient d'une manière énergique sur le visage de notre héroïne. Le mépris, la fureur, la vengeance en étaient encore les plus faibles ; il sortait de ses yeux des étincelles si vives, que, pour nous servir d'une phrase à l'usage des *Yankees*, la chambre commençait à en être embrasée[1] ; ses poings se fermèrent convulsivement, ses dents grincèrent, et, semblable au chat qui voit son territoire occupé par l'ennemi mortel de sa race, elle s'apprêta à fondre sur le sien, ce qui aurait pu devenir d'autant plus fatal pour les jolis traits de Marie Lindthal, que depuis un mois entier mistress Toffel n'avait pas rogné ses ongles.

Toffel, qui avait suivi Jemmy, vit avec un juste effroi ces terribles préparatifs, et se jeta de toute sa longueur entre les deux puissances belligérantes. Mais il n'était pas sûr encore que sa médiation fût très-efficace, lorsque tout à coup la porte s'ouvrit pour donner entrée au jeune Toffel, suivi de toute une bande d'héritiers d'un autre lit. Cinq années s'étaient écoulées depuis que Jemmy n'avait tenu son jeune fils dans ses bras ; oubliant son ennemie, elle sauta sur lui pour l'embrasser. Le jeune garçon s'effraya, cria très-haut, et courut à sa belle-mère. La pauvre Jemmy resta immobile à sa place ; la fureur et le désir de la vengeance l'avaient abandonnée ; une douleur indicible pénétra son cœur ; elle se dirigea en tremblant vers la porte, saisit le loquet et fut sur le point de tomber à terre. La pauvre femme souffrait horriblement en cet instant ; elle était devenue une étrangère pour son fils, une étrangère pour sa maison, une étrangère dans le monde entier. Elle se remit cependant. Des âmes comme la sienne ne sont pas facilement abattues.

— Comment va mon père ? demanda-t-elle brièvement.

— Mort, répondit Toffel.

— Et ma mère ?

— Morte, fut encore la réponse.

— Et mes frères, mes sœurs ?

— Dispersés dans le monde.

— Ainsi, je les ai tous perdus ! dit-elle de manière à pouvoir à peine être comprise.

— J'ai, reprit Toffel d'un son de voix plus doux, j'ai attendu toute une année ton retour, en demandant de tes nouvelles dans tous les journaux allemands et anglais, et comme tu ne vins pas, ajouta-t-il en hésitant, te croyant morte, je pris Marie.

— Alors garde-la, répliqua Jemmy d'un ton ferme, en accompagnant ces paroles d'un regard où se peignait le mépris le plus profond ; puis elle s'élança encore une fois sur son enfant, le saisit et l'embrassa avec exaltation, puis elle ouvrit la porte…

— Arrête ! arrête ! pour l'amour de Dieu ! s'écria Toffel d'une voix qui faisait deviner ce qu'il avait souffert : il est vrai de dire qu'il l'aimait sincèrement, et n'avait rien négligé pour la retrouver. On avait battu le pays à vingt lieues à la ronde, les annonces des journaux lui avaient aussi coûté maints dollars ; malheureusement, ils circulaient plus particulièrement dans la partie orientale du pays, tandis que Jemmy figurait comme dame d'honneur dans la partie occidentale. Et, malheureusement encore, au bout d'une année, le révérend pasteur Gaspard fit un sermon sur ce beau texte : *Melius est nubere quam uri*[1], qu'il rendit très-disertement en langue allemande à Toffel. Celui-ci crut agir en bon protestant, prit une femme bonne et jolie, mais à laquelle manquait cet esprit de contradiction, d'agacerie, ces boutades, ces propos piquants qui réveillaient jadis si à propos son caractère nonchalant.

Telle était la position de notre Toffel, le mari à deux femmes, entre lesquelles il semblait fortement balancer. Les garder toutes deux, comme le patriarche Lamech[1], quelle apparence ? Enfin, il s'écria : — Allons chez le squire et chez le docteur Gaspard[2] ; allons entendre ce que disent la loi humaine et la loi de Dieu.

En disant cela, Toffel agit en bon et loyal Allemand qui pensait qu'il valait mieux ne pas prendre un parti de son propre chef, et mettre toute la responsabilité de sa position sur l'autorité divine et humaine.

Jemmy tressaillit ; le mot de loi, ou, ce qui en est la conséquence, un procès, résonnait désagréablement à ses oreilles, et elle hésitait, quand sa rivale, qui s'était retirée dans la chambre voisine, reparut tenant dans ses bras les deux lourds bas remplis de dollars de la communauté.

— Prends-les, dit-elle d'une voix douce à Jemmy, prends-les, et Jeremias Hawthorn est encore garçon ; sois heureuse, bonne Jemmy.

Il y avait quelque chose de touchant dans sa voix et dans sa proposition sincère. Tout autre cœur que celui de la femme irlandaise se serait ému ; mais la vue de la femme heureuse sembla ranimer les transports de Jemmy. Jetant sur Marie un regard du plus profond mépris, elle s'approcha de Toffel, lui serra la main en lui disant adieu, et sortit précipitamment de la chambre.

— Cours, cours, cher Toffel, de toutes tes forces, s'écria Marie ; cours, pour l'amour de Dieu ! elle pourrait attenter à elle-même.

Toffel était resté immobile, privé, pour ainsi dire, de sentiment ; on aurait pu croire que tout lui paraissait un songe : la voix de sa femme le rappela à la réalité. Il se mit à courir de toutes ses forces après la pauvre fugitive ; mais celle-ci avait déjà gagné beaucoup d'espace sur lui. Redoublant ses longs pas, il était sur le point de l'atteindre, lorsqu'elle se retourna et lui ordonna de regagner sa maison. Elle proféra cet ordre d'un ton si ferme, que Toffel, encore habitué à obéir à ses volontés, s'y conforma en reprenant lentement le chemin de chez lui. Après avoir fait quelques pas, il s'arrêta néanmoins, suivit d'un œil fixe la marche rapide de Jemmy jusqu'à ce qu'elle eût disparu dans les profondeurs du coteau ; alors il secoua la tête, et pensa... quoi ? C'est ce que nous ne saurions dire.

Jemmy poursuivait maintenant, comme un chevreuil qu'on a effrayé, sa course vers le haut de la montagne ; la voilà arrivée encore à cette fatale saillie où son bonheur d'ici-bas avait, il faut bien le dire, par sa propre faute, reçu une si terrible atteinte. Là était la maison qui renfermait les deux Toffel ; là paissaient ses vaches et ses génisses et une demi-douzaine des plus grands chevaux qu'elle eût jamais vus. Maintenant elle en eût eu à choisir ! Et il fallait renoncer à tout cela ! Cette pensée lui fit verser des larmes amères. Et maintenant plus de famille, plus d'amis peut-être ; que dirait-on de cette Jemmy si longtemps perdue[1], Jemmy la squaw indienne ?... Insensiblement, ses sens se calmèrent ; une nouvelle pensée sembla germer en elle, et à chaque seconde cette résolution semblait se raffermir. Enfin, comme pour échapper à la possibilité d'un changement d'idées, elle se redressa tout à coup avec force, courut à toutes jambes vers la forêt, et pénétra toujours plus avant dans ses profondeurs.

V. — OÙ L'ON DÉMONTRE COMMENT LES DEUX ÉPIS ROUGES ÉTAIENT POURTANT UN PRÉSAGE.

Ce fut vers l'année 1826[2] que Jemmy recommença son long voyage pour retourner vers ceux qu'elle avait fuis naguère. Elle retrouva le même courage inflexible pour aborder les colons avancés, établis dans la partie nord-ouest des États-Unis (État actuel d'Ohio.) Elle leur demanda l'hospitalité sans solliciter une compassion superflue; lorsqu'elle eut dépassé les dernières habitations, elle eut de nouveau recours aux papaws, au raisin et aux châtaignes sauvages, et acheva ainsi sa course de quatre cents milles jusqu'aux sources du grand Miami, où, deux mois après sa fuite, elle se présenta avec aussi peu de trouble et de crainte que si elle rentrait d'une visite du matin.

Jamais le quartier général des Squaws[1] n'avait retenti de si grands cris d'allégresse que lorsque Jemmy entra dans la cabane de la mère de Tomahawk. Toute la population des Wigwams était en mouvement; Tomahawk ne se possédait plus de joie. Il avait été son admirateur fidèle pendant cinq années entières, et, ce qui n'est pas peu de chose de la part d'un sauvage, durant tout ce temps, il n'avait pas osé prendre la moindre liberté avec elle. Elle ne s'était pas acquis une légère influence sur ce petit peuple; elle était l'institutrice des femmes, le tailleur et la cuisinière des hommes, le factotum de tous, et, si les derniers (les hommes) ne ressemblaient plus à des orangs-outangs, c'était son ouvrage à elle. Tomahawk sautait et dansait de bonheur : Hommes blancs, pas bons ! disait-il; hommes rouges, bons ! s'écriait-il. Et sa mère et tous les hommes s'unissaient à ces transports de joie.

Cependant, malgré la résolution ferme que Jemmy avait prise, sa prudence ne lui permettait pas de donner trop beau jeu au sauvage amoureux : non, elle réfléchit longtemps avant de lui permettre seulement l'espoir le plus éloigné. Depuis vingt jours déjà, elle le tenait renfermé auprès de la mère de Tomahawk[2], et, pendant ce temps, il n'avait pu la voir que deux fois. Enfin, le matin du vingt et unième jour, il fut mandé auprès de la souveraine de son cœur. Il s'y rendit peut-être plus bizarrement accoutré encore que lors de sa première demande, et, en balbutiant, il lui exprima de nouveau ses vœux. Jemmy l'écouta avec le sérieux d'un juge d'appel ; quand il eut terminé, elle lui montra silencieusement la table sur laquelle était étalé un habillement américain complet. Tomahawk retourna à sa cabane en poussant des cris de joie, et une demi-heure après, il parut un autre homme devant sa maîtresse. Il n'avait vraiment pas si mauvaise mine ; c'était un garçon bien fait, d'une taille élancée ; — Toffel n'était rien en comparaison ; — de plus, c'était le chef de plusieurs centaines de familles, et l'on ne pouvait voir en lui un mari si fort à dédaigner. Elle voulut bien alors tendre la main : il s'agissait encore d'une autre épreuve. Deux chevaux amenés par ordre de madame-mère se trouvaient à la porte : Jemmy ordonna à Tomahawk de les seller. Il obéit tout de suite en silence. Elle monta sur l'un, en lui faisant signe d'en faire autant et de la suivre. Le chef sauvage était surpris ; il la regarda fixement, mais suivit néanmoins sa maîtresse, qui, quittant le canton de Wigwam[1], dirigea leur course vers le sud ; plusieurs fois il se hasarda à lui demander où ils allaient, mais elle lui répondit par un geste, montrant d'un air significatif le lointain, et il se taisait et suivait. La paix s'était rétablie entre les Indiens et les colons pendant la captivité de Jemmy, et le dernier voyage de celle-ci lui avait été utile à quelque chose. Elle avait appris qu'une colonie américaine s'était formée, dans la direction du sud, à environ quarante milles de distance des sources du Miami, et c'est sur cette nouvelle colonie qu'elle se dirigeait en ce moment.

Dès qu'elle y fut arrivée, elle s'informa du juge de paix. Le squire ne fut pas peu surpris quand il vit tout à coup entrer chez lui une jeune et jolie femme (Jemmy avait repris sa bonne mine pendant sa retraite de vingt jours) et un jeune et beau sauvage, habillé comme un gentleman. Du reste, Jemmy ne lui laissa guère le temps de se livrer à son étonnement ; mais, se tournant sans longs détours vers son compagnon, elle lui dit :

— Tomahawk ! pendant les cinq années de notre connaissance, je t'ai vu donner tant de preuves de bon sens, que j'ai tout lieu d'espérer de faire de toi un mari, et j'ai donc résolu de te prendre pour tel.

Tomahawk ne savait s'il veillait ou non, et il en était de même du squire ; mais la demande formelle que lui adressa Jemmy, de la marier, elle, Jemmy O'Dougherty, avec Tomahawk, le chef de la peuplade des Squaws, et dix dollars reluisants qu'elle joignit à cette demande, firent cesser tous les doutes du juge de paix, et, prononçant sur eux la formule matrimoniale, il unit leurs mains. La chose était finie, le pauvre sauvage ne comprenait point encore ce que signifiait cette cérémonie ; mais quand Jemmy lui prit la main, et lui fit connaître qu'elle était maintenant sa femme et lui son mari, il était comme tombé des nues.

Le lendemain, Tomahawk et sa femme s'en retournèrent chez eux, et, à partir de leur retour, commencèrent aussi les mois de miel du nouvel époux. Or, mistress Tomahawk fut à peine installée dans sa nouvelle habitation, qu'elle vint à reconnaître que cette misérable cabane était beaucoup trop étroite pour eux deux, et, de plus, trop malpropre ; et, dans le fait, cette cabane était plutôt à comparer à l'antre d'un ours qu'à une habitation humaine. Tomahawk et ceux dont il disposait avaient donc maintenant des arbres à abattre, travail auquel les gens de Tomahawk ne se soumirent que contre de certains honoraires en bouteilles de whisky, dont Jemmy avait fait provision au chef-lieu de la colonie. Elle avait en outre attiré quelques-uns de ses compatriotes, qui aidèrent à la construction de la maison neuve. Tomahawk, à la vérité, sauta encore quand il lui fallut pendant quinze jours manier la hache : seulement ce n'était plus de joie ; il fit même la grimace ; mais ni sauts ni grimaces n'y purent : il fallut s'exécuter. Au bout de quatre semaines il se vit couché dans une habitation commode, aussi commode que celle de Toffel. Tomahawk eut alors du repos pendant quatre semaines entières ; mais le printemps s'annonçait : le champ consacré à la culture du blé était évidemment trop petit ; il était même dépourvu de haie, et les chevaux, ainsi que les porcs, y venaient dévorer les jeunes tiges longtemps avant qu'elles eussent seulement formé leurs épis. Les choses ne pouvaient pas rester en cet état, et il fallait donc que la sauvage moitié de mistress Tomahawk abattît encore quelques milliers d'arbres et qu'il fît des haies autour d'une demi-douzaine de champs. — Cette besogne faite, Tomahawk eut encore quelques semaines de repos. Cependant, de temps immémorial, on avait bien mal mené les choses quant aux peaux de renard, de cerf, de castor et d'ours. Tomahawk avait une grande réputation comme chasseur ; mais le fruit de plusieurs semaines de chasse, il n'était pas rare qu'il le donnât pour quelques gallons de whisky. À l'instar de beaucoup de ses frères rouges, son côté faible était le plaisir qu'il trouvait à prendre une et même un grand nombre de gorgées de whisky, quand l'occasion s'en présentait. Toutefois, il éprouvait à cet égard une telle crainte de sa compagne, qu'adroitement il cachait les bouteilles d'eau-de-vie dans des creux d'arbres. Mais mistress Tomahawk eut bientôt découvert la fraude, et, afin de mettre dorénavant Tomahawk à l'abri de toute tentation, elle décida qu'à l'avenir toutes les peaux seraient apportées au camp et mises à sa disposition.

Elle se chargea alors du commerce de pelleterie. Bien peu de temps après, plusieurs vaches paissaient sur les bords du Miami, et Tomahawk goûta pour la première fois du café et des gâteaux de farine de maïs. Mais les choses allèrent de pire en pire. Un jeune Tomahawk vit la lumière du monde, et les vieux Squaws[1] ne tardèrent pas à se présenter chez sa mère, les mains remplies de fumier et de graisse d'ours, pour admettre solennellement le nouveau chef de la peuplade dans la communauté religieuse et politique. Mais Jemmy leur montra un visage renfrogné, et quand elle vit que cela ne suffisait pas, elle se saisit si résolument de son sceptre, c'est-à-dire d'un grand balai[2], que jeunes et vieux se sauvèrent à toutes jambes, se croyant poursuivis du malin esprit[3]. Lorsqu'elle fut rétablie de ses couches, elle ordonna encore à Tomahawk d'apprêter deux chevaux.

Cette fois-ci encore, leur course se dirigea vers la colonie, mais ils abordèrent non à la maison du juge de paix, mais à celle du curé. Tomahawk accédait à tout tranquillement; mais lorsqu'il vit le curé[4] répandre de l'eau sur son fils, la patience lui échappa, il entra dans une sorte de fureur, et appela mistress Tomahawk sorcière, mauvais génie, *médecin* (terme très-fort chez les peaux rouges). Jemmy, sans perdre une parole, fronça les sourcils, releva son nez, et le jeune Tomahawk fut baptisé comme d'autres enfants chrétiens.

Le voyageur que son chemin conduira dans la direction du nord, à travers la bruyère située entre Columbus et Dayton, remarquera, au-dessous et tout près des sources du Miami, une grande habitation, construite en madriers, flanquée de granges et d'écuries, environnée de superbes champs de maïs et de prairies, sur lesquelles paissent de magnifiques vaches, des chevaux et des poulains, sans compter les vergers remplis d'arbres fruitiers. Autour de la maison, on voit folâtrer une demi-douzaine de jeunes garçons et de jeunes filles d'un teint rouge clair, et vêtus comme s'ils sortaient du magasin de Stubls[1], à Philadelphie. Le dimanche, ils lisent la Bible ou sellent leurs chevaux pour aller accompagner mistress Tomahawk à l'église ; ils lisent et expliquent les gazettes au chef de la tribu, qui s'accommode parfaitement de sa nouvelle existence, et se demande avec orgueil s'il fera de ses fils aînés des docteurs ou des avocats. Deux fois l'année, mistress Tomahawk se rend à Cincinnati sur une voiture à six chevaux, qui, chargée de beurre, de sucre d'érable, de farine et de fruits, forme un cortége aussi pompeux que celui d'un gouverneur. Deux de ses fils à cheval lui servent toujours d'avant-coureurs, et elle est autant devenue l'effroi de tous les inspecteurs des marchés, qu'elle s'est rendue l'oracle et la favorite de toutes les femmes… et de tous les hommes.

(Imité de l'allemand.)

OCTAVIE

Ce fut au printemps de l'année 1835[1] qu'un vif désir me prit de voir l'Italie. Tous les jours en m'éveillant j'aspirais d'avance l'âpre senteur des marronniers alpins ; le soir, la cascade de Terni, la source écumante du Téverone[2] jaillissaient pour moi seul entre les portants éraillés des coulisses d'un petit théâtre... Une voix délicieuse, comme celle des syrènes, bruissait à mes oreilles, comme si les roseaux de Trasimène eussent tout à coup pris une voix... il fallut partir, laissant à Paris un amour contrarié, auquel je voulais échapper par la distraction.

C'est à Marseille que je m'arrêtai d'abord. Tous les matins, j'allais prendre les bains de mer au Château-Vert, et j'apercevais de loin en nageant les îles riantes du golfe. Tous les jours aussi, je me rencontrais dans la baie azurée avec une jeune fille anglaise, dont le corps délié fendait l'eau verte auprès de moi. Cette fille des eaux, qui se nommait Octavie, vint un jour à moi toute glorieuse d'une pêche étrange qu'elle avait faite. Elle tenait dans ses blanches mains un poisson qu'elle me donna[3].

Je ne pus m'empêcher de sourire d'un tel présent. Cependant le choléra régnait alors dans la ville, et pour éviter les quarantaines, je me résolus à prendre la route de terre. Je vis Nice, Gênes et Florence ; j'admirai le Dôme et le Baptistère, les chefs-d'œuvre de Michel-Ange, la tour penchée et le Campo-Santo de

Pise[1]. Puis, prenant la route de Spolette, je m'arrêtai dix jours à Rome. Le dôme de Saint-Pierre, le Vatican, le Colisée m'apparurent ainsi qu'un rêve. Je me hâtai de prendre la poste pour Civita-Vecchia, où je devais m'embarquer. — Pendant trois jours, la mer furieuse retarda l'arrivée du bateau à vapeur. Sur cette plage désolée où je me promenais pensif, je faillis un jour être dévoré par les chiens. — La veille du jour où je partis, on donnait au théâtre un vaudeville français. Une tête blonde et sémillante attira mes regards. C'était la jeune Anglaise qui avait pris place dans une loge d'avant-scène. Elle accompagnait son père, qui paraissait infirme, et à qui les médecins avaient recommandé le climat de Naples[2].

Le lendemain matin je prenais tout joyeux mon billet de passage. La jeune Anglaise était sur le pont, qu'elle parcourait à grands pas, et impatiente de la lenteur du navire, elle imprimait ses dents d'ivoire dans l'écorce d'un citron[3] : — Pauvre fille, lui dis-je, vous souffrez de la poitrine, j'en suis sûr, et ce n'est pas ce qu'il faudrait. Elle me regarda fixement et me dit : — Qui l'a appris à vous ? — La sibylle de Tibur[4], lui dis-je sans me déconcerter. — Allez ! me dit-elle, je ne crois pas un mot de vous.

Ce disant, elle me regardait tendrement et je ne pus m'empêcher de lui baiser la main. — Si j'étais plus forte, dit-elle, je vous apprendrais à mentir !... Et elle me menaçait, en riant, d'une badine à tête d'or qu'elle tenait à la main.

Notre vaisseau touchait au port de Naples et nous traversions le golfe, entre Ischia et Nisida, inondées des feux de l'Orient[5]. — Si vous m'aimez, reprit-elle, vous irez m'attendre demain à Portici[6]. Je ne donne pas à tout le monde de tels rendez-vous.

Elle descendit sur la place du Môle et accompagna

son père à l'hôtel de Rome[1], nouvellement construit sur la jetée. Pour moi, j'allai prendre mon logement derrière le théâtre des Florentins[2]. Ma journée se passa à parcourir la rue de Tolède, la place du Môle, à visiter le musée des études[3]; puis j'allai le soir voir le ballet à San-Carlo. J'y fis rencontre du marquis Gargallo[4], que j'avais connu à Paris et qui me mena après le spectacle prendre le thé chez ses sœurs.

Jamais je n'oublierai la délicieuse soirée qui suivit. La marquise faisait les honneurs d'un vaste salon rempli d'étrangers. La conversation était un peu celle des Précieuses; je me croyais dans la chambre bleue de l'hôtel Rambouillet. Les sœurs de la marquise, belles comme les Grâces, renouvelaient pour moi les prestiges de l'ancienne Grèce[5]. On discuta longtemps sur la forme de la pierre d'Éleusis[6], se demandant si sa forme était triangulaire ou carrée. La marquise aurait pu prononcer en toute assurance, car elle était belle et fière comme Vesta[7]. Je sortis du palais la tête étourdie de cette discussion philosophique, et je ne pus parvenir à retrouver mon domicile. À force d'errer dans la ville, je devais y être enfin le héros de quelque aventure. La rencontre que je fis cette nuit-là est le sujet de la lettre suivante[8], que j'adressai plus tard à celle dont j'avais cru fuir l'amour fatal en m'éloignant de Paris.

« Je suis dans une inquiétude extrême. Depuis quatre jours, je ne vous vois pas ou je ne vous vois qu'avec tout le monde; j'ai comme un fatal pressentiment. Que vous ayez été sincère avec moi, je le crois; que vous soyez changée depuis quelques jours, je l'ignore, mais je le crains. Mon Dieu! prenez pitié de mes incertitudes, ou vous attirerez sur nous quelque malheur. Voyez, ce serait moi-même que j'accuserais pourtant. J'ai été timide et dévoué plus qu'un homme ne le devrait montrer. J'ai entouré mon amour de tant de réserve, j'ai craint si fort de vous offenser, vous qui m'en aviez tant puni une fois déjà, que j'ai peut-être été trop loin dans ma délicatesse, et que vous avez pu me croire refroidi. Eh bien, j'ai respecté un jour important pour vous, j'ai contenu des émotions à briser l'âme, et je me suis couvert d'un masque souriant, moi dont le cœur haletait et brûlait. D'autres n'auront pas eu tant de ménagement, mais aussi nul ne vous a peut-être prouvé tant d'affection vraie, et n'a si bien senti tout ce que vous valez.

« Parlons franchement : je sais qu'il est des liens qu'une femme ne peut briser qu'avec peine, des relations incommodes qu'on ne peut rompre que lentement. Vous ai-je demandé de trop pénibles sacrifices ? Dites-moi vos chagrins, je les comprendrai. Vos craintes, votre fantaisie, les nécessités de votre position, rien de tout cela ne peut ébranler l'immense affection que je vous porte, ni troubler même la pureté de mon amour. Mais nous verrons ensemble ce qu'on peut admettre ou combattre, et s'il était des nœuds qu'il fallût trancher et non dénouer, reposez-vous sur moi de ce soin. Manquer de franchise en ce moment serait de l'inhumanité peut-être ; car, je vous l'ai dit, ma vie ne tient à rien qu'à votre volonté, et vous savez bien que ma plus grande envie ne peut être que de mourir pour vous !

« Mourir, grand Dieu ! pourquoi cette idée me revient-elle à tout propos, comme s'il n'y avait que ma mort qui fût l'équivalent du bonheur que vous promettez ? La mort ! ce mot ne répand cependant rien de sombre dans ma pensée. Elle m'apparaît couronnée de roses pâles, comme à la fin d'un festin [1] ; j'ai rêvé quelquefois qu'elle m'attendait en souriant au chevet d'une femme adorée, après le bonheur, après l'ivresse et qu'elle me disait : — Allons, jeune homme ! tu as eu toute ta part de joie en ce monde. À présent, viens dormir, viens te reposer dans mes bras. Je ne suis pas belle, moi, mais je suis bonne et secourable, et je ne donne pas le plaisir, mais le calme éternel.

« Mais où donc cette image s'est-elle déjà offerte à moi ? Ah ! je vous l'ai dit, c'était à Naples, il y a trois ans. J'avais fait rencontre dans la nuit, près de la Villa-Reale[1], d'une jeune femme qui vous ressemblait, une très-bonne créature dont l'état était de faire des broderies d'or pour les ornements d'église ; elle semblait égarée d'esprit ; je la reconduisis chez elle, bien qu'elle me parlât d'un amant qu'elle avait dans les gardes suisses, et qu'elle tremblait de voir arriver. Pourtant, elle ne fit pas de difficulté de m'avouer que je lui plaisais davantage… Que vous dirai-je ? Il me prit fantaisie de m'étourdir pour tout un soir, et de m'imaginer que cette femme, dont je comprenais à peine le langage, était vous-même, descendue à moi par enchantement. Pourquoi vous tairais-je toute cette aventure et la bizarre illusion que mon âme accepta sans peine, surtout après quelques verres de lacrima-cristi[2] mousseux qui me furent versés au souper ? La chambre où j'étais entré avait quelque chose de mystique par le hasard ou par le choix singulier des objets qu'elle renfermait. Une madone noire couverte d'oripeaux, et dont mon hôtesse était chargée de rajeunir l'antique parure, figurait sur une commode près d'un lit aux rideaux de serge verte ; une figure de sainte Rosalie, couronnée de roses violettes[3], semblait plus loin protéger le berceau d'un enfant endormi ; les murs, blanchis à la chaux, étaient décorés de vieux tableaux des quatre éléments représentant des divinités mythologiques. Ajoutez à cela un beau désordre d'étoffes brillantes, de fleurs artificielles, de vases étrusques ; des miroirs entourés de clinquant qui reflétaient vivement la lueur de l'unique lampe de cuivre, et sur une table un Traité de la divination et des songes qui me fit penser que ma compagne était un peu sorcière ou bohémienne pour le moins.

« Une bonne vieille aux grands traits solennels allait, venait, nous servant ; je crois que ce devait être sa mère ! Et moi, tout pensif, je ne cessais de regarder sans dire un mot celle qui me rappelait si exactement votre souvenir.

« Cette femme me répétait à tout moment : — Vous êtes triste ? Et je lui dis : “Ne parlez pas, je puis à peine vous comprendre ; l'italien me fatigue à écouter et à prononcer. — Oh ! dit-elle, je sais encore parler autrement.” — Et elle parla tout à coup dans une langue que je n'avais pas encore entendue. C'était des syllabes sonores, gutturales, des gazouillements pleins de charme, une langue primitive sans doute ; de l'hébreu, du syriaque, je ne sais. Elle sourit de mon étonnement, et s'en alla à sa commode, d'où elle tira des ornements de fausses pierres, colliers, bracelets, couronne ; s'étant parée ainsi, elle revint à table, puis resta sérieuse fort longtemps. La vieille, en rentrant, poussa de grands éclats de rire et me dit, je crois, que c'était ainsi qu'on la voyait aux fêtes. En ce moment, l'enfant se réveilla et se prit à crier. Les deux femmes coururent à son berceau, et bientôt la jeune revint près de moi tenant fièrement dans ses bras le *bambino* soudainement apaisé.

« Elle lui parlait dans cette langue que j'avais admirée, elle l'occupait avec des agaceries pleines de grâce ; et moi, peu accoutumé à l'effet des vins brûlés du Vésuve, je sentais tourner les objets devant mes yeux : cette femme, aux manières étranges, royalement parée, fière et capricieuse, m'apparaissait comme une de ces magiciennes de Thessalie[1] à qui l'on donnait son âme pour un rêve. Oh ! pourquoi n'ai-je pas craint de vous faire ce récit? C'est que vous savez bien que ce n'était aussi qu'un rêve, où seule vous avez régné!

«Je m'arrachai à ce fantôme qui me séduisait et m'effrayait à la fois; j'errai dans la ville déserte jusqu'au son des premières cloches; puis, sentant le matin, je pris par les petites rues derrière Chiaia[1], et je me mis à gravir le Pausilippe au-dessus de la grotte[2]. Arrivé tout en haut, je me promenais en regardant la mer déjà bleue, la ville où l'on n'entendait encore que les bruits du matin, et les îles de la baie, où le soleil commençait à dorer le haut des villas. Je n'étais pas attristé le moins du monde; je marchais à grands pas, je courais, je descendais les pentes, je me roulais dans l'herbe humide; mais dans mon cœur il y avait l'idée de la mort.

«Ô dieux! je ne sais quelle profonde tristesse habitait mon âme, mais ce n'était autre chose que la pensée cruelle que je n'étais pas aimé. J'avais vu comme le fantôme du bonheur, j'avais usé de tous les dons de Dieu, j'étais sous le plus beau ciel du monde, en présence de la nature la plus parfaite, du spectacle le plus immense qu'il soit donné aux hommes de voir, mais à quatre cents lieues de la seule femme qui existât pour moi, et qui ignorait jusqu'à mon existence. N'être pas aimé et n'avoir pas l'espoir de l'être jamais! C'est alors que je fus tenté d'aller demander compte à Dieu de ma singulière existence. Il n'y avait qu'un pas à faire: à l'endroit où j'étais, la montagne était coupée comme une falaise, la mer grondait au bas, bleue et pure; ce n'était plus qu'un moment à souffrir. Oh! l'étourdissement de cette pensée fut terrible. Deux fois je me suis élancé, et je ne sais quel pouvoir me rejeta vivement sur la terre, que j'embrassai. Non, mon Dieu! vous ne m'avez pas créé pour mon éternelle souffrance. Je ne veux pas vous outrager par ma mort; mais donnez-moi la force, donnez-moi le pouvoir, donnez-moi surtout la résolution, qui fait que les uns arrivent au trône, les autres à la gloire, les autres à l'amour ! »

Pendant cette nuit étrange, un phénomène assez rare s'était accompli. Vers la fin de la nuit, toutes les ouvertures de la maison où je me trouvais s'étaient éclairées, une poussière chaude et soufrée m'empêchait de respirer, et, laissant ma facile conquête endormie sur la terrasse, je m'engageai dans les ruelles qui conduisent au château Saint-Elme[1] ; — à mesure que je gravissais la montagne, l'air pur du matin venait gonfler mes poumons ; je me reposais délicieusement sous les treilles des villas, et je contemplais sans terreur le Vésuve couvert encore d'une coupole de fumée[2].

C'est en ce moment que je fus saisi de l'étourdissement dont j'ai parlé ; la pensée du rendez-vous qui m'avait été donné par la jeune Anglaise m'arracha aux fatales idées que j'avais conçues. Après avoir rafraîchi ma bouche avec une de ces énormes grappes de raisin que vendent les femmes du marché, je me dirigeai vers Portici et j'allai visiter les ruines d'Herculanum. Les rues étaient toutes saupoudrées d'une cendre métallique. Arrivé près des ruines, je descendis dans la ville souterraine et je me promenai longtemps d'édifice en édifice demandant à ces monuments le secret de leur passé. Le temple de Vénus, celui de Mercure[3], parlaient en vain à mon imagination. Il fallait que cela fût peuplé de figures vivantes. — Je remontai à Portici et m'arrêtai pensif sous une treille en attendant mon inconnue.

Elle ne tarda pas à paraître, guidant la marche pénible de son père, et me serra la main avec force en me disant : « C'est bien. » Nous choisîmes un voiturin et nous allâmes visiter Pompéi. Avec quel bonheur je la guidai dans les rues silencieuses de l'antique colonie romaine. J'en avais d'avance étudié les plus secrets passages. Quand nous arrivâmes au petit temple d'Isis, j'eus le bonheur de lui expliquer fidèlement les détails du culte et des cérémonies que j'avais lus dans Apulée[1]. Elle voulut jouer elle-même le personnage de la Déesse, et je me vis chargé du rôle d'Osiris dont j'expliquai les divins mystères[2].

En revenant, frappé de la grandeur des idées que nous venions de soulever, je n'osai lui parler d'amour... Elle me vit si froid qu'elle m'en fit reproche. Alors je lui avouai que je ne me sentais plus digne d'elle. Je lui contai le mystère de cette apparition qui avait réveillé un ancien amour dans mon cœur, et toute la tristesse qui avait succédé à cette nuit fatale où le fantôme du bonheur n'avait été que le reproche d'un parjure.

Hélas! que tout cela est loin de nous! Il y a dix ans, je repassais à Naples, venant d'Orient[3]. J'allai descendre à l'hôtel de Rome, et j'y retrouvai la jeune Anglaise. Elle avait épousé un peintre célèbre qui, peu de temps après son mariage, avait été pris d'une paralysie complète; couché sur un lit de repos, il n'avait rien de mobile dans le visage que deux grands yeux noirs, et jeune encore il ne pouvait même espérer la guérison sous d'autres climats. La pauvre fille avait dévoué son existence à vivre tristement entre son époux et son père, et sa douceur, sa candeur de vierge ne pouvaient réussir à calmer l'atroce jalousie qui couvait dans l'âme du premier. Rien ne put jamais l'engager à laisser sa femme libre dans ses promenades, et il me rappelait ce géant noir qui veille éternellement dans la caverne des génies, et que sa femme est forcée de battre pour l'empêcher de se livrer au sommeil. Ô mystère de l'âme humaine! Faut-il voir dans un tel tableau les marques cruelles de la vengeance des dieux!

Je ne pus donner qu'un jour au spectacle de cette douleur. Le bateau qui me ramenait à Marseille emporta comme un rêve le souvenir de cette apparition chérie, et je me dis que peut-être j'avais laissé là le bonheur[1]. Octavie en a gardé près d'elle le secret.

ISIS

I.

Avant l'établissement du chemin de fer de Naples à Résina, une course à Pompéi était tout un voyage[1]. Il fallait une journée pour visiter successivement Herculanum, le Vésuve, — et Pompéi, situé à deux milles plus loin; souvent même on restait sur les lieux jusqu'au lendemain, afin de parcourir Pompéi pendant la nuit, à la clarté de la lune, et de se faire ainsi une illusion complète[2]. Chacun pouvait supposer en effet que, remontant le cours des siècles, il se voyait tout à coup admis à parcourir les rues et les places de la ville endormie; la lune paisible convenait mieux peut-être que l'éclat du soleil à ces ruines, qui n'excitent tout d'abord ni l'admiration ni la surprise, et où l'antiquité se montre pour ainsi dire dans un déshabillé modeste.

Un des ambassadeurs résidant à Naples donna, il y a quelques années, une fête assez ingénieuse. — Muni de toutes les autorisations nécessaires, il fit costumer à l'antique un grand nombre de personnes; les invités se conformèrent à cette disposition, et, pendant un jour et une nuit, l'on essaya diverses représentations des usages de l'antique colonie romaine. On comprend que la science avait dirigé la plupart des détails de la fête; des chars parcouraient les rues, des marchands peuplaient les boutiques; des collations réunissaient, à certaines heures, dans les principales maisons, les diverses compagnies des invités. Là, c'était l'édile Pansa, là Salluste, là Julia-Felix, l'opulente fille de Scaurus, qui recevaient les convives et les admettaient à leurs foyers[1]. — La maison des Vestales avait ses habitantes voilées; celle des Danseuses ne mentait pas aux promesses de ses gracieux attributs. Les deux théâtres offrirent des représentations comiques et tragiques, et sous les colonnades du Forum des citoyens oisifs échangeaient les nouvelles du jour, tandis que, dans la basilique ouverte sur la place, on entendait retentir l'aigre voix des avocats ou les imprécations des plaideurs. — Des toiles et des tentures complétaient, dans tous les lieux où de tels spectacles étaient offerts, l'effet de décoration, que le manque général des toitures aurait pu contrarier; mais on sait qu'à part ce détail, la conservation de la plupart des édifices est assez complète pour que l'on ait pu prendre grand plaisir à cette tentative palingénésique[2]. — Un des spectacles les plus curieux fut la cérémonie qui s'exécuta au coucher du soleil dans cet admirable petit temple d'Isis, qui, par sa parfaite conservation, est peut-être la plus intéressante de toutes ces ruines.

Cette fête donna lieu aux recherches suivantes[3], touchant les formes qu'affecta le culte égyptien lorsqu'il en vint à lutter directement avec la religion naissante du Christ.

Si puissant[4] et si séduisant que fût ce culte régénéré d'Isis pour[5] les hommes énervés de cette époque, il agissait principalement sur les femmes. — Tout ce que les étranges cérémonies et mystères des Cabires et des dieux d'Éleusis, de la Grèce, tout ce que les bacchanales du *Liber Pater* et de *l'Hébon* de la Campanie[6] avait offert[7] séparément à la passion du merveilleux et à la superstition même se trouvait, par un religieux artifice, rassemblé dans le culte secret de la déesse égyptienne, comme en un canal souterrain qui reçoit les eaux d'une foule d'affluents.

Outre[1] les fêtes particulières mensuelles et les grandes solennités, il y avait deux fois par jour assemblée et office publics pour les croyants des deux sexes. Dès la première heure du jour, la déesse était sur pied, et celui qui voulait mériter ses grâces particulières devait se présenter à son lever pour la prière du matin. — Le temple était ouvert avec grande pompe. Le grand-prêtre sortait du sanctuaire accompagné de ses ministres. L'encens odorant fumait sur l'autel; de doux sons de flûte se faisaient entendre. — Cependant la communauté s'était partagée en deux rangs, dans le vestibule, jusqu'au premier degré du temple. — La voix du prêtre invite à la prière, une sorte de litanie est psalmodiée; puis on entend retentir dans les mains de quelques adorateurs les sons éclatants du sistre d'Isis. Souvent une partie de l'histoire de la déesse est représentée au moyen de pantomimes et de danses symboliques. Les éléments de son culte sont présentés avec des invocations au peuple agenouillé, qui chante ou qui murmure toutes sortes d'oraisons.

Mais si l'on avait[2], au lever du soleil, célébré les matines de la déesse, on ne devait pas négliger de lui offrir ses salutations du soir et de lui souhaiter une nuit heureuse, formule particulière qui constituait une des parties importantes de la liturgie. On commençait par annoncer à la déesse elle-même l'*heure du soir.*

Les anciens ne possédaient pas, il est vrai, la commodité de l'horloge sonnante ni même de l'horloge muette ; mais ils suppléaient, autant qu'ils le pouvaient, à nos machines d'acier et de cuivre par des machines vivantes, par des esclaves chargés de crier l'heure d'après la clepsydre et le cadran solaire; — il y avait même des hommes qui, rien qu'à la longueur de leur ombre, qu'ils savaient estimer à vue d'œil, pouvaient dire l'heure exacte du jour ou du soir. — Cet usage de crier les déterminations du temps était également admis dans les temples. Il y avait des gens pieux à Rome qui remplissaient auprès de Jupiter capitolin ce singulier office de lui dire les heures. — Mais cette coutume était principalement observée aux matines et aux vêpres de la grande Isis, et c'est de cela que dépendait l'ordonnance de la liturgie quotidienne.

II.

Cela se faisait[1] dans l'après-midi, au moment de la fermeture solennelle du temple, vers quatre heures, selon la division moderne du temps, ou, selon la division antique, après la huitième heure du jour. — C'était ce que l'on pourrait proprement appeler le petit coucher[2] de la déesse. De tous temps, les dieux durent se conformer aux us et coutumes des hommes. — Sur son Olympe, le *Zeus* d'Homère mène l'existence patriarcale, avec ses femmes, ses fils et ses filles, et vit absolument comme Priam et Arsinoüs[3] aux pays troyen et phéacien. Il fallut également que les deux grandes divinités du Nil, Isis et Sérapis, du moment qu'elles s'établirent à Rome et sur les rivages d'Italie, s'accommodassent à la manière de vivre des Romains. — Même du temps des derniers empereurs, on se levait de bon matin à Rome, et, vers la première ou la deuxième heure du jour, tout était en mouvement sur les places, dans les cours de justice et sur les marchés. — Mais ensuite, vers la huitième heure de la journée ou la quatrième de l'après-midi, toute activité avait cessé. Plus tard Isis était encore glorifiée dans un office solennel du soir.

Les autres parties[1] de la liturgie étaient la plupart de celles qui s'exécutaient aux matines, avec cette différence toutefois que les litanies et les hymnes étaient entonnées et chantées, au bruit des sistres, des flûtes et des trompettes, par un psalmiste ou préchantre qui, dans l'ordre des prêtres, remplissait les fonctions d'hymnode. — Au moment le plus solennel, le grand-prêtre, debout sur le dernier degré, devant le tabernacle[2], accosté à droite et à gauche de deux diacres ou pastophores, élevait le principal élément du culte, le symbole du Nil fertilisateur, *l'eau bénite*, et la présentait à la fervente adoration des fidèles. La cérémonie se terminait par la formule de congé ordinaire.

Les idées superstitieuses attachées à de certains jours, les ablutions, les jeûnes, les expiations, les macérations et les mortifications de la chair étaient le prélude de la consécration à la plus sainte des déesses de mille qualités et vertus, auxquelles hommes et femmes, après maintes épreuves et mille sacrifices, s'élevaient par trois degrés. Toutefois l'introduction de ces mystères ouvrit la porte à quelques déportements. — À la faveur des préparations et des épreuves qui, souvent, duraient un grand nombre de jours et qu'aucun époux n'osait refuser à sa femme, aucun amant à sa maîtresse, dans la crainte du fouet d'Osiris ou des vipères d'Isis, se donnaient dans les sanctuaires des rendez-vous équivoques, recouverts par les voiles impénétrables de l'initiation. — Mais ce sont là des excès communs à tous les cultes dans leurs époques de décadence. Les mêmes accusations furent adressées aux pratiques mystérieuses et aux agapes des premiers chrétiens. — L'idée d'une *terre sainte* où devait se rattacher pour tous les peuples le souvenir des traditions premières et une sorte d'adoration filiale, — d'une eau sainte propre aux consécrations et purifications des fidèles, — présente des rapports plus nobles à étudier entre ces deux cultes, dont l'un a pour ainsi dire servi de transition vers l'autre[1].

Toute eau était douce pour l'Égyptien, mais surtout celle qui avait été puisée au fleuve, émanation d'Osiris. — À la fête annuelle d'Osiris retrouvé, où, après de longues lamentations, on criait : *Nous l'avons trouvé et nous nous réjouissons tous !* tout le monde se jetait à terre devant la cruche remplie d'eau du Nil nouvellement puisée que portait le grand-prêtre ; on levait les mains vers le ciel, exaltant le miracle de la miséricorde divine.

La sainte eau du Nil, conservée dans la cruche sacrée, était aussi à la fête d'Isis le plus vivant symbole du père des vivants et des morts. Isis ne pouvait être honorée sans Osiris. — Le fidèle croyait même à la présence réelle d'Osiris[2] dans l'eau du Nil, et, à chaque bénédiction du soir et du matin, le grand-prêtre montrait au peuple l'*Hydria*, la sainte cruche, et l'offrait à son adoration. — On ne négligeait rien pour pénétrer profondément l'esprit des spectateurs du caractère de cette divine transsubstantiation[3]. — Le prophète lui-même, quelque grande que fût la sainteté de ce personnage, ne pouvait saisir avec ses mains nues le vase dans lequel s'opérait le divin mystère. — Il portait sur son étole, de la plus fine toile, une sorte de pèlerine (piviale[4]) également de lin ou de mousseline, qui lui couvrait les épaules et les bras, et dans laquelle il enveloppait son bras et sa main. — Ainsi ajusté, il prenait le saint vase, qu'il portait ensuite, au rapport de saint Clément d'Alexandrie, serré contre son sein[5]. — D'ailleurs[6], quelle était la vertu que le Nil ne possédât pas aux yeux du pieux Égyptien ? On en parlait partout comme d'une source de guérisons et de miracles. — Il y avait des vases où son eau se conservait plusieurs années. « J'ai dans ma cave de l'eau du Nil de quatre ans », disait avec orgueil le marchand égyptien à l'habitant de Byzance ou de Naples qui lui vantait son vieux vin de Falerne ou de Chios. Même après la mort, sous ses bandelettes et dans sa condition de momie, l'Égyptien espérait qu'Osiris lui permettrait encore d'étancher sa soif avec son onde vénérée. — Osiris te donne de l'eau fraîche ! disaient les épitaphes des morts. — C'est pour cela que les momies portaient une coupe peinte sur la poitrine.

III.

Peut-être[1] faut-il craindre, en voyage, de gâter par des lectures faites d'avance l'impression première des lieux célèbres. J'avais visité l'Orient avec les seuls souvenirs, déjà vagues, de mon éducation classique. — Au retour de l'Égypte, Naples était pour moi un lieu de repos et d'étude, et les précieux dépôts de ses bibliothèques et de ses musées me servaient à justifier ou à combattre les hypothèses que mon esprit s'était formées à l'aspect de tant de ruines inexpliquées ou muettes. — Peut-être ai-je dû au souvenir éclatant d'Alexandrie, de Thèbes et des Pyramides, l'impression presque religieuse que me causa une seconde fois[2] la vue du temple d'Isis de Pompéi. J'avais laissé mes compagnons de voyage admirer dans tous ses détails la maison de Diomède[3], et, me dérobant à l'attention des gardiens, je m'étais jeté au hasard dans les rues de la ville antique, évitant çà et là quelque invalide qui me demandait de loin où j'allais, et m'inquiétant peu de savoir le nom que la science avait retrouvé pour tel ou tel édifice, pour un temple, pour une maison, pour une boutique.

N'était-ce pas assez que les drogmans et les Arabes m'eussent gâté les pyramides, sans subir encore la tyrannie des *ciceroni* napolitains ? J'étais entré par la rue des tombeaux ; il était clair qu'en suivant cette voie pavée de lave, où se dessine encore l'ornière profonde des roues antiques, je retrouverais le temple[1] de la déesse égyptienne, situé à l'extrémité de la ville, auprès du théâtre tragique. Je reconnus l'étroite cour jadis fermée[2] d'une grille, les colonnes encore debout, les deux autels à droite et à gauche, dont le dernier est d'une conservation parfaite, et au fond l'antique *cella* s'élevant sur sept marches autrefois revêtues de marbre de Paros.

Huit colonnes d'ordre dorique[3], sans base, soutiennent les côtés, et dix autres le fronton ; l'enceinte est découverte, selon le genre d'architecture dit *hypœtron*[4], mais un portique couvert régnait alentour. Le sanctuaire a la forme d'un petit temple carré, voûté, couvert en tuiles, et présente trois niches destinées aux images de la Trinité égyptienne ; — deux autels placés au fond du sanctuaire portaient les tables isiaques, dont l'une a été conservée, et sur la base de la principale statue de la déesse, placée au centre de la nef intérieure, on a pu lire que *L. C. Phœbus*[5] l'avait érigée dans ce lieu par décret des décurions.

Près de l'autel de gauche, dans la cour, était une petite loge destinée aux purifications ; quelques bas-reliefs en décoraient les murailles. Deux vases contenant l'eau lustrale se trouvaient en outre placés à l'entrée de la porte intérieure, comme le sont nos bénitiers. Des peintures sur stuc décoraient l'intérieur du temple et représentaient des tableaux de la campagne, des plantes et des animaux de l'Égypte, — la terre sacrée.

J'avais admiré au Musée les richesses qu'on a retirées de ce temple, les lampes, les coupes, les encensoirs, les burettes, les goupillons, les mitres et les crosses brillantes des prêtres, les sistres, les clairons et les cymbales, une Vénus dorée, un Bacchus, des Hermès, des siéges d'argent et d'ivoire, des idoles de basalte et des pavés de mosaïque ornés d'inscriptions et d'emblèmes. La plupart de ces objets, dont la matière et le travail précieux indiquent la richesse du temple, ont été découverts dans le lieu saint le plus retiré, situé derrière le sanctuaire, et où l'on arrive en passant sous cinq arcades. Là, une petite cour oblongue conduit à une chambre qui contenait des ornements sacrés. L'habitation des ministres isiaques, située à gauche du temple, se composait de trois pièces, et l'on trouva dans l'enceinte plusieurs cadavres de ces prêtres à qui l'on suppose que leur religion fit un devoir de ne pas abandonner le sanctuaire.

Ce temple est la ruine la mieux conservée de Pompéi, parce qu'à l'époque où la ville fut ensevelie, il en était le monument le plus nouveau. L'ancien temple avait été renversé quelques années auparavant par un tremblement de terre, et nous voyons là celui qu'on avait rebâti à sa place. — J'ignore si quelqu'une des trois statues d'Isis du Musée de Naples aura été retrouvée dans ce lieu même, mais je les avais admirées la veille, et rien ne m'empêchait, en y joignant le souvenir des deux tableaux[1], de reconstruire dans ma pensée toute la scène de la cérémonie du soir.

Justement le soleil commençait à s'abaisser vers Caprée, et la lune montait lentement du côté du Vésuve, couvert de son léger dais de fumée. — Je m'assis sur une pierre, en contemplant ces deux astres qu'on avait longtemps adorés dans ce temple sous les noms d'Osiris et d'Isis, et sous des attributs mystiques faisant allusion à leurs diverses phases, et je me sentis pris d'une vive émotion. Enfant d'un siècle sceptique plutôt qu'incrédule[1], flottant entre deux éducations contraires, celle de la révolution, qui niait tout, et celle de la réaction sociale, qui prétend ramener l'ensemble des croyances chrétiennes, me verrais-je entraîné à tout croire, comme nos pères les philosophes l'avaient été à tout nier ? — Je songeais à ce magnifique préambule des *Ruines* de Volney[2], qui fait apparaître le Génie du passé sur les ruines de Palmyre, et qui n'emprunte à des inspirations si hautes que la puissance de détruire pièce à pièce tout l'ensemble des traditions religieuses du genre humain ! Ainsi périssait, sous l'effort de la raison moderne, le Christ lui-même, ce dernier des révélateurs, qui, au nom d'une raison plus haute, avait autrefois dépeuplé les cieux. Ô nature ! ô mère éternelle ! était-ce là vraiment le sort réservé au dernier de tes fils célestes ? Les mortels en sont-ils venus à repousser toute espérance et tout prestige, et, levant ton voile sacré, déesse de Saïs[3] ! le plus hardi de tes adeptes s'est-il donc trouvé face à face avec l'image de la Mort ?

Si la chute successive des croyances conduisait à ce résultat, ne serait-il pas plus consolant de tomber dans l'excès contraire et d'essayer de se reprendre aux illusions du passé[4] ?

IV.

Il est évident que dans les derniers temps le paganisme s'était retrempé dans son origine égyptienne, et tendait de plus en plus à ramener au principe de l'unité les diverses conceptions mythologiques. Cette éternelle Nature, que Lucrèce, le matérialiste, invoquait lui-même sous le nom de Vénus céleste, a été préférablement nommée Cybèle par Julien[5], Uranie ou Cérès par Plotin, Proclus et Porphyre[1]; — Apulée, lui donnant tous ces noms, l'appelle plus volontiers Isis; c'est le nom qui, pour lui, résume tous les autres; c'est l'identité primitive de cette reine du ciel, aux attributs divers, au masque changeant! Aussi lui apparaît-elle vêtue à l'égyptienne, mais dégagée des allures raides, des bandelettes et des formes naïves du premier temps.

Ses cheveux épais et longs[2], terminés en boucles, inondent en flottant ses divines épaules; une couronne multiforme et multiflore pare sa tête, et la lune argentée brille sur son front; des deux côtés se tordent des serpents parmi de blonds épis, et sa robe aux reflets indécis passe, selon le mouvement de ses plis, de la blancheur la plus pure au jaune de safran, ou semble emprunter sa rougeur à la flamme; son manteau, d'un noir foncé, est semé d'étoiles et bordé d'une frange lumineuse; sa main droite tient le sistre, qui rend un son clair, sa main gauche un vase d'or en forme de gondole.

Telle, exhalant les plus délicieux parfums de l'Arabie-Heureuse, elle apparaît à Lucius, et lui dit: « Tes prières m'ont touchée; moi, la mère de la nature, la maîtresse des éléments, la source première des siècles, la plus grande des divinités, la reine des mânes; moi, qui confonds en moi-même et les dieux et les déesses; moi, dont l'univers a adoré sous mille formes l'unique et toute-puissante divinité. Ainsi, l'on me nomme en Phrygie, Cybèle; à Athènes, Minerve; en Chypre, Vénus paphienne; en Crète, Diane dictynne; en Sicile, Proserpine stygienne; à Éleusis, l'antique Cérès; ailleurs, Junon, Bellone, Hécate ou Némésis, tandis que l'Égyptien, qui dans les sciences précéda tous les autres peuples, me rend hommage sous mon vrai nom de la déesse Isis.

« Qu'il te souvienne, dit-elle à Lucius après lui avoir

indiqué les moyens d'échapper à l'enchantement dont il est victime, que tu dois me consacrer le reste de ta vie, et, dès que tu auras franchi le sombre bord, tu ne cesseras encore de m'adorer, soit dans les ténèbres de l'Achéron ou dans les Champs-Élysées ; et si, par l'observation de mon culte et par une inviolable chasteté, tu mérites bien de moi, tu sauras que je puis seule prolonger ta vie spirituelle au delà des bornes marquées. » — Ayant prononcé ces adorables paroles, l'invincible déesse disparaît et se recueille *dans sa propre immensité.*

Certes, si le paganisme avait toujours manifesté une conception aussi pure de la divinité, les principes religieux issus de la vieille terre d'Égypte régneraient encore selon cette forme sur la civilisation moderne. — Mais n'est-il pas à remarquer que c'est aussi de l'Égypte que nous viennent les premiers fondements de la foi chrétienne ? Orphée et Moïse, initiés tous deux aux mystères isiaques[1], ont simplement annoncé à des races diverses des vérités sublimes, — que la différence des mœurs, des langages et l'espace des temps a ensuite peu à peu altérées ou transformées entièrement. — Aujourd'hui, il semble que le catholicisme lui-même ait subi, selon les pays, une réaction analogue à celle qui avait lieu dans les dernières années du polythéisme. En Italie, en Pologne, en Grèce, en Espagne, chez tous les peuples les plus sincèrement attachés à l'Église romaine, la dévotion à la Vierge n'est-elle pas devenue une sorte de culte exclusif ? N'est-ce pas toujours la Mère sainte, tenant dans ses bras l'enfant sauveur et médiateur qui domine les esprits, — et dont l'apparition produit encore des conversions comparables à celle du héros d'Apulée[2] ? Isis n'a pas seulement ou l'enfant dans les bras, ou la croix à la main comme la Vierge : le même signe zodiacal leur est consacré, la lune est sous leurs pieds ; le même nimbe brille autour de leur tête ; nous avons rapporté plus haut mille détails analogues dans les cérémonies ; — même sentiment de chasteté dans le culte isiaque, tant que la doctrine est restée pure ; institutions pareilles d'associations et de confréries. Je me garderai certes de tirer de tous ces rapprochements les mêmes conclusions que Volney et Dupuis[1]. Au contraire, aux yeux du philosophe, sinon du théologien, — ne peut-il pas sembler qu'il y ait eu, dans tous les cultes intelligents, une certaine part de révélation divine ? Le christianisme primitif a invoqué la parole des sibylles[2] et n'a point repoussé le témoignage des derniers oracles de Delphes. Une évolution nouvelle des dogmes pourrait faire concorder sur certains points les témoignages religieux des divers temps. Il serait si beau d'absoudre et d'arracher aux malédictions éternelles les héros et les sages de l'antiquité !

Loin de moi, certes, la pensée d'avoir réuni les détails qui précèdent en vue seulement de prouver que la religion chrétienne a fait de nombreux emprunts aux dernières formules du paganisme : ce point n'est nié de personne. Toute religion qui succède à une autre respecte longtemps certaines pratiques et formes de culte, qu'elle se borne à harmoniser avec ses propres dogmes. Ainsi la vieille théogonie des Égyptiens et des Pélasges[3] s'était seulement modifiée et traduite chez les Grecs, parée de noms et d'attributs nouveaux ; — plus tard encore, dans la phase religieuse que nous venons de dépeindre, Sérapis, qui était déjà une transformation d'Osiris, en devenait une de Jupiter ; Isis, qui n'avait, pour entrer dans le mythe grec, qu'à reprendre son nom d'Io, fille d'Inachus[4], — le fondateur des mystères d'Éleusis, — repoussait désormais le masque bestial, symbole d'une époque de lutte et de servitude. Mais voyez combien d'assimilations aisées le christianisme allait trouver dans ces rapides transformations des dogmes les plus divers ! — Laissons de côté la *croix* de Sérapis et le séjour aux enfers de ce dieu *qui juge les âmes;* — le *Rédempteur* promis à la terre, et que pressentaient depuis longtemps les poëtes et les oracles, est-ce l'enfant Horus allaité par la mère divine, et qui sera le *Verbe* (logos) des âges futurs ? — Est-ce l'Iacchus-Iésus des mystères d'Éleusis, plus grand déjà, et s'élançant des bras de Déméter, la déesse *panthée ?* ou plutôt n'est-il pas vrai qu'il faut réunir tous ces modes divers d'une même idée, et que ce fut toujours une admirable pensée théogonique de présenter à l'adoration des hommes une Mère céleste dont l'enfant est l'espoir du monde ?

Et maintenant pourquoi ces cris d'ivresse et de joie, ces chants du ciel, ces palmes qu'on agite, ces gâteaux sacrés qu'on se partage à de certains jours de l'année ? C'est que l'enfant sauveur est né jadis en ce même temps. — Pourquoi ces autres jours de pleurs et de chants lugubres où l'on cherche le corps d'un dieu meurtri et sanglant, — où les gémissements retentissent des bords du Nil aux rives de la Phénicie, des hauteurs du Liban aux plaines où fut Troie ? Pourquoi celui qu'on cherche et qu'on pleure s'appelle-t-il ici Osiris, plus loin Adonis, plus loin Atys ? et pourquoi une autre clameur qui vient du fond de l'Asie cherche-t-elle aussi dans les grottes mystérieuses les restes d'un dieu immolé ? — Une femme divinisée, mère, épouse ou amante, baigne de ses larmes ce corps saignant et défiguré, victime d'un principe hostile qui triomphe par sa mort, mais qui sera vaincu un jour[1] ! La victime céleste est présentée par le marbre ou la cire, avec ses chairs ensanglantées, avec ses plaies vives, que les fidèles viennent toucher et baiser pieusement. Mais le troisième jour tout change : le corps a disparu, l'immortel s'est révélé ; la joie succède aux pleurs, l'espérance renaît sur la terre ; c'est la fête renouvelée de la jeunesse et du printemps[1].

Voilà le culte oriental, primitif et postérieur à la fois aux fables de la Grèce, qui avait fini par envahir et absorber peu à peu le domaine des dieux d'Homère. Le ciel mythologique rayonnait d'un trop pur éclat, il était d'une beauté trop précise et trop nette, il respirait trop le bonheur, l'abondance et la sérénité, il était, en un mot, trop bien conçu au point de vue des gens heureux, des peuples riches et vainqueurs, pour s'imposer longtemps au monde agité et souffrant. — Les Grecs l'avaient fait triompher par la victoire dans cette lutte presque cosmogonique qu'Homère a chantée, et depuis encore la force et la gloire des dieux s'étaient incarnées dans les destinées de Rome ; — mais la douleur et l'esprit de vengeance agissaient sur le reste du monde, qui ne voulait plus s'abandonner qu'aux religions du désespoir. — La philosophie accomplissait d'autre part un travail d'assimilation et d'unité morale ; la chose attendue dans les esprits se réalisa dans l'ordre des faits. Cette Mère divine, ce Sauveur, qu'une sorte de mirage prophétique avait annoncés çà et là d'un bout à l'autre du monde, apparurent enfin comme le grand jour qui succède aux vagues clartés de l'aurore.

CORILLA

FABIO. — MARCELLI. — MAZETTO, garçon de théâtre.
CORILLA, prima donna.

Le boulevard de Sainte-Lucie[1], à Naples, près de l'Opéra.

FABIO, MAZETTO.

FABIO. Si tu me trompes, Mazetto, c'est un triste métier que tu fais là…

MAZETTO. Le métier n'en est pas meilleur ; mais je vous sers fidèlement. Elle viendra ce soir, vous dis-je ; elle a reçu vos lettres et vos bouquets.

FABIO. Et la chaîne d'or, et l'agrafe de pierres fines ?

MAZETTO. Vous ne devez pas douter qu'elles ne lui soient parvenues aussi, et vous les reconnaîtrez peut-être à son cou et à sa ceinture ; seulement, la façon de ces bijoux est si moderne, qu'elle n'a trouvé encore aucun rôle où elle pût les porter comme faisant partie de son costume.

FABIO. Mais, m'a-t-elle vu seulement ? m'a-t-elle remarqué à la place où je suis assis tous les soirs pour l'admirer et l'applaudir, et puis-je penser que mes présents ne seront pas la seule cause de sa démarche ?

MAZETTO. Fi, monsieur ! ce que vous avez donné n'est rien pour une personne de cette volée ; et, dès [que] vous vous connaîtrez mieux, elle vous répondra par quelque portrait entouré de perles qui vaudra le double. Il en est de même des dix ducats que vous m'avez remis déjà, et des vingt autres que vous m'avez promis dès que vous aurez l'assurance de votre premier rendez-vous ; ce n'est qu'argent prêté, je vous l'ai dit, et ils vous reviendront un jour avec de gros intérêts.

FABIO. Va, je n'en attends rien.

MAZETTO. Non, monsieur, il faut que vous sachiez à quels gens vous avez affaire, et que, loin de vous ruiner, vous êtes ici sur le vrai chemin de votre fortune ; veuillez donc me compter la somme convenue, car je suis forcé de me rendre au théâtre pour y remplir mes fonctions de chaque soir.

FABIO. Mais pourquoi n'a-t-elle pas fait de réponse, et n'a-t-elle pas marqué de rendez-vous ?

MAZETTO. Parce que, ne vous ayant encore vu que de loin, c'est-à-dire de la scène aux loges, comme vous ne l'avez vue vous-même que des loges à la scène, elle veut connaître avant tout votre tenue et vos manières, entendez-vous ? votre son de voix, que sais-je ! Voudriez-vous que la première cantatrice de San-Carlo acceptât les hommages du premier venu sans plus d'information ?

FABIO. Mais l'oserai-je aborder seulement ? et dois-je m'exposer, sur ta parole, à l'affront d'être rebuté, ou d'avoir, à ses yeux, la mine d'un galant de carrefour ?

MAZETTO. Je vous répète que vous n'avez rien à faire qu'à vous promener le long de ce quai, presque désert à cette heure ; elle passera, cachant son visage baissé sous la frange de sa mantille ; elle vous adressera la parole elle-même, et vous indiquera un rendez-vous pour ce soir, car l'endroit est peu propre à une conversation suivie. Serez-vous content ?

FABIO. Ô Mazetto ! si tu dis vrai, tu me sauves la vie !

MAZETTO. Et, par reconnaissance, vous me prêtez les vingt louis convenus.

FABIO. Tu les recevras quand je lui aurai parlé.

MAZETTO. Vous êtes méfiant ; mais votre amour m'intéresse, et je l'aurais servi par pure amitié, si je n'avais à nourrir ma famille. Tenez-vous là comme rêvant en vous-même et composant quelque sonnet; je vais rôder aux environs pour prévenir toute surprise.

(Il sort.)

FABIO, seul.

Je vais la voir! la voir pour la première fois à la lumière du ciel, entendre, pour la première fois, des paroles qu'elle aura pensées! Un mot d'elle va réaliser mon rêve ou le faire envoler pour toujours! Ah! j'ai peur de risquer ici plus que je ne puis gagner; ma passion était grande et pure, et rasait le monde sans le toucher, elle n'habitait que des palais radieux et des rives enchantées; la voici ramenée à la terre et contrainte à cheminer comme toutes les autres. Ainsi que Pygmalion[1], j'adorais la forme extérieure d'une femme; seulement la statue se mouvait tous les soirs sous mes yeux avec une grâce divine, et, de sa bouche, il ne tombait que des perles de mélodies. Et maintenant voici qu'elle descend à moi. Mais l'amour qui a fait ce miracle est un honteux valet de comédie, et le rayon qui fait vivre pour moi cette idole adorée est de ceux que Jupiter versait au sein de Danaé[2]!... Elle vient, c'est bien elle; oh! le cœur me manque, et je serais tenté de m'enfuir si elle ne m'avait aperçu déjà!

FABIO, UNE DAME en mantille.

LA DAME, *passant près de lui.* Seigneur cavalier, donnez-moi le bras, je vous prie, de peur qu'on ne nous observe, et marchons naturellement. Vous m'avez écrit...

FABIO. Et je n'ai reçu de vous aucune réponse...

LA DAME. Tiendriez-vous plus à mon écriture qu'à mes paroles?

FABIO. Votre bouche ou votre main m'en voudrait si j'osais choisir.

LA DAME. Que l'une soit le garant de l'autre : vos lettres m'ont touchée, et je consens à l'entrevue que vous me demandez. Vous savez pourquoi je ne puis vous recevoir chez moi ?

FABIO. On me l'a dit.

LA DAME. Je suis très-entourée, très-gênée dans toutes mes démarches. Ce soir, à cinq heures de la nuit, attendez-moi au rond-point de la Villa-Reale[1], j'y viendrai sous un déguisement, et nous pourrons avoir quelques instants d'entretien.

FABIO. J'y serai.

LA DAME. Maintenant, quittez mon bras et ne me suivez pas, je me rends au théâtre. Ne paraissez pas dans la salle ce soir… Soyez discret et confiant.

(Elle sort.)

FABIO, *seul.* C'était bien elle !… En me quittant, elle s'est toute révélée dans un mouvement, comme la Vénus de Virgile[2]. J'avais à peine reconnu son visage, et pourtant l'éclair de ses yeux me traversait le cœur, de même qu'au théâtre, lorsque son regard vient croiser le mien dans la foule. Sa voix ne perd pas de son charme en prononçant de simples paroles ; et, cependant, je croyais jusqu'ici qu'elle ne devait avoir que le chant, comme les oiseaux ! Mais ce qu'elle m'a dit vaut tous les vers de Métastase[3], et ce timbre si pur, et cet accent si doux, n'empruntent rien pour séduire aux mélodies de Paesiello ou de Cimarosa[4]. Ah ! toutes ces héroïnes que j'adorais en elle, Sophonisbe, Alcime, Herminie, et même cette blonde Molinara[5], qu'elle joue à ravir avec des habits moins splendides, je les voyais toutes enfermées à la fois sous cette mantille coquette, sous cette coiffe de satin… Encore Mazetto !

FABIO, MAZETTO.

MAZETTO. Eh bien ! seigneur, suis-je un fourbe, un homme sans parole, un homme sans honneur ?

FABIO. Tu es le plus vertueux des mortels ! Mais, tiens, prends cette bourse et laisse-moi seul.

MAZETTO. Vous avez l'air contrarié.

FABIO. C'est que le bonheur me rend triste ; il me force à penser au malheur qui le suit toujours de près.

MAZETTO. Peut-être avez-vous besoin de votre argent pour jouer au lansquenet cette nuit ? Je puis vous le rendre, et même vous en prêter d'autre.

FABIO. Cela n'est point nécessaire. Adieu.

MAZETTO. Prenez garde à la *jettatura*[1], seigneur Fabio !

(Il sort.)

FABIO, seul.

Je suis fatigué de voir la tête de ce coquin faire ombre sur mon amour ; mais, Dieu merci, ce messager va me devenir inutile. Qu'a-t-il fait, d'ailleurs, que de remettre adroitement mes billets et mes fleurs, qu'on avait longtemps repoussés ? Allons, allons, l'affaire a été habilement conduite et touche à son dénoûment... Mais pourquoi suis-je donc si morose ce soir, moi qui devrais nager dans la joie et frapper ces dalles d'un pied triomphant ? N'a-t-elle pas cédé un peu vite, et surtout depuis l'envoi de mes présents ?... Bon, je vois les choses trop en noir, et je ne devrais songer plutôt qu'à préparer ma rhétorique amoureuse. Il est clair que nous ne nous contenterons pas de causer amoureusement sous les arbres, et que je parviendrai bien à l'emmener souper dans quelque hôtellerie de Chiaia[2] ; mais il faudra être brillant, passionné, fou d'amour, monter ma conversation au ton de mon style, réaliser l'idéal que lui ont présenté mes lettres et mes vers... et c'est à quoi je ne me sens nulle chaleur et nulle énergie... J'ai envie d'aller me remonter l'imagination avec quelques verres de vin d'Espagne.

FABIO, MARCELLI.

MARCELLI. C'est un triste moyen, seigneur Fabio; le vin est le plus traître des compagnons; il vous prend dans un palais et vous laisse dans un ruisseau.

FABIO. Ah! c'est vous, seigneur Marcelli; vous m'écoutiez?

MARCELLI. Non, mais je vous entendais.

FABIO. Ai-je rien dit qui vous ait déplu?

MARCELLI. Au contraire; vous vous disiez triste et vous vouliez boire, c'est tout ce que j'ai surpris de votre monologue. Moi, je suis plus gai qu'on ne peut dire. Je marche le long de ce quai comme un oiseau; je pense à des choses folles, je ne puis demeurer en place, et j'ai peur de me fatiguer. Tenons-nous compagnie l'un à l'autre un instant; je vaux bien une bouteille pour l'ivresse, et cependant je ne suis rempli que de joie; j'ai besoin de m'épancher comme un flacon de sillery[1], et je veux jeter dans votre oreille un secret étourdissant.

FABIO. De grâce, choisissez un confident moins préoccupé de ses propres affaires. J'ai la tête prise, mon cher; je ne suis bon à rien ce soir, et, eussiez-vous à me confier que le roi Midas[2] a des oreilles d'âne, je vous jure que je serais incapable de m'en souvenir demain pour le répéter.

MARCELLI. Et c'est ce qu'il me faut, vrai Dieu! un confident muet comme une tombe.

FABIO. Bon! ne sais-je pas vos façons?... Vous voulez

publier une bonne fortune, et vous m'avez choisi pour le héraut de votre gloire.

MARCELLI. Au contraire, je veux prévenir une indiscrétion, en vous confiant bénévolement certaines choses que vous n'avez pas manqué de soupçonner.

FABIO. Je ne sais ce que vous voulez dire.

MARCELLI. On ne garde pas un secret surpris, au lieu qu'une confidence engage.

FABIO. Mais je ne soupçonne rien qui vous puisse concerner.

MARCELLI. Il convient alors que je vous dise tout.

FABIO. Vous n'allez donc pas au théâtre ?

MARCELLI. Non, pas ce soir ; et vous ?

FABIO. Moi, j'ai quelque affaire en tête, j'ai besoin de me promener seul.

MARCELLI. Je gage que vous composez un opéra ?

FABIO. Vous avez deviné.

MARCELLI. Et qui s'y tromperait ? Vous ne manquez pas une seule des représentations de San-Carlo : vous arrivez dès l'ouverture, ce que ne fait aucune personne du bel air ; vous ne vous retirez pas au milieu du dernier acte, et vous restez seul dans la salle avec le public du parquet. Il est clair que vous étudiez votre art avec soin et persévérance. Mais une seule chose m'inquiète : êtes-vous poëte ou musicien ?

FABIO. L'un et l'autre.

MARCELLI. Pour moi, je ne suis qu'amateur et n'ai fait que des chansonnettes. Vous savez donc très-bien que mon assiduité dans cette salle, où nous nous rencontrons continuellement depuis quelques semaines, ne peut avoir d'autre motif qu'une intrigue amoureuse…

FABIO. Dont je n'ai nulle envie d'être informé.

MARCELLI. Oh ! vous ne m'échapperez point par ces faux-fuyants, et ce n'est que quand vous saurez tout que je me croirai certain du mystère dont mon amour a besoin.

FABIO. Il s'agit donc de quelque actrice… de la Borsella ?

MARCELLI. Non, de la nouvelle cantatrice espagnole, de la divine Corilla !… Par Bacchus ! vous avez bien remarqué les furieux clins d'œil que nous nous lançons ?

FABIO, *avec humeur.* Jamais !

MARCELLI. Les signes convenus entre nous à de certains instants où l'attention du public se porte ailleurs ?

FABIO. Je n'ai rien vu de pareil.

MARCELLI. Quoi ! vous êtes distrait à ce point ? J'ai donc eu tort de vous croire informé d'une partie de mon secret ; mais la confidence étant commencée…

FABIO, *vivement.* Oui, certes ! vous me voyez maintenant curieux d'en connaître la fin.

MARCELLI. Peut-être n'avez-vous jamais fait grande attention à la signora Corilla ? Vous êtes plus occupé, n'est-ce pas, de sa voix que de sa figure ? Eh bien ! regardez-la, elle est charmante !

FABIO. J'en conviens.

MARCELLI. Une blonde d'Italie ou d'Espagne, c'est toujours une espèce de beauté fort singulière et qui a du prix par sa rareté.

FABIO. C'est également mon avis.

MARCELLI. Ne trouvez-vous pas qu'elle ressemble à la Judith de Caravagio[1], qui est dans le Musée royal ?

FABIO. Eh ! monsieur, finissez. En deux mots, vous êtes son amant, n'est-ce pas ?

MARCELLI. Pardon ; je ne suis encore que son amoureux.

FABIO. Vous m'étonnez.

MARCELLI. Je dois vous dire qu'elle est fort sévère.

FABIO. On le prétend.

MARCELLI. Que c'est une tigresse, une Bradamante[2]…

FABIO. Une Alcimadure[1].

MARCELLI. Sa porte demeurant fermée à mes bouquets, sa fenêtre à mes sérénades, j'en ai conclu qu'elle avait des raisons pour être insensible... chez elle, mais que sa vertu devait tenir pied moins solidement sur les planches d'une scène d'opéra... Je sondai le terrain, j'appris qu'un certain drôle, nommé Mazetto, avait accès près d'elle, en raison de son service au théâtre...

FABIO. Vous confiâtes vos fleurs et vos billets à ce coquin.

MARCELLI. Vous le saviez donc ?

FABIO. Et aussi quelques présents qu'il vous conseilla de faire.

MARCELLI. Ne disais-je pas bien que vous étiez informé de tout ?

FABIO. Vous n'avez pas reçu de lettres d'elle ?

MARCELLI. Aucune.

FABIO. Il serait trop singulier que la dame elle-même, passant près de vous dans la rue, vous eût, à voix basse, indiqué un rendez-vous...

MARCELLI. Vous êtes le diable, ou moi-même !

FABIO. Pour demain ?

MARCELLI. Non, pour aujourd'hui.

FABIO. À cinq heures de la nuit ?

MARCELLI. À cinq heures.

FABIO. Alors, c'est au rond-point de la Villa-Reale ?

MARCELLI. Non ! devant les bains de Neptune[2].

FABIO. Je n'y comprends plus rien.

MARCELLI. Pardieu ! vous voulez tout deviner, tout savoir mieux que moi. C'est particulier. Maintenant que j'ai tout dit, il est de votre honneur d'être discret.

FABIO. Bien. Écoutez-moi, mon ami... nous sommes joués l'un ou l'autre.

MARCELLI. Que dites-vous ?

FABIO. Ou l'un et l'autre, si vous voulez. Nous avons

rendez-vous de la même personne, à la même heure : vous, devant les bains de Neptune ; moi, à la Villa-Reale !

MARCELLI. Je n'ai pas le temps d'être stupéfait ; mais je vous demande raison de cette lourde plaisanterie.

FABIO. Si c'est la raison qui vous manque, je ne me charge pas de vous en donner ; si c'est un coup d'épée qu'il vous faut, dégaînez la vôtre.

MARCELLI. Je fais une réflexion : vous avez sur moi tout avantage en ce moment.

FABIO. Vous en convenez ?

MARCELLI. Pardieu ! vous êtes un amant malheureux, c'est clair ; vous alliez vous jeter du haut de cette rampe, ou vous pendre aux branches de ces tilleuls, si je ne vous eusse rencontré. Moi, au contraire, je suis reçu, favorisé, presque vainqueur ; je soupe ce soir avec l'objet de mes vœux. Je vous rendrais service en vous tuant ; mais, si c'est moi qui suis tué, vous conviendrez qu'il serait dommage que ce fût avant, et non après. Les choses ne sont pas égales ; remettons l'affaire à demain.

FABIO. Je fais exactement la même réflexion que vous, et pourrais vous répéter vos propres paroles. Ainsi, je consens à ne vous punir que demain de votre folle vanterie. Je ne vous croyais qu'indiscret.

MARCELLI. Bon ! séparons-nous sans un mot de plus. Je ne veux point vous contraindre à des aveux humiliants, ni compromettre davantage une dame qui n'a pour moi que des bontés. Je compte sur votre réserve et vous donnerai demain matin des nouvelles de ma soirée.

FABIO. Je vous en promets autant ; mais ensuite nous ferraillerons de bon cœur. À demain donc.

MARCELLI. À demain, seigneur Fabio.

FABIO, seul.

Je ne sais quelle inquiétude m'a porté à le suivre de loin, au lieu d'aller de mon côté. Retournons ! (*Il fait quelques pas.*) Il est impossible de porter plus loin l'assurance, mais aussi ne pouvait-il guère revenir sur sa prétention et me confesser son mensonge. Voilà de nos jeunes fous à la mode ; rien ne leur fait obstacle, ils sont les vainqueurs et les préférés de toutes les femmes, et la liste de don Juan ne leur coûterait que la peine de l'écrire. Certainement, d'ailleurs, si cette beauté nous trompait l'un pour l'autre, ce ne serait pas à la même heure. Allons, je crois que l'instant approche, et que je ferais bien de me diriger du côté de la Villa-Reale, qui doit être déjà débarrassée de ses promeneurs et rendue à la solitude. Mais en vérité n'aperçois-je pas là-bas Marcelli qui donne le bras à une femme ?... Je suis fou véritablement ; si c'est lui, ce ne peut être elle... Que faire ? Si je vais de leur côté, je manque l'heure de mon rendez-vous... et, si je n'éclaircis pas le soupçon qui me vient, je risque, en me rendant là-bas, de jouer le rôle d'un sot. C'est là une cruelle incertitude. L'heure se passe, je vais et reviens, et ma position est la plus bizarre du monde. Pourquoi faut-il que j'aie rencontré cet étourdi, qui s'est joué de moi peut-être ? Il aura su mon amour par Mazetto, et tout ce qu'il m'est venu conter tient à quelque obscure fourberie que je saurai bien démêler. — Décidément, je prends mon parti, je cours à la Villa-Reale. (*Il revient.*) Sur mon âme, ils approchent ; c'est la même mantille garnie de longues dentelles ; c'est la même robe de soie grise... en deux pas ils vont être ici. Oh ! si c'est elle, si je suis trompé... je n'attendrai pas à demain pour me venger de tous les deux !... Que vais-je faire ? un éclat ridicule... retirons-nous derrière ce treillis pour mieux nous assurer que ce sont bien eux-mêmes.

FABIO, caché ; MARCELLI ; la signora CORILLA, lui donnant le bras.

MARCELLI. Oui, belle dame, vous voyez jusqu'où va la suffisance de certaines gens. Il y a par la ville un cavalier qui se vante d'avoir aussi obtenu de vous une entrevue pour ce soir. Et, si je n'étais sûr de vous avoir maintenant à mon bras, fidèle à une douce promesse trop longtemps différée…

CORILLA. Allons, vous plaisantez, seigneur Marcelli. Et ce cavalier si avantageux… le connaissez-vous ?

MARCELLI. C'est à moi justement qu'il a fait ses confidences…

FABIO, *se montrant.* Vous vous trompez, seigneur, c'est vous qui me faisiez les vôtres… Madame, il est inutile d'aller plus loin ; je suis décidé à ne point supporter un pareil manége de coquetterie. Le seigneur Marcelli peut vous reconduire chez vous, puisque vous lui avez donné le bras ; mais ensuite, qu'il se souvienne bien que je l'attends, moi.

MARCELLI. Écoutez, mon cher, tâchez, dans cette affaire-ci, de n'être que ridicule.

FABIO. Ridicule, dites-vous ?

MARCELLI. Je le dis. S'il vous plaît de faire du bruit, attendez que le jour se lève ; je ne me bats pas sous les lanternes, et je ne me soucie point de me faire arrêter par la garde de nuit.

CORILLA. Cet homme est fou ; ne le voyez-vous pas ? Éloignons-nous.

FABIO. Ah ! madame ! il suffit… ne brisez pas entièrement cette belle image que je portais pure et sainte au fond de mon cœur. Hélas ! content de vous aimer de loin, de vous écrire... j'avais peu d'espérance, et je demandais moins que vous ne m'avez promis !

CORILLA. Vous m'avez écrit ? à moi !...

MARCELLI. Eh ! qu'importe ? ce n'est pas ici le lieu d'une telle explication...

CORILLA. Et que vous ai-je promis, monsieur ?... je ne vous connais pas et ne vous ai jamais parlé.

MARCELLI. Bon ! quand vous lui auriez dit quelques paroles en l'air, le grand mal ! Pensez-vous que mon amour s'en inquiète ?

CORILLA. Mais quelle idée avez-vous aussi, seigneur ? Puisque les choses sont allées si loin, je veux que tout s'explique à l'instant. Ce cavalier croit avoir à se plaindre de moi : qu'il parle et qu'il se nomme avant tout ; car j'ignore ce qu'il est et ce qu'il veut.

FABIO. Rassurez-vous, madame ! j'ai honte d'avoir fait cet éclat et d'avoir cédé à un premier mouvement de surprise. Vous m'accusez d'imposture, et votre belle bouche ne peut mentir. Vous l'avez dit, je suis fou, j'ai rêvé. Ici même, il y a une heure, quelque chose comme votre fantôme passait, m'adressait de douces paroles et promettait de revenir... Il y avait de la magie, sans doute, et cependant tous les détails restent présents à ma pensée. J'étais là, je venais de voir le soleil se coucher derrière le Pausilippe, en jetant sur Ischia[1] le bord de son manteau rougeâtre ; la mer noircissait dans le golfe, et les voiles blanches se hâtaient vers la terre comme des colombes attardées... Vous voyez, je suis un triste rêveur, mes lettres ont dû vous l'apprendre, mais vous n'entendrez plus parler de moi, je le jure, et je vous dis adieu.

CORILLA. Vos lettres... Tenez, tout cela a l'air d'un imbroglio de comédie, permettez-moi de ne m'y point arrêter davantage ; seigneur Marcelli, veuillez reprendre mon bras et me reconduire en toute hâte chez moi. (*Fabio salue et s'éloigne.*)

MARCELLI. Chez vous, madame ?

CORILLA. Oui, cette scène m'a bouleversée !....... Vit-on jamais rien de plus bizarre ? Si la place du Palais n'est pas encore déserte, nous trouverons bien une chaise, ou tout au moins un falot. Voici justement les valets du théâtre qui sortent ; appelez un d'entre eux...

MARCELLI. Holà ! quelqu'un ! par ici... Mais, en vérité, vous sentez-vous malade ?

CORILLA. À ne pouvoir marcher plus loin...

FABIO, MAZETTO, LES PRÉCÉDENTS.

FABIO, *entraînant Mazetto.* Tenez, c'est le ciel qui nous l'amène ; voilà le traître qui s'est joué de moi.

MARCELLI. C'est Mazetto ! le plus grand fripon des Deux-Siciles. Quoi ! c'était aussi votre messager ?

MAZETTO. Au diable ! vous m'étouffez.

FABIO. Tu vas nous expliquer...

MAZETTO. Et que faites-vous ici, seigneur ? je vous croyais en bonne fortune ?

FABIO. C'est la tienne qui ne vaut rien. Tu vas mourir si tu ne confesses pas toute ta fourberie.

MARCELLI. Attendez, seigneur Fabio, j'ai aussi des droits à faire valoir sur ses épaules. À nous deux, maintenant.

MAZETTO. Messieurs, si vous voulez que je comprenne, ne frappez pas tous les deux à la fois. De quoi s'agit-il ?

FABIO. Et de quoi peut-il être question, misérable ? Mes lettres, qu'en as-tu fait ?

MARCELLI. Et de quelle façon as-tu compromis l'honneur de la signora Corilla ?

MAZETTO. Messieurs, l'on pourrait nous entendre.

MARCELLI. Il n'y a ici que la signora elle-même et

nous deux, c'est-à-dire deux hommes qui vont s'entre-tuer demain à cause d'elle ou à cause de toi.

MAZETTO. Permettez : ceci dès lors est grave, et mon humanité me défend de dissimuler davantage…

FABIO. Parle.

MAZETTO. Au moins, remettez vos épées.

FABIO. Alors nous prendrons des bâtons.

MARCELLI. Non ; nous devons le ménager s'il dit la vérité tout entière, mais à ce prix-là seulement.

CORILLA. Son insolence m'indigne au dernier point.

MARCELLI. Le faut-il assommer avant qu'il ait parlé ?

CORILLA. Non ; je veux tout savoir, et que, dans une si noire aventure, il ne reste du moins aucun doute sur ma loyauté.

MAZETTO. Ma confession est votre panégyrique, madame ; tout Naples connaît l'austérité de votre vie. Or, le seigneur Marcelli, que voilà, était passionnément épris de vous ; il allait jusqu'à promettre de vous offrir son nom si vous vouliez quitter le théâtre ; mais il fallait qu'il pût du moins mettre à vos genoux l'hommage de son cœur, je ne dis pas de sa fortune ; mais vous en aviez bien pour deux, on le sait, et lui aussi.

MARCELLI. Faquin !…

FABIO. Laissez-le finir.

MAZETTO. La délicatesse du motif m'engagea dans son parti. Comme valet du théâtre, il m'était aisé de mettre ses billets sur votre toilette. Les premiers furent brûlés ; d'autres, laissés ouverts, reçurent un meilleur accueil. Le dernier vous décida à accorder un rendez-vous au seigneur Marcelli, lequel m'en a fort bien récompensé !…

MARCELLI. Mais qui te demande tout ce récit ?

FABIO. Et moi, traître ! âme à double face ! comment m'as-tu servi ? Mes lettres, les as-tu remises ? Quelle est cette femme voilée que tu m'as envoyée tantôt, et que tu m'as dit être la signora Corilla elle-même ?

MAZETTO. Ah ! seigneurs, qu'eussiez-vous dit de moi et quelle idée madame en eût-elle pu concevoir, si je lui avais remis des lettres de deux écritures différentes et des bouquets de deux amoureux ? Il faut de l'ordre en toute chose, et je respecte trop madame pour lui avoir supposé la fantaisie de mener de front deux amours. Cependant le désespoir du seigneur Fabio, à mon premier refus de le servir, m'avait singulièrement touché. Je le laissai d'abord épancher sa verve en lettres et en sonnets que je feignis de remettre à la signora, supposant que son amour pourrait bien être de ceux qui viennent si fréquemment se brûler les ailes aux flammes de la rampe ; passions d'écoliers et de poëtes, comme nous en voyons tant… Mais c'était plus sérieux, car la bourse du seigneur Fabio s'épuisait à fléchir ma résolution vertueuse…

MARCELLI. En voilà assez ! Signora, nous n'avons point affaire, n'est-ce pas, de ces divagations…

CORILLA. Laissez-le dire, rien ne nous presse, monsieur.

MAZETTO. Enfin, j'imaginai que le seigneur Fabio étant épris par les yeux seulement, puisqu'il n'avait jamais pu réussir à s'approcher de madame et n'avait jamais entendu sa voix qu'en musique, il suffisait de lui procurer la satisfaction d'un entretien avec quelque créature de la taille et de l'air de la signora Corilla… Il faut dire que j'avais déjà remarqué une petite bouquetière qui vend ses fleurs le long de la rue de Tolède ou devant les cafés de la place du Môle[1]. Quelquefois elle s'arrête un instant, et chante des chansonnettes espagnoles avec une voix d'un timbre fort clair…

MARCELLI. Une bouquetière qui ressemble à la signora ; allons donc ! ne l'aurais-je point aussi remarquée ?

MAZETTO. Seigneur, elle arrive tout fraîchement par le galion de Sicile, et porte encore le costume de son pays.

CORILLA. Cela n'est pas vraisemblable, assurément.

MAZETTO. Demandez au seigneur Fabio si, le costume aidant, il n'a pas cru tantôt voir passer madame elle-même ?

FABIO. Eh bien ! cette femme...

MAZETTO. Cette femme, seigneur, est celle qui vous attend à la Villa-Reale, ou plutôt qui ne vous attend plus, l'heure étant de beaucoup passée.

FABIO. Peut-on imaginer une plus noire complication d'intrigues ?

MARCELLI. Mais non ; l'aventure est plaisante. Et, voyez, la signora elle-même ne peut s'empêcher d'en rire... Allons, beau cavalier, séparons-nous sans rancune, et corrigez-moi ce drôle d'importance... Ou plutôt, tenez, profitez de son idée : la nuée qu'embrassait Ixion[1] valait bien pour lui la divinité dont elle était l'image, et je vous crois assez poëte pour vous soucier peu des réalités. — Bonsoir, seigneur Fabio !

FABIO, MAZETTO.

FABIO, *à lui-même.* Elle était là ! et pas un mot de pitié, pas un signe d'attention ! Elle assistait, froide et morne, à ce débat qui me couvrait de ridicule, et elle est partie dédaigneusement sans dire une parole, riant seulement, sans doute, de ma maladresse et de ma simplicité !... Oh ! tu peux te retirer, va, pauvre diable si inventif, je ne maudis plus ma mauvaise étoile, et je vais rêver le long de la mer à mon infortune, car je n'ai plus même l'énergie d'être furieux.

MAZETTO. Seigneur, vous feriez bien d'aller rêver du

côté de la Villa-Reale. La bouquetière vous attend peut-être encore…

FABIO, seul.

En vérité, j'aurais été curieux de rencontrer cette créature et de la traiter comme elle le mérite. Quelle femme est-ce donc que celle qui se prête à une telle manœuvre ? Est-ce une niaise enfant à qui l'on a fait la leçon, ou quelque effrontée qu'on n'a eu que la peine de payer et de mettre en campagne ? Mais il faut l'âme d'un plat valet pour m'avoir jugé digne de donner dans ce piége un instant. Et pourtant elle ressemble à celle que j'aime… et moi-même, quand je la rencontrai voilée, je crus reconnaître et sa démarche et le son si pur de sa voix… Allons, il est bientôt six heures de nuit, les derniers promeneurs s'éloignent vers Sainte-Lucie et vers Chiaia, et les terrasses des maisons se garnissent de monde… À l'heure qu'il est, Marcelli soupe gaiement avec sa conquête facile. Les femmes n'ont d'amour que pour ces débauchés sans cœur.

FABIO, UNE BOUQUETIÈRE.

FABIO. Que me veux-tu, petite ?

LA BOUQUETIÈRE. Seigneur, je vends des roses, je vends des fleurs du printemps. Voulez-vous acheter tout ce qui me reste pour parer la chambre de votre amoureuse ? On va bientôt fermer le jardin, et je ne puis remporter cela chez mon père ; je serais battue. Prenez le tout pour trois carlins.

FABIO. Crois-tu donc que je sois attendu ce soir, et me trouves-tu la mine d'un amant favorisé ?

LA BOUQUETIÈRE. Venez ici à la lumière. Vous m'avez

l'air d'un beau cavalier, et, si vous n'êtes pas attendu, c'est que vous attendez… Ah ! mon Dieu !

FABIO. Qu'as-tu, ma petite ? Mais vraiment, cette figure… Ah ! je comprends tout maintenant : tu es la fausse Corilla !… À ton âge, mon enfant, tu entames un vilain métier !

LA BOUQUETIÈRE. En vérité, seigneur, je suis une honnête fille, et vous allez me mieux juger. On m'a déguisée en grande dame, on m'a fait apprendre des mots par cœur ; mais, quand j'ai vu que c'était une comédie pour tromper un honnête gentilhomme, je me suis échappée et j'ai repris mes habits de pauvre fille, et je suis allée, comme tous les soirs, vendre mes fleurs sur la place du Môle et dans les allées du Jardin royal.

FABIO. Cela est-il bien vrai ?

LA BOUQUETIÈRE. Si vrai, que je vous dis adieu, seigneur ; et puisque vous ne voulez pas de mes fleurs, je les jetterai dans la mer en passant : demain elles seraient fanées.

FABIO. Pauvre fille, cet habit te sied mieux que l'autre, et je te conseille de ne plus le quitter. Tu es, toi, la fleur sauvage des champs ; mais qui pourrait se tromper entre vous deux ? Tu me rappelles sans doute quelques-uns de ses traits, et ton cœur vaut mieux que le sien, peut-être. Mais qui peut remplacer dans l'âme d'un amant la belle image qu'il s'est plu tous les jours à parer d'un nouveau prestige ? Celle-là n'existe plus en réalité sur la terre ; elle est gravée seulement au fond du cœur fidèle, et nul portrait ne pourra jamais rendre son impérissable beauté.

LA BOUQUETIÈRE. Pourtant on m'a dit que je la valais bien, et, sans coquetterie, je pense qu'étant parée comme la signora Corilla, aux feux des bougies, avec l'aide du spectacle et de la musique, je pourrais bien vous plaire autant qu'elle, et cela sans blanc de perle et sans carmin.

FABIO. Si ta vanité se pique, petite fille, tu m'ôteras même le plaisir que je trouve à te regarder un instant. Mais, vraiment, tu oublies qu'elle est la perle de l'Espagne et de l'Italie, que son pied est le plus fin et sa main la plus royale du monde. Pauvre enfant ! la misère n'est pas la culture qu'il faut à des beautés si accomplies, dont le luxe et l'art prennent soin tour à tour.

LA BOUQUETIÈRE. Regardez mon pied sur ce banc de marbre ; il se découpe encore assez bien dans sa chaussure brune. Et ma main, l'avez-vous seulement touchée ?

FABIO. Il est vrai que ton pied est charmant, et ta main… Dieu ! qu'elle est douce !… Mais, écoute, je ne veux pas te tromper, mon enfant, c'est bien elle seule que j'aime, et le charme qui m'a séduit n'est pas né dans une soirée. Depuis trois mois que je suis à Naples, je n'ai pas manqué de la voir un seul jour d'Opéra. Trop pauvre pour briller près d'elle, comme tous les beaux cavaliers qui l'entourent aux promenades, n'ayant ni le génie des musiciens, ni la renommée des poëtes qui l'inspirent et qui la servent dans son talent, j'allais sans espérance m'enivrer de sa vue et de ses chants, et prendre ma part dans ce plaisir de tous, qui pour moi seul était le bonheur et la vie. Oh ! tu la vaux bien peut-être, en effet… mais as-tu cette grâce divine qui se révèle sous tant d'aspects ? As-tu ces pleurs et ce sourire ? As-tu ce chant divin, sans lequel une divinité n'est qu'une belle idole ? Mais alors tu serais à sa place, et tu ne vendrais pas des fleurs aux promeneurs de la Villa-Reale…

LA BOUQUETIÈRE. Pourquoi donc la nature, en me donnant son apparence, aurait-elle oublié la voix ? Je chante fort bien, je vous jure ; mais les directeurs de San-Carlo n'auraient jamais l'idée d'aller ramasser une prima donna sur la place publique… Écoutez ces vers d'opéra que j'ai retenus pour les avoir entendus seulement au petit théâtre de la Fenice[1].

(*Elle chante.*)

AIR ITALIEN[2].

Qu'il m'est doux — de conserver la paix du cœur, — le calme de la pensée.

Il est sage d'aimer — dans la belle saison de l'âge ; — plus sage de n'aimer pas.

FABIO, *tombant à ses pieds.* Oh ! madame, qui vous méconnaîtrait maintenant ? Mais cela ne peut être… Vous êtes une déesse véritable, et vous allez vous envoler ! Mon Dieu ! qu'ai-je à répondre à tant de bontés ? je suis indigne de vous aimer, pour ne vous avoir point d'abord reconnue !

CORILLA. Je ne suis donc plus la bouquetière ?… Eh bien ! je vous remercie ; j'ai étudié ce soir un nouveau rôle, et vous m'avez donné la réplique admirablement.

FABIO. Et Marcelli ?

CORILLA. Tenez, n'est-ce pas lui que je vois errer tristement le long de ces berceaux, comme vous faisiez tout à l'heure ?

FABIO. Évitons-le, prenons une allée.

CORILLA. Il nous a vus, il vient à nous.

FABIO, CORILLA, MARCELLI.

MARCELLI. Hé ! seigneur Fabio, vous avez donc trouvé la bouquetière ? Ma foi, vous avez bien fait, et vous êtes plus heureux que moi ce soir.

FABIO. Eh bien ! qu'avez-vous donc fait de la signora Corilla ? vous alliez souper ensemble gaiement.

MARCELLI. Ma foi, l'on ne comprend rien aux caprices des femmes. Elle s'est dite malade, et je n'ai pu que la reconduire chez elle ; mais demain…

FABIO. Demain ne vaut pas ce soir, seigneur Marcelli.

MARCELLI. Voyons donc cette ressemblance tant vantée… Elle n'est pas mal, ma foi !… mais ce n'est rien ; pas de distinction, pas de grâce. Allons, faites-vous illusion à votre aise… Moi, je vais penser à la prima donna de San-Carlo, que j'épouserai dans huit jours.

CORILLA, *reprenant son ton naturel.* Il faudra réfléchir là-dessus, seigneur Marcelli. Tenez, moi, j'hésite beaucoup à m'engager. J'ai de la fortune, je veux choisir. Pardonnez-moi d'avoir été comédienne en amour comme au théâtre, et de vous avoir mis à l'épreuve tous deux. Maintenant, je vous l'avouerai, je ne sais trop si aucun de vous m'aime, et j'ai besoin de vous connaître davantage. Le seigneur Fabio n'adore en moi que l'actrice peut-être, et son amour a besoin de la distance et de la rampe allumée[1] ; et vous, seigneur Marcelli, vous me paraissez vous aimer avant tout le monde, et vous émouvoir difficilement dans l'occasion. Vous êtes trop mondain, et lui trop poëte. Et maintenant, veuillez tous deux m'accompagner. Chacun de vous avait gagé de souper avec moi : j'en avais fait la promesse à chacun de vous ; nous souperons tous ensemble ; Mazetto nous servira.

MAZETTO, *paraissant et s'adressant au public.* Sur quoi, messieurs, vous voyez que cette aventure scabreuse va se terminer le plus moralement du monde. — Excusez les fautes de l'auteur.

ÉMILIE

..... Personne n'a bien su l'histoire du lieutenant Desroches, qui se fit tuer l'an passé au combat de Hambergen[1], deux mois après ses noces. Si ce fut là un véritable suicide, que Dieu veuille lui pardonner! Mais, certes, celui qui meurt en défendant sa patrie ne mérite pas que son action soit nommée ainsi, quelle qu'ait été sa pensée d'ailleurs.

— Nous voilà retombés, dit le docteur, dans le chapitre des capitulations de consciences. Desroches était un philosophe décidé à quitter la vie : il n'a pas voulu que sa mort fût inutile; il s'est élancé bravement dans la mêlée; il a tué le plus d'Allemands qu'il a pu, en disant : Je ne puis mieux faire à présent; je meurs content; et il a crié : *Vive l'empereur!* en recevant le coup de sabre qui l'a abattu. Dix soldats de sa compagnie vous le diront.

— Et ce n'en fut pas moins un suicide, répliqua Arthur. Toutefois, je pense qu'on aurait eu tort de lui fermer l'église...

— À ce compte, vous flétririez le dévouement de Curtius[2]. Ce jeune chevalier romain était peut-être ruiné par le jeu, malheureux dans ses amours, las de la vie, qui sait? Mais, assurément, il est beau en songeant à quitter le monde de rendre sa mort utile aux autres, et voilà pourquoi cela ne peut s'appeler un suicide, car le suicide n'est autre chose que l'acte suprême de l'égoïsme, et c'est pour cela seulement qu'il est flétri parmi les hommes... À quoi pensez-vous, Arthur ?

— Je pense à ce que vous disiez tout à l'heure, que Desroches, avant de mourir, avait tué le plus d'Allemands possible...

— Eh bien ?

— Eh bien, ces braves gens sont allés rendre devant Dieu un triste témoignage de la belle mort du lieutenant, vous me permettrez de dire que c'est là un *suicide* bien *homicide*.

— Eh ! qui va songer à cela ? Des Allemands, ce sont des ennemis.

— Mais y en a-t-il pour l'homme résolu à *mourir ?* À ce moment-là, tout instinct de nationalité s'efface, et je doute que l'on songe à un autre pays que l'autre monde, et à un autre empereur que Dieu. Mais l'abbé nous écoute sans rien dire, et cependant j'espère que je parle ici selon ses idées. Allons, l'abbé, dites-nous votre opinion, et tâchez de nous mettre d'accord ; c'est là une mine de controverse assez abondante, et l'histoire de Desroches, ou plutôt ce que nous en croyons savoir, le docteur et moi, ne paraît pas moins ténébreuse que les profonds raisonnements qu'elle a soulevés parmi nous.

— Oui, dit le docteur, Desroches, à ce qu'on prétend, était très-affligé de sa dernière blessure, celle qui l'avait si fort défiguré ; et peut-être a-t-il surpris quelque grimace ou quelque raillerie de sa nouvelle épouse ; les philosophes sont susceptibles. En tous cas, il est mort et volontairement.

— Volontairement, puisque vous y persistez ; mais n'appelez pas suicide la mort qu'on trouve dans une bataille ; vous ajouteriez un contre-sens de mots à celui que peut-être vous faites en pensée ; on meurt dans une mêlée parce qu'on y rencontre quelque chose qui tue ; ne meurt pas qui veut.

— Eh bien ! voulez-vous que ce soit la fatalité ?

— À mon tour, interrompit l'abbé, qui s'était recueilli pendant cette discussion : il vous semblera singulier peut-être que je combatte vos paradoxes ou vos suppositions…

— Eh bien ! parlez, parlez ; vous en savez plus que nous, assurément. Vous habitez Bitche[1] depuis longtemps ; on dit que Desroches vous connaissait, et peut-être même s'est-il confessé à vous…

— En ce cas, je devrais me taire ; mais il n'en fut rien malheureusement, et toutefois la mort de Desroches fut chrétienne, croyez-moi ; et je vais vous en raconter les causes et les circonstances, afin que vous emportiez cette idée que ce fut là encore un honnête homme ainsi qu'un bon soldat, mort à temps pour l'humanité, pour lui-même, et selon les desseins de Dieu.

Desroches était entré dans un régiment à quatorze ans, à l'époque où la plupart des hommes s'étant fait tuer sur la frontière, notre armée républicaine se recrutait parmi les enfants. Faible de corps, mince comme une jeune fille, et pâle, ses camarades souffraient de lui voir porter un fusil sous lequel ployait son épaule. Vous devez avoir entendu dire qu'on obtint du capitaine l'autorisation de le lui rogner de six pouces. Ainsi accommodée à ses forces, l'arme de l'enfant fit merveille dans les guerres de Flandre ; plus tard, Desroches fut dirigé sur Haguenau, dans ce pays où nous faisions, c'est-à-dire où vous faisiez la guerre depuis si longtemps.

À l'époque dont je vais vous parler, Desroches était dans la force de l'âge et servait d'enseigne au régiment bien plus que le numéro d'ordre et le drapeau, car il avait à peu près seul survécu à deux renouvellements, et il venait enfin d'être nommé lieutenant quand, à Bergheim[1], il y a vingt-sept mois, en commandant une charge à la baïonnette, il reçut un coup de sabre prussien tout au travers de la figure. La blessure était affreuse ; les chirurgiens de l'ambulance, qui l'avaient souvent plaisanté, lui vierge encore d'une égratignure, après trente combats, froncèrent le sourcil quand on l'apporta devant eux. S'il guérissait, dirent-ils, le malheureux deviendra[2] imbécile ou fou.

C'est à Metz que le lieutenant fut envoyé pour se guérir. La civière avait fait plusieurs lieues sans qu'il s'en aperçût ; installé dans un bon lit et entouré de soins, il lui fallut cinq ou six mois pour arriver à se mettre sur son séant, et cent jours encore pour ouvrir un œil et distinguer les objets. On lui commanda bientôt les fortifiants, le soleil, puis le mouvement, enfin la promenade, et un matin, soutenu par deux camarades, il s'achemina tout vacillant, tout étourdi, vers le quai Saint-Vincent, qui touche presque à l'hôpital militaire, et là, on le fit asseoir sur l'esplanade, au soleil du midi, sous les tilleuls du jardin public : le pauvre blessé croyait voir le jour pour la première fois.

À force d'aller ainsi, il put bientôt marcher seul, et chaque matin il s'asseyait sur un banc, au même endroit de l'esplanade, la tête ensevelie dans un amas de taffetas noir, sous lequel à peine on découvrait un coin de visage humain, et sur son passage, lorsqu'il se croisait avec des promeneurs, il était assuré d'un grand salut des hommes, et d'un geste de profonde commisération des femmes, ce qui le consolait peu.

Mais une fois assis à sa place, il oubliait son infortune pour ne plus songer qu'au bonheur de vivre après un tel ébranlement, et au plaisir de voir en quel séjour il vivait. Devant lui la vieille citadelle, ruinée sous Louis XVI, étalait ses remparts dégradés ; sur sa tête les tilleuls en fleur projetaient leur ombre épaisse, à ses pieds, dans la vallée qui se déploie au-dessous de l'esplanade, les prés Saint-Symphorien que vivifie, en les noyant, la Moselle débordée, et qui verdissent entre ses deux bras ; puis le petit îlot, l'oasis de la poudrière, cette île du Saulcy, semée d'ombrages, de chaumières ; enfin, la chute de la Moselle et ses blanches écumes, ses détours étincelant au soleil, puis tout au bout, bornant le regard, la chaîne des Vosges, bleuâtre et comme vaporeuse au grand jour, voilà le spectacle qu'il admirait toujours davantage[1], en pensant que là était son pays, non pas la terre conquise, mais la province vraiment française, tandis que ces riches départements nouveaux, où il avait fait la guerre, n'étaient[2] que des beautés fugitives, incertaines, comme celles de la femme gagnée hier, qui ne nous appartiendra plus demain.

Vers le mois de juin, aux premiers jours, la chaleur était grande, et le banc favori de Desroches se trouvant bien à l'ombre, deux femmes vinrent s'asseoir près du blessé. Il salua tranquillement et continua de contempler l'horizon, mais sa position inspirait tant d'intérêt, que les deux femmes ne purent s'empêcher de le questionner et de le plaindre.

L'une des deux, fort âgée, était la tante de l'autre qui se nommait Émilie, et qui avait pour occupation de broder des ornements d'or sur de la soie ou du velours[3]. Desroches questionna comme on lui en avait donné l'exemple, et la tante lui apprit que la jeune fille avait quitté Haguenau pour lui faire compagnie, qu'elle brodait pour les églises, et qu'elle était depuis longtemps privée de tous ses autres parents.

Le lendemain, le banc fut occupé comme la veille ; au bout d'une semaine, il y avait traité d'alliance entre les trois propriétaires de ce banc favori, et Desroches, tout faible qu'il fût, tout humilié par les attentions que la jeune fille lui prodiguait comme au plus inoffensif vieillard, Desroches se sentit léger, en fonds de plaisanteries, et plus près de se réjouir que de s'affliger de cette bonne fortune inattendue.

Alors, de retour à l'hôpital, il se rappela sa hideuse blessure, cet épouvantail dont il avait souvent gémi en lui-même, lui, et que l'habitude et la convalescence lui avaient rendu depuis longtemps moins déplorable.

Il est certain que Desroches n'avait pu encore ni soulever l'appareil inutile de sa blessure, ni se regarder dans un miroir. De ce jour-là cette idée le fit frémir plus que jamais. Cependant il se hasarda à écarter un coin du taffetas protecteur, et il trouva dessous une cicatrice un peu rose encore, mais qui n'avait rien de trop repoussant. En poursuivant cette observation, il reconnut que les différentes parties de son visage s'étaient recousues convenablement entre elles, et que l'œil demeurait fort limpide et fort sain. Il manquait bien quelques brins du sourcil, mais c'était si peu de chose ! cette raie oblique qui descendait du front à l'oreille en traversant la joue, c'était... Eh bien ! c'était un coup de sabre reçu à l'attaque des lignes de Bergheim, et rien n'est plus beau, les chansons l'ont assez dit.

Donc, Desroches fut étonné de se retrouver si présentable après la longue absence qu'il avait faite de lui-même. Il ramena fort adroitement ses cheveux qui grisonnaient du côté blessé, sous les cheveux noirs abondants du côté gauche, étendit sa moustache sur la ligne de la cicatrice, le plus loin possible, et ayant endossé son uniforme neuf, il se rendit le lendemain à l'esplanade d'un air assez triomphant.

Dans le fait, il s'était si bien redressé, si bien tourné, son épée avait si bonne grâce à battre sa cuisse, et il portait le schako si martialement incliné en avant, que personne ne le reconnut dans le trajet de l'hôpital au jardin ; il arriva le premier au banc des tilleuls, et s'assit comme à l'ordinaire, en apparence, mais au fond bien plus troublé et bien plus pâle, malgré l'approbation du miroir.

Les deux dames ne tardèrent pas à arriver ; mais elles s'éloignèrent tout à coup en voyant un bel officier occuper leur place habituelle. Desroches fut tout ému.

— Eh quoi ! leur cria-t-il, vous ne me reconnaissez pas ?...

Ne pensez pas que ces préliminaires nous conduisent à une de ces histoires où la pitié devient de l'amour, comme dans les opéras du temps. Le lieutenant avait désormais des idées plus sérieuses. Content d'être encore jugé comme un cavalier passable, il se hâta de rassurer les deux dames, qui paraissaient disposées, d'après sa transformation, à revenir sur l'intimité commencée entre eux trois. Leur réserve ne put tenir devant ses franches déclarations. L'union était sortable de tous points, d'ailleurs : Desroches avait un petit bien de famille près d'Épinal ; Émilie possédait, comme héritage de ses parents, une petite maison à Haguenau, louée au café de la ville, et qui rapportait encore cinq à six cents francs de rente. Il est vrai qu'il en revenait la moitié à son frère Wilhelm, principal clerc du notaire de Schennberg[1].

Quand les dispositions furent bien arrêtées, on résolut de se rendre pour la noce à cette petite ville, car là était le domicile réel de la jeune fille, qui n'habitait Metz depuis quelque temps que pour ne point quitter sa tante. Toutefois, on convint de revenir à Metz après le mariage. Émilie se faisait un grand plaisir de revoir son frère. Desroches s'étonna à plusieurs reprises que ce jeune homme ne fût pas aux armées comme tous ceux de notre temps ; on lui répondit qu'il avait été réformé pour cause de santé. Desroches le plaignit vivement.

Voici donc les deux fiancés et la tante en route pour Haguenau, ils ont pris des places dans la voiture publique qui relaye à Bitche, laquelle était alors une simple patache composée de cuir et d'osier. La route est belle, comme vous savez. Desroches, qui ne l'avait jamais faite qu'en uniforme, un sabre à la main, en compagnie de trois à quatre mille hommes, admirait les solitudes, les roches bizarres, les horizons bornés par cette dentelure des monts revêtus d'une sombre verdure, que de longues vallées interrompent seulement de loin en loin. Les riches plateaux de Saint-Avold, les manufactures de Sarreguemines, les petits taillis compacts de Limblingne[1], où les frênes, les peupliers et les sapins étalent leur triple couche de verdure nuancée du gris au vert sombre ; vous savez combien tout cela est d'un aspect magnifique et charmant.

À peine arrivés à Bitche, les voyageurs descendirent à la petite auberge du Dragon[2], et Desroches me fit demander au fort. J'arrivai avec empressement ; je vis sa nouvelle famille, et je complimentai la jeune demoiselle, qui était d'une rare beauté, d'un maintien doux, et qui paraissait fort éprise de son futur époux. Ils déjeunèrent tous trois avec moi, à la place où nous sommes assis dans ce moment. Plusieurs officiers, camarades de Desroches, attirés par le bruit de son arrivée, le vinrent chercher à l'auberge et le retinrent à dîner chez l'hôtelier de la redoute, où l'état-major payait pension. Il fut convenu que les deux dames se retireraient de bonne heure, et que le lieutenant donnerait à ses camarades sa dernière soirée de garçon.

Le repas fut gai ; tout le monde savourait sa part du bonheur et de la gaieté que Desroches ramenait avec lui. On lui parla de l'Égypte, de l'Italie, avec transport, en faisant des plaintes amères sur cette mauvaise fortune qui confinait tant de bons soldats dans des forteresses de frontière.

— Oui, murmuraient quelques officiers, nous étouffons ici, la vie est fatigante et monotone, autant vaudrait être sur un vaisseau, que de vivre ainsi sans combats, sans distractions, sans avancement possible. Le fort est imprenable, a dit Bonaparte quand il a passé ici en rejoignant l'armée d'Allemagne, nous n'avons donc rien que la chance de mourir d'ennui.

— Hélas! mes amis, répondit Desroches, ce n'était guère plus amusant de mon temps; car j'ai été ici comme vous, et je me suis plaint comme vous aussi. Moi soldat parvenu jusqu'à l'épaulette à force d'user les souliers du gouvernement dans tous les chemins du monde, je ne savais guère alors que trois choses : l'exercice, la direction du vent et la grammaire, comme on l'apprend chez le magister. Aussi, lorsque je fus nommé sous-lieutenant et envoyé à Bitche avec le 2e bataillon du Cher, je regardais ce séjour comme une excellente occasion d'études sérieuses et suivies. Dans cette pensée, je m'étais procuré une collection de livres, de cartes et de plans. J'ai étudié la théorie et appris l'allemand sans étude, car dans ce pays français et bon français, on ne parle que cette langue. De sorte que ce temps, si long pour vous qui n'avez plus tant à apprendre, je le trouvais court et insuffisant, et quand la nuit venait, je me réfugiais dans un petit cabinet de pierre sous la vis du grand escalier; j'allumais ma lampe en calfeutrant hermétiquement les meurtrières, et je travaillais; une de ces nuits-là...

Ici Desroches s'arrêta un instant, passa la main sur ses yeux, vida son verre, et reprit son récit sans terminer sa phrase.

— Vous connaissez tous, dit-il, ce petit sentier qui

monte de la plaine ici, et que l'on a rendu tout à fait impraticable, en faisant sauter un gros rocher, à la place duquel à présent s'ouvre un abîme. Eh bien ! ce passage a toujours été meurtrier pour les ennemis toutes les fois qu'ils ont tenté d'assaillir le fort ; à peine engagés dans ce sentier, les malheureux essuyaient le feu de quatre pièces de vingt-quatre, qu'on n'a pas dérangées sans doute, et qui rasaient le sol dans toute la longueur de cette pente… — Vous avez dû vous distinguer, dit un colonel à Desroches, est-ce là que vous avez gagné la lieutenance ? — Oui, colonel, et c'est là que j'ai tué le premier, le seul homme que j'aie frappé en face et de ma propre main. C'est pourquoi la vue de ce fort me sera toujours pénible.

— Que nous dites-vous là ? s'écria-t-on ; quoi ! vous avez fait vingt ans la guerre, vous avez assisté à quinze batailles rangées, à cinquante combats peut-être, et vous prétendez n'avoir jamais tué qu'un seul ennemi ?

— Je n'ai pas dit cela, messieurs : des dix mille cartouches que j'ai bourrées dans mon fusil, qui sait si la moitié n'a pas lancé une balle au but que le soldat cherche ? mais j'affirme qu'à Bitche, pour la première fois, ma main s'est rougie du sang d'un ennemi, et que j'ai fait le cruel essai d'une pointe de sabre que le bras pousse jusqu'à ce qu'elle crève une poitrine humaine et s'y cache en frémissant.

— C'est vrai, interrompit l'un des officiers, le soldat tue beaucoup et ne le sent presque jamais. Une fusillade n'est pas, à vrai dire, une exécution, mais une intention mortelle. Quant à la baïonnette, elle fonctionne peu dans les charges les plus désastreuses ; c'est un conflit dans lequel l'un des deux ennemis tient ou cède sans porter de coups, les fusils s'entrechoquent, puis se relèvent quand la résistance cesse ; le cavalier, par exemple, frappe réellement…

— Aussi, reprit Desroches, de même que l'on n'oublie pas le dernier regard d'un adversaire tué en duel, son dernier râle, le bruit de sa lourde chute, de même, je porte en moi presque comme un remords, riez-en si vous pouvez, l'image pâle et funèbre du sergent prussien que j'ai tué dans la petite poudrière du fort.

Tout le monde fit silence, et Desroches commença son récit.

— C'était la nuit[1], je travaillais, comme je l'ai expliqué tout à l'heure. À deux heures tout doit dormir, excepté les sentinelles. Les patrouilles sont fort silencieuses, et tout bruit fait esclandre. Pourtant je crus entendre comme un mouvement prolongé dans la galerie qui s'étendait sous ma chambre ; on heurtait à une porte, et cette porte craquait. Je courus, je prêtai l'oreille au fond du corridor, et j'appelai à demi-voix la sentinelle ; pas de réponse. J'eus bientôt réveillé les canonniers, endossé l'uniforme, et prenant mon sabre sans fourreau, je courus du côté du bruit. Nous arrivâmes trente à peu près dans le rond-point que forme la galerie vers son centre, et à la lueur de quelques lanternes, nous reconnûmes les Prussiens, qu'un traître avait introduits par la poterne fermée. Ils se pressaient avec désordre, et en nous apercevant ils tirèrent quelques coups de fusil, dont l'éclat fut effroyable dans cette pénombre et sous ces voûtes écrasées.

Alors on se trouva face à face ; les assaillants continuaient d'arriver ; les défenseurs descendirent précipitamment dans la galerie ; on en vint à pouvoir à peine se remuer, mais il y avait entre les deux partis un espace de six à huit pieds, un champ clos que personne ne songeait à occuper, tant il y avait de stupeur chez les Français surpris, et de défiance chez les Prussiens désappointés.

Pourtant l'hésitation dura peu. La scène se trouvait

éclairée par des flambeaux et des lanternes ; quelques canonniers avaient suspendu les leurs aux parois ; une sorte de combat antique s'engagea ; j'étais au premier rang, je me trouvais en face d'un sergent prussien de haute taille, tout couvert de chevrons et de décorations. Il était armé d'un fusil, mais il pouvait à peine le remuer, tant la presse était compacte ; tous ces détails me sont encore présents, hélas ! Je ne sais s'il songeait même à me résister ; je m'élançai vers lui, j'enfonçai mon sabre dans ce noble cœur ; la victime ouvrit horriblement les yeux, crispa ses mains avec effort, et tomba dans les bras des autres soldats.

Je ne me rappelle pas ce qui suivit ; je me retrouvai dans la première cour tout mouillé de sang ; les Prussiens, refoulés par la poterne, avaient été reconduits à coups de canon jusqu'à leurs campements.

Après cette histoire, il se fit un long silence, et puis l'on parla d'autre chose. C'était un triste et curieux spectacle pour le penseur, que toutes ces physionomies de soldats assombries par le récit d'une infortune si vulgaire en apparence… et l'on pouvait savoir au juste ce que vaut la vie d'un homme, même d'un Allemand, docteur, en interrogeant les regards intimidés de ces tueurs de profession.

— Il est certain, répondit le docteur un peu étourdi, que le sang de l'homme crie bien haut, de quelque façon qu'il soit versé ; cependant Desroches n'a point fait de mal ; il se défendait.

— Qui le sait ? murmura Arthur.

— Vous qui parliez de capitulation de conscience, docteur, dites-nous si cette mort du sergent ne ressemble pas un peu à un assassinat. Est-il sûr que le Prussien eût tué Desroches ?

— Mais c'est la guerre, que voulez-vous ?

— À la bonne heure, oui, c'est la guerre. On tue à

trois cents pas dans les ténèbres un homme qui ne vous connaît pas et ne vous voit pas; on égorge en face et avec la fureur dans le regard des gens contre lesquels on n'a pas de haine, et c'est avec cette réflexion qu'on s'en console et qu'on s'en glorifie! Et cela se fait honorablement entre des peuples chrétiens!...

L'aventure de Desroches sema donc différentes impressions dans l'esprit des assistants. Et puis l'on fut se mettre au lit. Notre officier oublia le premier sa lugubre histoire, parce que de la petite chambre qui lui était donnée on apercevait parmi les massifs d'arbres une certaine fenêtre de l'hôtel du Dragon éclairée de l'intérieur par une veilleuse. Là dormait tout son avenir. Lorsqu'au milieu de la nuit, les rondes et le qui-vive venaient le réveiller, il se disait qu'en cas d'alarme son courage ne pourrait plus comme autrefois galvaniser tout l'homme, et qu'il s'y mêlerait un peu de regret et de crainte. Avant l'heure de la diane, le lendemain, le capitaine de garde lui ouvrit là une porte, et il trouva ses deux amies qui se promenaient en l'attendant le long des fossés extérieurs. Je les accompagnai jusqu'à Neunhoffen[1], car ils devaient se marier à l'état civil d'Haguenau, et revenir à Metz pour la bénédiction nuptiale.

Wilhelm, le frère d'Émilie, fit à Desroches un accueil assez cordial. Les deux beaux-frères se regardaient parfois avec une attention opiniâtre. Wilhelm était d'une taille moyenne, mais bien prise. Ses cheveux blonds étaient rares déjà, comme s'il eût été miné par l'étude ou par les chagrins; il portait des lunettes bleues à cause de sa vue, si faible, disait-il, que la moindre lumière le faisait souffrir. Desroches apportait une liasse de papiers que le jeune praticien examina curieusement, puis il produisit lui-même tous les titres de sa famille, en forçant Desroches à s'en rendre compte, mais il avait affaire à un homme confiant, amoureux et désintéressé, les enquêtes ne furent donc pas longues. Cette manière de procéder parut flatter quelque peu Wilhelm ; aussi commença-t-il à prendre le bras de Desroches, à lui offrir une de ses meilleures pipes, et à le conduire chez tous ses amis d'Haguenau.

Partout on fumait et l'on buvait force bière. Après dix présentations, Desroches demanda grâce, et on lui permit de ne plus passer ses soirées qu'auprès de sa fiancée.

Peu de jours après, les deux amoureux du banc de l'esplanade étaient deux époux unis par M. le maire d'Haguenau, vénérable fonctionnaire qui avait dû être bourgmestre avant la révolution française, et qui avait tenu dans ses bras bien souvent la petite Émilie, que peut-être il avait enregistrée lui-même à sa naissance ; aussi lui dit-il bien bas, la veille de son mariage :

— Pourquoi n'épousez-vous donc pas un bon Allemand ?

Émilie paraissait peu tenir à ces distinctions. Wilhelm lui-même s'était réconcilié avec la moustache du lieutenant, car, il faut le dire, au premier abord, il y avait eu réserve de la part de ces deux hommes ; mais Desroches y mettant beaucoup du sien, Wilhelm faisant un peu pour sa sœur, et la bonne tante pacifiant et adoucissant toutes les entrevues, on réussit à fonder un parfait accord. Wilhelm embrassa de fort bonne grâce son beau-frère après la signature du contrat. Le jour même, car tout s'était conclu vers neuf heures, les quatre voyageurs partirent pour Metz. Il était six heures du soir quand la voiture s'arrêta à Bitche, au grand hôtel du Dragon.

On voyage difficilement dans ce pays entrecoupé de ruisseaux et de bouquets de bois ; il y a dix côtes par lieue, et la voiture du messager secoue rudement ses voyageurs. Ce fut là peut-être la meilleure raison du malaise qu'éprouva la jeune épouse en arrivant à l'auberge. Sa tante et Desroches s'installèrent auprès d'elle, et Wilhelm, qui souffrait d'une faim dévorante, descendit dans la petite salle où l'on servait à huit heures le souper des officiers.

Cette fois, personne ne savait le retour de Desroches. La journée avait été employée par la garnison à des excursions dans les taillis de Huspoletden[1]. Desroches, pour n'être pas enlevé au poste qu'il occupait près de sa femme, défendit à l'hôtesse de prononcer son nom. Réunis tous trois près de la petite fenêtre de la chambre, ils virent rentrer les troupes au fort, et la nuit s'approchant, les glacis se bordèrent de soldats en négligé qui savouraient le pain de munition et le fromage de chèvre fourni par la cantine.

Cependant Wilhelm, en homme qui veut tromper l'heure et la faim, avait allumé sa pipe, et sur le seuil de la porte il se reposait entre la fumée du tabac et celle du repas, double volupté pour l'oisif et pour l'affamé. Les officiers, à l'aspect de ce voyageur bourgeois dont la casquette était enfoncée jusqu'aux oreilles et les lunettes bleues braquées vers la cuisine, comprirent qu'ils ne seraient pas seuls à table et voulurent lier connaissance avec l'étranger ; car il pouvait venir de loin, avoir de l'esprit, raconter des nouvelles, et dans ce cas c'était une bonne fortune ; ou arriver des environs, garder un silence stupide, et alors c'était un niais dont on pouvait rire.

Un sous-lieutenant des écoles s'approcha de Wilhelm avec une politesse qui frisait l'exagération.

— Bonsoir, monsieur, savez-vous des nouvelles de Paris ?

— Non, monsieur, et vous ? dit tranquillement Wilhelm.

— Ma foi, monsieur, nous ne sortons pas de Bitche, comment saurions-nous quelque chose ?

— Et moi, monsieur, je ne sors jamais de mon cabinet.

— Seriez-vous dans le génie ?...

Cette raillerie dirigée contre les lunettes de Wilhelm égaya beaucoup l'assemblée.

— Je suis clerc de notaire, monsieur.

— En vérité ? à votre âge c'est surprenant.

— Monsieur, dit Wilhelm, est-ce que vous voudriez voir mon passe-port ?

— Non, certainement.

— Eh bien ! dites-moi que vous ne vous moquez pas de ma personne et je vais vous satisfaire sur tous les points.

L'assemblée reprit son sérieux.

— Je vous ai demandé, sans intention maligne, si vous faisiez partie du génie, parce que vous portiez des lunettes. Ne savez-vous pas que les officiers de cette arme ont seuls le droit de se mettre des verres sur les yeux ?

— Et cela prouve-t-il que je sois soldat ou officier, comme vous voudrez...

— Mais tout le monde est soldat aujourd'hui. Vous n'avez pas vingt-cinq ans, vous devez appartenir à l'armée ; ou bien vous êtes riche, vous avez quinze ou vingt mille francs de rente, vos parents ont fait des sacrifices... et dans ce cas-là, on ne dîne pas à une table d'hôte d'auberge.

— Monsieur, dit Wilhelm, en secouant sa pipe, peut-être avez-vous le droit de me soumettre à cette inquisition, alors je dois vous répondre catégoriquement. Je n'ai pas de rentes, puisque je suis un simple clerc de notaire, comme je vous l'ai dit. J'ai été réformé pour cause de mauvaise vue. Je suis myope, en un mot.

Un éclat de rire général et intempéré accueillit cette déclaration.

— Ah ! jeune homme, jeune homme ! s'écria le capitaine Vallier en lui frappant sur l'épaule, vous avez bien raison, vous profitez du proverbe : Il vaut mieux être poltron et vivre plus longtemps !

Wilhelm rougit jusqu'aux yeux : — Je ne suis pas un poltron, monsieur le capitaine ! et je vous le prouverai quand il vous plaira. D'ailleurs, mes papiers sont en règle, et si vous êtes officier de recrutement, je puis vous les montrer.

— Assez, assez, crièrent quelques officiers, laisse ce bourgeois tranquille, Vallier. Monsieur est un particulier paisible, il a le droit de souper ici.

— Oui, dit le capitaine, ainsi mettons-nous à table, et sans rancune, jeune homme. Rassurez-vous, je ne suis pas chirurgien examinateur, et cette salle à manger n'est pas une salle de révision. Pour vous prouver ma bonne volonté, je m'offre à vous découper une aile de ce vieux dur à cuire qu'on nous donne pour un poulet.

— Je vous remercie, dit Wilhelm, à qui la faim avait passé, je mangerai seulement de ces truites qui sont au bout de la table. Et il fit signe à la servante de lui apporter le plat.

— Sont-ce des truites, vraiment ? dit le capitaine à Wilhelm, qui avait ôté ses lunettes en se mettant à table. Ma foi, monsieur, vous avez meilleure vue que moi-même, tenez, franchement, vous ajusteriez votre fusil tout aussi bien qu'un autre… Mais vous avez eu des protections, vous en profitez, très-bien. Vous aimez la paix, c'est un goût tout comme un autre. Moi, à votre place, je ne pourrais pas lire un bulletin de la grande armée, et songer que les jeunes gens de mon âge se font tuer en Allemagne, sans me sentir bouillir le sang dans les veines. Vous n'êtes donc pas Français?

— Non, dit Wilhelm, avec effort et satisfaction à la fois, je suis né à Haguenau; je ne suis pas Français, je suis Allemand.

— Allemand? Haguenau est situé en deçà de la frontière rhénane, c'est un bon et beau village de l'Empire français, département du Bas-Rhin. Voyez la carte.

— Je suis de Haguenau, vous dis-je, village d'Allemagne il y a dix ans[1], aujourd'hui village de France; et moi je suis Allemand toujours, comme vous seriez Français jusqu'à la mort, si votre pays appartenait jamais aux Allemands.

— Vous dites là des choses dangereuses, jeune homme, songez-y.

— J'ai tort peut-être, dit impétueusement Wilhelm; mon sentiment à moi est de ceux qu'il importe, sans doute, de garder dans son cœur, si l'on ne peut les changer. Mais c'est vous-même qui avez poussé si loin les choses, qu'il faut, à tout prix, que je me justifie ou que je passe pour un lâche. Oui, tel est le motif qui, dans ma conscience, légitime le soin que j'ai mis à profiter d'une infirmité réelle, sans doute, mais qui peut-être n'eût pas dû arrêter un homme de cœur. Oui, je l'avouerai, je ne me sens point de haine contre les peuples que vous combattez aujourd'hui. Je songe que si le malheur eût voulu que je fusse obligé de marcher contre eux, j'aurais dû, moi aussi, ravager des campagnes allemandes, brûler des villes, égorger des compatriotes ou d'anciens compatriotes, si vous aimez mieux, et frapper, au milieu d'un groupe de prétendus ennemis, oui, frapper, qui sait? des parents, d'anciens amis de mon père... Allons, allons, vous voyez bien qu'il vaut mieux pour moi écrire des rôles chez le notaire d'Haguenau... D'ailleurs, il y a assez de sang versé dans ma famille ; mon père a répandu le sien jusqu'à la dernière goutte, voyez-vous, et moi…

— Votre père était soldat ? interrompit le capitaine Vallier.

— Mon père était sergent dans l'armée prussienne, et il a défendu longtemps ce territoire que vous occupez aujourd'hui. Enfin, il fut tué à la dernière attaque du fort de Bitche.

Tout le monde était fort attentif à ces dernières paroles de Wilhelm, qui arrêtèrent l'envie qu'on avait, quelques minutes auparavant, de rétorquer ses paradoxes touchant le cas particulier de sa nationalité.

— C'était donc en 93 ?

— En 93, le 17 novembre, mon père était parti la veille de Sirmasen[1] pour rejoindre sa compagnie. Je sais qu'il dit à ma mère qu'au moyen d'un plan hardi, cette citadelle serait emportée sans coup férir. On nous le rapporta mourant vingt-quatre heures après ; il expira sur le seuil de la porte, après m'avoir fait jurer de rester auprès de ma mère, qui lui survécut quinze jours.

J'ai su que dans l'attaque qui eut lieu cette nuit-là, il reçut dans la poitrine le coup de sabre d'un jeune soldat, qui abattit ainsi l'un des plus beaux grenadiers de l'armée du prince de Hohenlohe.

— Mais on nous a raconté cette histoire, dit le major…

— Eh bien ! dit le capitaine Vallier, c'est toute l'aventure du sergent prussien tué par Desroches.

— Desroches ! s'écria Wilhelm ; est-ce du lieutenant Desroches que vous parlez ?

— Oh ! non, non, se hâta de dire un officier, qui s'aperçut qu'il allait y avoir là quelque révélation terrible ; ce Desroches dont nous parlons était un chasseur de la garnison, mort il y a quatre ans, car son premier exploit ne lui a pas porté bonheur.

— Ah ! il est mort, dit Wilhelm en appuyant[1] son front d'où tombaient de larges gouttes de sueur.

Quelques minutes après, les officiers le saluèrent et le laissèrent seul. Desroches ayant vu par la fenêtre qu'ils s'étaient tous éloignés, descendit dans la salle à manger, où il trouva son beau-frère accoudé sur la longue table et la tête dans ses mains.

— Eh bien, eh bien, nous dormons déjà ?... Mais je veux souper, moi, ma femme s'est endormie enfin, et j'ai une faim terrible... Allons, un verre de vin, cela nous réveillera et vous me tiendrez compagnie.

— Non, j'ai mal à la tête, dit Wilhelm, je monte à ma chambre. À propos, ces messieurs m'ont beaucoup parlé des curiosités du fort. Ne pourriez-vous pas m'y conduire demain ?

— Mais sans doute, mon ami.

— Alors demain matin je vous éveillerai.

Desroches soupira[1], puis il alla prendre possession du second lit qu'on avait préparé dans la chambre où son beau-frère venait de monter (car Desroches couchait seul, n'étant mari qu'au civil). Wilhelm ne put dormir de la nuit, et tantôt il pleurait en silence, tantôt il dévorait de regards furieux le dormeur, qui souriait dans ses songes.

Ce qu'on appelle le pressentiment ressemble fort au poisson précurseur qui avertit les cétacés immenses et presque aveugles que là pointille une roche tranchante, ou qu'ici est un fond de sable. Nous marchons dans la vie si machinalement que certains caractères, dont l'habitude est insouciante, iraient se heurter ou se briser sans avoir pu se souvenir de Dieu, s'il ne paraissait un peu de limon à la surface de leur bonheur. Les uns s'assombrissent au vol du corbeau, les autres sans motifs, d'autres, en s'éveillant, restent soucieux sur leur séant, parce qu'ils ont fait un rêve sinistre. Tout cela est pressentiment. Vous allez courir un danger, dit le rêve ; prenez garde, crie le corbeau ; soyez triste, murmure le cerveau qui s'alourdit.

Desroches, vers la fin de la nuit, eut un songe étrange. Il se trouvait au fond d'un souterrain, derrière lui marchait une ombre blanche dont les vêtements frôlaient ses talons ; quand il se retournait, l'ombre reculait ; elle finit par s'éloigner à une telle distance que Desroches ne distinguait plus qu'un point blanc, ce point grandit, devint lumineux, emplit toute la grotte et s'éteignit. Un léger bruit se faisait entendre, c'était Wilhelm qui rentrait dans la chambre, le chapeau sur la tête et enveloppé d'un long manteau bleu.

Desroches se réveilla en sursaut.

— Diable ! s'écria-t-il, vous étiez déjà sorti ce matin ?

— Il faut vous lever, répondit Wilhelm.

— Mais nous ouvrira-t-on au fort ?

— Sans doute, tout le monde est à l'exercice ; il n'y a plus que le poste de garde.

— Déjà ! eh bien, je suis à vous... Le temps seulement de dire bonjour à ma femme.

— Elle va bien, je l'ai vue ; ne vous occupez pas d'elle.

Desroches fut surpris de cette réponse, mais il la mit sur le compte de l'impatience, et plia encore une fois devant cette autorité fraternelle qu'il allait bientôt pouvoir secouer.

Comme ils passaient sur la place pour aller au fort, Desroches jeta les yeux sur les fenêtres de l'auberge. Émilie dort sans doute, pensa-t-il. Cependant le rideau tremble, se ferme, et le lieutenant crut remarquer qu'on s'était éloigné du carreau pour n'être pas aperçu de lui.

Les guichets s'ouvrirent sans difficulté. Un capitaine invalide, qui n'avait pas assisté au souper de la veille, commandait l'avant-poste. Desroches prit une lanterne et se mit à guider de salle en salle son compagnon silencieux.

Après une visite de quelques minutes sur différents points où l'attention de Wilhelm ne trouva guère à se fixer : Montrez-moi donc les souterrains, dit-il à son beau-frère.

— Avec plaisir, mais ce sera, je vous jure, une promenade peu agréable ; il règne là-dessous une grande humidité. Nous avons les poudres sous l'aile gauche, et là, on ne saurait pénétrer sans ordre supérieur. À droite sont les conduits d'eau réservés et les salpêtres bruts ; au milieu, les contre-mines et les galeries… Vous savez ce que c'est qu'une voûte ?

— N'importe, je suis curieux de visiter des lieux où se sont passés tant d'événements sinistres… où même vous avez couru des dangers, à ce qu'on m'a dit.

— Il ne me fera pas grâce d'un caveau, pensa Desroches. — Suivez-moi, frère, dans cette galerie qui mène à la poterne ferrée.

La lanterne jetait une triste lueur aux murailles moisies, et tremblait en se reflétant sur quelques lames de sabres et quelques canons de fusil rongés par la rouille.

— Qu'est-ce que ces armes ? demanda Wilhelm.

— Les dépouilles des Prussiens tués à la dernière attaque du fort, et dont mes camarades ont réuni les armes en trophées.

— Il est donc mort plusieurs Prussiens ici ?

— Il en est mort beaucoup dans ce rond-point…

— N'y tuâtes-vous pas un sergent, vieillard de haute taille, à moustaches rousses ?

— Sans doute, ne vous en ai-je pas conté l'histoire.

— Non, pas vous ; mais hier à table on m'a parlé de cet exploit... que votre modestie nous avait caché.

— Qu'avez-vous donc, frère, vous pâlissez ?

Wilhelm répondit d'une voix forte :

— Ne m'appelez pas frère, mais ennemi !... Regardez, je suis un Prussien ! Je suis le fils de ce sergent que vous avez assassiné.

— Assassiné !

— Ou tué, qu'importe ! Voyez ; c'est là que votre sabre a frappé.

Wilhelm avait rejeté son manteau et indiquait une déchirure dans l'uniforme vert qu'il avait revêtu, et qui était l'habit même de son père, pieusement conservé.

— Vous êtes le fils de ce sergent ! Oh ! mon Dieu, me raillez-vous ?

— Vous railler ? Joue-t-on avec de pareilles horreurs ?... Ici a été tué mon père, son noble sang a rougi ces dalles ; ce sabre est peut-être le sien ! Allons, prenez-en un autre et donnez-moi la revanche de cette partie !... Allons, ce n'est pas un duel, c'est le combat d'un Allemand contre un Français ; en garde !

— Mais vous êtes fou, cher Wilhelm, laissez donc ce sabre rouillé. Vous voulez me tuer, suis-je coupable ?

— Aussi, vous avez la chance de me frapper à mon tour, et elle est double pour le moins de votre côté. Allons, défendez-vous.

— Wilhelm ! tuez-moi sans défense ; je perds la raison moi-même, la tête me tourne... Wilhelm ! j'ai fait comme tout soldat doit faire ; mais songez-y donc... D'ailleurs, je suis le mari de votre sœur ; elle m'aime ! Oh ! ce combat est impossible.

— Ma sœur !... et voilà justement ce qui rend impossible que nous vivions tous deux sous le même ciel ! Ma sœur ! elle sait tout ; elle ne reverra jamais celui qui l'a faite orpheline. Hier, vous lui avez dit le dernier adieu.

Desroches poussa un cri terrible et se jeta sur Wilhelm pour le désarmer ; ce fut une lutte assez longue, car le jeune homme opposait aux secousses de son adversaire la résistance de la rage et du désespoir.

— Rends-moi ce sabre, malheureux, criait Desroches, rends-le-moi ! Non, tu ne me frapperas pas, misérable fou !... rêveur cruel !...

— C'est cela, criait Wilhelm d'une voix étouffée, tuez aussi le fils dans la galerie !... Le fils est un Allemand... un Allemand !

En ce moment des pas retentirent et Desroches lâcha prise. Wilhelm abattu ne se relevait pas...

Ces pas étaient les miens, messieurs, ajouta l'abbé. Émilie était venue au presbytère me raconter tout pour se mettre sous la sauvegarde de la religion, la pauvre enfant. J'étouffai la pitié qui parlait au fond de mon cœur, et lorsqu'elle me demanda si elle pouvait aimer encore le meurtrier de son père, je ne répondis pas. Elle comprit, me serra la main et partit en pleurant. Un pressentiment me vint ; je la suivis, et quand j'entendis qu'on lui répondait à l'hôtel que son frère et son mari étaient allés visiter le fort, je me doutai de l'affreuse vérité. Heureusement j'arrivai à temps pour empêcher une nouvelle péripétie entre ces deux hommes égarés par la colère et par la douleur.

Wilhelm, bien que désarmé, résistait toujours aux prières de Desroches ; il était accablé, mais son œil gardait encore toute sa fureur.

— Homme inflexible ! lui dis-je, c'est vous qui réveillez les morts et qui soulevez des fatalités effrayantes ! N'êtes-vous pas chrétien, et voulez-vous empiéter sur la justice de Dieu ? Voulez-vous devenir ici le seul criminel et le seul meurtrier ? L'expiation sera faite, n'en doutez point ; mais ce n'est pas à nous qu'il appartient de la prévoir, ni de la forcer.

Desroches me serra la main et me dit : Émilie sait tout. Je ne la reverrai pas. Mais je sais ce que j'ai à faire pour lui rendre sa liberté.

— Que dites-vous, m'écriai-je, un suicide ?

À ce mot, Wilhelm s'était levé et avait saisi la main de Desroches.

— Non ! disait-il, j'avais tort. C'est moi seul qui suis coupable, et qui devais garder mon secret et mon désespoir !

Je ne vous peindrai pas les angoisses que nous souffrîmes dans cette heure fatale ; j'employai tous les raisonnements de ma religion et de ma philosophie, sans faire naître d'issue satisfaisante à cette cruelle situation ; une séparation était indispensable dans tous les cas, mais le moyen d'en déduire les motifs devant la justice ! Il y avait là, non-seulement un débat pénible à subir, mais encore un danger politique à révéler ces fatales circonstances.

Je m'appliquai surtout à combattre les projets sinistres de Desroches et à faire pénétrer dans son cœur les sentiments religieux qui font un crime du suicide. Vous savez que ce malheureux avait été nourri à l'école des matérialistes du dix-huitième siècle. Toutefois, depuis sa blessure, ses idées avaient changé beaucoup. Il était devenu l'un de ces chrétiens à demi sceptiques comme nous en avons tant, qui trouvent qu'après tout un peu de religion ne peut nuire, et qui se résignent même à consulter un prêtre *en cas* qu'il y ait un Dieu ! C'est en vertu de cette religiosité vague qu'il acceptait mes consolations. Quelques jours s'étaient passés. Wilhelm et sa sœur n'avaient pas quitté l'auberge ; car Émilie était fort malade après tant de secousses. Desroches logeait au presbytère et lisait toute la journée des livres de piété que je lui prêtais. Un jour il alla seul au fort, y resta quelques heures, et, en revenant, il me montra une feuille de papier où son nom était inscrit ; c'était une commission de capitaine dans un régiment qui partait pour rejoindre la division Partouneaux[1].

Nous reçûmes au bout d'un mois la nouvelle de sa mort glorieuse autant que singulière. Quoi qu'on puisse dire de l'espèce de frénésie qui le jeta dans la mêlée, on sent que son exemple fut un grand encouragement pour tout le bataillon qui avait perdu beaucoup de monde à la première charge…

Tout le monde se tut après ce récit, chacun gardait la pensée étrange qu'excitait une telle vie et une telle mort. L'abbé reprit en se levant : Si vous voulez, messieurs, que nous changions ce soir la direction habituelle de nos promenades, nous suivrons cette allée de peupliers jaunis par le soleil couchant, et je vous conduirai jusqu'à la Butte-aux-Lierres, d'où nous pourrons apercevoir la croix du couvent où s'est retirée madame Desroches.

LES CHIMÈRES

EL DESDICHADO[1].

Je suis le ténébreux[2], — le veuf, — l'inconsolé,
Le prince d'Aquitaine à la tour abolie[3] :
Ma seule *étoile*[4] est morte, — et mon luth constellé
Porte le *Soleil noir* de la *Mélancolie*[5].

Dans la nuit du tombeau, toi qui m'as consolé,
Rends-moi le Pausilippe et la mer d'Italie[6],
La *fleur* qui plaisait tant à mon cœur désolé,
Et la treille où le pampre à la rose s'allie[7].

Suis-je Amour ou Phébus ?... Lusignan ou Biron[8] ?
Mon front est rouge encor du baiser de la reine[9] ;
J'ai rêvé dans la grotte où nage la syrène[10]...

Et j'ai deux fois vainqueur traversé l'Achéron :
Modulant tour à tour sur la lyre d'Orphée
Les soupirs de la sainte et les cris de la fée[11].

MYRTHO.

Je pense à toi, Myrtho, divine enchanteresse[1],
Au Pausilippe altier, de mille feux brillant,
À ton front inondé des clartés d'Orient[2],
Aux raisins noirs mêlés avec l'or de ta tresse[3].

C'est dans ta coupe aussi que j'avais bu l'ivresse,
Et dans l'éclair furtif de ton œil souriant,
Quand aux pieds d'Iacchus[4] on me voyait priant,
Car la Muse m'a fait l'un des fils de la Grèce.

Je sais pourquoi là-bas le volcan s'est rouvert...
C'est qu'hier tu l'avais touché d'un pied agile,
Et de cendres soudain l'horizon s'est couvert[5].

Depuis qu'un duc normand brisa tes dieux d'argile[6],
Toujours, sous les rameaux du laurier de Virgile[7],
Le pâle Hortensia s'unit au Myrthe vert!

HORUS.

Le dieu Kneph en tremblant ébranlait l'univers[8] :
Isis, la mère, alors se leva sur sa couche,
Fit un geste de haine à son époux farouche,
Et l'ardeur d'autrefois brilla dans ses yeux verts[9].

« Le voyez-vous, dit-elle, il meurt, ce vieux pervers,
Tous les frimas du monde ont passé par sa bouche,

Attachez son pied tors, éteignez son œil louche,
C'est le dieu des volcans et le roi des hivers!

L'aigle a déjà passé, l'esprit nouveau m'appelle[1],
J'ai revêtu pour lui la robe de Cybèle[2]...
C'est l'enfant bien-aimé d'Hermès[3] et d'Osiris! »

La Déesse avait fui sur sa conque dorée,
La mer nous renvoyait son image adorée,
Et les cieux rayonnaient sous l'écharpe d'Iris.

ANTÉROS.

Tu[4] demandes pourquoi j'ai tant de rage au cœur
Et sur un col flexible une tête indomptée;
C'est que je suis issu de la race d'Antée[5],
Je retourne les dards contre le dieu vainqueur.

Oui, je suis de ceux-là qu'inspire le Vengeur[6],
Il m'a marqué le front de sa lèvre irritée[7],
Sous la pâleur d'Abel, hélas! ensanglantée,
J'ai parfois de Caïn l'implacable rougeur!

Jéhovah! le dernier, vaincu par ton génie,
Qui, du fond des enfers, criait: « Ô tyrannie! »
C'est mon aïeul Bélus ou mon père Dagon[8]...

Ils m'ont plongé trois fois dans les eaux du Cocyte[9],
Et protégeant tout seul ma mère Amalécyte[10],
Je ressème à ses pieds les dents du vieux dragon[11].

DELFICA.

La connais-tu, DAFNÉ[1], cette ancienne romance,
Au pied du sycomore, ou sous les lauriers blancs,
Sous l'olivier, le myrthe ou les saules tremblants[2],
Cette chanson d'amour... qui toujours recommence !

Reconnais-tu le TEMPLE, au péristyle immense[3],
Et les citrons amers où s'imprimaient tes dents[4] ?
Et la grotte, fatale aux hôtes imprudents,
Où du dragon vaincu dort l'antique semence[5].

Ils reviendront ces dieux que tu pleures toujours !
Le temps va ramener l'ordre des anciens jours ;
La terre a tressailli d'un souffle prophétique[6]...

Cependant la sibylle au visage latin[7]
Est endormie encor sous l'arc de Constantin[8] :
— Et rien n'a dérangé le sévère portique.

ARTÉMIS.

La Treizième revient... C'est encor la première ;
Et c'est toujours la seule, — ou c'est le seul moment :
Car es-tu reine, ô toi ! la première ou dernière ?
Es-tu roi, toi le seul ou le dernier amant[9] ?...

Aimez qui vous aima du berceau dans la bière[10] ;
Celle que j'aimai seul m'aime encor tendrement :

C'est la mort — ou la morte… Ô délice ! ô tourment !
La rose qu'elle tient, c'est la *Rose trémière*[1].

Sainte napolitaine aux mains pleines de feux,
Rose au cœur violet, fleur de sainte Gudule[2] :
As-tu trouvé ta croix dans le désert des cieux[3] ?

Roses blanches, tombez ! vous insultez nos dieux :
Tombez fantômes blancs de votre ciel qui brûle :
— La sainte de l'abîme est plus sainte à mes yeux !

LE CHRIST AUX OLIVIERS.

Dieu est mort ! le ciel est vide…
Pleurez ! enfants, vous n'avez plus de père !
JEAN PAUL.

I.

Quand le Seigneur, levant au ciel ses maigres bras,
Sous les arbres sacrés, comme font les poëtes[4],
Se fut longtemps perdu dans ses douleurs muettes,
Et se jugea trahi par des amis ingrats ;

Il se tourna vers ceux qui l'attendaient en bas
Rêvant d'être des rois, des sages, des prophètes…
Mais engourdis, perdus dans le sommeil des bêtes,
Et se prit à crier : « Non, Dieu n'existe pas ! »

Ils dormaient. « Mes amis, savez-vous *la nouvelle*[5] ?
J'ai touché de mon front à la voûte éternelle ;
Je suis sanglant, brisé, souffrant pour bien des jours !

Frères, je vous trompais : Abîme ! abîme ! abîme !
Le dieu manque à l'autel, où je suis la victime...
Dieu n'est pas ! Dieu n'est plus ! » Mais ils dormaient toujours !

II.

Il reprit : « Tout est mort ! J'ai parcouru les mondes ;
Et j'ai perdu mon vol dans leurs chemins lactés,
Aussi loin que la vie, en ses veines fécondes,
Répand des sables d'or et des flots argentés :

Partout le sol désert côtoyé par des ondes,
Des tourbillons confus d'océans agités...
Un souffle vague émeut les sphères vagabondes,
Mais nul esprit n'existe en ces immensités[1].

En cherchant l'œil de Dieu, je n'ai vu qu'un orbite
Vaste, noir et sans fond ; d'où la nuit qui l'habite
Rayonne sur le monde et s'épaissit toujours[2] ;

Un arc-en-ciel étrange[3] entoure ce puits sombre,
Seuil de l'ancien chaos dont le néant est l'ombre,
Spirale[4], engloutissant les Mondes et les Jours !

III.

« Immobile Destin, muette sentinelle,
Froide Nécessité !... Hasard qui t'avançant,
Parmi les mondes morts sous la neige éternelle,
Refroidis, par degrés l'univers pâlissant,

Sais-tu ce que tu fais, puissance originelle,
De tes soleils éteints, l'un l'autre se froissant...
Es-tu sûr de transmettre une haleine immortelle,
Entre un monde qui meurt et l'autre renaissant[1] ?...

Ô mon père ! est-ce toi que je sens en moi-même ?
As-tu pouvoir de vivre et de vaincre la mort ?
Aurais-tu succombé sous un dernier effort

De cet ange des nuits que frappa l'anathème[2]...
Car je me sens tout seul à pleurer et souffrir,
Hélas ! et si je meurs, c'est que tout va mourir ! »

IV.

Nul n'entendait gémir l'éternelle victime[3],
Livrant au monde en vain tout son cœur épanché[4] ;
Mais prêt à défaillir et sans force penché,
Il appela le *seul* — éveillé dans Solyme :

« Judas ! lui cria-t-il, tu sais ce qu'on m'estime,
Hâte-toi de me vendre, et finis ce marché :
Je suis souffrant, ami[5] ! sur la terre couché...
Viens ! ô toi qui, du moins, as la force du crime ! »

Mais Judas s'en allait mécontent et pensif,
Se trouvant mal payé, plein d'un remords si vif
Qu'il lisait ses noirceurs sur tous les murs écrites...

Enfin Pilate seul, qui veillait pour César,
Sentant quelque pitié, se tourna par hasard[6] :
« Allez chercher ce fou ! » dit-il aux satellites.

V[1].

C'était bien lui, ce fou, cet insensé sublime[2]...
Cet Icare oublié qui remontait les cieux,
Ce Phaéton perdu sous la foudre des dieux,
Ce bel Atys meurtri que Cybèle ranime[3] !

L'augure interrogeait le flanc de la victime,
La terre s'enivrait de ce sang précieux[4]...
L'univers étourdi penchait sur ses essieux,
Et l'Olympe un instant chancela vers l'abîme[5].

« Réponds ! criait César à Jupiter Ammon,
Quel est ce nouveau dieu qu'on impose à la terre[6] ?
Et si ce n'est un dieu, c'est au moins un démon... »

Mais l'oracle invoqué pour jamais dut se taire ;
Un seul pouvait au monde expliquer ce mystère :
— Celui qui donna l'âme aux enfants du limon[7].

VERS DORÉS[8].

Eh quoi ! tout est sensible !
PYTHAGORE[9].

Homme, libre penseur ! te crois-tu seul pensant
Dans ce monde où la vie éclate en toute chose ?
Des forces que tu tiens ta liberté dispose,
Mais de tous tes conseils l'univers est absent.

Respecte dans la bête un esprit[1] agissant :
Chaque fleur est une âme à la Nature éclose ;
Un mystère d'amour dans le métal repose[2] ;
« Tout est sensible ! » Et tout sur ton être est puissant[3].

Crains, dans le mur aveugle, un regard qui t'épie :
À la matière même un verbe est attaché...
Ne la fais pas servir à quelque usage impie !

Souvent dans l'être obscur habite un Dieu caché ;
Et comme un œil naissant couvert par ses paupières,
Un pur esprit s'accroît sous l'écorce des pierres !

DOSSIER

À la mémoire de Claude Pichois

BIOGRAPHIE

1808-1855

1808. 22 mai. Naissance à Paris, 96 rue Saint-Martin, de Gérard Labrunie, fils du Docteur Étienne Labrunie et de Marie Antoinette Marguerite Laurent.

23 mai. Baptême à Saint-Merry. Peu après, mis en nourrice à Loisy dans le Valois.

Juin. Le Docteur Labrunie est nommé médecin dans la Grande Armée, où il servira en Allemagne et en Autriche.

1810. 29 novembre. Mort de Mme Labrunie, qui suivait son mari, à Gross-Glogau en Silésie, où elle est enterrée au cimetière catholique polonais. Gérard est élevé par son grand-oncle Antoine Boucher à Mortefontaine.

1814. Printemps. Retour du Docteur Labrunie, qui s'installe avec son fils rue Saint-Martin.

1822. Entre en 3e au collège Charlemagne où il restera jusqu'en 1827. Il y a pour condisciple Théophile Gautier, qui entre la même année en 6e.

1826. Premières publications poétiques : *Napoléon et la France guerrière, Élégies nationales, Monsieur Dentscourt, ou le Cuisinier d'un grand homme, Les Hauts Faits des jésuites, Napoléon et Talma, L'Académie.*

1827. Mai. *Élégies nationales et satires politiques.*

Août. Gérard, qui achève sa Philosophie, ne se présente pas au baccalauréat.

Novembre. Traduction de *Faust.*

1829. Avril. Berlioz, *Huit scènes de «Faust»*, d'après la traduction de Gérard.

10 août. Enfin bachelier.

Octobre. Commence à collaborer au *Mercure de France au dix-neuvième siècle.*

1830. Février. Donne à la Bibliothèque choisie un choix de *Poésies allemandes* avec une importante introduction.

25 février. Bataille d'*Hernani*, à laquelle Gérard, qui fréquente Hugo depuis plusieurs mois, participe avec les Jeunes France.

27-29 juillet. Les Trois Glorieuses. Gérard, qui y a participé, les célèbre dans son poème « Le Peuple » (14 août).
Octobre. Donne à la Bibliothèque choisie un *Choix des poésies de Ronsard, Dubellay, Baïf, Belleau, Dubartas, Chassignet, Desportes, Régnier* avec une importante introduction.

1831. Automne. À la suite d'un tapage nocturne, Gérard passe une nuit à la prison Sainte-Pélagie.
Décembre. Publication dans *L'Almanach des Muses* de sept odelettes.
Fréquente le Petit Cénacle réuni dans l'atelier du sculpteur Jehan Duseigneur rue de Vaugirard, et le salon de Nodier à l'Arsenal.

1832. Février. Séjour à la prison Sainte-Pélagie. Gérard aurait été arrêté par erreur à l'occasion du complot légitimiste de la rue des Prouvaires.
Mars-novembre. Épidémie de choléra. Gérard assiste son père.
14 novembre. Inscription à l'École de médecine.

1834. Janvier. À la mort de son grand-père Laurent, Gérard hérite de près de 30 000 francs.
Septembre-novembre. Voyage dans le midi de la France (Avignon, Aix), à Nice et en Italie (Florence, Rome et surtout Naples). Retour par Marseille et Agen, berceau des Labrunie.
Décembre. Publication dans les *Annales romantiques* de quatre odelettes.

1835. La bohème du Doyenné (avec Théophile Gautier, Arsène Houssaye, Camille Rogier...) prend le relais du Petit Cénacle.
Mai. Grâce à l'argent de son héritage, Gérard crée avec Anatole Bouchardy une revue consacrée au théâtre, *Le Monde dramatique*, qui fera faillite moins d'un an plus tard.
Décembre. Deuxième édition du *Faust*.

1836. Juillet-septembre. Voyage en Belgique avec Gautier.
15 décembre. Première attestation du pseudonyme « Gérard de Nerval[1] » dans *Le Figaro* (qui vient de renaître) : annonce (sans suite) de la publication du « Canard de Vaucanson ».

1837. 17 juillet. Premier article (critique dramatique) dans *La Presse*.
31 octobre. Création de *Piquillo*, livret de Dumas et Nerval (signé de Dumas seul), musique de Monpou. Le rôle principal est tenu par Jenny Colon.

1838. 11 avril. Mariage de Jenny Colon avec le flûtiste Leplus.
Août-septembre. Voyage en Allemagne.

1. Ce pseudonyme a pour origine le clos de Nerval à Mortefontaine, hérité de ses grands-parents en 1834.

30-31 juillet. Premier article dans *Le Messager*, dont le nouveau propriétaire est Alexandre Colonna, comte Walewski, fils naturel de Napoléon Ier.

1839. 10 avril. Création de *L'Alchimiste*, écrit en collaboration avec Dumas mais signé par Dumas seul.

16 avril. Création de *Léo Burckart*, écrit en collaboration avec Dumas mais signé par Nerval seul.

25-28 juin. « Le Fort de Bitche. Souvenir de la Révolution française » [« Émilie »] dans *Le Messager*.

15 août. « Les Deux Rendez-vous. Intermède » [« Corilla »] dans *La Presse*.

Novembre-décembre. Séjour à Vienne où il rencontre la pianiste Marie Pleyel.

1840. Mars. Retour à Paris.

Juillet. Troisième édition de *Faust, suivi du second Faust*.

Octobre. Départ pour la Belgique.

19 décembre. Quatre jours après la cérémonie du retour des cendres aux Invalides, représentation de *Piquillo* à Bruxelles avec Jenny Colon, en présence de Louise d'Orléans, reine des Belges. Au cours de ce séjour en Belgique, Nerval retrouve aussi Marie Pleyel.

1841. Février. Première crise attestée, et internement à la clinique de Mme Sainte-Colombe rue de Picpus.

1er mars. Jules Janin, dans son feuilleton du *Journal des Débats*, révèle la folie de son « ami ».

(?) Envoie, probablement à Gautier, six sonnets adressés à des dames (sonnets qui préfigurent les *Chimères*), pour obtenir sa libération (manuscrit Dumesnil de Gramont).

21 mars. Nouvelle crise, peu après sa sortie de la clinique (16 mars) et nouvel internement, à la clinique du Docteur Blanche à Montmartre.

Novembre. Sortie de la clinique.

(?) Lettre à Victor Loubens évoquant sa crise et comportant quatre sonnets « faits non au plus fort de ma maladie, mais au milieu même de mes hallucinations », dont les sonnets I et IV du futur « Christ aux Oliviers » et « Antéros ».

1842. 5 juin. Mort de Jenny Colon.

10 juillet. « Les Vieilles Ballades françaises » [« Chansons et légendes du Valois »] dans *La Sylphide*.

Décembre. Départ pour l'Orient.

25 décembre. « Un roman à faire » dans *La Sylphide*.

1843. En Orient.

19-26 mars. « Jemmy O'Dougherty » [« Jemmy »] dans *La Sylphide*

Novembre. Passe par Naples à son retour d'Orient.

1844. Janvier. Retour à Paris.
10 mars. « Le Roman tragique » dans *L'Artiste*.
31 mars. « Poésie. Le Christ aux Oliviers » dans *L'Artiste*.
Septembre-octobre. Voyage en Belgique et aux Pays-Bas avec Arsène Houssaye.

1845. 16 mars. « Poésie. Pensée antique » [« Vers dorés »] dans *L'Artiste*.
6 juillet. « L'Illusion » [troisième lettre d'« Un roman à faire »] dans *L'Artiste*.
Décembre. « Le Temple d'Isis. Souvenir de Pompéi » [« Isis »] dans *La Phalange*.
28 décembre. « Poésie. Vers dorés » [« Delfica »] dans *L'Artiste*.

1846. Mai. Début de la publication des « Femmes du Caire » dans la *Revue des deux mondes*.

1847. 2 et 9 mai. « Jemmy O'Dougherty » [« Jemmy »] dans le *Journal du dimanche*.
27 juin et 4 juillet. « L'Iseum. Souvenir de Pompéi » [« Isis »] dans *L'Artiste*.

1848. 15 juillet et 15 septembre. Articles sur Heine, avec traductions, dans la *Revue des deux mondes*.

1849. 1er mars. Le premier numéro du *Temps* commence la publication en feuilleton du *Marquis de Fayolle*.
31 mars. Création des *Monténégrins*, livret d'Alboise et Nerval, musique de Limnander.
Mai-juin. Voyage à Londres avec Gautier.

1850. 16 juillet. Amendement Riancey à la loi sur la presse, frappant d'une taxe dissuasive les journaux publiant des romans-feuilletons.
Août-septembre. Voyage en Allemagne (Cologne, Weimar), via Bruxelles.
24 octobre-22 décembre. *Les Faux Saulniers* en feuilleton dans *Le National*.
29 décembre. « Variétés. Les livres d'enfants [...] » [contient « La Reine des poissons », sans titre] dans *Le National*.

1851. Mai. *Voyage en Orient*.
2 décembre. Coup d'État.

1852. 23 janvier-15 février. Hospitalisation à la maison Dubois.
Mai. Voyage en Belgique et en Hollande. *Les Illuminés*.
1er juillet-15 décembre. *La Bohême galante* en feuilleton dans *L'Artiste*.
Août. *Lorely*, dédié à Jules Janin.
9 octobre-13 novembre. *Les Nuits d'octobre* en feuilleton dans *L'Illustration*.
2 décembre. Louis-Napoléon devient Napoléon III.

1853. Janvier. *Petits châteaux de Bohême.*
6 février-27 mars. Hospitalisation à la maison Dubois.
15 août. « Sylvie » dans la *Revue des deux mondes.*
27 août-fin septembre. Crise et internement à la clinique du Docteur Blanche à Passy.
12 octobre. Rechute.
14 novembre. Lettre à Dumas intitulée « Trois jours de folie ».
22 novembre. Lettre délirante à George Sand.
10 décembre. « El Desdichado » dans *Le Mousquetaire* avec l'article de Dumas révélant la folie de Nerval.
17 décembre. « Octavie » dans *Le Mousquetaire.*

1854. Janvier. *Les Filles du feu.*
27 mai-fin juillet. Voyage en Allemagne.
8 août-19 octobre. Rentre à la clinique du Docteur Blanche.
31 octobre. « Amours de Vienne. Pandora » dans *Le Mousquetaire.*
30 décembre. *Promenades et souvenirs* [chap. I-III] dans *L'Illustration.*

1855. 1er janvier. Début d'*Aurélia* dans la *Revue de Paris.*
6 janvier. *Promenades et souvenirs* [chap. IV-VI] dans *L'Illustration.*
Nuit du 25 au 26 janvier. Retrouvé pendu rue de la Vieille Lanterne (près du Châtelet).
30 janvier. Obsèques à Notre-Dame et inhumation au Père-Lachaise.
3 février. *Promenades et souvenirs* [chap. VII-VIII] dans *L'Illustration.*
15 février. Seconde partie d'*Aurélia* dans la *Revue de Paris.*

NOTE SUR LE TEXTE

Nous reproduisons strictement le texte de l'édition originale des *Filles du feu* (1854), en corrigeant simplement les coquilles manifestes, en restituant un point d'interrogation omis, et en fermant les guillemets chaque fois qu'ils sont ouverts.

Nous corrigeons également les noms propres lorsque la bonne graphie coexiste avec la mauvaise. Cette harmonisation vaut aussi pour whiskey/whisky.

En revanche, nous ne corrigeons ni les noms propres isolés ou toujours écrits de la même façon, ni les erreurs qu'on peut déduire d'une comparaison avec d'autres versions du même texte ou avec ses sources, ni les mots étrangers mal transcrits, ni les particularités graphiques de Nerval (palympseste pour palimpseste, syrènes pour sirènes).

Nous maintenons enfin les graphies archaïques (poëte, rhythme, trait d'union entre très et l'adjectif).

Cette édition doit évidemment beaucoup, pour l'annotation, à deux éditions historiques : l'édition des *Filles du feu* de Nicolas Popa en 1930, et surtout celle des *Œuvres complètes* dirigées par Jean Guillaume et Claude Pichois pour la Bibliothèque de la Pléiade, qui constitue pour tout nervalien une somme essentielle. Nous avons consulté aussi les éditions des *Filles du feu* procurées par Jacques Bony, par Gabrielle Chamarat et par Michel Brix (voir la bibliographie).

Sigles et abréviations :

APl	Album Gérard de Nerval (Pléiade)
GDU	*Grand dictionnaire universel du* XIX*e siècle*
Ms	Manuscrit
NPl I, II, III	Nouvelle Pléiade, tome I, II, III.

BIBLIOGRAPHIE

ÉDITIONS

Gérard DE NERVAL, *Œuvres complètes*, éd. publiée sous la direction de Jean Guillaume et de Claude Pichois, Bibliothèque de la Pléiade, Gallimard, 3 vol., 1984-1993.

Les Filles du feu, Nouvelles, par Gérard de Nerval, D. Giraud, 1854.

Gérard DE NERVAL, *Les Filles du feu, Nouvelles*, présentation de Roger Pierrot, Paris-Genève, Slatkine Reprints, 1979 (fac-similé de l'éd. Giraud de 1854).

Gérard DE NERVAL, *Les Filles du feu, Nouvelles*, éd. Nicolas Popa, 2 vol., Librairie ancienne Honoré Champion, 1931.

Gérard DE NERVAL, *Les Filles du feu, Pandora*, éd. Gabrielle Chamarat-Malandain, Pocket, 1992.

Gérard DE NERVAL, *Les Filles du feu, Les Chimères, Sonnets manuscrits*, éd. Jacques Bony, GF, Flammarion, 1994.

Gérard DE NERVAL, *Les Filles du feu, Petits Châteaux de Bohême, Promenades et souvenirs*, éd. Michel Brix, Le Livre de Poche classique, Librairie Générale Française, 1999.

Gérard DE NERVAL, *Le Temple d'Isis, Souvenir de Pompéi*, éd. Hisashi Mizuno, Tusson, Du Lérot, 1997.

Gérard DE NERVAL, *Les Chimères*, éd. Jean Guillaume, Bruxelles, Palais des Académies, 1966.

ICONOGRAPHIE

Album Gérard de Nerval, iconographie choisie et commentée par Éric Buffetaud et Claude Pichois, Gallimard, Bibliothèque de la Pléiade, 1993.

Exposition Gérard de Nerval, choix de documents et rédaction du catalogue par Éric Buffetaud, Bibliothèque historique de la Ville de Paris, 1996.

ÉTUDES

AUBAUDE, Camille, *Nerval et le mythe d'Isis*, Kimé, 1997.

BAYLE, Corinne, *Gérard de Nerval. La Marche à l'étoile*, Seyssel, Champ Vallon, 2001.

BÉNICHOU, Paul, *Nerval et la chanson folklorique*, José Corti, 1970.

—, *L'École du désenchantement, Sainte-Beuve, Nodier, Musset, Nerval, Gautier*, Gallimard, 1992.

BONNEFOY, Yves, *La Vérité de parole*, « Folio », Gallimard, 1995 (1988).

BONNET, Henri, *« Sylvie » de Nerval*, « Poche critique », Hachette, 1975.

BONY, Jacques, *Le Dossier des « Faux Saulniers »*, Namur, « Études nervaliennes et romantiques VII », 1984.

—, *Le Récit nervalien, Une recherche des formes*, José Corti, 1990.

—, *L'Esthétique de Nerval*, SEDES, 1997.

BOWMAN, Frank Paul, *Gérard de Nerval, La Conquête de soi par l'écriture*, Orléans, Paradigme, 1997.

BRIX, Michel, *Nerval journaliste (1826-1851)*, Namur, « Études nervaliennes et romantiques VIII », 1986.

—, *Manuel bibliographique des œuvres de Gérard de Nerval*, Namur, Presses universitaires de Namur, 1997.

—, *Les Déesses absentes, Vérité et simulacre dans l'œuvre de Gérard de Nerval*, Klincksieck, 1997.

CAMPION, Pierre, *Nerval, une crise dans la pensée*, Presses Universitaires de Rennes, 1998.

CASTEX, Pierre-Georges, *« Sylvie » de Gérard de Nerval*, SEDES, 1970.

CELLIER, Léon, *Gérard de Nerval, l'homme et l'œuvre*, Hatier, 2e éd., 1963 [1956].

—, *De « Sylvie » à « Aurélia », structure close et structure ouverte*, Minard, 1971.

—, *Parcours initiatiques*, Neuchâtel, La Baconnière, 1977.

CHAMARAT-MALANDAIN, Gabrielle, *Nerval ou l'incendie du théâtre. Identité et littérature dans l'œuvre en prose de Gérard de Nerval*, José Corti, 1986.

—, *Nerval, réalisme et invention*, Orléans, Paradigme, 1997.

CHAMBERS, Ross, *Gérard de Nerval et la poétique du voyage*, José Corti, 1969.

—, *Mélancolie et opposition. Les débuts du modernisme en France*, José Corti, 1987.

COLLOT, Michel, *Gérard de Nerval ou la dévotion à l'imaginaire*, PUF, 1992.

DESTRUEL, Philippe, *Sylvie/Aurélia*, Nathan, 1994.

—, *Les Filles du feu*, « Foliothèque », Gallimard, 2001.

—, *L'Écriture nervalienne du temps*, Saint-Genouph, Nizet, 2004.

EISENZWEIG, Uri, *L'Espace imaginaire d'un récit : « Sylvie » de Gérard de Nerval*, Neuchâtel, La Baconnière, 1976.

FELMAN, Shoshana, *La Folie et la chose littéraire*, Le Seuil, 1978.

GENINASCA, Jacques, *Analyse structurale des « Chimères » de Nerval*, Neuchâtel, La Baconnière, 1971.

GUILLAUME, Jean, *Nerval. Masques et visages*, Namur, « Études nervaliennes et romantiques IX », 1988.

ILLOUZ, Jean-Nicolas, *Nerval, le « Rêveur en prose »*, PUF, 1997.

JEAN, Raymond, *Nerval par lui-même*, Le Seuil, 1964.

JEANNERET, Michel, *La Lettre perdue. Écriture et folie dans l'œuvre de Nerval*, Flammarion, 1978.

KOFMAN, Sara, *Nerval, le charme de la répétition*, Lausanne, L'Âge d'homme, 1979.

LEROY, Christian, *« Les Filles du feu », « Les Chimères » et « Aurélia » ou « la poésie est-elle tombée dans la prose ? »*, Champion, 1997.

MACÉ, Gérard, *Ex Libris*, Gallimard, 1980.

MESCHONNIC, Henri, *Pour la poétique* III, Gallimard, 1973.

MIZUNO, Hisashi, *Nerval, L'Écriture du voyage*, Champion, 2003.

PICHOIS, Claude, et BRIX, Michel, *Gérard de Nerval*, Fayard, 1995.

PICHOIS, Claude, *L'Image de Jean-Paul Richter dans les lettres françaises*, José Corti, 1963.

PILLU, Sylvie, *Poésies. Nerval*, Nathan, 2001.

POULET, Georges, *Trois essais de mythologie romantique*, José Corti, 1966.

RICHARD, Jean-Pierre, *Poésie et profondeur*, Le Seuil, 1955.

RICHER, Jean, *Nerval, expérience et création*, Hachette, 1963.

RINSLER, Norma, *Gérard de Nerval, Les Chimères*, Londres, The Athlone Press, 1973.

SANGSUE, Daniel, *Le Récit excentrique*, José Corti, 1987.

SCHAEFFER, Gérald, *Une double lecture de Gérard de Nerval, « Les Illuminés » et « Les Filles du feu »*, Neuchâtel, La Baconnière, 1977.

SÉGINGER, Gisèle, *Nerval au miroir du temps, Les Filles du feu, les Chimères*, Ellipses, 2004.

STREIFF-MORETTI, Monique, *Le Rousseau de Gérard de Nerval. Mythe, légende, idéologie*, Bologne-Paris, Patron-Nizet, 1977.

SYLVOS, Françoise, *Nerval ou l'antimonde. Discours et figures de l'utopie, 1826-1855*, L'Harmattan, 1997.

TADIÉ, Jean-Yves, *Le Récit poétique*, Gallimard, 1994 (1978).

TRITSMANS, Bruno, *Textualités de l'instable. L'écriture du Valois de Nerval*, Berne, Peter Lang, 1989.

—, *Écritures nervaliennes*, Tübingen, Gunther Narr, 1993.

VADÉ, Yves, *L'Enchantement littéraire*, Gallimard, 1990.

WIESER, Dagmar, *Nerval : une poétique du deuil à l'âge romantique*, Genève, Droz, 2004.

Nerval, préface de Jean-Luc Steinmetz, « Mémoire de la critique », Presses de l'Université de Paris-Sorbonne, 1997.

Gérard de Nerval, cahier dirigé par Jean Richer, Éditions de l'Herne, [1980].

L'Imaginaire nervalien. L'Espace de l'Italie, textes recueillis et présentés par Monique Streiff-Moretti, Naples, Edizione Scientifiche Italiane, 1988.

Nerval. Une poétique du rêve. Actes du colloque de Bâle, Mulhouse et Fribourg, éd. Jacques Huré, Joseph Jurt et Robert Kopp, Paris-Genève, Champion-Slatkine, 1989.

Gérard de Nerval. « Les Filles du feu », « Aurélia ». Soleil noir, textes réunis par José-Luis Diaz, SEDES, 1997.

Nerval, actes du colloque de la Sorbonne, dir. André Guyaux, Presses de l'Université de Paris-Sorbonne, 1997.

Médaillons nervaliens : onze études à la mémoire du P. Jean Guillaume, textes réunis par Hisashi Mizuno, Saint-Genouph, Nizet, 2003.

« Clartés d'Orient ». Nerval ailleurs, dir. Jean-Nicolas Illouz et Claude Mouchard, Laurence Teper, 2004.

ARTICLES

ILLOUZ, Jean-Nicolas, « Nerval : langue perdue, prose errante (à propos des Chansons et Légendes du Valois) », *Sorgue*, n° 4, automne 2002, p. 15-25.

—, « Une théorie critique du romantisme : Sylvie de Nerval », *Mélanges offerts à Béatrice Didier*, PUF, 2005.

MIZUNO, Hisashi, « La formation d'un mythe de l'actrice », *Kobe Kaisei Review* n° 38, 1999, p. 123-144.

POPA, Nicolas, « Les Sources allemandes de deux "Filles du feu", "Jemmy" et "Isis" de Gérard de Nerval », *Revue de littérature comparée*, 1930, p. 486-520.

ROSSINI, Anne, « L'Ironie dans "Sylvie" », *L'Information littéraire*, avril-juin 2002, p. 12-22.

ANNEXES

ANNEXE 1

AVANT-TEXTES DE « SYLVIE »

1. Lovenjoul, D 741, f° 102

Ces habits
honnêtes
servent à
un déguisem

Je viens revoir Sylvie
Elle est entretenue par Hc
Les fêtes se prolongen Je vais
chercher l'actrice —
Elle est reçue par le prév.
et la maîtresse du
pr
Je retrouve les blasons
pr me présenter
Je fais rebâtir un pavillon
j'étourdis le village
J'excite l'admir. et le
dépit de Sylvain
Maison fatale
m'échoit
Je revois Sylvie près du bal
elle est en deuil
moi xxxxxxxx
nous nous embrassons
en pleurant
La maison est détruite
mes xxxxxxx xx xxx

2. Lovenjoul D 741, f° 120

Pays. perv[1].	
oncle tableaux	
=	
Je reviens	tems des allées
Je suis un Mr	oncle
Lettres de notaire	
oncles de Paris	
—	
Dem[2]. au couvent	
Je reviens Je ren-	Rappeler le R
contre une gantj[3].	tragique
études	
Je revois la même	
Ce sont 2 sœurs	
veux baiser	
Le vieux com	J'ai l'act[4].
serai-je pour l'épouser	M. Sp. le g. jour[5]
pend. ce t. Sylvie	
mxxx	
—	
Je vais refaire un	
héritage. Rebâtir	
le donjon	
l'oncle maire	réparation
m'écrit	paysans
chansons du pays	
Sylvain	
je cache	
jour où je revois	
la belle	
Sylvie me xxxx xxxx	

3. Lovenjoul D 741, f° 51ter

L'air était doux et parfumé je résolus de ne
pas aller plus loin et d'attendre le matin

1. Lire « Paysan perverti » ou « Paysanne pervertie ».
2. Lire « Demoiselle » ? ou « Demeure » ?
3. Lire « une gantière ».
4. Lire « l'actrice » ?
5. Si on peut lire « le grand jour », « M. Sp. » (« Mea Sponsa » ?) laisse perplexe.

Ô nuit ! — J'en ai peu connu de plus belles : je ne sais pourquoi, dans les rêveries vagues qui m'étaient venues par momens, deux figures aimées se combattaient dans mon esprit ; — l'une semblait descendre des étoiles et l'autre monter de la terre. La dernière disait :
Je suis simple et fraîche comme les fleurs des
champs ; l'autre je suis noble et pure comme
beautés immortelles conçues dans le sein de
ce qui m'avait porté à la tête
d'enivrement : — peut-être
où je m'étais reposé
me laisser prendre
l'âme dit s'y

ANNEXE 2

Brouillon de la 3e lettre d'*Un roman à faire*, reprise dans « Octavie » (Lovenjoul, D 740, fº 10).

Me voilà encore à vous écrire puisque je ne puis faire autre chose que de penser à vous, et de m'occuper de vous, <de vous> si occupée ~~de tant d'autres~~ si distraite, si affairée ; non pas <tout à fait> indifférente ~~pourtant~~ <peut-être>, ~~j'ai lieu de le croire aujourd'hui~~, mais ~~si~~ <bien> cruellement raisonnable ; et raisonnant si bien ! Oh ! femme femme ! l'artiste sera ~~désormais~~ <toujours> en vous plus forte que l'amante. Mais je vous aime aussi comme artiste ; il y a dans votre ~~chant aussi~~ <talent même> une partie de la magie qui m'a séduit marchez donc d'un pas ferme vers cette gloire que j'oublie, et s'il faut une voix pour vous crier courage s'il faut un bras pour vous ~~appuyer~~ <soutenir> s'il faut un corps où votre pied s'appuie pour monter plus haut vous savez que tout mon bonheur est de vivre et serait de mourir pour vous !

Mourir grandieu Pourquoi cette ~~pensée~~ <idée> me revient-elle à tout propos comme s'il n'y avait que ma mort qui fût l'équivalent du bonheur que ~~vous me~~ <vous> promettez ~~du bonheur qui peut me venir de vous~~ La Mort ~~je ne sais pourtant<pourquoi>~~ ce mot <pourtant> ne répand ~~cependant~~ rien de sombre dans ma pensée. Elle m'apparaît, couronnée de ~~fleurs~~ <roses pâles>, comme à la fin d'un festin j'ai ~~rêvé~~ qu'elle m'attendait en souriant au chevet ~~de votre lit et qu'elle me disait jeune homme n~~ <d'une femme endormie> non pas le soir mais le matin après le bonheur après l'ivresse et qu'elle me disait <allons> jeune homme tu as eu ta nuit comme d'autres ont leur jour, à présent viens dormir viens te reposer dans mes bras ; ~~j'ai moins de charme~~ <je ne suis pas belle> moi, mais je suis ~~éternelle et je ne donne pas le plaisir~~ bonne et secourable et je ne donne pas le plaisir mais ~~l'éternelle paix~~ le calme éternel

Mais où donc cette image s'est-elle déjà offerte à moi. Ah ! je vous l'ai dit c'était à Naples <il y a trois ans>. J'avais fait rencontre ~~au~~ <à> la Villa reale, d'une Vénitienne qui vous ressemblait ~~c'était une bonne fille entetée~~ une très bonne femme, ~~dont la profession~~ dont ~~la profession~~ l'état était de ~~broder~~ <faire des> broderies d'or ~~des étoffes~~ pour les églises. ~~Tout~~ Le soir nous étions allés voir *Buondelmonte* à San Carlo, et puis nous avions soupé ~~dans une trattoria~~ très gaiment au café d'Europe ~~et bu du Lacryma christi mousseux~~ tous ces détails me reviennent, parce que tout me frappait beaucoup à cause du grand rapport de figure qu'avait cette femme avec vous. ~~Je fus fort gêné quand~~ J'eus toutes les peines du monde à la décider à ~~aller plus loin que le souper~~ <me laisser l'accompagner> parce que me disait-elle elle avait un amant dans les <officiers> suisses du roi. Ils sont ~~couchés~~ <rentrés> depuis 9 heures, me disait-elle mais demain, ils <peuvent> sort~~ent~~<ir> de la caserne au point du jour ~~pour aller se baigner~~ et le mien viendra chez moi tout à son lever assurément ; il faudra donc vous éveiller bien avant ~~le jour~~ <soleil> le pourrez-vous. D'abord lui dis-je il y a un moyen fort ~~simple~~ <naturel> c'est de ne pas dormir <du tout>. Cette pensée la décida à me garder mais voilà qu'à une certaine heure nous nous endormîmes malgré nous. Vous allez croire que l'aventure se complique ~~beaucoup <ici>~~ [v°] après cela pas du tout, elle est de la dernière simplicité. Les aventures sont ce qu'on les fait et celle là m'était trop indifférente après tout pour que je cherchasse ~~à faire des scènes xxxxxx avec un Suisse <~~la pousser au drame <d'un> et puis le danger n'eut pas été pour moi seul> la pousser au drame surtout avec un suisse pour rival personnage probablement peu poétique. Avant le jour <~~voilà~~> cette femme qui s'éveille en sursaut ~~en entendant des cloches de couvent~~ au bruit des premières cloches. En un clin d'œil, je me trouvai habillé, conduit dehors ~~encore endormi~~ et me voilà sur le pavé de la rue de tolède ~~ainsi~~ encore assez endormi pour ne pas trop comprendre ce qui venait de m'arriver. Je pris par les petites rues derrière Chiaia et je mis ~~bientôt~~ à gravir ~~la montagne~~ le Pausilippe au dessus de la grotte. ~~Arrivé à une certaine hauteur, je rencont~~ Arrivé tout en haut, je me promenais en regardant en regardant la mer ~~et les flots~~ <déjà bleuâtre> la ville où l'on n'entendait encore que le bruit du matin et les deux îles d'Ischia et de Nisita qui commençaient à ~~s'éclairer aux premiers feux du~~ <dorer le front des> villas. Je n'étais pas ~~fatigué~~ le moins du monde <xxxxxxxxxxxxxxxxxx> je marchais à grands pas je courais je descendais les pentes, je me roulais dans l'herbe humide mais dans mon cœur il y avait l'idée de la mort

Oh ! Dieu je ne sais quelle profonde tristesse habitait mon âme, mais ce n'était autre chose que la pensée ~~que je ne serais jamais~~ <cruelle que je n'étais pas> aimé ! J'avais ~~épro~~ vu comme le fantôme du bonheur j'avais usé de tous les dons de Dieu, j'étais sous le plus beau ciel du monde, en présence de la nature la plus parfaite, ~~et la plus réelle~~ du spectacle le plus immense qu'il ~~fut~~ soit donné ~~de voir à un homme~~ aux hommes de voir mais ~~pas~~ à cinq cents lieues de la seule femme qui existât pour moi, et qui <m'>ignorait alors jusqu'à mon existence. ~~Ah ! il me semblait qu'en mourant je n'allais pas m'anéantir mais disposer~~ N'être pas aimé et n'avoir pas l'espoir de l'être jamais. Cette femme étrangère qui m'avait ~~offert~~ présenté votre vaine image <et qui servait pour moi au caprice d'un soir> mais qui avait ses amours à elle ~~je ne sais quel mauvais amant de hasard~~ ses intérêts, ses habitudes <contre lesquels je n'aurais pas eu la> cette femme ~~avait prés~~ m'avait offert tout le plaisir qui peut exister en dehors des émotions de l'amour. Mais l'amour ~~me~~ manquant ~~de tout cel de tout cela n'était rien alors il me semblait~~ et ~~ce~~ <tout cela> n'était rien. <C'est> Alors <que> je fus tenté d'aller redemander ~~à Dieu~~ compte à Dieu de mon incomplète existence. Il n'y avait qu'un pas à faire <à l'endroit où j'étais>, la montagne était coupée comme une falaise, la mer grondait au bas, bleue et ~~claire~~ <profonde> ; ce n'était plus qu'un moment à souffrir. Oh ! l'étourdissement de cette pensée fut terrible, <deux fois je me suis lancé> et je ne sais quel pouvoir me rejetta ~~à terre~~ vivant sur la terre que j'embrassai. Non mon Dieu vous ne m'avez pas créé pour mon éternelle souffrance je ne veux pas vous outrager par ma mort. Mais donnez moi la force, donnez moi le pouvoir ~~ou plutôt attendrissez pour moi~~ donnez moi surtout cette résolution, qui fait que les uns arrivent au trône, les autres ~~les autres~~ à la gloire les autres à l'amour

Mise au net (partielle) de la 3e lettre d'*Un roman à faire*, reprise dans « Octavie » (Lovenjoul, D 740, f° 12).

[M]e voilà encore à vous écrire, puisque je ne puis faire [autre] chose que de penser à vous, et de m'occuper de vous, [si oc]cupée, si distraite, si affairée ; non pas tout à fait indifférente peut-être, mais bien cruellement raisonnable ; et raisonnant si bien ! Oh ! femme, femme ! l'artiste sera toujours en vous plus forte que l'amante ! Mais je vous aime aussi comme artiste ; il y a dans votre talent une partie de la magie qui m'a charmé : marchez donc d'un pas ferme vers cette gloire que j'oublie, et s'il faut une voix pour vous crier : courage ! s'il faut un bras pour vous soutenir, s'il faut un corps où votre pied s'appuie pour monter plus haut, vous savez que tout mon bonheur est de vivre, et serait de mourir pour vous !

Mourir ! grand Dieu ; pourquoi cette idée me revient-elle à tout propos, comme s'il n'y avait que ma mort, qui fût l'équivalent du bonheur que vous promettez : La Mort ! ce mot ne répand cependant rien de sombre dans ma pensée : elle m'apparaît, couronnée de roses pâles, comme à la fin d'un festin ; j'ai rêvé quelquefois qu'elle m'attendait en souriant au chevet d'une femme adorée, non pas le soir, mais le matin, après le bonheur, après l'ivresse, et qu'elle me disait : allons, jeune homme ! tu as eu ta nuit, comme d'autres ont leur jour ! à présent, viens dormir, viens te reposer dans mes bras ; je ne suis pas belle, moi, mais je suis bonne et secourable, et je ne donne pas le plaisir, mais le calme éternel !

Mais où donc cette image s'est-elle déjà offerte à moi ? Ah ! je vous l'ai dit ; c'était à Naples, il y a trois ans. J'avais fait rencontre à la Villa reale, d'une Vénitienne qui vous ressemblait ; une très bonne femme, dont l'état était de faire des broderies d'or pour les ornemens d'église. Le soir, nous étions allés voir *Buondelmonte* à San Carlo, et puis nous avions soupé très gaiment au Café d'Europe ; tous ces détails me reviennent, parce que tout m'a frappé beaucoup, à cause du rapport de figure qu'avait cette femme avec vous. J'eus toutes les peines du monde à la décider à me laisser l'accompagner ; parce qu'elle avait un amant dans les officiers suisses du Roi. Ils sont rentrés depuis neuf heures, me disait-elle, mais demain, ils peuvent sortir de la caserne au point du [v°] jour, et le mien viendra chez moi tout à [son lever assurément.] Il faudra donc vous éveiller

ANNEXE 3

LES INTERTEXTES DE « DELFICA »

1. La IVe Églogue de Virgile

Haussons un peu le ton, ô Muses de Sicile…
À tous ne convient pas l'hommage d'humbles plantes :
Célébrons les forêts, mais dignes d'un consul.

Voici finir le temps marqué par la Sibylle.
Un âge tout nouveau, un grand âge va naître ;
La Vierge nous revient, et les lois de Saturne,
Et le ciel nous envoie une race nouvelle.

Bénis, chaste Lucine, un enfant près de naître
Qui doit l'âge de fer changer en âge d'or.
Ton Apollon déjà règne à présent sur nous

V. 1-10, traduction de Paul Valéry.

2. « La Chanson de Mignon » de Goethe

Connais-tu la contrée où dans le noir feuillage
Brille comme un fruit d'or le fruit du citronnier,
Où le vent d'un ciel bleu rafraîchit sans orage
Les bocages de myrte et les bois de laurier ?
La connais-tu ?... Si tu pouvais m'entendre,
C'est là, mon bien aimé, c'est là qu'il faut nous rendre.

Connais-tu la maison, le vaste péristyle,
Les colonnes, le dôme et sur leur piédestal
Les figures de marbre au regard immobile,
Qui disent : Pauvre enfant ! comme ils t'ont fait de mal !
La connais-tu ?... Si tu pouvais m'entendre,
C'est là, mon protecteur, c'est là qu'il faut nous rendre.

Connais-tu la montagne ? Un sentier dans la nue,
Un mulet qui chemine, un orage, un torrent,
De la cime des monts une roche abattue,
Et la sombre caverne où dort le vieux serpent,

La connais-tu ?... Si tu pouvais m'entendre,
Ô mon père ! c'est là, c'est là qu'il faut nous rendre.

Traduction de Théodore Toussenel.

ANNEXE 4

L'INTERTEXTE DU « CHRIST AUX OLIVIERS »

Le « Discours du Christ mort » de Jean-Paul (Siebenkäs, 1796)

Un Songe

[...]

Alors descendit des hauts lieux sur l'autel une figure rayonnante, noble, élevée, et qui portait l'empreinte d'une impérissable douleur; les morts s'écrièrent : — Ô Christ ! n'est-il point de Dieu ? Il répondit : — Il n'en est point. Toutes les ombres se prirent à trembler avec violence, et le Christ continua ainsi : — J'ai parcouru les mondes, je me suis élevé au-dessus des soleils, et là aussi il n'est point de Dieu ; je suis descendu jusqu'aux dernières limites de l'univers, j'ai regardé dans l'abîme et je me suis écrié : — Père, où es-tu ? mais je n'ai entendu que la pluie qui tombait goutte à goutte dans l'abîme, et l'éternelle tempête, que nul ordre ne régit, m'a seule répondu. Relevant ensuite mes regards vers la voûte des cieux, je n'y ai trouvé qu'un orbite vide, noir et sans fond. L'éternité reposait sur le chaos et le rongeait, et se dévorait lentement elle-même : redoublez vos plaintes amères et déchirantes ; que des cris aigus dispersent les ombres, car c'en est fait !

Les ombres désolées s'évanouirent comme la vapeur blanchâtre que le froid a condensée ; mais tout à coup, spectacle affreux ! les enfants morts, qui s'étaient réveillés à leur tour dans le cimetière, accoururent et se prosternèrent devant la figure majestueuse qui était sur l'autel, et dirent : — Jésus, n'avons-nous pas de père ? et il répondit avec un torrent de larmes : — Nous sommes tous orphelins ; moi et vous, nous n'avons point de père. À ces mots, le temple et les enfants s'abîmèrent, et tout l'édifice du monde s'écroula devant moi dans son immensité.

Traduction de Mme de Staël,
De l'Allemagne (1813)

NOTICES, NOTES ET VARIANTES

LES FILLES DU FEU

C'est du 22 octobre 1853, quelques jours après la dernière crise nerveuse qui l'a ramené à la clinique du Docteur Blanche, à Passy, que date la première mention du projet des *Filles du feu.* Dans une lettre, dont on ne connaît que des fragments, à son éditeur Daniel Giraud, Nerval dit travailler depuis huit jours à son volume : « Lundi vous pourrez mettre en train le volume définitivement, j'ai l'idée d'intituler cela *Mélusine ou les filles du feu*[1]. » À cette date, le volume devait se composer de cinq histoires : « Jemmy », « Angélique », « Rosalie » (*alias* « Octavie ») et, probablement, « Isis » et « Corilla ». Ni « Sylvie », qui devait faire l'objet d'une publication séparée chez le même Giraud (« faites composer de même *Sylvie* quoiqu'elle ne doive pas être dans le volume[2] », lui écrit Nerval le 25 octobre), ni « Émilie » n'en faisaient donc partie. C'est semble-t-il à la demande de l'éditeur que Nerval se résolut à insérer « Sylvie » dans son recueil comme en témoigne la lettre qu'il lui adressait en décembre : « Pour augmenter l'intérêt du volume, je consens à ce que vous y imprimiez *Sylvie*[3]. » Quelques jours plus tôt, dans le même souci d'étoffer le volume, Nerval avait proposé à Giraud d'y insérer aussi « La Pandora », et quelques jours plus tard, il ferait de même pour « Émilie » : « J'ai absolument besoin d'une nouvelle pour terminer, car cela mange plus que je ne croyais; faites-la donc copier bien vite. Il faut quelqu'un qui aille au cabinet de lecture, 156 galerie de Valois, et qui demande *Le Messager* de 1839. Il feuilletera et trouvera une nouvelle en *Variétés* intitulée : "Le Fort de Bitche". Il faudra mettre, au lieu de ce titre, le nom de l'héroïne[4]. » À la fin de l'année 1853, le volume devait donc comporter non pas sept mais huit nouvelles, puisque la lettre qui réclamait « Émilie » confir-

1. *NPl* III, p. 818.
2. *Ibid.*, p. 819.
3. *Ibid.*, p. 830.
4. *Ibid.*, p. 837-838.

mait encore la présence de « La Pandora » : « J'ai donné *la Pandora* au *Mousquetaire.* On va donc l'avoir[1]. »

Au début de janvier 1854, alors que le volume est sous presse, Nerval écrit à Giraud :

J'ai réfléchi sur le titre nouveau [Les Filles du feu], *je le trouve bien froufrou ; cela a un air de féerie et je ne vois pas trop que cela réponde au contenu, j'ai peur aussi que cela n'ait l'air d'un livre dangereux. Enfin voyez si le titre suivant ne conviendrait pas mieux.*

LES
AMOURS PERDUES
Nouvelles

ou Les Amours passées. *Cela me semble rendre bien mieux le sentiment doux du livre et c'est plus littéraire, rappelant un peu* Peines d'amour perdues *de Shakespeare*[2]

C'est effectivement sous le titre *Les Amours passés* [*sic*] que l'imprimeur Gratiot déclare le volume à la direction de la Librairie, le 16 janvier 1854, alors que quelques jours plus tard ledit volume, dont la publication est enregistrée par la *Bibliographie de la France* le 28 janvier, paraît sous le titre *Les Filles du feu,* comportant sept nouvelles (toutes déjà antérieurement publiées) : « Angélique », « Sylvie » (avec son appendice « Chansons et légendes du Valois »), « Jemmy », « Octavie », « Isis », « Corilla », « Émilie ».

Mais alors que la page de titre annonce des nouvelles, toutes nommément désignées par un encadré qui se lit ainsi :

Introduction.
Angélique.
Sylvie (Souvenirs du Valois).
Jemmy.
Octavie. — Isis. — Corilla.
Émilie.

l'« Introduction se lit en fait, dans le corps du volume, « À Alexandre Dumas », et la fin du volume présente, sous un titre, *Les Chimères,* composé dans le même corps que la dédicace qui remplace l'introduction, et dans un corps légèrement plus petit que celui des nouvelles, huit poèmes proposant une suite de douze sonnets. Cette section poétique

1 *Ibid.*, p. 838.
2. *Ibid.*, p. 843.

n'était évidemment pas prévue à l'origine, et ne fut introduite qu'*in extremis*, pour la même raison que l'introduction originelle qui, selon une lettre du 30 novembre au prote de l'imprimerie, devait donner « la clé et la liaison de ces souvenirs[1] », fut remplacée par la lettre-dédicace « À Alexandre Dumas » : l'article que celui-ci dans *Le Mousquetaire* du 10 décembre 1853 venait de consacrer à la folie de Nerval, illustrée par la publication d'« El Desdichado ». Ce substitut d'introduction, en même temps qu'il répondait à Dumas, donnait sinon la clé des *Filles du feu*, du moins celle de la folie toute littéraire de Nerval — « Il est, vous le savez, certains conteurs qui ne peuvent inventer sans s'identifier aux personnages de leur imagination » —, et la justification de cet appendice poétique, dont le titre lui-même est ironiquement emprunté à l'article de Dumas, qui avait fait de son ami un « guide entraînant dans le pays des chimères et des hallucinations » : « Et puisque vous avez eu l'imprudence de citer un des sonnets composés dans cet état de rêverie *supernaturaliste*, comme diraient les Allemands, il faut que vous les entendiez tous. [...] — la dernière folie qui me restera probablement, ce sera de me croire poëte : c'est à la critique de m'en guérir. »

Dernier volume publié par Nerval dans ces années de récapitulation et de recomposition littéraire de sa vie et de son œuvre, ce livre dont la composition et le titre même n'ont cessé de fluctuer jusqu'au dernier moment (au point que son contenu n'est pas tout à fait conforme au sommaire fourni par la page de titre) pose évidemment la question de son unité. Malgré l'affichage de cette unité dans le titre et le sous-titre (*Les Filles du feu/Nouvelles*), l'unité thématique des *Filles du feu*, qui auraient pu tout aussi bien s'appeler *Les Amours passées* ou *Les Amours perdues*, reste aussi problématique que l'unité générique de ces « nouvelles » où l'on trouve un récit par lettres (« Angélique »), un petit essai d'ethnographie (« Chansons et légendes du Valois »), un conte de veillée (« La Reine des poissons »), une étude archéologique prolongée en méditation philosophique (« Isis »), une petite comédie (« Corilla ») et, pour couronner le tout, les douze sonnets des *Chimères*.

S'il s'était appelé *Les Amours passées* ou *Les Amours perdues*, l'unité de ce livre dont les sept nouvelles peuvent se lire comme autant de variations sur « l'histoire éternelle des mariages humains[2] » (le narrateur ou ses doubles s'obstinant à passer à côté du bonheur humain par amour d'une chimère qui prend le plus souvent la figure d'une actrice, mais qui peut prendre aussi celui de la déesse Isis ou de la Mort), eût été sans doute plus aisément lisible. Mais au lieu d'afficher l'unité de son recueil dans le registre sentimental avec un titre censé

1. *Ibid.*, p. 829.
2. Cette édition, p. 32.

rendre « le sentiment doux du livre » et « rappelant un peu *Peines d'amour perdues* de Shakespeare », Nerval a choisi de lui donner, avec *Les Filles du feu*, une couleur mythologique.

À défaut de l'introduction qui eût donné « la clé et la liaison » de ces nouvelles (ce qui prouve au moins que ni l'une ni l'autre n'étaient évidentes), il convient de s'interroger, sinon sur la clé, du moins sur le passe que fournit le titre, non pas pour tout expliquer par lui — Nerval lui-même n'était pas dupe du caractère un peu factice de ce titre après coup (« je ne vois pas trop, écrivait-il au début de 1854 de son titre nouveau, que cela réponde au contenu » du livre) —, mais pour saisir au moins la remotivation symbolique qu'il opère sur ces nouvelles qui préexistent toutes, de quelques semaines ou de quelques lustres, au recueil. Et s'interroger sur les filles du feu, c'est s'interroger d'abord sur cet élément central de l'univers imaginaire nervalien, c'est-à-dire de sa cosmogonie autant que de sa psychologie, le feu.

L'idée nervalienne du feu n'est autre que ce qui est, pour Dupuis et Volney[1], la croyance la plus universelle, l'idée d'un univers animé et intelligent dont le feu est l'élément central, l'âme ou le principe vital. C'est l'idée qui est au cœur de la révélation de l'origine du monde dans la catabase du chant VI de l'*Énéide*, ou dans cette variante orientale de la descente d'Énée aux enfers, « Le Monde souterrain » du *Voyage en Orient*. Le buisson ardent de la révélation mosaïque n'est lui-même, selon Volney, « que l'*âme du monde*, le *principe moteur*, que, peu après, la Grèce adopta sous la même dénomination dans son *You-piter, être générateur*, et sous celle d'*Êi*, l'*existence*; que les Thébains consacraient sous le nom de *Kneph*; que *Saïs* adorait sous l'emblème d'Isis *voilée* [...], que Pythagore honorait sous le nom de *Vesta*, et que la philosophie stoïcienne définissait avec précision en l'appelant le principe du feu[2] ». Cette cosmologie implique évidemment, au nom de l'unité du vivant, une anthropologie : « Or, par une conséquence de ce système, poursuit Volney, chaque être contenant en soi une portion du fluide *igné* ou *éthérien*, moteur *universel* et commun ; et ce fluide *ame du monde* étant la *divinité*, il s'ensuivit que les *ames* de tous les êtres furent une *portion* de *Dieu* même [...] ; et de là tout le système de l'*immortalité* de l'ame, qui d'abord fut *éternité*. De là aussi ses *transmigrations* connues sous le nom de *métempsycose* [...]. Et voilà, Indiens, boudhistes, chrétiens, musulmans ! d'où dérivent toutes vos opinions sur la *spiritualité* de l'ame : voilà quelle fut la source des rêveries de *Pythagore* et de *Platon*[3]. » Et Dupuis : « Virgile dit des ames : Igneus est ollis vigor, et cœlestis origo, qu'elles sont formées de ce feu actif qui brille dans

1. Voir ci-dessous p. 249, n. 2 et p. 252, n. 1.
2. *Les Ruines*, Dugour et Durand, 1797, p. 208-209.
3. *Ibid.*, p. 203.

les cieux, et qu'elles y retournent après la séparation d'avec le corps. On retrouve la même doctrine dans le songe de Scipion. [...] La grande fiction de la métempsycose, répandue dans tout l'orient, tient au dogme de l'ame universelle et de l'homogénéité des ames, qui ne diffèrent entr'elles qu'en apparence, et par la nature des corps auxquels s'unit le feu-principe qui compose leur substance[1]. » S'il est un pythagorisme de Nerval, il n'est nulle part ailleurs que dans cette idée du feu universel.

Cette cosmologie n'est cependant pas le tout de l'idée nervalienne du feu. À cette cosmologie se superpose en effet un schéma biblique dualiste qui identifie l'univers souterrain du feu à l'enfer chrétien, au monde des réprouvés, et qui introduit ainsi dans ce complexe imaginaire du feu la polarité morale du bien et du mal, étant entendu que dans la théologie romantique cette polarité est volontiers inversée, que les damnés, de Satan à Caïn, sont moins des figures du mal justement punies que des victimes d'un dieu méchant, tyrannique et jaloux. Les deux logiques du feu, la cosmologie et le schéma biblique inversé, se fondent en particulier dans « Le Monde souterrain » du *Voyage en Orient*. Or c'est dans cet épisode qu'il est expressément question des fils du feu, ou plus exactement « des djinns ou enfants des Éloïms, issus de l'élément du feu » opposés aux « fils d'Adonaï, engendrés du limon[2] ». Ces fils du feu, dont Adoniram est la figure emblématique, sont à la fois les victimes de la jalousie d'Adonaï, et les bienfaiteurs de l'humanité qui entretiennent le feu central. Ainsi parle Tubal-Kaïn : « [...] pour effacer mon crime, je me suis fait bienfaiteur des enfants d'Adam. C'est à notre race, supérieure à la leur, qu'ils doivent tous les arts, l'industrie et les éléments des sciences[3]. » Et la révélation, comme dans l'*Énéide*, se termine en prophétie : « De toi », dit-il à Adoniram, « naîtra une source de rois qui restaureront sur la terre, en face de Jéhovah, le culte négligé du feu, cet élément sacré[4]. »

Ce schéma biblique (inversé) se complique encore d'une perspective historique : les victimes du Dieu biblique s'identifient pour Nerval au paganisme antique, religion de la terre et du feu, historiquement vaincu par l'avènement du christianisme tourné vers le ciel. Ce paganisme vaincu, dont la figure est, dans sa grotte, le dragon vaincu de « Delfica », n'est pas mort pour autant, mais voué depuis des siècles à une survie souterraine, comme la race des fils du feu, comme le feu des volcans qu'on croit éteints mais qui peuvent se réveiller. L'inver-

1. *Abrégé de l'origine de tous les cultes*, nouv. éd., L. Tenré, 1821, p. 490-491.
2. Folio, p. 710.
3. *Ibid.*
4. *Ibid.*, p. 717.

sion du bien et du mal transposée dans le temps de l'histoire aboutit ainsi à l'utopie d'une nouvelle Renaissance, d'un retour du paganisme ou d'un retour du feu dont la figure est évidemment le réveil du volcan. La terre napolitaine d'« Octavie », d'« Isis » et de « Corilla », qui conjoint les champs phlégréens, l'antre de la sibylle, l'entrée des enfers, la grotte du Pausilippe, les villes mortes d'Herculanum et de Pompéi et le Vésuve, est donc par excellence la terre du feu, cette terre chantée par Corinne, la sibylle italienne de Mme de Staël. Mais le Valois d'« Angélique » et de « Sylvie », de Senlis, ce vieux pays des Sylvanectes qui perpétue des traditions druidiques, à Soissons, « la vieille *Augusta Suessonium*, où se décida le sort de la nation française » — le passage du paganisme au christianisme — et qui a même, à Saint-Médard, son « *Pompeï* carlovingien », est aussi une terre du feu ; Sylvie, qui porte le feu avec elle — quand elle arrivait, « c'était le feu dans la maison » —, est, comme la Célénie de *Promenades et souvenirs*, la « petite Velléda du vieux pays des Sylvanectes » ; elle est la figure de ce paganisme éternel qui survit sous un christianisme de surface, « la fée des légendes éternellement jeune », tant du moins que perdure ce monde paysan, conservatoire naturel du paganisme (*païen* est le doublet de *paysan*), car le désenchantement de « Sylvie », ce n'est pas seulement le regret des amours perdues, c'est plus profondément le constat que ce paganisme éternel, qui a survécu au christianisme, meurt de l'industrialisation des campagnes et de leur colonisation par le monde urbain. La paysanne pervertie, c'est Sylvie devenue ouvrière, et qui ne chante plus les chansons du Valois mais des airs d'opéra. Cette perversion du monde paysan, c'est aussi la perte du paganisme.

À toutes ces dimensions cosmologiques, religieuses, historiques ou sociologiques du feu, encore faut-il ajouter, au nom de l'homologie du monde extérieur et du monde intérieur, une psychologie du feu. L'amour ou la passion, ce feu intérieur, sont ainsi la forme microcosmique, ou psychique, du feu cosmologique, comme l'esprit de révolte et le caractère indomptable sont la marque des fils du feu. De ce point de vue, la lettre-préface « À Alexandre Dumas », à défaut de l'introduction qui devait donner « la clé et la liaison » du recueil, fournit au moins, avec la lettre de Brisacier, un éclairage essentiel.

Dans cette suite rêvée du *Roman comique* de Scarron, qui nous plonge dans le monde théâtral de l'illusion et du jeu, Brisacier est celui qui ne *joue* pas, mais qui *est* l'Achille furieux d'*Iphigénie* ou le Néron fou de *Britannicus*. Or cette façon d'être ses rôles convoque la métaphore du feu : Brisacier ne joue pas, il brûle, littéralement : « mon rôle s'est identifié à moi-même, et la tunique de Néron s'est collée à mes membres qu'elle brûle, comme celle du centaure dévorait Hercule expirant. » Le feu, en somme, abolit le jeu, au point que Brisacier, incompris du public, rêve de « brûler le théâtre ». Brûler le théâtre, c'est pousser à sa limite l'identification à Néron mettant le feu à Rome qui l'« avait insulté », et ressusciter par là même le Néron vrai au-delà des conventions de la tragédie racinienne ; c'est abolir l'univers factice du jeu pour concevoir un théâtre déthéâtralisé, un théâtre de la vérité où, « comme au jeu du cirque, c'était peut-être du sang qui allait couler ». Dès lors que le jeu devient feu, le théâtre devient religion (Brisacier est « un comédien qui a de la religion »), liturgie de la présence réelle (comme la messe, comme le culte d'Isis), et le feu du comédien peut embraser à nouveau les cendres apparemment éteintes du passé : « Ne jouons plus avec les choses saintes, même d'un peuple et d'un âge éteints depuis si longtemps, car il y a peut-être quelque flamme encore sous les cendres des dieux de Rome !... » Le feu intérieur, psychologique, du comédien est alors la condition *sine qua non* d'une renaissance de ce feu des civilisations disparues, ou d'un retour des dieux du paganisme, en même temps que ce feu-là, qui touche à la foi, touche aussi, indissociablement, à la folie.

Or cette folie théâtrale, évoquée déjà à propos de Rétif qui voulait « faire jouer les scènes d'amour par de véritables amants la veille de leur mariage[1] », ne vaut pas seulement pour elle-même ; elle est aussi donnée par la lettre-préface à Dumas comme la figure d'une autre folie (ou d'un autre feu), celle de l'auteur. La folie littéraire de Nerval, c'est de s'identifier à ses personnages comme l'acteur Brisacier s'identifie à son rôle, ou mieux, Nerval s'identifie à Brisacier qui s'identifie à ses rôles : « l'on arrive pour ainsi dire à s'incarner dans le héros de son imagination, si bien que sa vie devienne la vôtre et qu'on brûle des flammes factices de ses ambitions et de ses amours. » L'utopie des *Filles du feu* est bien dans une forme de palingénésie[2], palingénésie d'un monde disparu, proche ou lointain, qui passe par l'identification de l'auteur à ses personnages et par l'appropriation de la mémoire collective en mémoire individuelle. Ce n'est pas un hasard si la lettre du 30 novembre 1853 au prote Abel ne parlait pas de nouvelles, mais de souvenirs[3], étant entendu que ces souvenirs-là sont à double fond, ou palimpsestes. Écrire *Les Filles du feu*, c'est donc écrire sa « propre histoire », chaque nouvelle est, à sa façon, un fragment d'autobiographie imaginaire de ce fils du feu.

1. *Les Illuminés*, Folio, p. 256.

2. Ce mot de la philosophie stoïcienne cher à Nerval et au progressisme romantique, du grec *palingenesia*, renaissance, retour périodique, comporte au XIXe siècle une forte connotation politique et sociale.

3. « Sylvie » est sous-titrée « Souvenirs du Valois » ; la version pré-originale d'« Isis » fut sous-titrée « Souvenir de Pompéi », et celle d'« Émilie » « Souvenir de la Révolution française ».

Il reste que Nerval n'est pas dupe — pas plus que l'acteur Brisacier dont on ne sait jamais s'il est fou, ou s'il joue la folie — de cette folie littéraire, folie toute réfléchie, qu'il se plaît à mettre en scène sous le patronage d'Érasme dans toute son œuvre, des *Illuminés* aux *Filles du feu*. Dans le même temps qu'il avoue souffrir, en fils du feu ou en vestal, de cette folie d'identification à ses personnages, il l'exhibe et la met à distance ironique, faisant ainsi, comme Peregrinus et Apulée[1], la part de l'enthousiasme et celle de l'ironie, ou la part du feu, et celle du jeu.

Faut-il alors s'étonner de la disparité générique de ces nouvelles attrape-tout ? De même que la logique nervalienne des *Filles du feu* déplace et transgresse les frontières d'un monde toujours double (Paris et le Valois, le théâtre et la nature, le rêve et la réalité, la nuit et le jour, le monde des Indiens et le monde des colons, la Naples vivante et les villes mortes, le présent et le passé, le théâtre et la vie, la France et l'Allemagne, la vie et la mort), la folie (ou la contrebande) littéraire se joue des conventions et de toutes les frontières génériques. Le monde de la littérature, s'il est aussi, comme le montre « Angélique », un monde de livres, n'est pas le monde rangé des bibliographes. C'est un monde où, n'en déplaise aux douaniers de la critique, l'on voyage sans passeport. Comme le rappelle le narrateur d'« Angélique », évoquant cette fantaisie qui est un autre nom de la folie littéraire, « l'écrivain fantaisiste, exposé à perpétrer un *roman-feuilleton*, fait tout déranger, et dérange tout le monde pour une idée biscornue qui lui passe par la tête ». L'éloge du dérangement est bien entendu encore un éloge de la folie.

Page 27. À ALEXANDRE DUMAS

Cette lettre-préface, remplaçant au dernier moment l'introduction annoncée des *Filles du feu*, est à la fois une réponse à l'article indélicat de Dumas dans *Le Mousquetaire*, un éloge de la folie littéraire, une justification des *Chimères*, et même, au-delà des *Filles du feu*, une annonce de l'œuvre à venir, *Aurélia*. Ce texte de circonstance est évidemment composite : outre la longue citation de l'article de Dumas, Nerval y insère en effet *Le Roman tragique* jadis publié dans *L'Artiste* du 10 mars 1844, et qui était présenté comme une suite du *Roman comique* de Scarron. Repris dans cette lettre-préface, *Le Roman tragique* y devient une parabole tenant lieu d'introduction des *Filles du feu*, et de justification du titre (voir *supra* la Notice).

1. Quelques jours après la première grande crise de folie de Nerval

1. Voir ci-dessous p. 145, n. 1.

(février 1841), Jules Janin, dans le *Journal des Débats* du 1er mars 1841, avait consacré son feuilleton dramatique à la folie de son « ami ».

2. Astolfe, personnage du *Roland furieux* de l'Arioste, invité par saint Jean à récupérer dans la lune la raison que Roland a perdue par châtiment divin. Cette raison perdue est enfermée dans une fiole. On notera que Nerval s'identifie à la fois à celui qui a perdu la raison (Roland) et à celui qui la recouvre pour lui (Astolfe). Cf. la lettre à Maurice Sand du 5 novembre 1853 : « Pour le présent je demeure au *château Penthièvre à Passy*, simple *maison de santé*, où je ne fais que passer, comme Astolfe dans la lune. Bientôt je ferai savoir que j'y ai retrouvé ma raison dans une bouteille d'abondance... » (*NPl* III, p. 821).

3. L'hippogriffe, monture d'Astolfe, est un cheval ailé, issu du croisement d'une jument et d'un griffon. Être sur l'hippogriffe, c'est donc chevaucher une chimère (c'est d'ailleurs l'une des montures envisagées par le narrateur d'*Histoire du roi de Bohême et de ses sept châteaux* de Nodier paru en 1830). Dans le *Roland furieux*, si c'est sur l'hippogriffe qu'Astolfe parvient aux montagnes de la lune (le paradis terrestre), c'est sur le char d'Élie qu'il fait avec Jean le voyage de la lune.

Page 28.

1. Nerval a omis ici ces lignes de Dumas : « [...] infaisables ; — alors notre pauvre Gérard, pour les hommes de science, est malade et a besoin de traitement, tandis que, pour nous, il est tout simplement plus conteur, plus rêveur, plus spirituel, plus gai ou plus triste que jamais. »

2. Nerval a omis la fin de la phrase de Dumas : « [...] baron de Smyrne, et il m'écrit, à moi, qu'il croit son suzerain, pour me demander la permission de déclarer la guerre à l'empereur Nicolas ».

3. Cette longue citation n'est pas tout à fait littérale. Outre les deux omissions déjà signalées (notes 1 et 2), Nerval a apporté quelques corrections à l'article de Dumas : « il n'est conte de fée, ou des *Mille et Une Nuits* » corrige « il n'est conte de fée, pas même *la Jeunesse de Pierrot* [conte de Dumas, signé du pseudonyme « Aramis », dont *Le Mousquetaire* commençait la publication dans son numéro du 10 décembre] » ; « sultan de Crimée » [identité rêvée de l'Illustre Brisacier] corrige « sultan Ghera-Gheraï [nom propre des sultans de Crimée] », et « paroles plus tendres » corrige « paroles plus sombres ». Nerval nervalise ainsi discrètement l'épitaphe dumasienne de son esprit.

Page 29.

1. Dans *Le Roman tragique*, la lettre est datée fictivement d'« Avril 1692 », soit sous Louis XIV, époque à laquelle vécut le véritable Brisa-

cier, fils naturel du roi de Pologne Jean Sobieski, ou réputé tel, bien que « l'illustre Brisacier » nervalien n'ait pas grand-chose à voir avec son modèle historique, évoqué dans les *Mémoires* de l'abbé de Choisy (1727). En reprenant *Le Roman tragique*, Nerval, au nom de la transmigration des âmes, tire son personnage, qui est aussi son double imaginaire, vers le XVIIIe siècle.

2. Voir, *infra*, « Angélique » et « Histoire de l'abbé de Bucquoy » dans *Les Illuminés*. « Angélique » et « Histoire de l'abbé de Bucquoy » formaient à l'origine un seul livre, *Les Faux Saulniers*.

3. Cf. Hugo : « "*Imaginer*, dit La Harpe avec son assurance naïve, ce n'est au fond que *se ressouvenir*" » (Préface de *Cromwell*) et Nerval lui-même dans *Les Faux Saulniers* (*NPl* II, p. 48) : « Personne n'a jamais inventé rien ; — on a retrouvé. »

4. Le saint-simonien Pierre Leroux (1797-1871), ami de George Sand, fut l'un des principaux apôtres du socialisme utopique et de la religion humanitaire. Dans une lettre de mai 1844 au directeur de la *Revue et gazette des théâtres* (*NPl* I, p. 1413) où il invoquait déjà le pythagorisme de Leroux, Nerval faisait le lien entre théâtre, métempsycose et résurrection de l'antiquité.

5. Claude-Henri de Fusée, abbé de Voisenon (1708-1775), auteur de contes libertins, dont « Le Sultan Misapouf », publié dans *Le Mercure de France au dix-neuvième siècle* en 1830, à l'époque où Nerval y collaborait régulièrement ; François-Augustin Paradis de Moncrif (1687-1770), auteur des *Âmes rivales* ; Claude-Prosper Jolyot de Crébillon, dit Crébillon fils (1707-1777), auteur du *Sopha* (1740). Toutes ces œuvres évoquent, sur un mode plaisant, la transmigration des âmes.

6. Citation approximative du *Sopha*, conte imité des *Mille et Une Nuits* dans lequel un courtisan, qui croit à la métempsycose, raconte au sultan Schah-Baham, passionné de broderie, comment Bra[h]ma l'a transformé en sopha « pour punir [s]on Âme de ses dérèglements ». Citation exacte : « Vous avez donc été Sopha, mon enfant ? Cela fait une terrible aventure ! Hé, dites-moi, étiez-vous brodé ? » (Première partie, chap. I).

Page 30.

1. Épisode fameux du *De republica* de Cicéron, où Scipion a la vision de l'au-delà. Cette vision procède selon Dupuis (cf. p. 252, n. 1) de la même doctrine que le discours d'Anchise à Énée au chant VI de l'*Énéide*. « Virgile dit des âmes [...] qu'elles sont formées de ce feu actif qui brille dans les cieux, et qu'elles y retournent après leur séparation d'avec le corps. On retrouve la même doctrine dans le songe de Scipion. » Cette doctrine est à la base de la « grande fiction de la métempsycose » (*Abrégé de l'origine de tous les cultes*, L. Tenré, 1821, p. 490-491).

2. Plutôt que la seule vision de Godefroy de Bouillon au chant XIV de *La Jérusalem délivrée* du Tasse (Maria-Luisa Belleli), c'est toute *La Jérusalem délivrée* qui est donnée ici comme la vision du Tasse.

3. Le long morceau qui suit et qui est signé de « L'illustre Brisacier » est la reprise du *Roman tragique* publié dans *L'Artiste* du 10 mars 1844, *Roman tragique* donné comme une continuation du *Roman comique* de Scarron, avec ses personnages de poète raté (Ragotin) et de comédiens ambulants (L'Étoile, Le Destin, La Caverne, La Rancune).

4. Ce couple aimable se retrouvera dans « El Desdichado », originellement intitulé « Le Destin », où le héros éponyme a perdu sa « seule *étoile* ».

5. Cette déclinaison symbolique du je théâtral du *Roman tragique* peut apparaître comme l'envers ironique de la déclinaison symbolique du je lyrique d'« El Desdichado » : le « prince ignoré » renvoie au « prince d'Aquitaine », le « beaux ténébreux » au « ténébreux », le « déshérité » à « El Desdichado » (traduction donnée par Walter Scott dans *Ivanhoé*), et renvoie elle-même à une déclinaison plus ancienne, qu'on lit dans l'introduction de 1830 au *Choix des poésies de Ronsard*, celle des ridicules poètes évoqués par Du Bellay dans sa *Défense et illustration de la langue française* : « "Je ne souhaite pas moins que ces *dépourvus*, ces *humbles espérants*, ces *bannis de Liesse*, ces *esclaves*, ces *traverseurs*, soient renvoyés à la table ronde, et ces belles petites devises aux gentilshommes et damoiselles, d'où on les a empruntés" », déclinaison que Nerval commentait ainsi : « Allusion aux ridicules surnoms que prenaient les poètes du temps : *l'Humble espérant* (Jehan le Blond) ; *le Banni de Liesse* (François Habert) ; *l'Esclave fortuné* (Michel d'Amboise) ; *le Traverseur des voies périlleuses* (Jehan Bouchet). Il y avait encore *le Solitaire* (Jehan Gohorry) ; *l'Esperonnier de discipline* (Antoine de Saix), etc., etc. »

Page 31.

1. Par cette identité de fils du grand khan de Crimée, Brisacier est bien le double du Nerval de Dumas, « sultan de Crimée ».

2. Cette triste vérité que Brisacier n'est qu'un prince de contrebande fait soupçonner aussi le prince d'Aquitaine d'« El Desdichado ».

3. Vatel, cuisinier du prince de Condé, s'était suicidé en 1671 à cause du retard de la marée. Ce suicide de Vatel sera évoqué encore dans *Pandora* et *Promenades et souvenirs*.

Page 32.

1. Achille : dans *Iphigénie* de Racine.

2. Le texte du *Roman tragique* donnait : « [...] le culte encore douteux des nouveaux tragiques français ». Ce n'est plus vers le XVIIIe siècle

que cette correction tire *Le Roman tragique*, mais vers le XIXe siècle romantique.

Page 33.

1. La fille de Léda : Hélène, enlevée par Pâris et emmenée à Troie.
2. Marie Desmares, dite la Champmeslé (1642-1698), célèbre tragédienne qui fut la maîtresse de Racine et la créatrice de toutes ses héroïnes, d'Andromaque à Phèdre.

Page 34.

1. Vierges nobles de Saint-Cyr : créatrices des deux pièces bibliques de Racine, *Esther* et *Athalie*.
2. Aurélie : Nerval donne ici son identité à « cette belle *étoile* de comédie » qui annonce l'Aurélie du chapitre XIII de « Sylvie », et Aurélia. Un fragment manuscrit contemporain des *Filles du feu*, intitulé « Aurélie », et qui devait introduire la lettre de Brisacier, précisait le lien entre *Le Roman tragique* et « Sylvie » : « Quelques passages [de la lettre de Brisacier] retraçaient dans ma pensée le portrait idéal d'Aurélie, la comédienne, esquissé dans *Sylvie* » (*NPl* I, p. 1742).

Page 35.

1. Par ce rêve fou d'incendier le théâtre, Brisacier joue moins le Néron de *Britannicus* qu'il ne ressuscite dans sa folie l'empereur poète incendiaire de Rome. Voir le livre de Gabrielle Chamarat-Malandain, *Nerval et l'incendie du théâtre*, Corti, 1986.
2. *Sic.* C'est Néron, non Burrhus, qui raconte (acte II, scène 2) l'enlèvement de Junie.

Page 36.

1. Cette folie du comédien pour qui le rôle devient une seconde nature fait de Brisacier un Saint Genest du paganisme.
2. Cf. les articles des 12 et 26 mai 1844 sur une représentation de l'*Antigone* de Sophocle (*NPl* I, p. 801 et 805).
3. Il n'y a pas loin de ce rêve nervalien au théâtre de la cruauté d'Artaud.

Page 38.

1. Arachné : fileuse virtuose, qui fut changée par Athéna en araignée.
2. Cette route de Flandre, passant par Senlis, sera empruntée aussi par le narrateur d'« Angélique » (5e et 6e lettres) et par celui de « Sylvie » (chap. III).
3. Figure à la manière de Callot, c'est-à-dire grotesque (J. Bony).

Page 39.

1. L'histoire de cette descente aux enfers, ce sera *Aurélia*.
2. Double caution (ironique) pour l'obscurité des *Chimères* : la métaphysique (Hegel) et la mystique (Swedenborg).

ANGÉLIQUE

Du 24 octobre au 22 décembre 1850, *Le National* avait publié en feuilleton un récit sous forme de lettres adressées au directeur du journal, *Les Faux Saulniers*, relatant les aventures de l'auteur à la recherche d'un livre introuvable, *Histoire de l'abbé de Bucquoy*, puis, le livre trouvé, l'histoire même de l'abbé de Bucquoy. Si la nature et la forme même de cet anti-roman multipliant les digressions, les commentaires métanarratifs et les citations d'archives (le dossier de police de l'affaire Le Pileur ou la confession d'Angélique de Longueval[1]) devaient beaucoup, comme le soulignaient les « réflexions » finales de la première partie, à la veine du récit excentrique à la manière de Sterne, de Diderot et de Nodier, elles avaient aussi été déterminées par une actualité toute récente, l'amendement Riancey à la loi sur la presse du 16 juillet 1850 qui frappait d'un droit de timbre dissuasif d'un centime par numéro les romans-feuilletons publiés par les journaux. Cette censure déguisée visait un genre réputé sulfureux depuis le précédent des *Mystères de Paris* d'Eugène Sue en 1842. Sous couvert de « récit historique » (l'histoire authentique de l'abbé de Bucquoy dont le sort se trouva mêlé à celui d'une bande de faux saulniers), Nerval jouait en fait, *cum grano salis*, les faux saulniers de la littérature : cet anti-roman qui ne cessait de répéter qu'il n'était pas un roman était un acte de contrebande politique et littéraire.

En mai 1852, l'« Histoire de l'abbé de Bucquoy » était insérée dans *Les Illuminés*, et en janvier 1854, la première partie des *Faux Saulniers*, au prix de quelques coupes et d'un redécoupage des parties, devenait, sous le titre d'« Angélique », la première des nouvelles des *Filles du feu*. Des *Faux Saulniers* à « Angélique », le récit excentrique perdait une bonne part de sa dimension politique, ainsi que la métaphore du titre (qui ne subsiste plus que sous la forme d'une allusion perdue[2]), et se trouvait partiellement recentré sur la figure d'Angélique de Longueval. Mais ce recentrage reste problématique, puisque l'« Histoire de la

1. Le dossier de police est conservé à la BNF sous la cote Ms français 8121 ; la confession d'Angélique aux Archives nationales sous la cote M 422.
2. Voir p. 46, n. 1.

grand'tante de l'abbé de Bucquoy» n'est jamais qu'une digression — la plus longue sans doute — d'un récit dont l'histoire de l'abbé de Bucquoy reste explicitement «le motif principal», alors même que cette histoire destinée à servir de «final» se lit désormais ailleurs, comme l'indiquent les dernières lignes, dans *Les Illuminés*.

En ouverture des *Filles du feu*, «Angélique» n'est pas seulement une première mise en place, sur le mode rhapsodique, des thèmes qui seront réorchestrés dans «Sylvie» (la double polarité de Paris et du Valois, le voyage à Cythère, les chansons et légendes du Valois, le retour à la terre maternelle, les rondes enfantines, le mystère joué par de jeunes couventines, la fête de l'arc à la Saint-Barthélemy, le couple Sylvain-Sylvie, le pèlerinage sur la tombe de Rousseau) ; cette rhapsodie apparente sur le modèle des contes orientaux est aussi «une symphonie [...] pastorale» qui peut se lire comme le voyage en Orient valoisien de Nerval, en même temps que le patronage de l'auteur des *Confessions* et le recentrement de la nouvelle sur la confession d'Angélique, réputée plus hardie, «étant d'une fille de grande maison, — que les *Confessions* mêmes de Rousseau», en font une confession déguisée. Surtout, ce «livre infaisable[1]» (mais qui se fait d'être infaisable) à la recherche d'un livre introuvable ; ce livre, à l'image du personnage de l'abbé de Bucquoy, «excentrique et éternellement fugitif», et qui ne cesse de jouer avec les frontières des genres (roman et histoire, roman et confession) et des œuvres (qu'elle recompose à volonté), est un éloge, contre les esprits rangés des bibliographes ou des censeurs, de cette folie particulière qui «fait tout déranger, et dérange tout le monde» : la littérature, cet art éternel de contrebande et de contrefaçon.

Page 41.

1. La transformation, des *Faux Saulniers* à «Angélique», de l'adresse «Au Directeur du *National*» en «À M. L. D.» (qu'on peut lire «À Monsieur le Directeur») rend cette adresse indéchiffrable pour le lecteur.

2. En réalité, c'est en 1850 (août et septembre) que Nerval passa à Francfort où il avait déjà séjourné en 1838.

Page 42.

1. Robert Blum (1807-1848), révolutionnaire allemand, fusillé le 9 novembre 1848 pour avoir soutenu l'insurrection de Vienne et le soulèvement des troupes autrichiennes envoyées pour mater la révolution hongroise.

2. Jacques Charles Brunet (1780-1867), bibliographe dont le *Manuel*

1. Cette édition, p. 28.

du libraire et de l'amateur de livres, paru en 1814, connut plusieurs éditions.

3. Titre exact : « Événement des plus rares / ou / L'Histoire du S[r] abbé / Comte de Buquoy / singuliérement / son évasion du Fort-l'Évêque / et de la Bastille / l'allemand à côté, / revüe & augmentée, / deuxiéme Édition / avec / plusieurs de ses ouvrages / vers et proses / & particululiérement [*sic*] / La Game des femmes. & se vend / chez Jean dc la Franchise / Rue de la Réforme à l'Espérance / à Bonnefoy / 1719. » Le nom de l'éditeur et son adresse, évidemment fictifs, signent l'origine protestante du livre, dont l'auteur est sans doute Mme Du Noyer (voir p. 44, n. 1).

Page 43.

1. Sur l'amendement Riancey, voir la Notice.

2. L'expression « bizarrement accouplés » donne exactement la formule de la chimère nervalienne. Cf. dans *Les Illuminés* cette formule des « Confidences de Nicolas » : « [...] et le système se formait ainsi, comme l'antique chimère, de deux natures bizarrement accouplées ». Le feuilleton-roman est donc aux yeux de Nerval une chimère littéraire.

3. Joseph-Marie Quérard (1797-1865) donna, sous le titre *La France littéraire*, le *Dictionnaire bibliographique des savants, historiens et gens de lettres de la France, ainsi que des littérateurs étrangers qui ont écrit en français, plus particulièrement pendant les XVIIIe et XIXe siècles*, Firmin-Didot, 1827-1839.

Page 44.

1. L'*Histoire de l'abbé de Bucquoy* figure en effet dans les *Lettres historiques et galantes, de deux dames de condition*, par Madame de C*** (Mme Du Noyer, née Anne-Marguerite Petit vers 1663-1720), au tome V de l'édition publiée chez Pierre Marteau à Cologne (1710-1713), au tome III de la « nouvelle édition, revûë, corrigée, augmentée & enrichie de Figures », publiée chez Pierre Brunel à Amsterdam en 1720. Ce « second récit des aventures de l'abbé », qui est le même (et du même auteur), est donc chronologiquement le premier. On lit d'ailleurs dans la préface d'*Événement des plus rares*... : « je dirai à ce sujet que pour le plan de l'histoire de Mr de Buquoy, j'ay suivi, avec le style, le génie qui se trouve dans les lettres galantes, qui ont été si bien reçües du Public. Ce sont deux dames qui s'ecrivent l'une de Paris & l'autre de la Haye ce qu'elles aprennent de curieux. »

2. Ce Phélippeaux est Louis Phélypeaux, comte de Pontchartrain (1643-1727), de qui dépendait, en sa qualité de chancelier de France de 1699 à 1714, la nomination des censeurs. Quant au Louis qui précède, il ne s'agit pas de son prénom, mais, comme l'indique M. Brix, du seing royal.

3. Nerval a effectivement publié des articles dans *Die Allgemeine Theaterzeitung*.

4. Le quasi-homonyme de Josef Anton Edler von Pilat (1782-1865), secrétaire particulier de Metternich, est évidemment Ponce Pilate qui est aussi, dans « Le Christ aux Oliviers », un personnage nervalien.

Page 45.

1. *Le National* et *Le Charivari*, à la différence du *Journal des Débats* et de *La Quotidienne*, étaient des journaux d'opposition.

2. Paul Lacroix, dit le Bibliophile Jacob (1806-1884), qui deviendra conservateur de l'Arsenal en 1855.

3. *Sic*, pour Alexandre Pillon (1792-1876), conservateur adjoint de la Bibliothèque Nationale (devenue Impériale) depuis 1848, surnommé le « catalogue incarné ».

Page 46.

1. Cette référence aux faux-saulniers, qui renvoyait au titre de ce feuilleton-roman dans *Le National*, reste, dans « Angélique », la seule inscription de son origine et n'est plus qu'une allusion perdue.

2. Jules Amédée Désiré Ravenel (1801-1885) était conservateur adjoint du département des Imprimés.

Page 47.

1. Ce personnage authentique, Napolitain venu en France en 1826, est évoqué par Champfleury dans un article de *L'Artiste* du 11 octobre 1846, repris dans *Les Excentriques* (1852). Une note de Champfleury dans le volume précise : « En France nous disons Carnaval ; mais le véritable nom est Carnevale. »

2. Adolphe Thiers (1797-1877), historien de la Révolution française, du Consulat et de l'Empire, et Jean-Baptiste Capefigue (1801-1872), polygraphe impénitent, grand compilateur d'archives mais historien peu rigoureux, ne sont guère des historiens amusants.

Page 48.

1. La destruction de la Bibliothèque et du Sérapéon par les chrétiens eut lieu en 390, le massacre d'Hypatie en 415 ; l'incendie attribué à Omar ou à son lieutenant Amrou en 641. Cette disculpation d'Amrou se trouvait déjà dans un article du 4 novembre 1849 devenu la première section de l'appendice du tome II du *Voyage en Orient*, alors même que dans « Les Femmes du Caire » dudit *Voyage*, Nerval nommait Amrou « vainqueur de l'Égypte grecque, et qui venait de saccager Alexandrie » (Folio p. 247).

Page 49.

1. Nerval transpose ici un mot de La Tisbe à Angelo dans *Angelo tyran de Padoue* de V. Hugo, acte I, scène 1 : « Quand vous passez dans une rue, monseigneur, les fenêtres se ferment, les passants s'esquivent, tout le dedans des maisons tremble. »

2. Ce dérangement des livres est aussi une forme de dérangement mental (nécessaire et bienvenu) en face des esprits trop rangés de la science régulière. L'écrivain fantaisiste, ou chimérique, relève, lui, de la science irrégulière.

Page 50.

1. Titre exact : « *Aanmerkelyke / Ontmoetingen / in de zestien jaarige / reize / naa de / Indiën, / gedaan door / Jakob de Bucquoi* / [...] / te Haarlem, / by Jan Bosch, Boek- en Papierverkooper. / MDCCXLIV. »

2. Les faux saulniers ne sont décidément pas les seuls contrebandiers de ce livre qui est lui-même un roman de contrebande

Page 51.

1. Ce rapport de police, retrouvé par Nicolas Popa, est conservé à la BNF sous la cote Ms français 8121. La liste des affaires se lit en fait : « Lepilleur, Cl. François, Bouchard, Dame de Boutonvilliers, Jeanne Masse, comte de Bucquoy ».

2. Formule devenue proverbiale du *Phormion* de Térence (III, 2) : « *auribus teneo lupum* ».

3. Marc-René de Voyer d'Argenson (1652-1721), lieutenant de police de Paris de 1697 à 1718, date à laquelle il devint garde des Sceaux.

4. Jérôme Phélypeaux, comte de Pontchartrain (1674-1747), fils de Louis Phélypeaux (voir p. 44, n. 2), ministre de la Maison du Roi de 1699 à la mort de Louis XIV (1715).

Page 52.

1. Avant de devenir lieutenant de police, D'Argenson avait été procureur général de la commission pour rechercher les usurpateurs de titres de noblesse. De Bucquoy ne sort donc de la contrebande littéraire — il n'est pas un héros de roman mais un personnage historique — que pour entrer dans la contrebande nobiliaire.

2. L'annotation marginale doit se lire en fait « bon ne peut trop » et non « Bon / ne peut trop » (N. Popa).

Page 53.

1. L'annotation se lit cette fois « bon / ne peut trop ».

2. Citation exacte : « J'ay fait dire aux marchands de la foire de

St Germain qu'ils ayent a se conformer aux ordres du Roy qui leur deffendent de donner a manger durant les heures qui ne conviennent pas a l'observance du jeusne suivt les regles de l'Eglise et je continueray d'avoir sur eux une attention particuliere pour reprimer ou pour prevenir les abus qu'ils pouroient commettre a cet Egard. »

3. Nerval paraphrase le rapport de police : « J'ay regardé l'Emprisonnement du particulier qu'on accuse de l'assassinat d'une religieuse de l'abbaye de st Sauveur d'Evreux [...]. On a trouvé sur luy une tasse et un cachet d'argent, plusieurs louis d'or, quelques morceaux de linge ensanglantez et un gand qu'on dit estre pareil a un autre gand qui s'est trouvé dans la chambre de la religieuse assassinée. »

4. Le rapport ne parle pas d'un abbé, mais d'un diacre.

5. Paraphrase et citation du rapport de police : « Le motif qui fait aller si souvent cet homme a Versailles c'est pour y donner des advis en finance et pour y solliciter des affaires qui apparament ne reussissent pas puisqu'il doit dans touttes ses auberges et qu'il est presque toujours dans le besoing : aussy je crois qu'on peut le regarder comme un visionnaire et un intrigant plus propre a renvoyer dans sa province qu'a tolerer a Paris ou il ne peut qu'estre a charge au publiq. »

Page 54.

1. Ce particulier est pourtant bien nommé dans le rapport de police : « tout ce que j'ay sceu [...] c'est que l'accusé se nomme Claude françois dit Bagnolet, qu'il est diacre ».

2. Cette phrase tronquée peut prêter à confusion sur l'intérêt du sieur Pasquier. Celui-ci, beau-père de la prostituée, s'intéresse à elle pour la secourir.

3. La formule « à la maison de force » est en fait dans le rapport (« elle meritoit d'estre mise pour quelque temps en la maison de force de l'hospital general »), en marge de quoi Pontchartrain a écrit : « bon pr six mois ».

4. Épigramme empruntée, selon *NPl*, à *L'Inquisition françoise ou l'Histoire de la Bastille*, Amsterdam : B. Lakeman, Leide : J. et H. Verbeck, 1724, de Constantin de Renneville (vers 1650-1723), ouvrage abondamment utilisé dans *Les Faux Saulniers*. Mais elle figure aussi dans *Lettres historiques et galantes* de Mme Du Noyer (édition de 1720, tome I, p. 444-445).

5. Citation exacte : « Je sçauray mesme respecter comme je dois les reprimandes et les reproches qu'il vous plaira de me faire enfin. »

6. La fin de la citation est inexacte : « [...] fasche de douter de ~~son~~ luy ne pouvant douter de sa capacité ».

Page 55.

1. D'ici à la p. 57, Nerval cite et paraphrase le rapport de police : « [...] 13 témoins / Les plus considérables sont le Procureur du deffunt, le Procureur de le Pilleur et le Notaire et le clerc qui faisoient l'Inventaire / Il paroist qu'on y avoit deja travaillé plusieurs vacations, et qu'on en étoit aux papiers, qui est ce qui se fait le dernier / Que Binet de Basse maison qui etoit a ce qu'on dit legataire universel, ne vouloit pas qu'on inventoriast des papiers Inutiles et que le Pilleur de son coté pretendoit faire inventorier tout ce qu'il jugeroit a propos [...] Enfin le jour de l'accident, Ducret procureur de Binet de Bassemaison, depose que s'etant rendu dans la maison ou le deffunt et le sr Bassemaison logeoient ensemble, Bassemaison luy dist que le Pileur pretendoit faire Inventorier quantité de papiers inutiles, mais qu'il ne le soufriroit pas ; les officiers qui devoient travailler et le s[r] le Pileur et sa femme arriverent dans la salle, Ducret dit au procureur de le Pileur qu'il ne falloit point inventorier de papiers inutiles, ny faire de mauvais Incidens, et que le Pileur devoit s'en raporter a ce que diroit Chatelain son procureur, mais le Pileur repondit qu'il n'avoit que faire de conseiller son procureur, qu'il savoit ce qui etoit a faire, et que s'il formoit de mauvais Incidens, il etoit assez gros seigneur pour les soutenir : Bassemaison Irrité de ce discours, s'aprocha de le Pileur, et luy dit en le prenant par les deux boutonnières du haut de son Justaucorps qu'il l'en Empescheroit bien, ce qui echaufa si fort le Pileur qu'il mit l'Epée a la main, Bassemaison l'y mit aussy et se poussèrent quelques coups d'épée sans beaucoup s'aprocher, la D[e] le Pileur se jetta à Bassemaison son frere, et le Notaire et le procureur qui deposent, se jetterent sur le Pileur et menerent Bassemaison dans une chambre et le Pileur dans une autre / [...] que luy Procureur excitant le Pileur a sortir de la maison, luy disant que les choses se feroient aussy bien en son absence, il repondit qu'il ne quitteroit pas la partie et qu'il alloit envoyer querir ses deux neveux officiers d'armée pour le secourir, que le Pileur croyant qu'on maltraitoit sa femme dans la salle y courut et la trouvant fermée, il cria par une fenestre a un de ses gens d'aller querir ses neveux / Le commissaire commençant son procez verbal sur ce desordre pour en faire raport au lieutenant civil, les neveux arriverent le sabre a la main, firent violence pour entrer dans la salle dont on tenoit la porte fermée, presenterent l'Epée aux Procureurs et au clerc de Not[re] jurant et demandant ou Etoit Bassemaison, Et enfin enfoncerent la porte de la chambre ou il etoit, luy donnerent plusieurs coups de plat d'épée / Dionis Notaire depose dans le même sens, adjoute qu'aprés avoir fait ses remontrances au s[r] le [*sic*] sur ses Incidens et en avoir fait mention dans l'Inventaire le

Pileur luy dit, on va voir beaujeu que dans l'Instant il entendit un coup de sifflet que le Pileur mit la teste a la fenestre, et demanda est ce vous mon neveu ? on luy repondit voila ces Messieurs, aussytost le Pileur s'ecria a moy mes neveus, a moy la maison du Roy, on m'assassine. [...] / Chatelain procureur depose comme l'autre procureur [...] / Le Clerc du notaire adjoute qu'aprés l'action il a veu la D[e] le Pileur prendre des papiers dans les armoires que les deux neveux avoient enfoncées, qu'en descendant dans la cour il a veu le Pileur qui y avoit encore l'Épée a la main et qu'il s'en alla avec sa femme dans son carrosse et les deux hommes qui avoient fait la violence [...] / Barry laquais de Bassemaison dit que les neveux etant entrez avec violence, ils demanderent si Bassemaison etoient [*sic*] parmy ceux qu'ils voyoient, et leur ayant dit que non, ils enfoncerent la porte du cabinet ou il etoit, luy donnerent des coups de sabre sur le dos / ne scait si c'etoit le Pileur ou un habillé de gris blanc, croit neammoins que c'est le Pileur qui luy donna un coup d'Epée dans le ventre / Louis Calot laquais de Bouteville ad.[nt] a veu le laquais de le Pileur vouloir empescher Bassemaison de sortir du logis a coups d'Epée. »

2. En fait, son frère.

Page 56.

1. Le mot se lit « hasmatique » dans le rapport.

Page 57.

1. Citation exacte.

Page 58.

1. Voir Saint-Simon, *Mémoires*, Pléiade, IV, p. 250.

2. Jean Froissart (1338-1401 ?) et Enguerrand de Monstrelet (1390 ?-1453), chroniqueurs. La chronique du second commence quand s'achève celle du premier, en 1400.

Page 59.

1. Philarète Chasles (1798-1873), nommé bibliothécaire à la Mazarine par Guizot en 1837.

2. L'actrice admirable était Jenny Colon, qui jouait le rôle de Sylvia. La première de *Piquillo* avait eu lieu le 31 octobre 1837 à l'Opéra-Comique.

3. En vertu de l'amendement Riancey.

4. L'abbaye de Saint-Germain-des-Prés.

Page 60.

1. L'École française d'Athènes, fondée en 1846.

2. Charles Cayx (1793-1858), que Nerval avait connu comme pro-

fesseur d'histoire au lycée Charlemagne. Ce normalien, qui inaugura en 1815 l'enseignement de l'histoire dans les lycées, fit conjointement une carrière de bibliothécaire à l'Arsenal dont il devint l'administrateur en 1842.

3. Antoine-Jean Saint-Martin (1791-1832), orientaliste, administrateur de l'Arsenal de 1824 à 1830. C'est en fait à Nodier que Cayx avait succédé.

Page 62.

1. Jean-Baptiste-Augustin Soulié (1780-1845).

2. *Les Aventures du docteur Faust et sa descente aux Enfers* de Friedrich Maximilian von Klinger, Bertrand, 1825.

3. François-Noël Thibault, dit France (1805-1890), père d'Anatole France. Après avoir été employé chez Techener, il tenait, 19 quai Malaquais, la Librairie de France, spécialisée dans les écrits relatifs à la Révolution. Jacques-Simon Merlin (1765-1835) avait fondé la librairie qui portait son nom 49 quai des Augustins (en 1851, Nerval eut évidemment affaire à son successeur). Jacques-Joseph Techener (1802-1873), fondateur du *Bulletin du Bibliophile*, était libraire 18 place du Louvre. Il avait publié en 1847 des *Considérations sérieuses à propos de diverses publications récentes sur la Bibliothèque royale, suivies du seul plan possible pour en faire le catalogue en 3 ans.*

Page 64.

1. S'il a consulté les manuscrits, Nerval cite et paraphrase la Confession d'Angélique dans le texte publié par la *Revue rétrospective* en décembre 1834 sous le titre : « Un enlèvement / en 1632. // Vie d'Angélique de Longueval, / fille de M. d'Haraucourt, / Gouverneur de Clermont et du Catelet en Picardie, / écrite par elle-même », avec parfois des raccourcis qui produisent de menues incohérences.

Page 65.

1. L'alliance des Valois et des Médicis donne ainsi au Valois un faux air d'Italie, sous le signe de la Renaissance et du néo-platonisme.

2. « [...] il s'était arrêté comme Raoul à l'hôtel de la Cloche et de la Bouteille, qui était le meilleur de Compiègne » (*Vingt ans après*, chap. XXXI). Le même hôtel donne son titre au chap. XCVIII du *Comte de Monte-Cristo.*

Page 66.

1. Louis-Nicolas de Cayrol (1775-1859), dont le père avait été maire de Compiègne, se retira dans l'Oise pour se vouer aux études historiques. Il devait éditer en 1856 deux volumes de lettres inédites de Voltaire.

2. Cette chanson figure dans le volume *Consolations des misères de ma vie, ou Recueil d'airs, romances et duos,* par J.-J. Rousseau, Paris, de Roullède, 1781.

Page 67.

1. Lire : du Catelet (18 km au nord de Saint-Quentin).

Page 70.

1. Verneuil-sous-Coucy, dans l'Aisne.

Page 73.

1. Selon la confession de l'héroïne (« De vous dire les caresses que nous nous faisions, il m'est impossible, puisque, outre de m'ôter la virginité, il ne se pouvait davantage, laquelle je gardai toujours dans ces assauts, car il me disait : "Je suis assuré que dès lors que je vous posséderai entièrement, que vous viendrez grosse tout aussitôt" »), les amours d'Angélique et de La Corbinière n'étaient en fait pas aussi platoniques que le dit Nerval.

Page 74.

1. Cette protestation du narrateur est évidemment une prétérition. Sur les narrateurs de Constantinople, voir « Les Nuits du Ramazan », III (« Les Conteurs ») dans le *Voyage en Orient.*

Page 75.

1. Édouard Georges (J. Bony). Cet ami de Nerval terminera *Le Marquis de Fayolle* en 1856.

2. Saint-Maixent : erreur de Nerval pour Pont-Sainte-Maxence.

3. Dans *Les Faux Saulniers,* l'hôtel s'appelait La Truie qui file. Selon J. Bony, les deux enseignes ont effectivement existé, mais le changement est antérieur à 1850.

4. Cette chanson du déserteur, moins le refrain latin, réapparaîtra dans « Chansons et légendes du Valois » (p. 192). Quant au refrain « terrible », qui associe l'Esprit saint à une formule biblique (Judith, 13, 21 et Psaumes 105, 106, 117, 135, 146) évoquant la bonté de Dieu (« *quoniam bonus* », car il est bon), il suggère sans doute l'exécution du déserteur.

Page 76.

1. Pacha : gouverneur de province ; padischa : sultan.

Page 78.

1. « Le Voyage à Cythère » de Watteau donnera son titre au chapitre IV de « Sylvie ».

2. Cette formule fait du narrateur d'« Angélique » un héros « issu de la race d'Antée », le géant fils de Gê (la Terre) qui reprenait des forces à son contact, bref un nouvel Antéros (voir le sonnet de ce nom dans *Les Chimères*).

3. Variation sur un mot célèbre de Danton.

Page 79.

1. Voir les *Confessions*, livre III : « Le son des cloches, qui m'a toujours singulièrement affecté [...] ».

Page 80.

1. Cf. *Promenades et souvenirs*, III : « C'est qu'il y a un âge [...] où les souvenirs renaissent si vivement, où certains dessins oubliés reparaissent sous la trame froissée de la vie ! »

Page 81.

1. Cette section intitulée « Delphine » constitue la première version de la représentation évoquée au chapitre VII (puis au chapitre XI, où le chant est attribué au compositeur napolitain Porpora) de « Sylvie ».

Page 83.

1. Orbais, dans la Marne.

Page 84.

1. La Neuville-en-Hez, entre Beauvais et Clermont.

Page 86.

1. C'est sans doute à cette chanson du roi Loys, qui sera reprise dans « Chansons et légendes du Valois » (p. 189-190), que pense Nerval au chapitre II de « Sylvie » où Adrienne « chanta une de ces anciennes romances pleines de mélancolie et d'amour, qui racontent toujours les malheurs d'une princesse enfermée dans sa tour par la volonté d'un père qui la punit d'avoir aimé » (p. 148).

2. Cette chanson, « La Jolie Fille de la Garde », éditée par Achille Allier (1808-1838) en 1836 avec une eau-forte de Célestin Nanteuil, avait été dédiée à la reine Marie-Amélie, femme de Louis-Philippe. Elle sera à nouveau évoquée dans « Sylvie » (« Chansons et légendes du Valois ») p. 190.

Page 94.

1. Le château dit de Saint-Soupir est l'ancien fort, construit en 1561 et détruit en 1706, de Saint-Hospice, sur la pointe du même nom, au Cap Ferrat (qui faisait partie alors de la commune de Villefranche,

dans le Comté de Nice, la commune de Saint-Jean-Cap-Ferrat n'ayant été créée qu'en 1904). Saint Hospice est le nom d'un ermite du VIe siècle que les autochtones appelaient Saint-Soupir (confusion probable entre S. OSPIS et SOSPIR), d'où la précision de Nerval.

Page 96.

1. Ce mariage eut lieu le 20 juin 1632 à Palma Nova, près d'Udine. Le témoin fut, comme le dit la Confession, que Nerval a mal lue, M. Ripert (avec M. de la Morte), et non le général.

Page 98.

1. Prenez : erreur de copie pour Pensez.
2. *Charles VII* : drame en vers d'Alexandre Dumas, dont la première avait eu lieu le 20 octobre 1831 à l'Odéon. La pièce fut donnée à Senlis le 1er novembre 1850 avec Pierre-François Beauvallet (1801-1873) et Julie-Constance Rimblot (?-1855), acteurs du Français.

Page 99.

1. Sur Catherine de Médicis, voir la méditation de Nerval sur le monument des Médicis dans la basilique de Saint-Denis au début du chapitre consacré à Quintus Aucler des *Illuminés*. La reine y apparaît comme une nouvelle Vénus, mère d'Éros et d'Antéros. Pour le narrateur d'« Angélique », déjà identifié avec Antéros (voir p. 78, n. 2), Catherine de Médicis est bien la déesse mère du Valois.
2. La tribu des Sylvanectes a donné son nom à Senlis (en latin *Silvanectum*, ville des Sylvanectes).

Page 100.

1. Cette lutte des deux races comme moteur de l'histoire de France est évidemment la thèse essentielle d'Augustin Thierry dans ses *Récits des temps mérovingiens* (1840). Mais J. Bony a montré que Nerval s'inspire surtout des *Martyrs* de Chateaubriand et de l'*Histoire du duché de Valois* (1764) de Claude Carlier (1725-1787).
2. Mayenne : Charles de Lorraine, duc de Mayenne (1554-1611) ; le cardinal de Lorraine : Louis II de Lorraine, cardinal de Guise (1555-1588). Tous deux étaient frères du duc de Guise assassiné en 1588, et chefs du parti catholique ; Jean-Louis de Nogaret de La Valette, duc d'Épernon (1554-1642), célèbre mignon d'Henri III. La bataille de Senlis eut lieu en mai 1589.
3. Cotte hardie : « sorte de robe longue de drap ou de camelot, qui, dans le XIVe et dans le XVe siècle, était commune aux deux sexes » (*GDU*). Nerval approprie le mot à la hardiesse de son héroïne (dont il

disait, p. 66, que le manuscrit « est peut-être plus hardi étant d'une fille de grande maison, — que les *Confessions* mêmes de Rousseau »).

Page 101.

1. On lit Vérone pour Venise et, ligne suivante, « l'enseigne vendue *et* cet homme [...] content » dans la Confession.

Page 102.

1. Fisch : Fiecht, près de Schwaz, au nord-est d'Innsbruck.

2. Nerval n'a pas compris l'expression qui signifie faire une fausse couche.

3. Gildase : orthographe phonétique d'Angélique pour Gilles de Haes (1597-1657).

Page 103.

1. *Sic*, pour Thusnelda, femme d'Hermann, l'Arminius de Tacite (*Annales*, 1, 55), héros national des Germains vainqueur de Varus en 9 mais défait par Germanicus en 16. Klopstock leur consacra un poème, « Hermann und Thusnelda » (1752), traduit par Nerval (avec la même erreur sur le nom) dans son choix de *Poésies allemandes* en 1830.

2. La victoire de Marius sur les Cimbres eut lieu en 101 av. J.-C. après la victoire sur les Teutons en 102.

Page 104.

1. Reistre ou Reitz est identifié depuis A. Longnon et N. Popa, à Brixen (Bressanone) au sud du Brenner. Mais la forteresse est peut-être celle de Rodeneck (Rodengo) un peu plus au nord.

Page 105.

1. Ce M. de la Tour (de Périgord) est par son nom un double de Nerval. Voir « El Desdichado », p. 303, n. 3.

Page 107.

1. En fait en 1640. 1636 est la date du testament.

Page 108.

1. Comprendre : lettre qu'elle écrit de Nivillers après son retour, et non après son retour de Nivillers. Nivillers est à 7 km de Beauvais.

Page 110.

1. Erreur de Nerval : Angélique figure bien dans la généalogie des Longueval, parmi les dix-huit enfants (et non quatre ou cinq) de Jacques Annibal de Longueval et de Suzanne d'Arquinvilliers. En

outre, Alexandre est le prénom du premier, non du second Annibal, et ni l'un ni l'autre, plus âgés qu'elle, ne sont le petit frère évoqué par Angélique p. 90.

2. Voir « La Maison de Silvie » de Théophile de Viau, où Sylvie est comme l'âme de la nature. Ce personnage de Sylvie, qui donnera son nom à la deuxième nouvelle des *Filles du feu*, est avec son double masculin Sylvain, le génie du lieu de ce pays des Sylvanectes.

Page 111.

1. Erreur de Nerval : les armoiries sont données ici pour la première fois.

Page 112.

1. Olivier de Wree, *Les Prodigieuses expéditions militaires de l'étonnant général Charles de Longueval, comte de Bucquoy, baron de Vaux.* Bruges, 1625. — Du même : *Mélanges poétiques*, Bacchus Courtrai. *Ibid.*, 1625. — Du même : *Exil d'amour, ibid.*, 1625. Olivier de Wree (1596-1652) était un historien des Flandres.

2. Renvoi à un passage des *Faux Saulniers* qui n'a pas été repris dans « Angélique ».

Page 113.

1. Palais-National : le Palais-Royal, ainsi rebaptisé après la révolution de février 1848.

2. *Perceforest* : roman médiéval en prose du XIVe siècle. Quant à l'exemplaire de l'édition de 1528 qui faisait partie de la bibliothèque de Louis-Philippe, la description qu'en donne Nerval n'est guère conforme à la réalité.

Page 114.

1. Horace Vernet (1789-1863), peintre d'histoire, Théodore Gudin (1802-1880), peintre de la marine.

2. Sur les tables : par estimation avant une vente aux enchères (J. Bony).

3. Le physicien François Arago (1786-1853), membre du Gouvernement provisoire après la révolution de février.

Page 116.

1. Cf. « Sylvie », p. 182.

2. Voir p. 79, n. 1.

3. Ici, dans *Les Faux Saulniers*, prenait place l'évocation d'un souvenir d'enfance du narrateur qui avait failli se noyer dans l'Oise, souvenir qu'on retrouvera aux chapitres X et XII de « Sylvie ».

Page 117.

1. Sous ses allures de récit excentrique, « Angélique » a donc quelque chose d'une symphonie pastorale. La métaphore est filée quelques lignes plus loin avec « le final » pour le dénouement.

Page 118.

1. « Ce livre bizarre » : la formule vaut autant pour « Angélique » que pour l'*Histoire de l'abbé de Bucquoy*.

2. *Sic*, pour la Biographie Michaud.

3. *Vie de Rancé*, parue en 1844.

Page 120.

1. Au chant IX de la *Henriade*.

2. Étymologie fantaisiste pour Ermenonville, qui tire son nom de l'évêque de Senlis Ermenon.

Page 122.

1. Nerval s'y perd en effet (comme l'indique la note annexée à la fin de la nouvelle) : les armes sont en fait celles d'Hippolyte d'Este, premier abbé commendataire de Châalis, et l'éphémère Charles X proclamé par la Ligue en 1589 était le cardinal de Bourbon (1523-1590), l'oncle du futur Henri IV.

Page 123.

1. L'école dite de Genève est la première loge maçonnique suisse, fondée en 1737.

2. Le comte de Saint-Germain, aventurier passionné de spiritisme ; Franz Anton Mesmer (1734-1815), médecin allemand, découvreur du magnétisme animal ; Joseph Balsamo, comte de Cagliostro (1743-1795), aventurier italien ; Maximilien de Robespierre (1758-1794) ; Étienne Pivert de Senancour (1770-1846), l'auteur d'*Oberman* ; Louis-Claude de Saint-Martin (1743-1803), dit « le Philosophe inconnu » ; Pierre Samuel Dupont de Nemours (1739-1817), théoricien de la physiocratie ; Jacques Cazotte (1719-1792), l'auteur du *Diable amoureux* : la plupart de ces Illuminés sont évoqués en 1852 dans l'ouvrage du même nom qui comporte l'« Histoire de l'abbé de Bucquoy » et qui porte pour sous-titre *Les Précurseurs du socialisme.* Voir en particulier les chapitres III (« Saint-Germain. — Cagliostro ») et V (« Les Païens de la République »), de la section consacrée à Cagliostro.

3. Cf. *Les Illuminés* : « Il [Saint-Germain] montra à Louis XV le sort de ses enfants dans un miroir magique, et ce roi recula de terreur en voyant l'image du dauphin lui apparaître décapitée » (Folio, p. 365).

Page 124.

1. Lapsus pour Catherine de Médicis.

2. Adam Weishaupt (1748-1830), fondateur en 1776 de la secte des Illuminés de Bavière; Jakob Boehme (1575-1624), « philosophus teutonicus », célèbre mystique allemand.

3. Abraham-Joseph Bénard, dit Fleury (1750-1822) : « Son meilleur triomphe fut le jour où il figura sur le théâtre la personne de Frédéric de Prusse. On prétendit que le frère de ce monarque avait donné des conseils et des leçons au comédien pour imiter les gestes et la démarche du vainqueur de Rosbach. Toujours est-il que Fleury se montra inimitable. La Harpe dit le lendemain : "Il s'est si bien modelé sur le portrait en cire que nous avons à Paris, il a si bien suivi le costume et la physionomie de Frédéric, que l'imitation ne saurait être plus parfaite" » (*GDU*).

4. La source de cette anecdote n'est pas dans les écrits de Beaumarchais mais dans un article de la *Revue britannique* de février 1839, « Les Illuminés. / Le comte de Caylus. — Le roi de Prusse Frédéric Guillaume et le comédien Fleury ». L'auteur (anonyme) de l'article, censé être repris du *Monthly Magazine*, prétend tenir l'anecdote de « l'abbé Sabbatier [*sic*], conseiller à la grand'chambre du parlement de Paris », émigré sous la Révolution, qui l'aurait tenue lui-même de Beaumarchais, et conclut : « Suivant ces assertions, l'illuminisme aurait contribué à assurer le triomphe des révolutionnaires sur la coalition des rois. » L'abbé Antoine Sabatier de Castres (1742-1817) était l'auteur de *Trois siècles de la littérature française* (1774) et le fondateur en 1789 du *Journal politique national*.

Page 125.

1. En fait de prince d'Anhalt, il s'agissait du prince de Wahlstadt, le général Blücher.

2. En 1778, du 20 mai à sa mort (2 juillet).

3. Le marquis René de Girardin (1735-1808), disciple et hôte de Rousseau, créateur du jardin d'Ermenonville.

4. L'île des Peupliers, où reposait Rousseau avant le transfert de ses cendres au Panthéon en 1794.

5. Salomon Gessner (1730-1788), poète suisse de langue allemande, dont les *Idylles* (1756) connurent dans toute l'Europe un grand succès. Cf. « Sylvie », chap. XIV : « Ermenonville ! pays où fleurissait encore l'idylle antique, — traduite une seconde fois d'après Gessner ! »

Page 126.

1. Jean Antoine Roucher (1745-1794), poète descriptif; Jacques Delille dit l'abbé Delille (1738-1813), poète didactique et traducteur de Virgile. La première inscription est signée de son nom.

Page 130.

1. Sur l'utilisation exclusive du système métrique dans les publications officielles, obligatoire depuis le 1er janvier 1840.

Page 131.

1. C'est le mot de Danton déjà paraphrasé p. 78.

Page 133.

1. Louis Jean Nicolas de Monmerqué (1780-1860), bibliophile, membre de l'Académie des Inscriptions. Nerval, comme Chateaubriand dans sa *Vie de Rancé*, orthographie son nom « Montmerqué ».

Page 134.

1. Anacréon, poète lyrique grec du VIe siècle avant J.-C.; Bion de Smyrne, Moschus de Syracuse, poètes bucoliques grecs des IIIe et IIe siècles avant J.-C.; Sapho (vers 630-565 avant J.-C.), la grande poétesse lyrique grecque.

2. Ouvrage plus communément appelé *Le Songe de Poliphile* de Francesco Colonna, évoqué par Nerval dans son *Voyage en Orient*. Voir aussi « Sylvie », p. 179. Belin est le nom francisé de Giovanni Bellini, l'illustrateur du livre.

Page 135.

1. Cf. les premiers mots de la préface des *Illuminés* : « Il n'est pas donné à tout le monde d'écrire l'*Éloge de la Folie*; mais sans être Érasme [...] on peut prendre plaisir à tirer du fouillis des siècles quelque figure singulière [...] » (Folio, p. 33). Que ce soit dans *Les Illuminés* ou dans *Les Filles du feu*, l'œuvre de Nerval a toujours quelque chose d'un éloge de la folie.

2. Il ne s'agit pas de la bibliothèque du bibliophile Jean-Charles Motteley (1778-1850), mais de celle de M. Maréchal. L'erreur de Nerval sur le nom du collectionneur, simplement indiqué par l'initiale sur le catalogue, vient du journal belge (qui se nommait *L'Indépendance belge* et non *L'Indépendance de Bruxelles*).

Page 136.

1. En 486, donc à la fin du ve siècle. Le sort de la nation française, c'est la fondation de la monarchie, et le passage du paganisme au christianisme. Soissons annonce Tolbiac.

Page 137.

1. Tableau de Rubens : *L'Adoration des bergers.*

2. Lapsus pour l'ancienne *abbaye* Saint-Jean-des-Vignes, dont il ne reste plus aujourd'hui que la façade.

Page 138.

1. Ce Pompéi carlovingien superpose ainsi deux antiquités, la gréco-latine et la française, et deux terres du feu, le Valois et l'Italie du Sud.

2. Cuffies, au nord de Soissons.

Page 140.

1. Cette énumération est imitée de l'*Histoire du roi de Bohême et de ses sept châteaux* de Nodier : « Et vous voulez que moi, plagiaire des plagiaires de Sterne — / Qui fut plagiaire de Swift — / Qui fut plagiaire de Wilkins — / Qui fut plagiaire de Cyrano — / Qui fut plagiaire de Reboul — / Qui fut plagiaire de Guillaume des Autels — / Qui fut plagiaire de Rabelais — / Qui fut plagiaire de Morus — / Qui fut plagiaire d'Érasme — / Qui fut plagiaire de Lucien — ou de Lucius de Patras — ou d'Apulée [...]. »

Page 141.

1. Citation de l'*Énéide*, VI, 126 (« *Facilis descensus Averni* ») évoquant la descente aux Enfers. La gravure représentant la Bastille est effectivement surmontée du titre : « L'Enfer des Vivans / la Bastille », suivie, en exergue, d'une citation plus complète (mais tronquée) de l'*Énéide* : « *Facilis descensus Averni / Sed revocare gradum hoc opus, hic labor est* » (« La descente de l'Averne est facile, mais revenir en arrière, c'est là la difficulté »). Quant à la gravure elle-même, elle représente deux diables en forme de dragons ailés, appelés « Beelzebub ou D'Argenson le Président » et « Astharot ou Bernaville le Gouverneur » ; l'un crache le feu, l'autre verse un sceau dans la Bastille légendée « *Puteus abyssi* » (le puits de l'abyme).

SYLVIE

Dans *Les Faux Saulniers* et dans « Angélique », « le gracieux nom de Sylvie » n'apparaissait que comme le féminin de Sylvain, petit nom du compagnon du narrateur dans son pèlerinage valoisien et souvenir de la muse de Théophile de Viau. C'est autour de ce nom que s'opéra la cristallisation littéraire ou la recomposition de souvenirs d'enfance dont font mémoire plusieurs textes où cette « petite Velléda du vieux pays des Sylvanectes[1] » s'appelle tantôt Célénie[2], tantôt Sydonie ou Sophie[3].

Sur la genèse de « Sylvie », publiée le 15 août 1853 dans la *Revue des Deux Mondes* et reprise quelques mois plus tard dans *Les Filles du feu*, la correspondance de Nerval est à peu près muette. Est-ce à « Sylvie » ou aux futures *Filles du feu* (qui faillirent, on l'a vu, s'appeler *Les Amours passées*) que fait allusion la lettre à Anténor Joly de mars 1852 ? « Je n'ai trouvé, écrivait Nerval, que deux titres qui expriment ce que je veux faire : *L'Amour qui passe* ou *Scènes de la vie*, ou les deux[4]. » Seule certitude : la rédaction, dans les premiers mois de 1853, fut sans doute laborieuse, si l'on en croit la lettre à Victor de Mars du 11 février : « Je n'arrive pas. C'est déplorable. Cela tient peut-être à vouloir trop bien faire. Car j'efface presque tout à mesure que j'écris[5]. » Quant aux avant-textes qui nous restent, ils se limitent à deux petits feuillets couverts de nots très elliptiques et difficilement déchiffrables, et à un petit morceau de texte déchiré[6].

Deux lettres bien postérieures à la publication jettent cependant quelque lueur sur l'idée que Nerval se faisait de sa nouvelle. Le 5 novembre 1853, en quête d'une édition illustrée, il écrivait à Maurice Sand : « J'ai écrit il y a trois ou quatre mois un petit roman qui n'est pas tout à fait un conte. C'est intitulé *Sylvie*, et cela a paru dans la *Revue des Deux Mondes* [...]. C'est une sorte d'idylle, dont votre illustre mère est un peu cause par ses bergeries du Berry. J'ai voulu illustrer aussi mon Valois[7]. » Le 23 juin 1854, évoquant la traduction allemande de « Sylvie », il écrivait à Liszt : « J'estime, d'ici, que cela sera plus clair pour les Allemands que pour les Français. Une fois ma tête débarrassée de ce *mille-pattes* romantique, je me sens très propre à des compo-

1. *Promenades et souvenirs*, chap. VIII.
2. *Ibid.*
3. Voir « Sydonie », *NPl* III, p. 766.
4. *NPl* II, p. 1298.
5. *NPl* III, p. 799.
6. Voir annexe 1.
7. *NPl* III, p. 819-820.

sitions claires[1]. » « Sylvie » serait en somme, transposée dans la terre maternelle du Valois redécouverte en 1850, une bergerie à la George Sand, mâtinée de romantisme allemand. C'est pourtant un tout autre modèle que désigne l'un des feuillets de notes. En tête du deuxième feuillet se lit en effet : « Pays. perv. » Qu'on lise *Le Paysan perverti* ou *La Paysanne pervertie*, « Sylvie » s'écrirait donc sous le patronage de celui à qui Nerval avait consacré en août et septembre 1850 trois articles qui venaient d'être repris dans *Les Illuminés* : Nicolas Rétif de la Bretonne, « le *Jean-Jacques des Halles*[2] ». On peut lire en effet « Sylvie » comme l'épure thématique et structurelle des deux premières parties des « Confidences de Nicolas » (qui ne font que paraphraser et recomposer *Monsieur Nicolas ou le Cœur humain dévoilé*, « c'est-à-dire la vie même de l'auteur, offr[a]nt à peu près tous les éléments du sujet déjà traité dans *Le Paysan perverti*[3] ») ; ou plutôt, « Les Confidences de Nicolas » constituent comme une première version de « Sylvie », une « Sylvie » à la troisième personne et sous le masque d'un double : ici comme là, le même incipit évoquant la sortie d'un théâtre et l'amour chimérique pour une actrice, le même explicit désenchanté au moment des retrouvailles tardives avec la petite paysanne aimée dans la jeunesse : « C'était là le bonheur peut-être[4] ! » s'exclame M. Nicolas, « Là était le bonheur peut-être », répond en écho le narrateur de « Sylvie ». Quant à la confusion des femmes aimées, elle vient encore de Rétif, dont Nerval rappelle qu'il prétendait n'avoir « jamais aimé que la même femme… en trois personnes[5] » : « Cette théorie des ressemblances est une des idées favorites de Restif, qui a construit plusieurs de ses romans sur des suppositions analogues[6]. » Mais si nombreux que soient les échos des « Confidences de Nicolas » dans « Sylvie », cette nouvelle saturée de références littéraires (de *La Nouvelle Héloïse* de Rousseau aux *Souffrances du jeune Werther* de Goethe, en passant par *L'Âne d'or* d'Apulée, *La Divine Comédie* de Dante, *Le Songe de Poliphile* de Francesco Colonna ou les *Idylles* de Gessner) n'est pas plus réductible au modèle rétivien qu'au modèle sandien. « Sylvie » est sans doute le récit le plus achevé de Nerval, celui qui (ré)orchestre dans une forme rigoureuse tous les thèmes de son œuvre selon la logique d'une traversée de la mémoire (personnelle et historico-légendaire) qui est à la fois une forme d'initiation à rebours, à la manière du *Voyage en Orient*, et une révision critique du romantisme des années 1830.

1. *Ibid.*, p. 871.
2. *Les Illuminés*, Folio, p. 131.
3. *Ibid.*, p. 261.
4. *Ibid.*, p. 242.
5. *Ibid.*, p. 209.
6. *Ibid.*

Dans la stricte unité de temps de ce récit au passé — les douze premiers chapitres couvrent exactement vingt-quatre heures et concentrent cet *À la recherche du temps perdu* avant la lettre dans l'épure d'une tragédie classique —, les chapitres nocturnes (I-VII) sont illuminés par les souvenirs d'enfance, tandis que les chapitres diurnes (VIII-XII) ne retrouvent le passé que sur le mode du désenchantement, si bien que le chapitre XIII, comme après un tour de cadran symbolique, revient à la situation initiale d'une soirée au théâtre, et que le « Dernier feuillet », détaché du récit par le présent de l'énonciation, érige le narrateur en héros dompteur de chimères. Ces chimères « qui charment et égarent au matin de la vie » ne sont pas seulement celles de la jeunesse, mais aussi celles du romantisme de 1830, sur lesquelles le narrateur de 1853 jette un regard sans doute nostalgique, mais aussi ironique et critique. Si le théâtre, comme cet autre univers de fiction qu'est la littérature, est le monde de l'artifice et de l'illusion, l'illusion suprême, pour celui qui, à Loisy, s'éloigne du théâtre et « tâche d'oublier les livres », est celle d'un retour possible à la nature comme lieu de vérité, d'innocence et de pureté. Car cette nature-là n'est rien d'autre qu'un mythe, une construction du romantisme ou, plus largement, de la littérature, de Virgile et d'Horace à Rousseau ou, sur le mode mièvre, de Boufflers et Chaulieu à Gessner. Au Père Dodu, cette figure dégradée de Rousseau, qui oppose la bonté de la nature à la société qui corrompt, le narrateur peut ainsi répondre que « l'homme se corrompt partout ». Si le narrateur est un paysan perverti, Sylvie, sans avoir jamais quitté le Valois, est tout autant une paysanne pervertie. L'alternative n'est donc pas de se perdre au théâtre ou de le fuir à la recherche d'une nature qui n'existe pas — la nature dans ce Valois hanté par Rousseau est saturée de littérature, et l'épisode d'Adrienne ou celui des noces enfantines ne sont rien d'autre que du théâtre —, mais d'accepter le *theatrum mundi* comme espace d'initiation : « J'ai passé par tous les cercles de ces lieux d'épreuves qu'on appelle théâtres. » Bien plus qu'une bergerie du Valois ou qu'un roman de la campagne, « Sylvie » est donc un roman du théâtre. En marge du deuxième feuillet de notes évoqué plus haut, on trouve cette formule qui n'est paradoxale qu'en apparence : « Rappeler le R. tragique ». On se souviendra alors que l'actrice de « Sylvie » porte le même nom que celle du *Roman tragique*: Aurélie, et on reconnaîtra dans le narrateur un double de Brisacier dont le vœu fou d'incendier le théâtre est une autre façon (illusoire) de sortir du monde de l'illusion. Comme dans *Le Roman tragique* encore, « Sylvie » retrouve le motif du deuil de l'Étoile. Mais alors que dans celui-là l'Étoile désigne l'actrice dont Brisacier, délaissé par elle, n'arrive pas à faire son deuil, la « seule étoile » de « Sylvie » n'est plus l'actrice, mais le couple même d'Adrienne et de Sylvie, ces « deux moitiés d'un seul amour » dont le narrateur reconnaît ainsi au Dernier feuillet la nature chimérique, ou théâtrale. On peut ici laisser le dernier mot à l'actrice, qui s'y connaît en matière de théâtre : « Vous ne m'aimez pas ! Vous attendez que je vous dise : La comédienne est la même que la religieuse ; vous cherchez un drame, voilà tout, et le dénouement vous échappe. »

Page 143.

1. Cet incipit symbolique, inaugurant cet autre voyage en Orient qu'est le pèlerinage valoisien de « Sylvie » par une sortie du théâtre et de ses illusions, rappelle l'incipit des « Confidences de Nicolas » dans *Les Illuminés.*

Page 144.

1. Cf. Gautier à propos de la danseuse Fanny Elssler : elle « ressemble [...] à ces danseuses ioniennes qui voltigent demi-nues sur les fonds noirs des panneaux d'Herculanum » (*La Presse,* 27 août 1838). Les Heures sont dans la mythologie les trois déesses dansantes qui régissent l'ordre de la nature, et qui ont été ainsi identifiées aux saisons. Ces Heures divines des fresques d'Herculanum, Nerval en a proposé la résurrection théâtrale dans le Ballet des Heures de *L'Imagier de Harlem* (1851), et la résurrection poétique dans le manuscrit d'« Artémis » également intitulé « Ballet des Heures ».

2. La princesse d'Élide et la reine de Trébizonde évoquent moins des personnages historiques que des personnages fabuleux ou des fictions théâtrales (*La Princesse d'Élide* de Molière).

3. Sans doute le grand-oncle Antoine Boucher de Mortefontaine.

4. Cette époque est celle du désenchantement qui suivit la révolution avortée de 1830, celle qu'évoque Musset dans *La Confession d'un enfant du siècle.*

5. Sur ce rêve nervalien de renaissance, qui superpose un imaginaire de la Renaissance historique et un rêve de palingénésie, voir la « tentative palingénésique » d'« Isis », l'article du 22 décembre 1838 sur le bien nommé Théâtre de la Renaissance (*NPl* I, p. 457) et les articles des 12 et 26 mai 1844 sur une représentation de l'*Antigone* de Sophocle (*NPl* I, p. 801 et 805).

Page 145.

1. Le philosophe grec Pérégrinus dit « Protée », qui s'immola par le feu, et son contemporain Apulée, l'auteur latin de *L'Âne d'or,* sont les deux figures de l'Antiquité dans lesquelles Nerval se plaît à reconnaître ses doubles, mixtes d'enthousiasme et d'ironie, ou de feu et de jeu. Sur Apulée, voir le portrait que donne de lui Nerval dans *Les Illu-*

minés, « Jacques Cazotte », II (Folio, p. 307), véritable autoportrait à la troisième personne.

2. Ces paradoxes platoniques et ces rêves renouvelés d'Alexandrie évoquent l'école néo-platonicienne d'Alexandrie au IIIe siècle (Ammonius, Plotin, Porphyre) et sa renaissance florentine au XVe siècle (Ficin), qui tentèrent de concilier paganisme et christianisme.

Page 146.

1. Sur ce point, le narrateur est plus chanceux que Nerval.

Page 147.

1. J. Bony a montré qu'une compagnie d'archers a effectivement existé à Loisy. Pour autant, ces fêtes du bouquet, qui ont perduré jusque dans la seconde moitié du XXe siècle, n'avaient rien de druidique, mais remontaient au XIVe siècle. Nerval sacrifie ici au mythe druidique à la mode alors.

2. Ces souvenirs sont donc à demi rêvés. Cf. le début du chap. III.

Page 148.

1. Cf. « Fantaisie » (*Odelettes*) : « [...] / C'est sous Louis treize... Et je crois voir s'étendre / Un coteau vert que le couchant jaunit, / Puis un château de brique à coins de pierre, / Aux vitraux teints de rougeâtres couleurs, / [...] »

2. Par exemple la chanson du roi Loys d'« Angélique ».

Page 149.

1. Cf. « Delphine » dans « Angélique ». Cet amour tout platonique pour une religieuse rappelle aussi *Le Songe de Poliphile* de Francesco Colonna.

Page 150.

1. Cf. *Les Illuminés*, « Les Confidences de Nicolas », I, VI : « Cette femme, il l'avait vue autrefois, mais non pas telle qu'elle lui apparaissait maintenant ; son image se trouvait à demi noyée dans une de ces impressions vagues de l'enfance qui reviennent par instants comme le souvenir d'un rêve » (Folio, p. 161).

2. Cf. *Les Illuminés*, « Les Confidences de Nicolas », II, III : « Cette théorie des ressemblances est une des idées favorites de Restif, qui a construit plusieurs de ses romans sur des suppositions analogues. Ceci est particulier à certains esprits et indique un amour fondé plutôt sur la forme extérieure que sur l'âme ; c'est, pour ainsi dire, une idée païenne, et il n'est guère possible d'admettre, comme Restif le prétend, qu'il n'a jamais aimé que la même femme... en trois personnes » (Folio, p. 209).

Page 151.

1. Cf. « Et la treille où le pampre à la rose s'allie » (« El Desdichado »).

Page 152.

1. Cette pendule arrêtée de style Renaissance, où la Diane historique (Diane de Poitiers) se confond avec la Diane mythologique, est le symbole de cette remontée dans le temps qui se double d'un rêve de renaissance. Elle n'est pas sans rapport non plus avec le sonnet « Artémis » des *Chimères.*

2. Sur la route des Flandres, voir « À Alexandre Dumas » p. 38, n. 2.

3. Le récit n'obéit pas aux caprices de la mémoire, mais relève d'une véritable recomposition.

4. « Un voyage à Cythère », sous le double patronage de Francesco Colonna et de Watteau, rejoue dans l'Orient valoisien le voyage à Cythère (lui-même plus livresque que réel) du *Voyage en Orient*, avec la même figure centrale de Vénus-Uranie.

Page 153.

1. Le chevalier de Boufflers (1738-1815) et l'abbé de Chaulieu (1639-1720), poètes légers au goût antiquisant.

2. Sur *L'Embarquement pour Cythère* de Watteau, cf. « Angélique », p. 78.

Page 155.

1. Saint-Sulpice-du-Désert, à Mortefontaine, dont le couvent, évoqué au paragraphe suivant, était sécularisé depuis 1778. C'était en outre un couvent d'hommes.

Page 156.

1. Sur les fils d'Armen, cf. « Angélique », p. 103.

2. Cf. l'avant-texte 3 de l'annexe 1, p. 328.

Page 157.

1. La petite paysanne est devenue dentellière.

2. Voir *Confessions,* VI, où la reconnaissance inopinée de la pervenche, quelque trente ans après que « maman » (Mme de Warens) lui en eut montré, manifeste dans « un cri de joie : *Ah ! voilà de la pervenche !* » la force et la vérité du souvenir des Charmettes.

Page 158.

1. Auguste Lafontaine (1758-1831), romancier populaire allemand alors à la mode.

2. Sylvie est bien une fille du feu.

Page 160.

1. Le Théâtre des Funambules, sur l'ancien boulevard du Temple.

Page 161.

1. Jean-Baptiste Greuze (1725-1805), peintre de genre admirateur de Rousseau, aux compositions pathétiques et édifiantes admirées par Diderot.

Page 162.

1. Voir dans « Chansons et légendes du Valois », p. 185, la strophe d'un tel épithalame.

2. Le Cantique des cantiques, traditionnellement attribué à Salomon, lui-même identifié avec l'Ecclésiaste (en hébreu Qôheleth) qui a donné son nom au Livre de l'Ecclésiaste.

Page 163.

1. Cf. « Angélique », p. 73 : « C'était l'esprit du temps, — où la lecture des poètes italiens faisait régner encore, dans les provinces surtout, un platonisme digne de celui de Pétrarque », et p. 65, n. 1.

2. Cf. l'épisode intitulé « Delphine » dans « Angélique », p. 81, et la note 1.

Page 165.

1. Citation exacte : « Jamais fille chaste n'a lu de Romans [...] Celle qui, malgré ce titre, en osera lire une seule page, est une fille perdue. »

Page 167.

1. François Boucher (1703-1770), le maître de la peinture galante ; Jean-Michel Moreau, dit Moreau le Jeune (1741-1814), peintre et graveur, illustrateur de Rousseau.

Page 168.

1. René de Girardin. Voir p. 125, n. 3.

2. Le célèbre *Voyage du jeune Anacharsis en Grèce vers le milieu du IVe siècle avant l'ère vulgaire* (1788) de l'abbé Barthélemy (1716-1795), qui contribua à la mode de l'archéologie antique.

Page 169.

1. « *Félix qui potuit rerum cognoscere causas* » (« Heureux celui qui put connaître les causes des choses »), *Géorgiques*, II, 490.

2. Depuis le transfert au Panthéon en 1794.

Page 170.

1. Cette ferme suisse compose un décor d'idylle de Gessner.

Page 172.

1. La petite paysanne est devenue une ouvrière, et la fée des légendes est devenue fée industrieuse.

Page 173.

1. Sur les moines rouges, voir « Angélique », p. 131.

2. Voir cette chanson dans « Angélique », p. 85, et dans « Chansons et légendes du Valois », p. 189.

3. C'est là la marque suprême de dégradation du personnage de Sylvie, qui n'est plus, dans ce pays où, selon « Angélique », « La musique [...] n'a pas été gâtée par l'imitation des opéras parisiens, des romances de salon ou des mélodies exécutées par les orgues », l'âme et surtout la voix de la nature. Cf. *Les Nuits d'octobre*, X : « Ô jeune fille à la voix perlée ! — tu ne sais pas *phraser* comme au Conservatoire ; — tu ne *sais pas chanter*, ainsi que dirait un critique musical... Et pourtant ce timbre jeune, ces désinences tremblées à la façon des chants naïfs de nos aïeules, me remplissent d'un certain charme ! Tu as composé des paroles qui ne riment pas et une mélodie qui n'est pas *carrée* ; — et c'est dans ce petit cercle seulement que tu es comprise, et rudement applaudie. On va conseiller à ta mère de t'envoyer chez un maître de chant, et dès lors, te voilà perdue... perdue pour nous ! » et *Promenades et souvenirs*, III : « Le Conservatoire n'a pas terni l'éclat de ces intonations pures et naturelles, de ces trilles empruntés au chant du rossignol ou du merle, ou n'a pas faussé avec les leçons du solfège ces gosiers si frais et si riches en mélodie. »

4. Cf. « Angélique », p. 122 et 141.

Page 174.

1. Nicola Porpora (1686-1767), compositeur napolitain popularisé par George Sand dans *Consuelo*.

2. Cf. « À Alexandre Dumas », p. 34 et la note 2.

Page 175.

1. Le père Dodu apparaît comme la figure dégradée jusqu'à la bouffonnerie de Rousseau et de la paternité.

Page 176.

1. Dans un passage des *Faux Saulniers* non repris dans « Angélique », Sylvain lisait au narrateur le scénario d'un drame sur la mort de Rousseau, brodant sur son suicide prétendu et présentant la scène ici évoquée.

Page 177.

1. Cet épisode de la noyade du petit Parisien est évoqué dans *Les Faux Saulniers* — passage non repris dans « Angélique » (voir p. 116, n. 3) —, *NPl* II, p. 91-92, sauf que dans *Les Faux Saulniers*, c'est Sylvie qui sauvait le narrateur, et dans *Promenades et souvenirs*, VIII, où Sylvie s'appelle Célénie.

Page 178.

1. *Marie Stuart* de Pierre Lebrun, d'après Schiller, créée en 1820.
2. Madame Prévost : fleuriste près du Théâtre-Français.

Page 179.

1. Ce projet attesté de drame qui se fût intitulé *Francesco Colonna* n'aboutit pas. On notera la confusion (involontaire ?) qui substitue Laura, la muse de Pétrarque, à Polia, la religieuse aimée par Francesco Colonna. Cf. p. 163, où Nerval fondait déjà les « sentimentalités de Pétrarque » et le « mysticisme fabuleux de Francesco Colonna ».

2. Cette formule des mystères de Phrygie, et non d'Éleusis, utilisée par Nerval dans sa lettre délirante à George Sand du 22 novembre 1853, est rapportée par Clément d'Alexandrie (*Protreptique*, II, 15, 3) : « 'Εκ τυμπάνου ἔφαγον· ἐκ κυμβάλου ἔπιον· ἐκερνοφόρησα. » Nerval a dû la trouver dans l'*Origine de tous les cultes* de Dupuis (tome II, deuxième partie, « Traité des Mystères », H. Agasse, 1795, p. 88 ; cf. ci-dessous p. 252, n. 1), qui renvoie au *Protreptique* de Clément : « Le Récipiendaire aux mystères étoit interrogé par le Grand-Prêtre, à qui il devoit répondre ces paroles énigmatiques : / "J'ai mangé du tambour ; j'ai bu de la cymbale ; et j'ai porté le cernos." Ce sont de vraies phrases de Franmaçonnerie, qu'il n'étoit donné qu'aux Frères de cette Confrairie d'entendre : c'étoit l'argot des mystères. » Au mot « cymbale », une note renvoie au commentaire suivant à la fin du volume (p. 287) : « C'étoit une espèce de vase de terre, dans lequel étoient renfermés des pavots blancs, du froment, du miel et de l'huile. » La formule se

trouve aussi dans la *Symbolique* de Creuzer traduite par Guigniaut (tome III, I, Cabinet de Lecture allemande de Jean-Jacques Kossbuhl, 1839, p. 255) : « Une dernière formule, dont il est plus difficile de rendre compte, est la suivante : "J'ai mangé du tambour et bu de la cymbale", se rapportant, selon toute apparence, à un banquet nocturne qui faisait partie de la fête. » Sur les débats autour de cette formule, voir Hisashi Mizuno, « "J'ai mangé du tambour et bu de la cymbale". Nerval et les mystères de l'amour », *RHLF*, n° 4, 2000.

Page 180.

1. Madame Adrien de Feuchères, née Sophie Dawes (1790-1840), propriétaire du domaine de Mortefontaine.

Page 181.

1. Cette allusion aux bosquets de Clarens fait de « Sylvie » *La Nouvelle Héloïse* de Nerval.
2. Sur Gessner, cf. « Angélique », p. 125 et note 5.
3. Cette perte de l'étoile unique relie « Sylvie » à « À Alexandre Dumas » et à « El Desdichado ».
4. Cf. Hugo, *Amy Robsart*, acte V, scène 3 : « Ces jeunes filles d'Ève changent de couleur plus souvent et plus vite que l'étoile Aldébaran », et cette note manuscrite de la même époque : « Aldébaran / Cet astre qui change de couleur toutes les secondes, tour à tour, bleu, rouge, vert, jaune, l'étoile caméléon » (*Œuvres complètes*, éd. J. Massin, Le Club français du livre, tome III, 1967, p. 1184).

Page 182.

1. Voir ces vers dans « Angélique », p. 125.
2. Cf. « Angélique », p. 116.

Page 183.

1. Cf. « Les Confidences de Nicolas » : « C'était là le bonheur peut-être ! » et la fin d'« Octavie » : « [...] je me dis que peut-être j'avais laissé là le bonheur. »
2. Lolotte (Charlotte) et Werther, personnages des *Souffrances du jeune Werther*, modèle par excellence de l'idylle tragique.

CHANSONS ET LÉGENDES DU VALOIS

Les « Chansons et légendes du Valois » ne constituent pas à proprement parler une section des *Filles du feu*, mais sont comme un appendice de « Sylvie ». Nerval y reprend un article vieux de plus de dix ans,

« Les Vieilles Ballades françaises » (abrégé ci-dessous en *VBF*), publié dans *La Sylphide* du 10 juillet 1842 et déjà republié trois fois entre 1847 et 1851. Il y insère, juste avant le dernier paragraphe, le conte de « La Reine des poissons », publié pour la première fois, sans titre, dans *Le National* du 29 décembre 1850, dans un compte rendu de livres pour enfants, puis repris presque simultanément dans *La Bohême galante* (chap. XV) et dans *Contes et facéties* (décembre 1852).

Des « Vieilles Ballades françaises » aux « Chansons et légendes du Valois », le changement de titre dit assez le déplacement de la perspective, renforcé par la réécriture de l'incipit et la suppression de chansons sans rapport avec le Valois et l'addition de deux chansons, celle de Biron et la chanson préférée de Sylvie. Un tel déplacement est sans doute plus apparent que réel pour qui, comme le narrateur de « Sylvie », « se sentait bien exister dans ce vieux pays du Valois, où, pendant plus de mille ans, a battu le cœur de la France[1] ». Mais là où l'article de 1842, dans la logique des préfaces de 1830 au choix de *Poésies allemandes* et au *Choix des poésies de Ronsard*, s'appliquait à exhumer, dans les vieilles chansons françaises, cette poésie nationale et populaire où s'étaient déjà ressourcées l'Angleterre, l'Allemagne ou l'Espagne, pour contribuer, à sa mesure, à un romancero français, l'appendice de « Sylvie » renforçait la dimension valoisienne de ces chansons et intégrait cette mémoire collective dans une mémoire personnelle de façon à consacrer la profondeur imaginaire de la « géographie magique » (J.-P. Richard) du Valois d'« Angélique » et de « Sylvie ». Le même glissement se constate dès l'incipit dans le conte expressément naturalisé valoisien de « La Reine des poissons », où la trinité fluviale originelle de la Marne, de la Meuse et de la Moselle devient dans *Les Filles du feu* celle de la Marne, de l'Oise et de l'Aisne.

Page 184.

1. Nerval a récrit pour *Les Filles du feu* le début de l'article de 1842 qui se lisait ainsi : « Avant d'écrire, chaque peuple a chanté ; toute poésie s'inspire à ces sources naïves, et l'Espagne, l'Allemagne, l'Angleterre, citent chacune avec orgueil leur romancero national. Pourquoi la France n'a-t-elle pas le sien ? On nous citera les *guerz* bretons, les *noëls* bourguignons et picards, les rondes gasconnes, mais aucun chant... »

2. Le recueil *« Barzaz-Breiz ». Chants populaires de la Bretagne* de La Villemarqué était paru en 1839 ; celui des *Chansons et airs populaires du Béarn* de Frédéric Rivarès en 1844.

1. Cette édition, p. 148.

Page 186.

1. Charles Collé (1709-1783), Pierre Antoine Augustin de Piis (1755-1832) et Charles François Panard (1694-1765), chansonniers (trop) bien représentés (avec beaucoup d'autres chansonniers modernes et vaudevillistes) dans les recueils de chansons populaires de Dumersan et Noël Ségur : *Chants et chansons populaires de la France*, Delloye, 1843 ; *Chansons nationales et populaires de la France*, 1847 ; *Chansons et rondes enfantines*, s. d. Sous le titre ambigu de chansons populaires, on confondait alors les chansons anciennes ou folkloriques et les chansons à succès.

2. Ici Nerval a supprimé la citation d'une chanson de mer qui n'avait évidemment rien de valoisien : « Panard ! / Les étrangers reprochent à notre peuple de n'avoir aucun sentiment de la poésie et de la couleur ; mais où trouver une composition et une imagination plus orientale que dans cette chanson de nos mariniers ? // Ce sont les filles de La Rochelle / Qui ont armé un bâtiment / Pour aller faire la course / Dedans les mers du Levant. // La coque en est en bois rouge, / Travaillé fort proprement ; / La mâture est en ivoire, / Les poulies en diamant. // La grand' voile est en dentelle / La misaine en satin blanc ; / Les cordages du navire / Sont de fils d'or et d'argent. // L'équipage du navire, / C'est tout filles de quinze ans ; / Les gabiers de la grande hune / N'ont pas plus de dix-huit ans ! etc. // Les »

3. Nouvelle suppression, pour la même raison géographique : « Gentilles !... Étonnez-vous après ce tambour-là de nos soldats devenus rois ! Voyons maintenant ce que va faire un capitaine : // *À Tours en Touraine / Cherchant ses amours, / Il les a cherchées, / Il les a trouvées / En haut d'une tour.* // Le père n'est pas un roi, mais un simple châtelain qui répond à la demande en mariage : // *Mon beau capitaine, / Ne te mets en peine / Tu ne l'auras pas.* // La réplique du capitaine est superbe : // *Je l'aurai par terre, / Je l'aurai par mer / Ou par trahison !* // Il fait si bien en effet, qu'il enlève la jeune fille sur son cheval, et l'on va voir comme elle est bien traitée une fois en sa possession : // *À la première ville / Son amant l'habille / Tout en satin blanc ! / À la seconde ville / Son amant l'habille / Tout d'or et d'argent.* // *À la troisième ville / Son amant l'habille / Tout en diamants ! / Elle était si belle, / Qu'elle passait pour reine / Dans le régiment !* // Après »

Page 187.

1. Paul Bénichou a signalé que Nerval est le premier à donner un texte complet du *Roi Renaud* et qu'il redécouvre la *Complainte de saint Nicolas.*

Page 188.

1. « Lénore » de Bürger (1747-1794) et « Le roi des Aulnes » de Goethe ont été traduits en prose par Nerval dans son choix de *Poésies allemandes* (1830). « Lénore » fut en outre retraduit en vers la même année.

Page 189.

1. Ludwig Uhland (1787-1862), poète romantique allemand, auteur de ballades et de chants populaires (Volkslieder). Nerval a traduit deux de ses poèmes, « L'ombre de Körner » et « La Sérénade ».

2. Version de *VBF* (corrigée par souci de ne pas redonner le texte de la chanson du roi Loys déjà citée dans « Angélique ») : « populaires. À part les rimes incorrectes, la ballade suivante est déjà de la vraie poésie romantique et chevaleresque. // [*Texte de la chanson du roi Loys*] // Ces vers ont été composés sur »

Page 190.

1. P. Bénichou a signalé qu'Arcabonne est la magicienne de l'*Amadis de Gaule*. Quant à la fée Mélusine, qui passe pour la fondatrice de la famille des Lusignan, elle apparaissait dans le titre originel *Mélusine ou Les Filles du feu*.

2. Version de *VBF* : « *l'épouser.* // Nous l'avons entendu chanter dans le Beauvoisis dépouillée de toute cette couleur chevaleresque et locale : // *Dessous* »

3. Shiraz, ville d'Iran célèbre pour ses jardins, chantée par Hafiz et Sa'di (et par Heine). « Les Chansons et légendes du Valois », qui rappellent aussi bien les ballades germaniques que les poésies orientales, appartiennent ainsi à un fonds populaire universel.

Page 191.

1. Version de *VBF* : « heureuse ; trois capitaines vous aiment d'amour ! » // *Mais* »

Page 192.

1. Némésis : déesse grecque de la vengeance.

2. Ce refrain latin (« *Spiritus sanctus, / Quoniam bonus* ») est cité dans « Angélique », p. 75 (voir la note 4).

3. Le développement qui commence ici jusqu'à « légèrement, etc. » ne figurait pas dans *VBF*.

4. Charles de Gontaut, duc de Biron (1562-1602), maréchal de France, compagnon d'Henri IV, exécuté pour avoir conspiré contre son roi. Il fut popularisé par la chanson qui porte son nom, et par la

comédie de Shakespeare *Peines d'amour perdues* (titre un moment envisagé pour *Les Filles du feu*) où son nom est anglicisé en Berowne. Voir « El Desdichado ».

5. Ces deux vers sont cités p. 000 : c'est la « chanson favorite » de Sylvie.

Page 193.

1. P. Bénichou a montré que le couple Griselidis-Perceval est celui d'un drame allemand, *Griseldis* (1835), de Münch-Bellinghausen. Quant au scénario, il rappelle celui de Mélusine et de Raymond de Lusignan, ou de Diane et d'Actéon.

2. La Reine des poissons : Nerval reprend ici, avec quelques coupures et de très légères variantes, le conte publié dans *Le National* du 29 décembre 1850. Le conte, sans titre, y était présenté ainsi : « Nous venons de visiter un pays de légendes situé à quelques lieues seulement au-dessus de Paris, mais appartenant aux contrées traversées par l'ancien courant des invasions germaniques qui y a laissé quelque chose des traditions primitives qu'apportaient ces races chez les Gallo-Romains. / Voici un de ces récits qui nous a frappé vivement par sa couleur allemande et que nous ne citons que parce qu'il a quelque affinité avec la légende de Gribouille, admirablement rendue par George Sand. / C'était un pâtre qui racontait cela aux assistants assis autour d'un feu de bruyère, tandis qu'on travaillait autour de lui à des filets et à des paniers d'osier. / Il parlait d'un petit garçon et d'une petite fille... »

Page 194.

1. Cette association des femmes cygnes, de l'Edda (livre fondateur de la mythologie nordique) et de Mélusine se retrouve dans la présentation que fit Nerval des *Poésies* de Heine dans la *Revue des Deux Mondes* du 15 juillet 1848 : « [...] il comprend à merveille ces légendes de la Baltique, ces tours où sont enfermées des filles de rois, ces femmes au plumage de cygne [...]. Un reflet de l'Edda colore ses ballades comme une aurore boréale [...]. Mais, ce à quoi il excelle, c'est à la peinture de tous les êtres charmants et perfides, ondines, elfes, nixes, willis, dont la séduction cache un piège [...]. Il faut dire que [...] toute femme est pour Heine quelque peu nixe ou willi ; et lorsque dans un de ses livres il s'écrie, à propos de Lusignan, amant de Mélusine : "Heureux homme dont la maîtresse n'était serpent qu'à moitié !", il livre en une phrase le secret intime de sa théorie de l'amour. »

2. Variante du *National* : « [...] nous sommes-nous supposés deux dans le rêve ? » Par cette rencontre en rêve, ce conte de « La Reine des poissons » rejoint *Le Songe de Poliphile*.

Page 196.

1. Odin (ou Wotan), dieu de la guerre et son fils Thor (ou Donner), dieu du tonnerre armé de son marteau Mjöllnir (donc dieu du feu) dans la mythologie germanique.

2. Dans *Le National*, où le conte n'était pas donné explicitement comme valoisien, il s'agissait de la Marne, de la Meuse et de la Moselle. Nerval réinscrit ici l'identité valoisienne du conte affichée dès l'incipit.

Page 197.

1. Dans *Le National*, Nerval faisait suivre le conte d'un paragraphe interprétatif : « Nous ne pensons pas qu'il faille voir dans cette légende une allusion à quelqu'une de ces usurpations si fréquentes au Moyen Âge, où un oncle dépouille un neveu de sa couronne et s'appuie sur les forces matérielles pour opprimer le pays. Le sens se rapporte plutôt à cette antique résistance issue des souvenirs du paganisme contre la destruction des arbres et des animaux. Là, comme dans les légendes des bords du Rhin, l'arbre est habité par un esprit, l'animal garde une âme prisonnière. Les bois sacrés de la Gaule font les derniers efforts contre cette destruction qui tarit les forces vives et fécondes de la terre, et qui, comme au Midi, crée des déserts de sable où existaient les ressources de l'avenir » (*NPl* II, p. 1255). Contre le symbolisme politique, Nerval privilégie le sens religieux.

2. Cette volonté de renouer avec la tradition populaire, caractéristique du romantisme, inspirait déjà les préfaces de 1830 au choix de *Poésies allemandes* et au *Choix des poésies de Ronsard*.

JEMMY

La troisième nouvelle des *Filles du feu*, que Nerval fait suivre de la mention « Imité de l'allemand », avait paru, sous le titre de « Jemmy O'Dougherty », sans indication d'origine, dans *La Sylphide* des 19 et 26 mars 1843, puis avait été reprise dans le *Journal du dimanche* des 2 et 9 mai 1847. Malgré le demi-aveu (tardif) de Nerval quant au caractère original de sa nouvelle, il fallut attendre 1930 pour que Nicolas Popa en identifiât la source : « Christophorus Bärenhäuter im Amerikanerlande », nouvelle publiée à Zurich en 1834 dans un recueil anonyme, *Transatlantische Reiseskizzen und Christophorus Bärenhäuter*[1]. L'auteur de

1. Titre exact : *Transatlantische Reiseskizzen und Christophorus Bärenhauter, Vom Versasser des Legitimen und der Republikaner*, Zürich, bei Orell, Füßli und Compagnie, 1834. « Christophorus Bärenhäuter im Amerikanerlande » s'y trouve au tome II, p. 75-166.

ce recueil, et de la nouvelle, était Charles Sealsfield, pseudonyme de l'écrivain autrichien Karl Postl (1793-1864).

Plutôt qu'« Imité de l'allemand », il faudrait lire « Traduit de l'allemand » : Nerval suit de près l'original (dont il garde le ton, ironique, et la fiction d'un récit premier, sous la forme d'un manuscrit à partir duquel Sealsfield aurait élaboré son récit). Il sabre cependant largement dans la nouvelle, supprimant de nombreux développements et raboutant les morceaux traduits. Il restructure aussi : des trois chapitres de l'original, il en fait cinq, en divisant le deuxième en trois ; il déplace enfin le récit de trente ans (1796 devient 1826), et modifie quelques noms : il utilise ainsi le diminutif de Christophorus, Toffel, pour rebaptiser le héros Jacques Toffel, tout en laissant subsister une fois le nom (mal lu) de Bärenhäuter lorsque Jemmy, par son mariage, devient Jemmy Bœrenhenter. Quant à celle-ci, son nom véritable est Jemima, mais Nerval n'a pas inventé ce nom de Jemmy, par lequel Sealsfield désigne le plus souvent son héroïne. S'il conserve les autres patronymes, il transforme celui de la seconde épouse de Toffel, Dorothea Heumacher, en Marie Lindthal. En tout cas, il s'est approprié la nouvelle et a fait de « Jemmy » une de ses *Filles du feu*.

Il est vrai que cet intermède américain entre les nouvelles valoisiennes et les nouvelles napolitaines consonne tant par la forme (récit second doublant un récit premier réel ou fictif, intrusions métanarratives et métalinguistiques) que par les thèmes avec l'univers nervalien : la scène des épis rouges est comme une réplique ironique de la scène d'Adrienne dans « Sylvie », et Jemmy est une vraie fille du feu (« il sortait de ses yeux des étincelles si vives, que [...] la chambre commençait à en être embrasée »), une véritable sorcière, en même temps qu'elle est, pour Toffel comme pour Tomahawk, une Eurydice revenue de l'autre monde.

Page 198.

1. Lire Monongahela (l'erreur vient de l'original allemand) ; le confluent de ces deux rivières forme l'Ohio à Pittsburgh.

2. Belle Rivière : en français dans l'original allemand (« belle rivière, wie die Messieurs les Français den Ohio bekantermaßen tauften »).

Page 199.

1. Lire « framehouse » comme dans l'original allemand et dans *La Sylphide*.

2. Mot défini plus loin (p. 206).

3. Le mot (de fröhlich, gai) est écrit « frolics » dans l'original allemand.

Page 200.

1. Jockel Blocksberger dans l'original allemand.

2. Cette « sagacité » (traduisant « Lebensklugheit ») fait étymologiquement de Jemmy, à la figure de lutin, une espèce de sorcière (*saga*). Cf. plus loin (p. 204) : « [...] tu te laisses ensorceler par les yeux de ce gentil lutin [...] que le malin esprit lui-même ne parviendrait pas à maîtriser » (« du dich von den bewußten Schelmenaugen bezaubern lässest, dieser lieblichen Hexe, die der T—l [*lire* : Teufel] selbst nicht zähnen könnte »). Ce n'est pas un hasard si l'histoire commence chez Jockel Blocksberger, dont le nom évoque la montagne du sabbat (Blocksberg) qui sera mentionnée à la fin quand le retour de Jemmy est présenté comme celui des « spectres, [d]es sorcières et [d]es esprits malins » (« Gespenster, Hexen, Nixen und Elfen und alle die Wesen », et si le sceptre final de l'héroïne, traitée par Tomahawk de « sorcière, mauvais génie » (« eine Hexe, eine Teufelin »), est un grand balai (« Besen »).

Page 201.

1. Nerval maintient la fiction d'un récit premier, sous la forme d'un manuscrit à partir duquel Sealsfield aurait élaboré son récit.

Page 202.

1. Cette scène des épis rouges avec le gage du baiser n'est pas sans rappeler la danse avec Adrienne de « Sylvie ».

Page 203.

1. Ce nom de Toffelsville est ignoré des encyclopédies américaines selon *NPl.* Ce n'est guère étonnant si on lit au début du récit de Sealsfield que Toffelsville est le « plus mignon de tous les hameaux [Dörfchen] — villes devrais-je dire, avec ses quinze maisons éparpillées sur deux milles ». Une note au mot « villes » précise : « allusion à l'habitude américaine d'appeler ville le plus petit des lieux-dits ».

Page 204.

1. Jemmy est bien une fille du feu.

2. Le thé remplace curieusement la choucroute de l'original allemand.

Page 205.

1. Ministre protestant (« lutherische Prediger ») : cette indication perd son sens, Nerval ayant escamoté la dimension religieuse du

contraste entre l'Allemand Toffel (protestant) et l'Irlandaise Jemmy (catholique).

Page 206.

1. *Sic*, pour Saratoga.

Page 208.

1. « Sacrebleu ! damnation ! »

Page 210.

1. L'allusion à l'enlèvement d'Hélène (présente dans l'original allemand) fait écho à celle de la préface « À Alexandre Dumas ».
2. Le nom de Toffel dans l'original allemand est Bärenhäuter (Fainéant). Bœrenhenter est une erreur de copie.
3. « Fort Pitt, l'ancien nom de Pittsburgh » (note de l'original allemand).

Page 211.

1. Miami : ville de l'Ohio.
2. Déjeuner *à la fourchette* (en français dans l'original allemand) : petit déjeuner solide.

Page 212.

1. *Linsey-woolsey* : étoffe mélangée de lin et de laine.
2. *À l'enfant* : en français dans l'original allemand.

Page 214.

1. *Sic.*
2. Argus : le géant aux cent yeux de la mythologie.

Page 215.

1. Les versions de *La Sylphide* et du *Journal du dimanche* présentaient un texte plus long : « Son courage fut rudement mis à l'épreuve dans *le cours de son voyage ; elle eut à lutter contre d'incroyables fatigues. Bien près d'être asphyxiée dans* les marais ». Le raccourci des *Filles du feu*, comme le suggère *NPl* III, résulte manifestement d'un bourdon.

Page 216.

1. Sciota : lire Scioto. L'erreur vient de l'original allemand.

Page 217.

1. Voir p. 200, n. 2.
2. *Sic.*

Page 218.

1. « Mon Dieu ! Ma chérie ! »

Page 219.

1. Marie Lindthal : ce nom est de l'invention de Nerval. La deuxième femme de Toffel se nomme Dorothea Heumacher (Dorothée Faneur) chez Sealsfield.

Page 220.

1. Jemmy est bien une fille du feu.

Page 221.

1. Saint Paul, I Corinthiens 7, 9 : « *Quod si non se continent, nubant. Melius est enim nubere quam uri* » (trad. de Lemaître de Sacy : « Que s'ils [les célibataire et les veufs] sont trop faibles pour garder la continence, qu'ils se marient, car il vaut mieux se marier que de brûler [en enfer] »).

Page 222.

1. Genèse, 4, 18-19 : « [...] et Mathusaël engendra Lamech, Qui eut deux femmes, dont l'une s'appelait Ada et l'autre Stella » (trad. de Lemaître de Sacy). Si la mention de la bigamie de Toffel, « des Mannes zweier Weiber », est dans l'original allemand, la référence biblique est propre à Nerval.

2. Il faudrait plutôt, comme dans *La Sylphide* et dans l'original allemand (« Pfarrer Ledermaul »), « le pasteur Gaspard ».

Page 223.

1. Cette « Jemmy si longtemps perdue » a quelque chose d'une Eurydice, Eurydice double, d'abord perdue pour Toffel, puis pour Tomahawk, et qui traverse deux fois son Achéron.

2. Nerval a modifié la date donnée par Sealsfield : 1796, peut-être pour permettre que le récit rejoigne à la fin le présent de l'énonciation, à moins que 1826 ne résulte d'une coquille mal corrigée, puisque dans la préoriginale de 1843, 1796 était devenu 1396.

Page 224.

1. Lapsus de Nerval, qui fait ici des squaws (femmes) un nom de tribu. Le texte allemand évoque, lui, le « Hauptquartier der Shawneese ».

2. Elle le tenait renfermé auprès de la mère de Tomahawk : formule illogique tant pour la syntaxe que pour le sens, due sans doute à une erreur de l'imprimeur ; il faut lire « elle se tenait renfermée

auprès de la mère de Tomahawk » (« Zwanzig Tage war sie bereits mit Tomahawks Mutter eingeschlossen »).

Page 225.

1. Nouveau lapsus de Nerval qui fait de wigwam un canton. Le texte allemand dit simplement : « die das Wigwam verließ » (« qui quitta le wigwam »).

Page 228.

1. Voir p. 224, n. 1. Lire « les vieilles squaws » (« die alten Squaws »).
2. Le balai des ménagères, mais aussi celui des sorcières (voir p. 200, n. 2).
3. En fait de « malin esprit », le texte allemand parle du « chasseur sauvage » (« vom wilden Jäger verfolgt »), avatar d'Odin (ou du père fouettard) dans les contes populaires germaniques.
4. « Curé » catholicise indûment le mot allemand « Prediger ».

Page 229.

1. Stubls : lire « Stubbs ».

OCTAVIE

À la parution des *Filles du feu*, la première publication d'« Octavie » ne datait que de quelques semaines, puisque la nouvelle était parue dans *Le Mousquetaire* de Dumas du 17 décembre 1853, une semaine après l'article sur la folie de Nerval et le sonnet « El Desdichado ». La nouvelle était déjà rédigée à la date du 22 octobre précédent, si du moins la mention de « Rosalie » dans la lettre à Daniel Giraud à propos des *Filles du feu* correspond bien à « Octavie » (voir p. 234 l'allusion à sainte Rosalie), mais l'on n'en sait guère plus sur la date et les circonstances de la rédaction sinon que, ancienne ou récente, « Octavie » n'était pas totalement inédite en décembre 1853. La nouvelle reprend en effet sous forme de citation la troisième lettre d'« Un roman à faire » publié sans signature[1] dans *La Sylphide* du 25 décembre 1842. Cette troisième lettre devait ensuite être reprise, seule, sous le titre « L'Illusion. À Madame *** », mais signée cette fois, dans *L'Artiste* du 6 juillet 1845.

« Octavie », qui de toutes les nouvelles des *Filles du feu* est celle qui présente le plus de connivences thématiques avec *Les Chimères* (notamment « El Desdichado », « Myrtho », « Delfica » et « Artémis »), a donc

1. La table des matières le mentionne ainsi : « Un roman à faire par M.*** ».

sans doute été conçue autour de cette lettre d'amour et de désespoir évoquant une nuit passée à Naples avec le double imaginaire de sa destinataire et une tentative de suicide sur les hauteurs du Pausilippe. Pour ce faire, Nerval a, comme dans « Sylvie », recomposé des souvenirs, ceux de ses deux voyages à Naples, non pas « au printemps de l'année 1835 », comme le dit l'incipit, ni « vers l'année 1832 », comme dans la version du *Mousquetaire,* mais à l'automne de 1834 et en novembre 1843, au retour d'Orient. C'est ainsi que la correspondance de novembre 1834 fournit l'étymon biographique du couple de la jeune Anglaise et de son père infirme : « À table, il y avait une jolie dame avec un vieux militaire, qui avait un grain de folie et qu'elle conduisait à Nice pour passer l'hiver[1]. » L'épisode se trouvera une première fois transposé dans le *Voyage en Orient* : « Je me trouvais placé près d'une jolie dame anglaise dont le mari demanda au dessert une bouteille de champagne [...]. [...] cet Anglais paraissait d'une faible santé. [...] L'hôte nous apprit qu'il se rendait en Italie par Bregenz, pour y rétablir sa santé[2]. » Mais le couple de touristes anglais, accessoire obligé de tout récit de voyage, prend ici une tout autre dimension. La jeune Anglaise, qui rappelle par sa pêche miraculeuse la reine des poissons, devient une « fille des eaux » (avant d'arriver dans la cité fondée par une sirène), puis une fille du feu en se prêtant au jeu du narrateur qui lui fait jouer le rôle de la déesse Isis, en un simulacre qui préfigure la palingénésie des mystères d'Isis dans la nouvelle suivante[3]. Le scénario d'« Octavie » n'est alors pas sans rappeler celui de « Sylvie ». Dans les deux cas, le narrateur est au centre d'un triangle féminin : l'actrice dont on fuit l'amour fatal ; la jeune fille qui représente la chance d'un amour réel (Sylvie, Octavie), et l'icône d'un amour idéal ou inaccessible (Adrienne, Isis). À chaque fois, le narrateur passe à côté du bonheur quand il veut faire coïncider la réalité avec l'idéal, quand il fait jouer à Sylvie le rôle d'Adrienne, à Octavie celui d'Isis. Non seulement il ne réalise pas son idéal, mais il perd la réalité, et Octavie, comme Sylvie, vient allonger la liste des amours perdues. « Là était le bonheur peut-être », conclut le narrateur de « Sylvie » ; « et je me dis que peut-être j'avais laissé là le bonheur », conclut celui d'« Octavie ».

1. *NPl* I, p. 1295.
2. Folio, p. 59.
3. Le nom de la jeune Anglaise, et de la nouvelle, n'est-il pas un clin d'œil à Gautier ? Dans *Arria Marcella,* parue en mars 1852, le héros, Octavien, qui ressemble à Nerval, a le privilège de voir se réaliser son rêve de palingénésie et de se trouver « face à face avec sa chimère », avant de se marier, en désespoir de cause, avec « une jeune et charmante Anglaise ».

Page 230.

1. Dans *Le Mousquetaire* la nouvelle commençait ainsi : « Ce fut vers l'année 1832 qu'un vif désir [...] ». La logique quasi autobiographique de Nerval déplace et recompose, là encore, des souvenirs d'Italie qui ne datent ni de 1832, ni (du printemps) de 1835, mais de septembre à novembre 1834, avec des interférences du second séjour (novembre 1843).

2. La cascade de Terni, déjà évoquée dans « Sylvie », VIII, p. 166 et la source écumante du Teverone, affluent du Tibre, comme les roseaux du lac Trasimène, préparent le jaillissement d'Octavie, « fille des eaux ». Après l'appel du Valois, c'est l'appel de l'Italie qui vient enlever le narrateur au monde du théâtre et des illusions de l'amour.

3. Cette fille des eaux, nouvelle « syrène », ressuscite aussi la reine des poissons.

Page 231.

1. Campo-Santo : le fameux cloître-cimetière pisan, dont la terre fut rapportée du Golgotha.

2. Pour l'étymon biographique de ce couple, voir la Notice.

3. Cf. « Delfica » p. 306, n. 4.

4. La sibylle de Tibur (Tivoli) est l'une des sibylles italiennes avec celle de Cumes, à côté des sibylles grecques ou orientales (Delphique, Érythrée, Libyque, Phrygienne, Persique, Hellespontique).

5. Cf. « Myrtho » p. 304, n. 2. Ischia et Nisida : îles du golfe de Naples.

6. Portici : ville au sud-est de Naples, à proximité de laquelle se trouve le site d'Herculanum, immortalisée par l'opéra d'Auber *La Muette de Portici* (1828).

Page 232.

1. La place du Môle, donnant sur le port (et plus étendue que l'actuelle piazza del Municipio), concentrait la plupart des théâtres napolitains (Il Fondo, La Fenice, San Carlino, Partenope, Sebeto) ; elle était à Naples ce que le boulevard du Temple était à Paris. Voir « Le boulevard du Temple autrefois et aujourd'hui » dans *L'Artiste* du 17 mars 1844 : « Je me souviens d'avoir, il y a dix ans, trouvé la place du Môle de Naples toute semblable à notre boulevard du Temple, sauf le caractère particulier du pays; c'était de même une douzaine de théâtres, entremêlés de cafés et de cabarets [...] » (*NPl* I, p. 780). L'hôtel de Rome était au 5 de la rue Sainte-Lucie, qui longeait alors le bord de mer entre le port et le Château de l'Œuf, avant que les travaux de remblaiement ne la repoussent à l'intérieur des terres.

2. Le théâtre des Florentins, le plus ancien de Naples, sis dans la rue du même nom, au nord de San Carlo.

3. Le musée des études : l'actuel musée archéologique national de Naples, alimenté par les fouilles d'Herculanum et de Pompéi. Avant d'être transformé en musée en 1777, ce palais avait abrité une université, d'où son nom. La rue de Tolède, grande artère commerçante qui traverse la ville du nord au sud, relie le musée des études à San Carlo, le grand théâtre lyrique de Naples.

4. Marilia Marchetti (*L'Imaginaire nervalien*) a montré qu'il s'agissait de Francesco Gargallo, et non de son père, Tommaso Gargallo.

5. Cf. la lettre à son père de décembre 1843 : « La famille Gargallo m'a reçu d'une manière très aimable ; j'ai trouvé là des savants, et même des savantes, car les trois sœurs savent le latin. C'est un intérieur qui rappelle ceux du temps de Louis XIII, et où l'on se tient loin au moins des frivolités de conversation de nos jours » (*NPl* I, p. 1408).

6. Dans les mystères d'Éleusis, la pierre d'Éleusis, dite « Agelaste » (« qui ne rit pas »), ou « la Roche triste », est celle sur laquelle Déméter se reposa après l'enlèvement de sa fille Perséphone par Hadès.

7. Vesta : divinité romaine du feu, dont les prêtresses étaient les vestales. Dans une lettre du 24 octobre 1854 à Antony Deschamps, Nerval revendiquera pour lui-même le « titre de vestal » (*NPl* III, p. 900).

8. Cette lettre est la 3e lettre d'« Un roman à faire » (voir la Notice et l'annexe 2). Par rapport à « Un roman à faire », le texte d'« Octavie » présente les variantes suivantes : « pourtant » (p. 232, l. 33) remplace « surtout » ; « montrer » (p. 233, l. 1) remplace « peut-être » ; « ne vous a peut-être » (l. 9) remplace (sans doute par la faute d'un bourdon) « ne vous a aimée comme moi, nul ne vous a peut-être » ; « Mais où » (p. 234, l. 5) remplace « Où » ; « dans la nuit, près de » (l. 7) remplace « à » ; « elle semblait égarée d'esprit » (l. 10-11) est un ajout ; « pas de difficulté » (l. 14) remplace « pas difficulté » ; « qui me furent versés » (l. 22) remplace « que je lui fis apporter » ; « si exactement » (p. 235, l. 7) remplace « si fort » ; « dit, je crois, que c'était » (l. 22) remplace « dit : — Je crois que c'est » ; « la jeune » (l. 25) remplace « la mère » ; « et les îles de la baie » (p. 23,6, l. 10) remplace « et les deux îles d'Ischia et de Nisida » ; « Ô dieux » (l. 15) remplace « Ô Dieu » ; « quatre cents » (l. 22) remplace « trois cents ». Voir à l'annexe 2 la transcription du manuscrit de cette lettre.

Page 233.

1. Cf. « Artémis », vers 7-8.

Page 234.

1. La Villa-Reale, qu'on retrouvera dans « Corilla », est le grand jardin public de Naples en bord de mer, entre le port Sainte-Lucie et le Pausilippe.

2. Lacrima-cristi (« Larme du Christ »), célèbre vin blanc du Vésuve.

3. Cf. « Artémis » : « Sainte napolitaine aux mains pleines de feux,/Rose au cœur violet, [...] ». Sainte Rosalie est un personnage des *Élixirs du Diable* d'Hoffmann (1816) et de l'opéra de Meyerbeer *Robert le Diable* (1831) sur un livret de Scribe et de Germain Delavigne.

Page 235.

1. La Thessalie passait pour la terre de la magie. Dans *L'Âne d'or* d'Apulée, c'est en Thessalie que Lucius rencontre la magicienne Pamphile et inaugure ses métamorphoses.

Page 236.

1. Chiaia : quartier populaire de Naples, au pied du Pausilippe.

2. Le promontoire du Pausilippe est percé depuis l'Antiquité d'un souterrain, la *crypta neapolitana*, ou grotte napolitaine, à l'entrée de laquelle la tradition place le tombeau de Virgile. Tous ces lieux éminemment symboliques se retrouvent dans « El Desdichado », « Myrtho » et « Delfica ».

Page 237.

1. Le château Saint-Elme : forteresse dominant la chartreuse San Martino sur la colline du Vomero, proche du Pausilippe. On notera qu'Elme est une déformation d'Érasme, nom évidemment lié à (l'éloge de) la folie.

2. Cf. « Myrtho », vers 9-11.

3. Ces temples ne sont pas à Herculanum, mais à Pompéi.

Page 238.

1. Au livre XI de *L'Âne d'or*.

2. Cette reviviscence des antiques mystères d'Isis se fait ici sur le mode du jeu (théâtral).

3. Le second passage à Naples, au retour du voyage en Orient, eut lieu en novembre 1843. Voir p. 230, n. 1, p. 231, n. 2 et p. 232, n. 4. Il est manifeste que dans « Octavie » Nerval recompose ses souvenirs des deux séjours.

Page 239.

1. C'est à peu près la formule conclusive de « Sylvie » : « Là était le bonheur peut-être. »

ISIS

L'« Isis » des *Filles du feu* est la reprise sensiblement abrégée[1] d'un article publié pour la première fois dans la revue fouriériste *La Phalange. Revue de la science sociale* de novembre-décembre 1845 sous le titre « Le Temple d'Isis. Souvenir de Pompéi », et repris sans modification dans *L'Artiste* des 27 juin et 4 juillet 1847 sous le titre « Iseum. Souvenir de Pompéi ».

Présenté comme un souvenir de voyage, « Isis » évoque une palingénésie en forme de fête costumée dans les ruines de Pompéi (I), puis propose une reconstitution archéologique des Mystères d'Isis (I, II), une description du temple d'Isis (III), une méditation sur les ruines et sur l'histoire des religions (III, IV). On sait depuis 1930, grâce à Nicolas Popa, que la reconstitution archéologique des Mystères d'Isis est la traduction quasi littérale d'un article allemand, « Die Isis-Vesper, nach einem herculanischen Gemälde », de Carl August Böttiger (1760-1835), paru dans un petit recueil collectif intitulé *Minerva, Taschenbuch für das Jahr 1809, mit 8 Kupfern*, Leipzig, bei Gerhard Fleischer d. Jung, p. 93-136. Cet article avait fait l'objet d'une traduction française dans le numéro d'avril 1810 du *Magasin encyclopédique* (« Antiquités égyptiennes. / Les Vêpres d'Isis, d'après un Tableau d'Herculanum, traduites de l'allemand de M. Böttiger, Conseiller aulique, et Directeur des Pages de sa Majesté le Roi de Saxe, par J. D. Bader »), mais il est manifeste que Nerval s'est servi de l'original allemand[2]. Probablement même ne connaissait-il pas cette traduction, très différente de la sienne (et souvent moins précise). Là ne s'arrêtent pas les emprunts de Nerval dans cette nouvelle qui est pourtant l'une des plus courtes du recueil : la description du petit temple d'Isis à Pompéi n'est pas

1. Alors que « Le Temple d'Isis » comportait sept parties, « Isis » n'en comporte plus que quatre : Nerval supprime les deuxième et cinquième parties et opère des coupes dans les autres à l'exception de la dernière, si bien que la première et la troisième parties du « Temple d'Isis », abrégées, deviennent la première d'« Isis », la quatrième, abrégée, la deuxième, la sixième, abrégée, la troisième, la septième, la quatrième.

2. Le manuscrit partiel de cette traduction conservé dans le fonds Lovenjoul n'est pas, selon Michel Brix, de la main de Nerval (voir *NPl* III, p. 1249). Si Nerval a eu recours aux services d'un traducteur, la lettre tardivement retrouvée à Charles Boverat du [7 octobre 1845] pourrait s'adresser à celui-ci.

faite de mémoire ni d'après les notes prises sur le vif, mais, comme l'a découvert Hisashi Mizuno[1], d'après la traduction française du petit guide de Pompéi de l'abbé Domenico Romanelli[2], qu'il démarque et parfois copie littéralement. Enfin, les paragraphes 2, 3 et 4 de la quatrième partie évoquant la déesse Isis sont presque littéralement repris de la traduction de *L'Âne d'or* d'Apulée par J.-A. Maury, Jean-François Bastien, 1822.

Est-ce à dire qu'il n'y a rien de nervalien dans « Isis » ? Évidemment non, d'abord parce que Nerval nervalise ses emprunts, par la sélection qu'il opère sur les textes qu'il utilise d'une part, par des glissements sémantiques d'autre part. Il escamote ainsi soigneusement tout ce qui trahit un préjugé chrétien ou rationaliste contre les cultes anciens, et tout ce qui pourrait heurter une sensibilité de moderne (la fourberie des prêtres, les sacrifices sanglants, les explications de l'inspiration divine par le gaz carbonique chez Romanelli, l'ironie sur les débordements auxquels donnait lieu le culte d'une consolatrice des affligés devenue mère maquerelle chez Böttiger) ; surtout, il systématise par le choix des mots la perspective suggérée par le titre de Böttiger, celle d'une christianisation du culte d'Isis : tout est fait pour que le lecteur reconnaisse dans les Vêpres de la déesse une liturgie analogue à celle qui lui est familière : Nerval catholicise ainsi le culte de l'eau du Nil, parlant du tabernacle, de transsubstantiation, de présence réelle là où Böttiger parle de buffet du sanctuaire et de personnification, et justifie ainsi la méditation évidemment sienne sur les ruines et sur l'histoire des religions qui, tout en s'inspirant des *Ruines* de Volney et de l'*Origine de tous les cultes* de Dupuis, prend l'exact contre-pied de l'entreprise démystificatrice des deux Idéologues ; comme elle justifie cette rêverie palingénésique, sienne aussi, qui se prolonge idéalement dans la parousie rêvée de « Cette Mère divine » et de « ce Sauveur ».

Page 240.

1. Cf. la lettre à son père de décembre 1843 : « J'ai pu [...] faire le voyage de Pompeia et celui d'Herculanum par de magnifiques journées. [...] Ce voyage était coûteux à mon premier passage à Naples ; mais à présent un chemin de fer conduit à Torre Annunziata d'où l'on y va en une demi-heure » (*NPl* I, p. 1408). Ce chemin de fer, construit entre les deux séjours de Nerval, relia d'abord, en 1839, Naples à Resina, qui desservait le site d'Herculanum, puis fut prolongé en 1841 jusqu'à Torre Annunziata, qui desservait celui de Pompéi.

1. Voir son édition du *Temple d'Isis*, Tusson, Du Lérot, 1997.
2. Dominique Romanelli, *Voyage à Pompéi*, traduit de l'italien pour la première fois par M. P.***, Paris, Houdaille et Veniger, 1829.

2. C'est ce que fait Octavien, le héros d'*Arria Marcella* de Gautier, publié en mars 1852 dans *La Revue de Paris.*

Page 241.

1. Les maisons de Pansa, de Salluste (en fait de Cossius Libanus), de Julia Felix sont parmi les maisons les plus célèbres de Pompéi. M. Brix a signalé que Julia Felix était fille de Spurius et non de Scaurus : Nerval a en effet confondu deux inscriptions relevées dans *Voyage à Pompéi* de Domenico Romanelli, l'affiche de Julia Felix, fille de Spurius (p. 100-104), et l'épitaphe d'Aulus Umbricius Scaurus, fils de Scaurus le père (p. 64, où Umbricius, comme dans *Pompéi* de Charles Bonucci, est mal lu Castricius).

2. Cette tentative palingénésique, qui prolonge la brève représentation des mystères d'Isis par le narrateur d'« Octavie » et sa compagne, manifeste la volonté de tendre, au-delà de la simple représentation, vers une véritable résurrection. Cf. les articles des 12 et 26 mai 1844 sur une représentation de l'*Antigone* de Sophocle (*NPl* I, p. 801 et 805).

3. Au paragraphe suivant commence en effet la traduction de l'article de Böttiger, qui se prolongera jusqu'à la fin de la section II. Nerval a cependant supprimé de nombreux passages par rapport à la version préoriginale de *La Phalange* (voir ces suppressions p. 241, n. 4 ; p. 242, n. 1 et 2 ; p. 243, n. 1 ; p. 244, n. 1 ; p. 245, n. 1 ; p. 246, n. 6 ; p. 247, n. 2).

4. Ici un long passage de la version préoriginale a été supprimé : « [...] ces ruines. / Il ne fut pas difficile de retrouver les costumes nécessaires au culte de la bonne et mystérieuse déesse, grâce aux deux tableaux antiques du musée de Naples, qui représentent le service sacré du matin et le service du soir ; mais la recherche et l'explication des scènes principales qu'il fallut rendre, donna lieu à un travail fort curieux dont un savant allemand fut chargé. — Le marquis Gargallo, directeur de la bibliothèque, a bien voulu me permettre d'extraire les détails suivants du volumineux manuscrit qui racontait l'établissement et les cérémonies du culte d'Isis à Pompéi. // II // Après la mort d'Alexandre-le-Grand, les deux principales religions d'où sont sorties les autres, le culte des astres et celui du feu, dont la plus haute expression fut la doctrine de Zoroastre, et la plus grossière l'idolâtrie, formèrent ensemble une étrange fusion. — Les systèmes religieux de l'Orient et de l'Occident se rencontrèrent à Éphèse, à Antioche, à Alexandrie et à Rome. La nouvelle superstition égyptienne se répandit partout avec une rapidité extraordinaire. Depuis long-temps les idées et les mythes de la vieille théogonie n'étaient plus à la taille du monde grec et romain. — Jupiter et Junon, Apollon et Diane, et tous les

autres habitants de l'Olympe pouvaient encore être invoqués, et n'avaient pas encore perdu leur crédit dans l'opinion publique. Leurs autels fumaient encore à certains jours solennels de l'année; leurs images étaient encore portées en grande pompe par les chemins, et le temple et le théâtre se remplissaient, les jours de fêtes, de spectateurs nombreux. Mais ces spectateurs étaient devenus étrangers à toute espèce d'adoration. — L'art même, qui se jouait en d'idéales représentations des dieux, n'était plus qu'un appât raffiné pour les sens. Aussi, le petit nombre de fidèles qui existaient encore avaient-ils la conviction que la divinité habitait seulement dans les vieilles images de forme raide et sèche, — appartenant à la théogonie primitive. Cette superstition populaire s'opposa vainement à l'effort des philosophes et des sceptiques moqueurs. — Les lois divines et humaines et ce que les pieux et simples aïeux avaient considéré comme le type de la sainteté, furent conspués et foulés aux pieds. Mais dans cet état de décomposition générale, l'âme humaine ne sentit que mieux le vide immense qu'elle s'était fait et un désir secret de rétablir quelque chose de divin, d'inexprimable. — Ce désir fut ressenti par des milliers d'esprits blasés à la fois, et ce vieil adage reçut une nouvelle confirmation, que là où l'incrédulité règne la superstition s'est déjà ouvert la porte. — Le judaïsme parut à beaucoup de personnes de nature à combler ce vide douloureux. On sait avec quelle rapidité le culte mosaïque conquit alors des sectateurs non-seulement dans tout l'empire romain, mais au delà de ses frontières. Pourtant le dogme de Jéhova n'admettait pas d'images, et il fallait à l'adoration matérialiste de cette époque des formes palpables et parlantes. Alors l'Égypte, la mère et la conservatrice de toutes les imaginations et même de toutes les extravagances religieuses, offrit une satisfaction aux besoins de l'âme et des sens. — Sérapis et Isis vinrent en aide, l'un aux corps souffrants, l'autre aux âmes languissantes. — Jupiter Sérapis, avec la corbeille de fruits sur sa tête majestueuse et rayonnante, déposséda bientôt à Rome et dans la Grèce le Jupiter olympien et capitolin armé de sa foudre. Le vieux Jupiter n'était bon qu'à tonner, et ses carreaux atteignirent souvent ses temples et l'arbre qui lui était consacré. — Le dieu égyptien, héritier des mystères et des traditions primitives de l'ancien culte d'Apis et d'Osiris, et de toute la magnificence de l'Olympe grec, ne tenait pas vainement dans sa main la clef du Nil et du royaume des ombres. Il pouvait guérir les mortels de tous les maux dont ils sont affligés. Dans une plus large mesure, ce nouveau sauveur alexandrin opérait ces cures merveilleuses qu'autrefois Esculape, le dompteur de la douleur, avait faites à Épidaure. Presque tous les grands ports de mer d'Italie eurent des sérapéons, — ainsi nommait-on les temples et les hôpitaux du Dieu guérisseur, — avec des vestibules et des colonnades, où un grand nombre de chambres et de salles de bains étaient préparées pour les malades. — Ces sérapéons étaient les lazarets et les maisons de santé de l'ancien monde. — Sans doute il y avait là des remèdes naturels, et, avant tout, ceux des bains et du massage, combinés de magnétisme, de somnambulisme, et autres pratiques dont les prêtres possédaient et se transmettaient le secret; mais cela était fondé sur une profonde connaissance des hommes d'alors, et de cet empirisme sortit bientôt une remarquable et puissante médecine physique. — La merveilleuse puissance du dieu nous est attestée par les ruines de son temple à Pouzzole. C'est à trois lieues de Naples, sur la côte de Campanie; — maintenant encore trois gigantesques colonnes, toutes rongées qu'elles sont par les plantes grimpantes, du sein d'un monceau de ruines, proclament l'antique renommée du dieu, qui, dans ce populeux port de mer, sous le nom de Sérapis Dusar, donnait refuge et guérison. Une magnifique colonnade qui, dans les temps modernes, a été appropriée au palais de Caserte, entourait les salles et les galeries. — On y trouvait un grand nombre de chambres de malades et d'étuves entre les logements des prêtres et des gardiens. Le long de la côte de Campanie, depuis le volupteux [*sic*] golfe de Nettuno jusqu'aux souterrains de Trirergola [*sic*, pour Tripergola], il y avait une série de lieux d'asile et de guérison sous la protection du père universel Sérapis, //III//Mais, si puissant [...] ».

5. Variante : « fût le culte égyptien pour ».

6. Les Cabires : divinités archaïques, ces génies du feu, réputés fils d'Héphaistos, furent l'objet d'un culte à mystères; Liber Pater et Hébon : vieilles divinités latines assimilées à Bacchus.

7. Variante : « tout ce que les orgies et les bacchanales du *Liber Pater* et de l'*Hebon* de la Campanie et de la Grande Grèce, tout ce que même la fête de la bonne déesse de Rome avaient offert ».

Page 242.

1. Nouveau paragraphe supprimé : « [...] d'affluents. / Il était de bon ton à Rome qu'une dame visitât au moins deux fois par mois, avec toute la grâce d'une belle pénitente, l'*Iseum* ou les salles du temple de la déesse Isis, au champ de Mars, dans le quartier neuf de la ville, — car le culte de la bienfaisante déesse, en dépit de plusieurs ordonnances de police de l'empereur Auguste, qui éloigna le temple égyptien d'au moins mille pas de la banlieue de la ville; en dépit de l'effrayante menace que Tibère publia contre les prêtres d'Isis et leur idole, s'était rétabli, sous son successeur immédiat, et s'était approprié un vaste temple avec un vestibule et toutes ses dépendances. / Outre [...] »

2. Nouvelle suppression : « [...] d'oraisons. Une pénitente, en pré-

sence d'une personne de distinction de l'un ou de l'autre sexe, vient, dans sa confession au grand-prêtre, d'adresser une demande particulière ; — elle sort aussitôt, officie, fait claquer le sistre. Le peuple se joint à elle dans une fervente prière à la grande déesse, à la consolatrice des affligés. — L'office est alors terminé, et la foule des fidèles congédiée au moyen d'une formule particulière. Celui qui assiste à cette bénédiction s'acquiert les bonnes grâces de la déesse, et ressent les effets de sa bonté dans tout ce qu'il entreprend durant le jour. — Ainsi se terminait cette salutation et cette prière à la déesse trois fois grande, par lesquelles on pouvait se ménager une favorable audience et obtenir pour un jour la réalisation de ses vœux. / Mais si l'on avait [...] »

Page 243.

1. Variante et nouvelle suppression : « [...] que dépendait la détermination du temps de toute la liturgie du jour. — Les prêtres et ministres du culte d'Isis nous sont représentés comme exerçant deux sortes de fonctions distinctes, et désignés sous les noms caractéristiques d'*horoscopes* et d'*horloges*. Sans doute un de ces serviteurs du temple faisait l'annonce à la déesse même, après quoi commençaient les chants réglés au bruit du sistre ; la communauté se partageait en deux rangs et faisait entendre un antiphone ou une formule adaptée sur la musique dans un vigoureux unisson. // IV // Cela se faisait [...] »

2. Le petit coucher : en français dans le texte de Böttiger.

3. Le texte de *La Phalange*, conforme à l'original allemand, donne « Priam et Alcinoüs ». Arsinoüs (nom d'un personnage de l'*Iliade*) est sans doute une erreur de lecture. Priam est le roi légendaire de Troie et Alcinous ou Alcinoos celui des Phéaciens dans le célèbre épisode d'Ulysse à Ithaque.

Page 244.

1. Nouvelle suppression, avec une phrase de résumé : « [...] avait cessé. De la vie publique et à ciel ouvert on passait au repos domestique, aux bains et aux repas ; — car la huitième heure était alors, on le sait, le moment du dîner, non seulement à Rome, mais dans tout l'ancien monde. — De là vient qu'à ce moment tous les temples étaient fermés, et que la mère Isis, dans un office solennel du soir, était une dernière fois glorifiée, adorée et honorée des sons redoublés du sistre d'or. / Les autres parties [...] »

2. Devant le tabernacle : traduction catholicisante de « vor den Schranken des Heiligsthums » (« devant le buffet du sanctuaire »).

Page 245.

1. Cette fin de paragraphe (depuis « — Mais ce sont là... ») est une parenthèse de Nerval dans sa traduction de Böttiger. Elle remplace un développement ironique du savant allemand sur les plaisirs des fruits défendus goûtés sous les auspices d'Isis rebaptisée « entremetteuse et maquerelle » (« Gelegenheitsmacherin und Kuplerin »). Le rapprochement avec les agapes des premiers chrétiens se retrouve dans le *Voyage en Orient*, « Druses et Maronites », IV, IV, Folio, p. 539).

2. La présence réelle d'Osiris : traduction catholicisante de « Osiris selbst erschien [...] verkörpert in Nilwasser » (« Osiris apparaissait même [...] comme personnifié dans l'eau du Nil »).

3. Cette divine transsubstantiation : traduction catholicisante de « dieser Gottesverkörperung » (« cette divine personnification »).

4. Piviale : en latin dans le texte de Böttiger (comme « *stola* » que Nerval traduit par « étole »). À l'origine manteau contre la pluie (pluviale), piviale désignait dans le latin ecclésiastique la chape sacerdotale.

5. C'est dans les écrits apologétiques (le *Protreptique, Stromates*) de saint Clément (vers 150-vers 215) que l'on trouve la relation des mystères anciens. L'indication du saint vase serré contre le sein du prophète vient de *Stromates*, VI, ch. IV, 37, 1. « 'Επὶ πᾶσι δὲ ὁ προφήτης ἔξεισι, προφανὲς τὸ ὑδρεῖον ἐγκεκολπισμένος » (« En dernier vient le prophète, portant en ostension la cruche qu'il a enveloppée dans son sein »).

6. Nouvelle suppression : « [...] contre son sein. — La théorie des prêtres égyptiens qui présente l'eau comme principe de tous les êtres et en fait sortir la terre, l'air et le feu, peut assurément paraître pauvre et mesquine, à côté de l'hydrogène et de l'oxygène de Lavoisier ; mais c'était peut-être la plus raisonnable qu'une cosmogonie et une géogonie atomistiques pussent enfanter. / Et d'ailleurs [...] ».

Page 246.

1. Nouvelle suppression : « [...] poitrine. // V // À la droite du prophète qui portait l'hydria (hydriophore), se tenait une femme représentant, par les attributs et par le costume, la déesse Isis elle-même. — Isis devait toujours en effet partager les hommages rendus à Osiris. — Elle ne portait pas les cheveux ras comme le reste du clergé, mais les avait au contraire longs et bouclés. Les boucles de cheveux de la déesse jouaient un rôle important dans les traditions des prêtres égyptiens. — À Memphis, on en montrait une comme la plus sainte relique, et plusieurs vieilles statues la représentent les cheveux bouclés. / Une chose également très-caractéristique pour la représentation d'Isis, c'est ce que la prêtresse tenait dans les mains. — De la droite elle soulevait ce fameux instrument que les Grecs nommaient *sistron* et

les Égyptiens *kemkem.* — La tristesse, à l'occasion de la mort d'Osiris, et la joie lorsqu'il était retrouvé, tels étaient les deux principaux points de la religion égyptienne dans la période qui suivit la conquête des Perses. — Pour toutes les litanies de tristesse et de joie qui étaient chantées lors de ces grandes fêtes, c'était le sistre d'Isis qui marquait la mesure. — Un sistre bien fait devait, en mémoire des quatre éléments, avoir quatre petits bâtons. — On peut croire que jamais le sistre ne s'agitait sans rappeler le souvenir de la mort et de la résurrection d'Osiris. De la main gauche la prêtresse tenait un arrosoir, par lequel on voulait signifier la fécondité que le Nil procurait à la terre. — Isis y puisait de l'eau pour les besoins du culte et aussi pour la fécondation du sol. — Car si Osiris est la force des eaux, Isis est la force de la terre, et passe pour le principe de la fertilité. / Vis-à-vis d'Isis, à la gauche du prophète, se tenait un ministre ordinaire (lastophoros[1]), qu'il était facile de reconnaître à son tablier, signe distinctif des prêtres de la classe inférieure. — Son office était d'indiquer à la foule, au moyen du sistre, les moments qui, comme l'élévation de l'hydria, réclamaient un redoublement de pieuse attention, et de lui donner le signal du bruit général. — Les personnes qui ont étudié les restes des temples égyptiens et les dessins qui s'y rapportent, n'ont pas besoin qu'on leur apprenne que, lorsqu'il s'agissait d'une représentation plus solennelle, à la place du ministre qui tient le sistre, il y avait le chien sacré, c'est-à-dire Anubis, l'inséparable compagnon et serviteur des deux grands dieux, dont un membre éminent du clergé symbolisait le rôle, au moyen d'un masque de chien. / Le prêtre qui chantait les hymnes et les prières, ou préchantre, jouissait d'une estime particulière. Il se tenait sur le degré inférieur du temple, au milieu de la double rangée du peuple, et dirigeait l'ensemble au moyen d'un bâton en forme de sceptre. Les Grecs nommaient ce liturge ou maître de chapelle du culte d'Isis, le *chanteur* ou le *chanteur d'hymnes* (odos, hymnodos). Il rappelle les rhabdodes et rhapsodes, qui chantaient un bâton de laurier à la main. / Apulée parle en plusieurs endroits des flûtes et cornets qui, dans les cérémonies d'Isis et d'Osiris, par des modulations lamentables ou joyeuses, mettaient les assistants dans des dispositions d'esprit convenables; cette musique provenait d'une sorte de flûte dont on attribuait l'invention à Osiris. — Un autre personnage, qui terminait la rangée des fidèles de l'autre côté, et dont le costume s'accordait parfaitement avec celui des prêtres d'Isis d'un ordre inférieur, avait la tête tondue, et portait le tablier autour des reins. — Mais il tenait dans la main un des plus énigmatiques symboles égyptiens, la croix ansée (crux ansata), dont le savant Daunou[2] a trouvé tout un

1. *Sic*, pour pastophoros.
2. *Sic*, pour [Dominique Vivant] Denon.

soubassement couvert dans un temple de Philé. — Il l'a regardée comme une clef qui servait à ouvrir les canaux de la digue du Nil au moment de l'inondation, et s'est ainsi, sans le savoir, rencontré avec le savant Zoega[1] de Rome, qui y découvrait également une clef du Nil et le signe de la puissance supérieure. — Mais un savant archéologue de notre temps, Ennio Visconti[2], a avancé depuis l'opinion que l'on devait y trouver symbolisée la force génératrice et créatrice, le Lingam et la Yonni des systèmes religieux de l'Inde. / Il va sans dire qu'ici aucune victime sanglante n'était immolée, et que jamais la flamme de l'autel ne consumait des chairs palpitantes. — Isis, le principe de vie et la mère de tous les êtres vivants, dédaignait les sacrifices sanglants. — De l'eau du fleuve sacré ou du lait étaient seulement répandus pour elle, pour elle brûlaient aussi de l'encens et d'autres parfums. / Dans le temple, tout était significatif et caractéristique : le nombre impair des degrés sur lesquels la chapelle est élevée avait aussi un sens mystique. — En général, le prêtre égyptien cherchait à s'entourer des souvenirs de la terre sacrée du Nil, et, au moyen des végétaux et des animaux de l'Égypte, à transporter les sectateurs de cette nouvelle religion dans le pays où elle avait pris naissance. — Ce n'était point par hasard qu'on avait planté deux palmiers à droite et à gauche du bosquet odoriférant qui entourait la chapelle ; car le palmier, qui tous les mois pousse de nouveaux rameaux, était symbole de la puissance des grands dieux. — De là les porteurs de palmiers qui figuraient aux processions, et dont il est fait mention dans la célèbre inscription de Rosette. / Une chose qui mérite aussi notre attention, c'est la présence des quatre ibis, serviteurs sacrés de la grande déesse, que l'on voyait posés çà et là sur la fontaine sacrée ou sur un sphinx du temple. — C'est un préjugé des vieilles et fabuleuses histoires naturelles que cet oiseau sacré ne puisse vivre hors de l'Égypte. — De même qu'autrefois, avec le culte de Junon, les paons vinrent de l'Asie, les fidèles ibis suivirent au-delà de la mer la déesse égyptienne par qui la vieille matrone Junon fut chassée de la plupart de ses temples et de ses autels. — Où le culte d'Isis s'établit, l'ibis-curli vint se loger. — Rarement il paraît dans les anciens monuments aussi clairement et avec des signes aussi caractéristiques que sur les deux peintures du culte d'Isis conservés [*sic*] à Naples. / À la fin de la cérémonie, selon un passage d'Apulée, un des prêtres prononçait la formule ordinaire : Congé au peuple ! qui est devenue la formule chrétienne : *Ite, missa est*, et à

1. Georg Zoëga (1755-1809), archéologue danois qui fit toute sa carrière à Rome. Il travailla en particulier sur les hiéroglyphes des obélisques.

2. Ennio Quirino Visconti (1751-1818), archéologue italien, successeur de Winckelmann à la direction des antiquités et musées de Rome, avant de se voir confier par Napoléon les antiquités du Louvre.

laquelle le peuple répondait par son adieu accoutumé à la déesse : Portez-vous bien, ou maintenez-vous en santé ? [*sic*] // VI // Peut-être [...] ».

2. « une seconde fois » est un ajout par rapport au texte de *La Phalange*.

3. La maison de Diomède, maison isolée en bordure de la rue des Tombeaux qui relie la villa des Mystères au site de Pompéi. On sait que Gautier a donné une fille à Diomède, Arria Marcella.

Page 247.

1. Variante : « antiques, j'arriverais au temple ».

2. Dernière suppression : « [...] tragique. — Cependant, des temples consacrés aux dieux grecs et romains frappaient mes yeux par leur masse imposante et leurs nombreuses colonnes, et l'Iseum semblait perdu dans les maisons particulières. Enfin, pénétrant çà et là dans les bâtiments, j'entrai dans une enceinte par une porte basse, et là, il n'y avait plus à douter, le souvenir des deux tableaux antiques que j'avais vus au *Musée des études*, et qui représentent les cérémonies décrites plus haut du culte d'Isis s'accordait avec l'architecture du monument que j'avais devant les yeux. — C'était bien là l'étroite cour autrefois fermée [...] ».

3. La description du temple d'Isis, comme l'a signalé Hisashi Mizuno, reprend souvent littéralement la traduction française de Domenico Romanelli, *Voyage à Pompéi*, 1829 : « Le temple d'Isis à Pompéi est *hypaetron*, c'est-à-dire découvert, entouré du péristyle ordinaire, ou portique couvert, soutenu dans les côtés les plus étendus par huit colonnes, et par six sur le fronton. Ces colonnes sont d'ordre dorique sans bases, de neuf pieds et demi de haut. [...] / Le sanctuaire, tout-à-fait isolé dans la partie reculée du temple, est fait pour éveiller l'attention de l'observateur. On y monte par sept degrés revêtus autrefois de marbre blanc. Il consiste dans un petit temple carré voûté couvert en tuiles, embelli de stucs dans toutes ses parties intérieures, ayant deux niches dans son frontispice, et une autre dans la partie opposée. Deux autels sont au fond de ce sanctuaire, et de chaque côté deux élévations, sur lesquelles étaient placées les deux fameuses *tables isiaques* : un petit, mais élégant vestibule [...] servait d'introduction à la *cella*, ou nef intérieure : là, sur une élévation, se trouvèrent les fragments de l'idole avec l'inscription suivante sur sa base : / L. CAECILIUS / PHOEBVS POSVIT / L. D. D. D. / *Lucius Cæcilius Phœbus l'a placée dans ce lieu par décret des Décurions*/ [...]. Auprès de l'autel qui était à gauche, nous vîmes une petite loge découverte, à laquelle aboutissait un escalier souterrain ; il nous sembla que c'était un lieu destiné aux purifications, à raison de la cuvette qui était placée dans sa partie la plus

reculée. Différents bas-reliefs en stuc en décoraient les murailles. [...]. / Une découverte remarquable [...] fut celle de deux vases propres à contenir de l'eau lustrale, qui étaient placés à l'entrée de la porte intérieure à côté des colonnes. [...]. / Dans l'enceinte de ce temple [...] on aura recueilli quantité d'objets curieux et intéressants [...]. On y trouva aussi beaucoup de peintures que l'on détacha des murailles, et qui représentaient différents dessins d'architectures : une *Isis* avec le *sistre* à la main ; un *Anubis* avec une tête de chien ; différents prêtres avec des palmes ou avec des épis ; et l'un d'eux qui tenait une lampe suspendue. On y voyait l'*Hippopotame*, l'*Ibis*, le *Lotus*, et différentes arabesques figurant des oiseaux et des Dauphins ; [...] les ustensiles en bronze de tout ce qui constitue l'appareil des sacrifices [...] : c'étaient des *lampes*, des *candélabres*, des *réverbères*, des *trépieds*, des *lits à l'usage des déesses* (*lectisternium*), des *coupes*, des *encensoirs*, des *cassolettes*, des *grands bassins*, propres aux sacrifices, des *burettes*, des *marteaux*, des *couteaux*, des *clairons*, des *sistres*, des *cymbales*, des *goupillons*, et enfin les *aiguilles augurales* pour faire des observations dans les entrailles des victimes.... [...]. / Après avoir examiné l'intérieur du temple dans chacune de ses parties, nous en sortîmes pour visiter son pourtour. L'habitation des ministres isiaques est à gauche : elle consiste en deux chambres de retraite et une cuisine [...]. Dans la première chambre de retraite, on découvrit le squelette d'un prêtre ayant une hache à la main, incliné contre un mur ; voulant fuir, il avait déjà franchi deux issues, mais il était trop tard. [...] On découvrit encore d'autres squelettes de prêtres. Il paraît qu'ils périrent tous dans cette enceinte ; soit qu'ils n'aient pu s'échapper, soit que leur religion leur fît un devoir de ne pas abandonner dans le péril la divinité qu'ils servaient. [...] / Sortis de l'habitation des prêtres, nous observâmes le lieu saint le plus retiré, qui est derrière le sanctuaire. Il consiste dans une cour découverte, où l'on ne pénètre qu'en passant sous cinq arcades ; cette cour a trente palmes de long et quarante-neuf de large ; une porte communique à une chambre contiguë, qui sans doute contenait les ornements sacrés. »

4. *Sic*, pour *hypaethron*, terme repris du grec par Vitruve pour désigner un intérieur découvert. La coquille vient (du traducteur) de Romanelli. Cf. Saint-Non, *Voyage pittoresque de Naples et de Sicile*, 1829 : « Ce temple formait un carré long, de l'espèce qu'on estimait la plus ancienne, et qu'on nommait *hypèthre*, parce qu'il était découvert, *sub aethere* » (t. II, p. 116)

5. Cette signature a dû faire rêver Nerval. On sait que Phébus (à la fois surnom d'Apollon et nom d'un duc d'Aquitaine) est une des identités mythiques du poète d'« El Desdichado »

Page 248.

1. Les « deux tableaux antiques du musée de Naples, qui représentent le service sacré du matin et le service du soir », évoqués au début du texte de *La Phalange* (voir p. 241, n. 4). En supprimant ce passage, Nerval a rendu sa référence incompréhensible.

Page 249

1. Sur cette confession d'un enfant du siècle, cf. *Aurélia*, II, IV.

2. *Les Ruines, ou Méditations sur les révolutions des empires*, Desenne, 1791, de Volney (1757-1820). Après l'« Invocation » aux ruines qui commence le livre, Volney évoque son arrivée, un soir, dans les ruines de Palmyre (« Je m'assis sur le tronc d'une colonne ; et là, le coude appuyé sur le genou, la tête soutenue sur la main, tantôt portant mes regards sur le désert, tantôt les fixant sur les ruines, je m'abandonnai à une rêverie profonde » (1. Le Voyage). Suit la rêverie mélancolique sur la ruine des empires (2. La Méditation), jusqu'au moment où apparaît le génie des ruines (3. Le Fantôme) qui révèle que la source des calamités de l'histoire n'est pas quelque fatalité mais « réside dans l'homme même », l'homme religieux qui n'a cessé de falsifier dans les religions successives l'unique divinité authentique, celle de la nature.

3. Déesse de Saïs : périphrase traditionnelle au XIXe siècle (et surtout dans le romantisme allemand) pour désigner Isis ou la Nature, la déesse dont il faut soulever les voiles pour parvenir à l'initiation ou à la connaissance. Historiquement, la déesse de Saïs (ville d'Égypte) se nommait Neith (ou Nephthys). On lit dans *Les Ruines* de Volney que c'est l'âme du monde « que *Saïs* adorait sous l'emblème d'Isis *voilée*, avec cette inscription : *Je suis tout ce qui a été, tout ce qui est, tout ce qui sera, et nul mortel n'a levé mon voile* ; que Pythagore honorait sous le nom de *Vesta*, et que la philosophie stoïcienne définissait avec précision en l'appelant le principe du feu ». L'article de Böttiger se termine d'ailleurs par une référence au « poème de notre inoubliable Schiller : La Déesse voilée à Saïs » (« Die verschlejerte Göttin zu Sais »).

4. On notera que ces illusions du passé, Volney les appelle chimères : « Toutes ces opinions théologiques [...] ne sont que des chimères : tous ces récits de la nature des dieux, de leurs actions, de leur vie, ne sont que des allégories, des emblèmes mythologiques, sous lesquels sont enveloppées des idées ingénieuses de morale, et la connaissance des opérations de la nature dans le jeu des élémens et la marche des astres. / La vérité est que *tout se réduit au néant* ; que tout est *illusion, apparence, songe* [...]. » Et la dernière page des *Ruines* de conclure : « Montrez-nous la ligne qui sépare le monde des chimères

de celui des réalités, et enseignez-nous, après tant de religions d'illusions et d'erreurs, la religion de l'évidence et de la vérité ! [...]. »

5. L'empereur Julien dit l'Apostat (331-363). Nourri de néo-platonisme, ce neveu de Constantin s'appliqua, pendant son court règne (361-363), à restaurer le paganisme.

Page 250.

1. Plotin (vers 205-270), Proclus (412-485) et Porphyre (234-305) : philosophes néo-platoniciens.

2. Les trois paragraphes qui commencent ici sont une quasi-citation, abrégée ici ou là, d'Apulée, chap. XI, 3-7, dans la traduction de J.-A. Maury, Jean-François Bastien, 1822.

Page 251.

1. Sur cette tradition bien attestée au XIXe siècle qui fait d'Orphée et de Moïse de grands initiés, cf. le *Voyage en Orient* (« Les Femmes du Caire », III, I) : « [...] n'est-ce pas toujours d'ailleurs la terre antique et maternelle où notre Europe, à travers le monde grec et romain, sent remonter ses origines ? Religion, morale, industrie, tout partait de ce centre à la fois mystérieux et accessible, où les génies des premiers temps ont puisé pour nous la sagesse. Ils pénétraient avec terreur dans ces sanctuaires étranges où s'élaborait l'avenir des hommes, et ressortaient plus tard, le front ceint de lueurs divines, pour révéler à leurs peuples des traditions antérieures au déluge et remontant aux premiers jours du monde. Ainsi Orphée, ainsi Moïse, ainsi ce législateur moins connu de nous, que les Indiens appellent Rama, emportaient un même fonds d'enseignement et de croyances [...] » (Folio, p. 249). Voir aussi *ibid.*, p. 308. Il semble que Nerval se soit inspiré du tome I de l'*Histoire philosophique du genre humain* de Fabre d'Olivet (1824).

2. À la date de ce texte antérieur à l'apparition de la Salette (1846), Nerval peut penser à l'apparition de la rue du Bac (1830), ou à celle qui convertit Alphonse Ratisbonne à Rome en 1842.

Page 252.

1. L'Idéologue Charles François Dupuis (1742-1809) est l'auteur d'un ouvrage qui connut un succès considérable attesté par de nombreuses rééditions et par sa vulgarisation sous forme d'abrégé, l'*Origine de tous les cultes*, Agasse, An III (1795), où il s'appliquait, en athée militant sous le masque du savant, à une déconstruction naturaliste des religions, à commencer par le christianisme. Son nom est naturellement associé sous la plume de Nerval à celui de Volney : si *Les Ruines* sont antérieures à l'*Origine de tous les cultes*, elles doivent en fait beaucoup aux recherches de Dupuis.

2. Comme l'attestent le premier tercet du *Dies irae* : « Dies irae, dies illa / Solvet seclum in favilla, / Teste David cum Sibylla » (« Jour de colère que ce jour qui réduira le monde en cendres, selon les prophéties de David et de la sibylle »), et le plafond de la Sixtine qui alterne les prophètes de l'Ancien Testament et les Sibylles antiques.

3. Les Pélasges : les habitants de la Grèce archaïque, avant l'arrivée des Hellènes.

4. Inachus : roi légendaire d'Argos. C'est par erreur (ou par confusion avec Iacchus) que Nerval en fait le fondateur des mystères d'Éleusis.

Page 253.

1. Cf. « Le Christ aux Oliviers », V, vers 1-4.

Page 254.

1. Tout ce syncrétisme naturaliste s'inspire de Dupuis et de Volney pour retourner leur déconstruction de tous les cultes en apologétique d'une archi-religion universelle de la Mère et du Fils.

CORILLA

Lorsqu'elle paraît dans *Les Filles du feu,* cette saynète naturalisée nouvelle par la grâce du sous-titre du volume en est déjà à sa quatrième publication : publiée pour la première fois dans *La Presse* des 15 et 16-17 août 1839 sous le titre « Les Deux Rendez-vous. Intermède », elle fut reprise, sous le même titre, dans *La Revue pittoresque* de février 1844, avant de réapparaître en 1853, sous son titre définitif, dans *Petits châteaux de Bohême.* Le changement de titre, dans cette avant-dernière publication, signale aussi un changement de nom pour l'héroïne, qui s'appelait Mercédès dans « Les Deux Rendez-vous ». Le nom de Corilla est celui d'une cantatrice espagnole dans *Consuelo* de George Sand, publié en 1844.

Dans une lettre, de peu postérieure à la publication des *Filles du feu,* au vaudevilliste Michel Carré, Nerval racontait ainsi l'origine de « Corilla » : « J'avais choisi pour héroïne Mlle Colombe, la célèbre cantatrice de l'ancien Opéra-Comique et une anecdote qui m'avait été racontée par Merle avait fourni quelques détails. [...] Colombe avait une sœur qui faisait la parade sur les boulevards. Elles avaient été amenées toutes deux à Paris par un Napolitain qui montrait des marionnettes. Cet homme mourut ou fut chassé par le lieutenant de police. Colombe fut recueillie ou enlevée par un Anglais qui lui fit donner des leçons et la fit entrer, je crois, dans les chœurs ou plutôt dans le ballet où elle s'éleva à sa haute réputation par son travail... J'avais eu d'abord l'intention de lui faire retrouver sa sœur, il aurait fallu deux actrices se ressemblant. J'ai abandonné plus tard cette idée de ménechmes féminins[1]. » Même déplacé, ce scénario originel des deux sœurs, qui est aussi le scénario originel de « Sylvie[2] », manifeste le quiproquo fondamental qui nourrit la théâtralité des *Filles du feu*. Cette théâtralité diffuse cristallise dans cette scène de comédie où la Corilla joue la « comédienne en amour comme au théâtre » ; objet d'un double amour, la cantatrice-bouquetière représente à la fois la réplique comique de la « seule étoile » de « Sylvie », conjoignant « l'idéal sublime » et la « douce réalité », et celle d'Isis : comme celle-ci, elle a « mis à l'épreuve » ses amants, rappelant sur le mode léger la leçon de « Sylvie », qu'il faut « pass[er] par tous les cercles de ces lieux d'épreuves qu'on appelle théâtres ».

Page 255.

1. Le boulevard Sainte-Lucie, qui était alors le bord de mer avant les travaux de remblaiement qui le repoussèrent à l'intérieur des terres, était le passage obligé entre le théâtre San Carlo et les jardins de la Villa-Reale (voir p. 258, n. 1).

Page 257.

1. Le chimérisme de Nerval est une forme de pygmalionisme, ou d'idolâtrie de l'art. Cf. « Les Confidences de Nicolas » : « Rien n'est plus dangereux pour les gens d'un naturel rêveur qu'un amour sérieux pour une personne de théâtre ; c'est un mensonge perpétuel, c'est le rêve d'un malade, c'est l'illusion d'un fou. La vie s'attache tout entière à une chimère irréalisable qu'on serait heureux de conserver à l'état de désir et d'aspiration, mais qui s'évanouit dès que l'on veut toucher l'idole » (*Les Illuminés*, I, I, Folio, p. 120).

2. Jupiter féconda Danaé sous la forme d'une pluie d'or (Ovide, *Métamorphoses*, IV, 611).

Page 258.

1. Sur la Villa-Reale, voir « Octavie », p. 234, n. 1.

2. « ... et vera incessu patuit dea » (« ... et la véritable déesse se révéla à sa démarche »), *Énéide*, I, 405.

3. Pietro Trapassi, dit Métastase (1698-1782), poète italien, auteur de nombreux drames musicaux.

1. *NPl* III, p. 846.
2. Voir l'annexe 1.

4. Giovanni Paisiello (1740-1816) et Domenico Cimarosa (1749-1801), compositeurs napolitains célébrés dans toute l'Europe.

5. Sophonisbe est l'héroïne éponyme d'un opéra de Gluck (1744) ; Alcine (plutôt qu'Alcime[1]), celle d'*Alcina* (1735) de Haendel (d'après le *Roland furieux* de l'Arioste) ; Herminie, celle d'*Erminia sul Giordano* (1633) de Michelangelo Rossi (d'après la *Jérusalem délivrée* du Tasse) ; Molinara, celle de *La Molinara ossia l'Amor contrastato* (1788) de Paisiello.

Page 259.

1. La *jettatura* : le mauvais œil, célèbre superstition napolitaine, dont Gautier fera le sujet et le titre d'un conte fantastique (1857).

2. Chiaia : voir p. 236, n. 1.

Page 260.

1. De sillery : de champagne, du nom d'une commune proche de Reims.

2. C'est pour avoir pris le parti de Pan contre Apollon que Midas se vit pousser des oreilles d'âne (Ovide, *Métamorphoses*, XI, 162-179).

Page 262.

1. *Judith* : ce célèbre tableau, alors attribué au Caravage, est en fait dû à Artemisia Gentileschi. Le Musée royal est aujourd'hui la Galerie nationale de Capodimonte.

2 Bradamante, la femme guerrière du *Roland furieux*.

Page 26.

1. Alcimadure : personnage de femme inhumaine de « Daphnis et Alcimadure », fable de La Fontaine (XII, XXIV) qui fait rimer à son sujet « belles » et « cruelles ».

2. Bains de Neptune : sans doute la fontaine de Neptune, aujourd'hui au centre de la place Bovio, mais qui se dressait alors au débouché de la rue Medina sur la place du Môle.

Page 267.

1. Sur l'île d'Ischia et le Pausilippe, voir « Octavie », p. 231, n. 5 et p. 236, n. 2.

Page 270.

1. Sur la rue de Tolède et la place du Môle, voir « Octavie », p. 232, n. 1 et 3.

1. La seule Alcime possible est l'héroïne d'une pastorale de Gessner, *Évandre et Alcime.*

Page 271.

1. Ixion s'étant épris de Junon, Jupiter le leurra par une nuée qui avait l'apparence de celle-ci. De cette union chimérique naquirent les Centaures.

Page 275.

1. Théâtre de la Fenice : non pas celui de Venise, mais celui de Naples, sur la place du Môle (aujourd'hui à l'angle de la piazza del Municipio et de la via G. Verdi).

2. Air non identifié.

Page 276.

1. Fabio, dont l'« amour a besoin de la distance et de la rampe allumée », est le double du narrateur de « Sylvie » ou d'« Octavie ».

ÉMILIE

On a rappelé dans la Notice des *Filles du feu* comment Nerval, pour terminer un volume sans doute un peu mince, demanda à Giraud de faire copier « Le Fort de Bitche » dans « *Le Messager* de 1839[1] ». C'est en effet dans *Le Messager. Journal des principes constitutionnels* des 25, 26 et 28 juin 1839 que parut, quelques semaines avant celle de « Corilla », la version préoriginale d'« Émilie », la plus ancienne nouvelle du recueil, intitulée « Le Fort de Bitche. Souvenir de la Révolution française ».

Bien qu'elle soit signée « G… » dans *Le Messager*, et que Nerval l'ait expressément destinée à finir *Les Filles du feu*, la paternité de cette nouvelle a été contestée. Ami de Nerval et de Dumas, collaborateur habituel de ce dernier, Auguste Maquet a laissé une note manuscrite revendiquant sa part du travail d'écriture : « J'ai encore écrit pour Gérard, qui ne pouvait arriver à tenir ses engagements :/ *Raoul Spitaine*, nouvelle[2]. / *Le Fort de Bitche.* / Dans ce dernier travail, dont Gérard fournissait le plan, il me fut aisé de comprendre combien ce cerveau surexcité avait pris de vertige et d'ombres noires. Son plan confinait à la folie, le dénouement était insensé. Je le lui dis, Gérard persista. Il signait, je le laissai faire[3]. » Quelque crédit que l'on fasse à cette (plausible) revendication, il n'en reste pas moins que Nerval a assumé la

1. *NPl* III, p. 837.

2. *Sic.* Il s'agit évidemment de Raoul Spifame, « Roi de Bicêtre », premier de la série des *Illuminés.*

3. *NPl* III, p. 1260.

paternité pleine et entière de sa nouvelle qui doit être considérée comme partie intégrante des *Filles du feu*.

Présentée à l'origine comme un « Souvenir de la Révolution française », cette nouvelle repose sur un fait historique : la résistance victorieuse de la garnison du Fort de Bitche contre l'assaut mené par les Prussiens dans la nuit du 17 novembre 1793. C'est autour de ce fait d'armes que se développe une fiction qui s'apparente à celle d'une tragédie. Aux deux sœurs de comédie de « Corilla » succèdent en effet deux (beaux-)frères de tragédie, dans un lieu ambigu (une région frontalière entre la France et la Prusse) et dans un temps (celui de la guerre révolutionnaire) plus ambigu encore puisqu'il déplace les frontières : Bitche et Haguenau, censées avoir changé de pays avec la Révolution (alors que dans la réalité historique ces villes sont françaises depuis 1648), sont le lieu symbolique de cette histoire entre deux mondes qui s'interpénètrent et qui fabriquent des frères ennemis. Mais dans « Émilie », comme dans tout l'univers nervalien, la dualité n'est pas que géographique, elle se décline de toutes les façons : dualité culturelle, entre la France des Lumières et l'Allemagne romantique ; dualité symbolique surtout, entre le monde diurne et le monde nocturne, le monde des vivants et le monde des morts, le monde terrestre et le monde souterrain (la galerie où se perpètre le meurtre du sergent prussien et où le fils cherche à venger son père). Ces frontières-là aussi se trouvent déplacées : les mondes diurne et nocturne s'interpénètrent comme ceux des vivants et des morts ; Desroches s'initie au monde germanique ; il porte en lui « presque comme un remords [...] l'image pâle et funèbre du sergent prussien » que ressuscite son fils sur les lieux mêmes de sa mort ; ce sceptique nourri des matérialistes du XVIIIe siècle a gagné, depuis sa blessure, un peu de religion. Bien avant *Aurélia* et « l'épanchement du songe dans la vie réelle », « Émilie » nous parle d'un monde où toutes les frontières se déplacent et produisent des vases communicants. C'est dire que la moindre des dualités d'« Émilie » n'est pas la dualité psychique, puisque ces mondes nocturne ou souterrain ont aussi leur correspondant dans la psyché profonde, comme en témoigne le rêve prémonitoire de Desroches qui fait de lui un nouvel Orphée : « Il se trouvait au fond d'un souterrain, derrière lui marchait une ombre blanche dont les vêtements frôlaient ses talons ; quand il se retournait, l'ombre reculait [...]. » « Émilie » est une descente aux enfers au terme de laquelle Desroches perd son Eurydice, celle qui n'est sa femme que civilement, et ce « chrétien à demi sceptique » choisit la mort, avec la bénédiction rétrospective du prêtre, comme si le seul mariage véritablement religieux ne pouvait se réaliser qu'avec la Mort. À ce point se réalise l'ultime déplacement de frontières annoncé au début de la nouvelle par

Arthur : « À ce moment-là [celui de la mort], tout instinct de nationalité s'efface, et je doute que l'on songe à un autre pays que l'autre monde, et à un autre empereur que Dieu ».

Variantes du *Messager*: « de conscience. Desroches était un philosophe : Décidé à quitter la vie, il » (p. 277, l. 9-10) ; « pu, se disant : Je ne puis mieux faire ; à présent, je meurs content ! et » (p. 277, l. 12-14) ; « malheureux deviendrait imbécile » (p. 280, l. 9-10) ; « guerre, n'étalaient que » (p. 281, l. 15) ; « dans ce trajet » (p. 283, l. 1) ; « histoires de séduction où *la pitié devient de l'amour*, comme » (p. 283, l. 12-13) ; « la Redoute » (p. 284, l. 29) ; « occasion d'étude sérieuse et suivie » (p. 285, l. 21) ; « j'aie jamais frappé » (p. 285, l. 12) ; « que j'y ai fait » (p. 286, l. 24) ; « nuit, et je » (p. 287, l. 9) ; « qui-vive le venaient réveiller » (p. 289, l. 14-15) ; « ouvrit une » (p. 289, l. 19) ; « comme s'il avait eût miné [*sic*] » (p. 289, l. 29) ; « Desroches produisit une » (p. 289, l. 32) ; « bourguemestre » (p. 290, l. 14) ; « avez 15 à 20 mille » (p. 292, l. 26-27) ; « souper de même. / — Oui » (p. 293, l. 14-15) ; « goût comme » (p. 293, l. 32) ; « hardi, la citadelle » (p. 295, l. 16-17) ; « Desroches soupa, puis » (p. 296, l. 20) ; « insouciante, s'iraient heurter ou briser » (p. 296, l. 32) ; « paraissait quelquefois un peu » (p. 296, l. 33-34) ; « sur la fenêtre de » (p. 297, l. 31) ; « tuâtes-vous point un » (p. 298, l. 32) ; « école des philosophes du » (p. 301, l. 22-23).

Page 277.

1. Hambergen : Hausbergen (près de Strasbourg), lieu d'une bataille des armées napoléoniennes contre les Autrichiens en 1815, dans *Le Messager*.

2. Curtius : nom d'un jeune Romain qui se précipita avec son cheval dans le gouffre ouvert par un tremblement de terre pour apaiser la colère des dieux (Tite-Live, *Histoire romaine*, Livre VII, VI).

Page 279.

1. Bitche, ville de Moselle proche de la frontière allemande. Vauban y construisit au XVIIe siècle le fort qui donna son nom à la publication préoriginale d'« Émilie ».

Page 280.

1. Bergheim : peut-être Bergheim (Haut-Rhin), entre Sélestat et Colmar (N. Popa).

2. On attendrait « deviendrait », comme dans *Le Messager*.

Page 281.

1. Cette topographie messine est, à quelques détails près, exacte. La poudrière est en fait la Poudrerie, sur l'île du Saulcy.

2. « N'étaient » : faute probable de copie pour « n'étalaient » (*Le Messager*).

3. Cf. la jeune femme rencontrée de nuit dans « Octavie », « dont l'état était de faire des broderies d'or pour les ornements d'église ».

Page 283.

1. Schennberg (Schumburg dans *Le Messager*) serait, selon Monique Cornand (Imprimerie nationale, 1958) suivie par *NPl*, Belmont-de-la-Roche (Haut-Rhin). La leçon du *Messager* peut faire penser aussi à Schœnbourg (Bas-Rhin), plus proche de Bitche et de Haguenau.

Page 284.

1. Limblingne : Lemberg selon N. Popa. Le deuxième élément du nom est la francisation du *lingen* germanique, fréquent dans les toponymes de la région. Si l'on admet que les toponymes d'« Émilie » procèdent, lorsqu'ils ne sont pas attestés, d'erreurs de lecture plutôt qu'ils ne sont inventés, Limblingne fait exception.

2. Cette auberge du Dragon est tout indiquée pour loger une fille du feu.

Page 287.

1. Dans la nuit du 16 au 17 novembre 1793, la garnison du fort, appartenant au 2e bataillon du Cher sous les ordres du commandant Augier, repoussa l'attaque des Prussiens du prince de Hohenlohe.

Page 289.

1. Neunhoffen, village du Bas-Rhin, à 19 km à l'est de Bitche.

Page 291.

1. Huspoletden (même leçon dans *Le Messager*) : erreur de copie (?) pour Haspelschiedt à 8 km au nord-est de Bitche.

Page 294.

1. Haguenau était en fait française depuis 1648.

Page 295.

1. Sirmasen : erreur de copie pour Pirmasens, correctement écrit (moins le s final) dans *Le Messager* (le s est tombé en bout de ligne, mais sa place reste marquée).

Page 296.

1. « Appuyant » : erreur probable de copie (remontant à la publication du *Messager*) pour « essuyant ».

2. « Soupira » : erreur probable de copie pour « soupa » (*Le Messager*).

Page 302.

1. Louis Partouneaux (1770-1835) : général des armées napoléoniennes illustré dans les campagnes d'Italie et de Russie.

LES CHIMÈRES

Le volume des *Filles du feu* était sous presse lorsque parut dans *Le Mousquetaire* du 10 décembre 1853 l'article de Dumas révélant avec une délicatesse mesurée la folie de son ami, et publiant par la même occasion « El Desdichado » que Nerval aurait déposé au bureau du journal. C'est à cette indiscrétion de Dumas que l'on doit la publication *in extremis* des *Chimères* dans *Les Filles du feu* : au dernier moment, pour répondre à Dumas, Nerval remplaça l'introduction envisagée par la lettre-préface « À Alexandre Dumas » et ajouta à la fin du volume les douze sonnets évidemment non prévus dans un recueil de nouvelles. À cette date, si « Delfica », « Le Christ aux Oliviers » et « Vers dorés » avaient paru en revue au milieu des années 1840 et avaient même été repris dans *Petits châteaux de Bohême* en janvier 1853 sous le titre de « Mysticisme », quatre des huit poèmes étaient entièrement inédits (« Myrtho », « Horus », « Antéros » et « Artémis »), en plus d'« El Desdichado » dont la publication à l'insu de Nerval datait de quelques semaines.

La révélation des *Chimères* avait donc à voir avec la folie de Nerval. Leur rédaction aussi. Si « El Desdichado » et « Artémis » sont contemporains de la seconde crise de folie du poète (août-septembre 1853), « Myrtho », « Horus », « Antéros », « Delfica » et « Le Christ aux Oliviers » remontent tous, dans leur version originale au moins, à la première crise de février-mars 1841, comme en témoignent les deux principaux documents sur cette crise, le manuscrit Dumesnil de Gramont et la lettre à Victor Loubens : tous ces poèmes figurent en tout ou en partie (le plus souvent sans leur titre définitif) sur le manuscrit Dumesnil de Gramont α (« Horus », « Delfica »), dans la lettre à Loubens (« Antéros », « Le Christ aux Oliviers »), et probablement sur l'introuvable manuscrit Dumesnil de Gramont β (« Myrtho », « Le Christ aux Oliviers »). Quant à « Vers dorés », il est possible qu'il date de la même époque ; il est en tout cas antérieur au 16 mars 1845, date de sa première publication.

On peut donc penser de ces sonnets ce que dit la lettre à Loubens pour ceux qu'elle comporte, qu'« ils ont été faits non au plus fort de ma maladie, mais au milieu même de mes hallucinations ».

Pour ce recueil constitué à la dernière minute, le titre peut se lire évidemment comme un titre de circonstance : taxé par Dumas de « guide entraînant dans le pays des chimères et des hallucinations », Nerval prenait son ami au mot et assumait ainsi ironiquement cette folie à peine euphémisée, que ne pouvaient manquer d'attester ces douze sonnets où, selon le mot de Proust, « il y a peut-être les plus beaux vers de la langue française, mais aussi obscurs que du Mallarmé, obscurs, a dit Théophile Gautier, à faire trouver clair Lycophron[1] ». Mais Dumas, qui connaissait bien son Nerval, n'avait pas choisi ce mot par hasard, et sa reprise par le poète ne relève pas seulement de l'ironie de circonstance : bien avant la publication des *Filles du feu*, la chimère, ce nom poétique de l'illusion, est l'objet, dans toute l'œuvre, d'une remotivation symbolique qui fait d'elle une figure centrale de l'univers imaginaire nervalien, une figure à deux dimensions.

La chimère psychologique

La dimension la plus évidente de la chimère nervalienne, celle que désigne Dumas, est d'être le produit d'une psychologie malade ou, pour le moins, inadaptée aux réalités du monde ; c'est celle du Rousseau des *Confessions*, du Rétif des « Confidences de Nicolas », ce « Jean-Jacques des Halles[2] », celle des *Illuminés*, celle d'un certain romantisme qui décline toutes les formes du rêve, de la recherche de l'absolu aux illusions perdues. C'est à propos de Rétif, ce double grâce auquel il peut parler de lui à la troisième personne, que Nerval a le mieux défini cette forme de perversion psychique : « Rien n'est plus dangereux pour les gens d'un naturel rêveur qu'un amour sérieux pour une personne de théâtre ; c'est un mensonge perpétuel, c'est le rêve d'un malade, c'est l'illusion d'un fou. La vie s'attache tout entière à une chimère irréalisable qu'on serait heureux de conserver à l'état de désir et d'aspiration, mais qui s'évanouit dès que l'on veut toucher l'idole[3]. » Cette chimère-là, qui est une forme d'idolâtrie, trouve ses champs privilégiés dans l'amour, dans la religion, cet autre nom nervalien de l'amour, et aussi dans la littérature, comme Nerval l'explique à Dumas : « Il est, vous le savez, certains conteurs qui ne peuvent inventer sans s'identifier aux personnages de leur imagination. » On conçoit ce que *Les Chimères*, comme les nouvelles des *Filles du feu*, peuvent devoir à cette conjonction, dans une même visée surnaturaliste, de l'amour, de la religion et de la poésie.

1. *Pastiches et mélanges, Contre Sainte-Beuve, Essais et articles*, éd. Pierre Clarac et Yves Sandre, Bibl. de la Pléiade, Gallimard, 1971, p. 234.
2. *Les Illuminés*, Folio, p. 131.
3. *Ibid.*, p. 120.

La chimère mythologique

Mais avant d'être la figure poétique de l'illusion, la chimère relève d'un tout autre discours que celui de la psychologie : dans la mythologie, elle désigne en effet un dragon cracheur de feu, moitié lion, moitié chèvre, avec une queue de serpent, et, par extension, tout animal fabuleux produit d'un accouplement monstrueux (hippogriffe ou griffon, sphinx, centaure, sirène, cynocéphale...). La chimère au sens strict, c'est celle qu'évoque Virgile dans la descende d'Énée aux enfers au chant VI de l'*Énéide*; les chimères au sens large, ce sont ces monstres qu'évoque le narrateur du *Voyage en Orient* dans « Le Monde souterrain », cette autre descente aux enfers. Cette chimère mythologique est pour Nerval la figure du paganisme, religion de la terre et du feu, et son nom le plus commun est le dragon. Or, parce qu'il a été vaincu par le Dieu de la Bible, ce dragon du paganisme s'identifie à ces autres vaincus du Dieu biblique, voués au feu souterrain : Satan, Caïn et les fils du feu. Il en résulte que la chimère mythologique est inséparable d'un lieu, le monde souterrain ou la grotte : les deux chimères des *Chimères*, la syrène d'« El Desdichado » et le dragon de « Delfica » et d'« Antéros », ont un même lieu : « la grotte où nage la syrène », « la grotte [...] / Où du dragon vaincu dort l'antique semence », et cette grotte archétypique des *Chimères* porte un nom, le Pausilippe, non seulement parce qu'il est traversé d'une galerie qu'on nomme depuis l'Antiquité la grotte napolitaine, mais parce qu'il est le métonyme privilégié de tous les mondes souterrains qu'il confond dans la contiguïté du paysage napolitain : l'entrée des enfers, l'antre de la sibylle de Cumes, le tombeau de Virgile, le Vésuve et les villes ensevelies d'Herculanum et de Pompéi. Il en résulte surtout que le paganisme nervalien est inséparable d'un caïnisme romantique qui renverse les valeurs traditionnelles du bien et du mal. La chimère, dragon vaincu ou volcan éteint, porte ainsi le rêve d'un réveil du feu, rêve qui conjoint le retour du paganisme et la révolte contre l'ordre établi, la subversion du monde d'en haut par le monde d'en bas, par la vertu d'un feu qui n'est rien d'autre que le correspondant cosmique du feu amoureux. C'est par là que la chimère nervalienne consonne avec les socialismes utopiques contemporains — le sous-titre des *Illuminés* n'est pas par hasard *Les Précurseurs du socialisme* —, et donne toute sa dimension à la métaphore de la semence du dragon (« Delfica ») filée dans « Antéros » : « Je ressème à ses pieds les dents du vieux dragon. » Cette métaphore suggère un double arrière-plan mythique et biblique :

L'arrière-plan mythique est évidemment le mythe de Cadmos, c'est-à-dire du héros fondateur de la cité, une cité qui n'est plus, dans ce temps d'hibernation historique, qu'une cité morte à l'égal d'Herculanum ou de Pompéi

L'arrière-plan biblique est celui de la parabole du semeur, où la semence est la parole de Dieu qui porte les fruits du royaume, ou de cette autre cité, la Jérusalem céleste. S'il est vrai que le dragon, dans l'Apocalypse, est l'adversaire du Verbe divin, « Antéros » apparaît alors comme une actualisation du mythe de Cadmos qui, sous le patronage symbolique de Caïn, cet autre cultivateur, retourne la parabole du semeur : ressemer les dents du dragon, c'est refonder symboliquement la cité terrestre, ou fonder la nouvelle cité, *néa polis*, Naples. Le mythe de Cadmos et la parabole du semeur se superposent de même dans *Léo Burckart*, pour évoquer le contre-évangile de l'intelligence moderne : « vous savez », dit le prince à Léo, « qu'il y a des paroles qui tuent, et que, grâce à la presse, l'intelligence marche aujourd'hui sur la terre, comme ce héros antique qui semait les dents du dragon. Or vous avez laissé tomber la parole sur une terre fertile ; si bien qu'elle perce le sol de tous côtés, et qu'elle va nous amener une terrible récolte, si celui qui l'a semée n'est point là pour la recueillir[1]. » On retrouve cette image de renaissance ou de refondation cadmienne de la cité dans *Les Illuminés* où Nerval évoque l'accueil à Florence des philosophes néo-platoniciens chassés par la prise de Constantinople : « Le *palladium mystique*, qui avait jusque-là protégé la ville de Constantin, allait se rompre, et déjà la semence nouvelle faisait sortir de terre les génies emprisonnés du vieux monde. Les Médicis, accueillant les philosophes accusés de platonisme par l'inquisition de Rome, ne firent-ils pas de Florence une nouvelle Alexandrie[2] ? » Comme Naples, Néa Polis, appelle une refondation, Florence, cité des fleurs, appelle une nouvelle floraison. Pour autant, il s'agit bien moins de revenir à l'origine que de renouer avec elle sous la forme d'une synthèse du paganisme et du christianisme, une synthèse (ou une chimère) placée sous le patronage de la sibylle christianisée du *Dies irae* ou de la Chapelle Sixtine[3], du Virgile de la IVe Églogue ou de la « sainte de l'abîme », cette sainte Rosalie qui vécut dans une grotte.

Le poète des *Chimères* n'est pas seulement un nouvel Orphée, il est aussi celui qui assume, dans ses « Vers dorés » ou ses vers sibyllins, la relève de la Sibylle endormie et du Virgile de l'*Énéide* et de la IVe Églogue, comme il assume la relève des évangélistes pour promouvoir la figure d'un nouvel Énée, d'un nouveau Christ et d'un nouveau Cadmos. Tel est l'Adoniram du *Voyage en Orient* qui, comme Énée au chant VI de l'*Énéide*, reçoit de son aieul Caïn, dans les profondeurs du monde souterrain, la révélation des secrets du monde et sa mission

1. *NPl* III, p. 91.
2. Folio, p. 412.
3. « Le christianisme primitif a invoqué la parole des sibylles et n'a point repoussé le témoignage des derniers oracles de Delphes » (p. 252).

d'être sur la terre le restaurateur du culte du feu. Mais Adoniram révèle aussi, au-delà de la chimère psychologique et de la chimère mythologique, la troisième dimension de la Chimère nervalienne, sa dimension poétique.

La chimère poétique

L' ‹Histoire de la reine du Matin et de Soliman, prince des génies» nous fait en effet pénétrer dans la grotte des chimères :

Armé d'un levier, je fais rouler le bloc... qui démasque l'entrée d'une caverne où je me précipite. [...] À travers les arcades de cette forêt de pierres, se tenaient dispersées, immobiles et souriantes depuis des millions d'années, des légions de figures colossales, diverses, et dont l'aspect me pénétra d'une terreur enivrante; des hommes, des géants disparus de notre monde, des animaux symboliques appartenant à des espèces évanouies; en un mot, tout ce que le rêve de l'imagination en délire oserait à peine concevoir de magnificences[1] *!...*

Cette première révélation trouve son prolongement au cours de la descente, à la suite du fantôme de Tubal-Kaïn, dans le « Monde souterrain » qui élargit la grotte des chimères aux dimensions des Enfers :

Adoniram découvrit une rangée de colosses, assis à la file, et reproduisant les costumes sacrés, les proportions sublimes et l'aspect imposant des figures qu'il avait jadis entrevues dans les cavernes du Liban. Il devina la dynastie disparue des princes d'Hénochia. Il revit autour d'eux, accroupis, les cynocéphales, les lions ailés, les griffons, les sphinx souriants et mystérieux, espèces condamnées, balayées par le déluge [...][2].

Or ce monde enfoui des chimères n'est pas seulement le lieu où se révèle la mission politico-religieuse de celui qui doit restaurer la royauté des fils du feu; car cette mission politico-religieuse est inséparable, pour celui qui est d'abord un artiste au service de Soliman, d'une esthétique de la rupture avec l'ordre établi par le Créateur. Les chimères mythologiques deviennent ainsi le modèle d'un art poétique nouveau, comme en témoigne cette leçon d'Adoniram à son disciple Benoni :

[...] tu copies la nature avec froideur [...]. Enfant, l'art n'est point là : il consiste à créer. Quand tu dessines un de ces ornements qui serpentent le long des frises, te bornes-tu à copier les fleurs et les feuillages qui rampent sur le sol?

1. *Voyage en Orient*, Folio, p. 676.
2. *Ibid.*, p. 708.

Non : tu inventes, tu laisses courir le stylet au caprice de l'imagination, entremêlant les fantaisies les plus bizarres. Eh bien, à côté de l'homme et des animaux existants, que ne cherches-tu de même des formes inconnues, des êtres innommés, des incarnations devant lesquelles l'homme a reculé, des accouplement terribles, des figures propres à répandre le respect, la gaieté, la stupeur ou l'effroi ! Souviens-toi des vieux Égyptiens, des artistes hardis et naïfs de l'Assyrie. N'ont-ils pas arraché des flancs du granit ces sphinx, ces cynocéphales, ces divinités de basalte dont l'aspect révoltait le Jéhovah du vieux Daoud[1] *?*

Par la bouche d'Adoniram, c'est bien l'art poétique des *Chimères* qui s'énonce ici, un art qui réalise des accouplements monstrueux au nom des caprices de l'imagination — le mot *caprice* est pour ainsi dire le doublet italien du mot grec *chimère*, puisque *capra*, comme *chimaira*, signifie *chèvre*. Un art poétique ou plutôt un contre-art poétique qui récuse l'imitation au nom de la création, création par laquelle l'artiste se fait le rival de Dieu. Il est aisé de reconnaître, derrière ce contre-art poétique nervalien, l'art poétique dont il prend le contre-pied parfait, l'*Art poétique* d'Horace, dont on connaît les premières lignes :

Si un peintre voulait prolonger une tête humaine d'un cou de cheval et qu'après avoir assemblé des membres de toute origine il les recouvrît de plumes bariolées, tant et si bien qu'une belle tête de femme se termine de façon difforme en vil poisson, devant un tel spectacle, pourriez-vous, mes amis, vous retenir de rire ? Croyez bien, chers Pisons, qu'à ce tableau sera tout à fait semblable le livre qui représentera des images vaines comme les songes d'un malade, des images dont ni les pieds ni la tête ne correspondent à un type unique. Aux peintres et aux poètes, il fut toujours, à juste titre, permis de tout oser, nous le savons, et ce privilège, nous le revendiquons et l'accordons tour à tour, mais non au point que les bêtes féroces s'unissent aux animaux paisibles, que les serpents soient appariés aux oiseaux, ou les agneaux aux tigres[2].

La figure ridicule qu'évoque ici Horace comme le repoussoir d'un art d'imitation de la nature placé sous le double signe de l'unité et de l'harmonie est très exactement une chimère, au sens mythologique comme au sens psychologique du terme, puisque cette chimère est un symptôme de folie, et l'on conçoit que l'auteur des *Illuminés* se soit emparé de cette chimère-là pour en faire l'emblème et le modèle de son art.

En quoi consiste alors cet art poétique de la chimère ? Il s'agit bien moins de ressusciter des chimères mythologiques comme le dragon ou la sirène, que de ressaisir, à tous les niveaux de la création poétique, la

1. *Ibid.*, p. 652.
2. Horace, *Art poétique*, vers 1-13.

logique de la chimère telle que la définit Adoniram, celle des accouplements contre nature. L'auteur des *Illuminés* ne dit pas autre chose : « [...] et le système se formait ainsi, comme l'antique chimère, de deux natures bizarrement accouplées[1]. »

Cette logique d'accouplement bizarre ou contre nature est celle que thématisent les sonnets des *Chimères*, soit à travers le motif récurrent de l'alliance (« la treille où le pampre à la rose s'allie », « Aux raisins noirs mêlés avec l'or de ta tresse », « Le pâle Hortensia s'unit au Myrthe vert ! », « Sous la pâleur d'Abel, hélas ! ensanglantée, / J'ai parfois de Caïn l'implacable rougeur ! », « Modulant tour à tour sur la lyre d'Orphée / Les soupirs de la sainte et les cris de la fée »), soit en mêlant figures païennes et figures chrétiennes. Dès 1841, dans une lettre à Victor Loubens accompagnant l'envoi du « Christ aux Oliviers » et d'« Antéros », Nerval donnait la meilleure définition de ce qu'il n'appelait pas encore des *Chimères* en parlant de « mixture semi-mythologique et semi-chrétienne[2] ».

Mais au-delà de cette thématisation, l'essentiel est évidemment de nature textuelle : l'art poétique nervalien se place sous le signe de la chimère dans la mesure même où, récusant le mythe d'une création *ex nihilo*, il ne crée « des formes inconnues » que par accouplement incongru d'éléments préexistants : si « Delfica » est une chimère, ce n'est pas à cause du dragon qui s'y trouve nommé, mais parce que ce sonnet est l'accouplement monstrueux de la « Chanson de Mignon » de Goethe et de la IVe Églogue de Virgile, comme « Le Christ aux Oliviers », qui n'évoque aucune figure chimérique, est une « chimère » parce que cette suite de sonnets propose un accouplement monstrueux du récit évangélique de la Passion et du « Discours du Christ mort » de Jean Paul. On conçoit alors que cette logique chimérique, c'est-à-dire, en fait, combinatoire, soit virtuellement infinie, et que de deux chimères, on puisse en créer deux autres, en permutant tête et queue, ou quatrains et tercets (voir les notices de « Myrtho » et « Delfica »).

Nerval n'est évidemment pas le premier à accomplir ce retournement de l'art poétique horatien : au chapitre XXVIII du premier livre des *Essais*, on lit en effet :

Considérant la conduite de la besongne d'un peintre que j'ay, il m'a pris envie de l'ensuivre. Il choisit le plus bel endroit et milieu de chaque paroy, pour y loger un tableau élabouré de toute sa suffisance; et, le vuide tout au tour, il

1. « Les Confidences de Nicolas », III, II, Folio, p. 258.

2. Cette lettre tardivement retrouvée est reproduite dans le Supplément annexé à *NPl* III, p. 1489.

le remplit de crotesques, qui sont peintures fantasques, n'ayant grâce qu'en la variété et estrangeté. Que sont-ce icy aussi, à la vérité, que crotesques et corps monstrueux, rappiecez de divers membres, sans certaine figure, n'ayants ordre, suite ny proportion que fortuite ?

Desinit in piscem mulier formosa superne

Je vay bien jusques à ce second point avec mon peintre, mais je demeure court en l'autre et meilleure partie [...]

On aura reconnu dans la citation latine la chimère horatienne, dont Montaigne, avant Nerval, fait l'emblème d'un art poétique sous le signe du rapiéçage textuel. Or cet art des *Essais*, Montaigne le définit comme « crotesque », au sens précis que ce mot avait au XVIe siècle, et qui est le sens étymologique, rappelé en ces termes par un contemporain et ami de Nerval, Théophile Gautier :

L'étymologie de grotesque est grutta, *nom qu'on donnait aux chambres antiques mises à jour par les fouilles, et dont les murailles étaient couvertes d'animaux terminés par des feuillages, de chimères ailées, de génies sortant de la coupe des fleurs, de palais d'architecture bizarre, et de mille autres caprices et fantaisies*[1].

Le grotesque désigne originellement, dans l'histoire de l'art, ces motifs picturaux, mixtes de figuratif et de géométrique, d'animal et de végétal qui furent découverts par la mise au jour, à la fin du XVe siècle, des maisons antiques jusque-là ensevelies. Or le grotesque ainsi défini recouvre exactement le chimérique nervalien, tant du point de vue thématique que du point de vué poétique. Il en résulte que la grotte nervalienne n'est pas seulement un synonyme de caverne, mais aussi cette *grutta* qui dit l'origine de la notion de grotesque ; que la grotte n'est pas seulement le lieu thématique des chimères, mais aussi et peut-être surtout le lieu poétique des *Chimères*. Nerval le dit dans « El Desdichado » : « J'ai rêvé dans la grotte où nage la syrène... » La grotte, celle du Pausilippe autant que celle du moi profond, est bien le lieu du rêve, de ce qu'Horace appelle les « aegri somnia », les songes d'un malade, et ces rêves fous sont précisément *Les Chimères*.

On a souvent remarqué que les sonnets des *Chimères* avaient quelque chose d'inachevé, ou plutôt produisaient un effet d'inachèvement ou de suspens. Qu'on pense aux derniers vers d'« Horus », de « Delfica », du « Christ aux Oliviers » ; mais aussi d'« El Desdichado », dont le passé

1. Théophile Gautier, *Les Grotesques* (1844), Bassac, Plein chant, 1993, p. 339.

composé, dans les tercets, laisse attendre un retour au présent, qui n'a pas lieu, comme si tous ces sonnets tournaient court. Tourner court peut se dire de façon plus imagée : finir en queue de poisson, expression, on le sait, qui procède de la formule d'Horace. Peut-on risquer l'hypothèse qu'il est de la nature de la chimère de finir en queue de poisson? Dès 1831, Nerval a très consciemment joué sur cette queue de poisson horatienne : la formule restée proverbiale de l'*Art poétique*, celle qu'on retrouve en citation dans le passage des *Essais* de Montaigne, « Ut turpiter atrum / Desinat in piscem mulier formosa superne », servit en effet d'épigraphe au poème intitulé « En avant marche ! » qui exprime très évidemment le désenchantement politique des lendemains de la révolution de Juillet. Le poème se termine sur ces vers :

> Liberté de juillet ! femme au buste divin,
> Et dont le corps finit en queue[1] !

Façon de dire que la liberté de juillet est une chimère, et que toute chimère finit en queue de poisson.

La question du grotesque était évidemment d'actualité à l'époque où Nerval composait ses *Chimères*. Dans la lignée du texte fondateur sur la question, la préface de *Cromwell*, Théophile Gautier avait commencé en 1834 une série de portraits littéraires qu'il devait publier en deux volumes intitulés *Les Grotesques* en octobre 1844. Ces grotesques, qui appartiennent tous, si l'on excepte Villon, à une époque chère à Nerval, l'époque Louis XIII, sont les laissés-pour-compte de l'historiographie classique, les baroques et les burlesques, ou simplement les *poetae minores*, chez qui le grotesque est plutôt affaire d'enflure et de mauvais goût. Par-delà le plaisir de Gautier de ressusciter cette galerie de monstres littéraires et de réhabiliter quelques victimes de Boileau, il s'agit bien, pour l'auteur des *Jeunes-Frances*, d'offrir au romantisme contemporain des ancêtres ou des précurseurs, comme Théophile de Viau présenté comme celui « qui a commencé le mouvement romantique[2] ». Nerval devait en 1852 intituler sa propre galerie d'excentriques littéraires *Les Illuminés ou les Précurseurs du socialisme*. Gautier aurait pu intituler la sienne : *Les Grotesques ou les Précurseurs du romantisme*, étant entendu que les mots de romantisme et de socialisme n'avaient pas, pour Nerval, des significations très différentes.

On n'a évidemment que trop tendance à faire une lecture symptomatique des *Chimères*, à y reconnaître sinon une logique délirante aux

1. *Les Chimères*..., Poésie Gallimard.
2. *Les Grotesques*, op. cit., p. 108.

limites de la folie, du moins une voie d'accès privilégiée au psychisme nervalien. Est-ce pousser les choses trop loin — quand on sait que c'est très probablement à Gautier que fut envoyé en 1841 le premier ensemble manuscrit des futures *Chimères* (le manuscrit Dumesnil de Gramont) — que d'y lire aussi un manifeste poétique, un manifeste du grotesque, à tous les sens du mot, c'est-à-dire un manifeste romantique ?

Certes, le grotesque nervalien est plutôt du côté du bizarre que du côté du burlesque, encore que la figure du dieu Kneph, dans « Horus », ait quelque chose du vieillard indigne et ridicule, et que le discours d'Isis, dans le même poème, frise la trivialité comique. Mais au-delà de telle ou telle expression localisée, il convient de prendre en compte le contexte même de ces *Chimères* publiées pour la première fois sous ce titre en 1854. En publiant ses *Chimères* en appendice des *Filles du feu*, Nerval a ajouté une queue poétique à son livre de prose, faisant de ce livre même une chimère majuscule, dont le beau corps de prose se termine en queue de poisson poétique. En outre, la lecture des *Chimères*, dans la position qui est la leur, se trouve naturellement programmée par la préface ironique en forme de lettre-dédicace à Dumas. Comment, dès lors, la lecture de l'incipit si apparemment pathétique d'« El Desdichado » ne serait-elle pas parasitée par cet écho anticipé de la préface : « [...] moi, le brillant comédien naguère, le prince ignoré, l'amant mystérieux, le déshérité, le banni de liesse, le beau ténébreux, adoré des marquises [...], je n'ai pas été mieux traité que ce pauvre Ragotin, un poétereau de province[1] [...] » ? Comment oublier que dans ce sonnet primitivement intitulé « Le Destin », l'Étoile et le Destin procèdent de l'œuvre burlesque par excellence, celle sur l'évocation de laquelle s'achève *Les Grotesques* de Gautier, *Le Roman comique* ? « L'Étoile et le Destin : quel couple aimable dans le roman du poëte Scarron ! » s'exclame Brisacier, « mais qu'il est difficile de jouer convenablement ces deux rôles aujourd'hui[2]. » En somme, la confession pathétique d'« El Desdichado » n'est peut-être que la tirade d'un comédien raté sorti du *Roman comique*, d'un comédien qui prend son rôle au sérieux, ou qui confond le théâtre et la vie réelle.

Le lecteur des *Chimères* qui lit *Les Chimères* pour elles-mêmes, indépendamment du contexte de l'œuvre dans laquelle elles s'insèrent, est ainsi dans la position d'un spectateur qui assisterait à une représentation théâtrale sans avoir conscience d'être au théâtre. Si au contraire l'on prend en compte la lettre-préface à Alexandre Dumas (mais aussi l'ensemble des nouvelles en prose), se trouve restituée, de façon évi-

1. P. 30-31.
2. P. 30. L'Étoile et le Destin : on pourrait reconnaître, dans *Les Chimères*, un troisième personnage séminal du *Roman comique* : la Caverne.

demment implicite et suggestive, toute la théâtralité virtuelle ou cachée des *Chimères*. Ce dispositif très particulier qui met en place ce mixte de prose et de vers des *Filles du feu*, c'est au fond le dispositif de cette pièce que son auteur présente comme « un étrange monstre », comme une comédie à « l'invention bizarre et extravagante », comme une « pièce capricieuse », autant dire comme une véritable chimère : *L'Illusion comique* de Corneille, dont l'incipit dit à la fois le lieu et l'origine :

> Ce grand Mage, dont l'art commande à la nature,
> N'a choisi pour palais que cette grotte obscure[1].

Quoi qu'on pense de ces spéculations sur la grotte comme le lieu évidemment caché du grotesque nervalien, la figure de la grotte n'en reste pas moins fondamentale pour Nerval. Elle conjoint en effet les trois expériences du lieu de l'écrivain : le monde, le moi, les mots. Au niveau cosmique, la grotte est la face cachée du monde, ce que Nerval appelle le monde souterrain, et qui est le monde des mythes, ou le lieu des chimères au sens mythologique du mot ; au niveau psychique, la grotte est la face cachée du moi, appelons-la l'inconscient, lieu privilégié des chimères au sens psychologique du mot ; et au niveau littéral, elle est la face cachée des mots, leur part enfouie : leur étymologie. Avec l'étymologie en effet, le langage a lui aussi son monde souterrain qui est en même temps son orient ; et cet orient-là vaut aussi le voyage. Or si *grotte* est l'étymon de *grotesque*, l'étymologie de *grotte* est le mot italien *grotta*, du latin *crypta*, lui-même calqué sur le grec *cryptè*, c'est-à-dire précisément ce qui est caché. Cette grotte au carré, qui est la figure du sens caché dans l'étymologie, est donc par excellence le lieu des *Chimères* au sens poétique du mot cette fois. Et puisque cette grotte est celle du Pausilippe, on rappellera que l'étymologie de Pausilippe est « qui fait cesser le chagrin », comme si, à l'instar de Boèce et de sa *Consolation philosophique*, Nerval avait créé avec *Les Chimères* le genre de la Consolation poétique.

Les chimères sont donc tout à la fois une menace, celle de la folie, et un modèle, celui d'un art qui est proprement un art de (re)composition. Le poète des *Chimères* superpose ainsi deux postures, celle de Bellérophon et celle d'Adoniram : il est le héros dompteur de chimères (« N'est-il pas possible de dompter cette chimère attrayante et redoutable, d'imposer une règle à ces esprits des nuits qui se jouent de notre raison[2] ? »), la forme stricte du sonnet étant une façon de fixer

1. Corneille, *L'Illusion comique*, acte I, scène 1, vers 1-2.
2. *Aurélia*.

ou de dompter ces chimères-là ; et il est aussi créateur de chimères, tant il est vrai qu'un art authentiquement poétique (et non simplement mimétique) est essentiellement un art chimérique, un art qui n'invente rien mais qui recompose et recombine des formes données, pour créer « des formes inconnues, des êtres innommés [...], des accouplements terribles ». Mais si *Les Chimères* de Nerval définissent un art poétique qu'on peut appeler romantique, elles proposent aussi une conscience historique de la poésie : bien loin de n'être que le symptôme d'une crise personnelle, elles manifestent la conscience d'une crise historique et poétique qui est celle de la modernité. Revenons à la duplicité inhérente à ce monstre double de la chimère (le mot et la chose), à la fois monstre mythologique et illusion. L'opposition entre les deux sens du mot n'est pas seulement une opposition, en synchronie, entre sens propre et sens figuré ; elle comporte aussi une dimension diachronique en ce qu'elle propose la double polarité idéale d'un processus historique lui-même double.

— C'est d'abord le processus historique qui oppose une antiquité perçue comme le temps des mythes vrais et efficaces et une modernité qui identifie le mythe à l'irréel. Par là, la dualité du mot est le plus parfait raccourci d'une histoire aujourd'hui familière, celle du désenchantement du monde. Désenchantement du monde, désenchantement des mythes : de l'unité originelle des mythes et de la poésie, il ne reste plus qu'une mythologie entièrement littérarisée, vidée de toute substance, une mythologie froide où les mythes ne sont plus que des figures du discours ou des allégories : comme le note Nerval dans *Les Illuminés*, « toute religion qui tombe dans le domaine des poètes se dénature bientôt, et perd son pouvoir sur les âmes[1] ».

Or ce processus long de désenchantement du monde — que l'on fait traditionnellement remonter à « cette première révolution morale et religieuse qui s'appela pour les peuples du Nord la *réforme*, et pour ceux du Midi la *philosophie*[2] » : la Renaissance — rencontre, avec le romantisme, une redécouverte et une réévaluation symbolique voire mystique des mythes qui retrouvent pour les cultures nationales une dimension fondatrice. De cette contradiction résulte, pour une bonne part, la crise poétique de Nerval.

— Ce premier processus historique, celui du désenchantement, se double d'un deuxième processus historique directement lisible dans les deux sens du mot « chimère ». Du monstre mythologique à l'illusion, il y a aussi le passage de l'univers mythico-cosmique à l'univers psychique — la psychanalyse étant le dernier avatar en date de cette

1. *Les Illuminés* (« Jacques Cazotte »), Folio, p. 303.
2. *Ibid.*, p. 362.

mutation de la mythologie en psychologie —, processus d'intériorisation et d'individualisation qui caractérise aussi bien l'émergence de la conscience moderne, de l'« Homme, libre penseur[1] », que l'évolution de la poésie, des grandes voix prophétiques et des épopées fondatrices du passé au lyrisme contemporain.

Les Chimères sont ainsi la quintessence du rêve ou de l'utopie romantique et son constat ironique de faillite. Tout en appelant une nouvelle alliance du mythe et de la poésie capable de fonder la synthèse universelle, cette chimère suprême, *Les Chimères* réalisent bien, à leur manière, une nouvelle alliance du mythe et de la poésie, mais au prix d'une intériorisation de la mythologie, qui ne dit plus la Vérité du monde mais la vérité du sujet, et ne refondent rien d'autre que le lyrisme moderne dans la *camera obscura*, ou plutôt dans la grotte obscure de ce sujet ténébreux, veuf et inconsolé de la perte de la Vérité.

Page 303.

El Desdichado

Publié pour la première fois par Dumas dans *Le Mousquetaire* du 10 décembre 1853, « El Desdichado » est sans doute contemporain de la deuxième crise de folie de Nerval (août-septembre 1853). Il en existe deux manuscrits, tous deux écrits à l'encre rouge, le manuscrit Lombard, portant le même titre, et le manuscrit Éluard, intitulé « Le Destin » et annoté[2].

Le plus célèbre des sonnets nervaliens, à la publication prématurée duquel on doit sans doute l'adjonction des *Chimères* aux *Filles du feu*, représente la descente aux enfers d'un nouvel Orphée, descente aux enfers qui a bien entendu à voir avec la crise du psychisme nervalien, mais aussi avec la crise du sujet lyrique et de la poésie.

Dans ce poème qui met en crise l'identité du poète et placé par le titre sous le patronage du chevalier sans nom d'*Ivanhoé*, ou qui fait nom (« the Spanish word Desdichado, signifying Disinherited ») de l'absence de nom, il est remarquable qu'à côté des noms propres déjà surabondants, tous les noms communs, et même les trois adjectifs du premier vers, deviennent noms propres par la majuscule ou par le déterminant défini, et recomposent ainsi un univers archétypique et égocentré.

Le premier quatrain offre ainsi, par l'article défini et par un présent qui est moins actuel qu'essentiel, la déclinaison d'identité non pas

1. « Vers dorés ». La libre pensée est précisément ce qui défait les correspondances et réduit l'homme à sa seule réalité psychique.

2. Les mots annotés et les notes sont les suivants : « le Veuf » (v. 1) : « Olim : Mausole (?) » ; « La *fleur* » (v. 7) : « l'ancolie » ; v. 8 : « Jardins du Vatican » ; « la Reine » (v. 10) : « Reine Candace ? » ; « la Fée » (v. 14) : « Mélusine ou Manto ».

sociale, ni historique, mais absolue, d'un « je » que le luth désigne comme poète, cette identité pouvant se prêter à une lecture double, indissociablement psychique et cosmique. La mort de l'étoile et le soleil noir de la mélancolie doivent se lire ainsi dans une double perspective, psychique ou sentimentale — la mort de la femme aimée déterminant la mélancolie d'un caractère ténébreux — et cosmique — la mort de l'étoile et le soleil noir sont, comme dans *Aurélia*, les signes d'une nouvelle Apocalypse qui plonge le locuteur dans les ténèbres de la fin —, toute lecture univoque étant nécessairement réductrice.

À cette figure de l'inconsolé absolu, le deuxième quatrain, avec l'introduction d'un « tu » et la restitution d'un passé, apporte une contradiction d'autant plus violente qu'elle n'est pas marquée par la syntaxe, et qu'elle s'exhibe dans la rime même « inconsolé » / « consolé ». Ce qui était donné comme essentiel se découvre peut-être par le sujet lui-même comme accidentel, à partir du moment où celui-ci se détache d'une fixation mélancolique et ressaisit sa propre histoire, une histoire où « la nuit du tombeau » — formule qui vaut autant, comme le suggère l'ambiguïté syntaxique, pour le deuil présent que pour le deuil passé — a déjà eu lieu une fois et a connu sa consolation. Le « toi » invoqué surgit ainsi de « la nuit du tombeau » comme la figure de la consolation (de la consolation passée et par conséquent aussi d'une nouvelle consolation possible), une consolation associée à l'univers napolitain (le Pausilippe et la mer d'Italie, la fleur, la treille). On peut voir dans ces quatre éléments de la consolation des indices autobiographiques dont la signification profonde ne serait compréhensible que pour celle (« toi ») qui partage avec le « je » le même souvenir. Mais l'essentiel n'est pas tant dans l'histoire personnelle de Nerval ou dans sa vie psychique, qui ne peuvent que nous échapper, que dans la logique poétique du texte même.

— S'il est vrai que les noms communs tendent à fonctionner comme des noms propres, inversement, les noms propres nervaliens peuvent fonctionner, eux, comme des noms communs : ils ne se contentent pas de désigner, mais ont aussi, grâce à l'étymologie, la vertu même cachée de signification : « Pausilippe », qui devrait s'écrire Pausilype, signifie « qui fait cesser le chagrin », ou, si l'on préfère, « consolateur ». Adressé à « toi qui m'as consolé », l'impératif « Rends-moi le Pausilippe » signifie ainsi « Console-moi de nouveau ».

— « La *fleur* qui plaisait tant à mon cœur désolé », elle, est en somme la fleur qui consonne ou qui rime avec la mélancolie, c'est-à-dire (comme le signale la note du manuscrit Éluard) l'ancolie, qui est la rime riche fantôme de ce sonnet.

— Quant à « la treille où le pampre à la rose s'allie », la valeur référentielle des trois termes compte moins que la figure de résolution, sous la modalité de l'alliance, d'une dualité qui peut se décliner de bien des façons (pampre/rose, vert/rouge, paganisme/christianisme...).

Cette contradiction des quatrains entre l'inconsolé et le consolé, entre les ténèbres d'un monde éteint et la lumière du paysage napolitain détermine la nouvelle déclinaison d'identité du vers 9 qui se fait cette fois sur le mode interrogatif, à travers quatre figures empruntées aussi bien à la mythologie gréco-latine qu'à la mythologie française et qui se correspondent deux à deux : être Amour ou Lusignan, c'est être un amoureux maudit, dont l'amour est voué aux ténèbres (Psyché ne peut voir Amour, Lusignan ne peut voir Mélusine) ; être Phébus ou Biron, c'est être un amoureux solaire, vite consolé de ses amours perdues. On peut penser alors que chacun des deux vers qui suivent se rattache à l'une des deux identités (le baiser de la reine pour l'amour solaire, la grotte de la syrène pour l'amour ténébreux), en même temps que ces deux vers offrent une nouvelle déclinaison de la dualité rouge/vert (et christianisme/paganisme) du vers 8 : si le vers 10 est rouge, le vers 11 est, implicitement, vert (explicitement dans la variante du manuscrit Lombard : « J'ai dormi dans la Grotte où verdit la syrène »).

Quant au dernier tercet, où le poète veuf de sa seule étoile s'identifie à Ophée, il peut se lire comme la résolution proprement poétique de cette identité double et contradictoire, résolution qui passe, comme au vers 8, par une alliance qui a cette fois la forme de l'alternance[1]. Cette logique d'appariement contre nature de deux objets est celle qui préside à la constitution de ce monstre fabuleux ou poétique : la chimère.

Il reste que ce scénario orphique en cache peut-être un autre, quand on lit « El Desdichado » dans la continuité des *Filles du feu*. Ce scénario caché d'un poème qui évoque la mort de l'étoile et qui faillit s'appeler « Le Destin », c'est celui du *Roman tragique*. Sous l'élégie mélancolique (« Je suis le ténébreux... ») peut ainsi se lire un sous-texte ironique (« Ainsi, moi, le brillant comédien naguère, le prince ignoré, l'amant mystérieux, le déshérité, le banni de liesse, le beau ténébreux... ») qui révèle la théâtralité cachée, ou la part de comédie des *Chimères*, ce palimpseste poétique du *Roman tragique* : « L'Étoile et le Destin : quel couple aimable dans le roman du poëte Scarron ! mais qu'il est difficile de jouer convenablement ces deux rôles aujourd'hui. » La « triste vérité » des *Chimères*, c'est peut-être que le prince

1. Cette résolution est-elle effective, ou simplement promise ? Pour qu'elle fût effective, il faudrait que le passé composé final, au lieu de marquer l'antériorité par rapport au présent du premier quatrain, impliquât un présent de l'énonciation au regard duquel le présent du premier quatrain est désormais passé.

d'Aquitaine à la tour abolie n'est qu'« un prince de contrebande », qu'Amour, Phébus, Lusignan ou Biron ne sont que des rôles à jouer, que le poète sublime n'est qu'un comédien raté qui prend son rôle au sérieux. Tel est le sens de la suprême ironie d'un Brisacier toujours lucide : « la dernière folie qui me restera probablement, ce sera de me croire poëte : c'est à la critique de m'en guérir. »

Variantes du *Mousquetaire* :
V. 8 : à la vigne s'allie
V. 9 : ou Phœbus, Lusignan ou Byron
V. 11 : j'ai dormi dans la grotte où verdit la sirène
V. 12 : deux fois vivant traversé
V. 13 : Modulant et chantant

1. El Desdichado : mot espagnol emprunté à l'*Ivanhoé* de Walter Scott (1819), qui sert de devise au chevalier mystérieux (Ivanhoé lui-même), et donné comme signifiant « Déshérité ». Comme l'a signalé P. Bénichou, le mot signifie en fait « malheureux ».

2. Cf. « À Alexandre Dumas », p. 30, n. 5.

3. Ce vers renvoie à l'identité rêvée de Nerval (« ...moi, pauvre et obscur descendant d'un châtelain du Périgord », *Un roman à faire*, quatrième lettre) qui fait dériver son patronyme (Labrunie) du gothique *Brunn*, tour, et s'identifie aux comtes de Foix, voire à cet autre prince d'Aquitaine prisonnier d'une tour, Richard Cœur de Lion.

4. Sur cette étoile, voir « À Alexandre Dumas », p. 30 et n. 4.

5. Ce Soleil noir de la Mélancolie, qui apparaissait déjà dans le *Voyage en Orient* (« le soleil noir de la mélancolie, qui verse des rayons obscurs sur le front de l'ange rêveur d'Albert Dürer, se lève aussi parfois aux plaines lumineuses du Nil, comme sur les bords du Rhin, dans un froid paysage d'Allemagne », Folio, p. 195), renvoie à la gravure de Dürer, *Melancholia*. Dans un poème de 1834, « Melancholia », inspiré par la même gravure, Théophile Gautier évoquait « les rayons d'un grand soleil tout noir ».

6. Cf. « Tristesse » de Lamartine : « Ramenez-moi, disais-je, au fortuné rivage/Où Naples réfléchit dans une mer d'azur/Ses palais, ses coteaux, ses astres sans nuage,/Où l'oranger fleurit sous un ciel toujours pur. »

7. Cf. « Tristesse » de Lamartine : « sous la vigne fleurie,/Dont le pampre flexible au myrte se marie ». Ce vers, qui rappelle « Sylvie », III (« où le pampre s'enlace au rosier »), propose la formule de la chimère végétale qui est en même temps, implicitement, l'alliance de deux couleurs complémentaires (le rouge et le vert). L'alliance du pampre et de la rose est aussi une façon de donner une rime symbo-

lique à un mot — pampre — qui ne peut avoir de rime phonétique (comme le rappelle l'odelette « Gaieté »).

8. Amour (alias Éros, ou Cupidon) est le fils de Vénus et l'amant de Psyché dans la fable racontée aux livres IV, V et VI de *L'Âne d'or*; Phébus est évidemment le surnom d'Apollon, amoureux, entre bien d'autres, de Daphné (mais on sait que Nerval, dont la famille paternelle était originaire de l'Aquitaine, signait aussi la lettre délirante à George Sand du 22 novembre 1853 « Gaston Phœbus d'Aquitaine ») ; Lusignan est le mari de la fée Mélusine, qu'il lui était interdit de voir se transformer en serpent (comme Psyché ne devait pas voir le monstre Amour) ; Biron est le joyeux compagnon d'Henri IV immortalisé par la chanson qui porte son nom (voir « Chansons et légendes du Valois », p. 192, n. 4) et par la comédie de Shakespeare *Peines d'amour perdues*. Mais le personnage peut être encore surdéterminé par la figure de Byron, que Nerval orthographie parfois Biron. Ces quatre identités, structurellement, se ramènent à deux : Amour est à Phébus, dans la mythologie classique, ce que Lusignan est à Biron, dans la mythologie française, ou l'amour ténébreux à l'amour solaire, ou l'inconsolé au consolé.

9. Cette rougeur au front est la variante érotique de celle, antérotique, d'« Antéros » (« Il m'a marqué le front de sa lèvre irritée »). Une note du manuscrit Éluard nomme la reine « Reine Candace » (la reine de Saba).

10. La sirène dans la grotte est la figure du paganisme dans le *Voyage en Orient* : « La verte naïade est morte épuisée dans sa grotte » (Folio, p. 137). Sur la grotte, lieu par excellence de la chimère, sirène ou dragon, voir la Notice des *Chimères*.

11. Une note du manuscrit Éluard nomme la fée « Mélusine ou Manto » (Manto, prophétesse grecque, fille de Tirésias, est parfois identifiée à la sibylle de Delphes, Daphné).

Page 304.

Myrtho

Publié pour la première fois dans *Les Chimères*, « Myrtho » est sans doute contemporain de « Delfica », puisque le sonnet dédié « à J—y Colonna » dans le manuscrit Dumesnil de Gramont α comportait les quatrains de « Delfica » et les tercets de « Myrtho », alors qu'une autre version de « Myrtho », publiée en 1924 à partir d'un manuscrit non retrouvé depuis, comportait à l'inverse les quatrains de « Myrtho » et les tercets de « Delfica ».

Succédant à « El Desdichado », la première fonction de « Myrtho », qui s'ouvre sur une dédicace amoureuse, semble de nommer la consolatrice du sonnet précédent appelée à rendre « le Pausilippe et la mer d'Italie ». Elle est en effet présentée dans le premier quatrain comme indissociable du promontoire napolitain au nom de consolation.

La tonalité amoureuse ne disparaît pas, mais s'unit, dans le deuxième quatrain, à une dimension religieuse qui conduit à relire l'apposition du premier vers non plus comme une simple hyperbole amoureuse, mais comme l'identité véritable de « Myrtho » : cette « divine enchanteresse » offrant sa coupe au poète, ce fils adoptif de la Grèce, est la déesse d'une initiation, celle-là même qu'évoquent chacune à leur manière « Octavie » et « Sylvie ».

C'est ainsi désormais l'initié autant que l'amoureux qui parle dans les tercets (« Je sais »), et la divine Myrtho au « front inondé des clartés d'Orient » est bien la réincarnation du paganisme, la magicienne capable de réveiller les volcans endormis. Point de retour du feu, cependant, dans l'espace du poème, mais un signe ambigu, celui des cendres, et le dernier tercet fait entendre un étrange acte de foi. S'il fait mémoire de l'événement qui consacra le passage du paganisme au christianisme (la destruction des dieux païens par les hommes du Nord qui fondèrent à Naples, au XIe siècle, le royaume des Deux-Siciles), ce n'est pas pour prophétiser un basculement contraire de l'histoire qui ramènerait le paganisme ; c'est pour consacrer, sous le patronage du Virgile de la IVe Églogue, poète païen et prophète chrétien, une chimère végétale, comparable à celle du vers 8 d'« El Desdichado », chimère mi-partie d'hortensia et de myrte, qui peut se lire comme la formule du pagano-christianisme napolitain, ou du syncrétisme nervalien. Mais s'il est vrai que cette chimère-là s'appelle Myrtho, cela veut dire aussi que, de même que le moderne hortensia peut s'unir à l'antique myrte vénusien, l'amoureuse contemporaine peut s'unir à la déesse antique, à l'image de la jeune Anglaise venue du Nord qui joue dans « Octavie » la déesse Isis (avec cette différence que le jeu tourne mal dans la nouvelle, et qu'ici il n'est pas question de jeu). Le sonnet peut se lire ainsi comme la construction poétique de cette chimère d'une femme aimée qui serait aussi la consolatrice des affligés, d'une femme-Pausilippe qui peut alors devenir la bonne déesse de Naples ; et le nom même de cette chimère n'est peut-être rien d'autre que l'accouplement littéral du MYRTe et de l'HOrtensia.

1. Nerval se souvient peut-être de « La Jeune Tarentine » de Chénier : « Elle a vécu, Myrto, la jeune Tarentine ! »

2. Ces deux vers semblent échanger les épithètes du front de Myrtho et du Pausilippe : « altier » est presque une épithète de nature de *front*, et « inondé des clartés d'Orient » s'applique plus normalement à une réalité géographique (cf. « Octavie » où les îles d'Ischia et de Nisida sont « inondées des feux de l'Orient »). Cet échange manifeste la fusion de Myrtho et du Pausilippe.

3. Le mot « tresse » peut prendre ici une connotation métapoétique : il dit le tressage poétique de Myrtho et du Pausilippe dans ce

quatrain qui construit une rime non pas phonétique, mais syntaxique et symbolique, entre Myrtho et le Pausilippe.

4. Iacchus : nom mystique de Bacchus, volontiers associé par Nerval à Iésus. Cf. « Isis » : « le *Rédempteur* promis à la terre, [...] est-ce l'enfant Horus [...] ? — Est-ce l'Iacchus-Iésus des mystères d'Éleusis [...] ? »

5. Cf. « Octavie » : « [...] et je contemplais sans terreur le Vésuve couvert d'une coupole de fumée ».

6. Le royaume des Deux-Siciles fut fondé par les Normands. Le duc iconoclaste est peut-être Robert Guiscard (1015-1085).

7. Le laurier planté par Pétrarque sur le tombeau de Virgile.

Horus

Si ce poème fut publié pour la première fois dans *Les Chimères*, il faisait partie du manuscrit Dumesnil de Gramont α qui remonte sans doute à 1841, où il était dédié, à défaut de titre, « à Louise d'Or reine ». Il met en scène, sous la forme d'un récit enchâssant le discours d'Isis, un trio familial inédit dans la mythologie égyptienne — Isis n'est pas la femme de Kneph — mais qui exhibe en trois personnes la structure archétypique du divin nervalien : la divinité paternelle ou le vieux dieu (Kneph) ; la divinité maternelle (Isis) ; le jeune dieu (Horus). Il est vrai que le couple Kneph-Isis se comprend mieux si l'on reconnaît en Kneph un double égyptien de Vulcain, dieu des volcans laid et boiteux et mari de Vénus, cet autre nom d'Isis. Quoi qu'il en soit, le vieux dieu, « roi des hivers », doit mourir pour que puisse advenir le dieu nouveau, Horus, le jeune soleil fils d'Isis et d'Osiris, qui consacre le retour du printemps. Le nom même d'Horus (masculin d'Hora) renvoie à cette division saisonnière symbolique du cycle des dieux

Si Kneph est le dieu des volcans, c'est parce que ce dieu créateur de la mythologie égyptienne est le dieu qui, selon Dupuis, « vomissait de sa bouche l'œuf symbolique destiné à représenter le monde ». Il est, selon Volney, ce « principe moteur [...] que les Thébains consacraient sous le nom de Kneph [...] et que la philosophie stoïcienne définissait avec précision le principe du feu ». Devenu roi des hivers, ce dieu vomisseur n'est plus qu'un vieillard sénile et catarrheux qui ne vomit plus le feu universel mais « les frimas du monde ».

Il reste que le poème qui, par la bouche d'une Isis rajeunie, annonce l'avènement d'Horus s'achève, quelque sens que l'on donne à la fuite de la déesse lunaire et à l'apparition de l'écharpe d'Iris (l'arc-en-ciel), sur un suspens : Horus (le jeune dieu et le jeune soleil, le jour nouveau, le retour du printemps) est encore à venir.

8. Le tremblement de terre, qui devrait annoncer le réveil du feu, n'est ici que le tremblement d'un vieillard qui a fait son temps.

9. Cette « ardeur d'autrefois » qui brille dans les yeux d'une Isis

rajeunie préfigure le retour du feu (*ardere* = brûler) avec l'avènement d'Horus.

Page 305.

1. Cet « esprit nouveau » s'appelait, dans le manuscrit Dumesnil de Gramont α, « Napoléon » : le cycle du divin avait aussi, à l'époque du retour des cendres d'un empereur tôt divinisé, une connotation politico-historique.

2. La robe de Cybèle (déesse de la nature comme Isis) : la végétation qui annonce le retour du printemps.

3. Hermès psychopompe, identifié à l'Anubis égyptien, est une divinité du monde souterrain. Le *Voyage en Orient* (Folio, p. 704) en fait un double d'Hénoch.

Antéros

Publié pour la première fois dans *Les Chimères*, « Antéros » remonte sans doute à 1841. Il apparaît en tout cas, sous le même titre, dans la lettre à Victor Loubens de la fin de cette année-là, à la suite des sonnets I et IV du « Christ aux Oliviers ». Il y est présenté ainsi : « En voici un autre que vous vous expliquerez plus difficilement peut-être : cela tient toujours à cette mixture semi-mythologique et semi-chrétienne qui se brassait dans mon cerveau. »

Dans ce poème qui ressuscite à sa façon le vieux genre de la poésie antérotique illustré par Du Bellay, la « mixture semi-mythologique et semi-chrétienne » sert à composer, contre le vieux dieu identifié ici au Dieu de l'Ancien Testament (Jéhovah) qui supplanta les divinités païennes, la figure chimérique d'un fils du feu par excellence, vaincu mais non soumis, et toujours révolté. Au même titre que « Le Christ aux Oliviers » propose un contre-évangile, Antéros, frère d'Éros et fils de Vénus (cet autre nom d'Isis), s'érige en figure du contre-amour (qui n'est pas le contraire de l'amour, mais une forme d'amour qui s'oppose à celle que promeut le dieu biblique) et convoque dans une généalogie syncrétiste (ou fantaisiste) toutes les figures de vaincus et de révoltés : le Géant Antée, fils de la Terre qui reprenait vigueur à son contact (et dont le nom devient ici, par paronomase, l'étymon d'Antéros), le Vengeur, Caïn, les dieux vaincus par Jéhovah : Bélus ou Baal et Dagon, et les Amalécytes vaincus par les Hébreux.

L'identification finale à Cadmos[1], l'époux d'Harmonie, montre que le rêve de régénération du paganisme est aussi le rêve (bien partagé à

1. Héros fondateur de Thèbes. Cadmos ayant semé les dents du dragon qu'il avait tué, de cette semence naquirent des guerriers qui s'entre-tuèrent, sauf cinq qui l'aidèrent à bâtir la cité.

l'époque des socialismes utopiques) de refondation de la cité universelle sous le signe du contre-amour, ou de l'Harmonie universelle

4. Le « Tu » initial désigne moins un interlocuteur réel qu'il n'est un « tu » d'appui pour ce discours d'opposition, ou antérotique, où le « je » n'advient et ne se définit que par rapport à un « tu » premier.

5. Le narrateur d'« Angélique » se revendique lui aussi, implicitement, de la race d'Antée lorsqu'il avoue : « Je reprends des forces sur cette terre maternelle » (p. 78).

6. Le Vengeur peut traduire le surnom de Mars Ultor, le père d'Antéros, mais il est surtout le nom générique de tous les révoltés.

7. Cette marque au front est la variante antérotique de celle (érotique) d'« El desdichado » : « Mon front est rouge encor du baiser de la reine ».

8. Bélus est la forme latinisée de Baal, le dieu par excellence du paganisme dans la Bible ; Dagon est le dieu-poisson des Philistins.

9. Cette triple immersion dans le Cocyte (avec le caractère magique ou rituel du chiffre) rappelle celle, dans le Styx, qui rendit Achille invulnérable ; elle constitue surtout le baptême infernal de ce fils du feu.

10. Se revendiquer des Amalécytes, c'est revendiquer, via Amalec, l'ascendance (maudite) d'Ésaü, qui fut à Jacob ce que Caïn fut à Abel, et faire d'Antéros le Caïn d'Éros-Abel.

11. Cf. le vers 8 de « Delfica ». Le dragon est, dans le *Voyage en Orient*, « celui qui se relève toujours » (Folio, p. 139).

Page 306. **Delfica**

De ce sonnet publié deux fois avant d'être repris dans *Les Chimères*, la première fois dans *L'Artiste* du 28 décembre 1845 sous le titre « Vers dorés », avec l'épigraphe « Ultima Cumaei venit jam carminis aetas » et la date « Tivoli, 1843[1] », la deuxième fois dans *Petits châteaux de Bohême* (janvier 1853) sous le titre « Daphné » et avec l'épigraphe « Jam redit et virgo... », les quatrains et le dernier tercet se lisaient déjà dans le manuscrit Dumesnil de Gramont α, mais dans deux sonnets différents : les quatrains dans « À J—y Colonna », le dernier tercet dans « À Mad.[e] Aguado ».

Sous le patronage de la Sibylle Delphique, « Delfica » est une chimère poétique recomposée à partir de la « Chanson de Mignon » de Goethe[2] et de la IVe Églogue de Virgile ; une « chanson d'amour qui toujours recommence » devient chant du retour puis rêve de renaissance.

1. Voir « Octavie », p. 231, n. 4.
2. *Les Années d'apprentissage de Wilhelm Meister*, III, 1.

Comme « Myrtho », « Delfica » commence sur le registre sentimental en rappelant une « ancienne romance », une « chanson d'amour » comme celle que chante Adrienne dans « Sylvie », « une de ces anciennes romances pleines de mélancolie et d'amour, qui racontent toujours les malheurs d'une princesse enfermée dans sa tour par la volonté d'un père qui la punit d'avoir aimé ». Mais à partir du deuxième quatrain, cette chanson prend une autre dimension. Les trois objets sur lesquels porte la deuxième question posée à Daphné (le temple, les citrons, la grotte du dragon) ne sont plus sur le même plan que l'objet de la première question (l'ancienne romance) : le passage de « connais-tu » à « reconnais-tu », puisque la reconnaissance suppose une connaissance antérieure, implique que le Temple, les citrons et la grotte ne peuvent être reconnus que parce que l'ancienne romance est connue, c'est-à-dire que ces trois motifs sont ceux de la chanson. Cette romance est évidemment la « Chanson de Mignon », que Nerval lui-même avait annexée, dans la traduction de Théodore Toussenel, à sa traduction de *Faust* en 1840 (voir annexe 3, 2).

En même temps que la question de la reconnaissance est posée à Daphné, le lecteur reconnaît ainsi la « Chanson de Mignon », et reconnaît après coup, dans l'incipit du sonnet, l'incipit goethéen. Cette « chanson d'amour qui toujours recommence » est donc aussi la chanson du retour au Sud originel, ou à l'Italie, patrie de Mignon.

Mais de Goethe à Nerval, le déplacement est double :

— Là où la chanson de Mignon renvoie dès la première question à son lieu originel, l'Italie, le lieu d'origine de « Delfica », auquel renvoie le premier vers, n'est plus géographique mais textuel, la « Chanson de Mignon ».

— Si « le pays où fleurit le citronnier » et « la maison dont le toit repose sur des colonnes » sont deux métonymes du lieu originel, la grotte du dragon goethéen (comme dans *Les Années de voyage de Wilhelm Meister*, II, 7 et dans *Poésie et vérité*, IV, 18) évoque l'obstacle sur le chemin du retour en Italie : le passage des Alpes. Dans « Delfica », le Temple, les citrons et la grotte du dragon, réunis dans le même quatrain, recomposent, par-delà la « Chanson de Mignon », un même lieu originel qui n'est pas seulement un lieu géographique, mais le lieu par excellence de la mythologie nervalienne des fils du feu et des chimères, la Naples d'« Octavie », avec l'héroïne éponyme « imprim[ant] ses dents d'ivoire dans l'écorce d'un citron », le Temple d'Isis et la grotte du Pausilippe. Dans cette grotte-là, le dragon n'est pas la figure des peurs archaïques de Mignon, mais la chimère du paganisme vaincu appelé à renaître de ses cendres.

Le rêve de retour à l'Italie originelle se fond alors dans un autre rêve, celui de la palingénésie d'« Octavie » ou d'« Isis », c'est-à-dire d'un retour historique du paganisme ; et la « Chanson de Mignon » le cède, dans le premier tercet, à un autre intertexte privilégié, comme le manifestaient les épigraphes successives du poème, la IVe Églogue annonçant une naissance appelée à rénover le monde.

Mais la prophétie de ces nouveaux « Vers dorés » est doublement minée dans le poème même :

— Par le dernier tercet qui achève le poème sur un suspens indéfini.

— Surtout, la prophétie n'est pas le fait de la sibylle, puisque celle-ci n'est pas sortie de son sommeil historique, mais du « je » lyrique : « Ils reviendront ces dieux que tu pleures toujours ! » Cette pseudo-prophétie, en régime lyrique, n'est rien d'autre qu'une consolation personnelle et perd ainsi toute portée, comme le manifeste le deuxième tercet. La volonté, sur le modèle virgilien (*paulo majora canamus*), d'élever le chant amoureux jusqu'aux « Vers dorés » d'une poésie prophétique ou refondatrice est la chimère d'une poésie qui n'a pas fait son deuil du grand chant épique et qui ne se résout pas à n'être plus que le chant solipsiste de la subjectivité.

1. Daphné est le nom de la nymphe aimée d'Apollon, transformée en laurier pour échapper aux ardeurs du dieu, et peut nommer aussi la sibylle de Delphes.

2. Sur ce symbolisme végétal, voir la Notice des *Chimères*.

3. La maison à colonnes de Goethe devient le Temple, emblème des religions de l'Antiquité.

4. Du citronnier de Goethe aux « citrons amers où s'imprimaient tes dents », l'emblème touristique devient, comme dans « Octavie », souvenir affectif, avec une connotation d'amertume.

5. Cf. la grotte d'« El desdichado » et le dernier vers d'« Antéros ».

6. Ce tremblement est celui de la Terre mère fécondée par le souffle prophétique comme la Vierge le fut par l'Esprit.

7. La sibylle au visage latin peut évoquer la sibylle de Cumes de la IVe Églogue, celle de Tibur (voir la mention « Tivoli, 1843 » de la publication originale), ou la sibylle delphique dont le nom, comme celui de Daphné, est ici italianisé.

8. Constantin est la figure historique qui consacre le passage du paganisme au christianisme avec l'édit de Milan (313) qui accorda la liberté de culte aux chrétiens. L'arc qu'il éleva à Rome en 315 après la victoire du Pont de Milvius sur Maxence est dédié au dieu inconnu.

Artémis

Publié pour la première fois dans *Les Chimères*, ce sonnet est probablement contemporain d'« El Desdichado » avec lequel il figure sur les manuscrits Lombard, sous le titre « Ballet des Heures », et Éluard, avec son titre définitif.

Sur le manuscrit Lombard, le poème est suivi de ces lignes : « Vous ne comprenez pas ? Lisez ceci : / D. M. — LUCIVS. AGATHO. PRISCIVS. / Nec maritus ». Ces lignes font allusion à l'énigmatique Pierre de Bologne, que Nerval décrit ainsi dans un texte inachevé, « Le Comte de Saint-Germain » : « C'était une pierre antique de marbre, de forme cubique sur laquelle on avait gravé en style lapidaire l'inscription suivante : / D. M. — ÆLIA LÆLIA CRISPIS / Nec vir, nec mulier nec androgyna — Nec puella, nec juvenis nec anus — nec casta nec meretrix, nec pudica — sed omnia — sublata — neque fame neque ferro neque veneno — sed omnibus — nec cælo nec acquis [*sic*] nec terris — sed ubique jacet / LUCIVS AGATHO PRISCIVS / Nec maritus, nec amator nec necessarius — neque mærens neque gaudens neque flens — hanc — nec molem, — nec Pyramidem nec sepulchrum — sed omnia — scit et nescit cui posuerit — hoc est sepulchrum intus cadaver non habens — hoc est cadaver sepulchrum extra non habens — sed cadaver idem est sepulchrum sibi*.

* « Aux Dieux Manes [*sic*] : Ælia Lælia Crispis *qui n'est* ni homme ni femme ni hermaphrodite ; ni fille, ni jeune, ni vieille, ni chaste, ni prostituée, ni pudique, mais tout cela ensemble, qui n'est ni morte de faim, *et qui n'a été tuée* ni par le fer, ni par le poison mais par ces trois choses : n'est ni au ciel, ni dans l'eau, ni dans la terre ; mais est partout. / Lucius Agathon Priscius, *qui n'est* ni son mari ni son amant ni son parent, ni triste, ni joyeux, ni pleurant ; sait et ne sait pas pour qui il a posé ceci, qui n'est ni un monument ni une pyramide, ni un tombeau, c'est-à-dire un tombeau qui ne renferme pas de cadavre, un cadavre qui n'est point renfermé dans un tombeau ; mais un cadavre qui est tout ensemble à soi-même et cadavre et tombeau[1]. »

Une note du manuscrit Éluard nommait « le veuf » d'« El Desdichado » Mausole, ce roi éternisé par le tombeau que lui dédia la fidélité de sa femme Artémise. Sous le nom divin d'Artémis que faillit porter l'héroïne éponyme d'*Aurélia* — les projets d'*Œuvres complètes* mentionnent, parmi les « Ouvrages commencés ou inédits », *Artémis ou le Rêve et la Vie*[2] qui deviendra *Aurélia* —, ce sonnet commenté sur le manuscrit Lombard par une allusion à la Pierre de Bologne peut se lire comme le « Tombeau » de l'étoile morte d'« El Desdichado », érigé par la fidélité *post mortem* de celui qui se disait « le veuf, — l'inconsolé » : c'est un Mausole vivant qui offre à une Artémis[e] morte le tribut de sa fidélité non pas conjugale mais platonique : le destinateur

1 *NPl* III, p. 774-775.
2. *Ibid.*, p. 785.

du « Tombeau » n'est pas plus marié (*nec maritus*) que la destinataire assimilée à la chaste Artémis; mais le « Tombeau » de cette étoile qui deviendra Aurélia est aussi, comme le suggère le titre et selon la tradition du genre, une forme d'apothéose.

Le premier quatrain, comme pour illustrer le titre du manuscrit Lombard, formule, contre la loi du temps historique, linéaire et irréversible — celui du deuil perpétuel ou du *ne plus* —, la logique d'un temps cyclique, celui des syncrétismes, qui confond, comme au cadran de l'horloge, « la XIIIe heure (pivotale) » (note du manuscrit Éluard) et la première, et oppose au *ne plus* la chance d'un « encor » pour suggérer la possibilité d'une noce royale évidemment idéale.

Avec le deuxième quatrain, c'est une autre circularité, affective celle-là, qui permet de vaincre le temps mortel, celle d'une réciprocité amoureuse par-delà la mort. Le présent (« Aimez », « m'aime encor ») est ici l'unique temps de cette conjugaison amoureuse quasi mystique qui vient relayer un amour humain dont le passé simple marque la finitude. Comme dans « Octavie », la mort, dans ce nouveau temps amoureux, n'est plus la fin de l'amour : « La mort ! ce mot ne répand cependant rien de sombre dans ma pensée. Elle m'apparaît couronnée de roses pâles, comme à la fin d'un festin. » Et la rose trémière (ou rose d'outremer), qui deviendra l'emblème d'Aurélia dans le rêve de transfiguration, figure la fleur d'outre-mort, en même temps que son nom fait d'elle l'exacte unité réalisée de la TREizième et de la preMIÈRE.

Si les deux quatrains manifestent la nature spirituelle de l'éros nervalien, cette tonalité érotique laisse la place dans les tercets à une tonalité antérotique, proche de celle du sonnet « Antéros ». C'est que la spiritualité nervalienne n'est pas une spiritualité éthérée, mais celle d'un « vestal » (*nec maritus*) du feu; elle convoque ainsi, dans une inversion antérotique du ciel et de l'enfer, le patronage d'une sainte napolitaine, « sainte de l'abîme » qu'une note du manuscrit Éluard nomme Rosalie. Cette sainte Rosalie, qui apparaissait déjà dans « Octavie », « couronnée de roses violettes », réapparaîtra dans les manuscrits primitifs d'*Aurélia*, où elle prête ses traits à la figure apothéosée de cette nouvelle Eurydice confondant en elle la Vierge de l'Apocalypse et la reine de Saba : « [...] j'avais représenté la Reine du Midi, telle que je l'ai vue dans mes rêves, telle qu'elle a été dépeinte dans l'Apocalypse de l'Apôtre St Jean. [...] L'une de ses mains est posée sur le roc le plus élevé des montagnes de l'Yémen, l'autre dirigée vers le ciel balance la fleur d'*anxoka*, que les profanes appellent *fleur du feu*. [...] Le signe du Bélier apparaît deux fois sur l'orbe céleste, où comme en un miroir se réfléchit la figure de la Reine, qui prend les traits de

Sainte Rosalie. Couronnée d'étoiles, elle apparaît prête à sauver le monde[1]. »

L'ironie cachée du sonnet est que ce scénario d'une apothéose rosalienne d'Aurélia-Artémis rejoue sur le mode oraculaire des *Chimères* le scénario d'un roman de la folie, *Les Élixirs du Diable* d'Hoffmann, où l'héroïne aimée de frère Médard, prénommée Aurélie, est la même que sainte Rosalie et finit religieuse en prenant le nom de sœur… Rosalie.

9. La principale difficulté de ce quatrain est dans les conjonctions de coordination : les trois « ou » (et celui du quatrain suivant) sont-ils des *vel* (ou d'équivalence) ou des *aut* (ou d'opposition) ? Et le « car » suivi d'une interrogation laisse perplexe. Voir sur ce point l'analyse de Jacques Geninasca.

10. La périphrase « du berceau dans la bière » semble procéder de « la première ou dernière » du quatrain précédent.

Page 307.

1. Dans le manuscrit Éluard, ce vers appelle en note « Philomène », vierge et martyre, dont le tombeau fut découvert dans les Catacombes en 1802, et les reliques transférées à Mugnano, près de Naples, en 1805. Portée sur les autels par Grégoire XVI en 1837, elle fut proclamée patronne secondaire du royaume de Naples par Pie IX en 1849. Mais cette sainte napolitaine est aussi celle dont le nom signifie « l'aimée ».

2. Sainte Gudule est la patronne de Bruxelles, la ville des deux reines du manuscrit primitif d'*Aurélia*, celle du chant (Aurélie) et la reine de Belgique (Louise d'Orléans). Le lien sororal et floral entre sainte Rosalie et sainte Gudule a peut-être à voir avec la gémellité symbolique d'Aurélie-Rosalie et de Louise d'Orléans (*Aureliana civitas*), reine des Belges mais née à Palerme[2] (dont la patronne est sainte Rosalie) d'une princesse napolitaine. Il opère en tout cas une alliance mystique du Nord et du Midi.

3. Ce « désert des cieux » fait écho au discours du Christ dans « Le Christ aux Oliviers ». Cf. aussi ces paroles de Rufus Holconius dans *Arria Marcella* de Gautier : « … le Nazaréen […] trône seul en maître dans le ciel désert, d'où les grands dieux sont tombés ».

1. *Ibid.*, p. 755.

2. « Sainte napolitaine » a pour variante, dans le manuscrit Lombard : « Ô Sainte de Sicile ».

Le Christ aux Oliviers

Publié pour la première fois dans *L'Artiste* du 31 mars 1844, et repris dans *Petits châteaux de Bohême* en 1853, « Le Christ aux Oliviers » remonte en fait à 1841, année de la première crise de Nerval, comme l'atteste la lettre récemment retrouvée par Claude Pichois à Victor Loubens de la fin de 1841 qui en cite, numérotés I et II, les sonnets I et IV[1]. Ce poème initialement sous-titré « Imitation de Jean Paul » est, comme « Le Mont des Oliviers » de Vigny[2], comme « Le Reniement de saint Pierre » de Baudelaire, une réécriture du récit évangélique de la Passion inspirée du « Songe » de Jean Paul (ou « Discours du Christ mort »), ce récit de rêve (tiré de son roman *Siebenkäs*, 1796) qui fut traduit par Mme de Staël dans *De l'Allemagne* (1813). Mais Nerval ne s'est pas contenté de la traduction tronquée de Mme de Staël (voir annexe 4), qui fit de Jean Paul le prophète de la mort de Dieu[3]. Certains détails du deuxième sonnet et l'essentiel du troisième, qui ne figurent pas dans la traduction de Mme de Staël, viennent de l'original allemand. Le poème se souvient en outre du long poème de Gautier, « Melancholia » (1834), méditation sur la gravure du même nom d'Albert Dürer.

La réécriture d'un intertexte aussi familier que celui de la Passion (qui permet au récit nervalien de jouer très souvent de l'implicite) et la structure même de ce poème (qui inscrit la continuité narrative dans la discontinuité poétique de ces cinq sonnets) remotivent doublement les blancs de disposition qui sont à lire aussi comme des blancs du récit.

S'il convient de bien distinguer dans cette suite de sonnets le récit cadre, dont le narrateur fait figure de contre-évangéliste, et le discours enchâssé du Christ, seul imité de Jean Paul, ni l'un ni l'autre ne sont le contre-évangile de la mort de Dieu. S'il est vrai que, selon l'orthodoxie chrétienne, le Christ est à la fois vrai Dieu et vrai homme, et que c'est à Gethsémani qu'il toucha le fond de son humanité jusqu'au doute et au désespoir, le « Discours du Christ mort » de Jean Paul se trouve remotivé par Nerval dans la bouche du Christ aux Oliviers. Et malgré la « nouvelle » qu'annonce ce Christ hétérodoxe qui ressemble au poète (I, 2, IV, 2, V, 1) : « Dieu n'est pas ! Dieu n'est plus ! », malgré l'exploration d'un monde déserté par l'esprit qui semble retourner au chaos originel, les vers 7 et 8 du sonnet III, qui n'ont aucun correspondant même approximatif chez Jean Paul, suggèrent une autre

1. *NPl* III, p. 1488-1489.
2. Paru le 1er juin 1843 dans la *Revue des Deux Mondes*.
3. Voir Claude Pichois, *L'Image de Jean-Paul Richter dans les lettres françaises*, Corti, 1963.

dimension de cette « mort de Dieu » : non pas l'événement décisif qui couperait le temps linéaire et irréversible de l'histoire en deux, entre un monde ancien, régi par la Providence, et un monde désormais sans dieu, mais un phénomène cyclique de mort d'un dieu ancien (et d'un ancien monde) et de (re)naissance d'un dieu nouveau (et d'un nouveau monde), conformément à ce qui se passe dans « Horus » où la mort du vieux dieu (Kneph) est la condition de l'avènement du jeune dieu (Horus).

Ce qui est simplement suggéré par le Christ est confirmé par le narrateur de ce nouvel évangile qui, comme suppléant le Dieu mort, absent ou muet, manifeste, à la reprise du récit dans les sonnets IV et V, la quasi-omniscience divine de celui qui voit l'histoire de plus haut : vu de cette hauteur, le Christ, comme l'indique le vers 1 du sonnet IV, n'est pas la victime *unique* et incomparable d'un drame lui-même unique dans l'histoire, mais « l'*éternelle* victime » d'un drame infiniment répété qu'on peut reconnaître dans l'histoire religieuse de l'humanité à condition de dépasser les identités particulières pour remonter à l'identité archétypique. Dès lors, le narrateur peut reconnaître dans le Christ, comme dans Icare, Phaéton ou Atys, un avatar du jeune dieu meurtri inséparable de la déesse mère en deuil : « Pourquoi ces autres jours de pleurs et de chants lugubres où l'on cherche le corps d'un dieu meurtri et sanglant [...] ? Pourquoi celui qu'on cherche et qu'on pleure s'appelle-t-il ici Osiris, plus loin Adonis, plus loin Atys ? et pourquoi une autre clameur qui vient du fond de l'Asie cherche-t-elle aussi dans les grottes mystérieuses les restes d'un dieu immolé ? — Une femme divinisée, mère, épouse ou amante, baigne de ses larmes ce corps saignant et défiguré, victime d'un principe hostile qui triomphe par sa mort, mais qui sera vaincu un jour ! [...] Mais le troisième jour tout change : le corps a disparu, l'immortel s'est révélé ; la joie succède aux pleurs, l'espérance renaît sur la terre ; c'est la fête renouvelée de la jeunesse et du printemps[1]. »

Mais le troisième jour, celui de Pâques, reste ici hors texte dans ce poème qui s'arrête au Vendredi saint et qui rejette ainsi la Résurrection dans le mystère indécidable du blanc final. La quasi-omniscience divine du narrateur n'est pas l'omniscience de « Celui qui donna l'âme aux enfants du limon ».

4. Le Christ est aussi un double du poète. Cette attitude du Christ en prière n'est pas conforme au récit évangélique, où le Christ prie à genoux, ou face contre terre. Mais la verticalité du Christ est ici opposée à l'horizontalité animale des apôtres.

1. « Isis », p. 253.

5. *La nouvelle* est la formule ironique de cet évangile (« bonne nouvelle ») qui n'est plus promesse du bonheur.

Page 308.

1. Peut-être peut-on lire dans ces trois vers un écho de la célèbre formule cosmologique du chant VI de l'*Énéide* : *mens agitat molem.* L'agitation (des océans), qui semble l'indice de l'esprit, n'est que l'effet d'un souffle, c'est-à-dire d'un esprit (*spiritus*) rendu à sa pure et simple étymologie. Quant au *mens* absent, il est peut-être perdu dans « ces im*mens*ités ».

2. Si l'« orbite,/Vaste, noir et sans fond » vient de Jean Paul, cette nuit qui rayonne vient de Gautier : (« les rayons d'un grand soleil tout noir ») et annonce « le Soleil noir de la Mélancolie » d'« El Desdichado ». Hugo s'en souviendra dans « Un affreux soleil noir d'où rayonne la nuit » (*Les Contemplations*, VI, XXVI).

3. L'arc-en-ciel, phénomène solaire, et signe biblique de la présence de Dieu, est doublement étrange dans cette nuit. Cet arc-en-ciel étrange, présent dans le texte de Jean-Paul (mais non dans la traduction de Mme de Staël), peut être ici remotivé comme le signe qui annonce le changement de perspective du sonnet III, et qui fait ainsi un pont symbolique, par-delà le blanc, entre le sonnet II et le sonnet III.

4. Du *spiritus* absent à la *spirale* qui engloutit tout, on assiste ici à une création à l'envers. Si la création fut un acte de profération divine, la décréation est un engloutissement dans le néant.

Page 309.

1. Sur ces deux vers, étrangers au « Songe » de Jean Paul, voir la Notice.

2. Sans doute Lucifer-Satan. Mais le « Songe » de Jean Paul fait aussi allusion à l'ange exterminateur

3. Voir la Notice.

4. Cette image du sacrifice du Christ rappelant la dévotion du Sacré-Cœur peut se lire aussi comme la formule de l'épanchement lyrique. Là encore, le Christ est un double du poète.

5. S'il est vrai que le Christ appelle Judas « ami » (chez Matthieu), la teneur de son discours (qui ne vient plus de Jean Paul) et le refus de Judas sont de l'invention de Nerval.

6. L'arrestation de Jésus n'est plus inscrite dans le plan divin, mais n'est que l'effet du hasard et de la pitié.

Page 310.

1. Le blanc entre le sonnet IV et le sonnet V correspond au passage du Jeudi au Vendredi saint. Il était redoublé, dans la version pré-originale, par une ligne de points.

2. Ce vers de reconnaissance (voir la Notice) est aussi un souvenir de « Melancholia » de Gautier évoquant le Moyen Âge chrétien : « sur chaque roche une cellule assise/Cachait un fou sublime, insensé de la Croix ».

3. Ce vers donne à voir une *pieta* païenne.

4. Ce vers dit la mort sur la croix en des termes qui mêlent les libations païennes et le sacrifice eucharistique : le précieux sang est la formule consacrée pour désigner le vin transsubstantié.

5. Cf. « Ténèbres » de Gautier (1837) : « L'essieu du monde ploie ainsi qu'un brin de saule ;/La terre ivre a perdu son chemin dans le ciel ;/L'aimant déconcerté ne trouve plus son pôle. »

6. Cf. le *Voyage en Orient*, à propos de Delphes : « [...] il règne dans le pays une tradition rapportant qu'à l'instant de la mort de Jésus-Christ un prêtre d'Apollon offrait un sacrifice dans ce lieu même, quand, s'arrêtant tout à coup, il s'écria : qu'un nouveau Dieu venait de naître, dont la puissance égalerait celle d'Apollon, mais qui finirait pourtant par lui céder. À peine eut-il prononcé ce *blasphème*, que le rocher se fendit, et il tomba mort, frappé par une main invisible » (Folio, p. 139).

7. Sur les enfants du limon, voir la Notice, p. 339 et n. 2.

Vers dorés

Publié pour la première fois dans *L'Artiste* du 16 mars 1845 sous le titre « Pensée antique », puis repris sous son titre définitif dans *Petits châteaux de Bohême* (janvier 1853), ce poème, placé par le titre et par l'épigraphe sous le patronage de Pythagore, propose dans ses vers formulaires, en conclusion des *Chimères*, l'idéal antique du poète nomothète, refondateur de cité et législateur. Contre l'homme moderne, celui qui est advenu à la Renaissance avec la libre pensée, et qui a désenchanté le cosmos pour en faire l'espace purement matériel de sa volonté de puissance, le poète réaffirme cette « pensée antique », l'unité ontologique du cosmos, unité qui prend ici la forme, plus large que celle de la trinité personnelle et dogmatiquement définie du christianisme (Dieu, le Verbe, l'Esprit-Saint), d'une trinité indéfinie et impersonnelle : un verbe, un Dieu caché, un pur esprit.

8. Les Vers dorés de Pythagore, publiés en France par Fabre d'Olivet en 1813, sont des maximes de sagesse et de morale.

9. Cette épigraphe n'est pas empruntée directement à Pythagore, mais à la *Philosophie de la Nature* de Delisle de Sales (1777), introducteur du pythagorisme en France.

Page 311.

1. Esprit, âme, amour nomment le même principe, sans qu'il y ait de gradation entre ces trois termes (alors que le pythagorisme suppose une échelle des êtres).

2. Ce mystère d'amour propre au métal, c'est le magnétisme, ce phénomène d'attraction des métaux, qui évoque d'autant plus facilement l'amour, ce phénomène d'attraction des êtres, que le mot *aimant* vaut pour l'un et pour l'autre.

3. Cf. *Aurélia,* II, VI : « Tout vit, tout agit, tout se correspond. »

DOSSIER

DU MÊME AUTEUR

Dans la même collection

LES ILLUMINÉS. *Édition présentée et établie par Max Milner.*

VOYAGE EN ORIENT. *Préface d'André Miquel. Édition de Jean Guillaume et Claude Pichois.*

AURÉLIA. LES NUITS D'OCTOBRE. PANDORA. PROMENADES ET SOUVENIRS. *Préface de Gérard Macé. Édition de Jean-Nicolas Illouz.*

Dans Poésie/Gallimard

LES CHIMÈRES. LA BOHÊME GALANTE. PETITS CHÂTEAUX DE BOHÊME. *Préface de Gérard Macé. Édition de Bertrand Marchal.*

LÉNORE et autres poésies allemandes. *Préface de Gérard Macé. Édition de Jean-Nicolas Illouz et Dolf Oehler.*

Composition Interligne.
Impression CPI Bussière
à Saint-Amand (Cher), le 27 mars 2011.
Dépôt légal : mars 2011.
1er dépôt légal dans la collection : décembre 2007.
Numéro d'imprimeur : 110967/1.
ISBN 978-2-07-031479-9./Imprimé en France.